Tus noches y mis días

MAY BOEKEN

Tus noches y mis días

Grijalbo

Papel certificado por el Forest Stewardship Council®

Primera edición: julio de 2024
Primera reimpresión: julio de 2024

© 2024, May Boeken
En colaboración con Agencia Literaria Antonia Kerrigan
© 2024, Penguin Random House Grupo Editorial, S. A. U.
Travessera de Gràcia, 47-49. 08021 Barcelona
© Shutterstock, por la imagen del interior

Penguin Random House Grupo Editorial apoya la protección de la propiedad intelectual. La propiedad intelectual estimula la creatividad, defiende la diversidad en el ámbito de las ideas y el conocimiento, promueve la libre expresión y favorece una cultura viva. Gracias por comprar una edición autorizada de este libro y por respetar las leyes de propiedad intelectual al no reproducir ni distribuir ninguna parte de esta obra por ningún medio sin permiso. Al hacerlo está respaldando a los autores y permitiendo que PRHGE continúe publicando libros para todos los lectores. De conformidad con lo dispuesto en el artículo 67.3 del Real Decreto Ley 24/2021, de 2 de noviembre, PRHGE se reserva expresamente los derechos de reproducción y de uso de esta obra y de todos sus elementos mediante medios de lectura mecánica y otros medios adecuados a tal fin. Diríjase a CEDRO (Centro Español de Derechos Reprográficos, http://www.cedro.org) si necesita reproducir algún fragmento de esta obra.

Printed in Spain – Impreso en España

ISBN: 978-84-253-6791-5
Depósito legal: B-9.209-2024

Compuesto en Llibresimes

Impreso en Black Print CPI Ibérica
Sant Andreu de la Barca (Barcelona)

GR 6 7 9 1 5

*A ti, lectora, espero que encuentres
pedacitos de tus mejores veranos
entre las páginas de esta historia*

*Y a mi agente Sofía,
gran amante de los spoilers,
por creer en mí cuando yo no lo hago,
por estar siempre a mi lado*

Índice

1. Unai: El chico de los ojos azules, los hoyuelos
y la ceja partida 11
1994 Unai: Ese acento valenciano 26
2. Lorena: ¿Me lo vas a contar? 44
1994 Lorena: Barbacoa de chorizos 60
1994 Unai: Parezco Maradona 68
3. Unai: Aquí empiezan nuestras vacaciones 78
1994 Lorena: Pamela y Tommy 90
4. Unai: Desayunos en familia 111
1995 Lorena: ¿Quieres que te ayude a
reconquistarlo? 131
5. Unai: Ríndete 142
1995 Lorena: Cuéntame algo que no sepa de ti . 153
1995 Unai: La Jessi y la Jenny las más mejores . . 185
6. Lorena: Vestidos de novia, sacaleches y meconio . 210
1995 Lorena: Maldito duende 221
7. Lorena: Agárrate a mí 234
1995 Lorena: Cuéntame que la polla de tu
exnovio es aún más grande 245
8. Unai: Apuestas 277
1996 Unai: Qué bonitos son 285
9. Lorena: Donuts de chocolate 294
1996 Unai: Ella es el sol, no solo un verano . . . 304

10. Unai: ¿Cómo van esas salchichas? 321
    1996 Unai: No te enamores de mí 330
11. Unai: Te echo de menos 349
    1996 Lorena: Cuando calienta el sol 353
12. Lorena: Un marrón 368
    1997 Lorena: Te voy a meter mano hasta en
    las ideas 386
13. Lorena: ¿Te recuerdo a alguien? 393
    1997 Lorena: No me faltes nunca 401
14. Unai: ¿Qué os parece si cerramos los armarios? . 413
    1998 Unai: ¿Qué está pasando? 424
15. Unai: Págame una borrachera 434
    1998 Lorena: Nos recordaré juntos durante
    más tiempo del que lo estuvimos 441
16. Lorena: Fuego 448
    1998-2000 Lorena: Interludio 453
17. Lorena: ¿Estás parafraseando a Rocío Jurado? .. 458
    2000 Lorena: València 474
18. Lorena: Una bronca tras otra 488
19. Unai: ¿Qué te ha pasado en la cara? 491
20. Lorena: El buzón 501
21. Lorena: ¿A qué viene todo este odio? 509
22. Unai: ¡Booomba! 518
23. Unai: ¿Las niñas? 531
24. Unai: ¿Qué entiendes por calma? 537
25. Lorena: Despedidas 544
26. Unai: Portaletas 556
27. Lorena: Siempre tarde 570

Epílogo 579
Nota de la autora 585
Agradecimientos 587

1
El chico de los ojos azules, los hoyuelos y la ceja partida

Unai · Benicàssim, 13 de agosto de 2010

Mi hija Leire pasa sus pequeños dedos por mi cicatriz, distraída.
Le encanta hacerlo, parece que la relaja, que la ayuda a desconectar del mundo que la rodea, de los cereales que no se quiere comer y de los tirones de pelo que le está pegando su hermana desde el suelo. No protesto, me hace cosquillas con sus caricias y, además, a estas alturas de la vida, uno está muy necesitado de cariño.
La cicatriz es una marca vertical que separa el último centímetro de mi ceja izquierda del resto. En su momento fue una herida muy escandalosa por todo lo que sangré y, hoy en día, es un rasgo peculiar que despierta mucho interés en la gente.
«Soy Unai Azurmendi, el chico de los ojos azules, los hoyuelos y la ceja partida».
No tengo pérdida.
«¿Cómo te lo hiciste?» es prácticamente lo segundo que me preguntan nada más conocerme y yo disfruto como un puto crío inventándome historias sobre la marcha: el piercing que me arrancó aquella pelirroja irlandesa en el fragor de la batalla una noche loca en Benidorm; el tenedor de plástico que me clavó mi hermana Maider por decirle que Olentzero no existe; la paliza que me dieron en el bar heavy-metalero Minuto y

Medio de Donostia por defender que cualquier canción de La Oreja de Van Gogh tiene mejores solos de guitarra que «Stairway to Heaven», de Led Zeppelin —no hay cosa más sencilla que mencionar al quinteto popero por excelencia para desatar el caos entre los greñudos donostiarras—; el viaje en palangana que me hice por el pasillo en casa de mis padres, los dos metros que volé y el empotramiento que sufrió mi cara contra el marco de la puerta...

Aunque en realidad, ninguna de las historias que me saco de la manga se acercan a la verdad ni están a la altura de aquel «accidente» que solo conocemos la persona implicada, la enfermera que me remendó y yo.

Es un secreto que me llevaré a la tumba junto con una guitarra, por si el viaje se me hace largo.

De pronto, Sara atraviesa mi campo de visión meneando su culo envuelto en un pareo de flores con un ritmo hipnótico. Casi celestial.

Mi mujer sigue atrayéndome como el primer día, aunque a ella parece que le da bastante igual.

No solo tiene un cuerpo de escándalo después de haber traído al mundo a nuestras hijas, Ane y Leire, a la vez, con media hora de diferencia, es que posee todo lo que me atrae de una mujer: es bonita, alegre, valiente, cariñosa y muy inteligente. La única pega es que el fuego se le está apagando.

Sentirse deseado es el sueño de cualquier tío, pero sentirse también querido es otro nivel.

Y yo hace algún tiempo que no tengo la suerte de sentirme de ninguna de las dos formas.

Visto el percal, tal vez debería variar un poco la manera en la que me presento al mundo: «Soy Unai Azurmendi, el chico de los ojos azules, los hoyuelos, la ceja partida y estoy casado con una mujer que ya no me quiere».

Sería perfecto. Con el impacto justo.

Gracias a ese añadido, seguro que la gente deja de preguntar por mi cicatriz.

Sara trastea en la cocina preparándose un café tan blanco que la cafeína no es más que una mera anécdota. Lo deja sobre la mesa a nuestro lado y se pone a recoger las toallas que están tendidas alrededor de la parcela. Cualquier entretenimiento es válido, siempre y cuando le permita mantenerse a una distancia prudencial de mí. Nuestra relación agoniza y todo apunta a que va a seguir cuesta abajo y sin frenos por mucho que me esfuerce en lo contrario.

Estamos en la más absoluta mierda.

Pese a todo, en un último intento desesperado por darle una oportunidad a nuestro matrimonio, le propuse venir de vacaciones al camping Voramar y así alejarnos de la rutina y de nuestra casa en Donostia, sede central de nuestros reproches y malos rollos. Ella aceptó con cierta esperanza renovada y yo hice la reserva con el pecho rebosando ilusión.

Pero, por desgracia, desde que llegamos, hace dos días, Sara está con cara de seta y yo salto a la mínima.

La cuestión es la siguiente: tú te mudas de escenario con tus mejores intenciones, pero la mierda se viene contigo. Y a no ser que cambies el rol que estás interpretando, dejes de aparentar que todo va bien y te sientes a tener una conversación incómoda con la parte contraria, las cosas no suelen mejorar por arte de magia.

Pero a Sara apenas le apetece hablar del motivo que nos ha empujado al precipicio ni quiere que nadie sepa nada del mal momento por el que estamos pasando, de manera que no nos queda otra que fingir delante de nuestras hijas y de nuestros amigos, aun sabiendo que solo es cuestión de tiempo que alguien se percate de que las cosas entre nosotros chirrían un huevo.

—*Aita, ¿quiedes* un *pemento?* —me pregunta mi hija Ane desde el suelo.

—Pimiento —le corrijo.

—¿*Quiedes*?

Pasa del tema y me ofrece con insistencia un pimiento verde de plástico que está prácticamente doblado por la mitad. Leire se ríe en mi regazo.

—Claro, dámelo, lo voy a meter en el café de tu madre, a ver si con eso gana un poco de fuerza y sabor.

Sin moverme de mi sitio, calculo a ojo y lanzo el pimiento en dirección a la taza de mi querida esposa. No acierto, la hortaliza rebota por la mesa y cae al suelo. Si pretendo fardar de puntería y ganármela de nuevo mostrándole mis dotes de machito que lo hace todo bien, vamos mal.

—Deja mi café en paz, Unai —protesta Sara con los brazos en jarras y un tono la hostia de borde—. Lo prefiero así, poco cargado y sin azúcar. Respeta mis decisiones.

Esa es mi mujer disimulando que estamos al borde de la desgracia marital.

—Respeto TODAS tus decisiones y a estas alturas me importa un «pemento» cómo prefieres el café, pero las cosas son como son: así de diluido ni es café ni es NADA.

Ella entorna los ojos y me da la espalda mosqueada.

Joder, la quiero con locura y se supone que estoy luchando por recuperarla demostrándole que lo nuestro merece ser salvado y que la oportunidad que nos estamos concediendo este verano acabará dando sus frutos, por lo tanto, no debería lanzarle pullitas, pero me resulta inevitable. Si algo he aprendido en estas últimas semanas es que los animales heridos atacan con saña para defenderse, permiten que su víctima sufra como parte del ritual y se regodean observando la escena.

Ojalá pudiera tragarme todo el rencor que siento, pero estoy empachado.

—*Aita*, no *quiedo* más —anuncia Leire con tono dramático desde mi regazo y me hace ojitos mientras me acaricia la cara con sus manos pringosas y llenas de trocitos de cereales de chocolate.

Leire, mi hija mayor, es una fotocopia a todo color y en relieve de mi hermana Maider —y por descontado mía también—. Su pelo es negro y sus ojos claros. A primera vista, tiene ese rollo inocente de princesita de porcelana que debe ser salvada de todo lo que le rodea, incluidos los malvados Chocapic que no se quiere comer. Pero, si te fijas bien, descubrirás que es ella quien va por ahí poniendo el mundo en peligro y salvándolo cuando le conviene. Es la niña que se mete en la boca a nuestro pez naranja Txomin —si fuéramos sinceros, lo llamaríamos Txomin VIII—, porque le hace cosquillas en la lengua —hasta que acaba muriendo—, pero que se niega a comer pollo porque le parecen unos animalitos demasiado monos. Su mirada, según dicen, azul es tan expresiva que te da hasta la previsión del tiempo. Pero hay que saber leerla entre líneas y, sobre todo, hay que estar con todos los radares encendidos porque nunca trama cosa buena. Nunca. Es muy independiente, bastante salvaje y creativa hasta niveles insospechados. Es la líder.

Cojo la cuchara e imitando el ruido de una excavadora que pide a gritos tanto 3-en-uno como mi matrimonio, la lleno de cereales y se la llevo hasta la boca. Leire la acepta pero me aniquila con la mirada y mastica exageradamente con la boca medio abierta. Esta va para modelo.

—Tu hermana se los ha terminado, así que menos poner caras y más acabar el desayuno.

Ane me sonríe desde el suelo, orgullosa.

Ella es otra fotocopia de mi hermana, pero con el mismo carácter que Sara. Es algo seria, bastante mimosa con los suyos y mucho más tímida e inocente que su hermana. Además, madre e hija gozan de una habilidad innata para los números. A Ane le encanta llevar la cuenta de todo, hasta de los pedos que te tiras en la intimidad, y le apasiona soltarlo en cualquier sitio, como, por ejemplo, en las reuniones del portal. También es muy precavida, tanto que no come Doritos porque están demasiado afilados y teme «hacerse pupu». La única diferencia evidente es que, muy al contrario que mi amada esposa, Ane todavía me quiere, o eso me hace creer por las mañanas cuando la despierto para ir a la *ikastola* y me abraza como si fuera el hombre de su vida. Puesto que espero ocupar por lo menos durante treinta años más.

Parece mentira que nuestras hijas compartieran el mismo útero; si no llego a estar en el paritorio, creería que nos timaron. Porque, por mucho que el envoltorio sea casi idéntico, el contenido es totalmente opuesto. Es como si hubiéramos echado dos polvos diferentes: uno muy cerdo, con Sara cabalgándome a lo loco —la morriña que me entra al recordarlo intenta acabar conmigo— y otro muy dulce, con Sara gimiendo debajo de mí —más morriña para el cuerpo—. Parece como si mis espermatozoides hubieran salido a ganar en un partido y a empatar en el otro. La genética no es mi punto fuerte, pero alucino con el tema a diario desde hace casi tres años y medio.

Tener mellizas es un percal bastante importante que empieza con una escena de sexo normal y corriente. Hacer croquetas es difícil y requiere planificación. Perpetuar la especie es fácil de cojones: solo tienes que sacar el anticonceptivo de turno de la ecuación —porque la relación es estable, hay ganas de ampliar la familia y, total, nunca pasa nada—, meter lo que ya te imaginas, insistir un poco y, *voilà*, varias semanas después, aparecerá un señor con canas y bata blanca al que no conoces de nada, te soltará sin muchos miramientos que vais a ser padres y añadirá con una alegría espeluznante que hay un segundo latido mientras te da palmaditas en el hombro.

Primero, no sabrás de qué está hablando ni qué se ha fumado; segundo, confiarás en que la tecnología pueda fallar más que una escopeta de feria, y, tercero, solo podrás pensar que no te caben dos bicis en el Golf GTI de flipadillo que te compraste ahorrando todos los sueldos que ganaste como becario.

Al final, acabarás saliendo de la consulta tan feliz, sin saber muy bien por qué.

Porque te habrás llevado un susto de puta madre.

Un susto que amenazará con pararte el corazón mientras

enumeras tus últimas voluntades y un par de plegarias entre dientes del estilo de «Virgencita, que me quede como estoy».

Días después, ya en frío y con la séptima cerveza en la mano, se lo contarás a tus colegas, fardarás un poco de puntería —una destreza que, sin duda, adquiriste jugando al Pang en los recreativos— y empezarás a relativizarlo: ¿dónde está el problema? Somos dos, yo tengo dos manos y ella tiene dos pechos, todo cuadra.

Además, por aquel entonces todavía éramos un equipo. Lo éramos todo.

—Rubia.

Mi esposa me ignora.

—Rubia —repito.

—¿Qué? —contesta con el mismo tono oxidado que pocos minutos antes.

Siempre le ha hecho gracia que la llame así, como la noche que nos conocimos, pero últimamente parece no recordarlo. Parece no recordar muchas cosas ya.

—¿Por qué no te sientas y te tomas esa leche sucia conmigo?

—Porque alguien tiene que recoger todo esto. —Extiende los brazos y abarca toda la parcela.

Busco con insistencia qué es lo que pretende ordenar, pero, una vez más, acabo llegando a la conclusión de que nunca lo entenderé. Y esto no es algo nuevo, las tías están dotadas de un ojo crítico para evaluar el desorden y la suciedad que los tíos no tenemos. Más nos vale dejar de luchar contra ello y asumirlo.

—Venga, ya nos encargamos después de todo eso —finjo que sé de qué hablo—. Tampoco te estoy pidiendo la luna.

«Solo te estoy rogando que te sientes y que me vuelvas a querer. Aunque lo segundo también puedes hacerlo de pie, si lo prefieres».

Sara eleva una ceja y empieza a enumerar todas las tareas que tenemos pendientes.

Desconecto después de la cuarta cosa que menciona y veo

que las niñas están aprovechando que estamos distraídos para huir.

Ane ayuda a Leire a bajarse de mi regazo y, como si no me estuviera enterando de nada, se acercan al armario donde guardamos las chuches. Estoy por levantarme y reventarles el plan, pero en Benicàssim hace demasiado calor y hoy no me siento especialmente paternal. Las niñas se agencian una bolsa llena de nubes de azúcar y corren por la parcela como dos contrabandistas, con cero disimulo y entre risitas de ardilla. Si algún día se dedican a cometer atracos a nivel profesional, la prensa las bautizará como Chip y Chop, estoy seguro.

Sara las mira de reojo, pero desde su perspectiva no se da cuenta de que Leire lleva el botín escondido debajo de su camiseta de La Sirenita —cortesía de mi hermana Maider, que el tema de madurar lo lleva bastante regulero y sigue metida de lleno en el mundillo de Disney— y que Ane, la melliza «buena», la está cubriendo.

Mi esposa vuelve a mirarme y continúa enumerando todas las cosas que tenemos que recoger, limpiar u ordenar.

—Sara, olvídate de todo eso, nadie te ha nombrado ama de llaves de esta parcela. Siéntate cinco minutos conmigo, por favor.

Me dedica una mirada de exasperación muy romántica, pero al fin se acomoda frente a mí.

Aquí la tengo.

Ahora solo me falta conseguir que vuelva a enamorarse de mí.

—¿Te lo estás pasando bien?

—Claro.

Risitas de ardilla de fondo y silencio. Un silencio cargado de incomodidad que vaticina que el nuestro será un matrimonio muy duradero y feliz.

—¿Qué te apetece que hagamos mientras mi hermana y Rubén llegan? —pregunto, forzando entusiasmo en la voz, como cuando le preguntas a tu pez naranja: ¿Quién es el más guapooo?

Mi hermana Maider y su novio Rubén, hijo predilecto de este camping, vienen de camino desde Donostia y ocuparán la caravana contigua a la nuestra. El amigo Rubén Segarra, que nació y se crio campista, pretendía alquilar un bungalow en su propio camping, pero mi hermana lo convenció para que compartieran parcela con nosotros. Y menos mal, porque mi única esperanza es que, con su llegada, la atmósfera cambie, la tensión se disuelva un poco y podamos tomarnos un tiempo a solas sin las niñas y, tal vez, reencontrarnos.

—¿Echamos un café en El Rincón? —propongo.

—No me apetece nada en especial —contesta Sara con tono monocorde.

Y tiempo muerto otra vez.

Nos miramos. Intento pedirle sin palabras que me dé algo más, ella suspira.

—Bájate a la playa con las niñas, yo los espero y, mientras, preparo la comida.

—Como muy pronto, llegarán después de comer. Así que, en un rato, nos bajamos los cuatro y comemos allí.

—Acabo de descongelar unos calamares —afirma mi señora, como si nuestro destino dependiera de ellos exclusivamente.

—Pues para cenar.

Sara arruga el morro, pero acepta mi propuesta de mala gana mientras mira los calamares de reojo. Bendita misericordia la suya.

—*Aita*, ¿el tío Óscar está jugando al Twister sin nosotras? —nos interrumpe Leire a gritos desde el otro lado de la parcela, cerca de Portugal.

Hemos colocado cuatro caravanas en una parcela cuádruple y hay suficiente espacio para practicar gimnasia rítmica. Óscar y Gemma son amigos de mi hermana y de mi cuñado y viven en Benicàssim, así que se han apuntado a estas vacaciones familiares y ya estaban aquí ocupando una de las caravanas cuando llegamos. Ahora mismo, como cada puta mañana, acaban de ponerse a follar. No es que pretenda que canten góspel cuando le dan, pero agradecería algo de discreción por las almas inocentes de mis herederas. De hecho, ayer le rogué a Óscar un poco de moderación sonora y lo entendió a la perfección, faltaría más. Así que hoy, según escucho, ha puesto Chimo Bayo a todo trapo para acallar sus inevitables gemidos, pero ha vuelto a olvidar el pequeño detalle de que la vieja caravana de sus padres se mueve más que un carruaje húngaro del siglo XVI y que mis hijas tontas no son.

—*Aitaaaaa...* —insiste Leire.

Sara me dedica una sonrisita que me dice claramente que no me va a echar un cable. Le encanta ser testigo de cómo me cavo mi propia tumba con nuestras hijas cada vez que me pongo a dar explicaciones.

—Sí, preciosa, Gemma y él están jugando la final del Twister —le contesto a Leire.

—¡Pero yo *quedía*! —protesta Ane, que a veces también es un poco dramas como su hermana mayor. Sin ir más lejos, cada vez que ve una foto de nuestra boda por lo civil, llora desconsolada porque no la invitamos.

—El tío Óscar me lo *pometió* —sigue lloriqueando Ane.

—Cariño, a ti te eliminaron en octavos, así que otra vez será.

Escucho una carcajada de mi mujer. Escasa, aunque bonita. De las de antes.

Mi hija me pone morritos pero deja el tema, y yo confirmo que soy un padre de mierda.

Primero, por consentir que mis hijas llamen «tío» a alguien como Óscar y, segundo, por soltar más mentiras que Pinocho. Pero es que... ¿qué les iba a decir? ¿Que les mola el *pressing catch* y que se dan de hostias dentro de la caravana? Muy ético no me pareció, la verdad. ¿O que cada mañana hacen simulacros por si hay un terremoto? Perdería cinco horas explicándoles lo que es un terremoto, otras diez con lo que es un simulacro, y no me compensa. Así que opté por decirles que juegan al Twister. El problema vino cuando las niñas quisieron unirse a la partida y tuve que salir disparado con el coche a comprar el maldito juego para poder sostener la trola.

El éxito como padre consiste básicamente en la economía del tiempo y de la enseñanza. Hay mentiras piadosas que deben soltarse para evitar males mayores. Dios te lo perdona, pero algo me dice que el Demonio tiene una plaza reservada para gentuza como yo.

—Me gustaría pegarme una ducha antes de bajar a la playa —le digo a Sara elevando la voz por encima de Chimo Bayo.

—Si quieres, ve yendo, mientras tanto, aprovecho para llamar a mis padres y cuando vuelvas, bajamos.

—Genial —digo, fingiendo una sonrisa de anuncio de ortodoncia barata.

La sola mención de mis suegros me quita hasta las ganas de vivir.

Siempre han sido amables conmigo, pero bastante separatistas. Supongo que nunca fui el marido con el que soñaban para su hija. Cuando las cosas empezaron a torcerse entre nosotros, Sara les contó la mitad del problema, la parte en la que el culpable solo soy yo, y con todo lo anticuados y católicos practicantes que han sido siempre, la animaron a que se volviera a Bilbao con las niñas dejándome tirado. Por lo visto, piensan que cuatro rezos a la virgen de Begoña compensan cualquier cabronada que le hagas a tu yerno. Las cosas se pusieron realmente jodidas entre nosotros y mis suegros aportaron toda la tensión que nos faltaba.

—Sonia ha comentado antes de marcharse que estarán cerca del espigón y que quizás alquilarán un patín a pedales —me informa Sara.

Iván, el hermano mayor de Óscar, y Sonia —Sonic para los colegas—, su mujer, son los ocupantes de la cuarta caravana. Llegaron anoche de Madrid y esta mañana, nada más amanecer, han salido por patas en dirección a la playa en busca de un poco de mar. No me extraña, yo que me he pasado toda la vida pegado al Cantábrico, no podría soportar vivir a tantos kilómetros de la costa sin sentirme «encerrado».

—¿Un patín a pedales? —pregunto con desgana—. Maravilloso. Espero que mi hermana y Rubén lleguen cuanto antes, porque, con lo bien que se nos da manejar embarcaciones y con dos niñas pequeñas, tener cerca un socorrista de confianza es lo mínimo.

Mi cuñado sin papeles —su relación con mi hermana aún no ha pasado por la vicaría— ejerció como socorrista de este camping algunos veranos, así que tenerlo cerca casi siempre es un plus. Y digo «casi» porque, conociéndolo, si nos vemos en un apuro, lo mismo se le cruza el cable, salva a las niñas y a mi hermana, y a los demás nos deja flotando en alta mar.

—Aquella barca volcó por culpa de Óscar —justifica Sara—. No es que no sepamos manejar embarcaciones pequeñas.

—¿Y qué te hace pensar que esta vez no volverá a hacer el idiota?

—Sabes que se comporta muchísimo mejor cuando está Iván.

—Lo siento, pero por mucho que esté presente su hermano mayor, es capaz de hacer las mismas gilipolleces.

Iván y yo somos amigos desde la infancia, he perdido la cuenta de la cantidad de veranos que hemos compartido en este camping y todavía no comprendo cómo es posible que no hayamos ahogado a su hermano menor en la piscina pequeña. Y es que Óscar siempre ha sido el típico niñato tocapelotas que se pasaba el verano pegado a su hermano mayor y que, encima, se chivaba de todo lo que hacíamos: nos pillaba fumando, pues nada, se pasaba una semana entera liándose puros con una servilleta de papel y fingiendo que se los fumaba a la hora de comer, hasta que su madre se quedaba con la copla y nos caía la del pulpo. Nos sorprendía tonteando con alguna tía y lo veías los siguientes días besando y abrazando cosas, árboles y columnas en su mayoría. Creo que es el único habitante del planeta que ha comido gotelé con asiduidad en la infancia... Nos cazaba robando sandías del supermercado del camping y se tiraba varios días tarareando la canción del Equipo A.

Y así un etcétera muy largo de motivos para haberlo matado a cucharazos antes de hacer la primera comunión. Pero, por alguna razón, nunca lo hicimos. Supongo que Iván le tiene cariño y yo no quería joder al que era mi mejor amigo.

No, al menos, matando a su hermano.

Tampoco es que Óscar haya cambiado mucho con el paso del tiempo. Hoy en día es un tío de treinta años físicos y quince mentales, así a ojo. Si escarbas, tiene buen fondo, pero sigue siendo bastante payaso, motivo por el cual no me explico qué es lo que ha visto en él una tía tan normal y cabal como Gemma. A lo mejor es la asombrosa capacidad que tiene para mover una caravana de casi una tonelada con su pelvis. Quién sabe.

—Creo que a veces os pasáis un poco con Óscar —me riñe Sara.

—Te recuerdo que la noche que llegamos estaba sentado a la mesa con un cono de tráfico en la cabeza y nos dijo que hacía tanto calor que iba a dormir «al tentempié».

—Seguro que tenía una explicación, lo del cono.

—En su mundo paralelo, seguro que sí. Y puedo ponerte más ejemplos: ayer por la mañana, sin ir más lejos, se perdió de camino a las duchas y Gemma tuvo que llamarlo por megafonía.

—Se despistaría o algo...

—Lleva casi tantos años como yo viniendo a este camping, lo de despistarse lo veo complicado. Y, además de eso, anoche, cuando le tocó poner la mesa, toreó a tus hijas con el mantel y me obligó a darles una charla temprana sobre los toros, que, en mi humilde opinión, están más felices en el campo que en una plaza.

Sara está a punto de repetirme que seguro que existe una justificación para todos los actos de Óscar y que soy un ser despreciable que lo juzga sin motivo, cuando el susodicho abre la puerta de su caravana y asoma la cabeza entre las tiras de colores de la cortinilla de plástico.

—¡Hu-ha! —grita, y baja de un salto sin usar el altillo.

Las niñas repiten el grito de guerra de Óscar.

Sara y yo compartimos una mirada. La suya es de curiosidad con un toque de diversión, la mía, de absoluta desesperación. Aunque en el fondo siento envidia.

Hostia, a mí también me encantaría bajar de mi caravana y desgarrarme la camiseta con las manos mientras grito como un bárbaro porque acabo de follar como a cajón que no cierra.

Pero ni voy a tener motivos para hacerlo ni es mi estilo.

Soy vasco, joder, y los vascos somos discretos por naturaleza. Solo le gritamos a nuestro rebaño de amigos cuando toca cambiar de bar. A la Real Sociedad cuando pierde contra el Athletic de Bilbao. Y, si me apuras, a La Oreja de Van Gogh cuando tocan en fiestas de Donostia para que recapaciten y vuelva Amaia Montero —aunque el tema nos importe un pito en realidad—.

Pero nunca, jamás de los jamases, gritamos por follar.

Ya lo dejó bien claro *Vaya Semanita*: en Euskadi no se folla.

Y es aplicable incluso cuando nos alejamos de nuestra amada tierra.

Así que espero que no tengamos que aguantar estos engorilamientos por parte de Óscar todos los días, porque juro que de este verano no pasa que me lo cargo. Tengo la paciencia en reserva y empieza a costarme responder de mis actos. Es lo que hay.

Las niñas todavía se están riendo por la aparición estelar —circo— del «tío Óscar» y corren hacia él con los brazos abiertos. En cuestión de segundos lo han derribado y le están metiendo una nube de azúcar tras otra en la boca, y él no para de descojonarse.

¿Son o no son la hostia? Han conseguido hacerlo callar y él ni siquiera protesta. Las amo. Son mi mejor inversión.

Gemma baja de la caravana poco después y sonríe ante la estampa que se encuentra. No sé si ver a Óscar en plan adorable-barra-paternal con mis hijas la incita a querer reproducirse con él o si en realidad está agradecida porque su novio esté en silencio un buen ratito. Yo voto por lo primero, pero admito que lo segundo es una puta bendición.

Gemma se acerca a la mesa y se sienta junto a Sara. La observo mientras se sirve un café de los de verdad, con mucha cafeína y mucho azúcar. La he visto crecer en este camping junto a mi hermana y le tengo más cariño del que suelo admitir en público. Siempre ha estado ahí para Maider, hasta cuando ella no era capaz de hacerle un sitio a su lado, y eso es algo que nunca olvidaré. Es una morena de ojos rasgados muy oscuros, como si fuera la hija de algún sultán. Es guapa, pero sobre todo amable, cariñosa y muy cercana. En cuanto empieza a hablar con Sara, su acento valenciano parece mezclarse con el almíbar.

Y me resulta inevitable no recordar el verano aquel en el que un acento de la *terreta* similar al de Gemma se convirtió en una de mis mayores debilidades.

1994

Ese acento valenciano

Unai · Benicàssim, 8 agosto de 1994

Llevo veraneando en el mismo camping y prácticamente con la misma gente los últimos siete años.

Mis colegas se suelen mofar porque todavía vengo de vacaciones con mis padres y mi hermana pequeña, cuando ellos ya disfrutan de cierta libertad para quedarse solos en Donostia, salir en Semana Grande y correrse unas cuantas juergas lejos de las autoridades.

La única pega que yo le veo son las siete horas en coche con mi familia mientras suenan los grandes éxitos de Mocedades en bucle, porque, por lo demás, aquí las vacaciones me salen gratis, no tengo que hacer nada para alimentarme, duermo en mi propio iglú, no me veo obligado a dar explicaciones a nadie sobre cuándo entro y cuándo salgo, y, además, hace años que tengo un grupo de colegas que son tan importantes como los que dejo plantados en Donostia cada agosto.

Está Iván, un chaval de València, mi mejor amigo desde aquel verano en el que, poniendo como excusa un par de cromos de fútbol, consiguió sacarme de la parcela y de mi zona de confort, y hoy en día es mi cómplice tanto en juergas como en apuestas absurdas.

Luego está Lorena, el nexo que mantiene unido al grupo

por eso de vivir de Benicàssim, ser la hija de los dueños del camping y la novia de Iván.

Después, tenemos a Noelia, amiga de Lorena desde el cole, autóctona también y socorrista de la piscina.

La parte internacional la compone Damiano, un italiano muy repeinado que habla cero español y al que entendemos gracias a todo lo que gesticula con las manos. Su familia materna es de Castelló y, aunque viven en un pueblecito cerca de Bologna, lo mandan aquí a pasar el verano con sus abuelos desde hace años.

Cosa que me lleva a Verónica, una chica de Madrid que solo lleva con nosotros un par de veranos pero ya está muy integrada, sobre todo con Damiano y, a ratos, con Miguel. La tengo en cuarentena no por sus gustos sexuales, por mí puede follarse a quien quiera, sino porque no acabo de encajar con su carácter algo cruel.

Y, finalmente, tenemos a Miguel Segarra, que es el primo de Lorena y hace el primo con Verónica. Así lo atestiguan las pintadas por amor que ha hecho en todas las farolas que hay entre el camping y el parque Aquarama.

Todos tenemos dieciocho primaveras, año arriba año abajo, excepto Iván, que nos saca dos, y el camping Voramar, a efectos prácticos, es como un pueblecito en el que cada verano nos reencontramos.

Ha habido años mejores y años peores, más o menos reseñables, pero algo me dice que este agosto que acaba de empezar pasará a la historia como el verano en el que me quise morir.

Como ya he dicho, Lorena Segarra es la novia de Iván.

Si alguien me hubiera preguntado sobre ella ayer, mi respuesta hubiera sido bien simple: Lorena siempre ha sido la niña más bonita del camping. Punto.

Y es que tan bonita era que, las primeras veces que tuve que hablar con ella, casi palmo por culpa de la vergüenza que me entraba con solo mirarla.

¿Estaba pillado por ella?

Decir que sí sería exagerar, porque por aquel entonces yo no era más que un chaval que solo evaluaba a las chicas como feas o guapas, guais o aburridas, y con eso me sobraba. Cuando alcancé la edad en la que empecé a prestar atención a otros detalles, Lorena ya estaba saliendo con Iván. Noticia de la que me enteré nada más bajarme del coche aquel verano, porque a mi colega le faltó hacer pancartas y comprarse un megáfono para anunciar que se había llevado al huerto a la hija de los dueños. Ella, en cambio, lo admitía con la boca pequeña, porque siempre ha sido muy reservada.

Pese a eso, es una tía muy maja y divertida, con el toque justo de bordería que caracteriza a los Segarra, y, aunque de vez en cuando estamos a la gresca porque me encanta tocarle las narices y ver cómo se indigna, me gusta creer que, después de tantos años, nos caemos bien y nos tenemos cierto cariño.

A simple vista, es más bien bajita, morena, tiene los ojos claros, de un color indescifrable para mí y sus tetas suelen llegar antes que ella.

Poco más que añadir.

Como norma general, intento no fijarme demasiado por eso de respetar a la novia de mi amigo. Pero hoy, desde que hemos llegado a esta playa de Benicàssim que tantas veces he pisado sin pena ni gloria, y se ha quitado el vestido, solo me quiero morir.

Sin más preámbulos.

Me conformo, como mínimo, con que se me caigan los ojos y rueden como dos canicas por la arena.

Aunque me vaya a repetir, he de recalcar que Lorena tiene un cuerpo llamativo y ese bikini que lleva —diseñado por algún sádico con muchas ganas de amargarme la existencia— realza todas sus curvas.

Vamos, que de tan buena que está lo rebosa.

Mi polla es consciente de eso y está en guardia, tan sutil como el brazo de la Estatua de la Libertad que sujeta la antorcha. Así que he cogido lo primero que he pillado a mano: un balón de playa publicitario de Calippo que nos hemos traído del camping y me lo he colocado delante. No pienso soltarlo en todo el verano, porque sé que recordar esos pechos me la va a poner dura hasta el 2040, año bisiesto, como poco.

Y a ver cómo se lo explico a su novio.

Normalmente esto es más fácil porque Iván suele estar siempre cerca, pero hoy está trabajando en València mientras yo me hago el agosto con Lorena.

Hace ya un buen rato que mis colegas han extendido las toallas, se han quitado la ropa y están tirados de charleta. Yo sigo vestido, sudando la gota gorda y en pie como un maldito futbolista a la espera de que chuten una falta a portería. Espero que a no mucho tardar estén lo suficientemente distraídos para que pueda maniobrar sin ser detectado y cancelado.

—¿Te apetece que juguemos? —me pregunta Lorena de buenas a primeras, con un tono bastante neutro, salpicado con su acento valenciano.

El efecto que tiene en mí es el mismo que si hubiera soltado la proposición más guarra jamás pronunciada.

¿Qué cojones me pasa con esta chica?

¿Qué puñetas le pasa a ella?

Y lo que es más importante: ¿por qué quiere jugar conmigo?

—¿Te apetece o no? —repite Lorena, sonriente, y yo siento que mi cuerpo está acumulando tanta tensión que de un momento a otro voy a regresar al futuro.

Estoy por entrarle a saco sugiriendo la clase de «juegos» que podríamos practicar juntos y añadir algún que otro comentario bastante cerdo. Pero el dios del equilibrio mental y del respeto hacia el prójimo decide que es mejor que me atragante y empiece a toser antes de que suelte alguna grosería. Ella me mira a la espera de una respuesta, le importa una mierda que esté a punto de ahogarme con mis propias babas. Mujer cruel. Mujer cruel y novia de mi mejor amigo, me obligo a recordar, con unas tetas impresionantes a la que me quiero zumbar con mucha urgencia.

—¿Azurmendi?

—No sé de qué me hablas —respondo por fin con la misma voz de pito que usaba cuando mi madre me obligó a ser monaguillo.

—Me refiero al balón.

—¿Qué balón?

—Unai, el que tienes entre las manos.

—Ah, joder, este balón. —Lo aprieto un poco, está firme pero bastante blandito a la vez. Inconscientemente acaricio con el pulgar el pitorro por el que se infla como si estuviéramos en los preliminares. ¿En qué puto lugar me deja esto?

—Sí, ese mismo balón —asiente divertida—, que, si no me equivoco, es mío.

—Mejor otro día.

—Ya, lo que tú digas. Devuélvemelo.

—Mejor otro día —repito, lanzando evasivas como si supiera cómo manejar esta situación sin cagarla.

Ahora mismo no soy la persona más honorable que hay en esta playa y no me quedan muchas opciones si no quiero acabar faltándole al respeto. Me cago en mi vida, la polla no se me va a dar por vencida a no ser que haga algo y la solución a estas alturas pasa por la clandestinidad y mi mano derecha.

Lorena, ajena a toda la movida en la que estoy metido, se me acerca peligrosamente e intenta quitarme el balón de un manotazo. No me queda más remedio que apartarla de un empujón, es eso o soltar el balón y acabar arreándole un pollazo. Ella pega un traspiés de esos que parece que no pero al final sí y termina despatarrada en la arena.

—*Però a tu, què collons et passa??!!* —grita en valenciano desde el suelo, del todo ajena a que ese idioma hoy me hace cosas.

A lo mejor es que la sangre solo me circula en sentido descendente y empiezo a no tener las ideas demasiado claras. Sobre todo cuando se recoge el pelo a un lado y la veo arrodillarse frente a mí. Temo que el balón acabe perforado.

—Estás rarísimo —afirma con sus ojos clavados en los míos y un tono de voz jadeante.

—Joder.

—En serio, Unai, ¿qué coño te pasa? Me empujas, no te disculpas y, encima, ¿no piensas ayudarme?

Claro que quiero acercarme y echarle una mano, su cuerpo es pura fuerza gravitacional. Pero doy un paso atrás y sigo aferrándome al balón.

—Lo siento, Lorena.

Se pone en pie mientras me taladra con una mirada de fastidio, se sacude la arena con ímpetu y vuelve a acercarse a mí.

—Dame ese balón, Azurmendi.

Me veo acorralado otra vez.

O hago algo o va a flipar con el asunto que tengo entre las piernas.

E Iván me va a partir la cara con toda la puta razón.

Así que acabo haciendo lo primero que se me ocurre: aseguro el balón pegado a mi entrepierna, suelto la mano derecha y la llevo a su cara. Pellizco con suavidad y hago como que le robo la nariz. La lanzo hacia el mar a su espalda.

—¿Acabas de quitarme la nariz? —pregunta alucinada—. ¿Como si volviéramos a tener cinco años?

—Efectivamente.

—Estás rarísimo, Azurmendi...

—No más que tú sin nariz. Yo que tú me iba a buscarla antes de que alguien te la robe.

Lorena se echa a reír.

Se da la vuelta y finge que explora el Mediterráneo en busca de su nariz perdida.

Y ahí es cuando el asunto se precipita de problemilla a tragedia.

La braguita del bikini se le ha enganchado entre los cachetes del culo, así que tengo una visión completa de sus redondeces, que son bastante abundantes y jodidamente perfectas. Me encantaría meter la mano entre sus piernas y moverla despacito hasta su...

El pensamiento se me queda a medias porque ya no me queda sangre en ningún sitio que no sea la polla.

Voy a morir. Por fin.

Fulminado por un culo.

El mejor que he visto, eso sí.

—Creo que lo justo es que me ayudes a buscar mi nariz —dice mirándome y con los brazos en jarras. Postura jotera donde las haya, que, para mi eterna desgracia, evidencia aún más la forma de su cintura y sus caderas.

En otra vida debí de ser dentista. No hay otra explicación para este castigo.

—Mi *ama* no me deja bañarme hasta que pasen cuatro horas después de comer.

Lorena levanta las cejas sorprendida. No me extraña. ¿Desde cuándo le hago caso a mi madre?

—¿Sabes que eso no es más que una leyenda urbana?

«Para leyenda urbana mi contención, amiga», pienso para mis adentros.

—Paso. No vaya a ser que la acabe liando. He comido chipirones, no querrás verme potando tinta.

—Como quieras. —Se encoge de hombros y camina hacia el agua. Su culo en movimiento es magia negra para mis pelotas. Me obligo a apartar la vista.

En cuanto la tengo a una distancia prudencial y creo que el resto de mis colegas están lo suficientemente distraídos, suelto el balón y me pongo a cavar un hoyo en la arena. Aunque pueda parecer que me voy a enterrar vivo para poder olvidar esta maravillosa tarde, en realidad, estoy haciendo un agujero del tamaño de mi puño, o lo que viene a ser una trinchera para protegerme el rabo de posibles aplastamientos. Extiendo la toalla encima con discreción, me quito la camiseta y me tumbo como un ciudadano normal y corriente. Cierro los ojos y me centro en las conversaciones que me rodean para despejarme la mente —y el bañador—. Pero hoy no es mi día. Mis amigos no paran de hablar sobre temas que me hacen pensar en meter, en sacar y en empujar.

Desde que hace un par de años me estrené, mis pensamientos están desatados, entre otras cosas, porque saben con qué fantasear, saben cómo podría ser si Lorena quisiera... Y si ya era una mierda ir por la vida como un adolescente hormonado y bastante salido, hacerlo como un casi adulto sexualmente experimentado y empalmado es aún peor.

Le arrebato a Miguel el libro que se ha traído y ojeo un par de párrafos. Pese a que se trata de un thriller, no consigo concentrarme tanto como requiere la lectura. Me la suda quién se ha muerto y los problemitas del poli de turno. Le devuelvo el libro entre gruñidos. Noelia y él me observan descolocados pero no me dicen nada.

Apoyo la cara en la toalla, cierro los ojos e intento dormirme, pero tengo demasiado calor y oigo los ruiditos nada discretos de Verónica y Damiano mientras se comen la boca.

Miro hacia el paseo desesperado y por fin, POR FIN, me entretengo con el partido de fútbol que están jugando unos chavales del Alborán, una urbanización cercana al camping. Son malos de cojones, pero las risas que me echo consiguen distraerme y que mi cuerpo empiece a rebajar la tensión acumulada.

Poco después, cuando el marcador va uno a ocho, oigo la vocecilla de Lorena, que ya ha vuelto de darse un chapuzón, hablando con Noelia y Miguel. O soy yo que hoy estoy absolutamente obsesionado con ella o es que tiene un tono de voz la hostia de sugerente. Incluso hablando en valenciano sobre no sé qué mierdas relacionadas con las villas de nueva construcción en Benicàssim, tema que tiene poco o nada que ver conmigo. Pero es que la neurona encargada de hacer las conexiones dentro de mi cerebro parece un solterón de sesenta años.

—¿Tú qué opinas, Unai? —me pregunta Miguel.

Giro la cabeza y ni siquiera me da tiempo de arrepentirme.

Lorena está sentada en la arena con las piernas ligeramente abiertas y tiene cierta uve doble bien marcada. Está tremenda. Mojada, salpimentada y tremenda. Aunque siga sin nariz. Una tontería en la que nadie podría fijarse teniendo en cuenta todo lo demás.

A mi polla se le queda pequeño el hoyo que le he cavado.

—¿Unai? —insiste Miguel mientras agita la mano con insistencia.

Carraspeo y centro mi mirada en la nariz algo curvada de Miguel.

—¿Sobre qué tema se supone que tengo que opinar? Porque mis conocimientos de urbanismo rozan el cero.

—¿Urbanismo? ¿Qué dices? Hablamos sobre esta noche, Azurmendi, que parece que vives en otro universo. —Noe pone los ojos en blanco, dramática—. ¿Qué prefieres, K'Sim o pueblo?

Así me gusta, decisiones fáciles. Temas poco trascendentales.

—Pueblo.

—Entonces, somos mayoría —le comenta Lorena a su primo.

Noe parece conforme con todo, no es de las que ponen pegas, siempre que haya música, fiesta y alcohol de por medio. Miguel empieza a planear la noche, en qué coches iremos, quién avisará a Iván, a qué hora y todo eso. Damiano y Vero no se pronuncian, no pueden, imposible hacerlo con la lengua metida en la boca del vecino. Lo que no acabo de entender es la capacidad de Miguel para ignorar lo que están haciendo y hablarles como si nada. La esperanza de este tío debe de estar recubierta de teflón. Sé que Vero le gusta hasta el extremo de que estaría encantado de mudarse a Madrid con ella sin hacer demasiadas preguntas, pero tal y como se están poniendo las cosas este verano, más le vale ir pillándole el gustillo a lo de ser «el otro» o hacer campaña a favor de los tríos, porque se está quedando fuera.

Lorena aprovecha el momento para sentarse en una esquinita de mi toalla. Varias gotas de agua resbalan por su pelo hasta mi espalda y me recorren la piel. Si mal no recuerdo, la gota china es un método de tortura psicológica que está prohibido, pero ella va a salir impune. Me encargaré de que así sea.

—¿Seguro que estás bien? —pregunta con cierta preocupación—. Te veo raro. Más raro de lo habitual. —Se echa unas risitas a mi costa—. Ya me entiendes.

—Estoy perfectamente. No te rayes.

—Se está planeando una juerga y tú apenas te has involucrado.

—Estoy cansado —miento.

Lorena me mira unos instantes. Sabe que me pasa algo, pero no puede deducir qué es. Vamos, que no tiene ni pajolera idea de que estoy cachondo y agobiado a partes iguales.

—He recuperado la nariz —anuncia, sonriente.

Sus mejillas están ligeramente enrojecidas por el sol y sus labios algo secos. Apostaría mi carnet de conducir —la cosa que más quiero en esta vida— a que sus besos me sabrían salados en este momento.

—Me ha costado encontrarla, pero aquí está —continúa entre risas y se señala la cara.

—Me alegro por ti.

Se me queda mirando otra vez y suelta un suspiro pequeñito que atraviesa sus labios carnosos.

—¿De verdad que no te pasa nada?

Y llega el momento en el que, olvidando por completo el motivo que me ha empujado a tener que agujerear la playa de Heliópolis de Benicàssim como si fuera a cimentar un puente de la autopista del Mediterráneo, me doy la vuelta en mi toalla y me pongo boca arriba para hablar con ella cara a cara. Cuando me doy cuenta de la cagada e intento envolverme como un rollito de primavera con el trocito de toalla que me queda libre, Lorena ya está con la boca abierta y escandalizada.

—Unai... —Suelta una carcajada y me mira la entrepierna.

Cierro los ojos y me aprieto el puente de la nariz mientras

me encomiendo al primer tsunami que quiera arrasar la costa valenciana ahora mismo.

—¡¡Unai!! —repite, ya en tono de reproche, y me pega manotazos como si así se me fuera a bajar el asunto.

—¡¡Joder, no me pegues!!

Tiro con fuerza de la toalla para envolverme con ella y Lorena se cae, pero no importa, sigue taladrándome con su mirada hasta estando boca arriba como un centollo cocido.

—¡¡Unaaai!! —insiste.

A estas alturas están al corriente de su mosqueo hasta en mi amada tierra natal, pero el efecto en mi cuerpo es nulo. Menos mal que nuestros amigos están en un ángulo que no les permite entender lo que pasa y pensarán que esto no es más que otra discusión tonta que deben ignorar.

—¡¿¿Qué quieres qué haga??! —grito enfadado pero entre risitas nerviosas que no puedo contener.

—¡¡Que bajes eso!!

—Pero ¡¿¿cómo coño quieres que lo baje??!

—¡¡Yo qué sé!! ¡¡Haz algo!!

—¡¡Bájate, polla!! —exijo, y además de parecer el Inspector Gadget en una misión que va de culo, queda en evidencia que mi miembro, como buena extensión de mí, pasa de obedecer órdenes.

—¿En serio? —me recrimina muerta de risa.

—¿Qué quieres que haga? No controlo la lengua la mitad de las veces, ¿cómo quieres que controle la polla cuando te pones un bikini que te queda claramente diminuto...?

Qué cojones. Que arda Troya.

Lorena gruñe con rabia, recita una retahíla de insultos y se me acerca gateando.

Cuando quiero reaccionar, me está abofeteando los pectorales.

Podría pararla pero no lo hago. Primero, porque no me está pegando de verdad y me resulta hasta gracioso, y, segundo, porque me lo merezco.

Podría añadir un tercer motivo, pero no quedaría demasiado bien, y es que me está poniendo muy cachondo otra vez. Una reacción bastante mierdosa, lo sé, pero inevitable en este momento de alta tensión. De la ira a la lujuria solo hay un paso, amigos.

Cuando se cansa, deja de pegarme y me observa mientras su pecho sube y baja con rapidez. Está fatigada y muy dolida conmigo. Sus ojos me dicen que el cabreo que está manejando en su interior es enorme.

—¡Serás imbécil! —me acusa con toda la razón. Creo.

Me tira un puñado de arena a la cara, se levanta y se larga hacia el agua, cabreada. Me deshago de la toalla y salgo corriendo detrás de ella, medio ciego por la arena, pero salgo. De esta, Iván me mata. Menos mal que los demás parecen no haberse enterado de lo que pasa.

—Venga, Lorena, no te enfades. ¡¡Estas cosas pasan sin querer!!

Me sumerjo en el mar para limpiarme la cara y nado hacia ella. El agua le llega a la cintura cuando la alcanzo. Parece una lancha motora cuando se enfada.

—Lorena..., perdóname, ¿vale? Es algo incontrolable y, claro, llevo tiempo sin... —carraspeo a su espalda—, y el sádico que ha diseñado tu bikini...

—Ese comentario tan fuera de lugar que has soltado sobre mi bañador es imperdonable.

—Lo sé y lo siento de verdad. Eres la novia de Iván, ni siquiera debería haberme fijado...

Se da la vuelta y me mira de frente. Tiene las mejillas sonrosadas, el pelo revuelto y húmedo, y el sol hace brillar su piel mojada.

—No solo soy la novia de Iván, también soy tu amiga. Y me debes un mínimo de respeto. —Se retira algunos mechones de la cara con rabia.

—Lo sé y...

—He estado todo el invierno a dieta y tienes que venir tú a

recordarme que el bikini me queda pequeño. Eso duele, Unai, duele mucho. Además, no es tu puto problema.

—¿Te has mosqueado solo por eso?

—Sí. —Duda un instante—. Bueno, no te confundas, me molesta que me hayas estado mirando, porque odio que observen mi cuerpo. También me resulta bastante incómodo que, encima, se te haya puesto dura mientras lo hacías, pero entiendo que pueda pasar. Tengo un hermano adolescente y un novio que va empalmado hasta al súper a comprar mandarinas. No soy tonta. —Hace una pausa y su mirada se empaña un poco—. La cuestión es que soy muy consciente de que se me salen las carnes por todos lados, incluidas las tetas. Y bastante ridícula me siento ya por...

—Lorena —la interrumpo, pero ella sigue con su coloquio improvisado sobre el cuerpo femenino, las tetas de la Jurado, la manía de los hombres de juzgarlo todo y no sé qué más sobre el tufillo a rancio que desprende el mundo de la moda.

Dejo que siga y en cuanto se calla un par de segundos para respirar, ataco.

—El bikini te queda un poco pequeño porque lo rellenas como ninguna otra. Joder, estás como un puto tren.

A lo mejor podría haber sido más delicado, pero no sabía cómo intervenir y parece que ha funcionado. Sus ojos se abren como dos sartenes.

—¿No crees que estoy gorda?

—Gorda se me ha puesto a mí mirándote.

Levanta las cejas, se tapa la boca con una mano para ahogar una carcajada y, con la que le queda libre, aprovecha para arrearme varios guantazos más en el pecho. Atrapo sus manos entre las mías y las aprieto contra mis pectorales.

—Resumiendo: me importa una mierda que estés o no estés gorda. No soy quién para opinar sobre ese tema y, ya que estamos, sobre lo buena que estás tampoco... *Barkatu*.

Estoy segurísimo de que me va a sacudir otra hostia y se va a apartar de mí, entre otras cosas, porque la postura en la que nos encontramos es algo complicada de asumir, pero no lo hace. Y a mí, tener sus manos pegadas a mi pecho me gusta y no exactamente de la misma manera que me han gustado otras cosas. Es agradable, es... ¿diferente?

—Un resumen muy apropiado, Azurmendi —admite, mirándome a los ojos.

—A veces acierto con mis palabras a la segunda o a la tercera, solo es cuestión de esperar a que me centre un poco. Así que, si vas a contarle algo de esto a tu novio, que sea el resumen que acabo de hacerte, por favor.

—Tranquilo, no se lo diré porque no pienso darle tanta importancia. Además, él piensa que debería adelgazar. Sacar ese tema solo nos llevaría a la discusión de siempre... —admite con pesar.

No me gusta lo que estoy oyendo.

Siempre he tenido a Iván en un pedestal, porque, cuando yo no era más que un niño tímido y asustado, me ofreció su amistad y no paró hasta que la acepté. Lo considero un buen tío, inteligente y aplicado, todo lo que me gustaría ser a mí algún día, y, encima, es noble y legal. Así que, aunque creo lo que me está contando Lorena, me cuesta aceptarlo.

Sé lo que es que te exijan ser alguien que no eres para cumplir con ciertas expectativas y, aunque no tenga el típico cuerpo de revista, es preciosa por varios motivos, y está claro que podría alimentar mis fantasías a muchos niveles como ninguna otra tía.

—Mi abuela le suele decir a mi hermana que detrás de cada mujer guapa e inteligente siempre hay un hombre que la caga al no valorarla. —Aprieto un poco más sus manos entre las mías—. Lorena, tú no tienes que cambiar por nadie.

Se queda callada observándome y se mordisquea el labio inferior.

—Él no me pide que cambie, solo lo sugiere. A veces. Por mi bien, ya sabes. «Con unos cuantos kilitos menos te sentirías mejor, estarías mucho más guapa...». —Hace una pausa mientras observa mi pecho—. ¿Recuerdas aquella vez que os pusisteis a valorar a las tías que estábamos en la piscina con unos carteles enormes?

Asiento. Se enfadó con nosotros y nos llamó «malditos ganaderos superficiales», con toda la razón. Pese a eso, le levanté un cartel con el nueve porque darle un diez me parecía una falta de respeto hacia su novio.

—Iván me dio un siete.

La resignación y la vergüenza que veo en sus ojos me apuñalan.

Hacer que tu novia pierda la confianza en sí misma con un juego de mierda que, a primeras, formaba parte de una broma, es de ser un novio muy mediocre. Tal vez no sea mi cometido en esta vida levantarle la autoestima a Lorena, pero, coño, tengo una hermana, sé lo mal que lo pasa con esas cosas gracias a los test de la *Vale* y la *Súper Pop* que suele responder y dejar por ahí tirados, así que lo voy a intentar:

—Eres una de las pocas personas que conozco que están guapas hasta con un gorro de natación.

Lorena abre los ojos exageradamente, se aleja de mi cuerpo y me estudia.

—¿Con un gorro de natación? —pregunta, y yo asiento—. ¿De los de goma o de los de tela?

—Los de goma. ¿Acaso has visto algo más desfavorecedor?

—No, no... —parece a punto de estallar en carcajadas.

—Pues eso, Lorena, que pocas personas pueden alardear de que esos gorros les sienten bien.

—Lo tendré en cuenta la próxima vez que me avergüence de mi físico...

Se está riendo. Al menos, he conseguido una parte de mi objetivo.

—Eres bonita y lista, no deberías avergonzarte de nada. Sé que no es fácil, pero tenemos que aceptar que no somos perfectos ni podemos cumplir con las expectativas de todo el mundo.

Para de reírse y me mira alucinada. Me da a mí que estoy hablando más de la cuenta. Como siempre, vaya.

—Joder, Unai...

—¿He vuelto a meter la pata? —pregunto mientras me rasco los pelillos de la nuca—. Porque te juro que tengo la polla casi amorcillada...

Me sonríe y se acerca un poco más a mí. Las olas acarician con pereza su cuerpo tostado por el sol. Un cuerpo que, si no perteneciera a la novia de mi amigo, no me importaría nada acariciar y así demostrarle un par de cosas.

—No, al revés. Me acabas de volar la cabeza. Jamás pensé que tú, justamente tú, uno de los mayores capullos que han pisado el camping Voramar, me darías lecciones de aceptarse a uno mismo.

—Solo conoces un quince por ciento de mí. —Me encojo de hombros.

Esa es la realidad: hemos pasado juntos muchos veranos, pero agosto es finito y tampoco es que nos dediquemos a debatir sobre la existencia del ser humano apoyados en la barra de alguna discoteca.

—Creo que es posible que no te haya juzgado del todo bien hasta ahora —comenta.

No me extraña.

Hacía mucho que Lorena y yo no estábamos a solas más de cinco minutos y, sin duda, esta es la primera vez que tenemos una charla tan seria. Supongo que la situación que estamos viviendo nos ha pillado por sorpresa a ambos, porque yo tampoco esperaba ver esta inseguridad en ella, este miedo a no ser quien todos esperan que sea, algo de lo que yo, por desgracia, sé mucho. Ojalá pudiera verse con los ojos de la gente que la rodea, no solo a través de los de su novio, con quien pienso tener una charla en algún momento.

—Siempre me has tomado por tonto, ¿no? —Sonrío con tristeza.

—De tonto a capullo hay un trecho. Y yo te tenía un poco

encajonado en lo segundo. Para ser más exactos, pensaba que eras un capullo bastante espabilado que se metía en más líos de los que le convenían.

—Ya...

—Es con cariño. No te lo tomes a mal.

—No lo hago.

—Mentiroso.

—Tampoco te he dado motivos para pensar otra cosa.

—Hasta hoy.

—Claro, a partir de hoy me recordarás como un capullo pervertido. Maravilloso.

—No, a partir de hoy te recordaré como una de las pocas personas que me ha dicho que no cambie por nadie y que me acepte tal como soy.

—También te he dicho que me la has puesto gorda.

—¿Tenías que estropear el momento?

—No quiero causarte una impresión equivocada —digo entre risas.

—No has cometido ningún pecado imperdonable.

—He tenido que cavar un hoyo y he recorrido media playa empalmado por haberte mirado las tetas. Aunque te aseguro que solo han sido unos segundos, no he necesitado más...

Gracias al dios de los tsunamis, que no me ha mandado lo que le he pedido, pero que me está dando una alternativa, Lorena se está riendo.

—Mejor olvidamos el tema de mis tetas, ¿vale?

—Haré todo lo que esté en mis manos. Bueno, ya me entiendes. —Carraspeo—. No estoy insinuando que vaya a hacer algo que implique mis manos y tus tetas. Vamos, que jamás te tocaría. A no ser que dejes a tu novio, pase un tiempo y tú quisieras..., en tal caso...

—En tal caso, serías el primero a quien avisaría —termina la frase por mí con una sonrisilla, pero ambos sabemos que eso no va a pasar.

Vuelvo a carraspear.

—Te juro que haré un esfuerzo sobrehumano para olvidarlas, Lorena.

Ella sigue riéndose, cada vez con más ganas, y a mí me encanta.

—Buscaré unas tetas dignas de suplantar las tuyas. Será mi objetivo este verano. No pararé hasta que…

—Azurmendi.

—¿Qué?

—Te he entendido a la primera. Déjalo ya.

Me da varias palmaditas en el hombro y empieza a caminar hacia la orilla dejándome plantado.

—¡Lorena!

Se da la vuelta y me mira con curiosidad.

—Lo siento si te he parecido un cerdo —le digo—, te prometo que en realidad no soy tan mal tío…, tal vez un poco bocazas…

—Eso ya lo sabía —admite entre risas, y continúa avanzando.

Cierro los ojos y me aprieto el puente de la nariz.

—¡Eh, Unai! —me grita desde la orilla—. A lo mejor deberías comprarte un bañador con refuerzo de acero en la entrepierna para evitar futuros problemas entre nosotros.

—¿Por qué?

—Porque un amigo me ha dicho que debo quererme más y no pienso quitarme este bikini en todo el verano. Me encanta.

Pues ahora sí que va a arder Troya, colega.

2

¿Me lo vas a contar?

Lorena · Benicàssim, 13 agosto de 2010

Tengo la persiana de Recepción bajada porque hemos cerrado ya, y estoy sola y muy concentrada revisando las entradas y salidas de los próximos días. Pese a eso, por una pequeña rendija veo pasar a mi hermano con su novia. Van de la mano, parecen dos adolescentes que justo empiezan a salir, contándose cositas al oído y riéndose como los dos tontorrones que son la mayor parte del tiempo. Por la dirección de la que llegan sus voces deduzco que se han parado junto a la caseta.

—Llévame al rincón de la piscina pequeña como aquella noche —pide ella, sugerente, como salida del guion de una peli porno bastante mala.

Tomo una nota mental para tapiar esa piscina, antes infantil y actualmente profanada, y plantar con urgencia un melocotonero en su lugar.

—¿Quieres que te meta los dedos en las bragas?

Pongo los ojos en blanco por lo mal que se le da a mi hermano lo de dar rodeos. ¿Dónde han ido a parar la insinuación y la pasión contenida?

—Y en lo que no son las bragas, por favor.

Vuelvo a poner los ojos en blanco ante el bonito e inesperado giro de su novia.

Rubén gruñe como un oso pardo de la Asturias occidental

y ella jadea muy entregada o muy poseída, no lo tengo claro. Oigo varios ruidos que me da reparo describir con detalle, pero es como si se estuvieran comiendo varios kilos de percebes.

¿Se lo van a montar aquí mismo?

Por el amor de Dios.

Se suponía que después de tantos años juntos se les habría consumido un poco la llama de la pasión, pero está visto que no. Estos dos son como esas velas de cumpleaños que, por mucho que te dejes los pulmones en el intento, nunca se apagan. Son como un incendio forestal descontrolado. Arrasan con todo. En particular, con la paciencia de los que les rodeamos y no tenemos la suerte de sucumbir al fornicio tan a menudo como nos gustaría.

Los oigo de nuevo hablar, susurrantes y calientes. Ni siquiera me hace falta entender lo que dicen, pero está claro que mi hermano es muy servicial y otorga lo que le piden. Tendré que preguntarle cuándo ha aprendido a ser tan obediente, porque, lo que es en casa, nunca ha demostrado tener esa cualidad. Ni siquiera ahora que tiene los treinta cumplidos y se supone que es un hombre hecho y derecho.

Cada verano, en cuanto han saludado a la familia y han conseguido librarse de ella, buscan un rinconcito para tener un momento íntimo. Maider finge que pasa de él, Rubén la persigue y se enrollan a lo bestia. Tiene su gracia las primeras cuatro veces, después ya aburre.

Pues nada, como sospecho que no se han percatado de que estoy aquí y que van a seguir a lo suyo, me coloco los cascos en las orejas, pulso el play del reproductor del ordenador y en cuanto la melodía de «Love the Way You Lie», de Eminem con Rihanna, me templa los nervios, abro un Excel y me pongo a revisar los pedidos de octubre.

Paso de salir de la caseta a saludar a esas dos fieras. Los veré mañana y ya cenaré otro día. Alimentarse está sobrevalorado. Además, me sobran un par de kilitos, no hay mal que por bien no venga. Si alguien pregunta, diré que estoy en ayuno. De sexo y de comida. Qué vida más triste la mía.

Voy revisando el listado de las cosas que tenemos pendientes para el otoño fila a fila y voy dejando marquitas de colores que sé que la Lorena del futuro me agradecerá. La clave de una buena hoja de cálculo no son sus fórmulas o los resultados que devuelven, la clave reside en que, de un solo vistazo, puedas entender el festival de números y ser efectiva a la hora de tomar decisiones, además de que, si sabes combinar los tonos con un poco de gusto, queda supermono.

Este camping lo es todo para mi familia. Mi madre lo heredó hace muchos años y aunque ella ha preferido dedicarse a su carrera de enfermera, se ha mantenido al tanto y ha trabajado aquí algunos veranos. Mi padre, en cambio, ha entregado cada día de su vida al negocio y poco a poco nos ha ido enseñando los distintos aspectos del oficio a mí y a mis primos. Así que he aprendido y no he hecho demasiado por cambiar las cosas, me he conformado con el papel que me toca: ser el relevo y mantener el Voramar en la familia.

Hubo un tiempo en el que me planteé otras opciones, pero las circunstancias me obligaron a dar un paso atrás. Rubén también era un buen candidato, incluso podríamos haber compartido el negocio, pero siempre tuvimos muy claro que a él no le interesaba el camping y acabaría marchándose para perseguir sus sueños. Y aunque no ha conseguido llegar tan lejos como pretendía, dudo que vaya a volver a Benicàssim. Su vida está en Euskadi o en cualquier lugar en el que esté Maider.

De pronto un movimiento brusco me llama la atención. Aparto la mirada de la pantalla del ordenador y observo que la persiana se está agitando como si alguien le estuviera atizando con fuerza desde fuera. Me retiro el auricular derecho y verifico que, en efecto, alguien la está golpeando con insistencia.

La madre que lo trajo.

Por el ritmo y el ahínco, me imagino que mi hermano tiene

a su novia subida al mostrador y la está empotrando contra la persiana. Mi querida persiana de color verde olivo recién pintada. Mancillada, corrompida, maltratada.

Esto es el colmo.

Tiro los auriculares sobre la mesa y me dispongo a salir para cantarles las cuarenta, aun a riesgo de ver cosas que podrían traumatizarme de por vida. En cuanto abro la puerta e intento atravesarla como una bala, choco con un cuerpo y me voy de culo al suelo.

Escucho una risita que poco tiene que ver con la de mi hermano.

Me retiro el pelo de la cara y automáticamente, al ver que Unai ocupa todo el umbral con su anchura, me quedo sin aire. El oxígeno que suele llenar la caseta de Recepción ha desaparecido. Me siento como si un aspirador de tamaño industrial me hubiera envasado al vacío.

—¿Te has partido el culo contra el suelo? —dice con esa voz grave que tiene, que no le pega en lo más mínimo.

Me cuesta unos segundos reaccionar.

—Ya lo tenía partido, Unai.

Me ofrece una mano y, aunque lo último que me apetece es tocarlo, acepto su ayuda.

El tacto caliente de su piel me resulta demasiado cercano y conocido, pero apenas me da tiempo a disfrutarlo porque, en cuanto vuelvo a estar de pie, me abraza. Su cuerpo se pega al mío, sus manos abiertas se posan en mi espalda y su barbilla descansa sobre mi cabeza.

Abrazarlo es devastador.

El calor de sus dedos atravesando la tela de mi camiseta.

Sus latidos enfrentándose a los míos.

Ese vacío que hace que mi pecho explote.

Lo oigo suspirar como si ya no supiera cómo llenar los pulmones, como si hubiera sobrevivido sin respirar desde la última vez que nos vimos. Nos quedamos pegados el uno al otro durante incontables minutos, sin saber muy bien cuándo nos toca separarnos, porque hace ya un buen rato que hemos sobrepasado el límite estipulado de un abrazo amistoso.

Nunca conseguiremos establecer una línea completamente recta entre nosotros.

—Llevo todo el día intentando verte —dice, y mueve la cara hasta que queda hundida en mi melena.

—He estado muy liada —farfullo un pelín sobrepasada.

—Y ahora mismo, ¿te estabas escondiendo de mí? Porque casi tengo que echar la persiana abajo para que me hicieras caso. ¿Qué demonios estabas haciendo?

Por fin se separa de mí y me mira en busca de unas explicaciones que no sé si me apetece darle.

—Estaba trabajando con los cascos puestos para que vosotros podáis disfrutar.

En realidad, intentaba no oír cómo supuestamente mi hermano se trincaba a su hermana, y aunque me encantaría contárselo y disfrutar con la cara que pondría, decido que con que sufra uno de los dos es suficiente. Pero si se pone en plan capullo, me inventaré muchos detalles escabrosos que incluyan lametazos y succiones en ciertas partes de la anatomía de Maider.

—Las niñas han preguntado por ti.

Omite a Sara, así que doy por hecho que ella no está muy interesada en saber de mi paradero.

—Pensaba pasar a saludaros con más calma después de cenar, pero ya te digo que se me han complicado las cosas —miento a medias.

Se apoya contra la pared, se cruza de brazos y me observa con desconfianza. Parece bastante más duro en muchos sentidos. Incluso su mirada, que casi siempre tiene el efecto de una caricia, hoy amenaza con arañarme.

Es verdad que el trabajo en verano se multiplica a lo loco en un camping, pero también es un hecho que he evitado pasar por su parcela dando rodeos hasta por Sagunt. No es que tenga ningún problema con él y su familia, pero a veces me cuesta ser testigo de la vida que lleva. Una vida en la que, como es lógico, apenas hay cabida para mí.

Me acomodo otra vez en la silla y con un gesto le indico que me acompañe. Unai hace un barrido rápido por la estancia con curiosidad.

—Joder, Lorena, ¿qué son esos orinales?

—No son orinales, son los trofeos para los juegos del camping.

Como cada verano, en julio y agosto organizamos diferentes actividades para los campistas. Este año, además de los clásicos juegos competitivos en la piscina, el campeonato de cartas o el de ping-pong, hemos añadido una cena popular.

—Venga ya, no me jodas. Mis hijas aprendieron a cagar en unos orinales muy similares, pero de plástico.

A decir verdad, a mí tampoco me convencen los orinales, digo, trofeos, pero los eligió mi padre; aunque su gusto es muy cuestionable, prefiero no chafarle la ilusión. Por mucho que al principio las fiestas del camping no fueran más que una maniobra de despiste para Unai y nuestros amigos, hoy en día, suponen para mi padre el evento del año, algo a la altura de los Óscar, y pone todo su empeño en superarse de un verano a otro.

Aunque sea comprando unos trofeos que nadie podrá mirar sin reírse.

Unai sigue cotilleando hasta que se queda mirando el micrófono de la megafonía del camping que reposa en una balda. No comenta nada, pero sonríe levemente. A continuación, se centra en el Excel que todavía sigue llenando de colores la pantalla y, ahora sí, se ríe con ganas.

—¿Octubre? Veo que te sigue gustando improvisar.

—Me pone improvisar.

—Oh, sí, nena, a mí también. Dame más.

—Tengo el Excel con la contabilidad de diciembre ya creado.

—Joder, tú sí que sabes ponerme a cien.

Nos descojonamos a dúo pero nos dura muy poco, sobre

todo a él. Su ceño vuelve a fruncirse con una rapidez pasmosa. Parece un hombre que está a punto de perderlo todo. Siento la tentación de estirar los dedos y suavizarle el gesto, cogerlo de la mano, llevarlo a mi casa, arroparlo, prepararle un ColaCao calentito y hacer una maratón de *Bola de Dragón* pegada a él, pero ese ya no es mi cometido. Esa ya no es nuestra relación.

«No soy su mujer», me repito para mis adentros, y siento cómo el dolor se atrinchera en mi pecho y toma como rehén a mi pobre corazón, que lleva ya unos cuantos años agonizando.

Algo me dice que la realidad nunca va a dejar de golpearme con dureza, NUNCA.

—¿Y qué mierda estabas escuchando esta vez? —Señala los auriculares que reposan en la mesa.

—«Love the Way You Lie».

—¿Una baladita hiphopera?

Pone los ojos en blanco de una manera que oscila entre lo dramático y lo cómico.

La música siempre ha sido un problema insalvable entre nosotros y motivo de grandes disputas. De hecho, dejamos de poner música en la piscina por culpa de sus constantes quejas y sabotajes. A Unai le pirra burlarse del pop comercial en el que vivo anclada y yo aborrezco el punk ruidoso con el que él disfruta. Por lo tanto, que nuestros gustos musicales converjan algún día es tan improbable como que Ella Baila Sola y La Polla Records versionen juntos «Paquito el Chocolatero».

Pese a todo, siempre habrá una canción que nos mantendrá unidos.

Un tema que no nos pega, pero que el destino o, más bien, un puesto ambulante de pollos asados a setecientas pelas decidió convertir en nuestra canción.

Me pregunto si la escucha tantas veces como yo.

Cuando Unai acaba de mofarse de mi música, se sienta en la silla que hay a mi lado y apoya los codos en mi escritorio.

Sabía que iba a venir, que nos veríamos y que se traería a

su familia para pasar las vacaciones en nuestro camping, pero eso no quita que me sorprenda tenerlo a mi lado, sentado a mi mesa otra vez, en mi cueva, en el sitio donde, aunque siempre esté rodeada de campistas que vienen y van con sus historias y con sus vidas, me refugio del mundo.

Su olor a nostalgia, a mis mejores veranos y a todos mis recuerdos más preciados me rodea y el calor que desprende su cuerpo, bastante cerca del mío, me reconforta.

Y es que Unai llena cualquier estancia con su presencia.

Es un tío alto, pasa del metro ochenta, y bastante corpulento. Está musculado lo justo y necesario, sin que parezca un segurata retirado. Desde que fue padre viste como si fuera de camino a escalar un par de ocho miles: pantalones cortos con más bolsillos de los que hacen falta, camiseta negra de tirantes de la marca Quechua y zapatillas Salomon todoterreno con el Gore-Tex ese que tanto enamora a los vascos. Es verdad que durante el día suele andar por el camping en bañador y chancletas, el uniforme habitual del Voramar, pero no deja de ser inquietante la manía que tiene de ponerse ropa técnica al anochecer. Tiene el pelo negro, siempre despeinado y con algunas canas aquí y allá —podría señalar cuáles son nuevas—, y unos ojos azules muy expresivos, enmarcados por unas cejas pobladas, una de las cuales, la izquierda, luce partida. Es atractivo de una manera primitiva: masculino, seguro de sí mismo y con una personalidad arrolladora en muchos sentidos.

Todavía me sorprendo al observar al hombre en el que se ha convertido y la cantidad de obstáculos que ha superado. Me siento orgullosa de él, sobre todo por haber sido uno de los mejores amigos que he tenido y que espero tener durante muchos años.

Vuelvo a mirarlo y siento que mi vida con él a mi lado está más completa, más llena. Unai me sonríe ajeno a mis divagaciones mentales, me pellizca la nariz y se la guarda en el bolsillo.

Sé que debería tirarme en plancha y meter las manos en uno de sus numerosos bolsillos para recuperarla, es lo que hubiera hecho hace algunos años y lo que él espera que haga con una ceja alzada, pero no me parece lo más adecuado. Hace ya algún tiempo que dejó de ser lo correcto.

—Sigues siendo un abusón —protesto en broma.

—Y tu nariz sigue siendo ridículamente pequeña. De hecho, creo que se me ha perdido en el bolsillo. No voy a poder devolvértela.

—Tendré que enfrentarme a una vida sin mocos.

—Lo mismo te he hecho un favor. —Me sonríe orgulloso, pero su mirada me dice que no es una sonrisa de las que salen de dentro.

Sus ojos, que antaño eran de un azul eléctrico como un mar caribeño, hoy lucen ajados como unos vaqueros que se han lavado demasiadas veces. No hay brillo. No hay fuerza. No hay ilusión. Apenas queda nada de aquel chico que con una sola mirada podía cambiar el mundo. MI mundo.

Decido que todavía no quiero indagar en su vida, que no quiero hacerlo sufrir, así que improviso un tema irrelevante.

—Te has dejado barba.

—No me la he dejado aposta, simplemente no me he afeitado.

—Viene a ser lo mismo.

—No. Dejarte barba es una decisión consciente, no afeitarte es la consecuencia de otras cosas.

Nos miramos. Quiero preguntarle más cosas porque me está dando pie, pero su mirada..., sus ojos me piden que le deje un poco más de margen. Pese a eso, no puedo evitar decirle:

—Tienes mala cara, Unai.

—Será que necesito con mucha urgencia dormir cuatro meses en un colchón que no parezca el de un faquir, que alguien me abrace y me diga que todo va a salir bien y que el esfuerzo que estoy haciendo merece la pena, y, ya de paso, que no estoy educando a dos psicópatas que acabarán con el mundo tal como lo conocemos. Tampoco estaría mal una docena de croquetas, pero eso ya me parece mucho pedir.

—Lo de las croquetas tiene fácil solución: habla con mi madre.

—Ay, Pilar, siempre cuidando de todos los que habitamos el Voramar.

—Por cierto, ¿has notado las mejoras que hemos hecho?

—No he tenido demasiado tiempo para pasear, pero he visto que habéis vuelto a poner papel higiénico en los baños. Ya era hora de que ofrecierais ese servicio.

Vuelve a reírse y, aunque mi puesto como administradora de este camping me incita a decirle cuatro cosas, paso de hacerlo. Por mucho que mi padre haya querido matarlo en incontables ocasiones, Unai nos ha dado algunos de los mejores momentos de este camping y no estoy en condiciones de negarlo.

—Seh. Hemos decidido volver a ofrecer este servicio. Los críos de hoy en día no son tan capullos como eras tú, aunque hacen cosas mucho más cuestionables que no vienen a cuento ahora mismo.

—Yo no era ningún crío, solo un adolescente aburrido —admite entre risas.

—Peor me lo pones. Que un casi adulto se dedicara a usar los rollos de papel higiénico para atar las manillas de los meaderos con un lacito fue…

—Jodidamente brillante, Lorena, y quedaba genial.

—Oh, sí, claro, quedaba precioso, lástima que no hiciéramos fotos para el catálogo de turismo de Benicàssim.

—Nunca habéis apreciado todo lo que he hecho por este camping.

—Unai, por supuesto que valoramos todo lo que has hecho por nuestro negocio; por eso, después de que intentaras llenar la piscina con los rollos de papel higiénico que te sobraron, decidimos quitarlos, para que nadie tuviera la osadía de repetir tu hazaña.

—Fue una apuesta. Iván decía que necesitaría más de mil para que absorbieran toda el agua y yo opinaba que no…

—Tú, Iván y vuestras apuestas absurdas. Espero que este verano os comportéis.

Es la primera vez en varios años que vuelven a coincidir en el camping. Esperemos que las cosas no acaben torciéndose. Y no me refiero solo a las apuestas.

—Aquella apuesta fue una de las más descabelladas. Además, nos pillaron enseguida porque el puto Rubén se fue de la lengua.

—La piscina era su responsabilidad y, de no haberse chivado, habría tenido que limpiarla.

—Fue un cobarde. Encima, el muy sabelotodo, mientras nos comíamos el castigo que nos puso tu padre, se dedicó a calcular cuántos rollos nos faltaban para absorber toda el agua y cuántos años necesitaríamos para hacernos con ellos.

Me río. Mi hermano es un ser muy inteligente que a veces puede llegar a resultar bastante pedante. En una ocasión le mandó una carta a Joaquín Sabina para comunicarle que, en su poco humilde opinión, la canción «Y nos dieron las diez» tenía incongruencias en la línea temporal. ¿Quién se fija en esas cosas? ¿Quién se toma la molestia de tocar las narices a un desconocido? Pues eso, mi querido hermanito. Así que podríamos decir que, además de un puñetero sabelotodo, es un poco bocazas también, pero yo lo quiero con locura con todas sus taras incluidas.

—Espero que este año dejéis los rollos donde deben estar.

—Se intentará, pero no prometo nada. Al menos Óscar parece que ha dejado de meterse con la gente que va de camino al baño, solo con eso ya os estaréis ahorrando un montón de problemas, ¿no?

Cuando mi padre impuso la ley del «si te despistas, te vas con el ojete sucio» al confiscar el papel higiénico de los servicios para evitar el vandalismo, empezamos a repartir dos rollos por semana a cada parcela. De esa manera derivábamos el consumo responsable a los campistas. Muchos de ellos, cuando tenían una necesidad, se paseaban con el rollo en la mano y el periódico debajo del brazo sin ningún pudor, pero los que no, los que hacían el camino al baño como un paseo de la vergüenza con el papel escondido de cualquier manera, recibían el castigo verbal de Óscar, que siempre les preguntaba si iban de camino a Chicago.

—Sí, que Óscar esté callado ya es todo un logro. Pero de verdad espero no tener que arrepentirme. Le he prometido a mi padre que, aunque vais a compartir parcela, os comportaréis, y él me ha asegurado que no os quitará el ojo de encima.

—Joder con Tomás, ni olvida ni perdona, ¿eh? De todos modos, dile que puede estar tranquilo, ahora soy un tío maduro y responsable con dos hijas. Solo espero que sean unas herederas dignas del apellido Azurmendi y que desaten el apocalipsis antes del 2020.

—Mientras no usen mi papel higiénico, por mí que desaten lo que quieran. Son tan monas...

—Lo son, aunque rezo para que estar tantas horas con tu hermano y con Óscar no las convierta en dos monstruitos... Por cierto, gracias por el tema de Parcelona —admite.

—¿Parcelona? —pregunto entre risas.

—Así es como hemos bautizado nuestro corralito. —Me dedica una sonrisita—. Gracias por haberlo organizado. Es genial que estuviera todo montado cuando llegamos y que podamos estar juntos. Las niñas se lo van a pasar en grande. Y yo... lo necesitaba.

Vuelvo a detectar cierto pesar en su voz y una sombra cada vez más oscura en su mirada.

—Es mi trabajo, Unai. Además, se libraron dos parcelas contiguas y aproveché la coyuntura —miento, porque en realidad, desde que me llamó diciendo que vendrían y noté que algo le pasaba, las dejé reservadas. Las cuatro. Aun sabiendo que, si mi padre se daba cuenta, me interrogaría al respecto, porque lo habitual es que asignemos las parcelas por orden, sea quien sea el campista.

—Lorena, tú...

No termina la frase y nos miramos.

Sé que algo va mal, que hay algo que lo angustia o lo asusta, no estoy segura, y él sabe de sobra que mis actos no son tan casuales y altruistas como parecen. Sabe que estoy preocupada, me conoce demasiado bien. Tanto como yo a él. Suspiro.

—«No me faltes nunca», dijimos hace muchos años... —le recuerdo mientras acerco mi mano a las suyas, que reposan abiertas sobre mi escritorio, pero no me atrevo a tocarlo.

Unai no aparta la mirada de mí.

¿Qué demonios está haciendo la vida con él? No acabo de reconocer a mi amigo en este hombre que parece tan destrozado.

—«No me faltes nunca» —repite y no sé si me está pidiendo que me quede a su lado para siempre o, simplemente, está recordando aquella promesa que nos hicimos. Sea como sea, sonríe—. Te dije que elegir al azar aquella canción iba a ser una liada, pero el tiempo ha demostrado que estaba muy equivocado.

—Aunque te joda admitirlo.

—Aunque me joda admitirlo —reconoce.

Nos quedamos en silencio, él con la mirada perdida en el enorme mapa de Benicàssim que tenemos colgado en una pared y yo con la vista clavada en su abultada nuez, que sube y baja a la par que el músculo de su mandíbula vibra.

—¿Me lo vas a contar? —pregunto con cautela.

Llevo varios meses notando que las cosas no le van bien. Cuando me llamó para hacer la reserva fue muy escueto, incluso seco, y aunque me interesé por él, por Sara y por las niñas como hago siempre que hablamos, apenas me dijo nada. Se limitó a cantarme las fechas en las que vendrían y a decirme que les reservara cuatro parcelas. Algo rarísimo, porque lo habitual entre nosotros es que las llamadas se alarguen horas. Cada una de las veces que he hablado con él desde entonces he querido insistir, pero por muy sólida que sea nuestra amistad, hay líneas que no me atrevo a cruzar. Tiene problemas, aunque no son míos.

—No hay mucho que contar, Lore.
—Sabes que puedes confiar en mí...
—Lo sé.
—Pues que se note.
—Las cosas están muy jodidas entre Sara y yo —admite por fin.
Siento cómo un escalofrío me recorre la columna vertebral.
—Nos hemos tomado este verano como la última oportunidad para intentar recuperar lo que un día fuimos.
El corazón me aporrea las costillas y no sé muy bien por qué.
—Pero ¿qué os ha pasado? —insisto.
Inconscientemente, Unai juguetea con la alianza de plata que lleva en la mano derecha, un anillo con el nombre de la mujer que sé que ama grabado, un pedazo de metal que simboliza una unión *a priori* tan irrompible como aquella promesa que nos hicimos.
Se mordisquea su carnoso labio inferior y me mira abatido.
—Es largo de contar y ahora mismo no me apetece hablar del tema, pero, resumiéndolo mucho: ya no me quiere.
Me quedo de una pieza.
Esperaba cualquier cosa, pero no lo que acaba de soltar.
Me rompe el corazón verlo tan asustado. Y es que no hay nada en la vida que nos encoja más el estómago que la posibilidad de un futuro incierto.
—Unai, dudo que sea eso, Sara te quiere... —afirmo con seguridad.
—Hazme caso. Sé de qué hablo.
—¿Te lo ha soltado tal cual?
—A veces no hace falta decir las cosas, se sobreentienden.
—En la parte final le falla voz.
Quiero transmitirle lo equivocado que puede estar y lo necesario que es hablar antes de llegar a ciertas conclusiones, pero sé que meterme por ese camino no es lo que más nos conviene. Y aunque me preocupa muchísimo su situación, decido no pre-

guntar más. Unai no es como yo, no es un tío que se guarde las cosas, al contrario, tiende a ser bastante transparente y abierto. Por eso mismo, si en este momento no puede hablar, tengo que respetarlo. Sabe dónde estoy, sabe que puede contar conmigo para lo que sea y eso es lo único que importa.

—Cualquier cosa que necesites, aquí me tendrás, con mi música de mierda y mis Excel años vista.

Consigo hacerlo sonreír, pero no es más que una sombra de las sonrisas que sé que puede usar para ganarte o perderte.

Y es que Unai tiene varias sonrisas.

La genuina y sincera, con hoyuelos y los ojos achinados, que te hace creer que el mundo siempre será un lugar mejor con él a tu lado.

La interesante, de medio lado y con muchas promesas implícitas.

La curiosa, cuando no sabe muy bien por qué, pero se ríe igualmente.

La gamberra, la que utiliza cuando promete y mete.

La triste, la que te hace sufrir por él y te recuerda que nunca te harás vieja a su lado.

Y la que me acaba de dedicar, la forzada, la que intenta ocultar el mal momento por el que está pasando en realidad.

—Gracias por estar ahí, aunque ahora mismo no sea capaz de contarte lo que estoy viviendo, lo haré. Eres la única persona a la que le confiaría mi vida entera.

Apoya su mano en mi rodilla y aprieta con suavidad. El calor de su mano en mi muslo me calienta el alma.

—Siempre estaré aquí —afirmo con tristeza.

Esa es la cruda realidad en la que vivo: Unai siempre sabrá volver a mí, porque nunca me moveré de donde estoy.

—Pensaba que ibas a ofrecerte para ayudarme a reconquistarla —apostilla con una sonrisita.

Le arreo un manotazo en el hombro y me echo a reír. La única vez que planeamos juntos una reconquista no es que saliera como esperábamos.

—Por cierto, te he traído un detallito —dice a la par que se pone en pie.

—No.

—Sí —asiente con insistencia entre risas que, ahora sí, muestran las ganas que merecen.

—No. Joder, Unai, ¿sabes que ya tengo dieciséis?

—Mi segunda opción era regalarte un collar de macarrones, tenemos la producción a tope en casa, pero cuando se trata de nosotros…

Sale de Recepción un momento y vuelve a entrar con una caja de tamaño medio en las manos. Ni siquiera se ha molestado en envolverla, total, ¿para qué? Ambos sabemos lo que contiene, entre otras cosas, porque es lo mismo que me ha regalado durante los últimos años.

Cojo la caja y me trago el nudo que se me acaba de hacer.

—Hola, querido tostador número diecisiete.

Dios, cómo echo de menos estos momentos absurdos con él, cómo añoro al Unai que era antes de que la vida nos demostrara que no se trataba de un juego, que debíamos madurar a marchas forzadas o nos arrollaría.

Dejo el tostador sobre la mesa y charlamos algunos minutos más. Finalmente, Unai se pone en pie y se acerca a la puerta.

—No quiero volver a mi vida, pero lo tengo que hacer…, soy padre y eso.

—Azurmendi, pensaba que yo también era parte de esa vida tuya. —Le dedico un mohín exagerado.

—Tú eres la única parte de mi vida que siempre ha sido fácil, Lore. La única.

Se acerca a mí, deposita un beso en mi frente y se marcha a seguir con su vida dejando la mía patas arriba.

1994

Barbacoa de chorizos

Lorena · Benicàssim, 13 agosto de 1994

Voy hacia mi coche esquivando hojas resbaladizas, pedazos de ramas y charcos, para acercarme al Pryca de Castelló a hacer algunos encargos, cuando me doy cuenta de que hay tres personas sentadas al borde de la carretera que pasa por delante del camping, justo al lado de un charco enorme que suele formarse cuando llueve tan fuerte como lo está haciendo ahora mismo.

—¿Qué demonios estáis haciendo?

Iván, Unai y mi primo Miguel están en bañador sentados en sillas de playa, en mitad del aguacero que está cayendo, mientras se toman una horchata cada uno. Miguel hasta está untando un *fartó* que se ha doblado por la mitad por culpa de la humedad.

—Damiano decía que no aguantaríamos toda la tormenta aquí —aclara mi novio.

—¿Con qué fin?

Se encogen de hombros los tres.

—¿Llevarle la contraria? —propone Miguel, no demasiado seguro.

—Si aguantamos, nos tendrá que pagar la juerga de este finde por lo menos —afirma Unai.

—O sea que básicamente os estáis jugando la vida por unos cubatas que ni siquiera están asegurados.

—Y el honor, Lorena, nos jugamos el honor —se cachondea Iván.

—El poco que os queda.

Las apuestas que suelen hacer rozan lo absurdo y el peligro mortal bastante a menudo. Mi padre, mi tío Jacinto y yo ya no sabemos cómo advertirles de que al final vamos a tener un disgusto grave. Porque, claro, hoy no es el caso, pero la mayoría de las veces sus apuestas se desarrollan dentro de las instalaciones o a costa de las propiedades del camping. Por lo tanto, la seguridad de los campistas, de los trabajadores y del recinto suelen verse comprometidas.

Todo empezó hace un par de veranos con la típica apuesta tonta entre chavales aburridos y sin nada provechoso que hacer: «No hay huevos para subirte al seto y saltar a la piscina». Después, las cosas se fueron complicando hasta que llegaron fantásticas ideas como «No hay huevos para arrancar una puerta de los servicios e intentar hacer surf con ella en la playa», y con el paso del tiempo se han ido volviendo más y más creativos en sus hazañas. Han organizado carreras por el camping a la pata coja, atados los unos a los otros, a ciegas, con las consiguientes caídas y atropellos del personal; disfrazados de Mama Chichos, con bañadores robados en la urbanización Alborán, e incluso lo hicieron desnudos —qué momentazo, señoras, lástima que fuera de noche—. Montaron un baile popular cobrando entrada que pretendían que les financiara las juergas, en el que Damiano hacía las veces de Franco Battiato tocando un teclado de Casio que enchufaron a un altavoz del bar —el precario empalme provocó que saltara la luz en varias ocasiones—. También ha habido yincanas, secuestros de mascotas con su consiguiente rescate económico, lanzamiento de sandías a los del Alborán —con la Gran Avinguda y todo el tráfico de por medio—, concursos de saltar a la comba —con la cuerda que sujetaba la bandera de la playa del Heliópolis— y un etcétera larguísimo de cosas más o menos graciosas.

En un intento de frenar la situación y paliar el aburrimiento adolescente, el año pasado organizamos unas fiestas en julio y agosto, coincidiendo con el treinta aniversario del camping. Aunque fueron un éxito rotundo, las apuestas y gamberradas volvieron a hacer acto de presencia poco después. A finales de ese mismo agosto, sin ir más lejos, decidieron beberse el contenido de las dos máquinas de granizados que hay en el bar y acabamos teniendo que llamar a emergencias. Unai no dejaba de vomitar trocitos de hielo, Iván estaba azulón y temblaba descontroladamente, y Damiano tenía alucinaciones con limones bailarines disfrazados de falleras, pero, vete a saber, porque no siempre entendemos lo que dice.

Y este año pintaba que iba a ser más tranquilo después de aquello, pero no. Está claro que estos tíos no maduran ni bajo el sol.

—Sois tontos por encima de vuestras posibilidades. ¡Os va a fulminar un rayo! —les riño, pero da igual, ni se inmutan, están acostumbrados a mis broncas.

—Eh, Lorena, antes de hablar, pregunta. Nos tomamos las apuestas muy en serio y sabemos perfectamente qué estamos haciendo. —Unai me señala a su espalda.

Veo que han colocado un pararrayos casero construido con las partes metálicas de una sombrilla que han robado de El Rincón, un bar cercano al camping; alambre de cobre retorcido y varios metros de cinta aislante roja, que imagino ha salido de nuestro cuarto de mantenimiento. No me cabe duda de que el ingeniero detrás del invento ha sido mi hermano Rubén, que, aunque no participa activamente en las apuestas, a veces acaba imputado por colaboración.

—Azurmendi, tú la mayoría de las veces no tienes ni puñetera idea de lo que estás haciendo.

—Pues también es verdad —admite el vasco y le pega un trago a su horchata diluida, feliz y contento, con una media sonrisa de esas que tanto gustan a las féminas de este camping.

Hacía tiempo que no me fijaba en Unai como nada más que el amigo de mi novio, el gamberro con la peor reputación de la costa del Azahar o el hermano de Maider, hasta hace unos días en la playa.

Me cuesta recordarlo, pero Unai era un niño muy tímido, llorón y bastante miedica que siempre iba pegado al pareo de su madre. Muy al contrario que su hermana, que siempre ha sido un ser amable y muy social, él apenas pasaba tiempo con otros chavales del camping, excepto cuando se acercaba a la terraza del bar para intercambiar cromos. Ahí fue donde una tarde tuvo la suerte de conocer a Iván, su primer amigo después de muchos veranos. Recuerdo el momento exacto en el que mi novio nos lo presentó. Noelia y yo estábamos en la piscina cuando nos lo trajo prácticamente a rastras. Lo saludamos y le preguntamos algo, pero él apenas nos habló, al Unai de ocho años le costaba horrores apartar del suelo aquellos ojos azules tan bonitos que tenía.

Los veranos avanzaron y él continuó siendo una sombra que pululaba a nuestro lado.

Pero el cambio acabó llegando.

Hace un par de años, con los dieciséis recién cumplidos, se presentó en el camping con botas militares Dr. Martens negras, el culo apretado en un vaquero negro muy ajustado, una camiseta con el logo de Eskorbuto impreso en el pecho, un arito en el lóbulo izquierdo y un corte de pelo «en busca y captura»: rapado en los laterales, pero greñudo por detrás. Un estilo que sin duda no había elegido su madre —ni nadie con dos dedos de frente—. Cuando le pregunté de qué iba disfrazado, me contó que aquel invierno había descubierto que la respuesta a todo residía en el punk, un movimiento cultural que, según él, nunca moriría, y del que se sentía abanderado —con unos cuantos años de retraso—. La nueva versión de Unai, además de medir más de un metro ochenta y estar convirtiéndose en lo que muchas consideraban un «tío bueno», fumaba, bebía, soltaba tacos, protestaba por todo sin motivo aparente, practicaba el vandalismo de manera asidua y le deseaba un agradable escorbuto a todo lo que le rodeaba —incluidas las elecciones en las que todavía no podía votar—. Se había convertido en un macarra de manual que a mí me hacía muchísima gracia y a otras ponía muy tontorronas.

Pese a todo, aquel verano, el disfraz de antitodo le duró más bien poco, las temperaturas de Benicàssim no perdonan un pantalón largo y botas, y al año siguiente volvió un pelín más comedido, aunque continuó dándonos la turra con esa cosa horrible que él insiste en llamar música.

Contra todo pronóstico, aquel punki de pacotilla venido de Euskadi, que antaño era tímido a más no poder, acabó convirtiéndose en un tío muy abierto y elocuente, en un indispensable en nuestro grupo de amigos, así como en el capricho veraniego de todas las adolescentes del camping. Hasta el extremo de que jamás he visto tantas camisetas de Ramones y Sex Pistols concentradas en tan pocos metros cuadrados. Tal ha sido su éxito como becario en el departamento de seducción, que, aunque no se le atribuye ningún escarceo romántico por estos lares, tiene tantos pretendientes que corre el rumor de que hasta el repartidor de Miko ha hecho cola para que le embadurnara la espalda con crema.

Cambiar de corte de pelo por otro más favorecedor, es lo que tiene.

Sin embargo, sigo pensando que para ser solo un año más joven que yo, a veces es más infantil que un paquete de Sugus. Pero eso no ha evitado que mis pensamientos hayan estado dando muchas vueltas alrededor de la conversación que tuvimos en la playa.

De hecho, ayer por la tarde, mientras echábamos unos tragos todos juntos en el bar, en un momento tonto que me pilló con la guardia baja, me descubrí mirándolo mientras intentaba comunicarse con Damiano haciendo gestos con las manos. Recordé esas mismas manos apretando las mías contra su pecho y me pregunté qué habría sentido yo si hubiera acercado mi mejilla a sus pectorales, si hubiera encontrado refugio entre sus brazos, y qué habría pasado si él me hubiera vuelto a decir al oído que tengo que quererme más y que no debo cambiar por nadie.

Algo que jamás he escuchado salir de la boca de mi novio.

Y ahora mismo lo tengo delante de mis narices, medio desnudo —gracias, por tanto, querido calor que asola el Mediterráneo desde tiempos inmemorables—, mojado, sonriente y sin dejar de prestarme toda su atención. Un interés que me pone la piel de gallina por culpa de la falta de costumbre.

Como es evidente, si yo veo que me está mirando es porque estoy haciendo exactamente lo mismo que él. Y, mientras lo hago, no puedo evitar preguntarme si ha vuelto a fijarse en mis tetas cuando no me daba cuenta y si sigue pensando que soy la única tía a la que le queda bien un gorro de piscina de goma. Empiezo a rebobinar la cantidad de veranos que hace que nos conocemos y, aunque tengo buena memoria, no soy capaz de dar con el momento exacto en el que me haya podido ver con esas pintas. Pero da igual, él lo recuerda y eso es lo que importa.

Debo de estar perdiendo la cabeza, porque pensar en estas cosas ni es justo ni es lo que debería estar haciendo cuando tengo a mi novio sentado a su lado y está tan mojado y semidesnudo como el vasco. Además, Iván es muchísimo más llamativo. Con ese pelo rubio rebelde, esos ojos azules tan impresionantes y ese casi metro noventa tan bien repartido. Es el chico con el que todas queremos salir. El chico al que le perdonas todas sus carencias porque te pierdes a ti misma al mirarlo a los ojos, porque eres incapaz de creer que quiera estar contigo, que te haya elegido a ti con todas tus imperfecciones incluidas.

—¿Cuánto tiempo planeáis quedaros aquí? —pregunto en general, pero me obligo a mirar a Iván, quien espero que tenga la decencia de detener esta posible barbacoa de chorizos.

—Hasta que pase la tormenta —responde mi novio como si fuera lo más evidente del mundo. Acto seguido, tira de mí hasta que acabo sentada en su húmedo regazo.

—*Usare l'ombrello non vale!* —protesta Damiano desde la terraza del bar, donde está a cubierto disfrutando con mi hermano del suicidio colectivo al que me acabo de apuntar.

—¡Dice que no vale usar paraguas! —nos grita Rubén, haciendo las veces de traductor.

Así que Iván me arrebata el paraguas, lo cierra y lo lanza lejos de nosotros. Un coche pasa a gran velocidad y, además de pisar mi precioso paraguas y dejarlo hecho un ocho, nos salpica con el charco que hay a nuestro lado.

—Maravilloso —afirmo con ironía mientras la ola me golpea en la cara y el cuerpo con furia.

Mi novio me planta un beso en la boca para que no me queje más.

—¿Adónde ibas? —me pregunta, y distribuye varios besitos por mi mandíbula.

—Al Pryca, a comprar algunas cosas que me ha pedido Tito para el bar.

—¿Te apetece que después de cenar nos bajemos al apartamento de la playa?

Mis tíos viven en el camping de marzo a octubre, pero durante el resto del año lo hacen en un apartamento a pie de playa. Así que, cuando está disponible, las llaves van rulando de un miembro de la familia a otro sin que nadie haga demasiadas preguntas. Mi primo Tito, futuro heredero del inmueble, lo llama el «putipartamento», y no le falta razón, porque todos buscamos «intimidad» de vez en cuando entre sus paredes.

—¿Quieres que pasemos allí la noche?

Las manos de Iván me dan la respuesta perdiéndose debajo de mi falda y hurgando encima de la tela de mis braguitas. Aunque nadie puede ver lo que está pasando porque su mano está camuflada debajo de mi culo, de pronto me siento como si estuviera haciendo algo malo que pudiera decepcionar a Unai.

Sé que es un pensamiento de mierda que no tiene fundamento alguno, pero no puedo evitar este tipo de sensaciones desde que el otro día admití delante de Unai que a veces Iván cuestiona mi sobrepeso. Creo que cuando nos ve así, debe de pensar que soy una idiota por permitir que un tío que pone en entredicho mis curvas me meta mano a su antojo y disfrute de mi cuerpo.

Y no podría sentirme peor.

Iván jamás haría un comentario sobre mi peso con el único objetivo de hacerme daño, porque él no es así. Las pocas veces que me dice algo, solo es porque le preocupo y quiere que me sienta mejor conmigo misma. Pero sus buenas intenciones no evitan que sus constantes sugerencias y observaciones a veces me duelan más que el reflejo que me devuelve el espejo cuando me desnudo. Incluso hay ocasiones en las que el complejo que me generan sus palabras crece tanto que me provoca una vergüenza incontrolable a la hora de quitarme la ropa delante de él. Me siento expuesta, juzgada y «pesada» a su lado, y no dejo de preguntarme si estará fijándose en que mi tripa no es plana, mis caderas ya no caben en el vaquero que me compré el otoño pasado o la celulitis se me nota si me pongo en tal postura…

Vivir así es una agonía que no le deseo a nadie.

Quizá esté haciendo una montaña de un grano de arena, pero lo único que tengo claro es que las palabras de Unai son algo que necesitaba oír desde hacía demasiado tiempo, que llegaron en el momento idóneo y que JAMÁS imaginé que vendrían de él.

1994

Parezco Maradona

Unai · Benicàssim, 13 de agosto de 1994

—¿Qué coño es esto? —Agito el papel que me acaba de dar Iván.

—Un maravilloso relato erótico que he encontrado en la sección de cartas en una revista que había en el cagadero del bar.

—No pienso leerlo.

—Una apuesta es una apuesta, Azurmendi.

Aquí estamos otra vez, dos bocazas, una misión fallida y la prenda resultante.

Al final, no hemos aguantado toda la tormenta sentados en la puerta, porque Tomás, dueño y señor del camping, nos ha hecho movernos de allí prácticamente a hostias. Miguel ha conseguido huir alegando que tenía que trabajar, pero a Iván y a mí, Damiano nos ha obligado a tragarnos el castigo y aquí estamos, agazapados en Recepción, dispuestos a cumplir antes de bajarnos a cenar a nuestras parcelas.

—La prenda incluía cantar algo juntos por la megafonía, no leer un cuento como este.

—No, amigo, la idea era hacer el ridículo por la megafonía, lo de cantar lo has dado por hecho tú solito.

—¿Y Lorena?

—¿Quieres que te haga los coros?

—No, tío, pero hostia, nos va a cortar los huevos en cuanto se entere.

—Tú lee, que yo me encargo de mi novia esta noche —recalca de malas maneras.

—¿Y se puede saber por qué tengo que leerlo yo? La prenda nos ha caído a los dos, y ya sabes que yo no…

—Porque has sido el primero en levantarte, so gallina, y estamos aquí por tu culpa. Además, yo me he hecho con las llaves con la esperanza de que podríamos joder a Damiano.

Maldito sea.

Le dedico una mirada asesina mientras le deseo una calvicie temprana y un problema de gatillo, pero pasa de mí y se descojona. No sé por qué me dejo liar, estas historias nunca acaban bien. Supongo que me gusta encajar y sentirme parte de algo, pero está claro que tengo que ser más selectivo.

Leo la primera parte del texto varias veces para mis adentros y me marco las palabras problemáticas. No lo hago con todo el relato porque dudo de que nos dejen llegar tan lejos.

Esta mierda nos va a costar un disgusto, pero todo sea por el honor y las risas.

Cuando creo que más o menos lo tengo, pulso el botón del micro y le doy un par de golpecitos en la alcachofa que retumban a través de todo el camping.

Carraspeo.

Me entra la risa floja.

Vuelvo a carraspear.

La risa se concentra en mi estómago y apenas puedo contenerla. Iván me arrea un par de palmadas en la espalda y hace un gesto elegante señalando el micrófono para que empiece. Está a punto de morir descojonado y, joder, así no me ayuda; para poder llevar a cabo esta misión, necesito concentración absoluta.

Carraspeo por tercera vez y, sobre la marcha, decido fingir un acento argentino para que mis padres no me reconozcan en pocos segundos. Infalible.

—Era la mañana de Navidad y la ilusión flotaba en el ambiente. —Parezco Maradona leyéndole un cuento a su hija para dormirla—. El olor a jen-gi-bre y a canela... inundaba el salón donde los regalos de Papá Noel descansaban bajo el árbol a la espera de ser abiertos. La chica corrió por el salón y se... a-rro-di-lló junto al árbol. Había un paquete rec-tan-gu-lar con su nombre. Su madre, que hasta entonces había per-ma-ne-ci-do escondida, se acercó y la animó a que lo abriera. La joven destrozó el papel de regalo con ilusión hasta des-cu-brir el juguete que tanto tiempo llevaba esperando: un Bichiluz, un peluche con forma de lu-ciér-na-ga cuya cabeza se iluminaba de noche. —detengo la narración y tapo el micro—. Esto de erótico tiene lo mismo que Miguel disfrazado de Mama Chicho.

—Tú sigue.

Me aclaro la voz, retiro la mano del micro y continúo donde lo he dejado, bastante sorprendido de que todavía no haya venido nadie a cortarnos el rollo.

—La chica estaba muy contenta con su pequeña luciérnaga, sobre todo cuando aquella misma noche descubrió que, cada vez que le apretaba el cuerpo, no solo se le i-lu-mi-na-ba la cara, también vi-bra-ba con una cadencia que prometía un gustirrinín muy excitante. Brrrr, brrrr. Brrrr, brrrr. Brrrr, brrrr.

Como es obvio, aunque ya conocía el giro que se me venía en el argumento, me entra la risa y me cuesta Dios y ayuda continuar leyendo. Miro por una rendija de la persiana y veo a Tito en la puerta del bar muerto de risa. Y qué queréis que os diga, pero eso me anima a poner un tono de voz aún más inocente pero muy ardiente:

—La joven apenas tiene ex-pe-rien-cia, pero algo le dice que si se coloca el Bichiluz en su...

La persiana se abre de golpe y Tomás nos señala.

—Azurmendi y Fabra, cómo no. ¡¡Suelta ese micro ahora mismo, que me vais a buscar la ruina!!

No es que suelte el micro, es que dejo el papel que contiene el relato y hasta mi alma, echo a correr camping abajo e Iván me sigue. Esquivamos a un grupo de chavales que vuelven de la playa y él le roba la bici a uno de ellos. Pierde las chancletas por el camino, pero no nos paramos, Iván se coloca en cabeza abriendo la veda y yo acelero tanto como puedo.

Los gritos de Tomás nos siguen de cerca, va cagándose hasta en lo incagable, y una de las veces que miro hacia atrás descubro que lleva un extintor en la mano. De esta ya os digo yo que no salimos enteros.

Cuando Iván alcanza los segundos baños me hace señas para que torzamos a la izquierda y atajemos por los lavaderos comunes. Manda la bici a tomar por saco en un parterre y lo pierdo de vista. En cuanto llego al punto en cuestión, hago una maniobra de despiste pasando por una parcela y me escondo con mi amigo detrás de unos contenedores. Tomás es un señor que está en forma, pero se acerca a los cincuenta, así que dudo que tenga tan buenos reflejos.

Error.

Tomás «Terminator» Segarra nos encuentra agazapados como dos gatos callejeros entre los contenedores. Por suerte, lleva las chancletas de Iván en la mano, no el extintor. Nos las tira a la cabeza.

—¿Qué pasa, que hoy no hay cole y habéis decidido que era un buen día para tocarme los cojones?

Me retuerce la oreja como si intentara sintonizar *Los 40 principales*. Lo miro de reojo y me asusto por lo fruncido que tiene el ceño. Sus cejas están a punto de fusionarse como las de Blas, el amigo de Epi. Y su bigote con la misma forma que el manillar de una bici y afincado en su labio superior desde abril del 73, época en la que los guateques todavía molaban, se mueve al son que marca su boca fruncida por el cabreo.

Duda aclarada, esta vez la hemos liado bien gorda.

—Señor Segarra, era una cuestión de honor, ya sabe usted cómo funcionan estas cosas.

—¿Tu honor o el de esa luciérnaga lujuriosa? Venga ya, Azurmendi, que no es la primera vez que me organizáis algo así.

—Ni la última. —Le guiño un ojo.

—No me tomes el pelo, Azurmendi.

—No es que haya mucho pelo que tomar, ¿eh? —Le arreo un par de codazos amistosos y él le pega otro giro a mi oreja. Lo tengo en el bolsillo.

En el bolsillo ese tan pequeñito e inútil que suelen tener los vaqueros.

Agarra a mi amigo de un tirante de la camiseta y nos arrastra calle arriba.

Al pasar por las parcelas de algunos amigos, nos aplauden, detallito que hace que mi oreja sufra un poco más. Una señora de València nos llama marranos y nos lanza pinzas porque no sé a qué santo hemos hecho llorar. Otra mujer, ataviada con un pareo de gatitos, nos grita maldiciones en gallego. Un hombre barrigón idéntico a Jesús Gil, tan solo vestido con un *fardapollas* de tamaño mini de un color que me recuerda al Tour de Francia, nos pide que le contemos el final del relato con pelos y señales. Menos mal que el míster del Voramar lo manda callar entre gruñidos, porque hasta a mí me ha dado grima.

El recorrido por el camping se me hace jodidamente eterno, y eso que solo hemos bajado la mitad.

A Iván también le cae la del pulpo por el camino, pero claro, soy yo quien le ha dado voz a la historia, soy el que va a comerse los cargos y es mi oreja la que está a punto de ser arrancada, una pérdida infinitamente mayor en comparación con el tirante de su camiseta.

En cuanto llegamos a Recepción, Tomás por fin me suelta. Me gustaría decir que no siento la oreja, pero no es así, me arde, me quema y me palpita.

Me sorprende la comitiva de bienvenida que nos espera. Se ve que mi acento argentino no ha disimulado mi identidad tanto como pretendía. Mis padres, los de Iván, Pilar —la mujer de Tomás—, Tito y Lorena están apelotonados junto a la caseta de Recepción como si fueran la Santa Inquisición en pantalón corto y chancletas. Se me cae la cara de vergüenza cuando el corrillo se cierne sobre nosotros. No sabría decir quién está más cabreado, porque nos están echando la bronca todos a la vez y en varios idiomas, pero sí puedo decir que el que más está disfrutando es Tito. Tiene a gente reclamándolo para que vuelva al bar y huele a croquetas quemadas que apesta, pero aquí está, frotándose las manos y sonriendo. Le encantan estas mierdas.

—Ahora nos vais a contar la jugada entera. —Las palabras de Tomás no suenan como una amenaza directa, pero en realidad lo son.

Más nos vale ser cautos porque, a la mínima que cantemos más de lo debido, la vamos a liar. Es difícil llevar un control exhaustivo de las trastadas que sabe y que no sabe que hemos perpetrado.

—Ha sido una prenda por la apuesta que hemos perdido... —confieso, aunque diría que eso ya se lo imaginan.

—Nos hemos encontrado Recepción abierta y nos hemos colado —miente Iván con toda la arrogancia del mundo. Hay que ver los cojonazos que le echa, pese a tener los ojos de su novia incrustados en la rabadilla—. Tomás, asumo toda la responsabilidad. No volverá a pasar.

Sacar la carta del yerno y tutearlo es una jugada muy inteligente por su parte, pero me parece muy cobarde defender el honor de un amigo y echar la novia a los lobos. Porque está claro que Recepción solo podía estar abierta por un despiste de Lorena.

—Fabra, calladito estás mejor —le espeta con amor el suegro a Iván—. ¿Quién de los dos ha leído esto? —Le arranca de las manos a su mujer el papelito de la discordia y lo sacude.

—*Che*, tienen que adivinarlo —digo recuperando mi suplantación argentina más memorable.

—No me toques los cojones otra vez, Azurmendi.

—Era por darle un poco de salsilla al asunto, que estáis todos muy rayados —murmuro y agacho la cabeza para que no me vean reír. No es que la situación me haga gracia, es que en los momentos tensos me da por descojonarme y soltar paridas.

Es inevitable y un tanto lamentable, pero nací así.

—¿Te parece que el asunto ha tenido poca salsilla? —pregunta el padre de Iván.

—Hombre, a mí, que el bicho ese vibrara me ha parecido un giro la hostia de inesperado —admito.

—¡Has flipado, colega! Brrrr, brrrr —se mofa Iván, echando un poco más de leña al fuego.

—Bueno, ya está bien de chorradas —sentencia Pilar Vicent, esposa y madre de varios Segarras, una heroína poco reconocida—. Está clarísimo quién lo ha leído. Pasemos al castigo, porque esto sí que no puede quedar en una simple trastada como todas las demás.

Yo a esta señora le caía bien. O al menos esa sensación me producía cada vez que la veía sentada con mi madre en la terraza del bar y me daba bocadillos de Nocilla. Ahora empiezo a dudarlo.

—No os echo del camping porque…, no sé por qué, la verdad —comenta el señor Segarra justo antes de llevarse los dedos al bigote y acariciárselo con delicadeza.

—Hombre, Tomás, creo que hablando podríamos llegar a un entendimiento… —interviene mi padre en plan pacificador, aunque estoy seguro de que solo está remando a favor del indulto para no perderse el campeonato de petanca contra los del Alborán.

—¿Entendimiento? —cuestiona míster Segarra—. ¿Hace falta que os recuerde por qué ya no ponemos papel higiénico en los baños? ¿Por qué ahora disponemos de horario en la piscina? ¿Por qué hemos tenido que especificar en las normas del camping que no se puede correr desnudo ni escalar las farolas?

A Iván se le escapa una carcajada. Aquella vez que Damiano se tuvo que subir a una farola por culpa de una apuesta y después le daba miedo volver a bajar fue inolvidable. Sobre todo porque él y Tito se acabaron enrollando con uno de los bomberos que vino a rescatarlo y fueron la comidilla del camping.

—¿Por qué hemos tenido que colocar bisagras a prueba de hurtos en todas las puertas?

Estoy por decirle que se está poniendo muy nostálgico y que me parece precioso, pero decido dejarlo para otro momento en el que no tenga mi oreja tan a mano.

—Y en cuanto a ti... —Tomás se gira hacia su hija.

—¿A mí? —pregunta Lorena, alucinada—. ¡Estaba cenando!

—Alguien les ha dejado Recepción abierta a estos dos robaperas.

—Yo no he dejado nada abierto, he cerrado con las llaves de Miguel porque las mías... —Los ojos de Lorena se anclan en la cara de su novio. Las llaves deben estar ardiendo en el bolsillo de Iván, pero el muy cabronazo está callado como una puta tumba mientras mira hacia otro lado con cara de circunstancias.

—Las tuyas, ¿qué? —pregunta Tomás.

No quiero que el padre de Lorena piense que Iván es un yerno de mierda —aunque, a decir verdad, lo sea—, así que abro la boca sin pensar demasiado.

—Yo se las he robado —improviso—. Ella no sabía nada.

Lorena se gira hacia mí, sabe perfectamente que no he sido yo y que, desde luego, no ha sido encima de mí donde ha estado sentada restregándose y recibiendo besitos. Vuelve a observar a su novio a la espera de que asuma las culpas, pero Iván sigue pasando del tema. Mi amigo es un buen tío, aunque a veces vive con la vista apuntando a su ombligo. De vez en cuando alza la mirada y se sorprende al verse rodeado de gente, entre otros, su novia.

—¿Es eso verdad, Lorena? —pregunta Tomás—. ¿Azurmendi te ha quitado las llaves y no has dicho nada?

Ella duda, me mira otra vez, mira a su padre, mira a su novio, que sigue muy interesado en las palmeras que rodean la piscina, y vuelve a mirarme. Le hago un gesto sutil con la cabeza para que acepte, para que permita que me caiga a mí toda la mierda.

—Sí, creo que sí, pero no he dicho nada porque pensaba que me las había dejado en el coche...

Tomás no parece convencido, pese a todo, respiro tranquilo, creo que hemos salvado los muebles.

Después de escuchar la charla que me meten mis padres sobre lo grave que ha sido lo que hemos hecho y después de quedarme sin Game Boy como castigo, porque creen que sigo teniendo ocho años y cero pelos en las pelotas, cuando terminamos de cenar me subo con mi hermana a la terraza del bar, que es donde suele quedar con sus colegas. Rubén, Xabi y Gemma la están esperando.

—Segarra, ¿dónde está tu padre? —le pregunto a Rubén, que nada más ver a Maider se ha lanzado a pringarle la cara con el picapica de un Fresquito. Este chaval eleva el nivel de su estupidez un poco más cada día.

—En los almendros —contesta el querubín del Voramar.

Salgo del camping y lo rodeo. En cuanto veo los almendros, distingo la figura de Tomás al fondo. Me acerco a él.

—Buenas noches, señor Segarra.

—Azurmendi —dice sin levantar la vista de la manguera de regadío que está ajustando junto a un tronco. Su carácter es muy similar al de Lorena, si no tiene confianza, es un poco puercoespín y otro poco avestruz.

—Vengo a disculparme.

—¿Te han obligado tus padres?

—A lo mejor lo han sugerido varias veces durante la cena.

Deja caer la manguera al suelo y me encara.

Como norma general, a mí los padres solo me miran mal cuando me cuelo en sus casas de extranjis o cuando me pillan con la mano metida en alguna parte de su hija, pero con Tomás hay confianza, puede mirarme mal siempre que quiera.

—Pues adelante, discúlpate —dice con voz cansina.

—Perdón.

Creo que se está riendo, pero no lo puedo asegurar por la poca luz que hay y el trabajo que desempeña su bigote.

—¿Nada más?

—Bueno, básicamente eso, que perdone la que hemos organizado y que siento andar amargándole la vida de vez en cuando. A estas alturas, debe de tener un hoyo preparado con mi nombre junto a los naranjos.

Tomás suspira. Se está riendo, no hay duda. Por algún motivo que escapa a su control y al mío, este hombre en el fondo me aprecia y le hago gracia.

—Tu deber es hacer el gamberro y el mío es evitarlo. Nos han tocado esos papeles, Azurmendi. Si tuviera veinte años menos y este negocio no fuera la principal fuente de ingresos de nuestra familia... estaría en tu bando.

—Lo entiendo, señor.

—Pues que se vea.

Vuelve a coger la manguera del suelo y se pone a enrollarla.

—¿Necesitas algo más?

—Lorena.

—¿Lorena?

—Sí, su hija, ya sabe, esa chica morena muy guapa que... —detengo mis palabras al recordar que este señor es su papá y que opinar sobre la hermosura de Lorena está fuera de lugar—. ¿La va a castigar?

—Todo depende de ella.

3
Aquí empiezan nuestras vacaciones

Unai · Benicàssim, 14 de agosto de 2010

Llevamos desde primera hora de la mañana en la playa. Creo que tengo arena hasta en el ojete.

Óscar se ha traído un platillo volante hinchable donde es posible que quepa un aeropuerto entero, se ha pegado un par de horas dándole al pedal para inflarlo y ahora está en la peluquería. Mis hijas están aprendiendo a hacerle trenzas con la ayuda de Gemma, que es peluquera. Sara y Sonic han estado paseando y jugando con unas palas descoloridas con velcro, que a saber en el cajón de qué caravana llevaban veinte años pérdidas, Iván ha estado roncando sin cortarse un pelo y yo he estado fingiendo que leía una revista mientras dormía con las páginas abiertas encima de la cara. Soy padre 24/7, pero de vez en cuando me merezco una siesta.

La vida por estos lares es muy dura. De mayor quiero ser jubilado.

—Tío, creo que me voy a pegar un chapuzón —me dice Iván medio sobado todavía, con marcas de la toalla surcándole la cara.

Me coloco la mano a modo de visera y lo observo mientras se pone en pie junto a su hermano, se mofa un poco de las trencitas que tiene en las greñas y le sacude una sonora palmada en la espalda.

Iván no tiene nada que ver con Óscar, pero nada.

De joven, Iván era el típico guaperas en plan canalla que parecía salido de un capítulo de *Melrose Place*; hoy en día, en cambio, tiene pinta de modelo danés con un pasado turbio. Antaño era rubio, detalle que ya no puedo confirmar porque hace algunos años que luce el pelo al estilo kiwi —digamos que es un calvo negacionista— y es difícil asegurar cuál es su tono actual. Yo le veo los ojos marrones, pero para el resto del mundo parecen ser azules. Es un tiarrón de metro noventa con forma de cruasán y va tan tatuado que parece la puerta de cualquier baño público en la estación de Chamartín. Además, arrastra una tranca enorme. Me ahorraría este comentario si no supiera que es relevante en la historia de mi vida.

Es serio; con él, tonterías, las justas, casi siempre es un amigo aceptable y le gusta ese rollo de la lealtad inquebrantable hacia los suyos.

Bastante más que a mí.

Porque por muy íntimos que hayamos sido durante tantos años, en un momento de debilidad —o en varios— y empujado por un no sé qué, acabé comportándome como un amigo de mierda. Pero él ni lo sabe ni lo sabrá. Y volvemos al tema de las mentiras piadosas que les suelto a mis hijas y lo aplicamos aquí también: no merece la pena dar demasiadas explicaciones cuando puedo acabar jodiendo lo que queda de nuestra amistad —antes perpetua, hoy en día pasable— por algo que no significó nada. O que sí. La cuestión es que hace mucho que ya no importa.

—¿Te vienes? —me pregunta mi amigo.

—Paso. Estoy tan grogui que podría ahogarme en la mismísima orilla.

Iván asiente y pega un barrido por la playa. En cuanto localiza a su esposa, se queda mirándola varios minutos con una sonrisilla. La susodicha, tan pronto como se ha cansado de jugar a las palas, se ha metido en el agua y, de paso, le está regalando a todo Benicàssim una imagen privilegiada de su trasero felizmente partido por un tanga.

Y hablando de culos, no es que me interese especialmente el de Sonic, pero siempre que veo uno así recuerdo la tarde aquella en la que uno de dimensiones parecidas intentó matarme en esta misma playa. Me resulta inevitable no rememorar con una sonrisilla aquella época en la que metía la pata a lo grande y todo se solucionaba como por arte de magia. Ojalá hubiera sabido lo que vendría después, la cantidad de anécdotas que iba a acumular con ese culo y con su dueña, Lorena, y lo importante que iba a ser en mi vida.

Cuando llegamos al camping y nos dio entrada, solo pude estar con ella cinco minutos. Sé que, como siempre, está muy atareada dirigiendo una gran parte del negocio, pero en el fondo también sé que, como viene siendo tradición en los últimos veranos, cada vez que vengo al Voramar me evita durante unos cuantos días. Por eso anoche la intercepté en Recepción, donde no tiene escapatoria y pude hablar con ella un rato. Espero que acabe llegando el momento en que reúna la suficiente valentía para preguntarle por qué a veces es tan absurda y se esconde de mí, y ella deje de ser una cobarde y me dé alguna respuesta convincente.

—No hagáis cochinadas en el agua, que se te va a irritar el pompis. —Le guiño un ojo a Iván y le señalo el mar. Sonic está haciéndole gestos sugerentes para que se acerque a ella.

—No te prometo nada —responde mi amigo, y sale corriendo.

Iván conoció a su mujer cuando estudiaba en Madrid, en una quedada de gente muy rarita que se pasaba cuarenta y ocho horas sin comer y en pañales jugando a la no-tan-guay Sega Mega Drive. Como es obvio, la tía es una *crack* con el Sonic, hasta luce un peinado muy similar. Llevo tiempo pidiéndole que se tiña del mismo color que el erizo, pero dice que prefiere el rojo, que le hace parecer más sanguinaria. Y es que Sonic es un híbrido muy peculiar entre Milla Jovovich en *El quinto ele-*

mento y Rocío Jurado en la época en que se pintaba las cejas a pulso. Es una diva friki que destaca allá donde va.

Sonic toca la flauta travesera en la orquesta sinfónica nacional e Iván fabrica niños a gran escala. No es que se dedique a follar por ahí para engendrar vástagos —ese parece ser que soy yo—, sino que se graduó en Biología en la universidad de València, se largó a Madrid para sacarse el doctorado y se especializó en el campo de la reproducción asistida. Óscar suele decir que su hermano no es solo un embriólogo de renombre, es una especie de subcontrata de Dios que se dedica a culminar en un laboratorio la tarea de otros tíos saltándose toda la parte jugosa, y, contra todo pronóstico, hace feliz a un montón de gente.

Sonic e Iván componen una pareja de lo más peculiar: él bastante macarra, pero empollón; ella muy rompedora, pero clásica. Representan la típica unión entre dos personas que, cuando sabes que existe, haces apuestas sobre el tiempo que van a durar juntos. Tirando por lo bajo y decantándote por el fracaso. Pero al observarlos años después te das cuenta de que juntos forman un dúo improbable pero perfecto.

Además, ¿quién puñetas soy yo para poner en entredicho un matrimonio, cuando el mío está en la mierda?

Observo a Iván acercándose a su esposa, el beso de tornillo que comparten, y vuelvo a ponerme la revista encima de la cara dispuesto a echarme otra siestita, pero la paz a mi alrededor suele durar poco desde que soy padre.

—Aneee, ¡el *osaba*! —grita Leire, emocionada.

Están la tía Maider, la tía Gemma, la tía Lorena y el tío Oscar, pero Rubén es el *osaba*, que viene a ser lo mismo, pero en euskera. Porque claro, él ostenta un estatus superior en la vida de mis hijas, sobre todo en la de Leire, que lo venera por encima de cualquier otro miembro de la familia, amigos, bomberos, Olentzero, Minions y mascotas vivas o muertas. A Iván y Sonic aún no les han asignado un apelativo porque les faltan unas cuantas tandas al pillapilla.

Me incorporo y veo cómo mis hijas corren por la arena en dirección a Maider y Rubén. Leire lleva el mando de la tele en la mano, por lo visto se lo ha traído a la playa para que no se lo quitemos; Ane la sigue de cerca, pero se tropieza un par de veces y se va de morros al suelo.

Me considero un padre del montón, ni el mejor ni el peor, cariñoso, atento y paciente los días pares. También soy consciente de que no conoceré las consecuencias de mis actos como educador hasta que sea demasiado tarde, pero desde el mismísimo día en que dieron sus primeros pasitos a trompicones, vivo atrapado en un estado de tensión constante y ahora mismo no respiro tranquilo hasta que veo que Ane se levanta sana y salva, escupe la arena que tiene en la boca y consigue llegar hasta sus tíos.

En cuanto Maider y Rubén acaban de achuchar a sus sobrinas, se acercan a nosotros y nos lanzamos a una orgía de abrazos. Todos con todos. Hasta los que ya estábamos juntos.

—Qué pasa, chaval.

Choco el puño con Rubén y a continuación lo abrazo otra vez.

Y pensar que hubo un tiempo en que estaba deseando hacer un cursillo rápido de taxidermia para disecar su cabeza y usarla como pisapapeles...

En cuanto me giro para saludar a mi hermana también, me la encuentro con Ane enganchada a su pierna izquierda y Leire intentando trepar por la derecha. Tiene los ojos llenos de lágrimas y está poniendo morritos. Y a esta, ¿qué le pasa? No me acerco por si acaso, que cuando llora no tiene tope.

—¿Qué tal, Mai? —Le doy varios golpecitos cariñosos con el dedo en el hombro y le sonrío.

—Pero qué mayores están mis *sobris* —dice ignorando mi pregunta, y se sorbe los mocos, dramática.

Interrogo a su novio con una mirada despiadada, pero él se limita a encogerse de hombros, tan descolocado como yo.

—Mai, las viste la semana pasada —comento con cautela.

Ella me mira dolida, como si le hubiera dicho que hemos organizado un referéndum y que está nominada para dejar de formar parte de la familia.

—La vida pasa muy rápido, Unai. Hoy estamos aquí y mañana quién sabe... Deja que lo asuma como buenamente pueda.

Juro por el pimiento de plástico de mi hija que no tengo ni pajolera idea de lo que le pasa a Maider. Siempre ha sido bastante intensita y roza el drama cada cinco minutos, pero esto es harina de otro costal. A lo mejor se está haciendo alguna colección de filosofadas de Planeta Agostini y las aplica en su día a día sin ton ni son, pero no encuentro ninguna explicación viable para este viaje tan trascendental que se acaba de marcar sobre la vida.

Rubén se acerca a ella, la agarra por la cintura y la besa en la sien. El segundo de los Segarra es como una canción de Andrea Bocelli cuando se trata de mi hermana: vive con, por y para ella. Y, además, es un sobón, siempre lo ha sido, incluso en aquella época en que se escondían de mis padres para que no se enteraran de que estaban juntos. Yo tuve el honor de pillarlos varias veces con las manos en la masa, y en lo que no es la masa.

Siempre me he cachondeado de su historia de amor, pero está claro que cualquiera con dos dedos de frente pagaría por conseguir lo que ellos tienen. La inercia es la asesina silenciosa de las relaciones y ellos saben cómo esquivarla, muy al contrario que Sara y yo.

—¿Qué tal terminasteis la *ikastola*? —pregunta Rubén a las niñas.

Desde finales de junio Rubén, piloto comercial, ha estado *balseando* o, lo que viene a ser, operando distintos destinos desde un mismo origen hasta que acaba la rotación y así poder librar dos semanas en agosto. Por lo tanto, se perdió la fiesta de final de curso a la que asistimos con Maider, que también da clase en el mismo centro, y mis queridos suegros, que aprovechan cualquier evento para recordarme que siguen en la familia.

—La *ikastola* es guay, pero no voy a *volvé* —responde Leire tajante.

—¿Cómo que no vas a volver? —rebate mi hermana, escandalizada.

—Va Ane.

Rubén me devuelve el interrogatorio ocular que le he dedicado hace un rato y las niñas aprovechan el momento para salir corriendo.

—Leire es toda una antisistema —digo a la par que me encojo de hombros—. Lleva un tiempo diciendo que no es necesario que vayan a la *ikastola* las dos, que con que sufra una ya vale.

Mi cuñado se descojona.

A Maider no le hace gracia el asunto, obvio, es profe. Yo me quedo pensando que, si no fuera porque, mientras están en la *ikastola*, Sara y yo tenemos que trabajar y aprovechamos los pocos minutos restantes para hacer ejercicios espirituales, tampoco las hubiera escolarizado tan pronto. La ley dice que hay que hacerlo a partir de los seis años, así que dudo que fuera a encontrarme al defensor del menor esperándome en el portal...

—¿Llegasteis muy tarde ayer? —se interesa Sara.

—Más de lo esperado, pillamos bastante tráfico en Zaragoza —informa Rubén— y después pasamos un par de horas saludando a toda la familia, cantamos un rato con Tito, dejamos las maletas y a Luna, y... eso.

Sara le sonríe con complicidad.

—¿Qué tal todo por aquí?

La pregunta de Rubén va con segundas y terceras, pero mi esposa no se percata. En un mundo normal y corriente, él es la última persona a la que acudiría con nuestras movidas, pero acabó siendo la primera y, como es lógico, está preocupado. Sara ni se lo imagina.

—Tocamos a mucho Óscar por barba y es tu amigo, así que ya sabes, ponte a ejercer —le digo con sorna.

El novio de mi hermana se echa a reír y mira a Óscar, que ahora mismo está enterrándose a sí mismo en la arena, mientras Ane lo pisotea y Leire le arrea con el mando de la tele en la cabeza. Gemma, que está entretenida hablando con Sonic, no parece muy preocupada, así que yo también ignoro el tema.

Maider y Rubén siguen de cháchara un rato más con Sara, colocan sus toallas en la arena junto a las nuestras y plantamos una sombrilla más.

Oficialmente, aquí empiezan nuestras vacaciones en familia.

Que Dios nos pille confesados.

Un par de horas después, hay trocitos de pollo repartidos por toda la arena.

Comer en la playa suena muy bucólico y romántico hasta que lo haces con dos niñas de tres años y pico y un adulto como Iván, que, contra todo pronóstico, es un cerdo a la hora de alimentarse: en lugar de meterse la comida en la boca, parece que se la tira a ver si acierta.

—La próxima vez te pongo un babero de *Las Supernenas* y te doy de comer a la boca —lo amenazo.

—¿Por qué no me comes el...?

—¿El postre? —le corto y hago gestos en dirección a mis hijas. Desde que soy padre, me paso la vida levantando banderas rojas. Más que nada, a mí mismo, todo hay que decirlo.

—Sí, amigo, «el postre», ¿por qué no me comes el churro?

—¿Habéis traído churros? —pregunta Óscar.

La palmada en la frente es un acto grupal cuando se trata del pequeño Fabra.

La siguiente media hora la pasamos recogiendo huesos de pollo y compartiendo un termo de café como cuando hacíamos botellón en esta misma playa. Las niñas están tan salidas de madre que es imposible que se echen la siesta, así que

Rubén, otro niño inquieto con el que tenemos que lidiar, decide entretenerlas.

—Venga, chicas, ¡os echo una carrera hasta Italia! —dice mientras se quita la ropa y la lanza a su espalda.

—Rubén, las niñas apenas saben nadar —le recuerda Maider.

—Ya lo sé, pero tienen unos flotadores preciosos y su *osaba* va a cuidar de ellas.

Le pasa un flotador a Maider y se pone a inflar el otro a pulmón. Estoy por decirle que hemos bajado el inflador a pedal, pero decido dejar que se luzca un poco. Aunque, por la cara que está poniendo mi hermana desde que su novio se ha quitado la camiseta, sospecho que le estoy echando un cable en balde.

Los ayudo a colocar los flotadores a las niñas, que viene a ser como intentar ponerle calcetines a un pulpo, y aprovecho para hacerle un par de coletas a Leire. Con Ane nunca hay problema, puedes hacerle un recogido de boda y ni se menea, pero a Leire le encanta ir por la vida pareciendo una versión mini de Courtney Love. Y hasta yo, que paso mucho de la imagen, entiendo que no es plan. Una vez que están listas, se aventuran mar adentro de la mano con Rubén. Mi hermana, Iván y yo metemos los pies en la orilla y nos quedamos observándolos.

A los pocos segundos, Rubén grita dolorido y se caga en mis muertos.

—¡Soy yo quien debería llevar flotador y no tus hijas, Azurmendi! ¡Reparten patadas en los huevos que dan de todo menos gusto! —me echa en cara.

A lo mejor debería haberle avisado, pero ¡bah!, estas cosas endurecen el carácter y él siempre ha sido muy blandurrio.

—Chicas, ¡ya veo Italia a lo lejos! —grita con lágrimas en los ojos.

No han avanzado ni tres metros, el agua le roza la cintura, pero, a este tío, a efusivo no le gana nadie cuando se trata de mis hijas.

—Estoy loca por él, pero cuando lo veo mojado... es otro nivel —me susurra mi hermana.

Su novio es un pibón hasta para mí, pero la línea entre estar enamorada y obsesionada, en su caso, es muy sutil.

—A ti Rubén te gustaría hasta rebozado en caca.

—Pues también es verdad, hermanito. Aunque preferiría que fuera chocolate. —Cierra los ojos y se relame.

Iván se descojona.

Me dispongo a aprovechar la coyuntura para ir adelantándoles la charla sobre follar en una caravana con la misma insonorización que un Seat Panda del ochenta cuando hay dos niñas pequeñas cerca, pero creo que ha llegado la hora de cambiar de tema. Más que nada, porque me incomoda hablar de estas cosas con ellos. Le pediré a Sara, que tiene más tacto que yo y mucha confianza, que lo haga con Maider y con Sonic. Solo espero que recuerde lo que es follar. Aunque implique a otras personas.

—Voy a echarle un cable a Rubén —anuncia Iván y se adentra en el mar.

Ya me extrañaba a mí que el de València no quisiera lucir sus dotes de nadador e intentara competir con otro gallito como él.

—Anoche, cuando llegamos, hablé con mis padres —comenta Maider.

—¿Y con los míos?

—Con los tuyos también, idiota. Al menos con los que pagaron tu bautizo —me vacila.

—No vayas de lista, porque el día que me bautizaron ni tú estabas ni yo pude negarme.

—Lo raro es que no le hicieras una ahogadilla al cura.

—Lo raro es que no te la hiciera a ti cuando te trajeron a casa del hospicio.

—Oh, vamos, soy tu hermana favorita, ¿qué harías sin mí?

—No juegues con mis ilusiones. Oye, hablando de la familia y los amigos, ¿qué es de Nagore? —me intereso.

—Ahí anda, en Barcelona, a tope de curro.

Nagore Alkorta es, junto con Gemma, una de las mejores amigas de mi hermana. De hecho, me extrañó mucho que ella y Xabi, otro feligrés histórico del camping Voramar, no se apuntaran a nuestro plan, pero tampoco se lo pregunté, bastante tenía con salvar mi matrimonio. Además, aunque Nagore me cae bien, estar con ella es como intentar contener un huracán con el dedo gordo.

—Pensaba que se vendría con Xabi.

—Las cosas entre ellos están... complicadas.

—¿No me vas a dar más datos? —La señora cotilla que llevo dentro acaba de asomar la nariz entre los visillos.

—No, Unai, no te voy a dar más información.

—¡*Aita*, mira! —Ane me tira del bañador con insistencia—. ¡El *osaba* está llegando a Italia!

Desde hace tres años y medio, mis conversaciones son más cortas que un SMS. Me siento como un hombre con déficit de atención, aunque tal vez eso también lo tenga...

—¡Va a traer macarrones *pa* cenar! —vocifera Leire, emocionada.

Según deduzco, las niñas se han aburrido de chapotear, han salido del agua y ahora están bailando en la orilla con sus flotadores puestos como si fueran tutús. El pobre Rubén ha continuado nadando e Iván lo sigue de cerca, pero lo tiene francamente jodido, porque a mi cuñado no hay dios en la tierra ni en el cielo que le gane en nada.

El muy cabrón es listo de cojones y se le da todo de puta madre: nadar, correr, jugar al ping-pong o al fútbol —aunque sea un madridista con muy poca vergüenza y ningún criterio—; las matemáticas, la mecánica de fluidos y la geometría; el sarcasmo y las tomaduras de pelo a varias bandas; pilotar aviones, barcos, motos o coches, y, sobre todo, sabe peinarse para que parezca que no empieza a tener entradas.

El populacho español no ha conocido nada igual desde el Cid Campeador.

Léase con ironía.

¿Tiene algún defecto? Sí, unos cuantos: no sabe silbar con un poco de potencia ni guardarse ciertos comentarios para sí mismo. Le gusta la pizza con piña. A veces el ego hay que acariciárselo a dos manos, como si estuvieras esparciendo harina en una encimera de cuatro metros cuadrados; lo de ser un capullo lo ha profesionalizado y puede llegar a ser tan directo que no sabes si clasificarlo como sincero o como hostiable.

Pero en el fondo es un buen tío y hace feliz a mi hermana.

Solo por eso ya tiene todos mis respetos y, si tengo que acariciarle el ego de vez en cuando, bienvenido sea.

Sin embargo, he de admitir que, al principio, por motivos que no vienen a cuento ahora mismo, me costó habituarme a tenerlo en mi familia y darle la bienvenida, pero hoy en día se ha convertido en uno de los pilares más fundamentales que sustentan nuestro pequeño clan. Primero, porque sin él mi hermana se viene abajo y, segundo, porque cuando estoy borracho y me apetece soltar lastre, sabe escuchar como nadie.

Y lo más importante, no te juzga y si tú no quieres, no te agobia con frases muy pomposas pero vacías salidas de un libro de autoayuda comprado en la zona de liquidaciones del Carrefour. Sabe estar cuando se le necesita y sabe desaparecer cuando sobra.

Todo un arte que pocos consiguen dominar.

1994

Pamela y Tommy

Lorena · Benicàssim, 14 de agosto de 1994

Las mañanas en el camping suelen ser tranquilas y aún más si se trata de un domingo.

La gente desayuna en sus parcelas y es muy raro que empecemos a notar movimiento antes de las diez. Así que Miguel, Noelia y yo solemos aprovechar para tomar un café en el bar con Tito, ponernos al día y planear la tarde o la noche con un ojo puesto en Recepción por si alguien me reclama.

Pero hoy no es el caso.

No son ni las diez de la mañana y ya me he cagado —en sentido figurado— media docena de veces en todos los antepasados de Unai Azurmendi. Nunca he sido de maldecir a nadie, pero es que cuando se trata de él, su familia se me queda pequeña y me tengo que remontar muchos siglos atrás para satisfacer mis necesidades.

Imagina lo siguiente: durante tu única noche libre EN SEMANAS, en la que planeabas una velada muy interesante con tu pareja, uno de tus supuestos amigos y tu mismísimo novio aprovechan un despiste tuyo para liarla parda secuestrando el micrófono de Recepción y leer con acento argentino un relato erótico muy cerdete, que implica a un Bichiluz que, oh, sorpresa, por un fallo de fábrica, vibra y le da muchísimo gustirrinín a una jovencita, a la que, sin querer, le puse la cara de Leticia

Sabater con dos coletitas. Lo sé, debo de tener algún trastorno no diagnosticado bastante grave para hacerme eso.

Y por culpa de semejante atentado contra la moralidad campista, tengo una cola de veinte personas quejándose y llamándome de todo menos competente desde primerísima hora. Estoy por contestarles «¡Al mediodía, alegría!» y largarme dando saltitos en busca del café que me falta.

—Tengo dos hijas pequeñas, ¿qué cojones les digo ahora sobre este juguete con el que duermen cada noche? —me increpa un padre jodidamente cabreado, con la cara roja y haciendo aspavientos con el muñeco en cuestión en la mano derecha, que no deja de encenderse y apagarse. A lo mejor está pidiendo socorro en morse y yo estoy tan tranquila sin hacer nada. Solo espero que no esté vibrando también, porque el buen señor se va a ir de vuelta a su parcela habiendo perdido la sensibilidad de la extremidad derecha.

—Ya le he pedido disculpas varias veces. El incidente de anoche no tuvo nada que ver con la dirección del camping. Estamos consternados.

¿Consternados? ¿Tan desesperada estoy por quitármelo de encima que hasta sueno como una viuda en un velatorio?

—Estaría bueno que encima apostéis por el porno.

—Claro que no, señor.

Las quejas se amontonan una detrás de otra durante horas y, aunque me esfuerzo en poner buena cara a todas y cada una de ellas, llega un momento en que ya no puedo dar más de mí. Estoy exhausta y hasta el mismísimo florero de tener que aguantar reproches por algo que no he hecho. Encima, algunos clientes que ni siquiera tienen una integridad intachable están aprovechando la coyuntura para pedir descuentos y mejoras con todo su morro. Una señora hasta me ha exigido que le regalemos un avance nuevo para la caravana, porque, por lo visto, con el disgusto que se llevó ayer rompió la cremallera del suyo.

A eso de las tres de la tarde, cuando los campistas por fin

han abandonado las protestas, más por el solazo que hace que por otra cosa, Unai detiene el coche de sus padres delante de Recepción.

—¿Estás castigada, Florecilla? —pregunta, el muy gilipollas, con un tonito de recochineo que me incita a muchas cosas ilegales que implican un cuchillo jamonero, una pala y el terreno de los almendros.

Levanto la cara de mis papeles y me quedo mirándolo unos segundos. Su brazo cuelga de la ventanilla abierta, lleva puestas las gafas de sol y una camiseta de tirantes negra con la frase «Arde Ribera» y el logo de algo llamado Piperrak.

—Vete a la mierda, Capullito.

Estoy muy cabreada con Unai porque fue el encargado de la locución, pero sin duda el culpable y cobarde máximo en toda esta historia es mi querido novio. Que, por cierto, lleva la mañana entera en un paradero tan desconocido que ni Paco Lobatón sería capaz de dar con él. Probablemente esté trazando algún plan para engatusarme y que lo perdone sin hacer muchos esfuerzos. Típico de las malas artes que a veces maneja Iván.

—La Florecilla y su Capullito —repite Unai con una sonrisa—. Qué cosas tan bonitas me dices.

—Qué fuerte, es que no pillas una ni queriendo… ¡Que te largues de aquí, Azurmendi!

—No puedo, no me has contestado. ¿Te han castigado?

Resoplo e intento atravesarlo con la mirada, pero por desgracia, no le hago ni cosquillas.

—No es que esté castigada, es que me han desheredado por no responsabilizarme de las llaves.

Le muestro el cordón rosa en el que me las ha colgado mi padre al cuello y veo cómo la culpa enturbia sus ojos azules.

—Deberíamos hacer algo al respecto… —comenta a la par que estudia los alrededores.

—No te dejaría solucionar ni una puñetera gotera con el dedo.

Unai detiene el motor del coche, se baja y pasea con aire desgarbado pero elegante hasta apoyarse en el mostrador frente a mí. Se quita las gafas de sol y las tira a un lado. Si fuera un galán de Hollywood, las gafas habrían aterrizado con las patillas dobladas y en una posición perfecta, pero, como no es más que un payaso en sus horas bajas, han golpeado el mostrador, se han precipitado al suelo y ahora están entre mis pies.

—Cuando hablas de goteras y dedos, ¿te refieres a un problema personal o a algo profesional?

Le lanzo el boli que tengo en la mano como si fuera una jabalina. Lo esquiva y acaba desapareciendo entre los hibiscos que hay al otro lado de la calle. Me falta precisión, maldita sea.

—No te cabrees conmigo, Lorena, te prometo que, si lo de las goteras es un tema personal, busco a Iván y te lo traigo a rastras para que se haga cargo.

—¿Gracias?

—De nada. Soy un tío muy resuelto, el típico hombre que quieres tener a tu lado cuando hay problemas.

—Permíteme que te recuerde que eres uno de los causantes de todos los problemas que ahora mismo tengo.

—Por eso estoy aquí —admite.

—Has venido a disfrutar del resultado. No tienes vergüenza.

—Ninguna. Ya deberías conocerme. —Me dedica una sonrisilla—. Ahora en serio, Lorena, lo que hicimos no tiene justificación...

—Oh, sí que la tiene, y es que tu madre se tomaba la píldora de aquella manera en los setenta y aquí estamos, pagando las consecuencias de sus actos.

—Lo siento...

—No, no lo sientes.

—Sí que lo hago. Por eso anoche fui a pedirle a tu padre que no te castigara, pero, por lo que veo, no respeta demasiado mis opiniones. —Lanza un resoplido como si la situación le sorprendiera—. Pero, bueno, no importa. Deja esos papeles y antes de que venga alguien más a quejarse o tu padre a ejecutar mi sentencia de muerte, larguémonos. Cambiémonos los nombres y salgamos del país. Nadie nos encontrará. Excepto Iván, siempre que tú quieras, claro.

Abro la boca y me quedo de esa guisa. Este tío es alucinante.

—Pamela y Tommy —susurra.

—¿Pamela y Tommy? —repito, todavía sumida en la más absoluta ofuscación mental.

—Sí, creo que son unos nombres falsos bastante resultones para una fuga improvisada. Ya sabes, Pamela Anderson, en honor a tus tetas, y Tommy Lee, por mi aire de rockero. Es verdad que nunca he sido muy fan de los Mötley Crüe, pero de momento, hasta que se me ocurra algo mejor, nos tendremos que conformar con eso.

Sin apartar la mirada de sus ojos, y fingiendo una sonrisa enorme con la que seguro que parezco una auténtica loca con una incipiente tendencia sociopática, palpo con la mano derecha todo lo que hay sobre mi mesa. Elijo la grapadora y se la lanzo a la cara. La evita, es rápido de narices, y termina empotrada contra el suelo. Una pena, porque creo que no me queda más material de oficina con la suficiente contundencia para romperle esa cara tan dura y tan bonita que tiene.

¿He dicho «bonita»? Ha sido un lapsus, un síntoma claro de que estoy a punto de perder la última neurona que me queda operativa.

—Y ahora, si me disculpas, tengo que dar entrada a cuarenta familias hasta que cerremos Recepción, así que hazme el favor de largarte a donde sea, pero a poder ser, que esté muy lejos de este camping y llévate tus gilipolleces contigo.

De pronto desaparece de mi vista tal como le he pedido. Estiro el cuello y lo busco al otro lado del mostrador, pero no lo veo por ningún lado.

Pocos segundos después, noto una presencia a mi derecha y descubro que está apoyado en el marco de la puerta lateral de

Recepción. Me dedica una mirada que pretende ser penetrante, tal vez incluso sensual, pero acaba resultando bastante ridícula viniendo de él. De hecho, empieza a escurrirse y cuando quiere reaccionar ya está despatarrado en el suelo. Me quedo mirándolo con cara de circunstancias.

—¿Estás bien? —pregunto por cortesía, porque una, ante todo, es muy profesional y se preocupa por sus clientes.

—Sí, claro... ¿Podemos recordar esto como un momento algo más elegante? —Empieza a gatear para ponerse en pie—. Uy, mira, mis gafas de sol.

Se arrastra por el suelo hasta que acaba metido debajo de mi mesa.

—¿Qué diablos estás haciendo, Azurmendi?

Abro las piernas y me asomo a mirar con verdadera curiosidad.

—Obviamente, coger mis gafas, no te adelantes a los acontecimientos, Segarra —responde una carita sonriente que se halla posicionada casi entre mis muslos.

—¿Me haces el favor de dejar la espeleología para otro momento y salir de ahí? —Le doy varios golpecitos en la cabeza con un nerviosismo y un acaloramiento bastante repentinos y preocupantes.

—Espera, que hay un lápiz tirado ahí al fondo, aprovecho el viaje y lo recojo.

Me quedo muy quieta.

Que alguien me explique cómo he acabado con Unai Azurmendi hurgando debajo de mi mesa. Si alguien nos pilla en este momento, esto va a ser bastante más complicado de justificar que lo del relato erótico por megafonía.

Su culo se pone en pompa, repta un poco más y por fin lo tengo en pie a mi lado otra vez.

—Toma. —Me ofrece un lápiz mordisqueado con una maraña de pelusas y demás cosas pegadas, los mismos elementos que tienen las gafas de sol que deja sobre mi mesa.

Me sonríe satisfecho por su hazaña en las profundidades.

Yo, hace un rato que he llegado a un punto en el que no sé cómo actuar.

—Y ahora, ¿me dejas seguir trabajando, por favor?

—Me quedo contigo.

Ni corto ni perezoso, se sienta en una de las sillas que tengo a mi espalda y la hace rodar hasta colocarse a mi lado. Se impulsa con demasiado ímpetu y acaba chocando conmigo. Siento que algo me abrasa ligeramente en el punto exacto en el que me ha tocado. Sorprendida, observo la piel de mi brazo y la voy recorriendo hasta saltar a la suya, sigo por su extremidad hasta alcanzar su cara.

—Hola. —Me dedica una sonrisa tímida y me quita la nariz—. Aquí me tienes.

Me muestra su pulgar atrapado entre sus dedos.

Debo de tener la boca muy abierta, porque no consigo que empiece a formar palabras; pese a eso, le arreo un manotazo y me vuelvo a poner la nariz en su sitio.

—Deberías irte. Píllate unos libretos de *Vacaciones Santillana* o yo qué sé...

—No seas boba, puedo echarte un cable. ¿Qué hay que hacer?

Unai ocupa mucho espacio a lo alto y a lo ancho. Tanto que la caseta de Recepción parece mucho más pequeña de lo que es. Lo tengo tan cerca que noto un deje sutil a tabaco en su aliento, aunque solo lo he visto fumar en contadas ocasiones, y un ligero olor a cloro mezclado con gel de ducha emana de su piel. No debería notar su esencia, joder, él no debería estar tan cerca para que pueda hacerlo, ni yo debería estar prestando atención a eso.

—Acabaré mucho antes sola —balbuceo, descolocada—. No necesito que expíes tus putadas ayudándome.

Ignora mis quejas y palmea la mesa impaciente. Me parece ridículo lo grandes que son sus zarpas y cuánto abarcan sobre mi escritorio. Son como dos catálogos de plátanos de Canarias. Sus brazos están algo musculados y parecen bastante robustos. Me pregunto si hará deporte. Me pregunto si es hábil. Me pregunto… Me pregunto en qué momento he decidido que fijarme tanto en sus extremidades es una buena idea.

Observo de reojillo su cara unos instantes. No parece estar enterándose de mi escrutinio.

—No tengo nada que hacer, solo iba al Eurosol para un par de compras. Mis *aitas* han decidido ponerme varios castigos aleatorios por lo de ayer —continúa justificando su inestimable presencia.

No necesito su ayuda, pero ¿la quiero? Esa es una buenísima pregunta para la que no tengo respuesta.

—De verdad que no hace falta que te quedes, Azurmendi.

—Es lo mínimo que puedo hacer. —Encoge los hombros y veo mucha culpabilidad en su mirada—. Pero quiero que sepas que, si en algún momento decides que prefieres que nos fuguemos, lo haremos, querida Pam, tengo el coche ahí mismo.

Me resulta imposible no reírme. Unai va de malote pero no lo es. Va de gracioso y tampoco lo es la mayoría de las veces. Va de muchas cosas en las que se queda a medias, pero está claro que no va de buen tío, que no le gusta proyectar esa imagen, pero en el fondo lo es.

No como mi novio, que es quien debería estar sentado a mi lado ahora mismo pidiéndome perdón de múltiples maneras. Pero no lo está. Porque él es así, va de bueno y, sin embargo, muchas veces falla de manera apoteósica.

—Está bien, si no queda más remedio, quédate. Veamos…

Le doy un bolígrafo y divido en dos montones las fichas que tengo.

—Coges un documento de identidad —digo señalando la torre de tropecientos DNI y pasaportes que tengo apilados— y rellenas con sus datos una ficha blanca si es nacional o una amarilla si es extranjero. Me las vas dejando aquí, yo completaré los datos de la estancia en el resto de la documentación y las sellaré.

—Blanco nacional y amarillo extranjero —repite y señala los montones intentando asegurarse de que lo tiene controlado.

—Eso es.

Vuelve a observar las tarjetas con atención, como queriendo memorizar su posición.

—¿Ocurre algo?

—No.

—¿Unai...?

—A veces me cuesta distinguir algunos colores —admite sin demasiadas ganas—. ¿Por qué hacéis el trabajo por duplicado?

Acepto el cambio de tema que acaba de forzar, pero no pienso olvidar este detalle. ¿Es daltónico o algo parecido?

—Estas tarjetas nos las quedamos nosotros, esas de ahí, en cambio, se las tenemos que entregar a la Guardia Civil. Son fichas de viajero, estamos obligados a hacerlo.

—Nos tienen fichadísimos, joder, y ya sabes lo que dicen: «Mucha policía, poca diversión» —canturrea—. ¿Ponemos música para amenizar la tarde? —Me da un par de codazos amistosos y me guiña un ojo.

—Prefiero trabajar sin nada que me distraiga —le advierto—, bastante me interrumpen los clientes y los que no son solo clientes.

—Pues yo prefiero hacerlo con música, es más ameno.

—Tú no has trabajado en tu vida, Unai —le digo entre risas.

—Ay, Florecilla, qué poco sabes de mí.

—Te pasas todo el verano planeando putadas y llevando la toalla de la piscina a la playa. No hace falta saber mucho más.

—El año dispone de otros once meses en los que no tienes el placer de ver lo que hago.

Giro mi silla hacia él y levanto una ceja.

—Ilumíname.

—Además de estudiar, entre semana entreno a un equipo de fútbol de chavalas. No me pagan mucho, pero me lo paso de puta madre con ellas, son unas fieras. Los fines de semana, en cambio, suelo trabajar en un bar de la parte vieja. Ahí sí que me saco un buen pellizco sableando a los franceses que se vienen de juerga a Donostia —comenta con sorna—. Prefiero pagarme mis cosas y librar todo el verano, porque así no tengo que escuchar los sermones de mis *aitas*.

—Bueno, ellos te pagan el camping.

«Que no es barato», pienso, pero me ahorro el comentario.

—Y me dan de comer —admite entre risas—. Es lo malo de la paternidad, si no te haces cargo de tus hijos te miran mal.

Es evidente que sus padres llevan una vida bastante desahogada, no hay más que ver el coche que poseen, la ropa que visten o la caravana que se compraron... Según tengo entendido, su padre es el ingeniero jefe de alguna fábrica de trenes en el País Vasco, y su madre no sé qué hace exactamente, pero trabaja en el Ayuntamiento de Donostia. Pasan un mes entero en Benicàssim y más de una vez he oído que hablaban con mis padres de la posibilidad de comprarse una villa a pie de playa, pero siempre lo acaban descartando porque les apasiona la vida en el camping. Empezaron a venir porque les pareció una buena opción para pasar las vacaciones con dos niños pequeños y se quedaron porque la experiencia y las amistades acaban enganchando. Sea como sea, hace tiempo que di por hecho que Unai no era más que otro chaval con la suerte de que sus padres tuvieran una buena estabilidad económica que le permitía pasar el verano relajado sin necesidad de trabajar. Pero está claro que juzgar a una persona por lo que ves durante un solo mes al año no es lo más acertado. Teniendo en cuenta la cantidad de gente que pasa por aquí, hace tiempo que debería haber aprendido esa lección.

Dos horas después, para mi más absoluta sorpresa, el trabajo en equipo fluye bastante bien entre nosotros y he conseguido quitarme de encima casi todas las fichas.

Unai es terriblemente lento escribiendo a mano y yo soy

incapaz de entender su letra de parvulario, así que hemos optado por que él se ocupe del teléfono y de los campistas que siguen viniendo a protestar, mientras yo me centro en las fichas. En esas tareas, Unai ha resultado ser muy competente, hasta ha bajado a una parcela a arreglar un grifo él solito, y encima es un conversador agradable y bastante elocuente con los clientes. Ha conseguido gestionar varias quejas sin despeinarse. Mientras trabajábamos, hemos hablado sobre muchísimos temas, además de su trabajo o de sus estudios. Y aunque me joda tener que admitirlo, he pasado una tarde bastante agradable con él.

A eso de las siete, se ha acercado al bar a tomar un café y me ha traído una horchata con granizado de limón —mezcla que debería patentar— y un Tigretón sin que se los hubiera pedido. Solo por eso, ya tiene el cielo más que ganado.

—¿Has visto a Iván? —le pregunto en cuanto se sienta a mi lado y deja mi bebida y el pastelito sobre la mesa.

—No, aunque este mediodía, cuando subía con el coche hacia aquí, lo he visto estudiando en su parcela.

—¿Te ha dicho algo?

Unai se queda mirándome y a mí me cuesta horrores disimular lo que siento: que a mi novio le importan un pito las consecuencias que haya podido tener la que liaron. Me meto el pastelito entero en la boca y me dedico a masticar con parsimonia.

—Lorena, Iván no...

—Así que vas a empezar la carrera de Informática... —Cambio de tema de manera radical. Le doy un trago al mejunje de horchata con limón para bajar la masa—. Perdona, pero llevo un buen rato dándole vueltas y no te pega nada.

Unai me levanta una ceja y asiente levemente. Es curiosa la facilidad con que acepta mis reservas sobre algunos temas, cuánto me respeta.

—Mis padres insistieron mucho en que estudiara una carrera, así que ahí estaré en octubre, peleándome con los ceros y los unos. Aunque, bueno, tampoco es que hubiera muchas más opciones que me gustaran o para las que me alcanzara la nota. Y tú, ¿qué estás estudiando?

Es la segunda vez que me lo pregunta esta tarde, así que me veo obligada a contestar.

—El oficio —admito escueta.
—¿Empresariales o algo así?
—No. —Suspiro con fuerza y lo miro.

Nunca me había fijado, pero tiene un montón de pequitas por la nariz y las mejillas. En cuanto me centro en sus ojos, que son de un azul mucho más eléctrico que los de su hermana, me percato de que me está observando a la espera de que le dé más explicaciones.

Algo se encoge dentro de mi pecho.

Aunque pueda sonar triste, no estoy acostumbrada a que me presten tanta atención. En nuestra familia, normalmente todos están pendientes de Rubén o aturullados con el rollo incesante que siempre tiene Tito, y en nuestro grupo de amigos no soy lo que se dice una oradora profesional, más bien intento pasar desapercibida y que la gente sepa sobre mí lo menos posible. Soy predecible, más bien aburrida y bastante calladita. Hay excepciones, por supuesto, mi novio, mis primos Miguel y Tito y mi amiga Noelia son las únicas personas que me conocen algo más, pero, pese a eso, nunca soy el centro de atención, y no me gusta hablar de mi vida estudiantil o laboral porque todos dan por supuesto que este es mi lugar y no hay mucho más que decir al respecto.

—Dejé los estudios el año pasado, después de terminar COU y la selectividad —confieso—. He hecho algún curso de contabilidad, mecanografía y eso, pero nada importante...

—Pensaba que querías ir a la universidad. De hecho, estaba seguro de que estabas haciendo alguna carrera. Eres una tía lista, bastante más que yo; es lo suyo.

Me quedo mirándolo a los ojos sin tener ni la más remota idea de cómo explicarle que he optado por abandonar mis estudios para no decepcionar a nadie, aunque en el empeño me haya acabado decepcionando a mí misma. Quería estudiar una carrera, de hecho, mi sueño era embarcarme en algo que no tenía nada que ver con la gestión empresarial. Pero no lo hice.

—¿Qué te estás callando, Lorena? —Me evalúa con cierta preocupación.

—El camping requiere muchas horas de trabajo, sobre todo desde que hemos empezado a abrir los doce meses.

—¿Ya no cerráis de octubre a marzo?

—No, ahora continuamos abiertos todo el año. Mi padre estaba esperando a que acabara de estudiar para poder hacerlo.

Unai gira su silla y apoya las manos en mis reposabrazos. Nuestras rodillas desnudas se tocan.

—Y tú no querías.

—¿Eso es una pregunta?

—No, es una afirmación. ¿Por qué no se lo dijiste?

Llevo casi veinte años siendo opaca para todo el mundo y de pronto resulta que me he vuelto transparente para este tío.

—No creo que estés en condiciones de reprocharme nada, Azurmendi, cuando tú acabas de dejar caer que vas a hacer una carrera obligado por tus padres.

—No es lo mismo.

—Sí que lo es.

Me cruzo de brazos y lo reto con la mirada, aunque, si he de ser sincera, es imposible ganar en nada a esos ojos azules que tiene. ¿Siempre han sido tan llamativos o es el sol de agosto que se los ha cambiado de color?

Los ojos de Iván también son de un color parecido, pero mucho más fríos. No sé cómo lo hace, pero Unai es capaz de transmitir un calor apabullante.

—Mis padres me matricularon en la UPV casi sin preguntármelo, yo no tenía escapatoria y el plan no me disgustaba del todo, así que acepté. Tu padre, en cambio, podría haber esperado cuatro años más si se lo hubieras contado.

—Empresariales es de cinco.
—Tú la habrías acabado antes, Lorena.
—Supongo que ya no importa.
—No digas chorradas. Si es importante para ti, debería serlo para los demás.

¿Cómo es posible que esté diciéndome otra vez todo lo que siempre quise que me dijera Iván? ¡¿¿Cómo coño es posible??!

Iván es una de las pocas personas que saben que deseaba seguir estudiando y hacerme cargo del camping más tarde, pero tampoco quería dejar en la estacada a mi padre. ¿Y qué me aconsejó? Nada. Todas y cada una de las veces que salió el tema, se limitó a escucharme y a decir cuánto lo sentía y cuánto lo agobiaría a él verse atrapado en mi misma situación. Pero en ningún momento me animó a cambiar las cosas, porque, según él, estaba destinada a heredar el Voramar y me acabaría acostumbrando.

—Respóndeme a una sola pregunta, Lorena: ¿Esto es lo que quieres hacer?

No contesto. Joder.

Primero, porque no es quién para hacerme semejante pregunta y, segundo, porque si abro la boca será para decir la verdad, y eso es algo que ni yo misma quiero oír.

Le doy la vuelta a mi silla y empiezo a sellar algunas fichas con más fuerza de la necesaria.

Pum. Camping Voramar. Pum. Camping Voramar. Pum. Camping Voramar.

El sello golpea el papel —y un par de veces la madera— con fuerza y los clips bailan al son de lo que parece ser la última canción de 2 Unlimited. La música techno debió de inventarla una mujer muy cabreada con el mundo que la rodeaba.

Unai entiende de sobra que la conversación ha llegado a su fin. Es más listo de lo que aparenta. Pese a eso, me dedica un resoplido antes de que sigamos trabajando.

Un buen rato después, cuando están a punto de dar las nueve de la noche, se pone en pie.

—Vámonos —me dice.

—¿Adónde?

—Ya casi es la hora de cerrar, ¿no?

—Aún faltan quince minutos y tengo que leer el mensaje de buenas noches.

—Por quince minutos no vamos a cambiar el mundo ni tu situación. Déjame que lo lea yo.

—Ni pensarlo. No toques la megafonía.

—Tú cierras el chiringuito y yo leo. Prometo portarme bien.

Miro la caja de caudales, tengo que guardar el dinero. Debo dejar las hojas de mantenimiento preparadas para mañana y... Puedo hacerlo mientras él lee el mensaje para los campistas. Deslizo la nota que tenemos con el texto por encima de la mesa.

—Nada de leerlo con acento argentino.

—¿Segura? Sueno muy sexy.

—Segurísima.

—Tienes razón, no lo necesito, bastante sexy parezco ya con este acento vasco que tengo.

Unai se sienta de nuevo a mi lado, hace rodar su silla para situarse frente al micro de la megafonía del camping y yo me pongo con las tareas que tengo pendientes. Repasa el texto un par de veces siguiendo las líneas con el dedo, hasta hace un par de ensayos y subraya varias palabras antes de lanzarse. Me sorprende lo concienzudo que es para lo corto que es el texto. Pero, bueno, imagino que, dadas las circunstancias, no quiere liarla de nuevo.

—Atención, recordamos que a partir de ahora deben dejar de circular en bicicleta y, por favor, bajen el volumen de sus receptores. Además, la barrera de Recepción permanecerá cerrada desde las doce de la noche hasta las ocho de la mañana.

—Hace una pausa y me muestra el pulgar. Asiento para animarlo a que lo vuelva a leer por segunda vez.

En cuanto termina, apaga el micro y se vuelve hacia mí.

—Pues ya estaría. ¿Nos vamos?

—¿Adónde? —pregunto mientras clavo en el corcho las hojas de trabajo para los chicos de mantenimiento.

—¿Qué llevas debajo de la ropa?

—¿Perdona?

Unai se pone en pie y se acerca a mí. Alarga el dedo y lo engancha en la lazada que me sujeta el bikini detrás del cuello. Tira de ella con suavidad y mis tetas se elevan.

—No hace falta que respondas. Vamos a pegarnos un chapuzón.

—En este camping mando yo, no tú.

—Querida Florecilla, creo fielmente que es este camping quien manda sobre ti y no al revés. —Su voz suena dulce, sin embargo, hay un ligero tono de reproche en el fondo—. Pero tranquila, tu secreto está a salvo conmigo y algún día conseguiremos revertir la situación.

—Ni siquiera sabes lo que significa esa palabra.

Me recorre de arriba abajo con esa mirada azul que tiene, como queriendo decir que puedo ponerme todo lo borde que quiera, pero que entre él y yo ya no hay secretos que valgan porque solo ha necesitado una tarde a solas conmigo para verme los cosidos. Me aterra que sea así, que alguien sea capaz de traspasar el mayor proyecto de ingeniería jamás visto por la humanidad: mis barreras. Que alguien se haya molestado en hacerlo. Que alguien sepa de qué están hechas, porque eso significa que también sabría cómo tirarlas abajo.

Resoplo. Él también.

Refunfuño. Él también.

Pataleo. Él también.

Me río.

—Al agua antes de que cierre Noelia —ordena entre risas y tira de mí hacia la piscina.

Cierro Recepción, guardo las llaves a buen recaudo dentro de mi camiseta y arrastro las chancletas por el suelo, protesto otra vez, lo amenazo con una muerte inesperada y muy fructífera, pero no sirve de nada, estoy en el borde de la piscina. Los cuatro bañistas que quedan en el recinto nos miran.

—Por si no te ha quedado claro, no me quiero bañar.

—Pues vale.

Unai se quita la ropa con una rapidez pasmosa, cojeando, pero sin caerse, y cuando creo que va a saltar de cabeza y va a dejarme por fin en paz, se abraza a mí y caemos juntos al agua.

Unos segundos después, emergemos en el centro de la piscina, todavía unidos en un abrazo y muy apretados. Lo primero es consecuencia directa del atentado piscinístico que acabo de sufrir; lo segundo, en cambio, es algo voluntario, según deduzco porque no hacemos nada por separarnos.

Podría pegarle un rodillazo, gritarle, insultarlo y hasta meterle un dedo en el ojo, pero no puedo dejar de mirarlo. Sus ojos también vagan por mi cara y por mi camiseta empapada, que está jodidamente pegada a su pecho desnudo.

—Deberías apartarte —sugiero en voz baja.

Sin embargo, no lo hace, sigue con su mirada clavada en mi boca, y por algún motivo que escapa a toda lógica no insisto y continúo abrazada a él. Siento sus manos aferrándose con delicadeza a mis caderas y las mías continúan rodeando su cuello.

Los minutos se consumen y nosotros también.

En realidad, no pasa nada, pero tengo la sensación de que está pasando mucho.

Unai se acerca despacio a mí y yo le correspondo acercándome otro poco más.

Me sonríe de medio lado con sutileza y no tengo ni puñetera idea de lo que estamos haciendo, pero sí la absoluta certeza de que las cosas están a punto de cambiar entre nosotros.

Avanza con decisión unos milímetros más y en el último segundo se desvía de mi boca hacia mi oído.

—«Deberías apartarte» —repite mis palabras con regocijo y remata la jugada robándome la nariz.

La magia se rompe, la tensión se disipa y respiro hondo como si llevara toda la tarde sin poder hacerlo porque la nariz me lo entorpecía.

Un segundo. Eso es lo que nos ha faltado.

Desenredamos nuestros cuerpos.

Y pese a que estoy mojada cuando no quería estarlo, vestida donde no debería estarlo y he estado abrazada a un chico al que no debería abrazar, me siento extrañamente eufórica y feliz gracias a este ser despreciable que tengo delante.

Me veo obligada a reconocer que necesitaba que alguien me sacara a rastras de Recepción. Necesitaba que alguien me escuchara. Necesitaba una dosis de Unai Azurmendi.

—Te dejo a solas mientras te desnudas —dice con sorna, me guiña un ojo y se da la vuelta.

—Como bien has comprobado hace un momento, llevo el bikini debajo, idiota.

Pese a eso, me pongo colorada.

Me quito la camiseta y el pantalón corto, los estrujo para escurrirlos, pesco mis chancletas, que andan flotando a mi alrededor como un par de nenúfares, me saco la llave por la cabeza y me acerco al borde de la piscina para dejarlo todo. Noelia vacía el recinto y deja sus llaves junto a mi ropa. Me sonríe pero no me dice nada, tampoco hace falta, sé que Iván no es su persona favorita y cualquier cosa que pueda molestarlo, a mi amiga le encanta.

No es la primera vez que me quedo nadando cuando la piscina ya ha cerrado, pero sí la primera que lo hago acompañada. Normalmente me tomo estos minutos a solas para desconectar del trabajo, hacer unos cuantos largos y pensar en mis asuntos, pero hoy no puedo ponerme a nadar como si tal cosa, porque me da vergüenza lo mal que lo hago y que Unai me vea. Así que mientras él atraviesa la piscina nadando de espaldas, me siento en la escalera con el agua cubriéndome hasta los muslos y cierro los ojos. Intento no pensar en ese segundo que nos ha faltado, pero soy incapaz. Las preguntas se agolpan en mi mente y chocan entre sí, pero las respuestas no llegan.

Poco después, su voz me saca del paraíso relajante en el que estaba.

—Florecilla.

Abro los ojos y me encuentro a Unai más cerca de lo que pensaba, otra vez mucho más de lo que debería estar. Encima, está superserio.

—Deja de llamarme así —le riño y le doy una patadita en el hombro desnudo con el pie.

—No es más que una evolución lógica de tu nombre: de Lorena a Lore, *lore* en euskera es «flor» y el diminutivo, Florecilla, te lo doy de regalo. Con cariño, ya sabes.

—Pues deja de quererme tanto y llámame Lorena, que es mi nombre completo. Mi abuela se pasó meses bordando cada letra en todas las ropitas de recién nacida que me compraron, para que vengas tú ahora a cambiármelo.

—Seguro que lo bordó como María Lorena.

Pues sí, pero él no necesitaba saberlo.

—¿Y qué me dices de Unai? ¿Qué significa?

—Pastor de vacas —dice elevando la ceja izquierda, como si tener ganado fuera un plus.

—Muy vasco.

—¿Quieres saber qué más tengo «muy vasco»? —pregunta con segundas. Encima, me agarra el pie y me hace cosquillas en la planta.

—¿Además del acento y de los andares? —Retiro el pie de su alcance.

—Además de esas dos cosas, sí.

—No, gracias, prefiero vivir en la ignorancia.

—Acabarás cambiando de idea y queriendo saber muchas cosas de mí —dice entre risas.

—Y ese día me diagnosticarán alguna demencia irreversible.

Tira de mi pie, mi culo resbala en la escalera y acabo hundida en el agua. Menos mal que no cubre mucho; valiéndome de eso puedo alejarme un poco de él y de sus malvadas intenciones.

—No vamos a organizar una pelea de ahogadillas como cuando teníamos diez años —le advierto.

Él se me acerca y vuelve a estar serio.

—No, no vamos a jugar como dos críos, vamos a tener una charla como dos adultos. —Hace una pausa mientras recorre la superficie del agua con sus manos—. Lore, quería decirte que...

Contengo la respiración y ruego a quien sea para no me suelte algo relacionado con ese segundo de la discordia que nos ha faltado, o sobrado.

—Fue Iván quien te quitó las llaves de Recepción —admite con tono de disculpa—. Supongo que a estas alturas ya lo habrás deducido.

Asiento con la cabeza, agradecida de que haya tomado ese camino.

Sé que fue Iván, entre otras cosas, porque no hay más opciones, las llaves pasaron de mi bolsillo a las manos de mi novio directamente. Y lo que más me jode de todo es que Azurmendi y yo acabamos tapando su mierda de comportamiento delante de mi padre.

Unai suspira, parece que le cuesta un mundo expresar lo que sea que tiene en mente. Me atrevería a decir que hasta le duele tener que hacerlo.

—Yo... creí que te habías dado cuenta y que estabas al corriente de lo que planeábamos. Al menos de una parte. Pero no debería haber seguido adelante en cuanto me percaté de que tú no podías estar de acuerdo con un texto así de... cochino. Fui un cobarde. No supe medir las consecuencias y detener aquello a tiempo.

Una vez más, Unai está usurpando el papel de mi novio o, al menos, el papel de alguien a quien le importo, y está verdaderamente arrepentido por el daño que me ha causado. Solo espero que esta noche Iván me suelte una charla similar, porque, de no ser así, me va a decepcionar mucho.

—Gracias, Unai —digo con sinceridad y los ojos llenos de unas lágrimas que no pienso derramar—, pero no tenías que cargar con la culpa.

—No era justo que lo hicieras tú.

—Tampoco era tu obligación.

No dice nada más, pero por la cara que pone me queda muy claro que no aprueba que mi novio se quedara callado.

Poco después anuncia que se va a marchar para ducharse y cenar con sus padres. Añade que, si necesito más ayuda, por la mañana madrugará para venir a Recepción otra vez. Le doy las gracias y le contesto que no es necesario, que bastante ha hecho ya. No discute, pero algo me dice que se pasará para comprobar si sigo necesitándolo o no.

Ojalá Iván tuviera la mitad de predisposición que este tío. Solo la mitad. Me conformaría con eso. Tampoco creo que sea mucho pedir…

Unai sale de la piscina, recoge su ropa y, dejando un reguero de agua tras de sí, se larga hacia su parcela. Me quedo sin saber qué hacer con sus disculpas, no sé si guardármelas para suplir las que mi novio no me va a dar u olvidarlas sin más.

Ninguna de las opciones me convence.

4

Desayunos en familia

Unai · Benicàssim, 16 agosto de 2010

El desayuno en Parcelona parece el buffet libre de un hotelucho costero lleno de turistas: hay cola en hora punta, se escuchan voces en varios idiomas y ha habido altercados por culpa del último *fartó* porque mi hermana se pone muy salvaje cuando se trata de bollería industrial. Es lo que hay.

Como cada mañana, me acerco a la mesa y observo la comida que queda, que no es mucha, porque mis amigos y familiares arrasan con todo, tengan hambre o no.

Óscar está a mi lado, medio sopa todavía, tarareando Chimo Bayo mientras llena su plato como si fuera un guiri que cree a pies juntillas que toda la gastronomía nacional debe llevar chorizo.

—Tío, soy el puto chef gourmet de Parcelona —me dice.

Una rodaja de sandía reposa en el centro de su plato, coronada por varias lonchas de chorizo y tres Chocapic a modo decorativo.

No contesto, mejor no insuflarle más aire.

Iván da un par de rodeos y con toda su santa jeta se salta la cola que estamos formando su hermano y yo para hacerse con el poco café que queda. Se llena una taza y sale por patas. Parece mentira que un tío de su edad y con su preparación académica no sepa cómo enfrentarse a una cafetera italiana.

A ratos tengo la sensación de que estamos en un campamento para chavales con problemas de conducta y antecedentes penales. Porque, si algo he aprendido en los cinco días que llevamos aquí, es que la buena convivencia durante las comidas es un invento de El Corte Inglés para venderte vajillas más grandes.

Pongo en mi plato una triste magdalena y un plátano, y me giro hacia la mesa. Sara y Sonic están tostando más pan. Gemma lleva tanto tiempo mirando el interior del frigorífico que parece haber encontrado el amor de su vida dentro. Mi hermana, en cambio, ha asumido el papel de matriarca y está tirada en el suelo desayunando con Leire y Ane. Rubén está sentado a la mesa dando indicaciones a unos y a otros sobre diversos temas. Este nació para rey y se quedó en bufón, pobre, qué dura debe de ser su vida.

Me siento junto a Iván, que ya está bebiéndose el café despatarrado en una silla, disfrutándolo aferrado a su taza de metal como el maleante que es.

Poco a poco, el resto se van acomodando a nuestro alrededor. Empiezan a fluir las conversaciones sobre los planes para hoy, una posible escapada al parque Aquarama, la comida, los bañadores con volantes y la crisis.

—Rubén, ¿tú crees que acabarán abriendo el aeropuerto de Castelló? —pregunta Gemma.

El aeródromo es un claro ejemplo del momento económico tan jodido que está atravesando el país, de la burbuja que nos ha explotado en la cara y de lo complicado que es ejecutar una obra en nombre de tus santísimos cojones.

—No lo sé, Gem, yo piloto aviones, las infraestructuras aeroportuarias me las dan hechas —responde el aludido con su habitual soberbia.

—Pero algo habrás oído sobre el tema, aunque solo sean rumores —insiste Iván.

Rubén resopla.

—A mí no me llegan rumores de nada, la puerta de la cabina está blindada desde el 11S, así que a no ser que pase algo que afecte a la seguridad del avión, ni me entero ni me interesa —comenta el señor piloto en plan profesional, aunque todos sabemos que en cuanto tiene un segundo libre a bordo, deja la profesionalidad aparcada y se dedica a mandarle mensajes guarretes a mi hermana.

—¿Os dan clases de interpretación para sonar sexis por la megafonía del avión? Porque, con lo borde que eres, te tiene que costar un huevo dar los buenos días sin gruñir —le digo.

—Cállate, Azurmendi, que tú eres de los que aplauden en los aterrizajes —contesta con ese tonito serio de burla que maneja como nadie.

—A veces cuando me llama lo hace, me da el tiempo y la hora estimada de llegada con voz sexy para que me vaya quitando la ropa —se regodea Maider con una sonrisa.

Me quedo observándolos con atención. Rubén siempre tiene una mano en mi hermana, a veces la veo y otras veces no. Hoy es la segunda opción.

—Segarra, ¡eres un cochino! —lo acusa Sara entre risas.

—¿Quieres más detalles, querida cuñadita?

—No, lo que quiero es que nos cuentes las historias escabrosas que suceden a bordo, que nunca sueltas prenda —le pincha mi esposa.

Sara y Rubén tienen buena relación pero no excesivamente cercana, ninguno de los dos es muy dado a las muestras de cariño. Él es un amor con nuestras hijas y eso a Sara le encanta. Sara es la madre de las niñas que adora Rubén. Poco más.

—Seguro que suceden cosas, pero, a no ser que aparezcan en el informe del vuelo, me la suda.

—Para infraestructuras aeroportuarias las de tus cojonazos, chaval —apostillo.

—A mí me pagan por pilotar, no por preocuparme de lo que hace la gente.

Una oleada de protestas recorre la mesa.

No está dándole a su público lo que espera, pero es que

Rubén es así, un puñetero borde y un cínico de manual. Es como un acorazado armado hasta la bandera. Pero las pocas veces que consigues sortear toda la seguridad y colarte dentro, el interior es rosa, blandito y acogedor, como el algodón de azúcar. Hay fotos de mi hermana colgadas en las paredes y primeras ediciones de Nicholas Sparks en todas las estanterías. Huele a bizcocho de vainilla recién horneado y suenan Los Panchos a todas horas. Y menos mal que el chaval en el fondo es un caramelito, porque, de no ser así, mi hermana no le hubiera dado ni la hora. Maider es muy cariñosa, atenta y buena por naturaleza, siempre ve el lado positivo de las personas, supongo que por eso está con Rubén, porque es la única capaz de ver su interior, todos esos sentimientos que los demás no somos capaces ni de imaginar.

—Si queréis cotilleos, haceos amigos de un TCP —sugiere Rubén—. Ellos sí que manejan mandanga de la buena.

—No te puedes hacer colega de una maniobra de reanimación, listillo —afirma Óscar.

—TCP es un tripulante de cabina de pasajeros, no una maniobra RCP, listillo de los cojones —le increpa el piloto.

—¿Y folleteos en el baño?, digo yo que de eso sí que te enterarás —propongo con cierto recochineo. Este no se va de aquí sin soltar algo o, al menos, sin que lo hagamos sufrir un poco.

Cualquiera en su posición fardaría de ser piloto, pero Rubén no, él prefiere no hablar del tema porque de alguna manera sigue sintiendo que ha fracasado, que su lugar no está en la aviación comercial.

—En la puerta del baño solo se especifica que está prohibido fumar, así que lo que haga la gente con su vida sexual, una vez más, es su problema, no el mío.

—Imagino que vosotros dos ya habréis entrado en el club de gente que chusca en las alturas, ¿no? —Gemma menea las cejas en plan pícaro.

—Rubén no quiere y mira que he insistido —se queja Maider—. Dice que hacerlo en el baño de un avión es una guarrada...

—¿Te has vuelto escrupuloso, pequeñín? —se mofa Óscar.

—¿A ti te gustaría rozarte el trasero con los fluidos y demás asuntos sólidos de doscientos desconocidos?

Siete narices se arrugan, incluida la mía. Hay que ver lo gráfico que es «el señor» a veces.

—Pues eso. —Rubén sonríe orgulloso y le pega un trago a su ColaCao.

—Entonces ¿es un mito? —cuestiona Sara, decepcionada, como si una leyenda romántica mucho más importante que nuestro matrimonio se le estuviera cayendo a pedazos.

—No, no lo es. La gente folla en los baños, en los asientos, en el suelo y en cualquier lugar inimaginable, pero yo paso de historias. Un «aquí te pillo, aquí te mato» está bien, siempre que no pongas en riesgo la salud. —Coge la mano de mi hermana y le besa el dorso—. Además, lo bonito y excitante es ser un poco más creativo, lo del avión está muy visto.

Sonic y Gemma lo interrogan un poco más sobre el tema, yo desconecto de la conversación y miro qué hacen las niñas. Si Rubén va a dar detalles sobre lo «creativo» que se pone con mi hermana, no necesito escucharlo, bastantes traumitas me traje de casa ya.

Ane y Leire están entretenidas dándole parte de su desayuno a un hipopótamo tragabolas que me recuerda un poco a mí mismo y a la cantidad de cosas que me estoy tragando últimamente por la paz del señor —el de arriba, no mi cuñado—. Cojo el plátano que tengo en el plato y empiezo a trocearlo y a darle pedacitos a Leire, que, una vez más, no ha comido apenas. Cuando vuelvo a conectar con la conversación, me encuentro con que siguen a vueltas con el tema de la aviación.

—Imagino que el país más difícil en el que aterrizar es Japón, ¿no? —pregunta Óscar a nuestro ilustre piloto, que parece más que aburrido de conceder entrevistas.

—Desarrolla eso un poco más —le pide.

—A ver, Japón es superlargo y estrecho...

Todos observamos a Óscar, incapaces de creer lo que está insinuando. Este tío es de los que pierden las partidas al Tetris por girar el cuadrado.

—Claro, Japón es tan largo y tan estrecho como lo ves en los mapas, porque todos sabemos que están a escala natural, y el peligro de salirte con un avión es tremendo.

—Eso mismo pensaba yo —admite Óscar.

Rubén ni se molesta en explicarle el tamaño de la estupidez que acaba de soltar y le arrea una colleja, a lo que el aludido responde con otra.

—El efecto 2000 te dejó el cerebro frito, cuñadito —apostilla Sonic entre risas—. Podrías salir en *Callejeros* y petarlo.

A mí esta tía me encanta. No es muy habladora, pero las pocas veces que abre la boca, es jodidamente ocurrente e incisiva. Una jefa. A veces me cuesta creer que se dedique a algo tan delicado como la música clásica, cuando lo que de verdad le pega es ser pica de Renfe, o lo que viene a ser, revisora.

—El aeropuerto más complicado es el de Donostia, ¿no? —comento.

—En general, todos los que hay en la costa cantábrica o atlántica tienen su aquel, pero efectivamente, Donostia es un reto porque la pista es más corta y está rodeada de agua.

—El sitio perfecto para fardar de puntería, machote —dice Iván con recochineo.

—*Aita*, ¡no me gusta el plátano así! —grita Leire desde el suelo a la par que estampa el último pedazo de fruta que le acabo de dar en la cara de su hermana.

Cuando me quiero dar cuenta, hay una niña llorando a grito pelado, mi mujer me está echando la bronca por cortar la fruta como si fuera fuet, al bies o en diagonal, y varios adultos me miran con cara de circunstancias. Ane no llora, se limita a observar el mundo que la rodea sin entender por qué es tan cruel y peligroso, ni por qué tiene la cara pringada de fruta.

Antes de ser padre desconocía que pelar y cortar un plátano de una manera concreta podía desencadenar la ira de otro ser humano. A lo mejor es que a Hitler le dieron muchos plátanos cortados incorrectamente y a la larga eso le provocó un odio visceral hacia otras razas. No lo sé, pero está claro que es un tema más peliagudo de lo que pensamos.

Me agacho a por Leire y la siento en mi regazo para calmarla. Sara se acerca a limpiarle la cara a Ane. Así es nuestra vida, la labor que desempeñamos a favor de la paz deja en bragas a la mismísima ONU.

—¿Por qué no te gusta el plátano así, *txikitxu*? —pregunto a mi hija.

Ella se sorbe los mocos, se baja de mi regazo todavía enfadada con mi estilo de corte y se marcha con Rubén. El susodicho la acoge con los brazos abiertos y me lanza una mirada de disculpa. Se achuchan con cariño y él la consuela. Me quedo mirándolos desolado por dentro. Soy muy consciente de la adoración mutua que sienten, a la que jamás me voy a interponer, pero me resulta inevitable no sentir el dolor que me produce el abandono.

—Rubén, ponte la corona, que se te ha caído —digo forzándome un poco a hacerme el graciosillo.

El susodicho finge que se coloca una corona invisible, le susurra algo a mi hija y ambos me dedican una pedorreta con aspersor de babas incluido.

Poco después, recuperamos cierta normalidad, las niñas vuelven a jugar en el suelo y los adultos, todos menos Rubén y Óscar, nos tomamos la segunda ronda de cafés que Gemma ha preparado.

—¿Las niñas no se confunden entre ellas? —pregunta Óscar con la boca llena de chorizo y sandía.

—¿Perdona? —cuestiono con la taza pegada a mis labios, más que arrepentido de no haber espiritualizado el café un poco.

—Cuando se miran, ¿saben quién es quién o dudan?

Aunque parezca mentira, es una pregunta bastante recurrente, justo por detrás de «¿Quién nació primero?», así que desempolvo mi respuesta estrella.

—Después de ducharlas las etiquetamos como a las mandarinas que compras en Eroski, así no se confunden y, si dudan, solo tienen que mirar el nombre que llevan en la muñeca.

—¿Saben leer? —Óscar no parece convencido con mi sarta de trolas.

—No, por eso les ponemos etiquetas con dibujos.

—Pues me parece una técnica bastante buena —comenta. Rubén suspira al otro lado de la mesa.

—Tío, llegas a ser más tonto y naces acelga.

—Ya te lo dije en su día, tanto intentar ver el porno codificado del Canal+ te iba a dejar secuelas —añade Iván.

—¿No habéis oído nunca que a muchos gemelos se los confunde en la infancia? —añade Óscar, bastante indignado—. Eso tiene que traumatizar por cojones.

Pongo cara de sorprendido y articulo un «¿Ah, sí?» muy convincente mientras recuerdo aquella fatídica tarde en que le prometí a Sara que me apañaría perfectamente solo con las niñas. Todo fue genial hasta que llegó la hora de bañarlas. Cuando terminé, las puse en la cama encima de una toalla mientras buscaba pañales limpios, me despisté tres segundos y cuando volví a mirarlas estaban haciendo el yin y el yang. Eran tan pequeñitas que me resultó imposible saber quién era quién. Así que cerré los ojos convencido de que el nombre no da la personalidad y que a la larga sus vidas no se verían afectadas por la incompetencia de su padre, y les puse los *bodies* al tuntún.

Desde aquella tarde, no puedo evitar sentir cierta punzada de terror cuando las miro. ¿Y si Leire estaba destinada a ser Ane y viceversa? ¿Y si les he jodido la vida sin quererlo? ¿Y si lo acaban descubriendo y me meten en un asilo antes de tiempo? ¿Y si el tema del plátano no ha sido más que el preámbulo de la pequeña déspota que estamos criando?

—Pero no se confunden entre ellos, zopenco, son los padres quienes se hacen líos cuando son recién nacidas —rebate Rubén.

—En nuestro caso era difícil confundirlas —argumenta Sara—, Leire y Ane siempre se han parecido pero no son idénticas.

Asiento exageradamente.

Diga lo que diga mi amada esposa, cuando las llevamos a casa al salir del hospital, las niñas eran tan iguales que le propuse en broma ponerle un bigote postizo a una de las dos. Ella se echó a llorar y me acusó de ser un padre de mierda si no era capaz de distinguir a mis propias hijas. A partir de ahí, cada vez que sale el tema le doy la razón.

Si en algún momento se descubre el pastel del intercambio involuntario con los *bodies* y me veo acorralado, culparé a mi daltonismo del error. Seguro que cuela.

—Si decidieran intercambiarse, lo notaríais, ¿no? —añade Gemma.

—Cuanto más creciditas están, más se van marcando las diferencias, así que sí, nos daríamos cuenta. Pero eso no quita para que ya lo hayan intentado —comenta Sara entre risas.

—Hace unas semanas las llevamos a un parque infantil, Ane se asustó porque había demasiadas bolas y se salió. Un rato después, cuando terminó la ronda, Leire nos vino pidiendo el pase de su hermana, porque según ella, «nadie se daría cuenta si se disfrazaba de Ane».

Todos los adultos que me rodean se ríen y la pequeña Leire se les une desde el suelo. Insisto en que esta sabe demasiado.

—Joder, no pisaría un parque de esos ni loco —sentencia Rubén.

—Tampoco te dejarían entrar porque ya estás un poco crecidito y pasas del metro veinte —le chincha su novia, pero en el fondo, hay un toque de anhelo en su voz.

—Muy graciosa. Me refiero al barullo que suele haber. Niños corriendo y gritando, padres corriendo y gritando, abuelos corriendo y gritando…, insoportable. No, gracias.

—Rubén, los parques infantiles son una puta bendición cuando eres padre, ¡los euros mejor invertidos de tu vida! —digo.

«Excepto si estás borracho y te ves obligado a meterte en uno», comentario que me ahorro.

—A mí no me vendéis la moto. —Niega a la par que yo tomo nota mental para llevarlo a uno el día de su cumple.

—Tampoco es que tengas que ir, ¿no? —le interpela Sara alzando la ceja.

El piloto niega y se sonroja.

Tócate los cojones. Este se está callando algo.

Recorro la mesa y veo un montón de caritas de sospecha, hasta que llego a mi hermana y me la encuentro sonriendo embobada. No sé qué están pensando los demás, pero yo lo tengo bastante claro. Decido no decir nada. Ya cantarán cuando les apetezca o cuando estén seguros de lo que sea que esté pasando.

Seguimos tomándonos los cafés, y, unos minutos después, Sara, Gemma y Sonic se marchan a las duchas comunes y nosotros prometemos vigilar a las niñas.

Mi hermana, que por lo visto se ha duchado a primera hora, se sienta en el regazo de su novio y empieza a darle mordisquitos y lametazos en el cuello. No quiero ni imaginar lo que están haciendo las manos de Rubén por debajo de la mesa. Siempre ha sido una pareja muy fogosa y jodidamente empalagosa en algunos momentos, pero lo de este verano es un caso aparte.

—¿Sabes lo que me apetece? —le pregunta ella.

Rubén le susurra algo al oído y todos nos hacemos una idea de por dónde van los tiros.

—No, eso otra vez no. —Maider se ríe en plan tontorrón—. Me apetece un Frigopie.

La cara de Rubén se llena con una sonrisa enorme. Estos dos son muy raros en cuanto a fetiches se refiere. Pero ¿quién soy yo para juzgarlos, cuando me he puesto cachondo en los momentos más insospechados? De hecho, mi historia en Benicàssim se podría resumir como «Todas las veces que alguien me pilló cachondo y no lo pretendía».

—¿Y quieres que te restriegue el dedo gordo por…?

—Tío, ¿por dónde le vas a restregar el dedo gordo a mi hermana? ¿Eh?

Le hago señas con brío para que recuerde que mis dos hijas están presentes. Leire está acribillando un pedazo de plátano extraviado con un cuchillo de juguete, como si fuera la hija perdida de Ted Bundy, y Ane está dándole de comer al hipopótamo las nueces que ha quitado de los cereales de su madre. Parecen distraídas pero sé que no lo están.

—Se lo voy a restregar por la cara, como cuando teníamos trece años —se defiende el exsocorrista con una sonrisita de sinvergüenza.

—Unai, ¿por qué siempre tienes que pensar mal de nosotros? —me acusa Maider, y juro por Dios que por mucho que mire no le veo las manos—. El papel de hermano mayor lo tienes un poco tergiversado.

Nunca he sido especialmente protector con ella, he sido más de dejar que se metiera la hostia y que aprendiera. Si se despeñaba por las escaleras con su tren de juguete, siempre estaba ahí para recogerle los dientes y reírme de ella. Si lo pasaba mal porque se burlaban de ella en el cole, me hacía el sueco y le decía que apechugara. Aunque también es verdad que después soltaba amenazas a quien tocara. Solía ser mi padre quien la mimaba en exceso e iba poniendo protectores en los enchufes y en las esquinas para que la niña —de quince años ya— no se hiciera daño. Tan lejos llegó el asunto que, cuando las cosas empezaron a «complicarse» con Rubén, si mi madre se llega a despistar, mi padre le hubiera envuelto la polla con plástico de burbujas para evitar males mayores. Yo, en cambio, removí cielo y tierra por ella.

—Y tú eres mi hermana pequeña, Maider, necesito que me des mimitos más a menudo.

Me dedica semejante mirada, que siento que la incineración de mi cuerpo va a ser inmediata y gratuita. Ay, las hermanas pequeñas, son un amor. Ponme tres para llevar.

—Me voy a por un Frigopie con mis *sobris*.

Se levanta del regazo de su novio, le susurra algo al oído, a lo que él responde con un gruñido lascivo, y se larga de la parcela en dirección al bar con mis hijas.

—Joder, ¿vosotros cuánto folláis? —pregunta Iván francamente sorprendido—. Porque está claro que la has dejado con las ganas y que cuando vuelva vas a tener que cumplir.

—No tengo quejas —responde Rubén, escueto—. En las últimas semanas Maider tiene hambre a todas horas, así que la clave reside en descubrir si se saciará con un Frigopie o me necesitará para algo más —dice de cachondeo.

—¿Qué pasa, Segarra, te exige mucho, ya no rindes como antes y tienes que recurrir a Frigo? —se cachondea Óscar.

—Mi polla es como una tienda de campaña 2 Seconds. En cuanto Maider me necesita, estoy dispuesto. Rindo mejor que nunca, gilipollas.

—Te pediría que, por favor, no hables sobre tu polla cuando implica a mi hermana montándola.

—Y si soy yo quien se monta a tu hermana, ¿puedo?

Dejo la taza de café sobre la mesa y hago que mis nudillos crujan. Este hoy no sale de la parcela con todos los dientes en su sitio.

—Segarra, llevo macerando una hostia para ti desde el año noventa y ocho, y estoy dispuesto a usarla en cualquier momento. Vuelve a decir algo así sobre mi hermana y haré que tengas un miedo irracional a los plátanos para el resto de tu vida.

Iván y Óscar se echan a reír. Rubén me reta con la mirada. A este no lo achanta ni Dios y menos en lo que a nuestras respectivas hermanas se refiere.

—Pues nosotros también follamos mucho —anuncia Óscar con orgullo.

—Venga, tío, tú no mojas ni las galletas en el ColaCao —ataca su hermano.

—Este moja más de lo que nos convendría a todos. Doy fe —aseguro con pesar—. Puedes estar contento de que no te haya tocado la caravana de al lado...

Si pinchan Chimo Bayo en alguna discoteca de Benicàssim acabaré hecho una bolita en un rincón, abrazado a mis piernas, mientras me balanceo y repito en bucle «Hu-ha».

—Y tú y Sara, ¿cómo lo lleváis? —se interesa Iván—. Dicen que con hijos el asunto se vuelve un poquito complicado, ¿no?

Me carcajeo, aunque no sé muy bien de qué.

Cuando anunciamos que íbamos a ser padres, mis amigos me dijeron lo maravilloso que sería el segundo trimestre, cuánto íbamos a follar y blablablá. Pero no contaban con la sorpresa que el útero de Sara estaba a puntito de darnos: traía dos unidades.

Así que, cuando enfilamos el segundo trimestre, Sara ya casi alcanzaba el tamaño de un cachalote varado, estaba muy incómoda, irritable y con molestias constantes. Por lo que, el embarazo fue otro pasito hacia el desastre, una época de sequía y tristeza que nos distanció bastante a nivel físico. Tanto que ni siquiera nos enrollamos un poquito el día de nuestra boda por lo civil. Después, cuando llegaron las niñas, la separación fue absoluta: de día estábamos agotados e irascibles y de noche, las tomas, que se solapaban una detrás de otra, y el colecho, un invento fantástico siempre que uno de los dos no acabe durmiendo en el exilio, se convirtieron en nuestra nueva realidad.

Es triste, pero hace ya tres años que no compartimos el mismo colchón.

Hoy en día, la situación tampoco es que haya mejorado. El colecho sigue vigente y cuando encontramos unos minutos para estar a solas y coincidimos en la misma habitación, a Sara lo que le gusta es que coja yo las riendas, dejarse llevar y convertirse en lo que viene a ser el equivalente a una chuletilla de tofu. Da igual cuánto picante le eches y cuánto te esfuerces en calentarla, porque sigue siendo tofu. Suelta un par de gemidos, porque supongo que es inevitable disfrutar cuando tu marido te come entera con las ganas que lleva semanas acumulando, pero, por lo demás, sus aportaciones suelen ser escasas.

Gracias a quien sea, justo en ese momento las chicas vuelven de las duchas y Maider y las niñas del bar. Se meten cada una en su caravana a vestirse. Sara se lleva a nuestras hijas con ella. Aprovecho la coyuntura para levantarme de la mesa y no contestar a Iván sobre mi vida sexual.

Cuando subo a la caravana para ponerme el bañador mi esposa está intentando vestir a nuestras hijas. Le echo un cable y, en cuanto están listas, Sara las ayuda a bajar y vuelve para cambiarse.

De espaldas a mí, deja caer su toalla con cierta timidez y yo solo necesito atisbar la curva de su teta derecha para que me piquen los dedos por las ganas que tengo de tocarla. Me contengo. Me aguanto. Me muerdo el interior del moflete hasta que me duele.

Sara se gira y a mí se me corta la respiración. Sus pechos son redonditos y muy suaves, la mejor delicia que te puedes llevar a la boca. Se ha depilado para ponerse el bikini y, por toda la carne que hay a la vista, está claro que la desbrozadora ha entrado hasta la cocina. Pese a que debería estar relamiéndome por la imagen que tengo delante y la puta anticipación que siento corriéndome por las venas, no puedo evitar preguntarme a qué viene tanto mantenimiento de los bajos. Una vocecita muy cabrona me sugiere que ya no es para mí, que ya no soy quien desea que admire su cuerpo, se hunda en su carne y la haga disfrutar.

Y, sin embargo, ironías de la vida, aquí estamos, ella desnuda y algo cohibida, y yo aguantándome unas ganas descomunales de lamerle cada puto centímetro de piel.

En una situación normal en la que nuestra relación no estuviera en la cuerda floja, ya tendría sus muslos en mis hombros y estaría hundiendo mi lengua entre sus pliegues. Ella estaría gritando completamente desatada. Mis dedos la estarían penetrando..., detengo el pensamiento antes de que se complete y suspiro abatido.

Me bajo el pantalón corto del pijama y ella me mira de reojo mientras se ata las tiras del bikini al cuello. La tengo a media asta, de luto por nuestro matrimonio que agoniza.

Ella me sigue observando de soslayo mientras se restriega crema para el sol por las piernas. No voy a ir tan lejos como para decir que hay desagrado o miedo en su gesto, porque me ha visto la polla miles de veces y sabe que jamás haría nada que ella no quisiera, pero sí mucha incomodidad por culpa de la situación en la que nos encontramos.

Yo antes era un hombre que follaba día sí y día también con su chica. Ahora no soy más que el parque de atracciones de dos enanas y el marido de una tía que no me mira directamente cuando me desnudo.

Al inicio de nuestros problemas, lo primero que me planteé fue solucionarlo a base de polvos, en plan cavernícola total, pero la idea solo me duró el tiempo que tardé en darme cuenta de que no era eso lo que necesitábamos. Después de todas las discusiones, cuando decidimos darnos otra oportunidad, entonces sí, follamos como locos tratando de encontrar soluciones en el lugar equivocado. Pero durante las últimas semanas es como si se hubiera convertido en un tema esporádico que evitamos a toda costa. Al menos, ella.

Recuperar el sexo perdido puede ser algo relativamente fácil, pero reparar dos corazones rotos no tanto.

Y, por mucho que disimulemos, ambos seguimos necesitando más tiempo para estar bien.

—Odio que me mires la polla así.

Me pongo el bañador lo más rápido que puedo. Porque, aunque ahora mismo me siento herido y me encantaría obligarla a tener que verme desnudo cinco minutos más, sé cuándo debo guardármela, y odio por encima de todas las cosas molestar a una mujer. El sexo con ganas y colaboración mutua es lo mío, y en esta caravana dudo que vaya a encontrarlo.

—¿Cómo te la estaba mirando?

—Como si fuera una serpiente de cascabel que amenazaba con morderte.

—Eso no es verdad. —Deja el bote de la crema con un golpe seco sobre la mesa—. No tengo ningún problema con tu miembro.

—No digo que tengas un problema con mi polla, pero algo me dice que no soy la persona a la que te gustaría ver desnuda en este momento.

—Unai... —Junta las manos en su regazo y me observa con tristeza.

—¿Acaso estoy equivocado?

—Sí.

Se pone en pie y se me acerca. Es la segunda vez que hace algo así por voluntad propia desde que llegamos al Voramar. Me quedo muy quieto por si se arrepiente.

—Sé que te quiero y que nunca he dejado de hacerlo, te lo dije y te lo repetiré tantas veces como lo necesites.

No duda al responder, pero siempre hay algo soterrado en su tono de voz que no acaba de gustarme. Intento achacarlo a mis inseguridades, pero la verdad es que ya no confío en sus palabras.

—¿Estás segura? —pregunto por enésima vez en los últimos meses.

Sara se acerca despacio a mi boca y me besa.

Es un beso clásico, sin complicaciones. De los que empiezan con muchas promesas, pero se acaban desinflando por el camino. Es posible que yo tampoco esté aportando todo lo que debería a este encuentro, pero es que me ha pillado por sorpresa y mi mente, ese rincón oscuro donde guardo el rencor que tengo acumulado hacia ella y el teorema de Pitágoras, no hace más que recordarme toda la confianza que nos falta, la ausencia de ese calor que antaño nos abrasaba, la necesidad de algo más que hemos debido de destruir en algún momento...

Pese a todo, quiero que lo nuestro funcione, así que me dejo caer en la cama y la arrastro conmigo. Ella se acomoda a horcajadas sobre mí, mis manos se anclan en su culo y seguimos besándonos.

Poco después puedo afirmar con rotundidad que ya no estoy a media asta, pero el beso sigue sin explotar del todo.

—Sara, si seguimos así... —Elevo las cejas de manera juguetona.

Me escudo en el sexo que sé que no vamos a tener ahora mismo —porque las niñas nos esperan fuera— para detener la catástrofe de beso que continuamos compartiendo. Dios me dio una polla para reproducirme, pero añadió una pizca de sentido común para que supiera cuándo recular.

—¿Estamos bien? —pregunta, preocupada.

—Estamos bien —la engaño a medias, porque no sé cómo estamos, pero deseo con todas mis fuerzas que no estemos condenados.

Le acaricio la cara y Sara cierra los ojos.

—Unai, lo estamos intentando, ¿verdad?

—Claro que sí —vuelvo a mentir porque sigo sin tener claro hacia dónde nos lleva esto, aunque sí sé que lo que es olvidar, no puedo hacerlo todavía.

—Sé que estoy un poco distante, pero no podría soportar perderos...

—Ni yo a vosotras, rubia.

Me sonríe, volvemos a besarnos con más ímpetu y parece que las cosas vuelven a ponerse en su sitio por un instante. Y no me refiero solamente a nuestra relación, su cuerpo se está restregando con el mío con sutilidad y noto un fuego que empieza a arder entre nosotros. Una llama que, según parece, aunque nos hayamos empeñado en apagarla a base de golpes bajos, insiste en seguir prendiendo.

—Esta noche me gustaría que bajáramos a la feria que hay en el paseo de la playa.

—¿Feria?

—Sí, ya sabes, barracas, tómbola, autos de choque, churros...

Deposito varios besos por la piel de su cuello y la muerdo con suavidad. Ella se estremece entre mis brazos. Las señales de su cuerpo me indican que quiere más, ojalá tuviéramos todo el tiempo del mundo.

—A las niñas les va a encantar.

—No me refería a un plan familiar. Me refería a ti y a mí, a solas.

Bajo la tela de su bikini un poco y me llevo un pezón a la boca. Joder, podría alimentarme a base de esto durante el resto de mis días.

—Sabes que no me gusta dejar a las niñas e irme tan lejos —comenta entre suaves jadeos que empiezan a formarse en su boca. Sus manos recorren mi pecho y sigue rozándose contra mí.

—Solo estaremos a diez minutos en coche. Lo tengo calculado.

—Nunca han dormido sin nosotros, así que preferiría que no fuéramos. Además, están en un sitio extraño, nos van a echar de menos...

Abandono su pezón húmedo por mis caricias y la miro a los ojos.

—Sara, por favor, estarán bien. Rubén y Maider las cuidarán como si fueran sus propias hijas. Sabes que las adoran, y las niñas, por mucho que me cueste entenderlo, están locas por Rubén.

—Tú lo ves todo muy fácil.

—Y tú, demasiado complicado.

Rodeo su pezón con mi lengua otra vez y succiono un poco. Espero un gemido, lo ansío, pero Sara me deja con las ganas cuando se aparta de mí con un poco de brusquedad.

—¿Pero es que no entiendes que no estamos en casa? Este camping es un sitio extraño para ellas y aunque adoran a tu hermana y a tu cuñado, ellos no...

—¿Ahora el problema son tus cuñados?

—No. Pero no quiero que mis hijas se despierten en mitad de la noche y tengan miedo porque no estoy. Esas cosas dejan marca.

«Claro. Y sacarlas de su entorno un día cualquiera de marzo como hiciste no deja marcas», pienso para mis adentros, retomando mi dosis diaria de reproches mentales hacia su persona.

Sara se tapa los pezones erguidos con el bikini, así que dejamos el sexo a medias, tal como había predicho. Bajamos de la caravana y la discusión se viene con nosotros.

—No creo que nuestras hijas vayan a caer en la droga cuando sean adolescentes porque sus padres se ausentaron durante unas horas una noche.

—Esa no es la cuestión, Unai.

—Entonces ¿cuál es?

—*Aita*, ¿qué *druido* hace un hipopótamo?

—Ding-dong —contesto a Leire—. Además, dijimos que aprovecharíamos para pasar algo de tiempo a solas y no lo estamos haciendo.

—*Aita*, ¿los hipopótamos *hasen* como el timbre de casa?

—Efectivamente, Ane. Tenemos que esforzarnos, Sara...

—*Aita*...

A veces ser padre es como que te atropelle el camión de la basura y cuando intentas volver a ponerte en pie agarrándote al último hilillo de vida que te queda, alguien te pida que le hables sobre algún mamífero herbívoro con urgencia.

—¿Qué? —contesto conteniendo las ganas de gritar que tengo.

—No encuentro el *pemento*. ¿Lo tiene Luna?

—Pimiento, Leire, ¡¡PIMIENTO!!

—No le grites, Unai, ¡la niña no tiene la culpa!

—Ni yo tampoco, Sara, ¡¡ni yo tampoco!! —La señalo con un dedo, con una rabia que empieza a ser jodidamente incontrolable.

—Tratas la culpa de una manera bastante curiosa cuando te conviene.

—Siempre es mía, ¿no? Así que se la echo a quien se me pone en la punta del rabo.

Sara se larga de la parcela a saber dónde y yo me encuentro con varios adultos disimulando que no han oído nada.

Me agacho junto a Leire y me dispongo a disculparme con ella por la salida de tono que he tenido.

—Lo siento, *txikitxu*, el *aita* está un poco nervioso hoy, pero no debería haberte gritado.

Leire me pasa la mano por la mejilla y solo con eso ya me siento mejor.

Cuando Sara está de vuelta parece más calmada, pero yo estoy tan cansado de fingir que todo va bien entre nosotros, que necesito alejarme unos minutos de ella.

Así que cojo a las niñas y me marcho en busca de Lorena.

A ver si ella me da toda la comprensión que parece que mi matrimonio ya no me aporta.

1995

¿Quieres que te ayude a reconquistarlo?

Lorena · Benicàssim, 4 agosto de 1995

—Joder, Lorena, me está saliendo gangrena en los oídos.

Me giro en mi silla y me encuentro a Unai Azurmendi asomado a la puerta lateral de Recepción, recién salido de la piscina, chorreando agua y gesticulando como un jubilado en una obra que, para su gusto, no va como debería. Siento unas ganas tremendas de cerrarle la boca con la grapadora, pero me contengo. Se supone que soy una autoridad en este camping, no una casi veinteañera que sucumbe a sus emociones a la primera de cambio, pero es que ahora mismo no me pilla en mi mejor momento.

—Quita esa mierdecilla de música cierra-bares —añade con una ceja alzada y una sonrisa de medio lado.

Me quedo mirándolo mientras se seca el cuerpo con la primera toalla que ha pillado colgada en la valla que rodea la piscina. Una chica le grita desde un punto indeterminado que deje en paz su propiedad, pero Unai sigue a lo suyo restregándose los pectorales. Y he de decir que son unos pectorales bastante impresionantes, una colección de músculos que, en comparación con el verano pasado, se hacen notar bastante. Si yo fuera la dueña de esa toalla, no me quejaría tanto. Y si fuera la mismísima toalla...

—¿Me estás escuchando? —insiste Unai y chasquea los dedos.

Sacudo la cabeza para centrarme y muevo la silla un poco separándome del mostrador de Recepción.

—Sí, tengo dos orejas que por desgracia funcionan perfectamente. Vamos a ver si las tuyas son igual de solventes. Te voy a decir tres cosas: una, ni siquiera sabes lo que es la gangrena, así que utiliza un vocabulario apto para personas de tu edad mental. Dos, es mi radiocasete y mi megafonía, así que, aunque tengan que amputarte las orejas, pongo lo que me da la gana. Y tres, qué pasa, ¿que tu testosterona sufre bajones con The Bangles? ¿Tan precaria es tu existencia como machito?

El muy idiota tira la toalla robada al suelo y saca pecho como si necesitara hacer algo para que me fije en su anchura. Llega tarde, hace un buen ratito que estoy mirando su cuerpo. Fijamente. De hecho, es lo que lleva haciendo medio camping desde que se ha bajado del coche este mediodía. La situación ha llegado a ser tan exagerada entre las féminas campistas que hasta se ha corrido la voz cada una de las veces que se ha subido a una escalera para ayudar a su padre a instalar el toldo o cada una de las ocasiones que ha salido de su parcela. No sé qué puñetas ha hecho este invierno, pero tengo muy claro lo que va a hacer este verano: ponerse las botas pillando cacho.

Pobre de la que caiga rendida a sus pies.

—Mi hombría ni se inmuta por una chorrada así, Lorena. Pensaba que el verano pasado te había quedado bien claro cómo me manejo. —Me interpreta un bailecito de cejas por si no recuerdo la empalmada que me dedicó en la playa—. Pero, bueno, cuando quieras te lo demuestro otra vez, a ti, a tu primo Miguel, a Damiano y a cualquiera que le apetezca ponerse en la cola.

Resoplo y me llevo las manos a la cara.

—Sé que puedes llegar a ser un buen tío cuando quieres, pero también MUY idiota, así que haz el favor de dejar de demostrármelo cada media hora. —Recorro su cuerpo de arriba abajo y me dispongo a soltar la trola del verano—. Por ti no haríamos cola ni el día de tu funeral.

—¿Estás poniendo en duda mi masculinidad otra vez?

«Dios me libre».

—Te estoy poniendo en duda a ti entero, tu masculinidad es lo de menos.

—Entonces, poco me has mirado —rebate orgulloso y me sonríe. Un hoyuelo hace acto de presencia en su mejilla izquierda. Creo escuchar un «ooohhh» proveniente de sus fans en la piscina.

—Ni falta que me hace mirarte. Cuando se trata de ti, adoro mi astigmatismo.

—Hum. Repite esa palabra. Despacito. Sílaba por sílaba. Me pone mucho que las tías se pongan técnicas a la hora de insultarme.

—Serás...

—Chicooos, ¿podéis parar? —Mi primo Miguel se aparta el teléfono de la oreja y lo tapa con la mano mientras nos fulmina con la mirada. Este verano está echándome un cable en Recepción y desde que Azurmendi ha puesto un pie en el camping este mediodía, las dos veces que ha pasado por aquí a pedirnos algo, hemos acabado discutiendo, así que el pobre Miguel está hasta el gorro ya.

No sé qué me pasa con Unai, pero me cuesta soportar su presencia, y solo acaba de llegar.

Es posible que esté especialmente irritable y que él tenga demasiada experiencia tocándome las narices hasta que estoy a punto de explotar, pero no acabo de entender mi reacción. Me descoloca. Parece como si Unai aprovechara cualquier situación para venir a reclamar mi atención y yo no pudiera hacer más que espantarlo.

—Intento completar una reserva para un cliente alemán —continúa mi primo— y con vosotros dos pegando voces y con lo mal que chapurrea el señor el inglés, ¡no me estoy enterando de una mierda! Así que, por favor, antes de que acabe reservándole hasta el Ayuntamiento de Benicàssim, haced el favor de tiraros los trastos a la cabeza en otro sitio.

Me pongo en pie, le pego un buen empujón a Unai y salgo de la caseta de Recepción.

—Eres un maleducado. ¿No entiendes que estamos trabajando? ¿Que no estamos aquí para aguantar tus exigencias y chorradas, y menos cuando se trata de la música que suena en la piscina?

Unai se sacude el pelo como un perro y me empapa la camiseta.

Aprieto los puños con fuerza, porque, si no lo hago, se va a tragar el buzón de Correos que tengo a mi lado con todas las postales que hay dentro.

—No me jodas, Lorena, si he venido a quejarme es por el bien de este camping.

—Oh, claro, disculpe. Qué atento es usted. Qué cliente más ejemplar. Le recuerdo que el año pasado casi nos buscó la ruina con un inocente Bichiluz.

—*Che*, esta vez no pretendía importunarla, señorita Segarra, lo digo en serio.

—Y una mierda que no. Tu único objetivo ahora mismo es sacarme de mis casillas.

Asiente, el muy capullo asiente efusivamente, en absoluto arrepentido y me dedica una sonrisilla la mar de juguetona.

—Oye, tampoco te pongas así, que te vas a arrugar antes de tiempo. Quita esa mierda de música, me largo de vuelta a la piscina y se acabó el problema. ¿No te das cuenta de que, si vuelvo a escuchar «Eternal Flame» voy a trenzarme las venas de la depresión que me está entrando?

—Ni sabes hacer trenzas ni voy a cambiar de música. —Me cruzo de brazos y siento la ropa húmeda. Resoplo mosqueada—. Me encanta esta canción.

—Venga, no me jodas, ¿es que no te has fijado en la letra? Habla de mirar a alguien cuando está dormido, entre otras cosas espeluznantes.

—Se supone que es algo romántico, aunque tú no lo entiendas.

—Me pone los pelos de punta.

—A lo mejor es que no has conocido a nadie que te guste lo suficiente para no poder dejar de mirarla en ningún momento. Una chica que no te ponga una orden de alejamiento a los cinco minutos de conocerte.

Me dispongo a darme la vuelta para regresar a mi puesto de trabajo y dejarlo con la palabra en la boca, pero él sigue buscándome.

—Eres una borde, Florecilla.

Al oír este apelativo mi corazón pega un saltito. Lo ignoro y tomo nota mental para darle una charla más tarde a mi querido y rebelde músculo cardiaco sobre hacer tonterías cuando no toca.

—Déjame en paz, Azurmendi.

Sacudo la mano en el aire para quitármelo de encima y entro en Recepción.

—¿Estás así de encabronada porque te ha dejado tu novio?

Mi primo cuelga el teléfono de golpe dejando la reserva a medias, gira la silla y nos observa con la boca abierta.

Me tomo unos segundos para asimilar lo que acaba de soltar por esa boquita tan enorme que tiene el vasco. Me doy la vuelta con los puños y los dientes apretados.

—Oh, vaya, ¿he acertado? —añade, jocoso.

Gruño y escupo una retahíla de muertes dolorosas que le deseo con todo mi corazón.

Él se ríe. SE RÍE.

—No hace falta que contestes. Está claro que estás tan cabreada que has decidido torturar a medio camping con The Bangles.

—No sigas por ahí, Azurmendi —susurro.

—Y, encima, ahora mismo lo estás pagando conmigo porque soy su amigo. ¿Me equivoco?

Quiero rebatir, pero no puedo porque noto que los ojos se me han empezado a llenar de lágrimas. Él me observa con atención, sabe que está dando en el clavo, maldita sea, ¿cómo lo hace para ser capaz de acertar con tanta facilidad siempre? Por otra parte, ¿es posible que yo haya proyectado mi malestar hacia él? Lo dudo, Unai me cae bien la mayor parte del tiempo, de hecho, desde que compartimos aquella tarde trabajando juntos considero que tiene buen fondo y que es una caja llena de sorpresas, pero también es verdad que a veces hasta en los días más soleados puede llegar a sacarme de quicio. Sin embargo, tiene razón en una cosa, desde que Iván decidió romper conmigo en Semana Santa, no reconozco a esta Lorena amargada en la que me estoy convirtiendo. Por no hablar del harakiri musical que me hago a diario. Cada vez que pongo una balada triste o alguna canción que habla del desamor, me siento acompañada. Siento que no soy la única en este mundo a la que le han roto el corazón, y escucharlas me reconforta.

—Puede que tengas razón, que lo esté pasando peor de lo que aparento, pero, por muy jodida que esté, no eres tan especial como crees, no lo estoy pagando contigo.

Se queda callado, hecho insólito tratándose del mayor bocazas que ha pisado la faz de la Tierra, y me estudia a conciencia otra vez. Sus ojos azules no descansan mientras indagan en mi interior. Odio que haga esto. Lo odio con todas mis fuerzas porque sé que es capaz de leerme como pocos.

—Y ahora, si me disculpas, voy a volver al trabajo...

Rompo el contacto visual y me dispongo a entrar en la caseta por segunda vez, pero su mano se aferra a mi brazo y me obliga a parar de golpe.

—Lorena, lo siento —admite—. La ha cagado.

—¿Qué?

—Que la ha cagado —repite.

—¿Iván o tú?

Con solo pronunciar su nombre, me escuecen los ojos otra vez.

Tal vez debería haber hecho caso a mi madre y haberme tomado este verano para recorrer Europa con una mochila y salvar cangrejos en alguna costa inhóspita, pero abandonar mis obligaciones no es algo que me guste hacer y aquí hago falta, aquí me siento necesaria. Aunque está claro que ya solo por la imagen del negocio familiar, no debería andar con cara de mustia y lloriqueando por todas las esquinas del camping, pinchando música deprimente y tratando a algunas personas a patadas, que es justo lo que estoy haciendo.

—Yo siempre la cago, no es ninguna novedad, pero en esta ocasión, me refiero al mismísimo Iván Fabra. —Unai mira de soslayo hacia la piscina, imagino que mi ex estará pasando el rato ahí, disfrutando de su primer agosto de soltería en mucho tiempo.

De pronto me invade la pena al recordar la cantidad de veranos que he pasado observando a mis amigos y a Iván jugando en la piscina mientras yo metía horas en Recepción, intentando aprender el oficio. No me arrepiento, no al menos del todo, pero creo que las obligaciones que me he autoimpuesto han acabado privándome de muchas cosas. Entre otras, de pasar más tiempo con el que fuera mi novio, y creo que eso, a la larga, también nos ha pasado factura.

—Sé cómo se apellida mi exnovio, no hace falta que me lo recuerdes.

Admitir en voz alta que ya no estamos juntos me rasga el corazón. Una lágrima templada y solitaria corre por mi mejilla y se precipita hacia la comisura de la boca. Me la limpio lo más rápido que puedo, pero Unai no es tonto, da un paso acercándose a mí y baja la voz.

—Joder, Lorena, lo siento, no pensaba que estuvieras pasándolo tan mal —se disculpa de nuevo.

—¿Qué es lo que sientes? ¿Haberte mofado de mi música? ¿Haber venido a tocarme las narices en mis horas de trabajo con un tema que no viene a cuento? ¿Haber…?

—Todo. Lo siento todo. Me he sobrado contigo, pero no creía que…

—Bueno, es lo que hay, cuando te dejan pasas una temporada complicada. No espero que lo entiendas.

—Pensaba que lo dejasteis de mutuo acuerdo, es lo que me ha dicho Iván, por eso me he permitido ser un poquito más capullo. Creía que estabas a favor de la decisión.

—Pues ya ves que no.

Unai se revuelve el pelo mojado y observa la piscina. Cuando vuelve a mirarme, veo una resolución en su mirada.

—Voy a ayudarte a recuperarlo.

—¿Tú?

—Sí, yo. ¿Acaso se te ocurre alguien más apto para el reto que uno de sus mejores amigos?

—Unai, echarme un cable en Recepción como hiciste el año pasado es una cosa, pero ofrecerte a hacerlo con Iván es absurdo. Sé que sois uña y carne, sin embargo, tú solo estás aquí un mes al año. Mes y medio si me apuras. Así que no tienes ni idea de cómo es la vida de Iván el resto del año.

—Iván y yo solemos vernos varias veces en invierno, ya lo sabes, y me mantiene informado. Soy su persona de confianza.

—¿Te contó que iba a dejarme? —Alzo una ceja desafiante.

Unai se queda en silencio. No hace falta que me conteste. Sé de sobra que se ha enterado este mediodía cuando ha llegado. Se pone serio y da un par de pasos más hacia mí. Necesito retroceder pero no puedo, a no ser que quiera acabar sentada encima de mi primo.

—Quién dejó a quién no son más que tecnicismos, lo que de verdad importa es que creo que puedo ayudarte a reconquistarlo si es lo que quieres hacer.

—Tú no vas a darme lecciones de amor y relaciones —me carcajeo.

—¿Por qué no?

—¿Por qué querrías hacer tal cosa?

Me dedica una sonrisa de medio lado tan golfa que hasta se le vuelve a dibujar el hoyuelo de la discordia en la mejilla izquierda.

—Piénsalo por un momento, Lorena, quedamos a solas, trazamos un plan para recuperar a tu novio, fingir que nos hemos liado, por ejemplo, para darle celos y que recuerde lo que ha perdido, y, por el camino, acabamos enamorándonos.

Me echo a reír con ganas. Tanto que tengo que apoyar las manos en mis rodillas para no irme de morros al suelo. Miguel ha debido de atragantarse con el cubilote de los lápices, porque lo oigo toser a mi espalda y parece tener un pie en el otro barrio.

—Me dirás que no es un plan perfecto. Pase lo que pase, sales ganando —afirma Unai orgulloso.

—Azurmendi, hazme el favor de aplicarte el consejo que me diste el año pasado: quiérete un poco más. El amor no es una tómbola en la que te toca algo que no necesitas, te conformas y te lo llevas a casa. El asunto no funciona así.

—Quien dice «enamorados» dice «con mi cara entre tus piernas», lo que sea con tal de que superes esta mierda. Está en tus manos. En mi lengua. En el ambiente. En el salitre del Mediterráneo...

Es un idiota, pero yo lo soy aún más, porque, por desgracia, su sugerente proposición, en lugar de calentarme la boca, empujarme a insultarlo y a comprarme una picadora de carne de tamaño industrial, me calienta otras cosas. Me resulta inevitable no sentir cierta ternurita hacia su persona y un pálpito muy prometedor entre las piernas.

—Has perdido el poco juicio que tenías —sentencio, más preocupada por mi estabilidad mental que por la suya.

Miguel ha pasado de un ahogamiento inminente a un ataque de risa homicida. Este no sale vivo hoy, os lo digo yo.

—A mí también me han dejado y aunque se pasa mal, no hay nada como buscarte un entretenimiento...

—Ay, cosita, conociéndote, seguro que te han dejado muchas veces.

—¿Cosita? ¿Pero qué cojones...?

Oigo otra carcajada de mi primo a mi espalda. Parece que respira.

—«Cosita» no es más que un apelativo cariñoso para un idiota tan jodidamente adorable como tú, Azurmendi.

—Ni se te ocurra empezar a llamarme eso en público. —Me apunta con el dedo, muy mosqueado.

—¿«Idiota adorable» o «cosita»?

—¡Lo segundo, joder! La gente se va a pensar que la tengo del tamaño de una quisquilla y tengo una reputación que defender.

—Claro, una reputación.

Me meo de la risa otra vez.

Este tío es de otro planeta, uno muy muy lejano donde no debe de existir el oxígeno.

—¿Sabes qué? Tienes razón. No puedo seguir hundida en la miseria y, como te estoy muy agradecida por haberte ofrecido para ser mi hombre consolador —admito con sorna—, voy a cambiar la música. —Le pellizco las mejillas como si fuera un bebé monísimo.

Entro en la caseta de Recepción, saco la cinta de The Bangles del radiocasete, la estampo en el pecho de Unai y meto otra. En cuanto pulso *play*, él sonríe feliz y contento, incluso me da un par de palmaditas en la cabeza como si yo fuera su cachorrito obediente favorito.

—Mañana por la noche me paso a por ti —me dice con una sonrisa enorme.

—¿Perdona?

—Ya sabes, para empezar la reconquista. Será nuestro secretito. Estate preparada después de cenar.

Sin darme tiempo a contestar, se larga hacia la piscina todo ufano, con los brazos en alto y meneando las caderas al ritmo de la música house que sale por megafonía. Pese a estar sumida en una depresión posruptural que me hace sentir cierto desapego hacia el bando masculino, ciega no estoy, solo tan hipermétrope y astigmática como siempre, así que no puedo evitar pensar «Joder, qué vistas» al observar los músculos de su espalda y ese culo duro y redondito que tiene. Algo que no necesita saber bajo ningún concepto, porque de ego va tan sobrado como de espaldas.

Sin duda, este chico es una de las mejores panorámicas del Cantábrico y lo tengo aquí mismo, en Benicàssim. Creo que superar mi duelo mientras lo admiro va a ser mucho más llevadero.

«Y no hay nada de malo en babear para tus adentros, Lorena», me prometo.

—¿Quién es el rey de este camping? —pregunta a las masas que lo jalean desde el agua.

Me quedo observando la jugada, sonriente, esperando a que se le bajen los humos de un momento a otro. Tres, dos, uno...

—*Don't want no short dick man* —repite la rapera Gilette en bucle y con un tono de burla que me resulta apoteósico.

Unai baja los brazos y se gira hacia mí.

Las risas de toda la piscina resuenan a su espalda.

—¡Te veo mañana, «cosita»! —grito con sorna y agito los dedos.

—De ahora en adelante, para mí eres Lorena Bobbitt. Ni me has tocado, pero es como si ya me hubieras cortado el rabo —me responde con una sonrisita.

5

Ríndete

Unai · Benicàssim, 16 agosto de 2010

—Me han comentado que habías dejado Recepción desatendida, pero no me lo podía creer.
—Ausentarme media hora para lavar el coche no se considera abandono.
—Creo que Miguel no opina lo mismo —objeto entre risas.
Lorena deja la esponja sobre el techo de su coche y da un paso a la izquierda, esquivando un cubo que rebosa espuma. Su melena larga y rizada está recogida en un moño en lo alto de su cabeza, varios mechones encuadran su cara. Tiene un islote de espuma en la mejilla derecha y parece algo sofocada. Lleva unos tejanos muy cortos y la parte de arriba de un bikini de triángulos, ambas prendas están húmedas. Me es imposible no fijarme en la forma de sus pechos y en el estrecho canalillo que los separa.

Las cosas como son: no solo me fijo, me quedo varios segundos cautivado.

Veo mujeres en bikini a todas horas en este camping, de hecho, no hace ni treinta minutos que he visto a Sara con uno —y sin él—. Pero el cuerpo semidesnudo de Lorena, con esas curvas tan pronunciadas y esos valles tan amplios, siempre ha tenido una fuerza de atracción bestial para mí. No es la típica chica fabricada en un molde, Lorena se sale del molde de una manera inolvidable. A ella siempre la ha rayado mucho eso; a mí, sin embargo, nunca me ha importado. Al revés, dudo que llegue el fatídico día en que me canse de contemplar todos esos milímetros de piel que tan bien conozco. O conocía. Elegir un tiempo verbal es muy complicado cuando se trata de ella.

Suspiro a la par que me hago la pregunta que desde hace años me carcome: ¿Un hombre y una mujer pueden ser amigos?

La respuesta corta: sí.

La respuesta larga, un poco a la gallega: depende.

Depende de cómo hayan llegado a ser amigos.

En nuestro caso, la amistad fue la consecuencia de no poder ser nada más. Nuestro amor fue un volcán que ardió durante algún tiempo. Cuando se consumió del todo, desapareció el fuego, pero la orografía de nuestra relación había cambiado. Ya no éramos solo amigos, nos habíamos convertido en dos personas que habían compartido un nivel de intimidad que rebasa la amistad en todos los sentidos. Por lo tanto, no siempre es fácil.

Por mi parte, la acabé olvidando en el sentido romántico, pero siempre la tendré grabada a fuego en el alma de muchas maneras distintas, junto a algunos de los mejores momentos de mi juventud. Y el tiempo ha demostrado que mis recuerdos con ella son a prueba de terremotos y de otros volcanes que puedan entrar en erupción a su alrededor.

Aparto la mirada del cuerpo de Lorena y me centro en mis hijas, que están entretenidas saltando en un charco y poniéndose como un cristo. Lo hago más por no incomodar a mi amiga que porque crea que estoy haciendo algo malo. Me fascina su cuerpo, no pienso negarlo, aunque no hasta el extremo de relegar mi matrimonio a un segundo plano y ponerme cachondo como un adolescente desubicado en la vida.

Eso ya lo hice hace años, con un balón de Calippo como testigo, y tuve más que suficiente.

—¿Estaba muy agobiado Miguel? —me pregunta. Es incapaz de no preocuparse por todo ser viviente que la rodea, incluido su primo al que tanto adora.

—Qué va. Solo estaba indignado porque lo has abandonado a su suerte.

Cuando me he marchado de Parcelona con las niñas para buscar a Lorena y hablar un rato con ella, me he encontrado a Miguel jugando al solitario en Recepción. Así que no es que estuviera agobiado, solo estaba mosqueado porque no le gusta una mierda tener que trabajar de cara al público. Pero las cosas han acabado siendo así porque nadie es dueño absoluto de su futuro, y menos aún cuando implica algo tan volátil como una relación. Miguel se marchó a Madrid persiguiendo un amor que todos sabíamos que no era correspondido y tuvo que volver antes de cumplir los treinta con el rabo entre las piernas, humillado, divorciado y sin un puto duro, así que no le quedó otra que aceptar el único puesto que había disponible en el Voramar: chico para todo. De manera que lo mismo le toca ayudar a Lorena en Recepción que montar avances a las tres de la tarde con todo el solamen dándole en la cara.

—Que no sea tan dramas, que hoy estamos bastante tranquilos. Además, tenía que lavar el coche —dice encogiéndose de hombros—. La semana pasada bajé a València y me traje un par de millones de mosquitos pegados al morro...

—¿A València? —pregunto con curiosidad.

Lorena me ignora. A veces lo hace, sobre todo cuando el tema implica a algún tío del que no me quiere hablar.

—¿No vais a decirme ni hola? —Se agacha y extiende los brazos a la espera de que Ane y Leire decidan dejar el charco y concederle audiencia.

Mis hijas no dudan ni un segundo, salen corriendo para abrazarla. Lorena se aferra a sus pequeños cuerpos y cierra los ojos. Ane esconde la cara en el hombro de mi amiga, mientras Leire aprovecha para meter el dedo en su moño y comprobar su consistencia.

A mí se me llena el pecho con muchos sentimientos que no logro gestionar.

Un nudo se cierne sobre mi tráquea cada vez que veo la relación que Lorena tiene con mis hijas, cuánto se preocupa por ellas y cuánto las quiere. De una manera indirecta, es como si por fin hubiera conseguido hacerme con un pedacito de ese amor que siempre se negó a darme.

Una vez han acabado de achucharse y contarse cositas al oído, las niñas vuelven a mi lado y tiran de mis manos para que vayamos al parque.

Lorena abre la puerta del coche y saca una bolsa con golosinas de la guantera, imagino que para entretenerlas y poder disponer unos minutos más de mí.

—¿Puedo? —pide permiso antes de que mis hijas se den cuenta de lo que tiene en la mano, la derriben y se las roben.

—Solo si me das uno de esos regalices marrones.

—Son rojos, Azurmendi.

Se acerca a mí con el regaliz en la mano y me lo ofrece. Tengo las manos ocupadas con mis hijas, que siguen tirando de mí, así que abro la boca. Ella duda.

—No te voy a morder, Lore.

Le dedico una sonrisita, pero ella sigue titubeando con la mano suspendida en el aire.

A veces pagaría por saber qué piensa. Porque tengo la sensación de que le pasa un poco como a mí, que en su interior hay dos versiones de sí misma que luchan por dominar sus reacciones: la Lorena que es mi amiga y se lo toma todo con naturalidad, y la Lorena que fue algo más que mi amiga, que no deja de dibujar líneas arbitrarias entre nosotros porque teme que las cosas puedan enrarecerse.

Finalmente, estira la mano y yo agarro con los dientes el regaliz. Sus dedos rozan mis labios y recula con rapidez de una manera bastante graciosa.

Se mete otro regaliz en la boca y les entrega el resto a las niñas. Ane y Leire se olvidan del parque, de su padre y hasta del charco y se centran en las gominolas.

En cuanto acabamos de saborear el pedazo de plástico marrón —por mucho que insista, yo lo veo de ese color—, Lorena se pone manos a la obra con el parachoques delantero.

—Y vosotros, ¿qué hacéis por aquí?

Estoy por soltarle cualquier excusa, pero es mi amiga, ni tengo que disimular ni tengo que fingir.

—Necesitaba un poco de espacio.

—¿Las vacaciones no están yendo como esperabas?

—Las vacaciones no están siendo unas vacaciones, Lore. He vivido agostos mejores, la verdad.

Lorena alza la mirada de la matrícula que está rascando con saña y me observa unos segundos. A veces también me mira de una manera que no acabo de comprender. Como si se estuviera callando un montón de cosas.

—Estoy más estresado que cuando me toca currar doce horas al día para cerrar un proyecto.

—Entiendo —dice, escueta, y empieza a pegar saltitos para limpiar la parte superior de la luna.

Me acerco a ella, le quito la esponja y la paso por las zonas donde no llega ni poniéndose de puntillas.

—¿Sigues con tanto trabajo?

—Sí. —Me ahorro los detalles porque está al corriente de mi vida laboral. Entre otras cosas, porque muchos días aprovecho el viaje de vuelta a casa para llamarla—. Y tú, ¿a qué fuiste a València? ¿Tuviste una cita?

—¿Una cita? No me seas antiguo, Azurmendi. —Pone los ojos en blanco con su bordería habitual—. Además, ¿no te parece que merezco un poco de privacidad?

—Claro que la mereces, pero ambos sabemos que cuando no me cuentas las cosas es porque hay algún maromo implicado.

Lorena pasa de mí otra vez, me quita la esponja de malas maneras y se pone a darle a la matrícula de nuevo.

—¿Te has propuesto borrar los números?

—Hay un abejorro incrustado.

—Mentira —digo entre risas—. Estás haciéndote la loca.

Se acerca a la manguera que se encuentra anclada a la pared de los baños, abre el grifo, y tira de ella para acercarla al coche.

—¿No me vas a contar lo de València? —insisto.

—¿Por qué no me dejas en paz?

—En todos los años que llevamos siendo amigos, me has pedido millones de veces que te dejara en paz, ¿y lo he hecho alguna vez?

Lorena niega y resopla.

—¿Y qué te hace pensar que lo haré hoy, cuando estoy seguro de que tienes algo con un valenciano y no me lo quieres contar?

—Y tú, ¿por qué tienes tanto interés en mi vida sexual?

—Amiga, nadie había hablado de sexo hasta ahora. Te acabas de delatar, pequeña pervertida.

Ni corta ni perezosa, da un paso atrás para alejarse de mí y me apunta con la manguera.

—Ni se te ocurra —la amenazo.

Me sonríe mientras gira la boca de la manguera. Una sola ráfaga de agua y ya me tiene empapado.

—Vuelve a hacerlo y te arrepentirás.

—No me das miedo, Azurmendi.

—Pues debería. Tengo refuerzos y tú estás sola. —Me agacho delante de las niñas—. *Txikitxus*, dejad las chuches para luego, el *aita* tiene una misión superimportante en la que necesita vuestra ayuda.

Las niñas dejan las gominolas a buen recaudo en una esquina y se apelotonan a mi alrededor.

—¡Vamos a mojar a la tía Lorena!

La situación requiere un nivel de sensatez que no sé si tengo.

Ane mueve la cabeza arriba y abajo, eufórica, y aplaude. Leire se hace con el cubo que está lleno de jabón. Lorena se aleja un par de pasos y apunta con la manguera hacia mí otra vez, pero duda porque no quiere mojar a mis hijas.

Les doy la mano a Ane y Leire y me escondo con ellas en un lateral del coche. Nos agachamos, protegiéndonos cuanto podemos. Leire mete su manita en el cubo que está a nuestro lado, se asoma y salpica a Lorena. El agua no llega ni a rozarla, pero da igual, lo que cuenta es la intención.

—¡Azurmendi, no puedes usar a tus hijas! —protesta mi amiga sin poder ocultar la gracia que le está haciendo la situación—. ¿Qué tipo de educación les estás dando?

—Suplo mi falta de experiencia en ser padre con la que tengo de haber sido niño. Como lo fui hasta bien entrados los veinte, lo tengo fresco.

—Serás idiota...

—¡*Diota!* —grita Ane, emocionada.

Me apuesto el cuello a que se va a convertir en su palabra favorita a partir de hoy. Leire aprovecha que estamos distraídos, coge otro puñado de agua, corre hasta Lorena rodeando el coche —y perdiendo todo el líquido por el camino— y cuando llega se lo tira al pie derecho. Ane ataca por el otro flanco y le roba la esponja.

Me descojono.

Mis hijas regresan a mi lado y chocamos los cinco. Acto seguido, me pongo en pie.

—Ríndete, Lorena. No vas a poder con nosotros.

—¡*Drindete, diota!* —repite Leire mientras estruja la esponja sobre la cabeza de su hermana.

—¡¡Jamás!! —rebate la señorita Segarra con orgullo.

Mi cuñado Rubén aparece como salido de la nada. Se detiene junto a nosotros y me dedica una miradita de las suyas que no dicen nada pero lo demuestran todo. A continuación, abre el grifo un poco más, se acerca a su hermana, gira la boquilla de la manguera y se larga tan feliz.

En ocasiones como esta, no puedo más que adorarlo.

Lorena aprovecha la tesitura y me da con el chorro de agua en toda la jeta. Las niñas salen corriendo en dirección contraria entre risitas.

Me pongo de espaldas, me retiro el pelo de la frente y poco a poco consigo acercarme a Lorena. Forcejeamos. Nos reímos. Peleamos. Siento sus manos por todo el cuerpo y las mías resbalan por su piel. Las niñas nos jalean. Meto el pie en el cubo y no me voy al suelo de milagro. Nos empujamos. La agarro de las manos y la bloqueo con las piernas. La empotro contra la puerta del copiloto valiéndome de mi cuerpo. Ella me mira sorprendida y yo, aunque soy muy consciente de que el movimiento que acabo de hacer no es el más apropiado, ni me separo ni cejo en mi esfuerzo por quitarle la manguera. Lorena intenta apartarse pero resbala con la espuma esparcida por todo el suelo. Intenta agarrarse a mí, pero yo tampoco estoy en una buena postura, así que piso la manguera, pego un traspiés y acabamos tirados en el suelo.

Nos miramos otra vez.

Nuestra respiración está acelerada, noto su pulso contra mi pecho y algo me dice que ella debe de estar notando ciertas cosas que no debería. Y es que estoy entre sus piernas. Hostia puta. Es el último lugar donde esperaba acabar estas vacaciones.

Quisiera moverme, pero ni puedo ni sé si quiero. Lorena, por su parte, se ha quedado paralizada encima de mí y con la boca medio abierta.

Pasa un tiempo indefinido hasta que oigo a las niñas riéndose y por fin consigo reaccionar.

—Lore, por Dios, quítate de encima, que no llevo el condón puesto —digo por lo bajini y fuerzo unas carcajadas.

Lorena parpadea un par de veces y se aparta de mí con brusquedad.

—¡Serás imbécil! —Me arrea varios manotazos y nos levantamos del suelo.

Ella se hace con la manguera, gira la muñeca y el agua nos da a los dos en toda la cara.

Estoy por darle las gracias por el salpicón, pero me las guardo para mí.

Tiro con fuerza de un extremo de la manguera. Al final se nos acaba escapando y escupe agua descontroladamente en todas las direcciones. Sobre todo hacia Tomás Segarra, que, con la calva y el bigote empapados, no parece demasiado contento de verme.

—Azurmendi.

No nos echa la bronca, supongo que con la edad dejas de luchar algunas batallas por puro aburrimiento. Saluda a las niñas y se larga a grandes zancadas hacia el bar. Aprovecho el despiste de Lorena para hacerme con la manguera. Me acerco a ella despacito y, en cuanto la tengo atrapada en una esquina, ajusto la presión y la pongo en modo ráfaga.

—No, por favor —ruega con una sonrisa.

—Cuéntame lo de València.

—Chicas, ¡echadme una mano! —les pide a las niñas.

—No vas a conseguir nada.

—Espera y mira: ¡Ane, Leire! ¿Queréis más chuches?

—No puedes sobornar a mis hijas —susurro un poco indignado porque soy padre y a veces toca ejercer, pero en el fondo estoy partiéndome el culo de risa.

—Claro que no debería, pero es lo que hay, amigo. ¡Hacedle cosquillas al *aita*!

Maldita sea.

Cuando quiero mover la manguera y metérsela por la cinturilla del pantalón, mis propias hijas se han convertido en dos miniarmas de destrucción masiva que no paran de pellizcarme y hacerme cosquillas en los costados.

Pillo a Ane de espaldas y le devuelvo las cosquillas. Lorena trata de quitarme la manguera que tengo aprisionada bajo el sobaco, tira con fuerza y se hace con ella. Y Leire aprovecha el momento para colgarse de mi bañador y arrastrármelo hasta los tobillos.

De pronto nos volvemos a quedar petrificados con las risitas de bruja Leire de fondo.

—Bueno, creo que con esto acabo de ganar la guerra de mangueras.

—Unai, por Dios, ¡¡¡que eres padre!!!

Lorena se tapa la cara con una mano mientras sujeta la manguera con la otra y dispara agua hacia el cielo. Las niñas están pegando saltitos a su alrededor, debajo del chorro.

—¿Y eso en qué cambia las cosas? ¿Se me deberían haber replegado la polla y las pelotas una vez que cumplieron con su cometido? Porque, primera noticia, Lore, además, me las has visto desde todos los ángulos posibles, no sé a qué viene tanto escándalo.

—Deja de decir gilipolleces y tápate, por favor —pide, bastante agobiada.

Sabe que no lo voy a hacer porque me importa más bien poco que me vean desnudo, así que deja caer la manguera al suelo y coge el cubo que tiene a sus pies. Se resbala un par de veces, pero agarrándose al coche consigue llegar hasta mí. Palpa con sus manos el aire y, en cuanto me tiene localizado, me coloca el cubo a la altura del ombligo y me obliga a sujetarlo. Se quita la mano de la cara y me sonríe orgullosa hasta que se percata del fallo de puntería que acaba de cometer.

—Joder —farfulla y se vuelve a tapar la cara.

—Ay, Florecilla, parece mentira que no recuerdes a qué altura tengo la polla.

—Azurmendi, joder, haz el favor... ¡¡¡Que estamos en mitad del camping!!!

Dejo el cubo en el suelo y me subo el bañador entre carcajadas. Nunca dejará de sorprenderme lo mojigata que Lorena puede llegar a ser.

—Ya puedes mirar.

Pero no lo hace, no se fía de mí, de manera que vuelve a palmear el aire hasta que da con mi cuerpo y siente la tela del bañador aferrada a mi cintura. Ahora sí me mira a los ojos.

—Te he visto hasta el lunar de la ingle —comenta absolutamente abochornada.

—Bueno, yo descubrí la depilación caribeña gracias a ti.

—¿Y te parece que eso nos coloca en algún tipo de empate?

—Más o menos.

—Pues estás muy equivocado. No quería verte desnudo. No necesitaba verte desnudo. No entraba entre mis planes más inmediatos verte desnudo.

—Si repites «verte desnudo» una vez más, es muy posible que el dios de las pelotas al aire se manifieste y se me vuelva a caer el bañador.

Me pega varios manotazos en el pecho.

—Y ahora, ¿me vas a contar a qué fuiste a València?

—No.

—Sabes de sobra que cuando me propongo sacarte algo siempre lo consigo.

—Y tú deberías recordar que solo canto bajo los efectos del alcohol.

1995

Cuéntame algo que no sepa de ti

Lorena · Benicàssim, 5 agosto de 1995

Los Segarra no cenamos, los Segarra organizamos un sarao a la altura de los que aparecen en la parte final de cualquier capítulo de *Asterix y Obelix*, en el que se reúnen todos los habitantes del pueblo alrededor de una mesa para celebrar que les han dado para el pelo a los romanos. Nosotros no hemos vencido a ningún ejército, ni siquiera a los niñatos de la urbanización que tenemos al otro lado de la calle, pero hacemos piña como si así fuera. Tampoco tenemos una docena de jabalíes asados, pero todo se andará. Lo que sí tenemos es a Tito, que nos ameniza las noches creyéndose Asurancetúrix, y menos mal que no sabe tocar la lira, porque es lo único que nos falta para acabar amordazándolo y atándolo a una palmera.

Mi madre y mi tía, como siempre, han cocinado para toda la tropa y la mesa está llena de diferentes platos que han sobrado del bar: ensaladas, croquetas, varias tortillas y paella. «No hay mal que cien años dure, ni pena que la paella no cure», me ha dicho mi madre al dejarla frente a mí sobre la enorme mesa que tenemos en la parte trasera del bar, y mi tía ha añadido entre dientes que la paella no se toma para cenar. Puede protestar todo lo que quiera, pero en esta familia no se tira ni un guisante. Mi padre y mi tío han aportado su granito de arena asando longanizas frescas de Castelló en la parrilla. Los chicos que trabajan en el camping suelen mofarse del asunto, porque, dicen, que para ser un Segarra, tienes que ser un poco borde, debes saber cómo conseguir la cantidad perfecta de *socarrat* en una paella y tener la habilidad de encender una barbacoa bajo cualquier inclemencia climática.

Mi padre y su hermano Jacinto están comentando varios asuntos relacionados con el mantenimiento del camping. En lugar de prestarles atención, a veces me quedo observándolos con cierta lástima. Esta es su vida, que el camping siga en funcionamiento sin contratiempos y, por lo tanto, ese es el único tema de conversación que les interesa. Temo que, con el paso de los años, yo tampoco sea capaz de hablar de otra cosa.

Mi primo Tito está sentado frente a mí cantando una canción pasada de moda. Porque sí, es parte del imaginario popular, pero de ahí a saberte la letra entera de Pimpinela hay un abismo. A él le da igual, la cuestión es tomarle el pelo a algún miembro de la familia y, por la cara que está poniendo mi primo Miguel, todo apunta a que la copla de hoy va por él.

Mi hermano está metido en uno de sus típicos coloquios de cerebrito, discutiendo con Noelia sobre el columpio de *Heidi*. Según opina Rubén, al columpiarse, se ve la punta del campanario de una iglesia a su lado y después de calcular la oscilación pendular y no sé qué historias más, ha llegado a la conclusión de que debe de estar suspendida por lo menos a cuarenta metros del suelo. Noelia, armada con toda la santa paciencia que tiene, intenta convencerlo de que son dibujos animados y que en ellos se admiten ese tipo de inexactitudes, pero no hay manera, mi hermano, el futuro físico, no deja de garabatear fórmulas en el mantel para demostrarle la gravedad del asunto.

—*Gabon*, Segarras.

Oigo una voz familiar a mi espalda y cuando me giro...

—¿Qué demonios? —espeto con un pedazo de tomate llenándome la boca y escupiendo varias pepitas por la mesa sin querer.

—Aunque suene como tal, en realidad, no es nada demoniaco, solo es euskera —se pitorrea mi primo Tito—. Ya sabes, ese idioma que hablan en las inhóspitas tierras del norte.

—Sé qué lengua es, lo que me inquieta es oírla en nuestra terraza ahora mismo.

Unai saluda a varios miembros de mi familia con amabilidad. Me fijo en que lleva un pantalón negro corto deshilachado y una camiseta blanca con el logo de Cicatriz, que consiste en una calavera con dos muletas cruzadas debajo. Imagino que es alguno de esos grupos macarras que le gustan. Su pelo está revuelto y mojado, y sus mejillas, coloradas por culpa de las horas que está echando en la piscina sin ponerse crema.

Acabar resultando atractivo para la población en general, cuando te empeñas justo en lo contrario con las pintas que llevas, es un arte que solo Unai Azurmendi parece capaz de dominar.

Se acerca a mí y apoya sus manos en el respaldo de mi silla; aunque sus dedos apenas llegan a rozar mi espalda, los siento como tentáculos invadiendo mi espacio vital.

—¿Qué pu-ñe-tas ha-ces a-quí? —pregunto entre dientes, sin darme la vuelta.

Un montón de caritas sonrientes nos observan.

—Me han dejado entrar —susurra a pocos centímetros de mi oreja—. Esta familia me aprecia mucho, Florecilla, eres tú la única que no quiere valorar mi compañía.

Cuando me dispongo a mandarlo fuera sin muchos miramientos, mi tía ya lo ha empujado hasta sentarlo en una silla a mi lado y le ha colocado delante un plato con una torre de ensalada de tomate, otro con paella y una longaniza entre pan y pan. También le ha ofrecido postre, y eso en esta familia es sagrado, no se lo ofrecemos a cualquiera.

Os juro que no entiendo a los Segarra-Vicent. Normalmente funcionamos como una unidad familiar bastante bien engrasada, pero cuando se trata de joder a algún miembro, no tenemos corazón ni parentesco.

—Gracias, aunque ya había cenado —le dice Unai a mi tía

con una sonrisa de reafirmación, una de esas que usas cuando sabes que te has ganado a alguien y que ya solo es una cuestión de mantenimiento regular.

Unai empieza a comerse la ensalada, picotea paella y se une a las conversaciones que lo rodean. Hasta opina sobre la pintura que los chicos de mantenimientos quieren usar para reacondicionar una valla en el área de caravanas. Mi padre no le quita el ojo de encima y tiene el ceño fruncido. De hecho, ha apartado varios objetos del alcance de Unai, a su entender, peligrosos. Es el único que parece tener memoria histórica en este camping.

Estoy tan alucinada que soy incapaz de dejar de mirar al vasco con la boca abierta mientras Tito canta «Yo soy aquel» de fondo.

—¿Y cómo así tú por aquí, Azurmendi? —le pregunta Rubén.

—He venido a buscar a tu hermana —admite con toda la naturalidad.

—Eres tan atento y tan dulce... —comento con retintín y finjo una sonrisa de payaso asesino—. No puedo creer que las hormigas no te hayan devorado todavía.

—¿Y qué planes tenéis? —se interesa mi madre.

—Ninguno —contesto.

—Improvisaremos algo, no sé, la llevaré a dar un paseo... —contesta Unai.

—Lorena sabe pasear solita —espeto de mala gana mientras jugueto con el tenedor y un pedazo de tomate que se desliza por mi plato.

—Pues vas a tener que recurrir al secuestro, porque desde que no está con Iván, esta no sale después de las diez de la noche ni aunque la echemos a patadas —comenta mi mamá, con una delicadeza y un amor maternal que deja en tanga a mi peor enemigo.

—Tendrás que ponerle bozal y arnés para que no proteste y obedezca —se mofa mi hermanito, que se lleva una colleja de mi padre.

—Lorena no necesita que la obliguen a salir —murmuro entre dientes y apuñalo el tomate con saña, a falta de poder hacerlo con mis allegados. Ay, el parentesco y la ley, qué dos obstáculos tan molestos.

—Yo que tú, me la echaba al hombro y la soltaba directamente en la playa... o lo más lejos de este camping que puedas —propone Tito entre risas y se lanza de nuevo a cantar—. «Y estoy aquí aquí para adorarteeeeeee...».

—Lorena sabe andar con sus dos patitas —farfullo asqueada.

—Pues me parece una idea genial, Tito.

Un momento.

Unai se ha levantado y está corriendo mi silla hacia atrás. Me dedica una sonrisa enorme que no comparto y se mete en la boca el pedazo de tomate que me quedaba en el plato. Cuando quiero tirar el tenedor y agarrarme a la mesa con las uñas, estoy colgada de su hombro como si fuera una redecilla llena de varios kilos de mejillones.

—¡Suéltame, Azurmendi, que me van a ver el culo! —Le pego puñetazos en la espalda, pero le afectan más bien poco.

Se gira para dar cierta privacidad a mis posaderas y, aunque tengo que contorsionar el cuello de una manera bastante antinatural, miro a mi familia.

—¡¡¡Que alguien me ayude!!!

Tito está agitando una servilleta como si fuera un miembro de Locomía y se ha puesto a cantar aún con más ímpetu. Mi madre y mi tía, mi segunda opción, sonríen satisfechas, un gesto que me hace pensar que Unai acaba de consolidarse como el candidato perfecto para sacarme de la depresión, casarse conmigo y darme cinco hijos. Diría que mi madre está a punto de gritar «¡¡Ya solo nos queda Rubén!!» y chocar la mano con mi padre mientras toma medidas a ojo para el traje de novio de Azurmendi. Y yo, como tengo la misma coherencia que un borracho a las cuatro de la mañana, me pierdo unos instantes recreando esa imagen: un traje negro, corte italiano, raya diplomática, bien planchadito. Camisa blanca...

Agito la cabeza intentando volver a conectar con la realidad. Mala idea. La realidad no mola tanto.

—¿No pensáis hacer nada? —ruego en general.

Uno de los chicos de mantenimiento está a punto de levantarse, pero Rubén lo detiene.

—¿Algo en plan...? —pregunta mi hermano fingiendo interés.

—¡Algo para salvarme de esta mierda!

—Estate quieta, hermanita, que así no puedo calcular a qué velocidad te vas a comer el suelo cuando Azurmendi te suelte.

—¡Caraculo!

—¡Culoplaza!

He ahí nuestro habitual despliegue de amor fraternal.

—¡Pues que sepas que tienes el trasero tan respingón como el mío! —lo chincho a sabiendas de que es un tema que lo acompleja un poco.

—Mi culo está exento de pagar el IBI. No como el tuyo.

—¡Serás desgraciado! ¡Maldito niño!

Me revuelvo, pero Unai no me deja escapar, sus manos aferran con fuerza mis piernas.

—¡Suéltame, Azurmendi!

—Ni pensarlo, que la paella te pone muy violenta —dice entre risas.

—¡Mamá, te dije que a ese niño había que abandonarlo en algún puesto ambulante de melones! ¡Conmigo teníais suficiente!

—No, no me lo dijiste, Lorena, además, siempre andabas jugando con él, como aquel día, cuando tenía un añito escaso, que lo metiste en la taza del baño y tiraste de la bomba —rebate mi madre muerta de risa.

—¿Y no te pareció una indirecta bastante clara por mi parte? —respondo.

—¿Eso hizo? —pregunta Rubén tan impactado como mosqueado.

—Claro que lo hice, pero está visto que no sirvió de nada porque aquí estás, un poco más alto y más tonto que entonces, pero sigues con nosotros.

Rubén y yo nos enzarzamos en otra de nuestras típicas disputas y repartimos insultos a diestro y siniestro, situación que se ha visto acrecentada desde que el niño cumplió los doce y aprendió un vocabulario más variado. Noto bajo mi pecho que Unai se está riendo, me pregunto si él también discute tanto con Maider, pero lo dudo, su hermana es un ser humano normal. No como ese pedazo de ADN que malgastaron mis padres y que se hace llamar Rubén.

—Ay, Tomás, ¿te acuerdas de lo monos que eran cuando todavía no sabían hablar? —comenta mi madre y le lanza una miradita a mi padre que dice con una claridad pasmosa: «Quiero el tercero y lo quiero ya». Sonríe coqueta y le guiña un ojo, por si mi padre anda despistado.

Papá, por su parte, más lúcido y caballeroso que nunca, se saca el palillo que tiene en la boca, se repeina intentando tapar la inminente pista de patinaje que luce en su cabeza y le devuelve el guiño con el ojo izquierdo, pero como nunca se le ha dado bien, el derecho le parpadea un poco, así que parece como si le fuera a dar un algo.

Ante la traumática estampa que acaba de tener lugar, mi hermano entra en un estado de ofuscación que solo le permite observar a nuestros progenitores de manera intermitente en bucle. Mi tío Jacinto no hace más que propinarle codazos a mi padre en plan «Colega, esta noche mojas», con tanto garbo que está a punto de tirarlo de la silla. Mis primos y mis compañeros de trabajo están tan descojonados de la risa que alguno de ellos está a punto de implosionar.

Socorro. Que alguien me saque de aquí. Que alguien me aleje de esta gente. Que alguien me borre la memoria.

Entonces, Unai hace lo más inteligente que ha hecho en toda su vida: se da la vuelta y dejo de ver a mi familia. Gracias.

—Creo que vamos a marcharnos ya... —anuncia, y el muy sobón me da un palito en una zona aledaña a mi pandero, que yo me esfuerzo en mantener cubierto con la faldita que llevo.

—¡Pasadlo bien! —Es lo último que le oigo decir a mi madre, toda risueña ella, encantada de que me saquen a pasear por la fuerza.

Salimos a la calle paralela al camping por una puerta lateral para empleados y Unai me deja por fin en el suelo.

—¿Dónde te apetece que vayamos?

—¡¿¿Pero a ti qué coño te pasa??! —grito completamente fuera de mí—. ¡¡Te has presentado en mi casa sin avisar!! Y encima, me has transportado como si fuera un saco lleno de mejillones, ¡¿¿y ahora pretendes que me vaya contigo??!

Unai da un paso atrás.

—Yo solo... —empieza a decir con una sonrisilla—. Ayer te dije que lo haría...

—Esto no tiene ninguna gracia, Azurmendi. ¡Ninguna!

—Venga, Lorena, ¿qué daño puede hacerte salir a tomar algo conmigo? Lo hemos hecho miles de veces.

—¿Pero tú has visto lo que ha pasado ahí dentro? —Señalo la terraza—. Seguro que mi familia ha creído que tú y yo somos algo más que amigos, cuando a veces dudo hasta de que compartamos la misma especie. Mi primo nos ha asignado una puta canción. Y, conociéndolo, va a estar cantándomela noche y día hasta que me quede sorda. ¿Qué digo sorda? ¡El muy idiota es capaz de hacer pancartas con la letra con tal de seguir abochornándome! Sus canturreos se alargarán hasta el maldito día de mi funeral. Estarán metiendo mi ataúd en el agujero y Tito bailará a su alrededor cantando y agitando una pandereta. ¡Y yo quiero un funeral digno, joder, no una fiesta pagana! ¡Quiero que lloren mi pérdida! ¡Y para colmo...!

—Cierro los ojos aturullada por completo—. Ya has visto a mis padres... ¡Ya los has visto!

Me llevo el dedo a la boca y finjo que vomito.

Unai está en mitad de la calle de brazos cruzados y a primera vista no parece que se vaya a disculpar, más bien me da la sensación de que se lo está pasando pipa con mi mosqueo.

—Tus padres follan, Lorena, no se han reproducido por esporas.

—¡Yo era muy feliz creyendo que sí! —lloriqueo.

—Oh, pobrecita...

Da un par de pasos y, haciendo un mohín, me acaricia la mejilla. Aparto su mano de un golpetazo.

—Sácame de aquí, Azurmendi. Por lo que más quieras, llévame lejos de este camping, de mi vida, de Iván y de...

—¿Ves? Al final has acabado rogándome. Y, por cierto, ya que lo mencionas, tu exnovio se ha largado al pueblo con Damiano a celebrar su victoria en el campeonato de ping-pong de ayer, porque según me han dicho, tu hermano no se presentó para jugar la final.

—Lo sé, me tocaba arbitrar esa partida.

—¿Y dónde se había metido?

—No quieras saberlo.

Ya he tenido bastante con las noticias sobre las relaciones impías que practican mis progenitores, como para recrear las de mi hermano con su hermana en la piscina. Así que lo llevo a empujones hasta el primer coche que está aparcado en la calle. Como la suerte esta noche no está de mi parte, resulta ser el Ford Mondeo de sus padres. Dejo de empujarlo y me monto en el asiento del copiloto en cuanto lo abre. Poco después tengo a Unai sentado a mi lado. Invierte lo que viene a ser casi un par de horas en mover el asiento adelante y atrás mientras pisa los pedales, ajusta el respaldo y tantea la posición de los espejos retrovisores.

—¿Quieres que conduzca? —me ofrezco.

—Soy un poco maniático.

—No me digas...

—Seguridad, ante todo, Segarra. Si no voy cómodo, podríamos tener un accidente.

—Claro, un centímetro arriba o abajo supone una gran diferencia.

—Nunca subestimes un centímetro —suelta con tonito sugerente.

Me dispongo a decirle cuatro cosas, pero por fin gira la llave y el motor ruge con ganas. Abre las cuatro ventanillas y enciende la música. Aún le pega un par de toquecitos a la ruletilla que ajusta el respaldo y yo pongo los ojos en blanco varias veces antes de que emprendamos la marcha.

Salimos de la calle paralela al camping y recorremos la avenida en dirección Castelló a bastante velocidad. En cuanto llegamos al primer cruce, no sé si va despistado o qué demonios le pasa, pero lo atravesamos prácticamente a dos ruedas. Cuando nos acercamos al segundo y hace exactamente lo mismo, soy incapaz de aguantarme más.

—Unai, ¿por qué conduces el coche como si lo hubieras robado?

—Primero, no conduzco así y, segundo, no lo he robado, es de mi padre.

—Ya sé que es de tu padre. Entonces ¿te regalaron el carnet en la última Navidad? Porque no es posible conducir tan mal ni queriendo.

Se echa a reír, suelta el volante unos instantes para pellizcarme el moflete y el coche se desvía de su trayectoria. Si esta noche no me mata un accidente, lo hará un soponcio.

—No entiendo por qué siempre piensas mal de mí —dice mientras rectifica la dirección.

Alargo el dedo y hago que el radiocasete escupa la cinta. La lista de motivos que me empujan a no fiarme de él es eterna y se los voy a enumerar todos.

—¿Qué cojones acabas de hacer? —gruñe.

—Apagar ese ruido para poder hablar.

—¿Ruido?

—Sí, ruido —confirmo.

Unai vuelve a empujar el casete y en cuanto lo que sea que

estaba sonando llena el interior del coche de nuevo, aparta la mirada de la carretera y me observa.

—Esto es «La locura», de Parabellum, una canción que deberías adorar por encima de todas las cosas. Sobre todo, por encima de los putos The Bangles.

—Esta noche estoy tan ocupada adorándote a ti que no me queda espacio en el corazón para adorar nada más.

—Shhhhhh —me manda callar y sube la música aún más. Se pone a cantar y a pegar golpes por el salpicadero con una mano.

Espero hasta que la aberración musical termina y bajo el volumen por segunda vez. Unai me abuchea pero no lo vuelve a subir.

—¿Adónde me llevas? —pregunto con la firme sospecha de que estamos dando vueltas a lo tonto por las urbanizaciones de Benicàssim.

—A comer un helado en la playa.

—Y de paso, ¿me estás enseñando mi propio pueblo?

—Creo que me he despistado en algún cruce.

—En unos cuantos, pero como entras en plan sobrado y no podía hablar por culpa del ruido...

Me dedica una mirada de reojo con el ceño fruncido.

—Aprendí a conducir a los diez años, sé perfectamente qué estoy haciendo.

—¿Con solo diez años?

—Sí, mi padre es el típico señor que piensa que los hombres tenemos que saber hacer cosas de hombres. Ya sabes, conducir, afeitarnos con una navaja afilada, talar árboles, detectar un penalti dudoso...

—Y todo eso sin pedir indicaciones, por supuesto, no vaya a ser que se os caiga la hombría a pedazos en mitad de un cruce.

Unai se ríe y asiente.

—El problema es que en tu pueblo todos los cruces son iguales y me he liado, pretendía coger un atajo y aparcar justo delante de la Jijonenca...

—Pues el atajo te ha salido precioso. Y, ya que lo mencionas, no me apetece un helado. Hace tiempo que dejé de ser una niña a la que se le pasan los berrinches comiendo dulces.

—Está bastante claro que hace ya algún tiempo que dejaste de ser una niña, tus tetas me lo corroboraron el verano pasado. —Me mira un instante y sacude las cejas a lo loco.

—Idiota. —Resoplo con fuerza y él se ríe por lo bajo—. Además, estoy a dieta.

—Te lo pides de lechuga.

—No existen helados de lechuga.

—Pues me miras mientras me como el mío y te haces una idea de lo bueno que está.

—Entonces no me llevas a comer un helado, me llevas de cabeza a la más absoluta miseria. Estar a dieta es algo muy serio y este tipo de tentaciones no ayudan.

Detiene el coche en un ceda el paso y me mira fijamente.

—Te voy a llevar a una heladería, lo que decidas chupar es cosa tuya.

Mi mente me regala una imagen que no viene a cuento. Una recreación preciosa de su cuerpo mojado en la piscina. Hay que ver lo selectiva que es la mente a veces. Mi lengua lo acaricia entre los pectorales y empieza a bajar hasta llegar a...

Me atraganto con mi propia saliva y me pongo a toser.

Unai me da varias palmaditas en la espalda y, cuando parece que se me está pasando el perrenque, sale del cruce y avanza despacito con toda su atención puesta en buscar algún hueco en el paseo de la playa en el que aparcar. Con dos maniobras jodidamente hábiles mete el coche en un huequito. En cuanto quita la llave del contacto, se gira hacia mí.

—Tal como te dije el verano pasado, respeto lo que quieras hacer con tu cuerpo y no voy a cuestionar tus motivos. Si quieres bajar de peso, adelante. Pero, con franqueza, Lorena, creo que te estás castigando. Algo me dice que ponerte a dieta no es más que tu manera de sancionarte porque Iván ha roto contigo. Y te voy a dar una noticia con la que vas a flipar: dudo que te haya dejado porque peses quinientos gramos más que el verano pasado.

—Tú no sabes nada.

—Hay una cosa de la que estoy MUY seguro: si piensas que un tío te ha dejado por tu peso, significa que no es el tío con el que deberías estar. Y aunque Iván tiene muchos defectos, espero que no se esté convirtiendo en ese tipo de persona...

—Los tíos os fijáis en eso. No intentes adornarme la realidad.

—Ya estamos presuponiendo cosas.

Se apoya en el reposacabezas y observa el techo unos instantes, pensativo. De pronto se gira y ancla sus ojos azules en los míos.

—¿Qué crees que pienso cuando te miro?

—Que estoy gordita.

—¿Nada más?

—No lo sé. No vivo en tu cabeza. Y gracias, por cierto.

—Pues quiero que sepas que tu peso no es lo primero ni lo segundo en lo que pienso.

—Pero es lo tercero...

—No, Lorena. —Resopla—. A ver, no voy a decirte que no me he fijado en el tamaño de tus tetas o en el de tu culo, porque evidentemente lo he hecho muchas veces, muchísimas más de las que me gustaría admitir. Pero lo que más me llama la atención de ti es tu mirada. Lo que recuerdo cuando no estoy contigo son esos ojos marrones que tienes.

—Verdes —le corrijo—. ¿Piensas en mí?

—A veces. —Eleva una ceja y sonríe de medio lado como queriendo decirme que, aunque no tengo una residencia estable, a lo mejor sí que paso por su cabeza de vez en cuando.

—Espero que no sea cuando haces «ciertas cosas».

—Define «ciertas cosas».

—Si lo hago, ¿voy a querer pegarte?

—Puede —admite entre risas.

Le arreo un manotazo en el hombro y él se ríe aún con más ganas.

—Me encantan los azotes preventivos, pero puedes estar tranquila, todavía no he hecho «ciertas cosas» pensando en ti, aunque no lo descarto a corto plazo.

Vuelvo a pegarle varias veces más, medio en broma medio en serio, esta vez en la pierna, pero él no deja de burlarse de mí. Le encanta hacerme rabiar y ponerme en todo tipo de aprietos, siempre ha sido así. Atrapa mi mano contra su muslo y me mira unos instantes. Su mano está caliente y la siento enorme en comparación con la mía, los pelillos de su pierna me hacen cosquillitas en el dorso. Bajo la mirada hasta nuestras manos unidas y hay algo en ese gesto que me hace sentir que es justo lo que necesito ahora mismo, pero desecho la idea con rapidez. Hace tanto tiempo que no sentía una piel ajena en contacto con la mía que ya me conformo con cualquier cosa.

—¡Es que contigo no hay manera! —protesto, y recupero mi mano de un tirón, aunque me estoy riendo mucho y muy alto.

—Sí hay una manera, solo es cuestión de tener mucha paciencia. —Apoya su codo en el respaldo de mi asiento y clava sus ojos azules en mí otra vez—. Lore, ahora en serio: es inevitable fijarse en un cuerpo o en una cara porque es lo primero que vemos. Es más o menos guapa, es más o menos alta, está más o menos gorda... Es imposible no verlo. Ojalá pudiéramos contemplar el interior de los demás a simple vista, pero no funciona así. Para poder llegar tan hondo, hay que currárselo mucho y hace falta tiempo. Y a mí personalmente, por si te interesa saberlo, lo que más me llama la atención a primera vista son las miradas profundas que te dejan sin respiración, el buen humor y las sonrisas sinceras y contagiosas... Y, sobre todo, me vuelven loco las curvas, bien sea para conducir o para follar. Curvas tan pronunciadas como las tuyas, aunque tú insistas en catalogarlas como algo malo.

No sé qué decir.

Ni siquiera sé cómo sentirme.

Pero un nudo enorme me cierra la garganta, un cosquilleo recorre mi piel y tengo muchísimas ganas de abrazarlo, por muy bastorro que haya sido. Así que cojo el guardasol plateado que está en la guantera de la puerta y le pego con él en la cabeza antes de cometer una locura. Unai intenta cubrirse, pero yo no paro. Peleamos como dos niños pequeños por la posesión del guardasol, la trifulca se alarga unos cuantos minutos. Al final, acabo tocando la bocina con el codo sin querer, hecho que resulta ser una llamada de atención para que nos comportemos como los adultos que se supone que somos. Ambos estamos muertos de risa; el guardasol, partido en dos, y tenemos el pelo revuelto y la ropa descolocada. Nos miramos a los ojos otra vez, estamos cerca, muy cerca, tanto que noto a la perfección la calidez de su aliento en mi boca. El efecto que Unai tiene sobre mí en este momento es como el del sol que te tuesta la piel el primer día de verano después de un invierno especialmente duro. Siento tanto calor en diferentes partes de mi cuerpo que tengo que abanicarme con el pedazo de guardasol que conservo.

—A ver cómo se lo explico a mi padre, le tenía mucho cariño a este cacharro plateado.

—¿Se enfadará?

—Qué va, mi padre solo se mosquea con tu hermano...

Nos mofamos un poco de la tensa relación entre el señor Azurmendi y mi querido hermanito, y la escalada sangrienta que se prevé a no mucho tardar.

Cuando nos bajamos del coche, Unai apoya los brazos en el techo y me mira.

—Lore, antes de nada, necesito que aclaremos tres cosas. Lo primero es que siento cómo me pasé contigo en Recepción. No pretendía hurgar en tu dolor de esa manera, solo quería reírme de la música cierra-bares deprimente que estabas pinchando sin darme cuenta de que había un motivo detrás.

—Disculpa aceptada —digo por lo bajo.

Con tal de que no toquemos el tema de nuevo, aceptaría hasta raparme la cabeza.

—Y lo segundo es que necesito sacarte de un error bastante grave que cometiste: no soy un *Short dick man*. La tengo de tamaño estándar, ni grande ni pequeña, muy digna y activa. Muy de involucrarse. Muy de darlo todo por el pueblo.

—Ahora mismo no necesito el currículum de tu...

—Puedes llamarla polla, no se ofende. O si quieres podemos ir poniéndole un nombre en clave. Eso reforzaría nuestra coartada delante de Iván si queremos fingir que tenemos un rollito para darle celos.

No puedo creer lo que estoy oyendo. ¿Darle celos a Iván bautizando su polla?

—Podría ser algo adorable o algo como... James Bond, sí, eso me mola —propone bastante satisfecho con la idea.

—Claro y a tus pelotas podemos llamarlas Mortadelo y Filemón.

—Mi polla es como la Santísima Trinidad: tres cosas, pero una única entidad. Por lo tanto, solo necesita un nombre.

—No te rayes. He accedido a acompañarte a comer un helado porque no me ha quedado otra opción, pero jamás me tutearé con tu polla.

—Me encanta que prefieras improvisar. Y puedes estar tranquila, no te decepcionaré.

Aunque me estoy riendo quiero estrangularlo para que se calle. Este tío tiene el superpoder de hacerte creer en el asesinato mientras te meas de la risa. Y por algún motivo, me encanta que sea así.

—¿Y el tercer tema?

—¿El qué? —pregunta mientras cierra el coche con la llave y lo rodea para llegar hasta mí.

—Has dicho que había tres cosas.

Apoya la cadera en la puerta y me observa, pensativo.

—Ah, joder, sí, ¿estás bien? Me tienes preocupado.

—¿Qué te hace suponer que no debería estarlo, que me han

secuestrado? —Extiendo los brazos y fuerzo una sonrisa que no se le contagia.

—Lo mismo que ayer. Tus ojeras. Tus ojos tristes. Tu mala hostia injustificada. Tu recién estrenada soltería... Por mucho que intentes fingir, todos los síntomas siguen ahí. Y no me gusta verte así.

—Estoy bien.

Me dedica una mirada de decepción porque sabe que le estoy mintiendo, pero deja correr el asunto.

Nos dirigimos hacia el paseo de la playa y, en cuanto veo el Mediterráneo danzando bajo la luz de la luna, respiro hondo. Nos acercamos a la heladería Jijonenca y, aunque Unai insiste, le prometo que no quiero nada —ni siquiera meter el dedo en uno de los cubilotes y chupármelo— y le digo que lo espero fuera mientras se pide algo.

En cuanto sale de la Jijonenca con un helado tan grande que debería considerarse un transporte especial, volvemos a cruzar la calle y nos acomodamos en el pretil del paseo mirando hacia la playa, en un silencio que solo se ve interrumpido por los lametazos que Unai le pega a su helado y las olas que mueren con calma contra el espigón.

—¿De qué es?

—Aún estás a tiempo de pillarte uno.

—No, gracias.

Sigue recorriendo el helado con la lengua y ni me habla. Su concentración es plena. Si pone el mismo empeño y devoción lamiendo...

—No me has dicho de qué es.

Responde algo ininteligible y agita su cartera delante de mi cara, doy por hecho que ha vuelto a ofrecerme que me compre uno. Me niego otra vez y lo sigo observando mientras come. Tiene un poco de helado en el bigote. Estoy por limpiárselo, pero eso implicaría tocarlo y, aunque somos amigos, no sé si nuestra confianza da para tanto ahora mismo.

¡Qué coño! No quiero acercarme a su boca y punto.

—Prefiero robarte un poco del tuyo... —admito por lo bajini.

Unai se pone en pie, saca del bolsillo trasero de su pantalón una cucharilla de plástico pequeñita de color rosa y me la entrega con una sonrisa tímida y restos de helado en las comisuras.

—Sabías que te lo iba a pedir...

—El potencial de almas gemelas que hay entre nosotros a veces me abruma, pero intento estar preparado.

—Eres la hostia.

—Me lo dicen a menudo.

—Seguro que no con tanto amor como yo.

—Cierto. Ninguna pone tanto empeño en adorarme y en esconderlo como tú.

Hundo la cucharilla en su helado y me la llevo a la boca. El sabor dulce inunda mis papilas gustativas y gimo de puro placer.

—Oh, es de avellana, mi favorito.

—Almas gemelas, te lo acabo de decir.

—Que compartamos sabor favorito es una señal. Claro que sí —comento con sarcasmo.

—En realidad, no me apasiona la avellana. Opino que es un sabor innecesario.

Tengo la boca llena, así que me limito a mirarlo. Algo se remueve en mi interior al descubrir que ha comprado un helado de avellana solo por mí.

—Suelo fijarme en los detalles —se justifica encogiendo los hombros—. Además, con esa paranoia constante que tienes con tu peso, el noventa por ciento de las veces que hemos venido a comer un helado no te lo has terminado y hemos acabado repartiéndonoslo entre Noelia y yo.

Una frase empieza a repetirse en mi cabeza con una insistencia enfermiza: Iván nunca ha sabido cuál es mi helado favorito y este tío sí. ¿Cómo puede ser? ¿Cómo puede ser que, mientras yo interpretaba mi vida junto a mi novio, no me diera cuenta de que este chico estaba muy pendiente de mí? No en plan romántico ni obsesivo, sino como una persona a la que le gusta agradar a los que le rodean y se queda con los detalles.

—Llevamos muchos veranos siendo amigos, saber cuál es tu helado favorito es fácil, Lorena —sigue justificándose.

Yo no tengo ni pajolera idea de cuál es el suyo, pero me han entrado unas ganas locas de descubrirlo. ¿Será de sabores intensos como el chocolate? ¿De clásicos aburridos pero resultones como la vainilla? ¿O de mezclas imposibles como el Pitufo?

Ahora mismo estoy deseando descubrir ese detalle y unos cuantos más.

Vuelvo al ataque con mi cucharilla de juguete y me lleno la boca por segunda vez. El helado resbala por mi barbilla pero no me importa, estoy disfrutando de su sabor como una cerdita.

Unai tira de una de las servilletas que sobresalen del bolsillo delantero de su pantalón corto, se acerca a mí y me limpia el mentón con suavidad. Me quedo paralizada y con el corazón encogido por la ternura con que me trata. Él sigue a lo suyo con naturalidad, hace una bola con la servilleta y se aleja para tirarla en una papelera; cuando vuelve, continúo con mi carita más genuina de sorpresa.

—¿Qué pasa? —demanda, curioso.

Un montón de preguntas se acumulan en mi cabeza, pero decido empezar por la que me parece más simple.

—¿Por qué estás haciendo todo esto?

Me dedica una mirada llena de timidez, como si lo hubiera pillado haciendo algo ilícito.

—Porque los amigos hacen esto cuando estás mal y los necesitas. Te compran un helado y te dejan su hombro para llorar mientras suena Ella baila sola de fondo sin parar.

—¿Ella baila sola?

—«Por ti mi vida empeño por un momento de verte sonreír...» y no sé qué más.

—Pero...

—A mi hermana le gusta, no la juzgues, es joven e inexperta. Tanto que hasta estoy bastante seguro de que le gusta Rubén también.

—Ya, pero...

—«Uuuuuuhhhhhhh» —sigue tarareando, y no lo hace nada mal—. A lo que iba: que los amigos hacen esto, Lore, te sacan de tu casa por la fuerza para enchufarte una manguera de azúcar o de alcohol en el cuerpo hasta que revientes y saques toda la mierda que llevas dentro. Hasta que entiendas que no estás sola y que si fallamos en nuestro plan de reconquista y te tienes que despedir definitivamente de Iván, tampoco te dejaré sola.

—Estoy bien —repito con tono de cansancio y le arrebato lo que queda del helado. A lo mejor le estoy dando la razón y ahogar mis penas en azúcar era lo que más necesitaba esta noche, pero no pienso admitirlo porque me derrumbaré.

—Nadie que escuche The Bangles por voluntad propia puede estar bien —afirma a la par que me quita el helado, mordisquea el barquillo, mete la lengua hasta el fondo del cucurucho y hurga con ella sin apartar sus ojos de los míos.

Mi mente vuelve a jugarme una mala pasada. O una muy buena. La cuestión es que implica a su lengua y a cierta parte bastante húmeda de mi anatomía que tengo escondida entre las piernas.

Cuando Unai hace el amago de devolverme el helado, me cuesta mis buenos diez segundos reaccionar y estirar la mano. Solo quedan un par de centímetros de cucurucho y él todavía se está relamiendo. Madre mía. ¿Qué fantasía es esta?

—¿Cómo demonios te has comido el helado tan rápido?

—No me cambies de tema.

—No lo hago.

—Si lo que quieres es que evitemos el tema, por mí perfecto, pero estás desaprovechando una gran oportunidad.

Guardo silencio mientras barajo dos opciones: seguir tragándome mis mierdas o compartirlas con él. Decido que por una vez en la vida no me va a pasar nada por repartir un poco el peso que llevo encima.

—¿Tú has estado enamorado alguna vez?

Unai se queda pensativo y sus ojos azules recorren el agua del mar. Es como si estuviera acariciando su superficie. De pronto me muero por ser el Mediterráneo y saber lo que siente cuando te acarician así, cuando te miran así, con esa devoción, con esa admiración.

—Tuve una novia.

—Llamar novia a una chica que te dijo que le gustabas en la guardería no sé si es lo más apropiado, Unai.

—Entonces, si contamos a la niña de la guardería, he tenido dos novias.

—Seguro que no sabías ni su apellido —me cachondeo.

—Muy graciosa. Estuve saliendo con ella casi tres años y en efecto, conocía su apellido.

Esto sí que no me lo esperaba.

No es que me hubiera parado a pensar demasiado en las relaciones que Unai mantenía, entre otras cosas porque no me importaba en lo más mínimo, pero jamás hubiera imaginado que existía una novia formal. De pronto es como si la imagen que tengo de él hubiera pegado un giro de ciento ochenta grados.

—Por eso nunca te has liado con nadie en el camping.

—Efectivamente.

—¿Fue tu primer amor?

—Tal vez —responde bastante incómodo.

—¿Y qué pasó?

—Lo de siempre. Llega un momento en el que prefieres salir de fiesta antes que pasar el rato con tu pareja y...

—Saliste por ahí, te liaste con la primera que se te puso a tiro y adiós novia.

—Ay, Segarra, qué cruel eres. Después de pasar esta noche contigo voy a necesitar terapia y muchos mimos. —Da un salto y se sienta en el pretil pegado a mí—. Pero te equivocas, fue ella quien descubrió las virtudes de una polla que no formaba parte de nuestra relación.

—Lo siento.

—Ahora mismo tienes tantas cosas por las que disculparte...

—Lo único que siento es que te fuera infiel y que lo pasaras mal por su culpa. Si es que llegaste a pasarlo mal, claro.

—Aprendí mucho sobre el desamor gracias a ella.

—¿Por qué nunca me lo habías contado?

—¿Que tenía novia?

Asiento y él me observa con curiosidad.

—No lo sé, tú y yo hacía mucho que no hablábamos de amores.

—Tú y yo nunca hemos hablado de amores —lo corrijo.

—Una vez, hace muchísimos años, me confesaste en el Aquarama, justo antes de tirarte por el tobogán ese tan grande, que te molaba Raúl pero te daba vergüenza decírselo a los demás porque era del Alborán. Es posible que estuvieras sufriendo un golpe de calor, no lo recuerdo, pero bueno, después de eso, empezaste a salir con Iván y simplemente dejamos de hablar de nuestras cosas, ¿no?

Creo que detecto cierta tristeza en sus palabras o, como poco, añoranza. ¿Tan amigos éramos? ¿Tanto me distancié de él? Desde luego, yo no lo viví así, porque me hallaba en una nube de amor persiguiendo a Iván y, poco después, disfrutando de cada nueva experiencia cuando se convirtió en mi novio. Recordar aquellos primeros meses me duele, porque jamás llegué a imaginar que lo nuestro duraría tanto y, por consiguiente, que la ruptura sería tan desoladora.

—Hace algún tiempo no entendía a la gente que no podía ni mirar a la cara a sus ex. Claro que dependía de las condiciones en las que se había acabado la relación, porque hay cosas que son imperdonables, pero en general, me parecía bastante absurdo no poder llevarte bien con alguien a quien supuestamente has querido tanto. Alguien con quien has compartido tanto. Pero ahora...

—Ya no lo ves tan fácil —dice por lo bajo.

—No. De hecho, no sé si seré capaz de mantener una relación amistosa normal con Iván... De momento, estamos guardando las distancias hasta que las cosas se enfríen, pero, según avanzan los días, el rechazo que siento hacia él crece. Me ha hecho mucho daño.

—Date tiempo, es demasiado reciente. Sin duda acabará llegando el día en que la rabia se disolverá y lo recordarás con cariño. También te darás cuenta de muchas cosas.

—¿Por ejemplo?

Unai suspira y observa el mar por un instante.

—Hay veces en que te empeñas en seguir adelante con una relación y cuando la otra parte decide terminarla las pasas putas, pero un tiempo después empiezas a verlo todo desde otros ángulos y, a lo mejor, eso que para ti era la hostia de claro y seguro en el fondo no era todo lo que necesitabas.

—¿Me estás diciendo que acabaste dándote cuenta de que no estabas enamorado de aquella chica?

—¿Dónde está la diferencia entre sentirte atraído por alguien y llegar a enamorarte?

—Pues no lo sé. A lo mejor hasta que no te dejan y padeces las consecuencias, no eres realmente consciente de lo que sentías por esa persona.

—Yo creo que pillarte por alguien es algo pasajero, aunque pueda durar años. Es como un picor que quieres que te rasque esa persona en concreto, pero, en el fondo, si otra persona se ofreciera a hacerlo, no te negarías, lo que pasa es que no te lo planteas.

—Así que, según tú, estar enamorado es querer que solo te rasque una persona.

—Más o menos.

—Supongo que tiene sentido.

—Y luego está el caso de tu hermano —dice entre risas—.

Lo suyo es algo que me acojona mucho. Tenerlo tan claro tiene que dar muchísimo miedo.

—Unai, los amores de verano casi siempre son efímeros. Tal vez el año que viene Rubén ya habrá olvidado a Maider.

—Lore, creo que ya ha quedado bastante claro que el cuelgue que tiene tu hermano por mi hermana no es una cuestión efímera.

—No, la verdad es que no lo parece...

—Pues eso, que acojona mucho.

—A mí me da envidia.

Unai me estudia durante un minuto largo a la espera de que diga algo más. Suspira.

—¿Qué es lo que te da envidia? No me dejes así...

—Que, aunque tu hermana no haya dado señales de estar interesada, él haya seguido siendo coherente con lo que su corazón quiere. Y no importa que sea tan joven, Rubén siempre la adorará de una manera o de otra, estoy segura.

—¿Crees que Iván no es coherente con su corazón?

Flexiono una pierna y me siento mirando el perfil de Unai. Me llama la atención lo mullida que es su boca y lo fácil que es que se le marque el hoyuelo en la mejilla izquierda. ¿Siempre lo ha tenido ahí o se le ha ido perforando a medida que se ha hecho mayor?

—Lo de Iván es complicado.

—Tengo toda la noche y, si me necesitas más tiempo, también me queda más de medio agosto.

—De verdad que no entiendo por qué estás haciendo esto. ¿Te ha pedido Iván que hables conmigo? ¿Es eso?

Unai se gira hacia mí y deja caer una mano en mi rodilla.

—Tu ex no quiere ni tocar el tema y créeme que lo he intentado... tampoco le hace excesiva gracia que alguno de nosotros se acerque a ti. Tiene al pobre Damiano amenazado, como se le ocurra dar un paso en falso, le va a cortar las orejas.

—¿Y a ti no?

—La relación que tenemos tú y yo no es algo que le preocupe especialmente.
—Pero aquí estás, pasando la noche conmigo...
Me pongo en pie de un salto y apoyo mis manos en sus hombros. Unai me mira a los ojos con cierta sorpresa iluminando sus iris azules.
—Solo dime por qué.
—No siempre tiene que haber uno.
—Siempre lo hay y necesito saberlo.
Unai aparta mis manos de sus hombros y se baja del pretil. Estamos casi pegados. La nuez se le mueve arriba y abajo al tragar.
—Porque las lágrimas que vi ayer en tus ojos me partieron el corazón, Lorena.
—Pero no son tu problema.
—¿Y qué si esta noche quiero que lo sean?
—No puedes pretender que me abra a ti por arte de magia y que te confíe mis penas. Te conozco pero a la vez no tengo ni idea de quién eres. Ni siquiera sé qué pretendes con todo esto.
—Es gracioso que digas eso después de tantos años. Somos amigos desde niños...
—Lo sé, Unai, y sé cómo eres a grandes rasgos, pero no en las distancias cortas.
«Nunca me he molestado en conocerte a fondo», pienso.
—No sabes cómo soy en las distancias cortas... —repite como para sí mismo y sonríe—. Pero yo diría que sí, ¿o es que me estás pidiendo que me acerque más?
Extiende las manos hacia mí y me dedica una sonrisilla de cabronazo que me encanta, pero me dejo caer sobre el pretil para que entienda que no me refiero a una distancia física. Pese a todo, de pronto me estoy preguntando qué matices detectaría si acercara mi nariz a la piel de su cuello y si un abrazo suyo me haría sentir tan bien como sospecho.
—Cuéntame algo que no sepa de ti —le pido.

No parece sorprendido por la petición. Por lo general, es un tío bastante abierto.

—Los vascos no hablamos ni de política ni religión, ¿qué quieres que te cuente, los cotilleos del verano, los resultados deportivos, que compartamos alguna receta...? Me salen unas albóndigas que te cagas.

Me echo a reír.

—Lo que sea, Unai, quiero saberlo todo.

—¿Quieres que te haga un resumen de mi vida?

Asiento con efusividad y me río, él también.

—Vaya, no sé si he venido preparado para este examen. ¿Cuál es el objetivo, que me venda hasta que quieras casarte conmigo?

Vuelvo a reírme y niego con la cabeza.

—El único objetivo es que te abras para que yo también pueda hacerlo.

Se revuelve el pelo a cámara lenta.

—Vale, veamos..., nací en el cruce de la Young Play.

—¿Y eso qué es?

—Una discoteca muy mítica que hay cerca de Donostia. Mis padres vivían en esa época en un piso de alquiler en Usurbil. Mi madre se puso de parto a las tantas, mi padre se puso nervioso y, entre una cosa y otra, cogió el coche y tiró millas por la autopista. No se dio cuenta que iba en dirección Bilbao hasta que estaba a veinte kilómetros de Durango. Dio la vuelta y cuando pudo acercarse a Donostia yo ya había sacado la cabeza. Así que se vio obligado a parar delante de la discoteca para atender a mi madre. Nací con «Dancing Queen», de ABBA, sonando de fondo, con una enfermera en prácticas que estaba de despedida de soltera ayudando a mi madre, con mi padre histérico intentando que mandaran una ambulancia...

—Te pega muchísimo. Todo. Desde nacer en un cruce, hasta la música que sonaba.

Unai se echa a reír y me da un empujón.

—Te mueres de la envidia.

—Ya te digo, mi llegada al mundo no fue tan espectacular. Nací en el hospital de Castelló, en un paritorio normal y corriente, sin ninguna anécdota reseñable. Cuéntame algo más.

—Vale, déjame pensar... —Vuelve a sentarse a mi lado y me observa—. Uno de los recuerdos más felices de mi infancia fue cuando abrí la hucha de las tortugas ninja en la que guardaba veinte duros todas las semanas y me encontré con que había muchísimo más dinero del esperado. Por lo visto, mi abuela metía doscientas pesetas cada vez que venía a casa sin que yo lo supiera. Así que estaba tan forrado que pude comprarme un Cinexin. —Sonríe superorgulloso y hace el gesto de darle vueltas a la ruletita naranja que tenía el proyector—. En cambio, el recuerdo más triste que tengo sucedió en vuestro camping. Un chaval del que me hice amigo dejó de jugar conmigo de la noche a la mañana. Pensé que era por mí, porque en aquella época era bastante tímido, porque no le caía bien o porque no era lo suficientemente bueno en los deportes. Pero mis padres me contaron que, en realidad, no pasaba nada conmigo, sino que a sus padres les daba respeto que fuera vasco. Ya sabes estábamos a mediados de los ochenta... —Me mira de reojo, pero no añade nada más, tampoco hace falta.

Todos estamos al corriente de que los últimos tiempos están siendo jodidamente sangrientos, no en vano la prensa los ha bautizado como «los años de plomo», pero eso no evita que me reviente la facilidad que tenemos como sociedad para alimentar el odio y el conflicto.

—A raíz de eso, me costó muchísimo hacer amigos en el camping y no me gusta demasiado hablar en euskera cuando estoy fuera de Euskadi...

Me quedo con la boca abierta pero no me siento en posición de indagar más porque está claro que el tema es demasiado duro para todos. Pese a eso, he de admitir que no es la primera vez que pienso en lo poco que lo he oído hablar en su idioma materno en comparación con su hermana Maider.

—También tengo una cicatriz en la rodilla izquierda de esa

época, me caí una docena de veces tropezando con el mismo socavón en vuestro camping. Mira. Esto demuestra que la seguridad de ese negocio vuestro es bastante cuestionable.

—O tú, muy torpe.

—También puede ser. Mi padre, siempre que me ve jugando al fútbol, anuncia a los cuatro vientos lleno de orgullo que tengo dos pies izquierdos como mi madre y que le alegra que haya encontrado mi lugar en la portería. También tengo una peca debajo de la nariz en la que nadie suele fijarse. —Eleva con el dedo la punta de su nariz, como un niño que pretende enseñarte su colección privada de mocos—. Mi madre intentó borrármela en una ocasión. Empezó con un pañuelo y acabó rascando con saña con un estropajo y lejía.

—Venga ya.

—Bueno, a lo mejor era una toalla húmeda con agua y jabón. No lo recuerdo bien.

—Eso cuadra más con Susana...

La madre de Unai es una mujer muy agradable, aunque de pocas palabras. Seguramente ese el motivo por el que encaja tan bien con la mía, que se convierte en una metralleta en cuanto coge confianza.

—La cuestión es que me la quiso quitar. Ya sabes, las madres son un poco así, te fabrican y se piensan que deben mantener un control de calidad sobre su retoño durante toda la vida...

—Te entiendo. Es como cuando te peinan en público.

—O cuando te remeten la camiseta en el pantalón.

—O te dan la comida en la boca, aunque tengas casi veinte años.

—O hablan sobre tu fimosis en el café mañanero que se toman con otras madres.

—¿Estás operado?

—Solo era un ejemplo.

—Muy específico.

—¿Quieres comprobarlo? —Abre las piernas y se recoloca el paquete.

—¿Tú no sientes vergüenza de nada?

—De muchas cosas, pero mi polla no es una de ellas, ya te lo he dicho.

—¿Y qué te avergüenza?

—Lo guapo que soy —admite entre risas—. Nunca pedí tener esta cara, pero pasó. La madre naturaleza me adora.

Suelto una carcajada intentando camuflar lo que pienso en realidad.

—Creo que lo de ser guapo lo entendemos de dos maneras muy diferentes.

—¿No te lo parezco?

—Lo que yo piense es irrelevante, Azurmendi.

Entre otras cosas, porque por muy guapo que opine que es, no voy a hacer nada al respecto.

—Tienes razón, soy yo quien tiene que apechugar con esta gran responsabilidad.

—¿Responsabilidad sobre qué?

—Sobre la cantidad de tías que pierden los papeles por mí. Un gran poder de atracción conlleva una gran responsabilidad social. No hay más que ver el público que suelo tener esperándome en la piscina…

Razón no le falta.

—Tú no tienes abuela, chaval.

—Sí que tengo. De hecho, estos ojos comúnmente conocidos como azules son suyos. Y puede que una gran parte de mi carácter también, pero no la que me hace ser un poco capullo, esa viene de la familia de mi padre. Así que me toca defender esta cara bonita sin que las tías se den cuenta de que, en realidad, soy un poco idiota.

Detecto cierto pesar en su semblante. Empiezo a entender que hay dos versiones de Unai muy bien definidas: el engreído que dice y hace tonterías a todas horas y el que se esconde detrás de ellas, un tío que probablemente anuncia a los cuatro vientos lo guapo que es para camuflar todas sus carencias. De pronto siento una necesidad acuciante de que el Unai camuflado se deje ver, algo me dice que me va a encantar conocerlo.

—Cuéntame más cosas —le pido.

—Te está gustando mucho esto de las distancias cortas... ¿Sabes que después voy a reclamar igualdad de condiciones?

—Esa era la idea, pero ya veremos, sigue, anda. ¿Qué te gusta?

—Vale... Hum... Me encanta el olor del salitre del muelle de Donostia. Perderme por los bares de lo viejo con mis amigos. Hacer surf en la playa de la Zurriola. Me gusta subir al monte, a Txindoki o a Adarra temprano y a solas. Me flipan las pelis del oeste que echa la ETB y veo ciclismo por voluntad propia y sin fines dormitivos.

—¿Algo más íntimo? —escarbo en su vida como si fuera un culebrón del que necesito veinte temporadas más porque estoy francamente enganchada.

—Joder, Lorena, vas muy rápido, ¿eh? Antes deberías invitarme a otro helado, ¿no?

Me echo a reír y le arreo un manotazo.

—Solo quiero que me cuentes algo personal de verdad.

—Estás buscando munición. Quieres que me desnude para después hacerlo tú con la tranquilidad de saber que tienes un buen arsenal en mi contra.

—Sí. No. Quiero que te desnudes, pero no quitándote la ropa —puntualizo.

—Está bien, déjame pensar... —Se pega varios golpecitos en el mentón—. Ya lo tengo, si esto no te parece lo suficientemente íntimo...: mi primera empalmada seria me la provocó una rubia que aparecía en la serie *V*, creo recordar que era híbrida, medio lagarta, vamos. Y no lo digo porque fuera mujer, ya me entiendes.

—Por Dios —respondo con las mejillas arreboladas.

—Tú lo has querido... Después de eso fue un no parar. Aunque, claro, si vamos a hablar de erecciones memorables, la más terrible me la provocaste tú con ese bikini que sé que todavía guardas en algún cajón y que espero con ansias que vuelvas a sacar este verano. Aún siento un cosquilleo en las pelotas cuando lo recuerdo. —Me dedica una sonrisilla—. La primera vez que le metí mano a una chica era un puto crío, así que no sabía lo que tenía que buscar. Me aventuré, le toqué las tetas y ahí me quedé, dando vueltas en círculos. No dejaba de rayarme con lo que me había dicho mi padre sobre no ir por ahí donando enfermedades o esperma. Estaba bastante perdido gracias a sus escasos consejos y cero preparado... Varios años después, perdí la virginidad detrás de la catequesis.

—Eso no quiero saberlo.

—Me tuve que recorrer medio Donostia montado en el autobús veintiocho buscando una farmacia de guardia.

—No sigas.

—Resumiendo, cuando me hice con los condones, no era plan de coger otra vez el puto veintiocho, que siempre llega tarde, y volver hasta el Boulevard...

—Para.

—Encontramos un rinconcito a oscuras...

—Por favor.

—Y después, cuando ya era demasiado tarde, me di cuenta de dónde estábamos. Así que fue casualidad, lo juro por las veinticuatro manos de los doce apóstoles que tuvieron que presenciarlo. —Hace una pausa y me mira—. Por otro lado, tengo bastantes miedos irracionales.

Cambia de tema como si tal cosa. Pese a toda la información que está soltando, algo me dice que hay cosas realmente importantes que se está guardando. Al final, todos actuamos de igual manera, contamos una parte dependiendo de dónde se sitúe el umbral entre sentirte expuesto o no.

—Odio los pollos —admite.

—¿Los pollos como concepto, como animal o como alimento?

—Como las alimañas de corral que son. Se llama alectorofobia.

—No lo había oído nunca. Pero, joder, Unai, búscate una fobia de verdad, los pollos son inofensivos.

—Hasta que llegue el día en que dejen de serlo. Mira la gallina Caponata, me dirás que no acojona.

Me quedo a la espera de que se ría, pero parece que va muy en serio.

—No me mires así, mide dos metros, es rosa y va por ahí abrazando niños.

—Es amarilla y no es más que una gallina de peluche con plumas falsas.

—Dos metros, Lorena. Decorada como Paco Clavel. Me cago encima solo de pensarlo.

Me echo a reír, este tío es la hostia haciendo comparaciones.

—A mí me dan miedo la oscuridad y los fuegos artificiales —admito—. Imagínate lo bien que me lo he pasado todas las veces que he ido con Iván a las *Falles* de València.

—Vaya, por fin, ya no sabía qué más inventarme para que empezaras a soltar algo...

—Creo que necesito un trago. O veinte.

Me pasa un brazo por los hombros y me mira desde su altura con una sonrisilla.

—Genial. Estás con el hombre perfecto para agarrarte la borrachera del siglo. Hagamos que esta noche merezca la pena, Lore. Dejemos que este verano sea la puta maravilla que está destinado a ser.

1995
La Jessi y la Jenny las más mejores

Unai · Benicàssim, 6 agosto de 1995

Lorena está desatada.
Pero desatada en plan *hooligan*, pegando botes, cabeceando, bailando sin mucha coordinación, desmelenada, sudada y borracha como una adolescente que acaba de trincarse su primera botella de Dyc detrás del supermercado en las fiestas de su pueblo.
«Streamline», de Newton, retumba por toda la discoteca y juro por lo más sagrado —en este momento mi propia estabilidad mental— que, si no superamos esta fase que estamos viviendo con el techno, trance, bakalao o lo que puñetas sea, me voy a sellar las orejas con cemento.
Lorena me coge de las manos y pretende que pegue saltitos con ella mientras damos vueltas como si estuviéramos jugando al corro de la patata. Me dejo llevar. Qué remedio. Hasta tarareo la canción del corro con tal de hacerla feliz.
Me da la espalda, su melena, ondulada a causa del calor que hace, le roza la cintura y ondea de una manera hipnótica. Coge mis manos y las arrastra por su cuerpo hasta anclarlas a sus caderas. Menea el trasero de manera juguetona a una distancia prudencial de mí y se le marca el tirachinas que lleva puesto. La perfecta partición de su culo queda en evidencia a través de la fina tela de su faldita de una manera tan deliciosa que solo

quiero acercarme y ponerme muy posesivo con esa parte de su anatomía, aun a riesgo de que me rompa los dientes.

—Lore, esta falda que llevas te marca un culo que flipas —le digo pegando mi boca a su oído en un intento de reforzar esa autoestima que tantas malas jugadas le pasa.

Lorena mueve las caderas en círculos contra mi entrepierna. No es consciente de lo que está provocando, pero yo sí.

—¿Por eso estoy notando cierto bulto, Azurmendi? —dice entre risitas de borracha.

—Lo raro sería que no lo hubieras notado...

Me aguanto las ganas que le tengo, incluso me trago un comentario bastante elocuente sobre cuánto venera mi polla a su culo porque no es el momento, y sigo cantando la canción del corro de la patata por lo bajo.

Espero que el niño Jesús y Olentzero estén al corriente de cuánto me estoy conteniendo y obren en consecuencia. Me merezco una Game Boy nueva, por lo menos.

Lorena se gira, vuelve a cogerme las manos, me pisotea varias veces, me empuja, me empotra las tetas en el pecho y cuando intenta silbar la canción de Newton, lo único que sucede es que me escupe en la cara el chicle Boomer que le he dado hace un rato. Menos mal que de reflejos ando fino, porque, con la noche que lleva, perder un ojo va a ser lo mínimo y necesario. Seré un veterano de esta guerra que se trae consigo misma.

Después de compartir el helado de avellana en la playa y de la charla que hemos tenido, en la que me he quedado casi con las pelotas al aire en pos de la confianza que me ha pedido, me ha dicho que necesitaba un trago y, como ya era bastante tarde, la he traído a K'Sim, que, como buen antro discotequero que es, está abierto hasta el amanecer.

Nada más entrar se ha pedido dos chupitos y un combinado. El pedo se le ha subido tan rápido que debe de tener hasta los oídos taponados. Hemos hablado un rato más, básicamente de paridas, hemos participado en una conga que pasaba por nuestro lado y casi tres horas después aquí estamos, soltando todo el lastre que Lorena ha acumulado en los últimos años, a base de pegar botes y consumir alcohol. No es que hayamos seguido hablando del tema, es que estamos enfrascados en un proceso muy concienzudo para olvidarlo.

—Me hago pis. Muuucho pis —anuncia de buenas a primeras con cara de susto, como si acabara de descubrir que su vejiga tiene un límite y está a punto de rebasarlo.

Ya sabía yo que tanto cubata seguido iba a traer sus consecuencias. Tal vez debería haberla animado a parar después del tercero, pero estaba tan feliz bailando por toda la pista de K'Sim que he sido incapaz. Además, tampoco es que lleve una mierda horrible, me he encargado de que no le cargaran demasiado los combinados, así que está graciosa y más o menos espabilada. Yo, por mi parte, no he bebido nada, solo varias Coca-Colas para mantenerme despierto y poder ser su niñero, esquivar los golpes a tiempo y convertirme en su taxista cuando lo necesite. Esta noche es suya y de nadie más.

Lorena echa a correr, pero, en lugar de ir en dirección a los baños, se acerca a la piscina con forma de África que preside la discoteca.

No.

No, no, no.

Salgo pitando detrás de ella y tiro de su brazo en el momento justo en el que está a punto de saltar al agua al estilo bomba.

—Lore, estas cosas mejor en privado.

—Es que me hago mucho pipííí —dice, y empieza a pegar saltitos otra vez, pero en esta ocasión, con las manos ancladas a sus partes.

—Ya, pues vamos al baño, te acompaño.

—Puedo tirarme al agua y hacerlo ahí. Nadie se dará cuenta —susurra con una voz pastosa de borracha que me hace muchísima gracia, entre otras cosas, porque nunca la he visto tan pasada de rosca.

—Y después, ¿cómo te secas la ropa?

—Jope —protesta y sacude las manos como una niña decepcionada.

Rodeo su cintura y la guío hasta los meaderos. Gracias a quién sea, no hay cola, así que la empujo dentro de uno de los cubículos y entorno la puerta.

—Me quedo aquí fuera esperándote, ¿vale?

Lorena farfulla algo que no llego a entender y oigo que empieza a cantar a todo pulmón.

—«Como quisieeeraaaa poder vivir sin aireeee, como quisieraaaa calmar mi aflicción...».

Me dan ganas de hacerle los coros. Antes de lanzar el casete de Maná por la ventana, mi hermana lo puso a todas horas durante días y acabé aprendiéndome varios temas. Es mi maldición, la sufro con los grupos que menos me apasionan.

—¡¡Siempre he creído que esta canción es un errrooorrr!! —dice desde el otro lado de la puerta, exagerando las erres como si fuera tan vasca como yo—. No quiero sacrificar nada. No quiero vivir sin aire, sin agua, sin tierra... o sin amor.

—Desarrolla eso un poco más —le pido a la filósofa en la que se ha convertido en los últimos cinco segundos.

—Yo solo quiero aprender a vivir sin él, que bastante sacrificio me supone ya.

Razón no le falta y me alegra que haya llegado a esa conclusión, pero...

—Está en tu mano, Lore, puedes quedarte mirando la vida pasar con el corazón destrozado o puedes seguir adelante y, si surge, volver a enamorarte.

De pronto un fuerte ruido procedente de su cubículo retumba por toda la estancia.

—Lorena, ¿estás bien? —pregunto angustiado e imaginándome un montón de escenarios en los que ha acabado con la cabeza metida en la taza por accidente.

No me contesta, así que decido asomar la nariz por la puerta para comprobar que todo va como debería, pero ni siquiera me da tiempo a ver nada.

—¡Eh, tú, so guarro! —me grita una chica que acaba de entrar en los servicios. Se precipita hasta mí y empieza a arrearme hostias con su bolso.

Ahora resulta que soy el pervertido de los baños de K'Sim.

Me llevo varios golpes en la cara y en el pecho con ese bolsazo con estampado de cebra en el que debe de llevar la caja de herramientas por si tiene que ajustarse algún tornillo, un par de castañuelas y varios botes de Nesquik, porque está claro que esta tía no tiene suficiente criterio para ser de ColaCao.

No sé cómo lo hago, pero consigo agarrarle las manos y bloquearla.

—A ver, más tranquila, ¿eh?

—¡Pedazo de pervertido! ¡Cerdo! ¡Ayuda!

Vuelve a intentar pegarme, pero no lo consigue porque el bolso pesa demasiado y no tiene buen ángulo, así que se centra en insultarme. Hay que ver lo florido que es el español cuando hace falta.

—¡Me cago en el estampado de cebras! ¡Tía, relájate un poco! —le grito, pero ella sigue llamándome de todo. Es como un chihuahua diminuto y saltarín con sombra de ojos de un color chillón y pestañas falsas que padece la rabia. La madre que la parió—. Mi amiga está ahí dentro con una mierda considerable, he oído un ruido y me he asomado para asegurarme de que todo está bien. Cero perversión.

Lorena aprovecha el momento para soltar un eructo que suena tan grandioso como la «Marcha de Donostia» que tocamos en la tamborrada de mi ciudad. Acto seguido se pone a cantar «Vivir sin aire» otra vez. No hay quien le siga el juego esta noche. Es una borracha la hostia de impredecible y graciosa. Me descojono y la adoro a partes iguales.

La chica que me ha acusado de ser un depravado se lleva la mano a la boca y se le escapa una carcajada también.

—Suerte con ella —dice, se aparta de mí y se mete en uno de los cubículos del fondo.

—¡Muchas gracias por ofrecerme tu inestimable ayuda,

pero no es necesario, ya me apaño! —le grito—. ¡También acepto tus disculpas encantado!

Oigo que empieza a hacer sus cosas pasando de mí, así que vuelvo a asomarme a la puerta de Lorena. Me la encuentro con la falda subida hasta los sobacos, las bragas en los tobillos y la cabeza inclinada hacia delante. Su pelo oscuro forma una cortina tupida que le otorga bastante privacidad. Vamos, que no veo nada que no debería.

—¿Estás bien?

—«Pero no puedoooo, siento que mueroo, me estoy ahogando sin tu amoooor» —contesta mientras mantiene el equilibrio a duras penas.

—Lore, por favor...

—Mmm.

—¿Qué ha sido ese ruido?

—Estaba intentando bajarme las bragas y le he dado con el pompis al cacharro del papel higiénico.

Observo que, efectivamente, lo ha desmontado. Menuda potencia que se gasta en las caderas. Qué maravilla. Otra fantasía más al bolsillo.

—¿Las tías meáis flotando el culo como si fuera un helicóptero? —pregunto anonadado con la imagen que tengo delante, en la que sigo sin ver nada que no debería.

—No querrás que me siente...

—No, lo que estoy pensando es que para tu cumpleaños te voy a regalar un retrovisor, porque, amiga, la mitad de la meada se te está yendo fuera.

Lorena levanta la cara para mirarme y el chorrito se desvía peligrosamente un poco más cerca de su pierna. Y, ahora sí, atisbo algo que no debería. Más que nada porque apenas hay pelo donde Dios quiso que lo hubiera. Joder.

Mil veces joder.

Y otras mil por si me estoy quedando corto.

Elevo la vista al techo avergonzado, cachondo, enfadado y un montón de cosas más.

¿Soy un cerdo porque verla así me la ha puesto muy dura? Lo soy. No acepto discusiones al respecto.

Me pongo a leer las pintadas que adornan el techo y las paredes como método de distracción.

> La Jessi y la Jenny las más mejores
> Hasta aquí llegó el agua en las inundaciones del 81
> Azme tulla, Joseluí

—Creo que estoy un poco pedo y que por eso me cuesta atinar —admite Lorena—. Además, la mira telescópica del ojete no me funciona.

Se echa a reír en plan gamberro y, con la tontería, oigo que apoya una mano de golpe en la pared para no caerse, así que me veo obligado a mirarla de nuevo por si corre peligro de muerte. Me la encuentro con la cortina de pelo de nuevo en su sitio y su meada descontrolada, como si fuera el chorrito que escupe la Cibeles en un día de ventisca.

—Haz el favor de vigilar lo que estás haciendo, que te vas a poner hecha un cristo.

Tengo la vista clavada en el alicatado de la pared, pese a eso, veo de refilón cómo menea el culo con gracia, coge un par de metros de papel y se limpia. Se sube las braguitas, se baja la falda y tira de la bomba.

Creo que tengo una obsesión bastante insana con esta chica.

Por no hablar de la imagen tan nítida de ciertas partes de su anatomía que tengo ahora mismo en la cabeza y que, aunque quiera, no podré olvidar.

—¿Te has quedado a gusto?

—Mmm —murmura, cierra los ojos y se balancea un poco.

Temo que se caiga redonda entre todos los meados, así que la abrazo y ella apoya la barbilla en mi hombro. Como no controla demasiado nada de lo que está haciendo, me empuja contra la puerta del cubículo contiguo y aplasta sus tetas en mi pecho. Mis manos se aferran a sus caderas, ella suspira y con su respiración acaricia mi cuello sin querer.

—«Como quisiera guardarte en un cajóóón» —canta bajito muy cerca de mi oído y me olisquea la piel.

No sé qué es lo que pretende, ni siquiera sé si pretende algo, teniendo en cuenta el estado en el que se encuentra, pero por mí puede quedarse refugiada entre mis brazos un par de días más, cantarme toda la discografía de Maná para delante y para atrás, meterme mano y cualquier otra cosa que se le ocurra. Mi resistencia será ridículamente nula. Hasta levantaría las manos para darle acceso a todo lo que quisiera, si no supiera que se me va a despatarrar.

—¿Estás bien? —pregunto con mi boca perdiéndose entre su suave y revuelto pelo.

—Te he engañado.

—¿En qué exactamente?

Suelta una risita traviesa y clava sus turbios ojos en los míos. Me está frotando el pecho con la mano como si quisiera que le concediera tres deseos. Si sigue así, le voy a conceder unos cuantos más que tres.

—Estoy bastante pedo, pero no me estaba durmiendo.

—¿Ah, no?

—Solo quería que me abrazaras. —Hace un mohín que me muero por atrapar con mis dientes.

—Y yo que pensaba que eran los preliminares de nuestro primer revolcón.

Lorena sonríe y me da varias palmaditas en el pectoral izquierdo.

—Qué más quisieras, Azurmendi. —Su dedo recorre mi pecho y mi abdomen, pero frena en seco a la altura de mi obligo.

—Tirrín —suelto, por decir algo, por no rogarle a la desesperada que siga tocando todo lo que le apetezca, que yo me dejo.

Lorena se ríe por mi contestación y su dedo baja un poco

más por mi cuerpo. Solo son un par de centímetros, pero ya me estoy encomendado a la Jessi y la Jenny de la pintada para que me ayuden a aguantar el tirón.

—Antes te he mentido en otra cosita.
—¿Ah, sí? ¿Y qué cosita es? —canturreo alegremente.
—Si te lo digo, ¿me prometes que no te vas a reír?

Arrugo el ceño mientras la observo. Sigue pegada a mi pecho, sus manos se acaban de colar en mis bolsillos traseros y su lengua está desinfectándome la piel del cuello. No quiero tomar cartas en el asunto, pero al final, voy a acabar teniendo que hacerlo, aunque sea para cumplir con la horrible tarea de apartarla de mí.

—Claro que no me voy a reír —miento, porque depende de lo que sea, lo pienso usar como munición en algún momento.
—Sí creo que eres guapo. De hecho, siempre he opinado que eres monísimo con esos ojitos azules tan llamativos que tienes. Y esa sonrisa…, esa sonrisa tuya es capaz de conectar con partes de mi cuerpo a las que no llega cualquiera. Pero no se lo digas a nadie.
—Mis labios están sellados.
—¿Ah, sí?

Me pega un lametazo en los labios. Un señor lametazo.

Siento la boca húmeda y su respiración demasiado cerca.

Mi contención mide lo mismo que la distancia que nos separa: cero.

Sus manos siguen hurgando en mis bolsillos, creo que está buscando una parte de mí muy concreta, pero anda bastante perdida y es imposible que jamás dé con ella por culpa del estado en el que está. Y mira que se lo estamos poniendo jodidamente fácil…

Pero, hostia, esto no está para nada bien.

Es la exnovia de mi mejor amigo, está pasando por un momento regulero y va como Las Grecas.

La estoy liando parda con ella y, lo que es peor, LA QUIERO LIAR AÚN MÁS.

Debo de estar podrido por dentro.

—Estate quieta, por favor... —ruego con más convencimiento del que en realidad siento.

Ella me ignora. Su boca busca la mía otra vez pero no acierta. Esta Lorena fuera de control está resultando todo un problema. *We have a Houston* o como cojones se diga.

—Estás desvariando mucho, Lore. Tú, en realidad, no quieres... esto. Sea lo que sea.

—Sí que quiero.

—No, hazme caso, es el alcohol, la situación, la oscuridad, las palmeras...

—¿Tú quieres?

Joder. Querer y poder jamás estuvieron tan lejos.

—Lo que yo desee ahora mismo es lo de menos. Solo importa que tú estés bien y que dentro de un rato no haya nada de lo que tengas que arrepentirte.

—Eres tan caballeroso...

—No te creas. —Me carcajeo—. Mejor no te fijes en el percal que tengo entre las piernas.

Lore se ríe y su lengua vuelve a jugar con la comisura de mis labios.

—¿Por qué me has contado que te parezco mono? —intento distraerla, pero sus manos no dejan de explorarme en zonas muy agradables, aunque absolutamente equivocadas.

—¿Porque estoy borracha? —Se ríe echando la cabeza hacia atrás y casi se cae de espaldas.

—Lore, deberíamos volver al camping.

—Todavía no. Este abrazo me está gustando mucho. —Se arrebuja un poco más contra mí y suspira. Al menos, ha dejado de buscar el tesoro.

—¿Por qué no me has dicho antes la verdad, que querías que te abrazara, en lugar de hacer que me preocupase por tu estado haciéndote la dormilona?

—Porque nadie se suele preocupar por mí, «Lorena siempre sabe lo que hace» —musita con una voz de señor que se parece mucho a la de su padre— y estaba segura de que tú lo ibas a hacer. Es lo que llevas demostrándome toda la noche. Eres como un buen sujetador, Unai. Has sabido cómo sostenerme cuando me he venido abajo, no has aprovechado la coyuntura para apuñalarme por la espalda y me has ayudado a levantar la carga que llevo sin importarte cuánto pesaba.

Estoy por hacer un millón de chistes sobre sus tetas, pero algo me dice que los tiros no van por ahí...

—A veces necesito bajar la guardia, pero me da miedo hacerlo. Tú sabías cuánto necesitaba esto... Me gusta tanto que estés aquí conmigo...

Ignoro su confesión, entre otras cosas, porque es posible que me lleve a un callejón que no tiene salida en este momento.

—¿Unai...?

—¿Sí?

Sus manos trepan por mi pecho y me rodea las mejillas. Si por fin piensa besarme o algo parecido, no voy a poder negarme y menos desde aquel amago de beso que tuve que abortar el año pasado en la piscina. Pero, por desgracia, Lorena vuelve a soltar otro eructo que me hace cambiar de parecer.

—¿Estás bien?

—Creo que necesito salir a tomar el aire...

No dudo un instante. Llevo una mano a la parte trasera de sus rodillas y la cojo en brazos. Ella se recuesta contra mí, cierra los ojos y se tapa la boca. Atravieso la discoteca en dirección a la salida, cuando pasamos por la barra pago una auténtica fortuna por un agua embotellada que seguro que han sacado de la fuente del pueblo. En cuanto estamos fuera, la siento en un banco, abro el botellín y se lo doy.

—Bebe un poco —digo, y me acomodo a su lado—, te sentará bien.

Ella se mueve y se pega a mí. Apoya su cabeza en mi hombro y resopla.

—Estoy hecha una mierda.

—Esto nos pasa a todos, Lore.
—Yo no me emborracho así.
—Deberías hablar en pasado. Porque puede que hasta ayer no lo hicieras, pero hoy lo has bordado, colega. Estoy muy orgulloso de ti.

Intenta pegarme, pero falla y casi se precipita del banco. Le rodeo los hombros con mi brazo y me aseguro de que no vuelque otra vez.

Joder, me encanta tenerla pegada a mí. Sentirla tan cerca. ¿Así se cae en el enamoramiento? ¿Así surge la chispa? ¿Así de fácil es?

Una noche cualquiera, miras a una amiga a los ojos, sientes una atracción brutal y, sin más, ¿la necesidad de provocar cada una de sus sonrisas se vuelve irremediable?

De pronto noto que empieza a temblar y veo que se lleva la mano a la boca otra vez. Sé lo que viene a continuación. Hago un barrido rápido a mi alrededor y en cuanto localizo la papelera más cercana, le quito el agua de las manos y la arrastro hasta allí.

Varias arcadas recorren su cuerpo y empieza a llenar la papelera. Le recojo el pelo mientras ella se agarra con fuerza a los bordes. Unos minutos después, justo en el momento en que estoy más que seguro de que la pota va a rebosar y que necesito una alternativa con urgencia, las convulsiones paran. Cuando Lorena me mira veo que tiene los ojos llenos de lágrimas.

—Venga, suéltalo todo, no te quedes nada dentro.
—Creo que ya tengo el estómago vacío.

Me pide el botellín de agua, le da un trago y se enjuaga la boca. Apoya la cara en mi pecho, un rincón que parece haberse convertido en su lugar favorito esta noche. Noto el calor que emana de sus mejillas, pero, pese a todo, sigue teniendo frío. La abrazo.

—Lorena, sabes perfectamente que no me refiero a tu estómago. Quiero que dejes salir todo lo demás, todo lo que te pesa en el corazón.

Se aparta de mí, hace un mohín, niega con la cabeza y se rodea el cuerpo con los brazos.

Me mira, una tristeza inmensa llena sus ojos y sé que se está rompiendo. Que el dolor que siente está a punto de brotar a borbotones porque ya no puede contenerlo más.

—No quiero llorar.

—Pues no lo hagas, tampoco te voy a obligar. Podemos hablar…

—Pero lo necesito, me duele mucho aquí. —Se lleva la mano al pecho, a la altura del corazón.

Sus ojos tristes me hacen daño y me mata oírle decir que está sufriendo, aun así, mantengo la compostura porque no sé qué quiere de mí en este momento.

—Entonces hazlo, llora…

—Me pongo muy fea. Además, cuando lloro, lo hago con los dos ojos. —Se ríe, pero es una risa forzada.

—Como todos, Lore.

—¿Tú también lloras?

—Claro. Ahora mismo tengo muchas ganas hacerlo de tanto que me duele verte así.

El labio inferior de Lorena tiembla.

—Me da mucha vergüenza llorar delante de ti.

—Casi me has potado encima, ¿qué podría haber más vergonzoso? Mejor no me contestes. La cuestión es que las lágrimas no me dan miedo, Lore, no voy a salir corriendo en dirección contraria. No vas a estar sola. Voy a cuidar de ti.

Una lágrima corre por su mejilla.

La aprietujo con mis brazos con todo el cariño del que dispongo. No tengo la menor idea de si esto es lo que desea, pero me la voy a jugar porque es lo que yo querría si estuviera en su lugar: el calor y la cercanía de otro cuerpo. Las caricias y el consuelo de un amigo.

—Más fuerte —reclama, y yo aprieto.

Cada milímetro de su cuerpo está en contacto con el mío. Pocas personas me han abrazado así, con esta necesidad. Su respiración, sus latidos, sus manos aferrándose a la tela de mi camiseta... Temo que llegue el momento en que tengamos que romper este abrazo y ella se caiga a pedazos.

—Te necesito... —admite con la cara hundida en mi pecho—. No me sueltes, por favor.

Si la estrujo más, se le van a salir los ojos.

—No voy a soltarte nunca —prometo y soy el primero que se sorprende, porque sé que es verdad. Después de esta noche no querré soltarla en muchos sentidos.

La cojo de la mano y la vuelvo a guiar hasta el banco. Me siento, la coloco sobre mi regazo y la envuelvo con mis brazos otra vez.

Lorena llora, se desgarra como nunca había visto hacerlo a nadie.

Soy muy consciente de cuánto le duele, pero me alegra que por fin haya llegado este momento, porque sé que es lo único que necesita de verdad: dejarlo salir y que alguien le diga que todo va a ir bien.

Me aferro a ella y no me separo ni un solo segundo. Le susurro palabras de apoyo y le recuerdo una y otra vez que los corazones rotos se curan y que yo estoy aquí para lo que necesite.

Cuando un rato después empieza a calmarse, el amanecer ya asoma entre las palmeras que rodean el aparcamiento de la discoteca. Tiene los ojos y los labios hinchados, está agotada y acurrucada encima de mí. Me encanta tenerla así.

—Lore...

Aparta la cara de mi cuello y me mira.

—Voy a tener que comprarte una camiseta nueva —dice con voz llorosa.

Sus lágrimas han dejado varios manchurrones negruzcos en la tela, supongo que el mejunje ese que se echan las tías en las pestañas se corre con las lágrimas.

—Sacrificaría todas mis camisetas por verte mejor.

No me hace falta decir mucho más para que ella suspire abrumada y deje salir el aire con suavidad entre sus labios.

Mis manos se acercan a su mejilla y le retiran un mechón. Pese a estar destrozada en este momento y con churretones de maquillaje en la cara, está preciosa. Vulnerable, mimosa y cercana. La Lorena que marca las distancias con su carácter Segarra me hace muchísima gracia y me supone todo un reto, pero esta Lorena, la de verdad, con todas las barreras bajadas, despierta muchas cosas en mí. Demasiadas, teniendo en cuenta que es la exnovia de mi mejor amigo y que estamos viviendo este momento gracias a él y a sus putas decisiones de mierda.

—No le gustaban *Los cazafantasmas* —dice de pronto.

No sé muy bien de qué me está hablando hasta que deduzco que hemos vuelto sobre nuestros pasos y se refiere a Iván.

—No sabía hacia dónde iban las escaleras —añade encogiéndose de hombros.

—Todos sabemos, gracias al doctor Venkman, que van hacia arriba.

—Pues a Iván ni siquiera le hacía gracia.

—Motivo más que suficiente para haber roto con él y haberlo condenado a la soltería hasta los treinta y cinco por lo menos. *Los cazafantasmas* es una obra de arte.

—Al principio, me pareció una tontería, ¿sabes? No compartíamos la misma película favorita porque el humor básico no le va, menuda chorrada, ¿no? Pero lo que no supe ver es que aquello se repetiría hasta la saciedad en todos los ámbitos de nuestra relación. Yo prefiero piscina, él playa. Yo me decanto por el pueblo, él por la ciudad. Yo quiero casarme y tener hijos, él no lo tiene claro... Los polos opuestos se atraen, pero no siempre triunfan.

Lorena guarda silencio unos instantes y juguetea con el cuello de mi camiseta, yo me limito a observarla. Hace rato que he perdido la cuenta de los minutos que llevo mirándola.

Y por si alguien se lo está preguntando: no estoy cachondo, sigo destrozado al verla así.

—Las diferencias entre nosotros pasaron de ser detalles sin importancia a convertirse en una batalla constante.

—¿Y por qué seguisteis adelante?

—Fue una relación problemática en algunos momentos, pero nos queríamos con locura y los años que llevábamos juntos no dejaban de acumularse, había atracción y al final, acababa cediendo uno de los dos. Eso nos funcionó, más o menos, hasta el año pasado, cuando Iván terminó la carrera en València, entonces crees nuestras prioridades cambiaron.

Mi amigo se licenció en Biología en la Universidad de València, empezó el doctorado y le surgió la oportunidad de continuar en Madrid. No es que él me haya hablado mucho sobre el tema, más bien se limita a alardear de sus éxitos académicos, pero no comenta lo que esos triunfos provocan en el resto de su vida, por ejemplo, romperle el corazón a la que fuera su novia.

—No te querías ir a Madrid con él, ¿no?

—En realidad, aceptó la plaza sin contármelo y, cuando llegó la fecha en que tenía que marcharse, me pidió que eligiera entre el camping y él. Ni siquiera me dio otras opciones.

Me quedo callado mirándola y no dejo de acariciar su espalda con dulzura.

¿Cómo pudo mi amigo poner su carrera por encima de esta tía, cuando, con un mínimo esfuerzo, podría haber tenido ambas cosas?

Pero, claro, Iván a veces se cree demasiado guay para pararse a pensar en los demás.

Ahora mismo, para mí, ella no ha ascendido de la categoría de amiga y, sin embargo, no sería capaz de dejarla atrás por una carrera. Buscaría veinte mil maneras de seguir en contacto. Porque hay personas que sabes que las necesitas tener en tu vida y Lorena se está convirtiendo en una de ellas.

—Y acabé eligiendo el camping —admite con pesar—, no tenía margen. Así que oficialmente esta situación es culpa mía.

—Nadie debería obligarte elegir.

—¿Y crees que una relación a distancia hubiera funcionado? Él en Madrid, yo en Benicàssim... Nuestros objetivos para el futuro no eran los mismos e Iván no estaba dispuesto a ceder.

—Ese tipo de relaciones están abocadas al fracaso si no hay implicación. Pero, si quieres a alguien de verdad, no debería importar que durante un tiempo tengáis que vivir lejos, siempre que el objetivo sea volver a reunirse y tengáis muy claro el esfuerzo que la separación requerirá. Es el pan de cada día entre la gente de nuestra edad al empezar la uni. Pero no creo que Iván te pidiera solo que eligieras entre él y el camping, tal vez lo que necesitaba era saber que estabas dispuesta a pelear...

No sé qué hago defendiendo a mi amigo cuando la realidad es que no se ha dignado hablarme de este tema y, por lo tanto, solo puedo hacer conjeturas. En cuanto llegué al camping supe que había pasado algo entre ellos gracias a Noe. Se lo pregunté a Iván y me comunicó que ya no estaba con Lorena por mutuo acuerdo, nada más, y está claro que había muchísimo más. Sobre todo, una chica con todas sus ilusiones rotas a la que había dejado atrás.

—Yo estaba dispuesta a pelear por nosotros, pero Iván no quiso escucharme. O me iba con él o lo nuestro se acababa. Fue bastante tajante.

—Él te quiere, Lorena, y tú también lo sigues queriendo —afirmo.

Por algún motivo, siento como si me hubiera comido un kilo de clavos afilados y oxidados por propia voluntad.

—Lo quiero mucho.

Más clavos bajando por mi tráquea de tres en tres.

—Podréis arreglarlo —insisto poco convencido o nada contento con la idea, no lo sé—. Solo es cuestión de que las aguas se calmen. Ya sabes lo importante que es su carrera para Iván. Recapacitará y se dará cuenta de que lo que siente por ti es la hostia, estoy seguro.

Y si no lo hace, le colgaré el título de imbécil de por vida y lo mandaré de vuelta a Madrid de una patada en su santísimo culo.

—Pero no sé si es lo que necesito, Unai. Esa es la cuestión. Tengo que descubrir quién soy sin él y qué hacer a partir de ahora con mi vida.

Me quedo de una pieza. Como una estatua de bronce, frío e impasible. Pero a su vez, algo que se parece muchísimo a la esperanza se abre paso entre mis emociones y los clavos que me he tragado. ¿Esperanza de qué? ¿De que mi mejor amigo no quiera recuperar a la que fuera su novia o de que Lorena pueda estar disponible para mí? Descarto ambas suposiciones, porque, joder, no soy tan cabrón.

—¿Cómo que no sabes si volver con Iván es lo que necesitas? —formulo la pregunta intentando disimular cuánto me gusta la idea.

—Se rindió. No estoy segura de querer volver con una persona en la que no voy a poder confiar. El miedo a que me vuelva a dejar, a no ser una prioridad en su vida... —Se le rompe la voz—. Por mucho que me duela, tengo que velar por mí.

Lorena suspira y se queda mirándome.

—No sé hacia dónde está yendo mi vida, estoy muy perdida, y eso me está matando.

A mí sí que me está matando esta conversación. Mi mano sigue en su espalda, pero ahora no deja de jugar con los mechones rizados de su pelo. Estoy tomándome unas confianzas que no sé si me corresponden, pero, mientras no se queje, aquí me quedo.

—La primera vez lo besé yo a él —anuncia como si fuera la clave de todo lo que está pasando.

—Guau. Qué tía más lanzada.

—Idiota. Lo que quiero decir es que a veces pienso que aquel primer beso lo pilló por sorpresa porque nunca se había fijado en mí, porque nunca me había visto como algo más que la chica del camping a la que conocía desde hacía tantos años.

—Seguro que sí lo había hecho.

—¿A ti te dijo alguna vez que yo le gustaba?

—Hombre, a las claras no, pero todos te mirábamos las tetas y lo comentábamos.

—Unai, por favor, ¿qué te pasa con mis pechos? —Se aparta un poco y me observa divertida. Me encanta ese atisbo de sonrisa que acabo de provocarle siendo un idiota bocazas. Quiero más.

—Pues no lo sé, imagino que, si se lo preguntas a un psicólogo, tendrá alguna explicación coherente. Mi nacimiento en la transición, en plena época del destape; Sabrina y el pecho que paralizó España en la Nochevieja del ochenta y siete; mi educación a cargo de *La bola de Cristal* y Alaska… Incluso, si me apuras, hasta *Los Fruitis* que veía con mi hermana me trastornaron un poco.

—Gazpacho, Mochilo y Kumba eran inofensivos.

—A saber qué orgías se montaban en el volcán. No te fíes. —Niego efusivamente y ella vuelve a sonreír un poco—. Luego, también es posible que me influyeran las típicas carencias afectivas que sufrí desde que mi *ama* parió a mi hermana… Uf, pueden ser mil cosas, pero quiero…, no, NECESITO que sepas que solo me pasa contigo, Lorena. No voy por ahí obsesionándome con las tetas de cualquiera.

Espero que esta parte de la conversación le esté sonando tan romántica como a mí…, porque, admitámoslo, soy un galán.

—¿Crees que, si te dejo que me las toques, se te pasará la tontería? Porque no son más que unos pechos —propone entre risitas.

Ahí se equivoca.

Son muchos veranos de absoluta devoción al mismo fetiche para denigrarlos al estatus de «pechos del montón». No son unas tetas sin más, son sus tetas. Y, por algún motivo, ese detalle marca una gran diferencia para mí.

—Algo me dice que, si te las tocara, empeoraría seriamente. —Carraspeo con suavidad y retomo la conversación antes de que mis manos acepten su oferta—. Iván te miraba, Lorena, te miraba de esa manera especial que solo se da cuando alguien es importante para ti, y sé que le gustabas. De no ser así, no habría salido contigo tanto tiempo.

—¿Y tú? ¿Te habías fijado en mí?

A mí estas preguntas me generan más desgaste que la guerra de trincheras europea a los soldados de ambos bandos. Son pequeñas cuestiones inofensivas que acaban siendo peligrosas por muchos motivos. Un paso en falso, una mina escondida y te quedas sin una pierna.

—Con trece o catorce años nos molabas a casi todos —admito—. Ya sabes cómo eran las cosas, a esa edad una chica le hacía tilín a uno del grupo porque era la más bonita o porque era la primera que se había... «desarrollado», ya me entiendes, y acabábamos todos colgados por mera competencia o por no sentirnos menos.

Lo que no le digo es que el primero que se pilló por ella fui yo y que arrastré a los demás conmigo, incluido a Iván. Pese a todo, nunca le he dado demasiada importancia, Lorena me molaba mucho, incluso sufrí un empeoramiento severo de mi timidez por su culpa, pero en aquella época cambiaba de gustos bastante a menudo y acabé sustituyéndola por la primera chica que me hizo un poco de caso.

—Pensabas que era bonita.

—Claro. Lo eras y mucho.

—Y ahora ya no lo soy.

No contesto. Ella suelta un gruñidito.

—¿Porque estoy gorda? —añade con una mezcla de rabia y decepción e intenta bajarse de mi regazo. La aprisiono con mis brazos. Esta no se va de aquí con esos morros.

—Ahora mismo, al margen de bonita o no, opino que eres bastante tonta, joder.

—Gracias por lo de tonta —afirma, molesta, y mira hacia otro lado, pero ya no intenta alejarse de mí.

—Mírame, Lorena.

Se gira hacia mí y me dedica una mirada asesina que me resulta adorable.

—A estas alturas de la noche, ni se te ocurra mosquearte conmigo...

Arruga esa naricilla de juguete que tiene.

—No voy a repetirte lo bonita que eras y eres porque voy a acabar pareciendo un gilipollas que lleva toda la vida encoñado contigo, cuando no es la verdad. Eres preciosa, Lorena, y esta afirmación, por mi parte, no va a caducar nunca. ¿Vale?

—¿Nunca?

—Nunca. Y ahora, dime, ¿no tienes espejos en casa?

—Sí, unos cuantos.

—Pues hazme el favor de usarlos de vez en cuando o tendré que obligarte a hacerlo. No voy a permitir que sigas despreciándote.

—Eres tú quien ha hablado en pasado.

—Y tú has llegado a la conclusión que más te apetecía. He hablado en pasado porque te acabaste convirtiendo en la novia de Iván.

—¿Y qué?

Que alguien me dé un mapa para salir de este lío. Una brújula. Unas puñeteras miguitas de pan. Lo que sea.

—¿Qué querías que hiciera? ¿Qué siguiera mirando a la novia de mi amigo con fines más que amistosos? —Resoplo con fuerza—. No volví a fijarme en ti porque paraba mis pensamientos antes de cruzar la puta frontera.

«Hasta el año pasado, que la invadí completamente desarmado por culpa de cierto bikini que guardas en tu armario y que casi me busca la ruina».

—Eras bonita y lo sigues siendo. Y no pienso repetírtelo hasta mañana, por lo menos.

—Vale —se limita a decir con los mofletes colorados a más no poder.

Nos miramos, pero no tengo claro si nos estamos entendiendo. No quiero que piense que llevo media vida colgado por ella, pero tampoco que ahora mismo no me atrae, porque me atrae, y mucho. Demasiado. Una puta sobrada.

—A mí me gustaba Iván desde el primer día que apareció por el camping —dice con la vista clavada en cualquier parte que no sea mía—. No sé qué vi, ni siquiera sé si aquellos primeros sentimientos eran amor…

Me relata durante un buen rato cómo la Lorena adolescente acabó enamorándose del Iván jovenzuelo y luchó por llamar su atención. Es una historia que no conozco al detalle y ahora mismo tampoco me apetece tener que escucharla. Egoístamente, solo quiero que pase página y que se olvide de él. Primero, por ella misma y, segundo, por mí.

Pero ella sigue a lo suyo, contándome vida y milagros de su amor adolescente.

Cuando termina, si algo he sacado en claro es que no estoy seguro de que Iván se merezca a una tía como Lorena, porque ella vivió una historia de amor épica de la que no sé si mi amigo estaba al corriente.

Tal vez yo tampoco la merezca, pero creo que voy a pelear por conseguirlo.

Una hora después, aparco el coche de mis padres cerca de un acceso lateral del camping, nos bajamos y entramos en él. Nos detenemos a la altura del bar, el punto en el que nuestros caminos se separan.

—Te veo mañana o, mejor dicho, dentro de un rato —le digo sin saber muy bien cómo despedirme de ella después de la noche que hemos pasado.

—Me espera un día duro en Recepción. Estoy que me caigo de sueño.

Bosteza y estira los brazos por encima de la cabeza. Su ombligo asoma entre la camiseta y la falda. Me entran unas ganas bastante locas de hacer una incursión con mi lengua en esa zona.

—¿Quieres que suba a echarte una mano?

—No, tranquilo, ya me apañaré.

—Como quieras. Espero que al menos te sientas algo mejor...

Lorena da un paso hacia mí e inclina la cabeza a un lado. Los rayos del sol iluminan sus ojos claros.

—¿Por qué eres tan bueno conmigo?

—Deja de preguntarme eso, pesada.

—Unai..., de verdad que necesito entenderlo.

—Solo intento mirar más allá de tus tetas y valorarte como persona.

—Mira que eres capullo y...

—No te mosquees, no es una tarea fácil. Me has escupido un chicle en la cara, te has meado la pantorrilla, me has cantado una de Maná y has estado vomitando hasta la primera papilla delante de mis narices. Quien no quiera pasar el resto de su vida con una chica como tú es que no está en sus cabales.

—¿Por qué, Unai? —insiste por enésima vez y se pone seria.

—¿Por qué no?

—Responder con una pregunta es de mala educación.

—Mirarte los pechos también, y aquí estamos.

—¿Eres consciente de que evitas cualquier cuestión que te ponga en un compromiso sacando a colación mis tetas?

—Sí.

—¿Vas a dejarte de tonterías?

—Lore, no puedo responderte con la verdad porque todavía no sé qué está pasando —admito con sinceridad—. Tampoco creo que tú estés preparada para escucharla. Así que, mientras llego a alguna conclusión, podemos seguir hablando de tus tetas o dar algún paso...

—¿En dirección a...? —Alza las cejas con sorpresa.

—Enrollarnos, por ejemplo —sugiero entre risas—. Ese era el plan original para reconquistar a Iván, ¿no? Te haría un favor más que encantado.

Toda una noche para decirle que me gustaría liarme con ella y voy y se lo suelto en el último momento y de aquella manera. Si no me pega, voy a pedirle que lo haga.

—Creo que el favor, o más bien la obra social, sería cosa mía, Azurmendi.

—Venga, Lore, el sexo es buenísimo para muchas cosas. Alarga la vida, te crece más el pelo, te mejora el cutis...

—Si estás acercándote a mí con segundas intenciones, pierdes el tiempo. Tenías razón, lo de antes en el baño... hubiera sido un error. Jamás te daría una oportunidad estando sobria. Ni aunque fueras el último hombre sobre la faz de la Tierra.

—Se echa a reír en mi cara—. Preferiría mil veces la desaparición de la raza humana. ¡Me haría camisetas a favor de la extinción con la imagen de un Tiranosaurio Rex con tu cara y vestido con tu camiseta de Eskorbuto!

Sigue riéndose a carcajadas varios minutos, hasta que se percata de que se ha quedado sola a mitad de camino.

—¿Unai?

—Sigue riéndote de mí, no te cortes.

La risa se le ha cortado de cuajo. Se seca las lágrimas con el dorso de la mano y carraspea.

—Oye, estaba de cachondeo, más o menos.

Le dedico una mirada de profunda exasperación.

—Ese arranque tan Segarra que acabas de tener me haría mucha gracia si no fuera porque te has pasado veinte pueblos, Lorena. —Hago una pausa, pero ella no dice nada—. Mira, sé que no soy el típico tío listo y con cuerpazo con el que soñáis las tías. Vamos, que no soy como tu querido Iván, aunque tal vez ni siquiera te habías fijado —suelto con retintín.

—¿Que no tienes cuerpazo? ¿Que no me había fijado? —pregunta descolocada.

—No pretendo que te enamores de mí por arte de magia,

pero esa mofa que te acabas de marcar es ofensiva y jodidamente humillante.

—¡Pero si estábamos de broma!

Manda huevos. Y que sean por lo menos tres docenas.

—No te he gastado ninguna broma al admitir que me liaría contigo, lo haría incluso después de haber oído que no cumplo ni con las bajas expectativas que debes de tener ahora mismo por culpa de la ruptura.

Lorena se queda callada mirándome, asimilando mis palabras y buscando las suyas. Lo mismo se acaba de dar cuenta de que no soy gilipollas y va a ahorrarnos el bochorno a los dos.

—No hace falta que digas nada más. Una disculpa ahora mismo sobraría. Me ha quedado bastante claro que para ti no valgo demasiado.

Me quito la camiseta y se la tiro.

—Este año no me he traído la de Eskorbuto, espero que te sirva con esta de Cicatriz para tu campaña a favor de la extinción. Y disculpa las manchas que tiene, son las lágrimas de una chica a la que he estado consolando gran parte de la noche.

Me marcho cabizbajo en dirección a mi iglú.

Soy un tío que se toma la mayoría de las cosas a broma y hace mil payasadas por hora, pero hasta yo tengo un límite y algo llamado corazón en el pecho, por mucho que a ella le pueda parecer que no.

6

Vestidos de novia, sacaleches y meconio

Lorena · Benicàssim, 17 agosto de 2010

Cruzo la calle del camping con las manos y los brazos llenos de papeles y facturas que quiero archivar en la oficina que hemos instalado en casa. Esta noche no tengo ningún plan, así que cogeré la perforadora, el sello azul del camping, la media docena de *azetas* de colores sin estrenar y organizaré todo el papeleo mientras veo *Crónicas vampíricas* y me como una pizza con atún, queso de cabra y pimientos.

Entro en el bar y mi primo Tito me saluda desde la barra como hace cada una de las veinticinco veces que paso por aquí. Sabe que me hace rabiar, porque me parece de lo más absurdo tener que repetir la misma operación en cada ocasión que nos cruzamos, pero él no ceja en su intento de ser cordial con cualquier ser viviente, incluida la familia, que tanto te puede llegar a empachar.

Ignoro la insistencia con la que agita la mano y me dispongo a ir a casa por la puerta camuflada que hay junto a la cocina del bar, pero una risita lejana me frena de golpe.

Siento cómo cada uno de los músculos de mi cuerpo se tensan.

Sara.

Una palabra fácil, bonita y susurrante.

Tan solo cuatro letras, en su mayoría curvas, redonditas y simples, pero con tanto significado...

Mujer bíblica, sagrada, princesa.

O mejor aún: reina.

La que ocupa el trono del corazón en el que debería haber reinado yo.

La miro con disimulo para no incomodarla, para que no sienta que mi escrutinio es cruel e insensible, porque no lo es. En todo caso, es un examen meramente morboso. Está sentada a una mesa con Sonic, la actual mujer de mi exnovio Iván, con Gemma y con la cuñada que compartimos. Por lo visto han organizado una quedada de chicas. No me extraña, cargar con sus maridos y novios a todas horas debe de ser agotador.

Sigo parada junto a la barra unos instantes más sin saber muy bien qué hacer. Por un lado me apetece desconectar un rato, pero por otro...

—Prima, deberías acercarte —sugiere Tito mientras se limpia las manos con un trapo y viene hasta mí—. Deja esos papeles y siéntate un rato con ellas.

Mi primo es el típico camarero que finge no hacer caso de nada de lo que sucede a su alrededor, pero en realidad es el guardián de los secretos de medio camping. Tarde o temprano, todos acabamos abrazados a la barra contándole nuestras penas a cambio de un cubata más. Para mi eterna desgracia, lo he hecho después de cada una de mis rupturas amorosas, y han sido unas cuantas en los últimos años. Él, como buen confesor que es, jamás lo utiliza en tu contra, pero aprovecha cualquier ocasión que le surja para recordarte que sabe lo que está pasando y aconsejarte.

—Es martes —afirmo como respuesta, excusa y solución.

—Y mañana miércoles. Sorpresa. Ya sé que no te apetece, pero...

—¿Por qué no debería apetecerme? —pregunto molesta—. No es eso.

Él se limita a servirme una cerveza. En cuanto el vaso rebosa, lo desliza por la barra hacia mí. No me queda otra que dejar todo lo que llevo y agarrar la cerveza antes de que se despeñe.

—Esa es mi chica —dice guiñándome un ojo—. Me encanta ver cómo conviertes un martes normal y corriente en una jornada de puertas abiertas.

—Como que me has dado muchas opciones.

Apoya las manos en la barra y me dedica una miradita de psicólogo aficionado.

—A veces hay que empujar un poco a la gente, ya sabes.

—Al menos a mí no me cantas. —Me río al recordar la cantidad de veces que intentó meterse en la relación de mi hermano con Maider cantando la del toro y la luna a grito pelado.

—Tú no estás tan ciega ni tan necesitada.

—¿Seguro?

—Lore, tú sabes perfectamente lo que te haces, otra cosa es que a mí me parezca mejor o peor.

—Creo que te equivocas, hace ya algún tiempo que solo me muevo por costumbre.

—Porque esa ha sido tu decisión, ¿no?

—No tuve alternativa.

—Ambos sabemos que, aunque eso es lo que te repites a diario para sentirte mejor, no es necesariamente la verdad. Pudiste cambiar las cosas.

Coge mis papeles, los deja debajo de la barra y se larga al otro extremo para atender a un grupo de campistas extranjeros.

Le pego un buen trago a la cerveza, suspiro y me arrastro hacia la fiesta de pijamas sin pijamas que tiene lugar a pocos metros de mí, dispuesta a que el martes se convierta en mi día favorito de la semana.

Cualquiera diría que voy de camino al patíbulo, pero es que a mí estas cosas no me van en lo más mínimo. Por un lado está el tema de que las quedadas de tías casadas y con hijos me aburren sobremanera. De un tiempo para acá, desde que mis amigas han ido casándose y teniendo hijos, me he convertido en una solterona intermitente, experta en cortes para vestidos de novia, sacaleches y meconio, sin tener ninguna necesidad. Por otro lado, la mitad de las mujeres que están sentadas a esa mesa están casadas con tíos con los que he mantenido algún tipo de relación, otra está con mi hermano, y la cuarta, con mi excuñado Óscar. No es que me apetezca oírlas hablar de sus intimidades, de hecho, preferiría mil veces hacerme las ingles caribeñas con unas pinzas en mitad de la plaza de mi pueblo.

Pero aquí estoy, sin depilar y atravesando el bar, dispuesta a escuchar cosas que podrían traumatizarme de por vida.

Me saludan con más o menos efusividad y reparto varios pares de besos.

Durante la última semana, me he cruzado con todas ellas menos con Sara, así que aprovecho para ofrecerle un saludo cordial, exclusivo y más extenso que el que le dediqué en Recepción cuando llegaron, y me intereso por su estancia en el camping. Ella me comenta un par de cosas, me da las gracias y me mira con amabilidad, aunque, en realidad, seguro que detrás de su simpatía se esconde algo así: «Hola, bonita, eres la mujer que estaba antes que yo, pero yo soy la mujer que llegó para quedarse».

«Te quedaste porque yo te lo permití, no soy una cobarde».

«Tú no me permitiste nada, yo solita me gané el derecho a estar donde estoy».

No es que me sienta orgullosa, pero a veces discuto mentalmente con ella, y lo peor es que siempre sale victoriosa.

Intento detener mis pensamientos, relajarme, destensar los hombros y sentarme aparentando una calma que no siento, pero, por algún motivo, no puedo. Me quedo en pie, envarada, porque no quiero dejar de remarcar mi presencia, el espacio que merezco ocupar, y, ya de paso, mis tetas, un par de tallas más grandes que las suyas.

Vuelvo a tener catorce años y el nivel de maduración de un renacuajo que todavía chapotea en un charco.

Muchas veces, demasiadas para la sensatez que se me presupone por la edad que tengo, soy jodidamente imbécil, ridícula e irracional cuando se trata de la esposa de mi mejor amigo. Hay que saber perder, pero yo todavía no he aprendido. Y desde luego que tener las tetas más grandes no me convierte en una mejor opción que ella; en todo caso, reducir todo lo que somos como mujeres a una competición por ese rasgo físico me convierte en una persona muy triste, en alguien a quien yo criticaría hasta la saciedad, en un ser despreciable.

Pero el desamor a veces es así de cruel.

Mientras debato conmigo misma qué tipo de castigo merezco por mi deplorable comportamiento mental, Maider coge una silla de otra mesa para mí y Gemma se corre para hacerme sitio. Tan pronto como he posado el culo suceden dos cosas: la primera es que «Maldito duende», de Héroes del Silencio, empieza a sonar por todo el bar; la segunda, que Sonic empuja un cuenco lleno de maíz gigante hacia mí.

—Todos tuyos, Lorena —dice sonriente—. Si me como otro más, empezaré a cacarear.

Alargo la mano y me lleno la boca hasta los topes. Mientras intento masticar, miro de reojo a Tito: está tocando ¿unos timbales imaginarios? en el aire. Mastico con más fuerza pero el crujido del maíz no es capaz de acallar la música. Me meto otro puñado en la boca pero sigo oyendo con una claridad pasmosa al maldito Bunbury de las narices.

Esta puta canción volverá a ser mi ruina.

—Están cojonudos, ¿eh? —dice Sonic entre risitas.

Me pongo a hablar con ella sobre las maravillas del maíz y por fin logro distraerme; más que eso, consigo que mi mente deje de pegar saltos al pasado.

Iván, al poco tiempo de que lo nuestro se acabara definitivamente, se lio con esta pelirroja tan mona que tengo delante. Me cae bien, me parece una tía muy maja, y ella siempre es simpática y amable conmigo —con ella no me suelo inventar conversaciones paralelas—. Vienen al camping bastante a menudo para ver a los padres de Iván, solemos quedar para tomar algo y no pasa nada, lo tengo controlado y superado. Mi relación con Iván llevaba muchos años abocada a un estrepitoso fracaso, aunque me negara a creerlo. No es que no lo quisiera, porque sí lo quería, pero con el paso del tiempo he llegado a la conclusión de que nuestro amor había dejado de ser romántico para convertirse casi en una obligación, y que hay muchísimas cosas del hombre en el que se ha convertido que no me gustan.

Sonic siempre intenta que la amistad entre Iván y yo fluya, pero no podría estar más equivocada, no es que necesitemos un empujón. Mis problemas con Iván van mucho más allá del mismísimo Iván.

Con Sara la historia es muy diferente.

Pero MUCHO.

Sara me fascina de una manera muy retorcida. Cuando la tengo cerca no puedo dejar de mirarla y pensar que esa cara, esos ojos, esa boca, ese cuerpo... son lo que le gusta a Unai. Lo que ve cuando llega a casa. Lo que ve cuando se despierta. Lo que ve cuando hace el amor. Lo que eligió ver. Lo que verá el resto de sus días.

En el fondo me alegra no haberme visto obligada a competir con una mujer como ella, porque hubiera tenido todas las de perder: es bonita y delicada. Rubia, delgada, alta y estudió la misma carrera que Unai. Y además de todo eso, es esposa y madre.

Todo lo que yo soñaba tener algún día.

¿Y qué tengo, en cambio?

Treinta y cinco años, un par de bolsas en los párpados inferiores tan azules como las que te dan en Ikea, una papada que parece una hogaza de pan de pueblo, dos pelos como dos banderillas coronándome el mentón y varios kilos de más, como siempre. Tampoco tengo carrera ni una relación amorosa duradera y, por descontado, carezco de descendencia conocida.

De hecho, por muy triste que parezca, el único tío con el que llegué a plantearme que todo eso podría llegar a ser posible fue con su marido. Pero, ironías de la vida y de las decisiones que tomamos en caliente —¿en frío?—, nunca tendré todo eso con Unai.

Tal vez lo consiga sola o con otro tío, pero jamás con él.

Me gustaría odiarla por todo lo que se ha llevado, como si fuéramos las protagonistas de un culebrón muy chungo, pero cuando lo intento solo siento rechazo hacia mí misma y el apelativo «solterona celosa y arrepentida» crece y engorda en mi lengua. Y al final acabo sintiéndome como una despechada sin motivo ni cuartel.

¿Qué culpa tiene ella de todo esto? Ninguna.

Ella solo se enamoró del chico que yo perdí, de manera que no puedo hacer que cargue con mis propios remordimientos. Ni siquiera me alegro de que las cosas les vayan mal últimamente. Porque, ante todo, quiero que Unai sea feliz.

Aunque me repatee que tenga que ser con otra y que callármelo esté empezando a causarme una úlcera.

—Estábamos hablando de la boda de Óscar y Gemma —comenta Maider.

—Lo último que se le ha ocurrido es que organicemos algo temático —dice la futura novia poniendo los ojos en blanco.

—Temático, ¿en plan...? —finjo que me interesa, aunque bueno, tampoco está mal saber a qué me tendré que enfrentar cuando llegue la fecha.

—Me ha propuesto varias cosas. Pero las opciones finalistas son *La guerra de las galaxias* y los años noventa. No lo veo nada claro, chicas.

—Los noventa en València —puntualiza Sonic con una sonrisilla.

Sara se ríe por lo bajo y Gemma resopla.

—Vamos, lo que viene a ser la Ruta del Bakalao en versión nupcial —apostilla Maider a la par que menea la mano en el aire como si fuera un DJ.

—¿Pretende pinchar techno a todo trapo en la iglesia? —Intento ponerme seria, pero la situación no ayuda.

—Será una boda por lo civil, como la nuestra —me corrige Sara, en un tono de pullita que casi seguro solo yo noto.

—Vuestra boda fue preciosa —afirma Maider con ojos soñadores—. Todavía lloro cuando recuerdo aquellos *dantzaris* en la escalinata del Ayuntamiento de Bilbao bailándoos el *Aurresku*...

Sonrío porque no tengo ni pajolera idea de qué baile es ese, y, por lo tanto, voy a seguir inmersa en un mundo paralelo, alegre y soleado en el que ignoro por completo cómo fue ese enlace.

Ni siquiera he visto una foto.

Entre otras cosas, porque cada vez que Unai me envió alguna instantánea del feliz evento, borré el email sin muchos miramientos.

Durante aquellos días, desde que supe la noticia hasta que la llevaron a cabo, me imaginé docenas de veces entrando en el juzgado a lomos de un caballo blanco —por eso de saltarme la regla de que, en una boda, la única que puede ir de blanco es la novia—, para detener aquella unión. Pero cuando llegó el día me dije a mí misma que, como no sabía cabalgar ni tenía un caballo blanco, no podía perpetrar semejante atentado. Así que me quedé en mi casa, viendo la *Ruleta de la suerte* mientras coreaba los cánticos con el público.

—Nunca había visto un baile así —comenta Gemma—, es como muy elegante. Y el vestido que llevabas era espectacular, Sara...

—Me costó dar con él, porque no había manera de meter mi tripa en ninguna prenda, pero el esfuerzo mereció la pena.

Todas sonríen y yo muestro los dientes.

Recuerdo que el primer golpe llegó aquel verano de 2001 cuando la vi bajándose del coche de Unai en este camping. No necesité más de cinco minutos para darme cuenta de que él estaba enamorado hasta las trancas.

Debería haberme cabreado con él por haber rehecho su

vida tan rápido, pero fui yo quien le dijo: «no te quiero, sal por ahí, olvídame y enamórate».

Y lo hizo. Maldita sea. LO HIZO. Se enamoró.

Y me sorprendió, joder, y todavía hoy me sorprende.

¿Por qué?

Porque en el fondo de mi corazón ansiaba que él se diera cuenta de lo que estaba pasando, que descubriera que, en realidad, lo seguía amando con toda mi alma, pero supongo que al final, de tanto repetirle que lo nuestro no era posible, se lo acabó creyendo.

El segundo golpe llegó una tarde a finales de 2006, cuando Unai me llamó para contarme que Sara estaba embarazada. Me dio detalles y fechas probables, pero lo escuché todo como si estuviera sumergida en el agua a punto de ahogarme en mi propia miseria.

No obstante, a esas alturas, todavía me engañaba a mí misma repitiéndome que aquello no significaba nada, que la gente se enamora, tiene hijos y las relaciones se rompen igualmente, que todavía no era tarde para contarle la verdad.

Pero no lo hice porque a cobarde no me gana nadie.

Y el tercer golpe me pilló, una vez más, desprevenida y con la resaca de la noticia del embarazo todavía apachurrándome el corazón. Según me dijo, le había pedido a Sara que se casara con él porque quería hacer las cosas bien y, como no tenían mucho tiempo por el inminente parto, decidieron que fuera una celebración pequeña y familiar en el Ayuntamiento de Bilbao, ciudad de origen de Sara, dos días más tarde.

No me invitaron y tampoco tengo claro si asistir me hubiera dolido más o menos que no hacerlo. Porque, seamos claras, lo último que me apetecía era ser testigo de la boda de Unai con otra. Además, algo me dice que mi presencia habría incomodado mucho al propio Unai. Imagino que Sara sabe que su marido y yo hemos tenido algo. No es tonta y él suele ser bastante sincero, pero me extraña que esté al corriente de los detalles.

Pese a todo, la admiro por la elegancia y la deportividad que demuestra cuando se trata de mí, porque no sé si yo sería capaz de aguantar la amistad que compartimos con tanta estoicidad y sin desearle un herpes a la otra mujer en cuestión, de aceptar que mi pareja tenga una relación muy cercana con otra mujer, de convivir con el hecho de que siempre habrá otra persona a la que él recurrirá cuando se pierda, de aguantar que esa otra persona siempre sepa encontrarlo.

Y es que así es nuestra relación.

Tan sólida como las mentiras en las que se sustenta.

Visto el percal, debería ser Sara quien me odiara a mí, pero no lo hace, solo mantiene una distancia prudencial que no le puedo reprochar.

—Míralo por el lado positivo, Gem, al menos has conseguido sacarle de la cabeza lo del cañón de espuma a la salida de la ceremonia —dice Sonic.

—Pretendía sustituir el arroz por espuma —me informa Maider.

—Me hubiera destrozado el vestido y por ahí sí que no paso. De todos modos, fue su madre quien intervino.

Me saltan todas las alarmas, pero disimulo como buenamente puedo enseñando los dientes y soltando un par de carcajadas.

La madre de Iván es el prototipo de suegra que todas tememos.

Toda sonrisas delante de su hijo y toda uñas cuando él no la ve.

Siento pena por Gemma, pero me alegra saber que tiene a una mujer como Sonia a su lado, que es más que capaz de mantener a la señora Fabra en su sitio cuando ella flaquee.

Conmigo las cosas fueron más fáciles, soy la hija de los dueños del Voramar, y eso para mi exsuegra suponía convertirse en una especie de primera dama del camping. Así que, por lo general, conmigo era bastante permisiva. Con Gemma las cosas no son así.

—¿Has elegido ya el vestido? —se interesa Sara.

Gemma se lanza a explicarnos con todo lujo de detalles cuál ha sido el elegido. Me parece increíble que una persona pueda hablar de telas durante media hora, así que desconecto, asiento de vez en cuando y me como algún grano de maíz. A continuación vienen los zapatos y los accesorios. Escucho de pasada los precios y finjo que me escandalizo con el resto del grupo. Tan pronto como cambian de tema, vuelvo a conectar.

—Podríamos organizar la barbacoa este sábado al mediodía —comenta Maider.

Este fin de semana, empiezan las fiestas del camping, y por la sonrisita que me está echando la novia de mi hermano, sospecho que voy a tener que socializar con los habitantes de Parcelona más de lo que me gustaría.

Aunque no sea el martes de puertas abiertas.

1995
Maldito duende

Lorena · Benicàssim, 11 de agosto de 1995

—Hola, Unai. —Agito la mano con alegría, pero él ni me mira.

Coge un par de tenedores sucios de la cesta que tiene a su lado, murmura algo que no llego a entender y sigue fregando o, más bien, fabricando espuma a gran escala como si le fueran a pagar un pastón por kilo.

—Me ha costado bastante encontrarte. Te he buscado hasta en la playa y teniendo en cuenta que Benicàssim tiene cinco...

Sigue pasando de mí como si no fuera más que un monolito insignificante aparcado a su lado. Me lo merezco por bocazas. No lo voy a negar. Pero tampoco voy a dejar de insistir, porque me importa haberle hecho daño con mis palabras acerca de la extinción y el mosqueo ya le dura una semana.

—Jamás te hubiera imaginado aquí, fregando, no te tenía por un tío que se dedica a las labores del hogar por voluntad propia. Más bien te creía de los que se escaquean. —Le pego un golpetazo con la cadera en plan colegueo, y cuando le voy a pegar el segundo se aparta y casi me voy de culo al suelo—. Joder, Azurmendi, no es que piense que eres un vago, simplemente...

Unai levanta la mirada del fregadero y me observa con una

ceja disparada hasta el cielo. Me encanta su cara de enfadado, está monísimo con los morritos fruncidos y el ceño arrugado. Me dan ganas de decírselo.

—Mejor me callo —admito.

Vuelve a centrarse en sus tareas y continúa impasible rascando el culo de una sartén con cierto ensañamiento. Algo me dice que le encantaría hacerme exactamente lo mismo a mí en la lengua, por haberme comportado como una capulla con él y encima estar repitiendo la jugada.

—¿Vas a estar cabreado conmigo mucho tiempo?

No responde. A lo mejor he esperado demasiado para venir buscando sopitas.

—No puedes ignorarme eternamente. Somos amigos. Y no solo por antigüedad, también por intimidad. Te conté mis mierdas y tú me confesaste que te dan miedo los pollos... —argumento.

Él sigue sin articular palabra pero me clava sus ojos azules mientras deja la sartén a un lado.

A continuación coge la botella de Fairy medio vacía, apunta hacia mí y presiona con todas sus fuerzas. Está haciéndose el duro o yo qué sé, pero la cuestión es que lo único que consigue es que, en lugar de dispararme un chorrito de jabón, el Fairy emita una pedorreta monumental, una de esas que anuncian una fiesta intestinal larga y muy productiva. Nos rodean varias pompas de jabón mientras ambos intentamos mantener la compostura y el mosqueo en su sitio, aunque nos retamos con la mirada y con el entrecejo fruncido. Parecemos un par de idiotas bastante infantiles que están deseando reírse por un simple pedo y ponerse a jugar con las pompas que siguen flotando, y la gente nos está observando. Mucho y muy mal.

—Ha sido ella —miente Unai y hace un gesto sutil con la cabeza señalándome.

—¡Serás capullo, ha sido el Fairy! —me justifico a voces ante el resto de los campistas que continúan trajinando con sus cacharros sin dejar de juzgarnos con la nariz arrugada.

—Oh, María Lorena Segarra Vicent, primogénita de Pilar y Tomás, dueños de este camping, no te avergüences de tus flatulencias desorbitadas, todos hemos comido garbanzos en agosto y nos hemos visto en la misma incómoda tesitura que tú.

La señora que está a nuestro lado asiente con complicidad y empieza a contarle a su vecino de fregadero lo mal que le sienta la ensalada de puerros y la cantidad de pedos con sorpresa que se le suelen escapar.

La madre que lo trajo a Benicàssim.

Me está dejando como una pedorra delante de nuestros clientes y sabe Dios que estos rumores corren más rápido que la pólvora por estos lares. No sé dónde meter todo el bochorno que siento.

—Yo no he comido putos garbanzos ni me he tirado un pedo. Ha sido el Fairy.

—No hace falta que te justifiques, tampoco es que nos vayamos a extinguir por culpa del problemilla de contención que tienes en el ojete.

Abro la boca y los ojos de par en par, está claro que sigue dolido por mi comentario. Hay que ver lo finita que tiene la piel para algunas cosas.

—Pues vas a ver lo escasita que ando de contención cuando se trata de ti.

Meto la mano en el fregadero y le salpico la camiseta. Varios trocitos de lechuga se le pegan a la tela.

Unai se queda bloqueado un par de segundos observando la comida adherida a su ropa. Acto seguido imita mi gesto y me moja de arriba abajo usando su manaza izquierda como si fuera una pala.

El agua resbala por mi cuerpo y la rabia trepa en la dirección contraria. Me guste o no, con este tío siempre acabo mojada.

Observo que la señora de Jaén que estaba a nuestro lado ha salido por patas y que el resto de los campistas se han resguardado detrás de sus platos y bandejas por lo que pueda pasar. Que va a ser mucho si de mí depende.

Le arranco a Unai el estropajo de la mano, lo hundo en el pozal lleno de agua sucia y de restos de comida, y lo estrujo sobre su cabeza con todas mis fuerzas. Su pelo negro, normalmente revuelto y brillante, ahora luce aplastado y grasiento. Un trocito de piel de gamba se desliza por su flequillo con una lentitud hipnótica, recorre su nariz como si fuera un tobogán y acaba desviándose hacia su mejilla. Se la retira de un zarpazo.

Cualquiera diría que Unai es de los que, llegados a cierto punto, pierden los estribos y la lían parda, pero no, continúa calmado como una puta piscina a la hora de la siesta. Ni una sola pista sobre lo que hará a partir de ahora. Una anticipación desconocida recorre mis venas y una tensión incomprensible me remueve las entrañas.

Unai gira el mando regulador del grifo hasta casi pasarlo de rosca, apoya el pulgar en el morro y el agua sale disparada hacia mí con la misma potencia que si fuera un maldito géiser. Le doy la espalda y el frío chorro me golpea a la altura de los riñones. Me doy la vuelta otra vez y, tapándome la cara con las manos, avanzo a ciegas hacia él. Forcejeamos largo y tendido con nuestros cuerpos pegados, hasta que consigo que quite el dedo del grifo y que el agua recupere su cauce normal. En ese momento él cambia de estrategia, quiere mojarme como sea, así que me coge en brazos e intenta meterme en el fregadero enterita. Maldigo en voz alta el día en que mi padre eligió estos puñeteros bebederos de vaca en los que mi culo cabe sin problemas. Pataleo y lucho con uñas y dientes. Uñas que se clavan por todo su cuerpo y dientes que se hincan en la piel de su hombro. Lo oigo gruñir, reírse y cagarse en varias cosas, todo mezclado, pero no me suelta, sigue empeñado en improvisar un jacuzzi para mí. Yo también me río y peleo con todas mis fuerzas contra él, pero ninguno de los dos consigue su objetivo.

Llega un momento en el que no sé muy bien qué estamos haciendo, quién va ganando ni quién va perdiendo, ni siquiera estoy segura de por qué nos hemos enfrascado en semejante contienda. Así que me rindo, dejo de luchar y evalúo la situación: nos hallamos solos, todos los campistas se han esfumado. Estamos empapados de arriba abajo. La noche se está precipitando sobre el día. La melodía de «Maldito duende», de Héroes del Silencio, suena en la radio de alguna parcela cercana.

Y estoy entre sus brazos.

Para ser más exactos: estoy pegada a su pecho, sus manos están aguantando el peso de mis cuartos traseros y mis piernas rodean su cintura.

No tengo ni pajolera idea de cómo hemos acabado de esta guisa, pero de pronto siento un calor abrasador y bastante condenatorio que sospecho brota de mi entrepierna.

Unai da un par de pasos lentos y concienzudos, y me empotra contra la pared más cercana, que resulta estar cubierta de un afilado gotelé que se me clava en la piel, pero me importa más bien poco. Con la tontería del cambio de postura, acabo de darme cuenta de una cosa que he pasado por alto en mi primera evaluación: hay un bulto incrustado con saña entre mis piernas.

No es un estropajo que se nos haya despistado o un colador fuera de lugar. No.

Es una mole caliente y dura apenas aislada por los finos tejidos de su bañador y de mis braguitas. Unas simples telas seriamente amenazadas por la insistencia con que su miembro pretende perforarlas para continuar su camino.

Gimo en contra de todos mis principios.

Unai sonríe de medio lado, satisfecho, y con un movimiento ligero y sutil de caderas, me demuestra de nuevo lo equivocada que estaba cuando le dije que prefería la extinción antes que liarme con él. Y no es casualidad. Está claro que esto ha dejado de ser un juego para él hace mucho rato y yo acabo de caerme del guindo ahora, cuando parece ser ya demasiado tarde.

Intento serenarme y reaccionar de alguna manera, pero mis pulmones no alcanzan a llenarse, estoy jadeando y mis ideas no son capaces de ponerse en orden si no las ayudo. Mis manos no paran de buscar el bajo de su camiseta sin que yo haya decretado tal cosa. Mi labio inferior está siendo torturado por mis dientes. Siento un cosquilleo muy insistente por debajo del ombligo. Y mis ojos se han quedado pillados estudiando su boca.

De pronto soy muy consciente —demasiado para lo aturullada que estoy— de lo que deseo que pase ahora mismo y es que me bese. Que ponga fin a esta tortura. Que me deje en puto ridículo por lo bocazas que fui.

La noche sigue precipitándose sobre nosotros, Bunbury no se calla ni por esas y el agua corre imparable en el fregadero.

Unai lleva los dedos de su mano derecha hasta mi boca y acaricia mis labios con suavidad, mientras con la otra me sigue sujetando contra la pared.

Mis dedos recorren la piel de su espalda.

El deseo que siento empieza a vencerme.

A la mierda con todo.

Mi boca roza la suya, deposito un besito suave pero intenso que me sabe a poco. Gimo desconsolada en cuanto me doy cuenta de que Unai no va a responder. De hecho, se separa unos centímetros de mí y me mira con los ojos muy abiertos.

No sé qué es lo que sucederá a continuación, ni siquiera sé si sucederá algo.

¿La he cagado? Dios mío, la he cagado, es oficial.

He interpretado mal todas las señales.

Esto es como cuando un policía te hace gestos con el pirulo ese iluminado y tú los interpretas como buenamente puedes. Decides arrancar y lo acabas atropellando.

Quiero salir corriendo, pero no puedo, estoy bloqueada y atrapada.

Unai camufla una sonrisilla mientras me suelta y permite que apoye los pies en el suelo.

De pronto levanta los brazos al aire en señal de victoria y sonríe abiertamente.

—Tu resistencia es impresionante —dice.

El muy cretino está celebrando que lo he besado.

Cuando quiero hacer algo que se parece mucho a estamparle la botella de Fairy en la cara, su mano tapa mis labios.

—Necesito advertirte de una cosa, Lorena. Si ahora mismo nos besamos, no me conformaré solo con eso, querré volver a hacerlo. Así que piénsatelo bien, porque no será solo un beso, no será un puto hecho aislado, van a venir muchos más a continuación. Calculo que podrían ser miles. Y si me das un poco de pie, pasarán a ser millones.

Retira la mano de mi boca y se acerca otra vez a mi cuerpo hasta rozarme. Un gesto sutil y despreocupado pero provocativo a más no poder.

—Dime tú qué quieres.

—¿Y si no lo sé? —contesto por lo bajo.

—Oh, sí que lo sabes, Florecilla.

—¿Y si en realidad solo quiero un beso y punto?

—Entonces te daré solo uno, pero ambos sabemos que no va a ser suficiente. Que será una experiencia tan jodidamente grandiosa que no la vas a poder superar.

—Chuloputa arrogante —espeto.

—A lo mejor te lleva otra semana más admitirlo, pero sabes que tengo razón.

—Déjate de tonterías y haz lo que tienes que hacer.

Se ríe y niega con la cabeza, a continuación me aprisiona contra la pared de nuevo. Me da un beso dulce y sedoso, de esos que evalúan y tantean, de esos que te dejan un margen pequeñito para salir corriendo antes de que se desaten del todo, pero no lo necesito, tiene razón: deseo seguir pegada a él y quiero que me bese durante todo lo que quede de verano.

Respondo con un ansia vergonzosa. Le tiro del pelo, que

todavía tiene lleno de grasa y pegajoso, lo atraigo hacia mi cuerpo y gimo como si fuera a morirme si no me da el alivio que tanto necesito ahora mismo.

Él no se queda corto, sus manos vuelven a estar llenas de mi culo y lo estrujan, mis piernas lo rodean y su pelvis arremete con saña contra la mía.

No entiendo qué demonios está pasando, ni siquiera estoy segura de si sigo con vida o si he ardido ya de pies a cabeza y estoy en el puñetero cielo esperando a que me reciba san Pedro, pero, si no paramos, si no hacemos algo a favor de la discreción en los próximos segundos, vamos a acabar montándonoslo aquí mismo.

Yo me encargaré de que así sea.

El agua corre sin descanso y la espuma rebosa el fregadero que está a nuestro lado. Estamos malgastando recursos naturales, pero no nos hallamos en una situación apta para pararnos a pensar en los pobres agricultores y en sus naranjas sin regar por culpa de nuestra pasión desenfrenada.

Unai se mueve, me deja sobre el borde del fregadero, mis piernas se vuelven a abrir, ni siquiera me lo cuestiono, y él se encaja entre ellas. Rodea mi cara con sus manos y me mira, supongo que buscando en mí un último ápice de duda o un primer indicio de arrepentimiento, y cuando ve que no existen, sus ojos mutan a un azul tan salvaje que ni él mismo lo reconocería en el espejo. Vuelve a besarme en plan brusco, con choque de dientes, con mucha lengua, mucha necesidad y muchísima desesperación.

Este tío sabe besar, sabe darte lo que necesitas a cada momento, sabe marcar un ritmo demencial y sabe meterte la lengua en su justa medida.

Joder, dicen que la vida te da sorpresas, pero esto va más allá, es pura fascinación.

Su mano derecha se enreda con mi pelo y tira de él, la izquierda avanza sin pausa por debajo de mi vestido y se cuela entre mis muslos. No puedo abrirlos más y me lamento angustiada porque no se mueve con la rapidez que requiere la impaciencia que siento. Recorro su cuerpo y me lío a soltar el cordón que sujeta su bañador.

De repente, su mano atrapa la mía y me mira a los ojos.

No hace falta que pronuncie ni una palabra, su mirada me dice claramente: «Desnúdate o desnúdame, no importa, el orden no altera el resultado, pero si piensas hacerlo, hazlo ya».

Está dispuesto a continuar, todo depende de mí.

Si tiro de ese cordón, no habrá vuelta a atrás, me dará lo que le estoy pidiendo.

Me lleva varios segundos y una discusión monumental conmigo misma, pero al final, dejo que mis manos caigan inertes a ambos lados de mi cuerpo y suspiro.

—¿Quieres que nos metamos en los baños? —susurra.

Niego levemente.

Unai comprende que acabo de tomar una de las decisiones más controvertidas de mi vida y no me lo reprocha, en su lugar, se apodera de mi boca y me besa con lentitud. Es un gesto bonito pero tiene un regusto amargo a despedida porque ambos sabemos que esto se acaba aquí.

Que esto DEBE acabarse aquí.

Nuestro morreo llega a su fin a la vez que la canción que sonaba de fondo y decido que la culpa de todo lo que ha pasado es solo de Bunbury, porque no me reconozco.

Yo no hago estas cosas, ni me lanzo así ni me achanto así.

Yo te maldigo, Enrique Ortiz de Landázuri Izarduy, líder de Héroes del Silencio.

¡A ti y a tus puñeteros gruñiditos incendiarios!

Esto no habría pasado con Laura Pausini de fondo. Es el rock lo que incita al sexo y a la lujuria con nocturnidad y alevosía. Está claro.

—Menos mal que no me pondrías un dedo encima ni cobrando por ello —se regodea el vasco que todavía tengo entre las piernas con un tono arrogante pero aterciopelado que hace que mis entrañas se contraigan un poco más.

Intento recuperar el control sobre mí misma; es fácil, llevo haciéndolo casi dos décadas sin salirme ni un milímetro de lo estipulado, pero no puedo dejar de observar sus labios hinchados. Sí, joder, estoy agilipollada perdida mirándole la boca, incapaz de asumir el pedazo de beso que acaba de plantarme y los que restan hasta el millón que me ha prometido y que estoy por reclamarle.

—Pensabas que después de Iván nadie te podría tocar, pero aquí estoy yo haciéndolo. —Su expresión es sincera y su dedo muy osado al lanzarse a recorrerme el canalillo—. Y joder, Lorena, sé que este no es lugar idóneo, pero quiero hacer mucho más que eso. Llevo deseándolo desde la otra noche.

Sus palabras me confirman que todo esto ha pasado por culpa de la canción, podemos estar contentos de haberlo frenado a tiempo.

¿He dicho contentos? Ejem. A lo mejor me he pasado.

—Yo...

«También quiero más».

«Pero cuando estoy contigo me convierto en una mezcla de imbécil y bocazas, no me lo tengas en cuenta».

Alzo la mirada y por encima del hombro de Azurmendi descubro por casualidad que mi primo Tito nos está espiando, escondido detrás de un árbol. Tiene los ojos abiertos como dos platos de pizza, sonríe, con la típica sonrisita de «Ya sabía yo que aquí podía haber tomate, querida *primi*». En cuanto se da cuenta de que lo he pillado, me guiña un ojo y finge que toma notas usando la palma de su mano como cuaderno.

Reacciono *ipso facto* arreándole un manotazo en el pecho a Unai para apartarlo, me bajo de un salto del fregadero y me recoloco el vestido como buenamente puedo.

—Ha sido muy pretencioso por tu parte besarme así —digo entre dientes.

—¿Acaso no es lo que querías?

Cierro el grifo murmurando la cantidad de trasvases de agua

que habrá que hacer para compensar nuestra falta de respeto por la cuenca hidrográfica del Júcar.

—Lore, mírame.

No lo hago porque sigo metida de cabeza en un bucle de reproches hacia todo ser viviente que me rodee.

—Lorena, para —dice y tira de mi brazo obligándome a mirarlo de frente—. ¿No era lo que me estabas pidiendo?

—No tengo ni idea. No era yo. Estaba poseída.

Unai se ríe. Su risa es bonita y contagiosa, así que sucumbo a ella también. Y qué bien me sienta tanta incoherencia.

—Si no querías, podrías haberte apartado y yo no hubiera insistido. Y desde luego que no tenías por qué responder como lo has hecho. Aún siento tus manos en mi polla.

No tengo argumentos consistentes para refutar nada de lo que está diciendo porque me hallo en un estado de absoluto descalabro mental. Mis neuronas se han tirado de mi cerebro en marcha.

¿Qué coño me está pasando?

Solo es Azurmendi, un amigo con el que compartí una de las mejores noches de mi vida, un amigo que quiso estar a mi lado, un amigo que me abrazó y me hizo sentir muchísimas cosas, sobre todo, escuchada y comprendida, un amigo que no sabía que tenía, un amigo que se compró un helado de avellana aunque a él no le gustaba, un amigo que opina que soy la única chica a la que le queda bien un gorro de piscina, un amigo que... Un momento.

¿Le he tocado la minga?

No es posible. Yo no voy por ahí tocando propiedades ajenas.

Aunque recuerdo ligeramente cierto cordón con el que he tenido una lucha bastante encarnizada y a lo mejor, en mi desesperación, he cogido algún atajo...

Pese a lo inverosímil que se está volviendo la situación, ¿por qué no paro de verme a mí misma arrodillándome, bajándole el bañador y metiéndome en la boca su...?

¿Voy a fantasear con este momento hasta darle un final apoteósico a mi gusto?

Voy a hacerlo en cuanto pueda.

Busco a Tito como última salida de emergencia, pero ya se ha marchado. Los Vicent nunca están cuando se los necesita y sí cuando sobran, eso es así. Me convenzo a mí misma de que puedo huir físicamente por mis propios medios, que no necesito a nadie, pero a nivel sentimental, algo me dice que no va a ser tan sencillo, que voy a salir bien jodida de estos lavaderos que ya nunca podré mirar igual.

—Lo mejor va a ser que vuelva a Recepción —admito por lo bajo, con bastante poca seguridad en mis palabras, y me dispongo a escabullirme.

—Lore, por favor.

Me doy la vuelta y lo miro.

Craso error. Cagada monumental. Socorrito. Bomberos. Que alguien me apague este incendio.

Su sonrisilla juguetona me acelera el pulso y sus labios me piden a gritos que vuelva a prestarles las atenciones que merecen con mi lengua, aunque lo achaco por completo al subidón que todavía siento, que no hace más que desviarme de mis propósitos en la vida.

Porque no hay otra razón posible.

A mí este tío no me mola.

Incluso me atrevería a decir que tenemos la misma atracción que dos espárragos en un plato.

O al menos, creo recordar que así era hasta hace unos días..., en mi caso.

Pero la injusta realidad es que mi corazón no va a ser capaz de recuperar una frecuencia lejana al arrebato mientras siga junto a él.

—Por mucho que ahora mismo prefieras fingir que estás confundida, aterrada y un montón de cosas más por lo que ha pasado, quiero que tengas en cuenta un detalle muy importante: la humanidad está a salvo de la extinción —comenta ufano.

Resoplo. Maldito sea, este tío hace sopa con todas las sobras.

—Y, Lorena, esta vez has sido capaz de frenarlo. Pero te apuesto lo que quieras que, a no mucho tardar, vas a acabar rogándome que te folle. En el lugar más insospechado. En el momento más inesperado. —Se rasca la barbilla sin dejar de mirarme fijamente—. Aunque, pensándolo mejor, vas a acabar follándome tú a mí.

Abro la boca para negar lo que acaba de decir, pero no quiero tener que arrepentirme.

—Dios mío, eres un flipado. Cuando me hablas así, se me olvida toda la simpatía que te tengo.

—¿Y la lujuria? —cuestiona entre risas—. Date tiempo, Florecilla, que ahora mismo estás en pleno estrés postraumático.

Ni tiempo ni leches, lo que le doy es la espalda y corro calle arriba dispuesta a atrincherarme lo que resta del verano en Recepción.

Y, ya de paso, voy a buscarme un cirujano barato y mediocre que me practique una buena lobotomía sin hacer demasiadas preguntas. Un apaño de esos que te dejan babeando y sin poder hilar más de dos pensamientos seguidos. Estado en el que ya me encuentro, por cierto.

Esto no puede estar pasando.

Me detengo en mitad de la calle y empiezo a reírme como una maldita perturbada.

¿Unai Azurmendi y yo acabamos de estar a puntísimo de follar encima de un fregadero?

¿En qué peli?

7

Agárrate a mí

Lorena · Benicàssim, 18 de agosto de 2010

Me encanta pasear por el camping a última hora, cuando la noche se cierne sobre las caravanas, tiendas y bungalós, y la oscuridad reina en todos los rincones, excepto bajo las farolas, donde las hojas de los árboles danzan con la brisa nocturna y proyectan sombras en el asfalto. Me encanta ver cómo Milo —el gato callejero que adoptamos en el camping y que Noelia bautizó en honor al actor Milo Ventimiglia, de quien dice que ha sacado los ojos— aprovecha las noches para corretear por las calles y robar la comida de los cuencos de los perros, y, sobre todo, me encanta que los campistas estén recogidos y ordenados en sus parcelas, sincronizando sus ronquidos y concediéndonos unas cuantas horas de paz a los que mantenemos el Voramar en marcha. Que buena falta nos hace.

Adoro la vida y el jaleo diurnos, pero en cuanto llega la noche, me doy cuenta de cuánto echo de menos el silencio.

Veo a lo lejos un relámpago que ilumina el Desert de les Palmes. Las primeras gotas de lluvia han caído hace ya un buen rato, pero parece que la tormenta hoy viene tímida. Es como una relación en la que hay chispas constantes, pero nunca revienta del todo.

Me dirijo a la puerta inferior del camping, la que usan los campistas para bajar a la playa, y la cierro con llave. Durante el día la mantenemos abierta, pero por la noche la bloqueamos por seguridad, lo mismo que todas las laterales y la barrera de la entrada principal.

De regreso a Recepción para dejarle las llaves a Jacinto, que ya está vigilando el Voramar como cada noche, me paro a charlar un rato entre susurros con unos campistas de Castelló que vuelven de lavarse los dientes en los baños comunes.

Sigo subiendo por una de las calles laterales evitando pasar por Parcelona, por si aún queda alguien despierto, pero de pronto tiran de mí con brusquedad y me encuentro en los lavaderos comunes, que, a esta hora, tal como dicta la lógica, deberían estar vacíos.

Mis ojos escrutan el pasillo lleno de fregaderos levemente alumbrado por la luz que sale de los baños contiguos y atisban una sombra más que reconocible en un rincón.

—¿Unai?

—¡Bu! —responde entre risitas.

—Ya no tienes edad para andar dando sustos a la gente.

Oigo que pega un salto y se sube a uno de los fregaderos.

—Ni tú tienes edad para seguir teniéndole miedo a la oscuridad.

—Hace años que he aprendido a adorar la calma que hay en la oscuridad. Además, habló el chico al que atemoriza la Gallina Caponata.

—Lo tengo casi superado.

—Mentiroso. ¿Se puede saber qué haces aquí a oscuras?

—Fregar.

Pongo los ojos en blanco, aunque dudo que me vea con la poca luz que hay.

—¿Estás fumando? —deduzco por la llama naranja que se ilumina a la altura de su boca.

—No, se lo estoy sujetando a un amigo.

—Oh, qué típico. Unai... pensaba que lo habías dejado.

—Yo también —admite y suelta una risilla, el humo de su cigarrillo invade mi nariz—. Y tú, ¿qué andas haciendo? ¿Dando la última vuelta al camping?

Su pregunta es lógica e inofensiva a ojos de cualquiera, pero entre él y yo y la historia que compartimos no lo es. Hubo un tiempo en el que, después de dar una vuelta al camping —corriendo, porque por aquel entonces me acojonaba la oscuridad— y asegurarme de que todo estaba en su sitio, la última parada solía ser en su iglú.

—He bajado a cerrar la puerta de la playa, como siempre —contesto de mala gana—. ¿Y tú?

—Parcelona está muy masificada, ya sabes.

Me echo a reír y apoyo la espalda en la pared.

—Cuidadito con esa pared, Lore —dice Unai casi en un susurro que, por desgracia, retumba en mis oídos.

No sé qué cara he puesto, pero al acabar de pronunciar la frase ha aguardado unos segundos de rigor, se ha bajado del fregadero y se ha acercado a mí. Me limito a observarlo mientras acaricio las irregularidades de la pared con mis dedos, el mismo gotelé que un día me arañó la espalda, y me permito recordar aquellas emociones tan salvajes que sentí entre sus brazos. Aquel primer beso...

—A veces pienso que aquella tarde fue uno de los muchos cruces que cambiaron el sentido de mi vida —dice.

No me siento el corazón y creo que las piernas tampoco.

Vuelvo a pasar los dedos por el rasposo gotelé buscando conectar con algo, aunque sea con un pasado que ahora mismo ya no tiene sentido. Sin embargo, en cuanto noto el nudo que se cierne sobre mi garganta y la aprieta, detengo mis divagaciones mentales y meto mis manos en los bolsillos de la falda de manera casual.

—Aquel cruce lo cogí a dos ruedas, como siempre, pero mira hasta dónde hemos llegado, Lore.

Estoy a punto de decirle que él sí ha llegado muy lejos, pero que yo sigo en el mismo sitio donde me dejó o, mejor dicho, que sigo clavada en el lugar donde todo empezó.

—Conseguí acabar la carrera —añade—. Conocí a Sara. Nos fuimos a vivir juntos. Nos casamos. Nacieron las niñas... Sin aquel «incidente Fairy» jamás hubiera llegado hasta aquí. Sin ti no lo hubiera conseguido.

Estoy por abrir el grifo más cercano, llenar la pila enterita y meter la cabeza. Sabe Dios que estos fregaderos dan para eso y más, pero por mucho que mi corazón grite rogando clemencia me agarro al papel que me toca interpretar como amiga y me fuerzo a seguir aguantando.

—Solo también hubieras llegado, Unai.

Sacude la mano en el aire.

—Siempre quitándote méritos.

—Lo mismo digo.

—Por cierto, no he podido preguntarte otra vez por tu viaje a València. Merezco una actualización.

Mi viaje a la capital de la *Comunitat* no tuvo nada que ver con el amor ni con el sexo. Estoy haciendo algunos cambios en mi vida, pero todavía no estoy preparada para hablar sobre el tema. Más que nada porque no tengo claro si servirán para algo.

—¿Qué ha sido de Txisko el Vampiro? —pregunta y le pega otra calada a su cigarrillo—. ¿Quedaste con él?

—Se llama Francisco. Salimos un par de veces y ya está.

—¿No se calentaba tanto como a ti te gusta?

—Muy gracioso.

—¿Te chupaba la sangre en lugar del coñ...?

—¡Azurmendi! —grito, y acto seguido me reprendo a mí misma por subir la voz y molestar a los campistas.

—No te mosquees, fuiste tú quien dijo que estaba demasiado pálido para ser de València.

—Y tú te hiciste la película, cómo no.

—Es mi trabajo como amigo tuyo que soy.

—Si de verdad fueras mi amigo, no te mofarías de todos y cada uno de los chicos con los que he salido.

—El del año pasado, hum..., no recuerdo su nombre, pero no era un chico, era un señor.

—¿Ves?

He tenido varias relaciones durante los últimos años, algunas más memorables que otras.

La más corta fue con un tío de Vigo con el que estuve liada durante todo lo que duró el FIB. En cuanto acabó el último concierto del festival, se cortó la pulserita, se arrodilló para regalármela y no volví a saber nada más de él. Supongo que hay historias que mueren con la misma intensidad con la que nacen. Unai se estuvo mofando del asunto, porque, según él, el chaval había salido por patas en cuanto había descubierto que, en realidad, me gusta OBK y que asisto al FIB para fingir que soy una persona con gustos musicales normales.

La más larga, en cambio, fue la que mantuve con Dani, un chico de Teruel, pero no duramos más de seis meses. No me hizo falta ni un solo día más para darme cuenta de que nuestras prioridades no es que no fueran parecidas, es que eran diametralmente opuestas. Él quería hacerlo todo deprisa y corriendo en el margen de un par de años: mudanza, boda y tres niños —tirando de cuarentenas, con partos múltiples o con sietemesinos, imagino—. Yo, al contrario, todavía seguía preguntándome si debía tatuarme un tribal en la cintura o esperar a ver si la moda perduraba, y cuáles eran mis sueños y si aún me quedaba tiempo para perseguirlos. Las bodas y la descendencia los veía muy lejos. Unai, una vez más, opinaba que Dani era bastante rarito y solía llamarlo «el tío del condón caducado en la cartera». Se metía con él porque sospechaba que el pelazo rizado que tenía era consecuencia de una permanente y porque ser de Teruel y odiar el jamón serrano le parecía inquietante. De hecho, aquella Navidad, el muy sobrado me mandó el tostador de rigor y añadió varios paquetes de jamón envasados al vacío.

Sea como fuere, todas y cada una de las relaciones que he mantenido a lo largo de los años han sufrido el castigo de mi amigo de una forma o de otra.

A veces me cabrea la manera que tiene de juzgar a los tíos con los que salgo, otras, en cambio, pienso que no es más que una reacción infantil de machito con el orgullo atropellado que pretende hacer hincapié en que, cuando lo aparté de mí, cometí el mayor error de mi vida.

—¿Qué quieres que haga, Lore? Te duran tan poco que ni siquiera me merece la pena aprenderme sus nombres. El tío del condón caducado en la cartera, ¿cuánto te duró? ¿Seis meses?

—Se llamaba Dani y eso que acabas de decir es muy feo.

—Hey, no te enfades conmigo.

Unai acuna mi mejilla y me mira a los ojos.

—¿Sabes qué pasa? Que ninguno es lo suficientemente bueno para ti. No me lo parecía Iván y no me lo parece ninguno de los que han venido después.

Aunque no lo sepa, me hace daño.

—¿Y tú sí lo eras? —pregunto por bajarle los humos.

Se queda callado unos instantes y quita las manos de mi cara.

—Visto cómo me han ido las cosas, está claro que no. A lo mejor debería haberme aferrado a la soltería con uñas y dientes como tú.

No sigo soltera por voluntad propia o por una elección consciente, el problema que tengo es que ninguno de los tíos con los que he salido se acercan en lo más mínimo a lo que busco, a lo que quiero o a lo que perdí... En definitiva, ninguno es capaz de hacerme olvidar. Sé que han pasado más de diez años desde la última vez que Unai y yo tuvimos algo, pero el tiempo parece no ser una unidad de medida relevante en lo que a mi corazón se refiere. Encima, hablar con él a diario es una especie de empujón hacia atrás, es algo que sigue avivando la llama que arde dentro de mí. No lo culpo, por supuesto, soy la única responsable de encontrarme en esta situación por no haber hablado cuando debería haberlo hecho y por no haber tomado distancia cuando tuve la oportunidad de hacerlo.

Pero no pude y ahora es demasiado tarde.

¿Cómo podría romper con él sin mentirle y sin hacerme daño a mí misma?

¿Cómo podría abandonar al mejor amigo que he tenido, cuando ni se lo merece ni puedo ponerlo en esa situación?

He aprendido a conformarme con lo poco que me da. Y aunque sé que es una adicción muy peligrosa que me va mellando, lo necesito.

—Pero, bueno, tú tranquila, acabarás encontrando a alguien que merezca la pena —intenta consolarme cuando nunca se lo he pedido, incluso me da palmaditas en el hombro—. Mírame a mí: conocí a Sara en una fiesta de la facultad de Informática y te aseguro que era el último lugar en el que esperaba encontrarme a una rubia tan atractiva como ella. De hecho, no esperaba encontrar a ninguna mujer de carne y hueso en general. —Se echa a reír y yo finjo que lo acompaño con varias carcajadas que suenan a que estoy a punto de morir de una tuberculosis de otro siglo.

He escuchado esta historia miles de veces, más de las que merezco, y con el paso de los años he ido descubriendo detalles que no necesito conocer, como el que se dispone a soltar a continuación:

—La primera vez que nos besamos, hubo una redada de la Ertzaintza. Pasé de estar metiéndole mano a mi futura mujer a que me la metiera a mí un señor policía encapuchado de dos metros. Poco se habla de las virtudes de las redadas y los cacheos selectivos a las tantas de la noche y el glamour que le otorgaban a nuestro querido Euskadi en los noventa —se mofa con ironía—. Sea como sea, nos sacaron del garito a empujones, nos cachearon con la cara pegada a la pared, nos identificaron y en cuanto nos soltaron porque estábamos limpios, Sara se me tiró encima y me comió la boca contra un Fiat Multipla. Le importó una mierda la tangana que se estaba organizando a nuestro alrededor, las sirenas, los gritos, las pelotas de goma volando...

Unai sonríe con melancolía y yo intento imitar su gesto, pero hace ya un tiempo que mi habilidad para aparentar que todo va bien o que me alegro de que encontrara al amor de su vida en una fiesta universitaria, en una redada o en el puto Paraguay, está mermando. Me cuesta horrores poner buena cara.

—Resumiendo, acabarás encontrando a alguien que cuando menos te lo esperes te comerá la boca contra un Fiat Multipla.

—No necesito a un tío para ser feliz, Unai.

«Solo te necesitaba a ti porque, aunque no lo sabía, tú me hacías mucho más que feliz, pero no pudo ser y buscarte un sustituto nunca ha sido mi prioridad. Lo único que sigo queriendo es encontrarme a mí misma y saber qué puñetas hacer con mi vida. Y, ya de paso, llenar tu vacío».

—Sé que eres feliz a tu manera.

—¿A mi manera?

Unai abre el grifo y apaga el cigarrillo. Se acerca a una papelera para tirar la colilla.

—Mientras tengas el Voramar, sé que estarás bien.

Madre mía, qué triste suena eso.

Lorena y su premio de consolación. La tumba de mi ambición y de mi futuro.

Pero, bueno, supongo que me lo tengo merecido, es la imagen que he proyectado toda la vida, lo único que me mantiene a flote: agarrarme a este camping para no hundirme en la autocompasión.

—Me voy a la cama —anuncio con sequedad y doy un paso hacia la calle.

—Espera, Lore.

Me quedo plantada. Unas gotas de lluvia enormes golpean el suelo y empiezan a rodearme.

—Necesito pedirte un favor… —Hace una pausa y me dedica una miradita de «Sé que no te va a gustar, pero recuerda que me adoras»—. ¿Podrías dejarme las llaves de la piscina? Antes de que te niegues en redondo, escúchame, por favor. Quiero organizar una cena romántica para Sara, pero no se quiere alejar del camping por las niñas, así que se me ha ocurrido que podría hacerlo en la piscina. Ya sabes, en aquella esquinita al fondo junto al seto.

—Unai, para cenas tenemos el bar. Con sus mesas, sus sillas... Además, este finde empiezan las fiestas y...

—Ya lo sé. Pero quiero algo íntimo. Velas, flores, vino... Te prometo que te devolveré las llaves temprano y ni notarás que hemos estado allí.

No me hace ninguna gracia ceder las instalaciones del camping para un uso personal. Si mi padre se entera pondrá el grito en el cielo, pero también veo la desesperación campando a sus anchas en su mirada y, aunque el cuerpo me pide decirle que no, quiero que sienta mi apoyo, quiero que sepa que estoy aquí y que haré todo lo que esté en mi mano para ayudarle en su matrimonio.

—Cuenta con ello. Pásate por Recepción cuando cerremos.

Unai me abraza y yo le restriego la mano mojada de lluvia por la espalda.

Me digo que no pasa nada por secarme la palma en su camiseta, que no estoy aprovechando el momento y la coyuntura para acariciarlo ni nada parecido.

—Gracias, sabía que podía contar contigo.

—¿Y no te parece que, a cambio, podrías contarme qué está pasando entre vosotros...?

—Cuando tú me hables de València —zanja—. Joder, ¡cómo se ha puesto a llover! Espera, que he traído un paraguas.

No es que sea previsor, es que es vasco.

Me da la espalda y coge un paraguas de uno de los fregaderos. Cuando lo abre, descubro que es del tamaño de un colador de cocina más bien normalito, transparente y que está lleno de dibujos de globos.

Me hace gestos para que me meta debajo a su lado y yo me echo a reír ante la estampa que tengo delante: un hombre adulto de un metro ochenta pasadito, metido debajo de un champiñón con dibujos infantiles.

—Ahí no cabemos, Azurmendi.

—Claro que sí. Nos apretujamos un poco y listo.

Tira de mi brazo y me posiciona a su lado bajo el paraguas.

No sé qué le pasa. Siempre ha sido un tío bastante cercano a nivel físico con todo el mundo y a mí, por lo general, no me suele molestar, más bien intento disfrutarlo, pero no es el caso hoy.

Tal vez sea que el otro día en el lavadero de coches nos acercamos demasiado.

O tal vez que cada vez que recuerdo su cuerpo desnudo todavía me enciendo y me siento expuesta.

Según yo, fue un castigo muy merecido que me cayó por haberme pasado la última década recreándome en mis recuerdos. Según Noelia, fue un premio por mis diez años de devoción hacia su persona.

—Agárrate a mí —ordena Unai.
—Tranquilo, estoy bien.

Engancha su brazo al mío y me veo obligada a pegarme a su costado.

Empezamos a subir a toda prisa por la calle central. La lluvia arrecia, pero no importa, sigo percibiendo su calor y su olor y en lugar de correr, siento que floto.

—Te estás mojando —dice y, acto seguido, se coloca detrás de mí, me abraza por la cintura y suspira cerca de la piel de mi cuello—. Así mejor.

Según a quién le preguntes. Nos ha jodido. Porque mi corazón no es que esté demasiado de acuerdo.

Avanzamos algunos metros entre los charcos que ya se están formando.

—Por cierto... —susurra cerca de mi oído—. Hacía mucho que no te veía con este vestido. Como unos quince años.

Bajo la vista y estudio la tela. No es más que un vestido finito con estampado de flores que tengo desde hace mil años, en eso ha acertado, por lo demás, no entiendo qué tiene de especial.

Unai me hace parar a la altura de los primeros baños.

—¿No lo recuerdas?

Giro la cara hasta mirarlo a los ojos y niego. Nuestras bocas están a pocos milímetros de distancia. Siento su aliento en mis labios y noto el aroma del tabaco cuando me sonríe de medio lado.

—Lo llevabas aquella tarde.

—Me lo he puesto muchas tardes desde que me lo compré.

—Ya. —Hace una pausa y se recorre el labio inferior con la lengua—. Pero solo me has besado por primera vez en una ocasión.

A veces menciona cosas como esta de pasada, detalles que dejan en evidencia que se acuerda. No sé si mucho o poco, pero se acuerda.

O no olvida.

Me quedo callada mirándolo, con el cuello todavía retorcido de una manera antinatural.

—Ese día me enamoré de ti —admite.

Debo de estar poniendo semejante cara de susto que Isabel Gemio podría estar detrás de mí aplaudiendo y diciendo «¡Sorpresa, sorpresa!» y nadie le haría ni puto caso.

Unai se mueve y nos quedamos frente a frente, todavía debajo del pequeño paraguas y en mitad del aguacero. Estamos muy cerca, pero no nos tocamos.

—Me enamoré de ti o, al menos, supe a ciencia cierta que lo que sentía por ti era mucho —añade en voz baja.

Sigo sin encontrar las palabras. Y mirarlo a la cara desde luego que no me ayuda en nada. Sus ojos están clavados en mí y me intimidan. Si seguimos así, mi preciosa coartada de amiga leal se vendrá abajo.

—Es curioso que un vestido me despierte tantos recuerdos.

Veo el conflicto en su mirada. Lo conozco muy bien e imagino que la crisis en su matrimonio lo está llevando a replantearse muchas cosas y no se siente bien al respecto. Recordar es tan inevitable como incorrecto en su caso.

—Es curioso que... —Dejo la frase a medias porque no reconozco mi propia voz.

«... la esperanza de que no me hayas olvidado pueda dolerme tanto».

1995

Cuéntame que la polla de tu exnovio es aún más grande

Lorena · Benicàssim, 21 de agosto de 1995

El riesgo de cruzarte con alguien a quien no quieres ver se multiplica por diez cuanto más lo evitas. Es una ciencia exactísima. Por desgracia.

Eso me ha pasado la última semana y pico: me he encontrado a Unai tanto como lo he evitado. Porque si me pregunta qué pasó en los lavaderos, no sabré cómo justificarlo.

La primera vez lo vi venir de lejos, y me dio tiempo a meterme en el cuarto de las calderas y cerrar la puerta con llave. Aunque evité una confrontación directa, sé que se dio cuenta de mi cutre maniobra de despiste, entre otras cosas porque fue testigo de cómo eché a correr y, encima, lo oí descojonándose en el exterior. Me quedé media hora encerrada, más o menos hasta que Rubén me reclamó por megafonía para que acudiera a Recepción «a hacer mi puto trabajo». En cuanto abrí la puerta, me llevé una pequeña e incomprensible decepción porque Unai ya no estaba allí esperándome.

A veces no hay quien me entienda. Más a menudo de lo que me gustaría.

La segunda vez, en cambio, no pude evitarlo a tiempo, porque el encontronazo sucedió por sorpresa al doblar una esquina. Por lo tanto, no me quedó otra que mirarlo a la cara y disimular la mezcla de vergüenza y anticipación que sentí. Él iba con Iván de camino a la piscina, con la toalla al hombro y los pectorales al descubierto. Yo, en cambio, iba sola, despistada, desarmada y sin haber conseguido desarrollar unos poderes mágicos que me teletransportaran lejos sin que se percataran. Los saludé y creo que hasta les hablé, pero no estoy segura, porque no podía dejar de pensar en buscar, comprar e instalar una docena de espejos circulares en todos los puntos con visibilidad reducida del camping.

Salí prácticamente ilesa de aquel encuentro, pero más tarde, mi ex se acercó a Recepción. Me preguntó por qué demonios estaba ojeando un catálogo de señalética y accesorios para la vía pública, y si me encontraba bien porque me había notado muy rara. Le mentí, por supuesto. «Soy rara, odio el verano», aduje y le conté cuatro trolas más sobre lo agobiada que me tiene este agosto, lo peligrosos que son los niños con sus bicis y la cantidad de accidentes que suceden por su culpa. Iván nunca ha sido muy de insistir, es de los que se conforman con lo primero que les dices si suena más o menos coherente, así que se acomodó a mi lado y me ayudó en mi búsqueda de espejos para los ángulos muertos.

Sé que se siente culpable de nuestra ruptura y a ratos intenta estar conmigo a solas para evaluar los daños y controlar lo que hago y dejo de hacer. Es posible que también esté buscando el polvo de despedida que no tuvimos, pero empiezo a sospechar que no es el tío con el que quiero quedarme a solas en Recepción para atrancar la puerta y arrancarle la camiseta del grupo de punk de turno que lleve puesta.

La tercera, la cuarta y la quinta vez que me he encontrado a Unai se han sucedido una detrás de otra y ni me he esforzado ya en esquivarlo.

Me he rendido.

De hecho, me atrevería a decir que, a partir de la quinta —o puede que de la tercera, llevar la cuenta está feo—, lo he buscado o he aprovechado que estaba con nuestros amigos para acercarme hasta en horas de trabajo. Porque resulta que, el muy gilipollas, ha pasado de parecerme «mono» a resultarme «jodidamente atractivo» y tontear con él empieza a ser una opción bastante viable. Pero nada más que eso. No vayamos a volvernos locas.

Soy una negacionista convencida y de ahí no me sacáis por muy bueno que esté el vasco.

Esta noche, por suerte, el encontronazo estaba planificado. No por mí, sino por nuestros amigos, que nos han arrastrado de discotecas a Benicàssim porque no hay nada que te alegre más un lunes cualquiera de agosto. Sobre todo, si estás de vacaciones, que no es mi caso.

Pese a eso, he tenido la oportunidad de prepararme a conciencia: nada más cerrar Recepción, he llenado la bañera y me he metido en remojo hasta que mi hermano ha amenazado con echar la puerta abajo porque se quería afeitar. Según mis fuentes, esta noche él también tiene algún plan con Maider. Le he dejado pasar y, cuando ha terminado de hacer sus cosas —o lo que viene a ser quitarse la pelusilla que le sale en el moflete derecho cada cuatro meses—, he vuelto para maquillarme y hacerme un moño informal la mar de gracioso. También me he puesto la ropa más provocativa que tengo: un vestido corto negro y arrugado, con tirantes y la espalda al descubierto, y unas cuñas de esparto rojas que se atan al tobillo.

¿Y todo esto en qué ayuda a mi causa?

En que quiero que Unai se fije en mí y se me acerque, claro está, porque eso es lo que buscas cuando estás empecinada en negar que un tío te atrae.

Además, por primera vez en mucho tiempo, no me siento una farsante disfrazada, me siento cómoda, me siento guapa y me siento con ganas de comerme esta noche, incluso, si surgiera la ocasión, no me importaría pegarle algún que otro mordisquito a cierto vasco que, insisto, no me gusta en lo más mínimo.

Desde que hemos pisado el primer garito estoy neutralizando como buenamente puedo cada uno de los acercamientos de Unai, que están siendo muchos, muy variados y muy accidentales, si tenemos en cuenta el espacio reducido y la cantidad de gente que lo llena. Una cosa es que pueda aparentar que soy una diosa sensual a la que no le cuesta seguir adelante con su vida como si tal cosa, después de haberse comido la boca con un pibón como Unai, y otra muy diferente, que sea capaz de hablar con él estando un poco piripi y delante de nuestros amigos, sin sucumbir a las llamas que me genera el recuerdo de nuestros escarceos o los resquicios de arrepentimiento que aún siento a ratos.

Y es que no puedo.

No puedo ni pasar por delante de los fregaderos comunes sin preguntarme qué coño hago, por qué no termino lo que dejamos a medias, cuando lo normal sería que me fijara en la limpieza en general.

Tampoco puedo mirar a Unai mientras nada en la piscina con nuestros amigos, entre otros, mi exnovio, sin rememorar lo que fue tenerlo empujando entre mis piernas, cuando lo normal sería que me fijara en la limpieza del agua.

Y mucho menos soy capaz de rozarme con él, desplazada por la marabunta que nos rodea en las discotecas, sin aprovechar para restregarme un poco, cuando lo normal sería, una vez más, que me fijara en la limpieza del local en cuestión.

Y, a ver, eso, de entrada, bueno no es.

—¿Estás bien? —se interesa Noe mientras menea el trasero al ritmo de «Knockin'», de Double Vision.

—Maaaravillosamente.

—No dejas de mirar a Iván, Lorena, y se te está cayendo la babilla.

«Un poco más a la izquierda, amiga, solo un poco más y sabrás a quién estoy mirando en realidad».

—Ya, bueno, la situación se me hace rara —miento a medias.
—Debe de ser complicado seguir siendo amigos y salir en grupo después de lo que tuvisteis.
«No te haces una idea de lo jodido que es todo esto después del "incidente Fairy"».
—Seguro que a Iván también le resulta difícil —añade.
Ay, coño, me sigue hablando de mi ex, y no de su amigo. Pongo cara de circunstancias y me meto en el papel de exnovia afligida, que lo tengo muy currado.
—Sí. Para él también es muy complicado. Es inevitable. Han sido muchos años juntos —argumento en plan telegrama.
Mi amiga me observa con muchísima atención, como si de pronto estuviera atando un montón de cabos sueltos. Mierda.
—Lorena, ¿qué pasa?
—Nada. —Le doy un sorbo a mi cubata y le sonrío con inocencia, todo a la vez, por lo tanto, el líquido me chorrea por el mentón.
—¡Y una mierda que nada! Suéltalo.
No hace falta que me insista, la agarro de la mano y la arrastro lejos de nuestros amigos.
—No puedes decir absolutamente nada de lo que te voy a contar.
Le hago resumen rápido del «incidente Fairy», ella se limita a poner una cara muy extraña que entiendo intenta encubrir lo flipada que se está quedando y apenas hace un par de comentarios muy elocuentes del tipo: «Ajá», «No me jodas» y «Claro, claro».
—Vaya —dice, escueta, en cuanto termino.
—Podrías ser un poco más explícita en tus opiniones.
—Y tú un poco menos en tus descripciones —protesta entre risas—. Ahora mismo tengo ciertas imágenes en la cabeza que me hacen sentir que le he metido mano a Azurmendi sin su permiso.
—Mira que eres exagerada. Ibas a pedirme todos los detalles, solo me he adelantado un poco.

—Te has adelantado una burrada. No es que haya saciado mi curiosidad, es que me he empachado. Pero bueno, me alegra confirmar que Azurmendi sabe lo que hace.

—¿Confirmar?

—No es un tío al que hayamos visto enrollándose con tías a diestro y siniestro, ni siquiera habla de sus escarceos en Euskadi, pero estaba claro que SABE cómo triunfar.

—Es discreto...

—Pero fogoso. ¿Y acaso eso no te pone aún más? Tienes la suerte de que lo que pase con él se quedará entre vosotros y, a su vez, te lo va a dar todo. Pero, bueno, en fin, centrémonos en lo importante. —Carraspea—. ¿De verdad que le tocaste el rabo a la primera de cambio?

—Noe...

—Perdona, ha sido inevitable. —Se echa a reír con ganas mientras le lanza varias miraditas a Unai—. Ehm... ¿qué estás buscando exactamente, que te convenza para que te líes otra vez con él o para que no lo hagas?

—Solo busco toda la sinceridad que no encuentro en mí misma.

—Entonces, soy tu persona. —Señala su pecho toda sonriente—. Lo único que puedo decirte es que tu vida se ha convertido en una canción de country. Triste, solitaria y en clave de fa. Y no puedes seguir así.

Hace una pausa para indicarle con gestos al camarero que nos traiga otra ronda más.

—Tienes que dejar de pensar en lo que has perdido y centrarte en disfrutar de las cosas que te está ofreciendo la vida. Repite el «incidente Fairy» todas las veces que puedas, Lorena, pero dale ese final que tanto deseas. Además, hay un montón de rincones en el camping en los que no te vendría nada mal crear recuerdos nuevos y así eliminas las malas vibras de Iván.

—¿Me estás sugiriendo que haga una especie de limpieza energética por el camping de mis padres?

—Sí, pero con la polla de Azurmendi en lugar de incienso.

Abro la boca dispuesta a rebatir su consejo, pero la Lorena que llevo dentro se está descojonando.

—No te rayes. Si sale mal, en dos días se habrá largado de vuelta a su amada tierra y no tendrás que verle la cara en once meses.

—¿Y los daños colaterales, qué?

—Si estás pensando en acabar perdiendo su amistad, voy a pegarte. Azurmendi y tú no tenéis una relación tan estrecha que pudiera estar en peligro, muy al contrario, podríais desarrollar una relación muy cercana y muy ardiente que a ti principalmente te vendría de perlas.

—Cuando hablo de daños colaterales, en quien estoy pensando es en el «otro». —Dibujo unas comillas imaginarias y hago un montón de gestos discretos con la cabeza en dirección a Iván.

Noe le pega un trago enorme a su bebida y deja el vaso en la barra de golpe.

—Iván se ha bajado del tren, ¿crees que le importa quién se suba después de él?

—Supongo que el hecho de que sea su amigo...

—¿Habláis de Damiano? —nos interrumpe Miguel—. Porque tengo varias cosas que decir sobre su concepto de la amistad.

Noe y yo dejamos nuestra conversación ahí tirada.

Damiano y Verónica hace ya una hora y dos garitos que han desaparecido, después de haber estado metiéndose mano delante de Miguel. El pobre está desolado, ni las miguitas le han dejado. Noe suele ser el paño de lágrimas de todos y mi primo hoy la necesita más que yo. De verdad que adoro a Miguel, pero el cuelgue que se trae con la madrileña no le conviene en lo más mínimo.

Va a salir herido. Lo sé yo, lo sabe él y lo sabe hasta Raffaella Carrà.

Ojalá pudiera hacer algo más aparte de advertírselo, pero cuando estás ciego...

La noche avanza sin pena ni gloria. Bebemos, bailamos, hacemos el tonto los unos con los otros y volvemos a beber. Un poco como los peces del villancico, pero en versión *millennial*.

Iván y Noe lo están dando todo con «Me and You», de Alexia, en mitad de la enésima discoteca, yo estoy en una esquinita acabándome mi trago, mientras Azurmendi y Miguel están rodeados por una horda de damiselas extranjeras en la barra. Unai es de los que entran en una discoteca, supermercado o farmacia, da igual, y, como dicen los vascos, hacen *koadrila* en cuestión de minutos. Todas las juergas con él acaban con gente nueva adherida a nuestro grupo. Parece mentira que con lo callado que era de pequeño se haya convertido en un tío tan extrovertido. Sabe tratar a la gente, siempre tiene algún tema de conversación interesante, es graciosete, pronuncia bien la elle y su risa es contagiosa y muy reconocible a distancia.

Es imposible no desear pasártelo bien con él, imposible no querer estar cerca de él.

¿Estoy intentando vender a Unai?

Pues parece que sí, pero el problema es que no sé a quién exactamente.

Porque algo me dice, tal vez los cinco minutos que llevo observándolo alelada mientras habla con una rubia, que el pescado está más que vendido en mi caso y que, si sigue tonteando con ella, voy a decolorarme el pelo mientras lloro.

Cerramos la noche con la visita de rigor a K'Sim y nos llevamos a varias británicas con nosotros. Saludamos a David, un chico del camping que trabaja de camarero y nos desperdigamos por el local cada uno a su bola.

Al cabo de un rato estoy en la barra esperando a que me atiendan para pedir otra ronda y Unai se acerca a mí.

—Pídeme un botellín de agua —me dice.

Contengo la respiración y mantengo la vista clavada en la hilera de botellas que hay detrás de la barra.

La última imagen que conservo de Unai debería ser la de hace cinco minutos, cuando lo he visto cerca de la piscina con forma de África hablando con una tía mientras bailaban bastante juntitos, pero no. No dejo de recordarlo excitado, con su mano perdiéndose entre mis muslos, con aquella mirada lasciva que me estaba dedicando…

Respiro hondo y me giro hacia él.

La ropa se le pega al cuerpo con la precisión justa y necesaria. No sé qué puñetas es Loreak Mendian, ni me preocupa, pero GRACIAS por haber fabricado esta camiseta. Que Dios los bendiga por haber elegido esa fina tela que marca su abdomen plano, sus anchos hombros y permite que se adivinen unos bíceps bastante potentes bajo la tirilla de la manga corta. El pantalón, en cambio, oscuro y ajustado, marca con una exactitud milimétrica cierta parte de su anatomía de la que dice estar orgulloso.

—¿Me pides el agua o no? —repite con el ceño fruncido y chascando los dedos.

—Perdona, ¿qué?

«Me excuso porque a lo mejor estaba entretenida admirando lo bien que te queda el pantalón que llevas y calculando el número de botones que tiene, y cuánto tardaría en desabrochártelos con una sola mano sin soltar la cartera que sujeto con la otra. La vida es una cuestión de prioridades y las mías están patas arriba».

—¿Lore?

Alzo la mirada hasta su cara. A lo mejor me he quedado un poquito traspuesta. Pese a eso, arrugo el ceño. Que Unai pida cualquier líquido que no contenga alcohol es alarmante. Es como para llamar a los cuerpos de élite de la policía porque está pasando algo grave y la seguridad del país podría estar comprometida.

—¿Agua?

—Sí, por favor —añade con cierto tono de cansancio.

—No sé qué me preocupa más, Unai, que me pidas agua o que lo hagas por favor.

—Soy un tío educado. Además, hemos venido en dos coches, si Noe lleva uno, alguien tiene que hacerse cargo de conducir el otro, ¿no crees?

—No conocía esta faceta tuya de taxista responsable. —Me echo a reír, pero no sé muy bien de qué—. Espero que te hayas traído la ele, porque sin ella podrían multarte y no queremos que eso pase.

Unai apoya los codos en la barra, ladea la cabeza y me mira fijamente.

Aunque estamos en la penumbra de una discoteca con las luces de colores iluminándonos a ratos, sus ojos me dicen muchas cosas, entre otras, que no me voy a marchar de rositas porque va a meter las narices en mi extraño comportamiento.

Según han ido pasando los días desde el «incidente Fairy», a falta de hablar con él por ese asunto de evitarlo, he acabado aprendiendo a comunicarme con sus ojos. Me he dado cuenta de que el color de sus iris cambia de un modo exagerado en función del estado anímico en el que se encuentra. Si está cansado, cogen un tono apagado como el de unos vaqueros ajados; cuando está enfadado, se oscurecen como el Mediterráneo presagiando una tormenta; cuando está contento, brillan como el azul Estoril de un flamante BMW, y cuando me mira como ahora mismo, adquieren un tono eléctrico, que quiero creer, Diosito mío, significa algo bueno. Que lo atraigo mucho, por ejemplo, y que quiere otro «incidente» conmigo.

—Siento lo que pasó el otro día —dice con un deje en la voz que rezuma culpabilidad.

—¿Por qué?

Tengo la horrible sensación de que se está disculpando porque considera que lo que sucedió no fue más que una cagada monumental. A ver, yo también opinaba lo mismo cuando me marché de los fregaderos, pero la tontería solo me duró unas cuantas horas. No hay más que mirar a Unai para que se te quiten todas las tonterías y te entren algunas nuevas.

—Lorena, es evidente que mi presencia te incomoda porque te arrepientes de lo que pasó, pero puedes estar tranquila, te prometo que no volverá a suceder.

—¡¿¿Por qué??! —repito, angustiada.

—Te lo acabo de decir.

—Pues vale. —Me giro hacia el camarero que está al otro lado de la barra, como a diez metros, y le pido nuestros tragos a grito pelado. Menos mal que David me conoce, porque, de ser otro, pensaría que no me he tomado alguna pastilla o que me las he tomado todas.

En cuanto deja una parte de la ronda frente a mí, le entrego el botellín a Unai sin mirarlo siquiera, y espero a que me preparen el mojito sin alcohol que me ha pedido Noe, que es lo único que falta.

—Lore.

No me queda otra que hacerle caso. Me centro en el logo de Loreak Mendian que lleva en el pecho. La margarita me parece supermona.

—¿Qué pasa? —pregunta.

Resoplo provocando que los mechones que se me han soltado del moño vuelen como los brazos de un monigote hinchable a la puerta de un concesionario de coches de segunda mano.

—Nada, Unai, es solo que... no sé cómo comportarme contigo ahora mismo.

Sus ojos se llenan de un algo que oscila entre la comprensión y la decepción.

—No tienes que hacer nada diferente, es justo lo que te estoy pidiendo, que olvides lo que pasó. No quiero que las cosas se pongan raras entre nosotros.

—¿De verdad piensas que es tan fácil? Porque estás muy equivocado; para empezar, no puedo eludir lo que pasó porque pasó.

—Gracias por aclarármelo, reina de la obviedad.

—Tampoco sé qué puñetas hacer cuando estáis Iván y tú en el mismo lugar al mismo tiempo. Y eso es algo que sucede a todas horas en el camping. Nos enrollamos, Unai, contra una pared, todavía tengo algún rasponazo en la espalda por culpa del gotelé, y eres uno de los mejores amigos de mi exnovio. Me siento...

—Vale, tienes razón, no podemos negar nuestro encuentro contra una pared llena de gotelé —repite con sorna—, pero lo importante es que no debemos permitir que las cosas cambien entre nosotros, porque, según parece, solo fue un error.

Se me cae el alma a los pies y la pisoteo por haberse hecho ilusiones cuando no debía. Porque, por mucho que lo quiera negar, eso es lo que ha pasado, me he hecho putas ilusiones.

—¿Me estás llamando error? —pregunto en voz baja.

—Más bien eres tú la que piensa que yo fui tu error. ¿O crees que no me he dado cuenta de que me estás evitando? La jugada de la sala de calderas fue bastante evidente, por no hablar de la nochecita que me estás dando... Me acerco un paso y tú te alejas tres.

Quiero sacarle esa idea de la cabeza, pero no sé cómo hacerlo sin admitir ciertas cosas que me hielan la sangre. Considero que lo que sucedió entre nosotros supuso un cambio, no un desacierto. Pero claro, a ver cómo se lo explico, cuando ni yo misma lo acabo de entender.

—Unai, no fue un error —zanjo y suspiro con fuerza—. Un error es cuando metes la pata, cuando haces algo que no está bien y no te queda más remedio que arrepentirte. Y aquello que hicimos estuvo bien, muy bien, no hay nada de qué arrepentirse. ¿Que no debería haber sucedido? Tal vez, pero pasó, y solo podemos apechugar con ello, ¿no te parece?

Me está mirando como si le acabara de confesar que los domingos me encanta cometer asesinatos en masa antes del vermut. Si le hubiera enseñado la teta derecha, seguro que no estaría poniendo esa jeta.

—Dime algo —le pido a un tris de perder los nervios y zarandearlo. ¿Cómo puede aparentar tener toda esta sangre fría a la hora de tratar este tema, cuando sé de buena tinta que le corre lava por las venas?

Continúa sin decir absolutamente nada, se limita a darle varios tragos al agua sin apartar la vista de mí. Me estoy poniendo muy nerviosa.

Y puede que también un poco cachonda. Tanto que mi libido podría tener código postal propio. Me enciende tener toda su atención de una manera tan apabullante.

—¿En qué piensas?

—En que tu nariz es superpequeña y respingona —me suelta.

—Ese no es el tema.

—Es que no puedo dejar de mirarla.

—Haz el favor de centrarte.

—Quiero tocártela otra vez —afirma en un tono bajito muy seductor.

—¿Me estás escuchando? —insisto, a punto de desmoronarme de tan adorable que está siendo.

—No. —Deja el botellín de agua en la barra con decisión—. Voy a acariciarte la nariz.

—Te pondré una orden de alejamiento como lo hagas.

—Es una nariz, joder, la cosa más ridícula que he visto en la vida.

—¿Estás diciendo que mi nariz es ridícula?

No contesta.

Se acerca lentamente y deposita un beso en la punta.

Un calambrazo me recorre de pies a cabeza. O más bien de nariz a entrepierna.

Debo de tener, por lo menos, veinte millones de puntos erógenos en la tocha o una sucursal del punto G. No hay otra explicación.

Lo miro a los ojos y veo diversión en ellos. Acto seguido barro con disimulo nuestro alrededor para controlar a nuestros amigos. Todos parecen estar entretenidos.

—No sabía que tu nariz fuera un botón que te apaga la boca.
—Yo tampoco sabía que te obsesionara tanto.
—Hay muchas cosas que me obsesionan de ti, pero he optado por lanzarme por la más inocente.
¿Se ha propuesto derretirme? Porque en esas estoy...
—¿Retomamos la conversación, por favor? —exijo con una contundencia que roza el ridículo.
—Claro. Como quieras, pero no tengo mucho más que decir. —Hace una pausa misteriosa mientras su dedo índice recorre mi antebrazo—. Excepto que solo hay un tema con el que vamos a tener que lidiar más pronto que tarde.
—¿Iván? ¿Crees que se ha enterado de...? Ya me entiendes. El «incidente Fairy» —susurro.
—¿Así es como has bautizado el glorioso momento en el que estuve a punto de meterte la polla hasta el fondo?
Joder. Para glorioso el recalentamiento que me acaba de entrar de golpe. Estoy por subirme a la barra de un salto y rogarle que me ensarte con todas sus fuerzas, pero creo recordar que había un tema que me preocupaba bastante...
—Escúchame, por favor, ¿Iván sabe algo? Es importante.
—No, tu ex no tiene ni idea. No voy hablando de mi vida sexual por ahí.
—Entonces ¿con qué tenemos que lidiar?
Da un paso más hacia mí e invade un espacio que

a) No medía más de veinte centímetros.
b) No ayuda una mierda a que mi recalentamiento se atenúe.
c) Todas las anteriores son correctas.

Su olor, dulce, masculino y muy atrayente, se mezcla con el aroma silvestre y adulterado de la discoteca. Estoy por relamerme, pero está tan cerca que, además de pillarme, es posible que mi lengua le recorriera media cara. Su mano, en un acto de rebeldía sin precedentes, se aferra a mi cadera y me veo obligada a compartir esos veinte centímetros que acaba de invadir pegada a su pecho. Y qué bien me sienta volver a este rinconcito.

«Be My Lover», de La Bouche, nos rodea, nos empuja y nos deja sin opciones.

—La cuestión es que tú y yo nos vamos a enamorar muy rápido, Lore.

Me alejo un poco de él, me agarro a la barra para no caerme de culo y suelto una sonora carcajada. Todo me da vueltas, y yo odio las norias. El corazón me aporrea las costillas como si quisiera fugarse de mi pecho y el sutil puntillo alcohólico que llevaba se me ha bajado hasta los pies.

—Mira, chaval, no te voy a negar que el otro día me pusiste a cien, ¡qué digo!, a doscientos mil por hora. Vamos, cachonda nivel «a este tío podría chuscármelo cuatro veces seguidas y aún seguiría con ganas de hacerlo una quinta vez más».

Madre mía, qué viaje por el boulevard de los sueños húmedos.

De verdad que estoy que ardo.

Unai se descojona y hace como que cuenta con los dedos.

—Guau, cinco seguidas, es un honor que me tengas por un portento tan incansable, pero me temo que podría decepcionarte. Tendría que comerme un bocata de Nocilla entre el tercero y el cuarto.

—Da igual la cantidad, Unai, tú y yo es muy probable que acabemos enrollándonos en algún momento, soy muy de encariñarme con las piedras que tropiezo, es mi don más acusado, pero no vamos a enamorarnos ni deprisa ni despacio.

—Habla por ti —afirma entre risas.

—¿Perdooona?

Da un paso hacia mí y reclama los veinte centímetros de nuevo. Encima, no contento con eso, su rodilla izquierda hace una ligerísima incursión entre mis piernas. Este tío se ha propuesto matarme, es oficial.

—Morena, ojos claros, lista, distante, borde como ninguna, bastante mentirosa o bastante ambigua en cuanto a sus emociones... Eres mi tipo, Lore —afirma elevando una ceja.
No sé si me está tomando el pelo, pero vamos a pensar que sí.
—Me parece aterrador eso que estás diciendo.
Me echo a reír otra vez como única respuesta posible a todo lo que está pasando.
Una cosa es que me atraiga y que me apetezca sucumbir a sus caricias —por decirlo finamente— y otra muy distinta que me enamore de él. Aquí no hay vínculos emocionales que valgan, solo una necesidad que me puede —y me debe— cubrir.
—¿Por qué te parece tan aterrador? —pregunta con una sonrisilla de canalla llenándole la boca—. ¿Sigues prefiriendo la extinción?, porque diría que ya no tanto. El puto fuego que sentimos en los fregaderos...
Sigo riéndome sumida en un ataque incontrolable y no le contesto, me limito a dar golpes en la barra como si estuviera intentando matar veinte cucarachas.
—Lore, lo digo muy en serio. Si alguna vez me enamoro, será de una tía como tú. No ahora mismo, ya me entiendes, pero en un futuro...
Dejo de descojonarme y me quedo patidifusa.
Alucinada. Flipada. A cuadros escoceses en azul y rojo.
Y todos los sinónimos que existan para describir la estupefacción que siento ahora mismo.
Está hablando medianamente en serio. Esto es grave.
—Te dije que acabaríamos enrollándonos y pasó..., todo lo demás acabará llegando también —añade—. Solo es una cuestión de tiempo.
Cualquiera esperaría que ha llegado el momento de insistir en cómo me siento en cuanto a nosotros: hay indicios claros que apuntan a un futuro bastante prometedor entre nuestros cuerpos, pero no va a pasar de ahí. No me voy a enamorar de él. Sin embargo, cuando consigo moldear mis palabras de una manera perfecta en mi cabeza, para no hacerle daño y, a su

vez, no darle unas esperanzas que sé que no voy a poder cumplir, Unai se ha largado ya.

Se ha lar-ga-do.

A eso de las cuatro de la mañana salimos todos al aparcamiento de K'Sim. Algunos por sus propios medios y otros gateando como buenamente pueden. Cada uno da pena a su estilo, fingiendo que todo va bien o dejando en evidencia que para nada.

Unai no me ha hecho ni caso después de nuestra charla. A este tío le encanta sembrar el caos emocional y marcharse. Así que me he pasado el resto de la noche pegada a Miguel, lamentándonos de nuestras precarias vidas amorosas. Ahora piensa que casi me follé a Iván en los fregaderos. Yo le decía «Unai» y él lo traducía a «Iván». Pero no importa, mi primo es una tumba y lleva tal tajada que seguro que no lo recuerda dentro de unas horas.

Estoy tan cansada y empanada que ni me entero del momento en que reparten los coches y me veo obligada a montarme en el que conduce Unai, que viene a ser propiedad de mi exnovio, solo que Iván no está en condiciones ni de recitar el abecedario y se halla medio muerto en el asiento trasero del coche de Noe cantando «Amigos para siempre», de Los Manolos, como si fuera un Pitufo Makinero. Me pregunto en qué momento han empezado a echarle helio al tequila y si se trata de una indirecta para Unai.

El trayecto al camping es corto y, encima, como llevamos a Miguel tumbado y roncando en la parte trasera, Unai y yo apenas hablamos, por consideración.

En cuanto paramos frente a la barrera de Recepción, Miguel se despierta desorientado y nos pregunta por «su única, amada y venerada Verónica». Por desgracia, no hay novedades porque continúa en paradero desconocido con cierto italiano al que tampoco le hemos vuelto a ver el tupé. Acto seguido, mi primo abre la puerta del coche y se cae de cabeza. Iván sale corriendo del otro vehículo y aunque está descojonado de la risa y borracho como una cuba, lo ayuda a ponerse en pie.

Espero que mi primo no se haya hecho nada, pobrete, el dolor que siente en el corazón debe de ser atroz.

Una vez que Iván y Miguel consiguen ponerse en pie y alinear sus trayectorias, se arrastran en alegre compañía hacia sus respectivas parcelas.

—Tío, cuídamela, ¿vale? —es lo último que mi exnovio le dice a Unai, en uno de sus muchos ataques injustificados de sobreprotección hacia mi persona.

—Claro, tranquilo. La mantendré a salvo de todo. Incluso de la temida extinción humana.

Iván le responde dándose varios golpes en el pectoral izquierdo con el puño y se marcha tirando de mi primo. Intento morirme, pero, según deduzco, no siempre vale con desearlo.

Noe y Unai, los únicos completamente sobrios en esta escena, hablan de desayunar los tres juntos en alguna de sus parcelas, pero, en cuanto ve la hora que es en realidad, Noelia se marcha a aparcar el coche y a dormir, porque dentro de poco tiene que abrir la piscina e intentar que no muera nadie.

Unai y yo nos quedamos solos.

Ni planeándolo me sale la jugada tan redonda.

—Tu exnovio me ha pedido que cuide de ti. —Sacude las cejas como queriendo decir que tiene todas las bendiciones del mundo para estar a solas conmigo y a saber qué más.

—No soy un hámster, Azurmendi —protesto.

Desde hace unos días, Iván se ha puesto bastante controlador conmigo. A no mucho tardar, debería tener una charla con él al respecto, pero me da una pereza tremenda porque sé que, en el fondo, ha disfrutado viéndome pasarlo mal por él y ahora que empiezo a estar mejor su ego lo echa de menos.

—Sé que no eres un hámster, pero das muchas vueltas en tu rueda. Aunque he de decir que Iván está equivocado: tú no necesitas que te cuiden, solo necesitas que te presten la atención que mereces.

—¿Eso va con segundas?

—Probablemente —admite y se echa a reír—. ¿Me acompañas a buscar sitio o prefieres irte a dormir? —pregunta y hace un gesto con la cabeza señalando el coche de Iván.

—Claro, voy contigo —comento de pasada, como si me importara más bien poco aceptar o no su oferta.

Tardamos cuatro minutos y medio en completar la tarea y en entrar en el camping de vuelta. Unai no me dice nada, se limita a guiarme en dirección al parque, que a estas horas de la madrugada está más que vacío.

Nos paramos junto a los columpios y nos miramos. Aquí se acaba nuestra noche, pero no antes de que le diga un par de cosas.

—¿Le devuelves tú las llaves a Iván? —se me adelanta, a la par que les da vueltas en su dedo índice.

—Unai... no voy a enamorarme de ti. Ni quiero que tú lo hagas de mí.

Las llaves salen disparadas y chocan contra la pared de los baños. Unai se agacha a por ellas y se las mete en el bolsillo. Sonríe de medio lado, pero, al ver que yo no lo hago, se pone serio.

—¿Es por Iván o por mí?

—No es por ninguno de los dos, sigue siendo por mí. Porque mi corazón está roto.

—Hay relaciones que te rompen el corazón, Lorena, pero también las hay que te ayudan a reconstruirlo.

—No puedo. Incluso una relación meramente física entre tú y yo podría acabar en un desastre si no ponemos condiciones...

Unai se me acerca y retira un mechón de pelo rebelde de mi frente. La ternura con la que acaba de tocarme me desmadra el pulso.

—Yo veo esto como el inicio de algo que podría ser la hostia y tú solo ves el final. —Hace una pausa y suspira—. Un final al que nos acabarás empujando porque eres una cabezota, Lorena. Pese a todo, no te estoy diciendo que tenga que ser conmigo, tómate mi consejo como algo general, como las palabras de un amigo que se preocupa por ti y que quiere que olvides a Iván. No todas las relaciones te van a romper el corazón.

Resoplo. No dudo de sus intenciones, pero tampoco de que la campaña también es a su favor.

—¿Qué quieres de mí, Unai?

—Me gustaría decirte que todo, pero aún no he llegado a ese punto —dice entre risas—. Y tú, ¿qué quieres, Lore?

—No estoy segura. No sé quién soy de un tiempo a esta parte y no me gusta sentirme así. Estoy muy perdida.

Se queda paralizado unos instantes mirándome a los ojos con pena. No se hace una idea de lo que me duele atisbar ese sentimiento en su mirada.

—Tenía la vida planificada al milímetro y de pronto ya no sé qué va a pasar. No sé qué hacer, no sé cuál es mi papel… Ni siquiera sé qué siento por Iván.

Me abraza. Unai me está abrazando.

—Lorena, entiendo que todavía estés perdida —me dice al oído—, y aunque el cambio ha sido muy grande, siento decirte que sigues siendo tú misma, pero mucho más fuerte de lo que eras hace un año. Tú ya no estás enamorada de Iván, solo aferrada a la idea de tener la vida que soñabas y te aterroriza pensar qué pasará a partir de ahora, pero tendrás que aprender a improvisar en la vida, porque, si hay algo que te ha demostrado, es que no importa cuántos planes hagas y cuántas cosas des por sentadas, la música puede cambiar en cuestión de un segundo.

Me aparto un poco y lo miro a los ojos.

—¿Por qué piensas que ya no estoy enamorada de Iván?

—Porque, aunque lo echas de menos, no te has arrastrado suplicándole. Y lo que más te preocupa es encontrarte a ti misma, no recuperarlo a él.

—Tal vez no me he arrastrado porque dudo de que me merezca un tío así.

Unai resopla.

—A estas alturas, ya deberías saber que es él quien no te merece a ti. Pero no importa, aquí estaré para recordártelo cada vez que lo necesites, igual que la otra noche en K'Sim.

Siento una emoción muy fuerte enroscándose en mi pecho.

—Deja de robarme pedacitos del corazón, Azurmendi, no te aproveches de lo fácil que es hacerlo cuando lo tengo roto.

Mi boca se acerca a la suya, pero antes de llegar a rozar sus labios, me alejo porque tengo miedo de lo que pueda pasar. Cualquier otro tío probablemente tomaría cartas en el asunto o se mosquearía, Unai no lo hace, me respeta, pero no sé si es lo que quiero que haga en este instante.

—¿Has salido con alguien desde que lo dejasteis? —Hay cierta cautela en su tono, como si no quisiera herirme con sus palabras, como si no quisiera hacerme sentir como la tonta ridícula que podría ser si todavía estuviera guardando la ausencia de un tío que ya no me quiere ni me querrá.

—No. Bueno, sí. Un amigo me invitó a cenar hace algunas semanas, pero fue algo totalmente platónico. Supongo que buscaba algo que no le di.

—Tras pasar una noche con una tía como tú e irse a casita sin ti, lo más probable es que haya cogido la baja después de que tuvieran que amputarle las pelotas.

Le pego un manotazo y él me guiña un ojo entre risitas.

—Eres un idiota.

—Más de lo que te piensas.

—¿Por qué repites eso una y otra vez?

—Por nada en concreto. Pero, Lorena, volviendo al tema principal, deberías dejarte llevar. Sabes hacerlo perfectamente, me lo demostraste hace unos días en...

—Lo de los fregaderos fue una excepción —le interrumpo—. Yo no soy así.

—Perfecto, entonces, hagamos otra excepción. Yo te ayudo.

—Decirlo es más fácil que hacerlo.

—Mira, Lore, no soy muy de insistir. No soy el típico tío que te va a estar metiendo fichas días sí y día también. Me gustas y estaré dispuesto a hacer contigo todas las excepciones que quieras. Ya lo sabes. Solo tienes que decirme lo que tú quieres.

—Tú también me gustas, Unai —admito a media voz—. Pero no saldría bien de ninguna de las maneras... Estoy vacía.

Su sonrisa se ensancha.

—Así que te gusto. Llámame loco, pero lo sospechaba —comenta burlón y menea el trasero en plan festivo—. Me alegra que por fin empecemos a hablar el mismo idioma.

—Tampoco te lo creas tanto.

—Me dijiste que te parezco mono y el tema no ha dejado de escalar desde entonces.

—Que eres mono es un hecho objetivo. Como que la tortilla de patatas debe llevar cebolla.

—Claro, justifícate todo lo que quieras. Y en cuanto a lo de estar vacía, también podría hacer algo al respecto.

Toda su atención se centra en mis labios, y así yo no puedo seguir entera, joder. Así yo no puedo mantenerme alejada ni ser coherente.

—¿Por ejemplo? —pregunto por lo bajini.

Sus manos van a parar a mis mejillas y su cuerpo se pega al mío. Su olor dulzón vuelve a invadir mis fosas nasales. Al parecer, así huele el chico en el que nunca te habías fijado a conciencia. El chico con el que jamás pensaste que tendrías algo. El chico que siempre ha estado ahí, desde tu infancia, esperando que algún día vuestros caminos se cruzaran en un parque a las tantas de la madrugada. El chico al que acabas de decirle que no quieres nada serio con él. El chico con el que te enrollaste a lo loco encima de un fregadero.

—Podría hacer muchas cosas. —Hace una pausa mientras sus ojos se fijan en los míos—. Podría empezar por besarte. Y podría seguir haciéndote todo lo que tú quisieras, Lore.

Ay, joder, la manera en que pronuncia mi nombre me acelera el pulso.

—¿Qué pretendes, Unai?

—Si tú quieres, que hagamos otra excepción ahora mismo.

—Alguna condición tendrás, ¿no? Porque yo tengo unas cuantas.

—Lore, yo voy con todo, con mi cuerpo y con mi corazón. Sin miedo a nada, abierto a la posibilidad de que con el tiempo ambos puedan ser tuyos. Me adaptaré a lo que tú quieras de mí.

—Unai... —Niego levemente con la cabeza—. Esto no es justo.

—Me atraes de una manera bastante preocupante. Y a mí no me importa enamorarme de ti, sé quién soy y lo que quiero, no tengo que rendir cuentas con mi corazón ni con nadie más. Excepto, si llegara el momento, con Iván, claro está... —deja caer por lo bajo.

Me quedo callada estudiando cada uno de sus rasgos. El poder que tiene su mirada azul cuando se centra en mí me rompe y me reconstruye al mismo tiempo.

—Si vuelve a pasar algo entre nosotros, el objetivo no puede ser que nos enamoremos.

—Estoy de acuerdo. El objetivo principal será ser sinceros, respetarnos, pasárnoslo bien y disfrutar. Sin ataduras. Y, si por el camino surge algo más, ya lo gestionaremos, pero mientras tanto deberíamos sacarle partido al hecho de que te gusto tanto.

—No pongas ese «tanto» en mi boca.

—¿Qué quieres que te ponga en la boca, entonces?

Sus labios se acercan a los míos y me besa.

Es un beso sin lengua, simple y poco elaborado, pero, pese a todo, perfecto, de los mejores que me han dado. Olvidemos ese plural, porque aparte de Iván, no tengo mucho más con qué comparar. Unai se separa de mí y me deja plantada con las ganas.

Al final va a ser verdad que este tío va con todo y que va a intentar desarmarme a la mínima que me despiste. Desarmar, que no enamorar, porque dudo mucho que consiga dejarme llevar lo suficiente para sentir algo tan intenso por alguien, después de Iván.

—No necesito que me pongas nada en la boca. Puedo servirme yo solita.

Lo empujo contra el seto que rodea el parque. Él se deja hacer entre risas. Sospecho que es de los que les gusta la brusquedad.

Mis manos van a parar directamente a los botones de su pantalón. Suelto los tres primeros, pero el cuarto y último parece tener varios puntos de soldadura que lo mantienen pegado a la tela. Unai baja sus manos, me ayuda a desabrocharlo, pega varios tirones y, con un par de movimientos de culo, la prenda se desliza hasta sus tobillos.

Mi mirada se precipita a su entrepierna y la noticia es que no lleva calzoncillos.

Vamos, que los preliminares con él no parece que vayan a ser muy extensos en lo que a desnudarnos se refiere.

Elevo la vista al cielo nocturno. Madre mía.

¿Otra miradita me hará daño? ¿Será irreparable? ¿Me consumiré?

Decido que a estas alturas ya no importa, esta noche voy a disfrutar de cada centímetro de su cuerpo y no me voy a echar atrás. Las tentaciones están hechas para lanzarse a ellas de cabeza, y Unai ahora mismo es la peor de todas.

Me apodero de su boca y lo beso igual que ha hecho él, sin lengua. Mis dedos se deslizan por su pecho, recorren su abdomen y, en cuanto alcanzan su polla, un suspiro escapa de entre mis labios. Hacía tanto tiempo que no tocaba una, hacía tantos días que estaba deseando hacer esto...

—¿A qué ha venido ese resoplido? —pregunta interrumpiendo nuestro morreo.

—No ha sido un resoplido, ha sido un suspiro.

—Lo que tú digas, pero ¿a qué se ha debido...?

—Bueno, a eso de ahí... —Señalo su entrepierna.

—Eso, querida Lore, es un pene... —mira hacia abajo unos instantes— medianamente erecto por y para ti.

—¿Medianamente?

—A un noventa por ciento. Está en ello, pero aún puede hacerse notar un poco más, tú tranquila.

—Vale.

—¿Te he decepcionado o algo...? —pregunta arrugando el ceño.

—No. Está muy bien que tengas un pene normal, estoy acostumbrada a manejar uno bastante más... —dejo la frase a medias, porque, obviamente, no es el momento ni la situación adecuada para ponerme a comparar espadas. Parece ser que soy un poco lerda. Y cuando lo pareces, casi siempre significa que lo eres.

—Termina esa frase.

—*Nop*.

Unai se lleva las manos a las caderas, me observa con una ceja alzada y la polla erguida a un noventa y cinco por ciento.

—Venga, no te cortes, hablemos del tema, mírame bien la entrepierna, evalúala, tócala un poco más si quieres, incluso pruébala... y cuéntame que la de tu exnovio es aún más grande y más gorda, tamaño monstruo del lago Ness. ¿Qué podría salir mal?

Está siendo sarcástico y se ríe para quitarle peso a mi cagada, pero ambos sabemos que este tema está fuera de lugar. Además, supongo que no lo sabe, pero el tamaño del miembro de Iván fue un problema para nosotros al principio de nuestras relaciones. Pese a todo, hay otra cosa que me inquieta mucho más ahora mismo.

—¡¿¿Se la has visto a mi ex??!

—Te recuerdo que una vez corrimos desnudos por este camping.

—¿Y en esa situación fuiste capaz de imaginarte como sería al entrar en acción?

—No me paré a pensarlo, no hizo falta. Ya sabes, con ese

bamboleo tonto cuando echas a correr desnudo, me dio en la cara con ella. Pero no te preocupes, no estoy acomplejado.

—Esta conversación se está poniendo muy rara por momentos, Unai. Yo solo quería meterte mano y aquí estamos, hablando de Iván.

Por no comentar que estamos en un parque infantil en mitad de un camping, que da la casualidad que regentan mis padres y que vigila mi tío Jacinto por las noches, y que Unai sigue desnudo de cintura para abajo con una erección nada desdeñable. A menos de un noventa por ciento, según su media.

—Vuelve a ponerte los pantalones, por favor —le pido y me llevo las manos a la cara para cubrírmela.

—Has sido tú quien ha insistido en que me los bajara.

—Creo que ha pasado el momento.

—Puede que ahora mismo esté rozando un ochenta y cinco por ciento a causa de esta charla tan enriquecedora sobre el bulto descomunal que a duras penas esconde tu exnovio bajo el bañador, pero puedo recuperar...

—Ay, cosita.

—¿Qué?

—Que la magia se ha evaporado.

—¿Segura?

Retiro las manos de mi cara y tan pronto como recorro su cuerpo de arriba abajo sé que no quiero que se vista; de hecho, es lo último que deseo que pase ahora mismo.

Sin apartar la mirada de sus ojos y sin pensármelo dos veces, me arrodillo.

Antes de que acerque mis labios a la punta, Unai ya está gimiendo y su polla ha vuelto a un estado óptimo para la causa. Este tío es rápido de narices metiéndose en el papel. Me encanta que disfrute solo con la anticipación que le provoco.

—Qué rapidez —me cachondeo.

—No sabes la cantidad de tiempo que llevo imaginándote de rodillas.

—¿Un año?

Murmura algo que me da entender que sí, que lleva fantaseando con este momento desde el verano anterior. Sonrío.

Le doy un par de lametazos suaves y él lleva sus manos hasta mi moño. Las horquillas que lo sujetaban vuelan por el parque y la melena cae en cascada por mi espalda.

—Por si no te ha quedado claro, te prefiero con el pelo suelto —dice entre jadeos, moviendo sus caderas contra mi boca y hundiendo sus manos en mi pelo.

Alzo la mirada hacia él y paro un instante.

—Por si no te ha quedado claro, no quiero que vuelvas a ponerte los pantalones.

Lo recorro con la lengua lentamente desde la base hasta la punta y sus caderas se disparan de nuevo.

—Ahora mismo pocas cosas me convencerían, ni siquiera tu padre con una desbrozadora en la mano —comenta, ausente.

Continúo con mi labor unos minutos más.

Su mano se pierde en mi pelo, presiona un poco hacia abajo y yo cedo, vuelvo a llenarme la boca con su miembro una y otra vez.

Unai me aparta pocos segundos antes de que mi mano se llene con su líquido caliente.

Resulta que es de los que avisan por si no te quieres comer la *mascletá*. Cosa que agradezco, la verdad.

Me pongo de pie, pero sigo moviendo mi mano con lentitud mientras su cuerpo empieza a recuperar la normalidad. Tiene los ojos cerrados y jadea suavemente. Es una imagen preciosa.

—Dime que esto lo vamos a repetir —me dice fatigado, pero sonriente.

—Tal vez.

Abre los ojos de par en par.

—Te quejarás, cero pollazos en la cara, cero intentos de ahogamiento a traición y cero disparos indiscriminados al ojo. He sido todo un caballero.

Saco un paquete de pañuelos de mi bolso y se lo entrego.

—Lo has sido, Unai, pero hay una cosa que necesito pedirte.

—Nena, te lo voy a comer entero, no hace falta que me lo pidas —dice a la par que se limpia el abdomen y se sube los pantalones de un salto.

—¿Nena? —Apoyo mi mano en su pecho.

—No sé ni lo que digo ahora mismo...

—Vale, pero escúchame, por favor.

Tira el pañuelo de papel por ahí, rodea mi cara con sus manos y me besa. Algo me dice que no me está haciendo ni puto caso. Vuelvo a apartarlo y, aunque me dedica un ligero gruñido en señal de protesta, creo que por fin me está prestando atención.

—Iván no puede saber nada de esto.

—Puedes pedirme lo que quieras ahora mismo, no podría decirte que no a nada.

—¿Quieres bajar de la puta nube? Solo ha sido una mamada.

—Vuelve a decir esa palabra y es muy posible que me corra otra vez. Joder, tu boca..., tu boca es maravillosa, tan hábil, tan caliente, tan suave, tan bonita, tan dulce... Ni en mis mejores fantasías guarras la hubiera pintado así.

—Gracias, se lo diré a mi padre. Seguro que está encantado de saber que aprecias todos los años de ortodoncia que pagó.

—No metas en esto a Tomás, Lorena, que no se me va a volver a empalmar en la puta vida.

—Es lo que intento, que te centres y me escuches. ¿Estamos?

—Qué remedio. —Resopla pero sonríe.

—Iván no puede saber nada de esto —repito, insisto y subrayo.

—Ya me lo has dicho.

—¿Nada que objetar?

—De momento, no. Repito: aceptaré cualquier cosa que me pidas, siempre que me prometas que esto se va a repetir y que para sellar el acuerdo me vas a dejar que te devuelva el favor.

—No tienes que devolverme nada.

—¿Y que te vayas con las bragas mojadas a dormir? No, Lorena. Eso nunca te pasará conmigo.

Me coge de la mano y me lleva hasta uno de los columpios. Quiero poner alguna pega porque estoy un poco nerviosa, pero no me da tiempo.

—Toma asiento, por favor —pide con elegancia.

Acabo sentada en el columpio dando la espalda al camping y mirando al seto. Unai se arrodilla delante de mí y me observa mientras sus manos se cuelan por debajo de mi falda.

Ni soy virgen ni acabo de descubrir lo que es el sexo.

Sé cómo funciona desde hace unos cuantos años y he gozado bastante con mi exnovio, pero no tengo ni la más remota idea de cómo lo hacen otros tíos. Las únicas manos que han jugado conmigo han sido las de Iván, de manera que no sé a qué atenerme con Unai.

No sé qué va a hacer conmigo.

No sé qué espera de mí.

¿Espera que grite o que sea silenciosa?

¿Que me retuerza y me vuelva loca?

¿Me preocupa?

En realidad, nada.

Ahora mismo solo quiero dejarme ir hasta donde a él le apetezca llevarme, porque me siento segura y tranquila en sus manos. Tiene esa habilidad de la que muy pocos tíos pueden alardear, y me encanta.

Sigue de rodillas entre mis piernas y yo ya lo siento en todas partes, sabe lo que hace y lo que busca. Sin embargo, hay una cosa que me sorprende por encima de todo.

—No me has tocado los pechos.

—¿Quieres que lo haga? —responde con una sonrisilla mientras continúa depositando besos por mis muslos.

—Bueno..., pensaba que lo estabas deseando...

Sueno muy desesperada, pero es que lo estoy y paso de fingir lo contrario.

—Cuando vas a algún sitio que no conocías hay que dejar monumentos sin visitar. Así tienes una excusa para volver.
—Muy pretencioso por tu parte.
—Me pedirás que vuelva, me voy a asegurar de ello ahora mismo. Levanta el culo un poco —me pide con su boca pegada a mi cuello.

Me agarro a las cadenas que sujetan el columpio y me impulso hacia arriba. Unai desliza mis braguitas hasta mis pies y se las guarda. Vuelvo a acomodar mi trasero desnudo en la madera del columpio. Una madera que mi padre lijó y pinto hace unos días.

Unai se lleva una de mis piernas a su hombro, me besa el tobillo y va subiendo despacio, demasiado para la escasez de paciencia que padezco y la necesidad que siento. Lo oigo suspirar y noto cierto fresquito ahí.

—Lore, lo tienes...
—¿Qué? —pregunto—. ¿Muy... mojado?

Juro que me voy a morir de la vergüenza y le voy a pegar muy fuerte si hace algún comentario de flipadillo del estilo «Te estás derritiendo por mí, nena».

—Joder, qué vergüenza. —Intento taparme mis partes con las manos, pero no me lo permite.
—No te pongas así, en general es un coño como todos los demás, aunque...
—Gracias por hacerme sentir tan especial.
—¿De verdad quieres que ahora mismo pierda el tiempo explicándote lo especial que es tu coño para mí? Porque lo tienes muy bonito, la verdad, me gusta que te lo hayas depilado tanto, además, llevo tiempo queriendo...
—Por Dios, Unai, los chichis no son lo que se dice bonitos.

Me pega un lametazo exploratorio y siento que sonríe contra mí.

—Estoy intentando ser cordial y educado. Es mi primera visita.
—Cordial y educado no es lo que más me apetece que seas

ahora mismo. Ni a mi coño, ya que estamos. Quiero que seas rudo, exigente, despiadado, posesivo, obsceno... glotón.

Su dedo me recorre con suavidad arriba y abajo. Hace varios amagos en mi entrada, pero acaba pasando de largo. Maldito Azurmendi.

—Cuántas cosas. ¿No te parece que hablar mientras como es de ser un puto maleducado?

Sus dedos separan un poco mis labios y su índice se aventura en el interior resbalando en mi humedad. No aparta la mirada de mí mientras lo mueve lentamente.

—Paso a paso, Florecilla, que nos estamos conociendo.

Saca el dedo con el único objetivo de hacerme llorar y odiarlo. Me mira fijamente unos instantes, a continuación se agarra a mis muslos y hunde la cara en mí.

Soy una tía con una sensibilidad bastante alta, así que, en algunas ocasiones, no he disfrutado demasiado de los lengüetazos insistentes de mi exnovio. Pero Unai está atento a cada señal, parece saber leerme mejor que nadie, parece saber que necesito que sea suave y que vaya despacio. Así que se centra en darme unos roces muy sutiles valiéndose de sus labios y poco a poco va añadiendo lengua a la ecuación. Mi cuerpo responde a cada caricia haciéndome temblar de arriba abajo. Siento mi humedad sobre la tabla de madera y las cadenas frías hincándose en la piel de mis manos.

Abre mis labios y me recorre con la lengua enterita, se aparta un poco e introduce un dedo mientras me mira a los ojos. Yo no puedo evitar cerrarlos, me resulta imposible asimilar que sea Unai Azurmendi quien me está dando tanto placer. Su cara entre mis piernas es un golpe de realidad que no puedo asumir con facilidad.

Otro dedo más se cuela en mi interior y su legua se une a la fiesta de nuevo. Dibuja círculos, rectas y rombos. Acelera el ritmo y no necesito mucho más.

Me corro con una intensidad arrolladora en un tiempo récord. Y aunque esté en mitad de un orgasmo visitando todas las constelaciones del cielo, sé que Unai me está observando.

Cuando se aparta de mi entrepierna, me muero de la vergüenza otra vez al ver que tiene la cara...

—Pienso contarle a todo el mundo lo rápido que te has corrido —dice con los labios tan húmedos como el mentón. Se limpia con el dorso de la mano mientras me dedica una sonrisa. Su pulgar continúa dibujando círculos sobre mi clítoris con lentitud y yo sigo temblando.

—Fardar de las habilidades propias está feo.

—No, no lo haría para presumir de mis habilidades, porque ya estamos todos al corriente de que son muchas y muy alucinantes. Lo haría para desmontar ese mito que corre por el camping de que Lorena es fría y de acero. Porque no lo eres. No al menos con mi lengua dentro de tu cuerpo, con mis dedos acariciando tu...

Intento pegarle para que se calle y él trata de pararme. Forcejeamos entre risas, hasta que de pronto, pierdo el equilibrio y me caigo hacia atrás. Trato de evitarlo por todos los medios agarrándome a las cadenas, pero acabo con el culo desnudo en la hierba y abierta de par en par como los brazos del Cristo Redentor de Río de Janeiro.

Y de verdad que, si algo no pensaba, es que acabaríamos este verano viendo las estrellas de esta manera.

8

Apuestas

Unai · Benicàssim, 19 de agosto de 2010

—¡Parecéis una *boyband*! —nos grita Noe desde su puesto de socorrista muerta de risa.
—Yo soy daltónico, a mí los bañadores me los elige Sara —justifico entre risas.
—Pues estáis monísimos tan conjuntados —aporta Maider.
Nos miramos los unos a los otros, es como si hubiéramos quedado para pasar el día juntos en Decathlon. Alucino con el bañador que lleva mi cuñado, en especial. Quién lo ha visto y quién lo ve, el que fuera el socorrista más discreto que ha conocido la costa del Azahar, ahora le gustan los estampados con flores de estilo hawaiano. Estoy por vacilarle un poco, pero sé de sobra que cuando se trata de elecciones hechas por mi hermana, se la sopla lo que le digan. Él vino a este mundo para complacerla.
—¡Azurmendiii, no te hagas el interesante y ven aquí! —Noe abandona su puesto, se acerca corriendo a mí y me achucha fuerte, muy en su estilo, con restregones y gruñiditos.
—¿Cómo va eso? —le pregunto a la par que intento que nos separemos un poco, más que nada porque la amiga nadadora tiene una potencia en el abrazo que puede resultar mortal—. He venido a la piscina casi todos los días y me he tenido

que conformar con las atenciones de Raúl. Y no me abraza como tú.

Cuando Rubén se marchó a estudiar fuera tuvieron que buscar a alguien que lo supliera en la piscina, así que el elegido fue Raúl, un chico de Castelló que se turna con Noelia. Parece majo y eso, no va por la vida de socorrista —cosa que sí hacía mi cuñado en sus tiempos mozos—, pero tampoco se deja tratar demasiado.

—¿No me ves la cara de opositora que tengo? —dice Noe haciendo un mohín exagerado.

La pobre lleva desde que terminó la carrera opositando sin conseguir la plaza que tanto ansía.

—Hombre, cara de cansada tienes…

—Azurmendi, tú tan sincero como siempre. —De pronto, se da cuenta de que tengo a las niñas pegadas a mí—. ¿Y estas señoritas?

Se agacha para quedar a la altura de Leire y Ane, que están cogidas de mis manos. Ambas miran a Noe con cierta timidez, reacción que en el caso de Leire solo va a durar unos segundos, y en el de Ane, pues ya veremos. Conocen a mi amiga desde el mismo año en que nacieron y, aunque la han visto varias veces más, obviamente no la recuerdan.

—Joder, son iguales que tú.

—¿Lo dices como algo bueno?

—Siempre. Aunque ahora mismo no tienes cara de ser tan feliz como mereces y el aura que te rodea me da hasta calambrazos, siempre serás el mejor tío que ha pisado el Voramar. —Me arrea varias palmadas en el hombro izquierdo, me sonríe con complicidad y les saca la lengua a los demás, especialmente a Sara.

Como mujer avispada que lleva tantos años afincada en la piscina, Noe ha desarrollado opiniones propias sobre todo el camping. Más que eso, tiene analizado a cada uno de los campistas y es la primera en enterarse de casi todo. Según dice, no hay más que ver cómo se comporta la gente en la piscina para saber de qué pie cojean. Es capaz de predecir una piedra en el riñón o una infidelidad solo con observar cómo extiende alguien su toalla. Y Sara le cayó mal desde el primer día que puso un pie dentro del recinto.

Existen varias versiones más o menos veraces de mi historia con Lorena, pero la de Noe siempre acaba con Sara interponiéndose entre nosotros y jodiendo nuestra relación. Y aunque le he explicado mil veces lo que sucedió en realidad, a ella no le importa, sigue castigando a quien no debe.

—¿Lo estáis pasando bien en el camping? —pregunta a mis hijas.

Ane menea la cabeza arriba y abajo sin demasiada efusividad, Leire, en cambio, se acerca, le roba la nariz y sale corriendo en dirección a Sara.

—¿He dicho que son idénticas a ti?

—*Sip*.

—Lo retiro. Son tu puñetera reencarnación, Azurmendi.

—*¡Puñeteda!* —repite Ane con alegría, metida de lleno una vez más en esa maravillosa fase en la que los niños lo repiten todo. Solo espero que cuando lleguemos a la época en que les da por los porqués, yo haya empezado a padecer la demencia que tanto me estoy currando con el estrés que llevo encima.

Fulmino a Noe con la mirada, ella se lleva las manos a la boca y se la tapa... demasiado tarde, como todos.

Montamos la unidad móvil de Parcelona junto al puesto de nuestra amiga y en cuanto Óscar tira su platillo volante hinchable al agua, Sara, Maider y Gemma se meten para jugar con las niñas.

Me siento en mi toalla para ponerme al día con Noelia, que me habla de sus últimos escarceos amorosos con el chico que le revisa el contador del agua en casa.

Un rato después veo a Lorena a lo lejos, entra y sale de la caseta de Recepción varias veces hasta que se detiene a hablar con dos chicas de Barcelona que llevan toda la vida veraneando en el Voramar. Una tiene pinta de dedicarse a los libros, o eso deduzco por los tochos de papel que siempre lleva debajo del brazo, y a la otra no sabría cómo catalogarla, pero va con calcetines de colores todo el verano y no se los quita ni para bañarse.

—¿Una carrera? —le ofrece Iván a Rubén—. Cuatro largos.

Dejo de mirar a Lorena para centrarme en mi cuñado, que no parece muy contento con la idea de compartir experiencias vacacionales con su excuñado, pero como a gallito competitivo no le gana nadie y el primer día en la playa no fue una competición como tal...

—Venga —acepta Rubén.

—Te apuesto doscientos euros a que te meto más de diez segundos —lo reta Iván.

Frunzo el entrecejo ante el importe que acaba de soltar. La hostia. Seguro que gana un pastizal fabricando niños, pero, vamos, jugarte doscientos pavos no es ninguna broma. Además, nuestras apuestas nunca han sido económicas, casi siempre nos hemos limitado a las humillaciones, que son más baratas y duraderas. A las pruebas me remito: todavía hay gente en el camping que me pregunta por el final del relato del Bichiluz.

Observo cómo Sonic apoya la mano en el hombro de Iván y cruzan una miradita, aunque no soy capaz de deducir el motivo porque soy un cafre interpretando a los demás, sé que lo que acabo de ver es importante.

—Bueno, también podríamos apostarnos fregar los platos —comenta Iván.

Sonic asiente levemente y le sonríe.

—¿Fregar? ¿Qué gracia tiene eso? —protesta Rubén, experto en escaquearse cuando le toca hacerlo.

—¿Qué os parece que el que pierda tenga que pasar un día entero disfrazado de lo que elija el otro? —propongo.

—Entonces tendrás que participar —me dice Iván—. Llevo toda la vida deseando verte vestido de fallera.

Será cabronazo. He conseguido esquivar esa prenda durante años, pero está claro que siempre vuelve.

—Paso —digo, y me cruzo de brazos.

Lo mío nunca ha sido la natación. Sé mantenerme a flote y nado con bastante dignidad, pero de ahí a competir con estos dos «exfederados» hay un trecho enorme que no pienso recorrer.

—¡Contad conmigo! —grita Óscar desde su platillo flotante.

Ahora sí, me veo obligado a aceptar.

Yo también peco de gallito de vez en cuando, sobre todo, cuando se trata de dejar en ridículo a Óscar. Y, si él va a participar, puedo estar seguro de que el último puesto en la clasificación no será para mí.

Nos colocamos en fila en la parte que más cubre de la piscina. Establecemos las normas mientras los profesionales estiran y Óscar y yo los miramos.

—Cuatro vueltas —repite Iván.

—Estilo libre —añade Rubén.

—Putear al de al lado está permitido —aporto y miro de reojo a Óscar, que está atándose el cordón del bañador con un nudo de pescador doble, algo que se vio forzado a aprender a la tierna edad de doce años.

—Si veo una sola ahogadilla, vais a la calle para lo que resta del verano —amenaza Noelia, que ya está con el silbato pegado a la boca—. Tampoco quiero ver golpes bajos en las pelotas, que los tíos os ahogáis muy fácil y me dais muchísimo dolor de cabeza.

—Y si me vuelven a quitar el bañador, los echarás también, ¿no? —pregunta Óscar.

Cuando éramos unos chavales —y no tan chavales—, Óscar nos perseguía a todas partes y a todas horas. Así que una tarde en que estábamos especialmente aburridos planificamos una emboscada para librarnos de él: lo acorralamos en el agua, le quitamos el bañador, cogimos su toalla y lo dejamos en pelotas. Y como por aquel entonces ya tenía a medio camping hasta los cojones por sus burlas constantes cuando iban al baño con el rollo de papel debajo del brazo, pues el pobre se pasó un par de horas en remojo abrazado a una de las escalerillas.

—¿Acaso lo hice en los noventa? —le recuerda Noelia entre risas.

Como es obvio, la socorrista pasó del tema. Pero es que las malas lenguas dicen que el mismísimo Tomás Segarra lo vio y ni se paró a poner un poco de orden.

Una vez que todos —menos Óscar— estamos conformes con las normas, Noelia nos da la salida y empezamos a nadar esquivando bañistas y accesorios hinchables. No estamos ni a media piscina y ya veo de refilón que Rubén viene de vuelta.

Cuando vamos por la tercera vuelta, oigo a una de mis hijas llorar —no sabría decir a cuál de ellas, pero apostaría por Ane— y me paro en seco. Las busco con la mirada y veo que Noelia, Sara, Maider y Gemma están agachadas junto a Ane y Leire.

Cruzo la piscina en horizontal, esquivo a una señora y salgo del agua pitando con el corazón en un puto puño.

—¿Qué ha pasado? —pregunto a Sara. Parece angustiada, pero no en exceso, y tampoco oigo gritar a la dramas de mi hermana, así que, en principio, no parece que el asunto sea grave.

—Ane se ha tropezado —dice Sara.

Maider levanta un poco la camiseta que está cubriendo las piernas de mi hija. Tiene varios rasguños en ambas rodillas, en los codos y en las palmas de las manos. Está sangrando y llorando como si no hubiera un mañana. Vamos, que se ha ido de morros contra el suelo con todas sus ganas.

Veo que Lorena viene hacia nosotros con un botiquín pequeñito que tienen en Recepción para este tipo de accidentes.

—¿Se ha hecho mucho daño? —pregunta, preocupada.

—Este camping no es seguro, Lorena —le digo de malas maneras.

—Unai... —me reprende Sara con los ojos muy abiertos.

—Las chancletas y las niñas pequeñas no son una buena combinación. Sobre todo, cuando corren por una piscina asfaltada con lija del ocho. Ya es hora de que empecéis a mejorar las instalaciones.

Estoy siendo un capullo exagerado, pero a veces, como padre, encuentras las peores maneras posibles de soltar la presión y la preocupación que sientes por tus hijas. Y a mí, desde que las cosas con Sara están como están, me cuesta bastante comportarme de una manera racional en todo lo que implica a Ane y a Leire.

—Unai... —vuelve a amonestarme Sara.

—Perdón, no son formas... —le digo a mi amiga con un pie metido de lleno en el arrepentimiento.

Ella me mira a los ojos y, más que molesta por mi reacción de mierda, parece sumida en un estudio a conciencia de mi persona. Nadie me conoce tan a fondo como Lorena, ni siquiera Sara, y temo que ahora mismo esté deduciendo demasiadas cosas, por ejemplo, que acabo de demostrar un miedo irracional a perder a mis hijas y que, obviamente, hay un motivo detrás.

Aparto la mirada y la fijo en Ane.

Maider y Lorena intentan curarla y Sara se agacha para abrazarla, pero en cuanto mi hija ve que Rubén se le acerca le hace un mohín, estira sus bracitos abiertos y retoma la llorera justo donde la había dejado. Lorena le pasa el botiquín a su hermano, que no tarda ni un segundo en ponerse manos a la obra. Me agacho a su lado y le voy pasando lo que necesita.

—*Aita*, ¿me va a *quedá* marca? —dice Ane entre lágrimas.

—No, solo son rasguños. Además, con los cuidados del *osaba* Rubén y esta tirita de la tía Maider, ni se notará.

Mi hija observa la tirita con la cara de Ariel impresa que le hemos puesto en la rodilla y sonríe un poco. Leire le hace ojitos a mi hermana para que también le dé una.

—¿La tuya *eda* muy *gande*? —pregunta Ane, a la par que me acaricia la ceja que tengo partida.

—¡*Segudo* que *zalió* un montón de *zangre*! —añade Leire emocionada, acto seguido me pone la tirita que le acaba de dar Maider en la ceja.

Hay que ver lo sanguinaria que es a veces. El día que se eche novio no seré de esos padres que dicen «Cuida de mi princesa», sino de los que le dicen al chico de turno que le deseo toda la suerte del mundo, que se ponga todas las vacunas y se haga un buen seguro de vida.

Poco después tenemos a una niña llena de tiritas y con los ojos hinchados de tanto llorar, y a varios adultos discutiendo quién ha ganado la competición de natación, porque la jueza no estaba mirando.

—Chicos, dejaos de rollos. Ya que estamos todos, ¿por qué no aprovechamos para repartir las tareas para la barbacoa del sábado? —propone Gemma.

Los observo mientras van concretando los detalles. Lorena parece muy incómoda, tal vez todavía sea por esa conversación silenciosa que hemos tenido hace un rato, en la que sabe Dios qué cosas ha escarbado en mi interior...

—¿Te recojo en Recepción mañana a las cinco? —le propone Iván a Lorena.

Ahora entiendo a qué viene tanta alegría: les toca hacer la compra juntos.

Algo me dice que con la tensión que se palpa entre ellos, acabaremos asando morcillas elaboradas con la sangre de uno de los dos.

1996

Qué bonitos son

Unai · Benicàssim, 4 de agosto de 1996

—Tío, tu hermana está muy buena.

Dejo la cerveza que me estoy bebiendo sobre la mesa y miro a mi amigo Iván. Podría meterle un guantazo directamente, pero voy a elegir la vía del diálogo por el momento.

—Mi hermana es una cría que va a cumplir dieciséis años, so gilipollas. Así que ni la mires, ni la toques, ni opines sobre ella.

—Joder, Azurmendi, tampoco es para ponerse así. —Iván levanta las manos—. Solo era un comentario inofensivo. Además, mírala, aparenta por lo menos veinte.

—Me la suda la edad que te parece que tiene, es una cría. Además, existen los límites y, entre otras cosas, implican no tocar a las novias, las exnovias, las hermanas y las madres de tus amigos. Así que no me jodas, Iván, porque por ahí no voy a pasar.

Me encanta el doble rasero que manejo cuando me interesa, cuando se trata de tocar, y mucho, a las exnovias de mis amigos.

—Y a las abuelas, ¿se las puede tocar? —suelta Miguel con recochineo.

—Rózale la faja a mi abuela y te juro que, de la hostia que te doy, lo que te vas a tocar será los talones con la nuca.

—Ya te has sobrado, Azurmendi, ni que fueras Goku —responde Miguel poniendo los ojos en blanco.

—Lo siento, tío, de verdad que no pretendía ofenderte —admite Iván con cara de circunstancias—. Y no es por nada, pero yo que tú iría pensando qué hacer con el pequeño de los Segarra, si tanto te molesta que le presten atenciones a tu hermana. —Hace un gesto con la cabeza en dirección a la piscina.

Miro hacia el lugar de los hechos y ahí me encuentro al eternamente enamorado Rubén Segarra, con una toalla enrollada dándole latigazos en el trasero a mi hermana. Pobre chaval. Creo que jamás en la vida he visto a un tío tan encoñado por una tía, ni a una tía tan ciega como Maider. Aunque he de decir que este año me han llegado ciertos rumores gracias a Noelia de que las cosas entre ellos parecen estar cambiando un poquito más que el verano pasado.

—Supongo que, si sigue dándome motivos, tendré que improvisar algo —digo con la vista clavada todavía en la piscina.

—¿Tú improvisando? —pregunta Lorena, a la par que se sienta en una silla a mi lado.

Aquí aparece de nuevo la chica con la que llevo meses soñando.

Aunque pensándolo mejor, Lorena no es la chica con la que sueño, es la chica que busco en mis sueños y encuentro en cada puto pensamiento.

Desde que llegué hace tres días al Voramar hemos estado juntos prácticamente a todas horas, pero casi nunca a solas. La vi nada más bajarme del coche y a ella le faltó tiempo para saltar por encima del mostrador de Recepción y acercarse a saludarme. Me abrazó, me plantó dos besos y, sin soltarme la cintura en ningún momento, detalle importante, tuvimos una conversación de cortesía bastante absurda sobre el calor que hace en Benicàssim, los turistas que lo llenan y la paella. En cuanto me surgió la ocasión, le dije al oído que estaba preciosa. Y es que este año brilla, joder, resplandece como nunca lo había hecho. Ella se puso como un tomate, se echó a reír y me pegó un manotazo para que cerrara la boca. Podría habérmela cerrado de otra manera, pero todo se andará.

Después nos hemos encontrado varias veces por el camping y, qué queréis que os diga, pero a mí este rollo de ocultar lo que pasó el verano pasado en los columpios y en los fregaderos comunes me pone un huevo. Casi tanto como la manera en que Lorena me mira la ceja que tengo partida.

Durante el invierno hemos hablado mucho y muy a menudo.

Todo empezó con una llamada tonta a Recepción para informarle de que ya habíamos llegado a Euskadi y al final se acabó convirtiendo en una necesidad semanal. Los del bar de debajo de casa están hartos de darme cambio y mis padres están preocupados por la cantidad de tiempo que paso acampando en la cabina, pero me da igual, me gusta contarle mis días, con sus mierdas y sus alegrías, mis miedos en cuanto a la universidad..., pero sobre todo me pone muy tonto haberme convertido en alguien con quien Lorena quiere hablar tan a menudo. En alguien en quien confía.

Sé de buena tinta que está mejor, que está superando su ruptura con Iván, por no decir que ya la tiene superada, y que más o menos ha hecho las paces con su vida laboral. A veces, cuando la llamo y me paso horas escuchándola hablar de sus días invernales y solitarios en el camping, de sus salidas con Noelia y algunas amigas más, me gusta pensar que es gracias a mí, que yo he contribuido a que se sienta un poco mejor, que he conseguido ser ese amigo que está a su lado cuando más lo necesita y que disfruta viendo los pasos que va dando en su recuperación. Sin embargo, cada vez que toco temas más «íntimos», que implican cosas tan inocentes como los columpios, o le digo lo bonita que es, tal como hice nada más llegar, Lorena se sonroja, resopla, me suelta varias incongruencias y se parapeta detrás de cualquier tema de conversación aunque no venga a cuento.

Me parece adorable, la verdad, sobre todo porque no pienso cejar en mi empeño de hacerle saber a cada momento lo que pienso, lo que siento y lo que quiero de ella este verano.

Voy a ir paso a paso pero con una trayectoria bien definida.

Así que, en cuanto me surja la más mínima oportunidad, la interceptaré, la arrinconaré y le recordaré lo mucho que la he echado de menos. Y a la mínima que me dé un poco de pie, le comeré esa boca tan fascinante que tiene y que hoy lleva pintada de algún color oscuro que no soy capaz de identificar.

—Ya me extraña que tú improvises, Unai —continúa Lorena—. Eres muy de planificar y atacar.

Razón no le falta. Me gusta tramar mis jugarretas a conciencia porque así las disfruto el doble. Pero la cuestión es que no quiero pararme a pensar en la mocosa de mi hermana, en Rubén y en la vida amorosa que puedan compartir. Es un tema que no me incumbe; Maider ya es mayorcita para decidir lo que quiere o no quiere hacer con Segarra. Además, estoy bastante entretenido planeando cómo le voy a quitar las bragas a Lorena, comentario que me ahorro para no quedar delante de los demás como el tío falso que en realidad soy.

Pero es que, si el año pasado ya me parecía que estaba como un puto tren, este verano, cada vez que la miro me quedo sin habla. Tengo fantasías con ella a todas horas. Algunas son muy cerdas, pero otras son la hostia de preocupantes: me la imagino en mi día a día y no solo a través del teléfono.

La quiero «ver» en mi día a día, joder.

Solo me queda descubrir cómo decírselo sin que se asuste.

—Que sepas que esa planificación que tanto echas de menos por mi parte, ahora mismo implica a tu hermano —le digo a Lorena.

—¿Qué ha hecho esta vez? —pregunta con cansancio.

Nos limitamos a indicarle la dirección en la que debe buscar la respuesta. Mira hacia la piscina y sonríe. Juraría que mi hermana está intentando estrangular a su hermano con un pareo, pero desde mi posición no puedo estar seguro. Además, Xabi está en medio tapándome la escena. Ese chaval debería buscarse una vida.

—Qué bonitos son —dice Lorena, con ojitos soñadores—. Esta mañana me ha dicho Tito que se echan unas miraditas...

Iván, Miguel y yo nos descojonamos de la risa.

—No os riais. Los que se pelean se desean —comenta Lorena encantada con la idea.

—Yo creo que mi hermana pelea muy en serio, sin segundas intenciones —aseguro entre más risas—. Solo hay que ver la insistencia con que está tirando hacia arriba del bañador de tu hermano.

—Es cuestión de tiempo —responde Lorena hablando como el puto Marty Mcfly con el almanaque deportivo del futuro en mano.

—Sí, el poco tiempo que les queda a las pelotas de tu hermano para seguir siendo útiles —rebate Iván mofándose.

Los tres nos reímos y Lorena nos mira mal.

—Tenéis un problema muy grave si no sois capaces de ver el amor que hay entre esos dos.

—A veces el amor más evidente es el más difícil de admitir —comenta Miguel con la vista clavada en Verónica, que viene de camino hacia el bar. Se pide un granizado de limón con cerveza y se acomoda en la silla que hay libre a su lado.

—¿Habéis visto a Damiano? —Es lo primero que la chica pregunta, para desgracia de Miguel.

Un par de horas después, nos hemos comido unos bocatas en el bar del camping y ya estamos con chupitos y cubatas entre las manos mientras echamos una partida a «verdad o reto», un jueguito que se ha puesto de moda este verano en nuestro grupo y que acabará dándonos algún disgusto.

—Unai, te toca —me ladra Miguel, el muy cabrón está

amargado por la presencia del italiano, que ya ha aparecido, y siempre acaba pagándolo con los demás—. ¿Verdad o reto?

—Siempre reto —contesto.

—Te reto a que beses a la persona que más te gusta de este grupo —me dice Verónica con una cara de bruja de mucho cuidado.

Yo le tenía algo de cariño a esta tía, menos que a los demás porque siempre será «la nueva», aunque de un tiempo para acá, me está tocando los cojones a dos manos. No sé cómo ha sucedido, pero sabe que el año pasado Lorena y yo nos liamos, y lo deja caer con indirectas bastante poco sutiles que de un momento a otro van a acabar mosqueando a Iván. A ver, tampoco es que nos enrolláramos en los sitios más discretos del camping, pero que sea ella quien se haya tenido que enterar es una gran putada, porque es la típica persona que guarda un secreto hasta que deja de serle útil y después lo suelta donde más daño puede hacer. Juro por lo más sagrado que si acaba poniendo a Lorena en una situación chunga, voy a tener más que palabras con ella.

¿Sueno como un chaval encoñado que gestiona la ira de aquella manera? Pues parece que sí.

—Venga, Unai, que no tenemos toda la noche, suelta ese besito —insiste Vero y me guiña un ojo.

Como llevo ya varios chupitos en el cuerpo, me importa tres cojones lo que estoy a punto de hacer. Me levanto de mi silla, me acerco a mi víctima, me agacho un poco, rodeo sus mejillas con mis manos y le planto un morreo con lengua antes de que pueda negarse.

Al terminar doy un paso atrás. Iván se descojona.

—¡Tío, no vuelvas a besarme así, que me enamoro! —me dice de risas.

Verónica me observa cabreada, con los ojos entornados, dando sorbitos a su vodka con kiwi. Miguel está mirando a Damiano de reojo con cara de «A ti que ni se te ocurra hacer la gracia». Y Lorena, pues Lorena está sofocada, aunque no sé si es por el bochorno o porque la escena la ha puesto burra.

Me vuelvo a sentar y cojo un chupito de la mesa para hacer gárgaras. Iván hace justamente lo mismo.

—Colega, besas de puta madre —me dice mi amigo con sorna—. Si no fuera porque no me van los tíos...

—¿Se te ha puesto dura, pillín?

—A él no sé, pero a mí sí —comenta Tito mientras recoge los vasos vacíos de nuestra mesa.

Hace varios veranos que todos estamos al corriente de las preferencias de Tito y me gusta pensar que, excepto Verónica, que se pone bastante gilipollas cuando un tío la rechaza, el resto lo respetamos. No fue nada fácil para Tito, pero la noche que por fin reunió el valor necesario para confesarnos que se había liado con un tío, nuestra respuesta fue simple y llanamente: ya lo sabíamos. Porque todos lo sospechábamos desde hacía años.

Pese a eso, según me dijo Lorena, como no todos los Segarra-Vicent son tan tolerantes como nosotros, Tito está dosificando mucho la noticia.

—Cuando quieras te invito al cine —le digo a Tito.

—Encantado, Azurmendi, pero no te hagas demasiadas ilusiones, me van más los rubios. —Le lanza una miradita incendiaria a Damiano para dejarnos bien claro que el rubio que le interesa no es Iván. El italiano le guiña el ojo en respuesta.

Lorena y yo cruzamos una mirada cargada de significado. No entiendo cómo es posible que solo nos hayamos dado cuenta nosotros dos del rectángulo sexual que se está montando en nuestro grupo de amigos. A Tito le gusta Damiano. A Damiano le gustan Tito, Verónica y cualquiera que se le cruce por delante. A Miguel le gusta Verónica. Y a Verónica, no sé quién le gusta de verdad, pero se ha trincado a Miguel, a Damiano y lo ha intentado ya varias veces con Tito.

Lorena lo sabe porque dos de los implicados son sus primos, pero el resto no sé dónde puñetas están mirando. Iván no tiene ni pajolera idea, Noelia suele andar bastante perdida si los hechos no suceden en las inmediaciones de la piscina y Verónica no sé si está al corriente de la conexión Benicàssim-Bologna. Aunque, bueno, conociéndola, lo mismo le saca provecho.

Sea como sea, estas mierdas nunca acaban bien.

—Te toca, Lorena, ¿verdad o reto? —le pregunta Iván.

La susodicha se queda unos segundos pensativa.

A Lorena no le gustan las verdades, su corazoncito es muy tímido, en cambio, los retos la vuelven loca porque puede llegar a ser tan competitiva como Rubentxu. El único motivo por el que está dudando soy yo, porque teme que vaya a obligarla a hacer algo que me implique a mí, pero está muy equivocada. Si la quiero a mi lado, encima o debajo, es solo por decisión suya. Quiero que venga a mí. Aunque eso no quita que vaya a intentar mil cosas para acelerar el proceso.

—Reto, otra vez —dice Lorena.

Miguel se devana los sesos buscando algo con lo que incomodar a su prima.

—Te reto a que te sientes a horcajadas encima de Iván y finjas un orgasmo —propone el puto Celestino Segarra, orgulloso de su hazaña.

Me revuelvo casi tanto en la silla como el propio Iván. Lo mío es pura incomodidad y celos mal gestionados; espero que lo suyo no sea anticipación, que la haya olvidado ya, porque bastante me está costando acercarme a Lorena como para tener que lidiar con un exnovio que busca una segunda oportunidad.

Es que, joder, no sería justo.

Él ya tuvo su oportunidad y la desechó, no puede pedir otra. Es mi turno para luchar por Lorena.

Por desgracia, no tengo ni idea de lo que siente mi amigo por su exnovia, hace tiempo que no ha vuelto a salir el tema y yo evito preguntarle nada para no levantar sospechas. Así que solo me queda cruzar los dedos, porque no sé cómo reaccionaría Lorena si Iván diera algún paso.

Tampoco sé qué piensa hacer la susodicha con el reto, porque se ha quedado pasmada en su silla.

—Venga, Lorena, que es para hoy —protesta Verónica, con la vista clavada en mí. Esta tía se alimenta del malestar ajeno.

Finalmente, Lorena se pone en pie y a mí no me da tiempo a cerrar los ojos, así que veo a cámara lenta cómo se sube encima de Iván y le rodea el cuello con los brazos. Lo mejor de la escena y el único motivo por el que me alegro de no haber cerrado los ojos es que Iván parece el protagonista de una peli japonesa de serie B en la que lo están torturando con varias técnicas la hostia de sanguinarias. De hecho, tiene las manos alzadas como si estuviera pidiendo a gritos que alguien le ayude.

En cuanto Lorena empieza a moverse y fingir el orgasmo peor impostado de la historia, me resulta imposible contener las carcajadas. A lo mejor no ha entendido el reto y está imitando a algún animal que agoniza, no lo sé.

—Oh, sí, Iván, dáselo todo —lo anima Verónica con sorna.

Iván no se lo da todo, ni siquiera le da ánimos para superar el ridículo que está haciendo. Detalle que me hace pensar que no está demasiado interesado en su exnovia.

En cuanto Lorena se baja de su regazo y vuelve a sentarse a mi lado, no puedo evitar acercarme a ella y decirle por lo bajo:

—O Iván es un amante deplorable o tú eres una actriz pésima, pero tú no suenas así cuando te corres ni de puta broma, Lore.

—Cállate, Azurmendi —sisea.

—Yo me callo, si tú dejas de mirarme la ceja cada pocos minutos.

Se queda con las ganas de decirme cuatro cosas, pero no lo hace porque hay testigos, y porque sabe que tengo razón.

9
Donuts de chocolate

Lorena · Benicàssim, 20 de agosto de 2010

—¿Dónde quieres que vayamos? —pregunta Iván en cuanto cierra la puerta de su flamante coche que, más que para moverse de un lado a otro, sirve para dejar muy clarito lo bien que le va en la vida.
—¿La Salera? —propongo.
No me lo discute ni siquiera me contesta, arranca el coche y salimos del camping en dirección a Castelló.
El plan es hacer la compra para la barbacoa y volver cuanto antes.
Hace mil años que no me montaba en un coche con él y lo primero que me llama la atención es el tufo a colonia de padre que desprende, y lo segundo, lo brusco que se ha vuelto al volante y lo chupaculos que es, acosa a cualquier conductor que se atreva a ir un kilómetro por hora más despacio que él. Es el típico tío que necesita con mucha urgencia un «certificado oficial de tamaño de polla» para ponerlo junto a la matrícula y no tener que demostrar cada pocos metros lo machote que es cometiendo infracciones —machiruladas— con total impunidad.
—Y... bueno... ¿cómo te van las cosas por Madrid?
—Bien. Con mucho trabajo, ya sabes —responde con sequedad.
—Pero... ¿está todo bien? ¿Estás contento y eso?

—¿Por qué no me preguntas directamente lo que quieres saber?

Me retuerzo las manos en el regazo.

Nuestra relación ha pasado por muchas fases en los últimos años. Algunas buenas y otras no tanto. A mí me gustaría que pudiéramos ser amigos, tal como sucede con Unai, pero con Iván dudo que sea posible. Imagino que la intención de Sonic al forzarnos a hacer la compra juntos no era otra que ofrecernos un espacio en el que limar asperezas, pero hace ya algún tiempo que cuando estamos a solas nos cuesta mantener una conversación civilizada que no derive en algún tema que nos cabree a uno de los dos. A veces, la confianza da asco, y en nuestro caso da mucho.

—La última vez que nos vimos, no te lo pude preguntar porque estaban tus padres, así que solo pretendía saber si estabas bien, si tus problemas...

Me corta antes de terminar la frase:

—Aquel problema fue algo puntual sin importancia, Lorena.

—Ya. Algo puntual que se repitió varias veces.

—¿No me crees? —inquiere molesto y golpea el intermitente con fuerza para adelantar a un coche que ya infringe el límite de velocidad.

—Ocultar la verdad es uno de los síntomas, ¿no?

—No te estoy engañando. Estoy perfectamente. Y te agradecería que no me vuelvas a sacar el tema.

—Fuiste tú quien me pidió ayuda, es normal que te lo pregunte.

—Preguntar y echar en cara no es lo mismo, y tú haces lo segundo. No fue más que un hecho puntual, algo que forma parte del pasado. Como muchas otras cosas.

Tendrá valor.

Es la cuarta vez a lo sumo que le saco el tema en años. Y si lo he hecho ha sido porque sé por Sonic que las cosas volvieron a complicarse hace poco y me preocupa. Solo intentaba ser cordial, pero está claro que el doctor Fabra ese idioma ni lo habla ni lo entiende.

—Olvídalo, Iván. No tiene importancia.

Recorremos algunos kilómetros por la carretera general en un silencio muy irritante y en cuanto entramos en Castelló, Iván callejea hasta llegar al centro comercial de La Salera. Aparcamos cerca de la puerta de Alcampo y nos bajamos.

—¿Tienes cambio para el carro?

Iván mete las manos en sus bolsillos en busca de la cartera. Saca una moneda de dos euros y, en lugar de dármela, desbloquea uno de los carros y entra en el supermercado.

Los próximos treinta minutos los pasamos deambulando por los pasillos sin dirigirnos la palabra. Yo voy cogiendo las cosas que me han pedido Maider y Sonia, e Iván me persigue con el carro mientras lee con atención el *Marca* en su móvil.

—¿Deberíamos llevar algo de esto para las hijas de Unai? —pregunta al pasar por la sección de alimentación infantil.

Parece mentira que sea un embriólogo que, oh, casualidad, se encarga de los cuidados de los futuros bebés antes de transferirlos a sus madres y que no sepa lo que comen a una determinada edad. Por no hablar de que lleva una semana y pico conviviendo con Ane y Leire...

—Hasta yo, que entiendo de niños tanto como de tractores, sé que Ane y Leire ya tienen dientes y que comen de todo, Iván.

—No me quedo a mirar cada vez que les dan de comer. Estoy de vacaciones.

Cosa que demuestra que le sigue costando horrores ver más allá de su propia nariz y que, desde luego, dudo que sea el adulto más implicado en cuanto al cuidado de las niñas en Parcelona.

Le quito el potito de verduras variadas que tiene en la mano, lo dejo en la estantería y me dirijo al siguiente pasillo sin decirle nada más. No quiero tener que discutir con él cada vez que iniciemos una conversación.

En cuanto lo tenemos todo, nos acercamos a la sección de panadería. Al mirar unas chapatas veo por el rabillo del ojo unos donuts bañados en chocolate que brillan y creo escuchar que hasta me cantan baladas románticas. Me centro en el pan. Vuelvo a mirar los donuts de reojo y me fuerzo a no dirigir la mano hacia ellos. Me distraigo toqueteando las chapatas como hacen las señoras que tanto critico. Finalmente, cojo cuatro barras y estiro la mano para hacerme con un paquete de donuts también. Lo abrazo. A veces el chocolate consigue acallar mi ansiedad, y hoy...

Oigo a Iván resoplar suavemente a mi espalda.

—¿Algún problema?

—Ninguno —contesta a la par que sus dedos tamborilean en la barra del carro.

—Me ha parecido oírte resoplar.

—Me da pena lo que estás a punto de hacerte.

—No entiendo.

Iván se aparta del carro y se acerca a mí. Creo que es la primera vez en años que lo tengo tan cerca, a escasos centímetros. Me gustaría decir que su proximidad y su olor despiertan algo en mí, aunque solo fuera el eco de algún recuerdo muy concreto y lejano, algo bonito, pero no es así. Mi cuerpo solo me pide a gritos que retroceda un paso, que guarde las distancias porque él ya no es nada para mí ni quiero que lo sea. Pero no lo hago por no molestarlo. Porque, ante todo, cuando una es idiota, lo es a jornada completa.

—Lorena, los kilitos que has perdido en los últimos meses te han sentado muy bien. No lo estropees con esos donuts, por favor.

Aprieto el paquete entre mis dedos y siento cómo la capa de chocolate se agrieta con un crujido, levanto la mirada.

—¿Estos comentarios se los haces a Sonia también?

—Claro que no. Contigo es diferente.

Me dedica una sonrisita condescendiente que me duele más que sus palabras.

Para Iván siempre seré la chica débil que no sabe hacer las cosas bien y que necesita consejo y supervisión constante.

Y, sobre todo, siempre seré la chica gordita.

Empecé a ganar peso en la adolescencia. A los catorce años tenía ya algunos kilos de más y a medida que fueron acumulándose los cumpleaños y las hormonas, los kilos lo hicieron también. Seguí dietas más o menos exigentes, probé con el deporte e incluso la meditación, pero tan pronto como perdía peso lo volvía a recuperar. Me obsesioné bastante con el tema, en parte, gracias a los comentarios constantes que me hacían algunas compañeras de clase y los que me soltaba el mismísimo Iván, aunque los suyos siempre fueran «por mi bien».

Mis padres llegaron a estar realmente preocupados por que acabara sufriendo algún desorden alimentario y me vigilaban muy de cerca. Cuando rompí con Iván, entendí gracias a Unai que no podía continuar torturándome con mi peso, que debía valorarme más allá de lo que marcara la báscula, porque mi constitución nunca será la de una chica que pesa cincuenta kilos, y desde entonces intento vigilar lo que como, trato de evitar que mi relación con la comida se vuelva tóxica y me cuido mucho, aunque mis mayores esfuerzos están destinados a no agobiarme, a no castigarme y a no permitir que nadie opine sobre mi cuerpo. Bastante me cuesta quererme, para que venga alguien a ponerme en entredicho.

—¿Por qué es diferente conmigo?

—Porque me preocupa que al quedarte soltera te acabes dejando. Lo que he visto ahora mismo es un claro indicio de que mis miedos no son infundados.

No puedo creer lo que estoy oyendo.

¿Qué manía le ha entrado a todo el mundo con mi situación sentimental? Como si fuera lo único que me define, como si fuera una tara, como si me importara un pito tener a alguien que me caliente el corazón y la cama.

Tiro los donuts dentro del carro de malas maneras y cojo dos cajas más.

—Así que te preocupa que me quede soltera...

—Claro, seamos realistas, Lorena, a tu edad no creo que vayas a encontrar el amor de tu vida y acabes sorprendiéndonos con una boda. —Se ríe con una gracia bastante abofeteable.

Arrojo al carro las dos cajas de donuts que sujetaba buscando provocarlo y que me lo eche en cara otra vez, pero, como no lo hace, cojo otras tres y lo reto con la mirada mientras me deshago del envoltorio de una de ellas y me meto medio donut en la boca. El chocolate invade mis papilas gustativas y gimo de puro placer más alto de lo debido. Pero Iván se mantiene impasible, ni siquiera aparta la mirada mientras mastico y me relamo.

—No te preocupes por mi estado civil, estoy muy contenta como estoy —digo con la boca todavía llena, salpicándole la camiseta de miguitas—. No hay bodas en el horizonte de mi vida. Ni voluntarias ni de penalti.

Se echa a reír de nuevo con sorna.

Y pensar que hubo un tiempo en que esa sonrisa paraba mi mundo... Hoy lo frena, lo hace derrapar y estamparse contra la pared.

—Piénsalo bien, una boda de penalti daría tema de conversación a todo el camping durante años —comenta todavía entre risas—. Tal vez sea el impulso que tanto necesita el Voramar.

El camping, al igual que todo el país, está atravesando todavía momentos muy duros a nivel económico, pero gracias al trabajo que llevamos haciendo desde hace tanto tiempo, las cuentas están saneadas y resistimos el tirón con cautela, pero sin ahogarnos. Sin embargo, cuando quedan parcelas vacías, a los campistas veteranos les encanta comentar que el Voramar ya no es lo que era, uno de los campings más solicitados de la costa del Azahar, y que la crisis se está cebando con nosotros.

Los padres de Iván, que llevan acampando en él casi treinta

años, siempre se han creído con derecho a opinar sobre todo lo que acontece en el camping, y estos últimos veranos se han dedicado a esparcir rumores de todo tipo sobre el precario estado financiero del Voramar. Menos mal que la mayoría de los campistas ya los conocen y hacen caso omiso de sus comentarios. De hecho, hubo un tiempo en que nadie que los conociera quería acampar cerca de ellos y mi padre se veía obligado a hacer verdaderos malabarismos con las parcelas de larga estancia. Pero ellos, ajenos a la realidad, se siguen comportando como si la alcaldía del Voramar fuera su principal cometido.

—Nuestro camping, por mucho que les pese a tus padres, no necesita ningún impulso.

—Hay parcelas vacías, Lorena —recalca, con un tonito paternalista que me enerva—. No me lo estoy inventando.

Me meto la otra mitad del donut en la boca y deposito el envase en el carro para que nos lo cobren.

—Deja de preocuparte tanto por las parcelas que hay vacías en mi camping y en mi corazón, porque no son tu puto problema.

—Más tranquila, ¿eh? No era un comentario insidioso. Me parece perfecto que hayas decidido que no quieres más hombres en tu vida después de mí.

Estoy a punto, muy muy a punto, de decirle quién fue el hombre con el que estuve después de él y meterle el carro por donde no le pega el sol con toda la compra incluida, pero no puedo hacerle esto a Unai. Además, tampoco sé si la arrogancia de Iván aguantaría semejante noticia sin sufrir un colapso.

—¿De verdad piensas que estoy soltera desde que me dejaste?

—No he visto nada que me indique lo contrario. Siempre estás sola.

—Pues estás muy equivocado.

—¿Ah, sí? —Levanta las cejas realmente sorprendido, y eso hace que me sienta aún más insultada.

Me limito a asentir con la cabeza. Él me estudia a conciencia.

—Te estás marcando un farol, porque si así fuera, mi madre me lo hubiera dicho.

—A tu madre más le valdría estarse calladita de vez en cuando.

Pese a que fingen estar muy unidos y pasan mucho tiempo juntos de cara a la galería, en realidad, Iván nunca ha tenido una relación fácil con su familia.

Su padre es el dueño de un concesionario en València con muy mala reputación pero muchas ventas. Los rumores acerca de los coches que «trae de fuera» llegan hasta Castelló, y las malas lenguas dicen que el sustento principal de los Fabra proviene de otras fuentes que poco tienen que ver con la automoción. Además, el buen señor es un vividor que explota a sus empleados y un misógino tan dominante que impone su criterio por las malas en todos los aspectos de la vida familiar.

Su madre es Doña Carencias convertida en Doña Apariencias. Fue fallera mayor en su juventud y se cree que eso le sigue otorgando algún tipo de estatus por encima de todo ser viviente. Le encantan los rumores y coleccionar esquelas, y mientras no le afecten directamente a ella, le apasiona regodearse en las desgracias ajenas. Siempre ha sido una madre más bien distante y una esposa devota, de esas que miran hacia otro lado cuando su querido esposo tiene encuentros furtivos con otras mujeres o agachan la cabeza en aquellas ocasiones en que su marido levanta la mano.

La hermana mayor de Iván, Elena, se marchó a estudiar al extranjero hace muchísimos años, tantos que apenas la recuerdo. Nunca volvió, ni siquiera para pasar una Navidad con su familia o para asistir a los funerales de sus propios abuelos.

Óscar, el pequeño, siempre ha sido el saco de las hostias de su padre, de hecho, hubo una época en la que lo llamaba «goma rota» entre risas. Así que el pobre chaval se pasó toda la infancia y la adolescencia pegado a su hermano mayor. Primero buscando que alguien le hiciera un poco de caso y después tratando de imitar su éxito. Nunca lo ha conseguido, ni la atención ni un éxito tan rotundo, porque Óscar nunca será como Iván, nunca tendrá ese afán competitivo que lo puede empujar a destrozar a cualquiera que se interponga en su camino. Óscar tiene un buen corazón y, aunque sus payasadas carecen de límites, me alegra que haya dado con alguien como Gemma, que es un remanso de paz y de buenas vibraciones, justo lo que necesita. Ojalá los padres de Óscar no la trataran como si ser peluquera fuera un defecto, porque no se lo merece. Pero es que los señores Fabra siempre han mirado a los padres de Gemma muy por encima del hombro y su hija no podía recibir otras atenciones.

E Iván, el primer hijo varón y, por lo tanto, el favorito de su padre, era un chico muy normal cuando empezamos a salir, pero poco a poco empezó a volverse cada vez más altanero, despiadado, cruel, posesivo... Y con el tiempo, me resulta muy triste decirlo, dejó de ser el chaval del que me enamoré.

Supongo que al final es inevitable acabar hablando «unga, unga» fluido, cuando es el único idioma que te enseña tu papá. Además, en su momento más vulnerable, cuando realmente necesitó a su padre y le pidió ayuda, lo echó de casa sin muchos miramientos y fui yo quien se vio obligada a intervenir. Porque todavía pensaba que en el fondo Iván seguía siendo una buena persona que merecía el sacrificio que tuve que hacer.

—Sí, Iván, ha habido otros tíos después de ti. Siento decirte que no resultaste ser tan irremplazable como creías.

—No te cabrees conmigo.

—Deja de subestimarme y no tendré que enfadarme contigo.

—No te subestimo, solo siento pena por ti.

Le quito el carro y me dirijo como una bala hacia las cajas. Porque si seguimos discutiendo acabaré usando alguna cámara frigorífica del supermercado para fines personales y a ver cómo se lo explico a la policía después.

Iván insiste en pagar la cuenta, cómo no, prácticamente lanza su tarjeta en plan bumerán a la cara de la cajera. Dejo que lo haga, entre otras cosas, porque me va a financiar medio kilo de donuts de chocolate que pienso comerme esta noche mientras quemo las cuatro fotos que me quedan de nuestra época de novios.

Cargamos la compra en el maletero y volvemos por el Grau, el distrito marítimo de Castelló, por insistencia de Iván, que dice que quiere ver las obras que están haciendo. Imagino que con la pasta que gana, no tardará mucho en comprarse una villa y abandonará el camping. Ojalá sea lo suficientemente grande para que quepan todos los Fabra.

Recorremos los cuatro kilómetros de playa que nos separan de Benicàssim con las ventanillas bajadas, lo que impide que nuestra conversación continúe. Menos mal.

1996

Ella es el sol, no solo un verano

Unai · Benicàssim, 9 de agosto de 1996

—¿Alguien tiene que hacer pipí antes de que salgamos? —les pregunto a Lorena y Miguel en cuanto nos subimos en mi coche.

Esta noche nos vamos a la fiesta de la espuma en K'Sim. Como viene siendo tradición, me toca llevar el coche y será Miguel quien lo traiga de vuelta al camping.

—Menudo cuatro latas, ¿no? —comenta Lorena mirando a su alrededor.

Me he pasado semanas hablándole de este coche, un flamante Opel Kadett GSi del ochenta y ocho de segunda mano, una bestia parda de color blanco que petardea cada vez que acelero, de la ilusión que me hacía comprármelo con la pasta que llevo ahorrando todo el invierno y de lo emocionante que para mí era hacer el viaje a Benicàssim por mi cuenta por primera vez.

Y ella va y nada más montarse lo llama cuatro latas.

Si fuera otra tía, ya la estaría echando del coche, pero como es Lorena, pues sonrío, porque no sé hacer otra cosa en su presencia.

—No te metas con mi coche, Lore. —Otra sonrisita—. Es una reliquia.

—Pobrecito, ¿estoy mancillando tu coche de flipadillo veinteañero? Porque déjame que te recuerde que se cae a pedazos.

—Ahí te equivocas. Es una joya. Es una puta máquina. No ha tenido ni una avería importante, cuando te entrega los 130 CV que tiene se te ponen los pelillos de punta, y con la suspensión deportiva, tiene más tracción que follar con los calcetines puestos.

Acaricio el volante —sin dirección asistida, detalle que voy a omitir— con devoción mientras Lorena me mira fijamente.

—No te tenía por uno de esos.

—¿Por un loco de los coches?

—No, por un tío que folla con calcetines —aclara por lo bajo.

—En Euskadi suele hacer frío, nunca digas nunca.

Diez minutos después, estamos en K'Sim y por la borrachera que lleva la peña, cualquiera diría que llevamos aquí siete horas y que el alcohol es gratis.

Lorena está bailando con Damiano y con Iván. Aunque decir que están bailando son palabras mayores. Se están restregando con tanto ímpetu, que de un momento a otro se van a pegar un calambrazo y van a morir los tres; Verónica está en la barra con Miguel pidiendo otra ronda y mientras esperan se meten mano, y yo estoy aguantando las penas de Noe, que implican a un socorrista zurdo de la playa del Heliópolis, a un camarero rubio de no sé qué discoteca de Benicàssim y a un reponedor de Pryca, que, entre otras cosas, está casado pero le regala bombones caducados. Se queja de que su vida amorosa es una mierda, cuando en realidad es una vida amorosa superpoblada y, como en toda comunidad con demasiados vecinos, no es raro que haya problemas.

—¿Y tú qué? Seguro que tienes alguna churri en Donostia.

Aparto tan rápido la mirada de la orgía bailarina que tiene montada Lorena para observar a Noe que creo que me he podido dislocar el cuello.

—¿Churri?

—Novia. Ligue. Una chica. Ya sabes. Pim, pam y si te he visto no me acuerdo. O pim, pam, te he visto y me quiero acordar.

—Noelia, ¿en qué año estamos?

—Mil novecientos noventa y seis.
—¿Quién está en el gobierno?
—El bigotillo del señor Aznar. ¿Lo dices por la palabra «churri»?
—No he usado esa palabra en la vida, amiga. De hecho, imagino a mi padre usándola con esos pantalones de campana que tiene guardados y que allá por los setenta molaban.
—Está de moda, no es una palabra tan vieja, idiota.
—Ni tan moderna como los tiempos que estamos viviendo.
—Lo que tú digas, Azurmendi, pero aquí la usamos. Entonces ¿qué? ¿Has dejado algún rollete en Donostia esperándote?

Me está sonriendo como si no acabara de meter las narices en mi vida y estuviera olisqueando cada rincón, algo que entre amigos solemos hacer bastante a menudo, y más cuando llevamos varios tragos encima, pero en este caso en concreto no me cabe la menor duda de que es una misión de reconocimiento ordenada por cierta morena de ojos claros que no se atreve a preguntármelo a la cara.

—¿Me estás interrogando por curiosidad o por encargo?

Vuelvo a mirar a Lorena, los cuerpos de Iván y Damiano siguen moviéndose arriba y abajo, pero ella está quieta con la vista clavada en Noelia. Me pregunto si sabrá cuánto me agrada que después de habernos pasado tantos meses hablando, me mande a una emisaria para interrogarme sobre el trajín que me traigo con otras tías.

—Bueno... —Noe duda si decirme la verdad—. A ver, curiosidad tengo, no eres muy dado a hablar de tu vida amorosa y me encantaría saberlo porque soy una cotilla horrible, pero también es posible que alguien me haya insistido un pelín para que viniera a enterarme de cómo están las cosas.

—¿Por qué no viene ella?
—¿Por qué no dejas de mirarla y vas tú?
—¿Es lo que quiere?
—No es lo que dice, pero yo diría que sí es lo que quiere.
—No me gustaría incomodarla delante de todos, Noe.

—Es justo lo que deberías estar haciendo, Azurmendi, incomodarla encima de la primera superficie que encuentres disponible. Y si lo que te preocupa es Iván, tranquilo, ya me encargo yo de él.

Hace crujir sus nudillos, pero no me intereso por lo que está planeando, por si roza la ilegalidad.

—Creo que Iván aceptaría mejor que sea Lorena quien diera el paso.

—Ya te lo he dicho, Azurmendi, ella no va a mover un dedo.

—¿Por qué? —vuelvo a preguntar exasperado.

—Porque es Lorena. —Se encoge de hombros con una sonrisilla en la boca.

Me carcajeo. No hay mejor manera de describirla. Lorena es Lorena y se comporta como Lorena. Poco más que añadir.

—Bastante ocupada está en negar que tal vez sienta algo por ti, aunque solo sea ilusión por verte este verano, como para acercarse a preguntar qué sientes tú o para hacer algo un poquito más físico. —Agita las cejas en plan pícaro—. Así que deja que cumpla con el papel que me ha tocado: ¿ninguna churri esperando con ansias tu regreso?

—¿Lorena solo quiere saber eso o hay más dudas? —usurpo su papel de cotilla—. Venga, Noe, cuéntame lo que sepas.

—Lleva un mes dándome la tabarra con eso. Si durante el año habrás conocido a otra, si te habrás liado con alguna... Está superpreocupada, pero no siente nada serio por ti, ya sabes —repite con retintín.

Me acabo la cerveza y dejo la botella sobre la barra.

—Tengo fichadas a un par de tías en la uni. Una de ellas tiene todo lo que podría gustarme para dar algún paso.

Por la cara que pone, en cuanto volvamos al camping, va a coger un Ken de su época adolescente, le va a poner una pegatina de algún grupo de punk en el pecho y lo va a utilizar para hacerme vudú. Me apresuro a terminar mis explicaciones.

—Pero tengo un problema: aunque me atrae bastante,

cuando la miro no me consumo como me pasa con cierta chica que ambos conocemos. —Le guiño un ojo—. Lorena tiene todo lo que me interesa de verdad, todo lo que quiero en este momento.

—Y vas a pelear por ella.

—Conseguiré que lo que hubo entre nosotros el verano pasado no se quede en una mera casualidad. Ella es el sol, no solo un verano.

—Ay, Azurmendi... —Se olvida del vudú y me abraza con fuerza.

Noe es así, a la mínima que coge un poco de confianza, se vuelve muy sobona y le encanta estrujar a sus amigos, a los amigos de sus amigos, a sus vecinos de parcela, a los reponedores del Pryca y hasta a los señores que te cobran el peaje, aunque eso implique bajarse del coche.

—Cuando la miro me duele todo el cuerpo por no poder tocarla y este verano pinta que va a ser un puto suplicio si no consigo estar cerca de ella... ¿Se lo vas a contar?

—Por supuesto.

—Joder.

—Escúchame bien, Azurmendi, toda ayuda va a ser poca. El mayor obstáculo que vas a tener será la mismísima Lorena Segarra, porque es una puñetera miedica, y, hazme caso, tienes que dejarle muy claro lo que sientes por ella en todos los sentidos. Lánzate ya joder, que al paso que vas, se te va a acabar el verano.

Un buen rato después, me sitúo junto a Lorena en la barra. Llevamos toda la noche separados, incluso más que cuando solo éramos amigos, pero es que, claro, cuando las cosas cambian, cualquier acercamiento parece sospechoso. Así que hagamos que lo sea de verdad. Quiero que sepa que estoy aquí, que he venido a reclamar cierto espacio a su lado.

—Hola. —Es lo único que me dice cuando me ve, pero lo acompaña con una sonrisa de medio lado y, joder, qué sonrisa.
—Apenas hemos hablado en toda la noche —le digo.
—¿Me echabas de menos, Azurmendi?
—Pensaba que eras tú quien me echaba de menos a mí y que por eso me habías mandado a Noe en misión de reconocimiento.

Lorena se ríe y, apoyando el codo en la barra, se sitúa un poco más cerca de mí. Está claro que ambos hemos bebido más de la cuenta, así que es muy posible que esta situación se nos desmadre un poco. Joder, ojalá.

—Así que una chica de la uni, ¿eh?
—¿Te preocupa?
—Puede —responde coqueta mientras sus dedos recorren mi pecho.
—¿Voy a tener que sacarte esas dudas del cuerpo?
—Puede.
—Lorena, ¿te toca a ti pagar la siguiente ronda? —nos interrumpe Iván.

Lorena se aparta de mí y sus dedos dejan de tocarme. Me cago en varias cosas y personas mientras ella se gira hacia Iván y le contesta algo que no llego a oír. Me mira de reojo con cierto temor, así que entiendo que, delante de su ex, quiere que me siga cortando. De momento, lo voy a respetar porque ella insistió mucho el verano pasado, pero yo también insistiré en lo contrario este verano. He tenido un año para pensar y, la verdad, creo que no hicimos nada malo; ahora solo me falta convencer a Lorena de que se lo contemos ya mismo a Iván. Antes de que acabe convirtiéndose en algo en verdad injustificable.

Lorena charla animadamente con su ex y, aunque intentan incluirme en la conversación, la música que nos rodea me excluye. Pasan los minutos y acabo aburriéndome de esperar a que terminen de hablar. Y cuando me aburro pasan cosas. Todos lo sabemos.

Doy un paso a un lado, me coloco detrás de Lorena para esconderme y acerco mi mano a su trasero.

Ella siente el primer contacto, sutil pero decidido, y pega un pequeño bote muy gracioso. Iván la mira extrañado, sin embargo, hay tanta gente a nuestro alrededor que bien podría pasar por un empujón. Lorena intenta continuar hablando con su exnovio con total normalidad, pero en cuanto empiezo a mover mi mano, la concentración y las palabras le fallan.

—¿Te estoy nublando la razón, Lore? —le digo al oído con disimulo.

Ella sigue esforzándose por prestar atención y contestar a Iván manteniendo la compostura y el tono firme, pero mueve su mano con disimulo hasta la mía y la aprieta.

Yo cumplo: pellizco y amaso. Me pego a ella todo lo que puedo para que sienta que estoy muy cachondo por culpa de los once putos meses que llevo pensando en ella.

—Como te iba diciendo... —repite Lorena por tercera vez, pero en realidad no es capaz de continuar diciendo nada.

Cambio de postura. Apoyo el codo en la barra y miro prácticamente de frente a Iván por encima del hombro de Lorena. Hay demasiada gente a nuestro alrededor, mucho ruido, música machacona y poquísima luz, mi amigo no se está enterando de la fiesta, así que meto mi mano por debajo del vestidito de Lorena y exploro más a fondo. Ella vuelve a pegar un respingo y su exnovio la observa divertido.

—¿Qué te pasa? —le pregunta—. ¿Te pica algo?

Ella intenta cerrar los muslos cruzando las piernas a la altura de los tobillos, pero solo consigue que mi mano, encajada desde atrás, se quede atrapada y ejerza más presión sobre su clítoris.

—Contéstale, Lore —le susurro al oído con discreción— e intenta no perder el hilo, sino tendré que parar...

Lorena niega efusivamente con la cabeza.

—No, ¿qué? —se interesa Iván.

—Nada. Solo es que... tengo un músculo agarrotado en el cuello y mover la cabeza me ayuda.

Lorena se lleva la mano al hombro derecho y se lo masajea reafirmando su coartada. Camuflo mi risa en su pelo y sigo metiéndole mano.

—¿Has estado currando muchas horas o qué?
—Demasiadas.
—Déjame que te lo suelte.

Iván se pega al otro costado de Lorena. Coloca las manos en su hombro derecho y se lo toquetea apretando con los dedos. Yo sigo perdido dentro de sus bragas. Recorro toda su abertura y la penetro con un dedo. La resistencia es nula, está empapada, así que introduzco otro más. Entro y salgo con lentitud para que Iván no se dé cuenta. Lorena gime de puro placer y aprieta los muslos más todavía. Mi amigo sonríe orgulloso por unos logros que no le corresponden, pero, bah, dejemos que lo crea.

—¿Mejor? —le pregunta.

Ella asiente efusiva, exagerada, colorada, jadeante y con la boca medio abierta.

Intento no reírme.

—Estás siendo una chica muy mala —le digo pegando mis labios a su oreja.

Saco los dedos con lentitud y doy un paso atrás.

Sé que la estoy dejando un poquito más que a medias, por no decir que la estoy dejando al borde del precipicio, pero si quiere algo más de mí, tendrá que venir a buscarlo.

Me acerco a nuestros amigos y pocos segundos después veo a Iván encaminándose al baño. Lorena aparece de la nada, farfulla una excusa, les tira las bebidas prácticamente a la cara, me coge de la mano y me arrastra fuera de la discoteca.

Aún voy algo perjudicado, así que la sigo un poco a trompicones, hasta que me hace chocar con una pared, en un rincón apartado del aparcamiento. Cuando articulo una frase completa en mi cabeza y me dispongo a dejarla salir, los labios de Lorena me lo impiden. Me está besando. No. Me está devorando. Tengo su lengua metida en mi boca y por la insistencia con la que se mueve, cualquiera diría que pretende examinarme las amígdalas o robarme un empaste. Estoy tentado de señalar la evidencia, que está más cachonda que yo el día que me empalmé admirando sus tetas en la playa, y burlarme un poco, pero mi cerebro deja de recibir el riego sanguíneo que lo alimenta en cuanto su mano se precipita a mi polla. Esto va en serio. Tan en serio que hasta se me está pasando el pedo y mi cuerpo empieza a restregarse contra el suyo con ganas. Llevo mis manos a su culo redondito y bien lleno, la alzo sin esfuerzo y la empotro contra la pared como aquella tarde en los fregaderos.

A esto vamos a jugar juntos.

Lorena gime mientras sus piernas me rodean la cintura.

—Eres un cabronazo, Azurmendi —dice con el ceño fruncido, pero sonriendo.

—Ya me lo agradecerás en otro momento.

Aprieto. Empujo. Toco. Manoseo. Restriego. Lamo. Muerdo. Arranco.

Los botones de su vestido rebotan por el suelo. No doy abasto. Quiero tocarla tanto y de tantas maneras que me faltan manos.

—Hostia puta —murmuro contra su boca.

—¿Qué ocurre? —Se aparta un poco y me estudia.

—Tus pechos, joder, son dos putos monumentos.

Bajo por su cuello y deposito varios besos entre sus tetas, por todo el estrecho canalillo que las separa, pero ni por esas me sacio. Aparto la tela de su sujetador y ella se ríe con suavidad.

—¿Ha merecido la pena esperar para visitarlos?

—Y tanto. Vine por ese carácter que tienes que me vuelve loco, pero me quedaré por tus tetas. Definitivamente por tus tetas. Este amor no es negociable, Lore.

Beso de nuevo sus pechos, primero un pezón, mientras manoseo el otro y viceversa. Un claro ejemplo de que los hombres sí que podemos gestionar dos cosas a la vez. De hecho, he nacido para gestionar estas dos cosas a la vez.

Ella tiembla y gime entre mis brazos, le gusta mucho lo que estoy haciendo, pero no tanto como a mí.

—Lore, antes de que sigamos, tengo una noticia bastante regulera que darte.

—Hummm —responde ella, con los ojos cerrados y atrapando mis manos encima de sus tetas.

Respiro hondo y me preparo mentalmente para el bajón que puede venir.

—No tengo condones.

He ahí la frase más trillada de la historia, pero la más necesaria. Lorena abre los ojos y clava su mirada en mí.

—Yo tampoco.

Debería confirmar que acabamos de cortarnos el rollo a lo grande, pero ella se ha puesto a mordisquearme la piel detrás de la oreja. Así que no estoy muy seguro.

—Si quieres podemos tirar por la tangente..., puedo usar la lengua, ya lo sabes —oferto.

Apoyo la mano izquierda en la pared y me quedo a la espera. No sé ni qué decir en este momento en que mis hormonas están al mando y mis neuronas aplaudiendo felices por el descanso que se han tomado. Prefiero que decida ella, soy un cobarde que se amolda fácil, pero es que no quiero abrir la boca y acabar pareciendo un remilgado.

—Si tú quieres... Estoy tomando la píldora desde hace años y hay «confianza», ¿no?

—Ya, bueno, eso es genial. Me alegro. ¿Te sienta bien? Hay tías que dicen que les da migraña o lo mismo es una excusa, no lo sé. Pero también las hay que...

—¿Por qué te has puesto tan nervioso de pronto?

—¿Yooo? —Me llevo la mano al pecho y ahora resulta que sueno y actúo como el puto Raphael. No me canso de dar lo mejor de mí en los momentos cumbre.

Lorena me rodea las mejillas con sus manos y me obliga a mirarla a los ojos.

—¿Qué pasa?

—Naaada. —Sigo alargando las palabras por algún motivo desconocido.

—Unai...

—Nunca lo he hecho a pelo, ¿vaaale? Sí, sé que suena raro cuando he tenido novia durante tantos años, pero es que se llevaba mal con los anticonceptivos. Así que entre ese detallito y un par de cosas más, puedes estar tranquila, estoy limpio y superhabituado a ponerme una gomita. —Apenas soy capaz de terminar la frase sin descojonarme de la risa como si fuera un niño de ocho años que acaba de decir «pito» delante de su abuela—. ¿Ves? Esto es justo lo que intentaba evitar: convertirme en el puto mayordomo de Tenn al soltar la típica frase «Estoy limpio, puedes pasarme un algodón por las pelotas».

Lorena acerca su dedo índice a mi boca y me hace callar. No podría estarle más agradecido.

Necesito una mujer así en mi vida con urgencia, una mujer que me haga callar cuando es absolutamente necesario.

—Unai, fóllame.

Por lo visto, también necesito una mujer que me diga con exactitud lo que tengo que hacer.

—No me pidas eso, Lore, que me estoy reservando para el matrimonio —digo con un tono serio muy bien fingido.

—Estoy tan cachonda que ahora mismo te arrastraría de las orejas hasta una capilla, me pondría un vestido blanco y, en contra de todos mis principios, me casaría contigo.

Vuelvo a apresarla contra la pared y la miro a los ojos.

—Ahora en serio, me encantaría bajarte las bragas y follarte aquí mismo, pero no voy a conformarme solo con eso.

—¿Por qué? —finge interés entre los pequeños mordisquitos que me está pegando en el cuello.

—Porque llevo esperando un año entero, si es que no son dos, y me muero por verte completamente desnuda y a mi merced. No me vale con un polvo deprisa y corriendo contra una pared.

Varias horas después, el amanecer despunta en el horizonte con un montón de colores que mi daltonismo interpreta a su antojo; tengo un cuerpo ardiente pegado al mío y unos brazos rodeando mi cintura; mi boca está llena de arena y estoy cachondo.

Esta es, sin duda, la mañana más gloriosa que jamás ha conocido un agosto.

Giro un poco la cabeza y observo la cara de Lorena apoyada en mi pecho. Sigue dormida y por su expresión, relajada y medio sonriente, decido no moverme y concederle unos minutos más. Es algo inaudito verla así.

Aunque aún más inaudito es haberme convertido en la puta canción de The Bangles y estar encantado por ello. Pero es que no hay palabra que consiga abarcar lo que siento al tenerla entre mis brazos. Ni siquiera mi dulce lengua materna, que nos dio una palabra tan perfecta como *gaupasa* —trasnochar de juerga—, es capaz de describirlo.

Anoche… nos lo pasamos de puta madre en K'Sim. Contra todo pronóstico, el *coitus interruptus* del aparcamiento generó entre nosotros una tensión tan palpable que no nos quedó otro remedio que seguir jugando el resto de la noche. A última hora, conseguimos despistar a nuestros amigos y hemos amanecido en esta playa, abrazados encima de una toalla que probablemente no sea nuestra. Como nos pillen los munipas benicenses nos va a caer la del pulpo, porque está prohibido dormir aquí.

Anoche, además, como ya he dicho, estuvimos a puntísimo de follar.

Podría dejar la frase ahí colgada y no darle más importancia, porque los arrebatos que sufrimos cada vez que hay una pared disponible en las inmediaciones no son nada nuevo, pero no fue solo un acto carnal que estuvimos a punto de cometer empujados por la desesperación que sentimos por estar juntos. Fue una decisión a conciencia. Y cuando le pedí que me concediera una primera vez más pausada, Lorena aceptó. Quiero recrearme en cada puto detalle.

—Deja de sonreír como un idiota —me dice, todavía medio sopa.

Me ha pillado.

—Deja de empaparme la camiseta, babosa.

—Tú me mojaste las bragas ayer y me dejaste con las ganas. Es lo justo.

—Y crees que mi servicio de atención al cliente fue deficiente, ¿no? Que debería haberte follado con la efusividad que merecía tu humedad.

—Ay, por Dios.

Lorena se tapa la cara con las manos, avergonzada. Me encanta esta dicotomía, que sea una fiera cuando está cachonda, que exija y reclame atenciones, y que sea dulce y tímida cuando está relajada, cuando te permite estar cerca.

—Lore, no te ruborices. No es para tanto.

—¿Ves ese pájaro de ahí?

—Veo menos que un gato de porcelana por el culo ahora mismo.

—Se dice «de escayola».

—Yo soy de porcelana, no de puta escayola.

—Como quieras… ¿Ves o no ves el pájaro?

—Veo algo moviéndose en el cielo, sí, con forma de gaviota.

—Pues no es una gaviota.

—Mírala ella, qué ornitóloga se pone por las mañanas. ¿Y qué es?

—Son mis bragas, Unai, que han echado a volar por culpa de las cochinadas que me dices.

La sonrisa me abarca toda la cara.

—Pues perdona que te diga, pero tu ropa interior se parece un huevo al logotipo de cierto partido político que me pone entre cero y nada.

Lorena desliza su mano por mi estómago en dirección a mi entrepierna, yo coloco las manos a la parte trasera de mi cabeza y la dejo hacer.

—Hay que ver lo bien que disimulas —comenta entre risas—. A ti lo de hacerte el interesante, sujetar la tensión y no empalmarte por el camino no se te da demasiado bien.

—Me has vuelto a pillar.

Tiro un poco de la toalla, nos hago rodar por la arena hasta que acabamos envueltos como un rollito de primavera. Con la tontería, la tengo con las piernas abiertas de par en par y estoy en posición de embestida. Joder, la vida con Lore es una puta maravilla.

—¿De quién es esta toalla, Unai?

—Mía. La tenía en el coche —miento.

—La tuya es azul y esta es naranja.

—¿A quién le importa?

—A su dueño, supongo.

—Bah. Ahora tendrá una toalla azul nueva, seguro que no tiene quejas.

—No puedes ir robando toallas por ahí.

—No las robo, las confundo. Además, ¿qué importa el color?

—Cuando se trata de ti, nada. Creo que viviría en un mundo en blanco y negro solo por ti.

Nos miramos a los ojos unos segundos y ella se apodera de mi boca. Ya la voy conociendo mejor en el terreno sentimental, y esto es justo lo que hace cuando sabe que ha dicho más de la cuenta, cuando es consciente de que estamos metiéndonos en un terreno peligroso. Peligroso para ella, porque yo estoy deseando adentrarme en él con todas las consecuencias.

No solo quiero su amistad y sus gemidos, quiero todo lo demás.

Ya lo decía mi abuela: si algún día te casas, hazlo con tu mejor amiga. Asegúrate la confianza, que es el único sitio donde podrás reír y llorar tranquilo.

El problema es que nadie se para a pensar en que el día que salga mal, no solo vas a perder a tu novia, también perderás a tu amiga. Es un dos por uno la hostia de jodido.

Pero a mí empieza a importarme una mierda, porque no la voy a perder. Me la voy a ganar.

Nos besamos lento y dulce durante muchos minutos mientras el sol va escalando por el cielo. Los primeros turistas no tardarán en invadir la playa.

—¿Qué somos a partir de ahora, Lorena? —pregunto con mi boca todavía pegada a la suya.

—¿Y eso qué más da ahora mismo? Estamos bien, mejor que ayer, y es lo único que importa. Esto no es una frutería, no hace falta pesar y etiquetarlo todo.

—Pues a mí me encanta «pesar» estos dos melones que tienes.

Mis manos se apoderan de sus pechos y elevo las cejas en plan canalla. Sé que a veces soy un poco básico a la hora de meterle fichas, pero me encanta hacerla reír, y eso es justo lo que está haciendo ahora mismo.

—Idiota.

—Lore, de lo que en realidad quiero que hablemos... o, mejor dicho, lo que en realidad quiero decirte es que...

—Nuestro futuro depende de que no acabes esa frase, Unai. Somos amigos y tienes un pene que pienso adorar todo este verano. No creo que etiquetar lo que hay entre nosotros sea algo de vital importancia.

Retiro las manos de su cuerpo y aunque no quiero, sé que estoy poniendo cara de perrito apaleado. Odio darme de bruces con esto, pero soy consciente de que podía pasar, vista la charla que tuvimos el año pasado.

—Me voy a sentir utilizado, Lore. —Me decanto por la broma antes de que se dé cuenta de que me ha herido.

—Nos ha jodido. —Se echa a reír de nuevo—. Si no quieres, no...

Su pelvis se frota contra la mía de una manera deliciosa. Esta tía me tiene conquistado. Ahora mismo haría cualquier cosa por ella, hasta dejar de lado esos sentimientos que empiezan a llenarme el pecho y darle solo y exclusivamente todo lo que me pida.

—No digas algo de lo que te tengas que arrepentir dentro de dos minutos exactos.

Acaricio con mis labios la piel de su cuello y Lorena jadea. No es que se esté arrepintiendo, es que quiere mucho más.

—Puedes estar tranquila, estoy seguro de que me va a encantar sentirme utilizado por ti —continúo—. Pero creo con sinceridad que podrías darme muchísimos más usos este verano.

Deslizo mis manos por sus caderas y me restriego contra sus partes. Su cuerpo emana calor y atracción en la misma proporción.

—Podrías sacarme a pasear —sugiero.

Mientras pienso en qué más podría hacer conmigo, meto la cabeza por debajo de la toalla. Le suelto mi cinturón, que desde anoche le sujeta el vestido que le rompí, y la desnudo prenda a prenda, poco a poco, dejando caer un besito aquí y otro allá.

Por fin admiro su cuerpo desnudo.

Joder, Lorena sin ropa está espectacular.

Tiene dos buenas tetas que tuve el honor de venerar anoche. Tiene curvas en la cintura y en las caderas. Tiene una piel bonita y suave. Tiene un montón de detalles que quiero tocar, morder y lamer. Y es justo lo que hago, familiarizarme con cada milímetro de su cuerpo.

Poco después, cuando creo que ya he cartografiado una gran parte, le sostengo la mirada mientras le bajo las bragas con toda la calma del mundo.

La operación dura varios segundos y, joder, ver la desesperación en sus ojos me mata.

—También podrías llevarme el cine... —propongo entre risas.

—Estaría tan empapada como ahora mismo antes de comprar las palomitas.

Lorena no es de las que necesitan muchos preliminares, creo que su mente suele ir veinte pasos por delante de mis manos. No digo nada más, dejo mi campaña a favor del noviazgo para otro momento, pero quiero que tenga claro que me gustaría que esto fuera mucho más allá de lo meramente físico.

Desabrocho los botones de mi pantalón corto y me saco la

polla de los bóxers. Llevo la punta hasta su entrada y la penetro con lentitud, muy muy despacio mientras la miro de nuevo a los ojos.

Llevo dos años deseando estar dentro de ella y es mucho mejor de lo que jamás habría imaginado.

Joder, qué fácil es hacerlo con ella.

Joder, qué difícil va a ser no pedirle más.

Ella sisea y cierra los ojos en cuanto toco fondo. Salgo despacio y vuelvo a entrar, como si estuviera ejecutando la maniobra más perfecta de mi vida.

La adrenalina me corre por las venas como fuego y las embestidas entre nuestros cuerpos se vuelven violentas, contundentes, necesarias, urgentes, insuficientes...

Veo algo en su mirada, algo que me llena el pecho hasta casi reventármelo, algo que va más allá del orgasmo al que está a punto de sucumbir. Esta tía siente algo por mí, no me cabe duda, solo es cuestión de derrumbar las barreras que ha edificado a su alrededor.

Lorena se corre tan bonito y tan sexy que me quedo mirándola y me olvido de seguir empujando. Ella protesta y me aprieta el culo con las manos entre gemidos reclamando las atenciones que necesita que le siga dando, pero yo continúo embobado. Maravillado. Extasiado. Y esa otra palabra que es el participio del verbo «enamorar» y que no pienso decir en alto porque está claro que va a salir corriendo.

Si bebes, no conduzcas.

Si follas con la tía que te vuelve loco, no hables.

Si...

Lorena me pega un manotazo en el trasero. Me echo a reír y retomo mis tareas como empotrador encantado. Recupero el ritmo que he perdido en pocos segundos y ella vuelve a estar muy entregada a la causa.

Nos miramos a los ojos y nos dejamos ir juntos.

10

¿Cómo van esas salchichas?

Unai · Benicàssim, 21 de agosto de 2010

Sara está pelando patatas con Maider y Gemma mientras Óscar pone la mesa y las niñas se entretienen jugando en el suelo. Rubén acaba de largarse al bar a por las bebidas e Iván aparece cargado con el postre.

Yo estoy a la sombra en una de las esquinas de la parcela, acompañado por una comuna ilegal de cigarras que no dejan de cantarme coplas, ejerciendo en mi puesto como responsable de una barbacoa defectuosa que me ha costado encender casi una hora. Eso sí, con la humareda que he organizado, el Voramar parece Londres y si Lorena no me ha mandado los bomberos, poco le habrá faltado. O tal vez sí que lo ha hecho y Tito los tiene secuestrados en el bar, quién sabe, tampoco sería la primera vez.

Cruzo una miradita con Sara, que se dirige a nuestra caravana por más patatas. Me dedica una sonrisa desde el altillo y yo le guiño un ojo. Espero que con tanto humo se haya dado cuenta de que le estoy metiendo fichas, que no es que me piquen los ojos.

Las cosas empiezan a fluir con calma en Parcelona y estoy bastante más contento que cuando llegamos. Cosa que no es difícil, porque a primeros de agosto estaba en la más absoluta mierda y ahora mismo no quiero hacerme ilusiones, pero creo que voy a acabar el mes estando entero.

Hemos disfrutado de la playa o de la piscina todas las mañanas, hemos pasado una tarde en familia en Benicàssim pueblo, hemos metido horas extra en el bar, he podido estar con Lorena un par de veces de charleta y anoche, sin ir más lejos, después de una cena romántica a solas en la piscina, conseguí convencer a Sara para que nos bajáramos a la feria que hay en la playa. Vale que solo fue un paseo cronometrado de una hora, tiempo máximo que mi esposa estaba dispuesta a distanciarse de nuestras hijas, que se quedaron con Maider y Rubén, y seguro que cualquiera que no nos conozca pensaría que estábamos metidos de lleno en un entreno de marcha, pero al menos pudimos dedicarle cincuenta y nueve minutos más a nuestro matrimonio.

Fuimos de la mano, un gesto que nos salió natural, compramos churros y compartimos un granizado de limón con horchata, el favorito de Lorena, y hablamos de temas de adultos que poco tienen que ver con el ruido que hace un hipopótamo, con los Chocapic, que según dice Leire, tienen menos chocolate en Benicàssim, o con el ruidoso sexo matutino a seis voces que sucede simultáneamente en las caravanas que nos rodean y que a duras penas conseguimos camuflar ya.

Ahora solo nos falta jadear por otros motivos que no sean la velocidad a la que caminamos, conseguir tratar ciertos temas un pelín más complicados y creo que por fin habremos dado un paso enorme hacia la reencarnación de nuestro matrimonio.

Hoy estamos metidos de cabeza en una barbacoa para dar inicio a las fiestas del camping y, aunque me ha costado, he conseguido convencer a Lorena para que se viniera. No sé qué le pasó ayer cuando fue a hacer la compra con Iván, pero desde entonces tiene semejante cara de cabreo que parece que esté planeando un desahucio exprés para todos los habitantes de Parcelona.

Iván se acerca a mí, me ofrece un botellín de cerveza y mete las narices en la barbacoa que tengo delante.

—¿Cómo van esas salchichas?

—Amigo, esa pregunta tiene tantas respuestas posibles que no sé ni por dónde empezar a vacilarte.

—Hablemos de salchichas si es lo que te apetece... —propone y me arrea un par de codazos.

—Mejor lo dejamos para otro ratito, que estoy muy liado fingiendo que aso la verdura. —Señalo los calabacines que están pasando el verano sobre la parrilla, porque, seamos claros, el fuego que he hecho, además de ahumar la comida y causar un problema de visibilidad en el aeropuerto de Castelló si deciden abrirlo hoy, dudo que vaya a hacer mucho más.

Iván retira la rejilla con la verdura encima e intenta avivar el fuego con un paipay. Le pone todo su empeño y consigue que la llama crezca, pero enseguida se viene abajo otra vez.

—Tío, esto se nos da de culo —confirma entre risas y vuelve a dejar la rejilla en su sitio.

—Fue tu mujer quien me asignó la tarea.

—Hablando de mujeres... amigo, ¿os pasa algo a Sara y a ti? —pregunta bajando el tono.

—No, que yo sepa —miento con todo el descaro del que dispongo y sueno más borde de lo que pretendo.

Hace ya unos cuantos años que me he habituado a no contarle a Iván toda la verdad sobre mi vida privada, así que tampoco me resulta complicado no hacerlo hoy. Debería sentirme mal por no haber sido un buen amigo, pero, aunque no lo sabe, él tampoco lo fue. Así que supongo que estamos en una especie de empate técnico que me deja dormir tranquilo por las noches.

—Colega, no te mosquees, solo he supuesto que, para una vez que estamos solos, te apetecería hablar del tema.

Miro de reojo a Sara. Está agachada recolocándole las coletas a Leire.

—No hay nada que hablar.

—Lo que tú digas. Pero sinceramente, creo que Sara no está demasiado a gusto aquí y me preocupa.

Resulta que mi amigo se preocupa por mi mujer más que en su día por su novia de toda la vida. Manda huevos.

—Le encanta este camping —sentencio.

—¿Tú estás seguro?

La primera vez que la traje no le entusiasmó demasiado la experiencia, las cosas como son. Ella siempre había veraneado con sus padres en urbanizaciones elegantes de la zona de Marbella que contaban con todas las comodidades. En un camping la vida es muy diferente y si no te acostumbras a tener que pasear para ir al baño, a fregar con diez desconocidos o a que el vecino de al lado te dé los buenos días en calzoncillos, meta sus salchichas en tu barbacoa o te invite a probar el licor de hierbas que hace su suegro de extranjis, vas mal.

Los campistas somos una comunidad y nos comportamos como tal, somos abiertos y casi siempre respetuosos. A Sara le impactó tanto que le costó una semana entera bajar la ceja izquierda.

La segunda vez que la traje, en cambio, ya sabía con qué se encontraría y disfrutó de la estancia como cualquier veterana. Hasta permitió que el vecino de al lado metiera sus inofensivas sardinas en nuestra barbacoa.

Y esta vez, la enésima, estuvo más que de acuerdo con el plan. Además, sabe que es un lugar en el que me siento como en casa y que las niñas disfrutan un montón, de manera que no puso demasiadas pegas.

—¿Qué te hace pensar que no está cómoda en este camping?

Dejo las pinzas sobre un lateral de la barbacoa y le dedico toda mi atención a Iván. Me encanta ver cómo la gente especula sobre mi matrimonio sin tener ni puta idea de lo que está pasando.

—Bueno, la he oído quejarse hasta de la falta de picaduras de mosquito.

—Nos ha jodido, me pican todos a mí.

—Querrá la experiencia completa y no se la estamos dando.

—Seguramente —admito entre risas.

—Ahora en serio, Azurmendi, me preocupa, está distante. No es la Sara que conocí. —Hace una pausa dramática—. La he oído soltar varias indirectas sobre cuántos días faltan para poder volver a casa... y se implica a medias en la mayoría de los planes que hacemos. Hasta Sonic se ha dado cuenta.

Resoplo y vuelvo a coger las pinzas para darles la vuelta a las verduras. Con un poco de suerte, para Semana Santa estarán templadas.

—Sí se implica. Hace un rato ha estado pelando patatas y ayer nos bajamos a la feria.

—La bajaste casi a empujones y ella te subió de vuelta a rastras.

—Tenemos dos hijas.

—Que estaban a cargo de tu hermana y de Rubén.

Resoplo con fuerza otra vez y el fuego de la barbacoa se aviva. A lo mejor he dado con la clave. Cabrearme.

—Todos pasamos por rachas, Iván —comento con resquemor.

—Así que hay algo.

—En todas las relaciones hay cosas.

—Yo no tengo ningún problema con Sonia —afirma orgulloso, el muy cabrón.

—¿Y ella contigo?

De buenas a primeras se pone tenso y borra la sonrisita petulante que mantenía anclada en su boca. Si quiere que hablemos de comportamientos sospechosos, yo también tengo un par de preguntas acerca de la apuesta económica que frenó su mujer el otro día en la piscina.

—Azurmendi, si no me quieres contar lo que está pasando entre vosotros me parece perfecto, pero no te pongas a la defensiva conmigo.

Estoy a punto de soltarle que la autodefensa es a lo que te acostumbras cuando todo se derrumba a tu alrededor, cuando veo de refilón que Lorena y Rubén se acercan a la parcela transportando un frigorífico portátil entre los dos, y decido dejarlo para otro momento.

Lorena camina mirando con atención al frigo, pero mi cuñado, nada más poner un pie dentro de los límites de Parcelona, cruza una mirada bastante significativa con Iván, la misma que comparten siempre que Lorena está presente. Una especie de advertencia de que su hermana es intocable.

No sé lo que piensa Iván del pequeño de los Segarra, supongo que el hecho de que sea mi cuñado bloquea toda posibilidad de que mi amigo se sincere al respecto; pero en el caso de Rubén, es bastante fácil deducir lo que opina de Iván. Solo es cuestión de prestar atención a la cantidad de veces y la intensidad con que resopla cada vez que lo tiene cerca. No es que sea muy discreto. Así que me atrevería a decir que no le cae especialmente bien e incluso iría aún más lejos añadiendo que el motivo principal es Lorena.

Pese a todo, imagino que la propia Lorena los habrá empujado a un acuerdo tácito de no agresión, que Iván cumple a rajatabla y Rubén finge de aquella manera. Son medianamente educados, pero cruzan miraditas delatoras.

Sea como sea, la situación me confunde porque todavía no sé qué pasó en realidad entre Lorena e Iván, y las pocas veces que la he interrogado a ella solo he obtenido evasivas. Sin embargo, por muy torcidas que acabaran las cosas entre ellos, ambos la estamos mirando.

—Lorena... —dejo la frase a medias porque no sé muy bien qué quiero decir.

¿Que siempre ha intentado pasar desapercibida y que siempre acaba destacando?

¿Que el paso de los años siempre juega a su favor?

¿Que no solo es la única tía que conozco a la que le queda bien un gorro de piscina, que también es la única que está preciosa arrastrando un puto frigorífico?

Me pongo a mover las verduras por la rejilla sin ton ni son para distraerme.

Lo típico es que no sepas cómo comportarte con tu ex, pero la cuestión es que no sé si la relación que tuve con Lorena llegó a significar tanto como para denominarla así. Al menos para ella. De manera que la cantidad de veces que me siento incómodo a su lado rondan el cero. Sí que ha habido alguna situación muy concreta que me ha recordado cosas que no debería, por ejemplo, hace unos días, cuando nos peleamos por una manguera, acabó habiendo algún que otro restregón entre nosotros y me sentí un pelín raro. O, más que raro, triste. Pero en general, lo llevo bien, aunque hoy no es el caso.

—Lorena, ¿qué? —pregunta Iván. Finge que no la estaba mirando y agita el paipay junto al seto.

—Nada.

Ni quiero darle detalles ni quiero dejar de mirarla, pero lo acabo haciendo cuando Luna atraviesa mi campo de visión corriendo. Va con la lengua fuera y entra en Parcelona derrapando. Me jugaría el calabacín que tengo delante a que se ha parado a tomar el aperitivo en varias parcelas.

—Este chucho es como un Citroën Picachu, no sabes dónde tiene el morro y dónde tiene el culo —comenta Óscar entre risas mientras le acaricia la cabeza a Luna, que no tarda en tirarse panza arriba.

Rubén es un tío calmado hasta el extremo, el típico que responde con frialdad o con una bordería bien elaborada a cualquier insulto sin despeinarse; incluso en ocasiones directamente no contesta porque está por encima del bien y del mal, se limita a lanzarte una mirada que tiene el mismo efecto que una motosierra atravesándote la carne y se queda tan ancho. Pero cuando se trata de su hermana, de Maider o de Luna...

—La próxima vez que creas que insultar a Luna es una buena idea, quiero que recuerdes que podría hacerte cagar dientes durante una semana entera.

Óscar se queda unos segundos mirando al pequeño de los Segarra: entender el sarcasmo que maneja no es moco de pavo.

—Venga, tío, que era una broma —se justifica y se rasca la nuca con insistencia.

Lorena y Rubén dejan el frigorífico en el suelo y él se dirige hacia su amigo, pero Leire lo intercepta a mitad de camino y el chaval se queda plantado en el centro de Parcelona con una niña a sus pies pegando saltitos con los brazos estirados, como si fuera Mari Jaia.

Así, a ojo, diría que acaba de perder más de la mitad de la autoridad que tenía.

—Ya hablaremos tú y yo sobre qué es una broma aceptable y qué no. —Señala a Óscar con el dedo índice, acto seguido coge a Leire en brazos y se achuchan como si no se hubieran visto en los últimos quince años. La sonrisilla bobalicona que se le ha puesto al chaval me hace sonreír a mí también.

Para Leire soy el hombre de su vida, no me cabe la menor duda. De hecho, hace unas semanas me despertó a las cuatro de la mañana para decirme que se había echado un cuesco la hostia de potente. Yo estoy ahí para las cosas importantes. Pero para todo lo demás, tiene a su *osaba* y me encanta que sea así. No es que Leire sienta devoción por él, es que acabará fundando algún tipo de culto sectario en el que Rubén será el único dios que adoren.

Lorena saluda a las chicas y se acerca a inspeccionar la barbacoa. Guarda cierta distancia con Iván y conmigo; no me extraña, somos los dos hombres que pusieron su vida patas arriba. Pese a todo, jamás le he visto hacer ningún gesto de desagrado, excepto ahora mismo, que está arrugando esa nariz tan respingona que tiene.

—Pero ¿qué estáis haciendo? —pregunta, y nos dispara dos miraditas de decepción—. Ya decía yo que olía a humo en Recepción...

—A mí no me mires, el pirómano frustrado es Azurmendi.

Iván alza las manos en señal de inocencia y Lorena entorna sus ojos claros.

—He tenido varios problemillas —admito y vuelvo a girar el calabacín que sigue tan verde como el día que nació.

—Déjame, anda...

Me hago a un lado y observo cómo Lorena retira la parrilla, azuza el carbón, mueve a un lado las ramitas, los periódicos, los restos de cerillas, el pimiento de goma de mis hijas y las doscientas pastillas acelerantes, y lo airea todo. La llama se enfurece y coge garra, cómo no, solo Lorena es capaz de generar semejante combustión, y, encima, se mantiene ardiendo, orgullosa de dejarme en un absoluto ridículo.

—Hay que conseguir que el carbón se mantenga caliente —explica. Está claro que es toda una experta en hacer que las cosas ardan bajo su mando.

—Mejor te encargas tú, Lorena —dice Iván y se aleja hacia la mesa donde los demás están preparando los aperitivos.

—No hay persona sobre la faz de la Tierra con mayor capacidad para escurrir el bulto —murmura Lorena para sí misma o para el calabacín, no lo sé.

Estoy por preguntárselo, pero, como ya he dicho, hace tiempo que el tema de Iván es un territorio que no pisamos. Sin embargo, me gusta saber que por mí no siente el mismo resentimiento que por él.

Lorena se centra en vigilar la barbacoa y yo la observo con escaso disimulo otra vez.

Está tan morena como siempre y lleva una especie de vestido cruzado de un color claro que le queda muy bien. Creo que mi historia con sus vestidos tiene demasiados capítulos.

Sea como sea, desde que la vida que he construido sin ella ha empezado a tambalearse, no puedo evitar preguntarme dónde estaríamos hoy si las cosas hubieran sido de otra manera.

Si habríamos sido felices.

Si estaríamos casados.

Si tendríamos hijos.

Si viviríamos en Benicàssim o en Donostia…

Ojalá aquella noche del noventa y seis nunca hubiera sucedido, porque así hoy no tendría un pasado al que agarrarme con tanta fuerza cada vez que la echo de menos.

1996

No te enamores de mí

Unai · Benicàssim, 22 de agosto de 1996

Al tirarme en la colchoneta de mi iglú, unos brazos y unas piernas me apresan.

Estoy por protestar, sobre todo porque no ha sido nada suave conmigo, pero joder, notarla aferrándose a mí de esta manera me hace sentir cosas por todo el cuerpo.

—¿Otra vez apropiándote de mi iglú? —pregunto con una sonrisa.

Enciendo la lamparita a pilas y veo que Lorena se deshace de la sábana que la cubre a medias —la maldita sábana infantil con dibujos de He-Man que a mi madre le pareció oportuno relegar al camping— y deja al descubierto un pantalón corto que le alarga las piernas hasta parecer eternas y una camiseta de tirantes que muestra más vientre y más canalillo del que me conviene si pretendo ser civilizado con ella durante al menos cinco minutos.

—He pensado que te gustaría tener compañía —anuncia, coqueta.

No dice nada más, tampoco es que haga falta, se recuesta contra mi pecho y le acaricio el pelo. No hace mucho me mofaba de mis colegas justo por hacer lo mismo que estoy haciendo en este momento: dejar que los minutos mueran mientras jugueteo con el pelo de una chica. El karma es un cabrón muy vengativo y yo soy tan predecible que no me extrañaría nada acabar haciéndole trencitas con tal de seguir tocando su melena mientras suena «Eternal Flame» de fondo. Ella suspira relajada y ausente. A los pocos segundos ronronea de gusto y yo sonrío. Me encantan estos encuentros clandestinos, estos minutos en los que me permito creer que somos algo más que amigos que follan día sí y día también.

Este verano está teniendo dos versiones: la oficial, que compartimos de día, juntos o por separado, con nuestros colegas, y la no oficial, que se desarrolla en sitios privados con los dos a solas. Y es que todas las noches desde aquella en la que amanecimos en la playa, exceptuando una, en la que me dijo que no se encontraba bien y yo deduje que estaba con la regla, han transcurrido con Lorena tumbada en mi colchoneta. A veces desnuda y a veces vestida, como hoy. En cuanto a la noche que se ausentó, a la mañana siguiente me encargué de dejarle bien claro que no solo la quiero en mi cama para echar un polvo o lo que se tercie según lo creativos que nos pongamos, que también podemos solo dormir. Ella se aturulló y me soltó un discursito muy elaborado sobre que lo nuestro no es más que sexo —del guarro, puntualizó por lo bajini—. Cuando la pillé abriendo la cremallera de mi iglú a las dos de la mañana aquella misma noche, la recibí con los brazos abiertos y ni me molesté en señalarle lo evidente.

Porque a mí también me da miedo cómo está poniéndose el asunto.

—Tienes la camiseta un poco mojada —dice.

—Estaba empezando a chispear cuando venía hacia aquí.

—Me encantan las tormentas.

Un fogonazo me recuerda que mi hermana, en cambio, las odia.

Imagino que estará profundamente dormida, porque, de otro modo, la tendríamos escondida debajo de la caravana organizando un buen escándalo.

—Lo que a mí me encanta es que huelas a mí, Lore.

Hundo la nariz en su pelo y disfruto del momento sin más pretensiones.

—¿Qué tal la noche? —se interesa ella.

—Bien, hemos estado tomando algo en la playa de tranquis. ¿Qué tal tu día?

Conversación de lo más familiar y hogareña. Es lo que tiene compartir iglú con ella, ya la siento parte del espacio. Y me gusta que sea así. Tanto que estoy por pedirle que elija unas cortinas a su gusto para tapar la mosquitera.

—A última hora hemos tenido un trajín bastante estresante en Recepción, he cenado a las mil.

—¿Muchas entradas y salidas?

Levanta la cabeza y me dedica una miradita empapada de sospechas.

—¿Cómo es posible que seas capaz de conseguir que cualquier frase, *a priori* insustancial, suene a cochinada?

—¿Yo? Venga ya, Lore, eres tú quien oye «entrar y salir» y pierde el norte. Y baja la voz, te recuerdo que mis padres están más cerca de lo que te imaginas.

—No, Unai, no soy yo. Es la manera obscena en la que dices ciertas cosas buscando provocarme.

—¿Es una queja? —pregunto de broma.

—No, solo un comentario.

—Ya me lo parecía. Además, a ti no es que haga falta buscarte, tú siempre estás…

—A ver qué vas a decir.

—Nada, nada —respondo entre risas—. Solo que eres bastante… hum… ¿fogosa?

Me arrea un manotazo en el hombro.

—Eso no es verdad. Soy una tía normal, con un apetito normal.

—Eres cualquier cosa menos normal, Lore. Y eso es justo lo que más me gusta de ti. —Deposito un beso en su boca—. Además, ¿si ahora mismo metiera los dedos en tus bragas qué encontraría?

—Una gran sorpresa —anuncia con una sonrisa preciosa, tenuemente iluminada por mi lamparita a pilas.

—Define «gran sorpresa».

—Como soy una señora muy fogosa, a lo mejor no me he puesto bragas porque necesito llevar el asunto ventilado...

—Siento decirte que verte sin bragas ya es parte de mi rutina. Cero sorpresas.

Se echa a reír y asiente un poco avergonzada.

Vuelve a recostarse sobre mí y yo retomo la tarea de dejarle la cabellera llena de nudos, porque no tengo ni puñetera idea de cómo se hace una trenza.

—¿Mañana te toca de tarde o de mañana? —me intereso, y a continuación bostezo. No sé qué tiene su compañía que consigue relajarme tanto como me excita.

—De tarde. ¿Te apetece que quedemos después de cenar?

—Claro. He oído que Iván y Noe comentaban algo acerca de una fiesta en...

Noto que sus manos se tensan en torno a la tela de mi camiseta y no termino la frase.

Resulta que este es el clásico momento en el que una tía quiere estar a solas contigo —sin iglús ni sábanas de He-Man de por medio— y tú la cagas sacando a colación a tus colegas, que encima, casualidades de la vida y de la mala suerte, incluyen a su Iván, el mismo tío al que llevas ocultándole un verano entero que estás follando con bastante asiduidad con su exnovia. Aunque lo de ocultárselo no sea por voluntad propia y me haga sentir como un cabrón a diario, Lorena dice que no está preparada para destapar lo que sea que hay entre nosotros y de momento he optado por esperar. Tal vez debería plantarme y exigirle una salida del iglú que haga pública nuestra relación, pero soy el primero que a veces no puede cargar con el peso de sus propias inseguridades. Llevarla a un callejón sin salida podría suponer que no elija luchar por nosotros y no sé si yo podría superar semejante desplante viniendo de ella, entre otras cosas, porque me lo merezco. A medida que avanzan los días, estoy más seguro de que Lorena no es consciente de la realidad en la que vivo.

—A ti, ¿qué te apetece que hagamos? —rectifico pasándole la pelota.

—Me conformo con cualquier cosa, con tal de estar contigo y salir de este camping.

Lorena sonríe, me apretuja los mofletes y me besa en la boca.

Solo es un roce sutil, dulce y cariñoso, pero consigue que algunas partes mi cuerpo se tensen de muchas maneras diferentes. Sobre todo, mi corazón.

Y es que nosotros no nos besamos así.

Nosotros nos devoramos. Nos mordemos. Nos arrancamos la ropa a jirones. Ella me come el rabo y yo le lamo el coño hasta que se corre. La empotro contra la primera superficie que pillo a mano, follamos y punto.

No hay más. No debería haber más, según dice ella.

Pero la realidad es que hay más, aunque no lo quiera ver.

Estamos cayendo.

Estamos confundiendo el amor con la amistad y la atracción, y eso a la larga nos va a acabar jodiendo vivos si no le ponemos remedio.

—Lorena, no te enamores de mí —suelto sin pensármelo dos veces.

—¿Qué dices?

—Que no te enamores de mí —repito aún más bajo, cuando debería subir la voz para que le quede claro.

Ella se incorpora y me mira a los ojos.

—No puedo creer que me estés pidiendo que...

—No te lo pido, te lo aconsejo.

—¿A qué viene eso ahora? ¿Qué te ha hecho pensar que esté...?

—Lore, yo...

Lo tengo en la punta de la lengua, a pocos milímetros de escaparse de entre mis labios, pero en el último momento, consigo retenerlo. No estoy seguro de lo que iba a decir, pero sí que sé que la iba a cagar. Es algo que aprendes a detectar con los años y la experiencia.

—No soy lo que esperas, Lore —concluyo, con pesar.

Ella se echa a reír con ganas, hasta se tapa la boca para no despertar a mis padres, pero cuando me mira de nuevo a los ojos percibe que estoy hablando en serio.

—¿A qué viene semejante estupidez? —pregunta, indignada.

—Eres una tía muy espabilada, deberías ser capaz de deducirlo tú solita.

—Pues se ve que soy más tonta de lo que parezco. Tendrás que explicármelo.

No quiero hacerlo. Así que me cruzo de brazos.

—Unai... —Me rodea las mejillas con sus manos y yo cierro los ojos.

—Si te enamoras de mí, te llevarás de regalo a un tío que es guapo a rabiar, que hace más tonterías de las que le corresponden por edad y que no será capaz de terminar ni una mísera carrera universitaria.

Sigo sin saber muy bien cómo explicar lo que quiero, pero necesito que alguien mantenga las distancias entre nosotros en cuanto a sentimientos se refiere. Tengo que confiar en que Lorena sabrá lo que nos conviene y que será ella quien frene las cosas antes de que se desmadren por completo, porque yo estoy empezando a no controlar todo lo que siento por ella. O sí. Pero la cuestión es que tiene que ser consciente de que no soy lo que espera. Soy la decepción masculina de la que hablan sus amigas: el chico resultón y graciosillo del que se enamoran y a los pocos meses acaban dejando por puro desengaño.

—Unai, no todo el mundo se saca la carrera a la primera... Mírame a mí, ni siquiera estoy estudiando.

—Porque no quieres.

—Porque no puedo. —Noto cierto pesar en su voz, como si quisiera decirme más de lo que me está diciendo.

—Porque no quieres —insisto—. Pero no te rayes, terminarás adaptándote a esta vida en el camping, la harás tuya y cambiarás las cosas. O puede que llegue el día en que finalmente decidas que, a veces, dejar en la estacada a tus padres para perseguir tus sueños no es tan malo. Sea lo que sea lo que acabes haciendo, te comerás el mundo, Lorena.

—Me tienes en demasiada buena consideración.

—Y tú en demasiado mala.

—Aplícate el cuento, Azurmendi...

—En mi caso, no es solo en eso, Lore. La carrera no es más que la punta del pedazo de hielo a la deriva que soy la mayor parte del tiempo. Y ya sabes lo que pasa cuando un tío te dice «Tranquila, solo te meteré la puntita», te va a empalar entera. Lo mismo pasa conmigo, puede que acabes enamorándote de lo que ves, pero en el fondo, siempre he sido y seré un fracaso.

Estoy a punto de explotar y confesarle ciertas cosas que nunca le he contado a nadie que no sea de la familia. Me muerdo el labio con saña.

Quiero seguir callado y no mostrarle lo que llevo dentro, lo que hace que mi mundo se hunda a veces, pero la atención con la que me está mirando y el cariño que detecto en sus ojos, me animan y me abren en canal, y cuando quiero darme cuenta y recuperar el control sobre mí mismo, ya es demasiado tarde, mi boca, por una vez, está soltando palabras a diestro y siniestro.

—Cuando era un crío, visto que mi fuerte no eran los estudios, intenté destacar en el deporte escolar. Aunque no era consciente de ello, me estaba esforzando por encontrar algo por lo que mis padres se sintieran orgullosos de mí, algo que me hiciera especial. —Suelto de carrerilla—. Así que pasé de un deporte a otro con la esperanza de que alguno se me diera bien, pero no sucedió. A veces no vale con que algo te guste mucho y con que lo intentes con todas tus fuerzas, a veces hay que asumir que no valemos para eso y que no pasa nada.

—Hago una pausa intentando elegir las palabras correctas,

cosa que no siempre me resulta fácil—. Puedo nadar y correr, no se me da mal del todo, pero no a velocidades o distancias dignas de una competición. Mis amigos, en cambio, fueron encontrando sus nichos, algunos en el básquet, otros en la pelota vasca o en el remo, y hasta un par de ellos en el bádminton. ¡En el puto bádminton! Entiéndeme, no tengo nada en contra de esa disciplina, pero coño, nadie piensa a los siete años que acabará haciendo carrera en eso, y, mira por dónde, puede pasar...

—Los deportes minoritarios molan, tengo una amiga que practica tiro con arco.

—Chica lista, mejor tenerla como amiga que como enemiga.

Me pega un cachete en el pecho, y, antes de que me sacuda el segundo, atrapo su mano entre las mías y comienzo a trazar circulitos en su palma. De esto también me he mofado en más de una ocasión, de esta necesidad de tocar a otra persona a todas horas que me resultaba incomprensible y que ahora me acojona. Solo sé que a cada vuelta que mi dedo da sobre su piel mi corazón late más tranquilo.

—Visto mi escaso futuro en el mundo deportivo, me conformé con ser el portero del equipo de mi barrio, y mis padres me mandaron a solfeo a probar suerte. Mi abuela siempre dice que algunas personas tienen la destreza en los pies y otras en las manos, pero por lo visto, yo no la tengo en ningún sitio, ni siquiera en la cabeza...

—Bueno, podría decirte un par de habilidades que tienes.

—¿Ah, sí?

—Por ejemplo, eres capaz de prolongar un polvo más que la media.

Me echo a reír. Si ella supiera lo complicado que es eso y la cantidad de material inservible que debes tener en la cabeza para conseguirlo...

—¿Me estás diciendo que soy de gatillo retardado o algo así?

—No, lo que quiero decir es que sabes aguantar cuando ves que yo todavía no llego. Me esperas y me empujas. Y esa es una magnífica habilidad que pocos tíos tienen.

—Más que una destreza, yo diría que es que no me gusta llegar solo.

—Oh, ¿te sientes solito en la inhóspita tierra del orgasmo?

—*Sip.* —Pongo morritos y ella vuelve a besarme.

Esto va francamente mal. Creo que tengo que dejar de hacerme el adorable porque no hace más que animarla. Y si ella se anima, yo me motivo aún más.

—¿Y qué pasó con las clases de música? Has dejado la historia a medias.

—Digamos que mis *aitas* casi acabaron teniendo que financiar una orquesta entera. No soy muy habilidoso con las manos...

Lorena carraspea en plan exagerado y pone los ojos en blanco.

—Tienes razón, perdona. No soy nada habilidoso con las manos cuando se trata de la música, pero cuando se trata de tu coño soy capaz de hacer que se corra en cuestión de segundos. Es mi segunda mejor destreza, justo después del gatillo solidario. Lo malo es que eso no puedo ponerlo en el currículum.

Lorena se atraganta con su propia saliva y se pone a toser. Si pensaba que con sus carraspeos me iba a achantar, la lleva clara. Continúo con mi charla como si tal cosa, como si ella no acabara de acariciar con los dedos la muerte por atragantamiento:

—Aunque todo el mundo te dice que el lenguaje musical no deja de ser un abecedario similar al que usamos a diario, me costaba mucho entender las partituras, y es que para mí el problema era aún mayor. Se me mezclaban las notas por culpa de la dislexia y era lentísimo leyéndolas.

Me quedo a la espera de que llegue la decepción, la cara que pone la gente cuando entiende que mi cerebro no funciona como debería; vamos, que en cierta manera soy lo que ellos consideran «tonto». Pero no lo soy, joder, simplemente mi cabeza funciona de otro modo y tiene necesidades diferentes. Me ha costado años entenderlo, pero es así.

—¿Eres disléxico? —repite Lorena, sin variar el tono.

—Sí. Hay disléxicos festivos, los que no son capaces de escribir, comprender, argumentar... cuando están borrachos, y luego estamos los demás, los cotidianos, los de verdad. Los que no damos una ni en los años bisiestos.

Lorena no se ríe de mi broma. Siento que algo se encoje en mi pecho.

Ya no me va a mirar igual porque sabe que estoy defectuoso.

—¿Puedes seguir con la historia de la academia?

Me dedica una sonrisa y yo me quedo bloqueado unos segundos. Joder, no estoy acostumbrado a que la gente se tome mi pequeño gran defecto como algo normal.

—¿No tienes preguntas?

—No. ¿Vas a seguir?

—Sí, claro. —Sonrío levemente e intento retomar mi relato—. La profesora me dijo que no desistiera, que algunos grandes músicos no saben teoría musical, pero pasó por alto el hecho de que tampoco tengo buen oído. Por lo tanto, cada vez que iba a clase, solo sentía una frustración enorme que no paraba de crecer. Me aburría, me sentía un inútil y al final acababa dedicándome a hacer de las mías. Ya sabes, poner un poco de pegamento aquí y allá, meter alubias en las flautas...

—Lo de que no tienes buen oído lo deduje el día que descubrí que te gustaba Eskorbuto.

—Pues no me has visto con un violín entre las manos. Digamos que soy un valor seguro. No importa la partitura que me pongan delante, porque siempre va a sonar igual: como un montón de gatos que se han pillado las pelotas en la gatera.

—La música tiene su complicación, no es solo una cuestión de oído. Hay que practicar mucho, tener cierto sentido del ritmo, armonía...

—Para ti es fácil decirlo, porque tú tocas el piano, ¿no?

Sus dedos interpretan una melodía invisible sobre mis pectorales. Tal vez sea Chopin.

¿Chopin tocaba el piano? Yo qué sé.

—Sí, lo toco, pero apenas tengo tiempo libre para dedicárselo.

—Y el poco que tienes lo inviertes en estar conmigo.

Aunque estamos en la penumbra de mi iglú, soy capaz de detectar que se está sonrojando. Joder, cada vez que me despisto, las cosas entre nosotros se precipitan un poco más. Sin embargo, no puedo evitar besar los nudillos de sus manos para decirle sin palabras que me encanta que el poco tiempo que tiene lo destine a estar conmigo, aunque sea de tapadillo.

—Tocarte a ti es más satisfactorio que tocar el piano. Además, a ti solo te voy a tener este mes...

—En cuanto a eso... —empiezo a decir, pero ella cambia de tema.

—Maider empezó a tocar el piano también, ¿no?

Me mira a los ojos y me pide sin palabras que dejemos relegados para otro momento esos once meses que separarán este agosto del siguiente. Acepto. Pero volveré al ataque en algún momento.

—Sí, fue a un par de clases, pero lo dejó enseguida. Y aunque suene como un hermano de mierda, me alegré de que por fin hubiera algo que no se le diera bien.

—Me lo dices o me lo cuentas.

—Tú no tienes que convivir con las notas que saca mi hermana. No baja del ocho ni haciendo un examen borracha. Hasta en preescolar lo petaba, le dieron un puto premio a nivel provincial por un monigote que hizo con plastilina. Y mientras tanto, ahí estaba yo, comiéndome la plastilina que le sobraba.

—¿Y qué te crees que se siente teniendo a Rubén como hermano? Porque ser una segundona es lo mínimo.

Lorena se ha puesto en guardia, como si de pronto hubiéramos tocado un tema que la pone nerviosa. No entiendo nada.

—No seas boba, tú estás muy por encima de él en muchos sentidos. ¡En todo! Eres una tía genial y tu hermano es un capullo integral.

—A veces lo es, pero es que la vida no le ha puesto las cosas fáciles.

Levanto las cejas sorprendido.

Siempre lo he tenido por un niñato sabelotodo muy consentido que se gana a pulso todas las hostias —no en sentido literal— que recibe. No hay más que observar un poco para darse cuenta de que Lorena lleva trabajando en el camping desde los catorce años y él, que ya tiene dieciséis, solo se dedica a perseguir a mi hermana sin dar un palo al agua. Y eso no es que me parezca una vida complicada, la verdad.

—No pongas esa cara. No estoy bromeando.

Vacila un par de segundos, pero acaba suspirando.

—Rubén siempre ha sido un niño muy especial —admite.

Asiento exageradamente y me gano un manotazo en el hombro.

—Aprendió a hablar con año y medio, pero no chapurreando como el resto de los niños, él hacía frases completas, sonaba como un lord inglés de sesenta años. A los dos años, entró en la fase habitual de las preguntas, pero las suyas cada vez eran más complejas. Con tres años y pico, sabía leer y resolver problemas simples. Todo el mundo alababa lo listo que nos había salido, pero te aseguro que, a veces, semejante coeficiente intelectual en un niño tan pequeño nos daba miedo. Era como tener un Einstein con pañales, y cuando empezó el colegio llegaron los problemas de verdad. Se aburría porque las asignaturas no estaban a su nivel, tenía problemas de concentración y sus compañeros de clase se burlaban de él. Un chaval que hace ecuaciones por puro aburrimiento y cuyas dotes sociales no son una maravilla es un blanco fácil para las mofas.

—¡Pero si es un gallito! Seguro que se las apañaba de sobra para ponerlos en su sitio.

—No le ha quedado más remedio que convertirse en un

gallito. Es su mecanismo de defensa. Menos mal que los amigos que ha hecho aquí, lejos de las aulas, no lo juzgan y lo aceptan tal como es. Y tu hermana... Cuando descubrimos que le gustaba, fue como: «Oh, Dios mío, ¡le mola algo que no tiene que ver con los números!». Solo espero que mi padre lo deje disfrutar de unos cuantos veranos más...

De pronto la imagen que tengo de Rubén ha pegado un pequeño giro y me cabrea haberlo juzgado cuando yo soy el primero que sufre a diario por el escrutinio de la gente. Y aunque entiendo que la familia prefiera que desarrolle sus dotes sociales, no creo que un poco de responsabilidad lo vaya a herniar. Tampoco dejo de preguntarme ¿cómo puede interesarle alguien como yo a Lorena, cuando tiene a su lado a un tío tan listo como Rubén o cuando ha salido con Iván, que acabará doctorándose?

—Unai, en resumidas cuentas, Rubén y tú cargáis con problemas similares a la hora de enfrentaros a los estudios. Y no creo que debas agobiarte por la carrera, la dislexia hace que todo sea más complicado para ti y solo es cuestión de esforzarte un poco más, o a lo mejor es que no has encontrado tu camino todavía...

—Tengo una dislexia entre leve y moderada y soy daltónico, no hacen nada más que ofrecerme trabajo desactivando bombas. Tal vez ese sea mi camino.

—Qué tonto eres. —Ella sonríe provocando que algo maravilloso y la hostia de potente revolotee en mi pecho.

—Siempre acabas dándome la razón.

—Eso no es verdad.

—¿Te habías dado cuenta?

—Sí. Me había imaginado que tenías algún problema.

—¿Por qué nunca me has comentado nada?

—Prefería que llegáramos a este momento, que fueras tú quien me lo contara cuando estuvieras preparado. Y, Unai, es obvio que si prestas un poco de atención se nota, pero a mí no me importa. No eres solo disléxico, eres muchas cosas más.

Sus palabras son la suma de todos los abrazos que algún día necesité y no conseguí.

Mis padres y mi hermana aceptaron la situación en cuanto mi profesora de EGB les comunicó las sospechas que tenían. Buscaron ayuda y tuve refuerzos para estudiar. Pero mis compañeros de clase y algunos amigos no fueron tan amables cuando me atascaba leyendo o hablando.

—Y volviendo al tema principal sobre enamorarme de ti... —Me acaricia la mejilla con cariño—. Cuando acabas pillándote por alguien lo que menos te importa son los «defectos» que pueda tener, porque a veces esas imperfecciones son justo lo que más adoras de esa persona, lo que la hace especial para ti, lo que te atrae.

—¿Acabas de admitir que te estás colando por mí?

—Estoy haciendo un comentario en general, no estoy diciendo que me haya enamorado de ti o que eso esté entre mis planes más cercanos. Sigo pensando lo mismo que hace un año.

Mi corazón manifiesta su descontento aporreándome el esternón y no entiendo el motivo, se supone que es justo lo que buscamos, que esta chica salga por patas y se encoñe de otro.

—Simplemente opino que ser daltónico, disléxico, sacar malas notas en la carrera, maltratar un violín o cualquier otra cosa son parte de ti, detalles que te hacen ser tú mismo.

—Venga, admítelo de una vez, mi daltonismo te pone cachonda.

—Pues claro, eres el único que me dice lo bonitos que son mis ojos marrones, cuando son verdes.

Me acerco a su cuello y le hago una pedorreta. Ella se revuelve por las cosquillas. Es alucinante la cantidad de puntos sensibles que tiene y lo bien que me los conozco ya todos. Cuando termino de torturarla, vuelve a apoyar la cabeza sobre mi corazón. Parece ser que esta noche va de mimos.

—Unai, tu fuerte es tu personalidad, es en lo que destacas siempre, ese humor con el que te enfrentas a las cosas, lo ocurrente que eres y lo leal que llegas a ser con tus amigos.

—Sobre todo con Iván —afirmo con sorna.

—Bueno, esta noche estás siendo bastante leal con él.

No hay día que no me pregunte qué pensaría mi amigo si supiera lo que está pasando entre su exnovia y yo. Aunque, si soy sincero, más que preguntarme cuál será su reacción ante la buena nueva, lo que hago es preparar un montón de argumentos para defender mi causa, porque sé que tarde o temprano lo que siento va a rebosarme y, con independencia de que Lorena esté o no por la labor de formalizar nuestra relación, se lo voy a acabar soltando a bocajarro a su exnovio.

Porque no puedo ni debo callarme más.

—Y no sé si tanta lealtad hacia Iván me gusta —añade Lorena.

—¿Qué significa eso exactamente?

—Que si seguimos hablando, voy a acabar enamorándome de ti y ninguno de los dos queremos que pase eso, ¿no? Así que la mejor opción es que hagamos algo que no implique tener que hablar. Algo que suponga una gran traición hacia tu amistad con mi exnovio.

—Hay que ver cómo te gusta dar rodeos. Si querías echar una partida a las cartas sin avisar a Iván, haberlo dicho desde el principio.

Lorena se echa a reír y, con una sola maniobra muy rápida y precisa, la tengo a horcajadas sobre mi polla erecta. Mis manos se afanan en llenarse con su culo, mi boca va a parar a su cuello y le regalo un montón de besitos.

—Dudo que jugar a las cartas solucione la humedad que noto entre las piernas desde hace ya un buen rato —confiesa con cero timidez.

Y, joder, mi polla está tan dura que si no tuviera a Lorena encima, ya le habría hecho un agujero al iglú.

Me da a mí que, tal como se está poniendo el asunto entre nosotros, ya vamos un poco tarde para detener el proceso de enamorarnos, entre otras cosas, porque ella me vuelve loco en todas sus facetas, pero cuando deja salir a la Lorena comprensiva, cariñosa y a su vez descarada como ninguna otra, solo pienso en casarme con ella. Jamás una tía me ha hecho sentir tanto y estar tan cachondo a todas horas. Por las mañanas me levanto pensando en acostarme con ella, con fines lucrativos o sin ellos, y el resto del tiempo lo paso tramando planes para conseguir mis objetivos.

—Así no voy a poder barajar las cartas, Lore —susurro entre risas contra su boca. Ella ni me contesta, está demasiado ocupada intentando arrancarme la ropa sin dejar de restregarse contra mi erección y sin parar de morderme los labios.

No necesitamos más que un par de minutos de tocamientos y morreos para acabar desnudos; nuestra coordinación suena a música celestial cuando se trata de darle al fornicio. La recuesto sobre la colchoneta y me hundo en su carne con suavidad, disfruto de su calor y de cada milímetro, y empiezo a moverme sin prisa pero sin pausa. Lorena no es famosa por su paciencia en ningún ámbito de la vida, así que, valiéndose de sus pies, me empuja el culo para que profundice y acelere, para que la ensarte con más fuerza. En pocos segundos somos un torbellino de jadeos, mordiscos, succiones y golpeteos húmedos.

De pronto, en mitad del éxtasis en el que me hallo sumido, me llega el eco de una voz masculina en la lejanía. Sigo moviéndome sin descanso, pero el cincuenta por ciento de mi cerebro se mantiene alerta por si mis padres se han despertado y están a punto de hacer una aparición estelar en mi iglú. Vuelvo a escuchar la misma voz murmurar algo, una risa amortiguada y una cremallera cerrándose. Detengo mis caderas.

—¿Era la voz de Rubén?

—Te agradecería que cuando me la estás metiendo no menciones a mi hermano. Es raro. Muy muy raro.

Lorena tensa los músculos y mi polla protesta porque quiere fricción.

—Bueno, pero es que tu hermano no debería estar en el iglú de al lado.

—Ni yo en este.

—Cierto.

Vuelvo a empujar entre sus piernas y me pierdo en ella. En la quinta embestida, nos llega otra risita desde el iglú de mi hermana. Me paro por segunda vez.

—¿Qué coño están haciendo?

Lorena pasa del tema, gruñe y coge el mando, me tumba de espaldas sobre la colchoneta sin muchos miramientos y me monta como si no hubiera un mañana. Esta tía tiene gasolina en las entrañas, se maneja de puta madre ella sola. Cero quejas. Pero, pese a todo, no puedo evitar seguir escuchando las risitas de Maider a pocos metros.

Me importa una mierda que se esté zumbando a Rubén, ya es mayorcita; de hecho, a su edad yo ya lo había hecho con Ainhoa detrás de la catequesis. Solo espero que a Rubén se le dé mejor de lo que se me daba a mí en aquella época y que a mi hermana no le entre la risa floja como le pasaba a Ainhoa, porque si se despierta mi *aita* con el ruido va a haber sangre.

—Joder, Unai, ¿me haces el favor de centrarte? La tienes como un calcetín recién lavado.

Lorena insiste meneando sus caderas, rozándose con ímpetu, pero si no pongo un poco de mi parte, me va a romper la polla. Llevo mis manos a sus tetas e intento no pensar en mi familia. Si mi hermana grita sus orgasmos a los cuatro vientos y mi padre entra en modo Hulk, no es mi problema, entre otras cosas, porque tampoco será mi iglú el que va a visitar en primer lugar con su motosierra. Sobre la marcha decido cambiar de estrategia. Le doy la vuelta a Lorena, recorro su cuerpo depositando esos besitos que tanto le gustan entre los pechos y el ombligo, pongo sus piernas sobre mis hombros y hundo mi cara en su coño. Empiezo a lamer con energías renovadas y tan pronto como ella suelta el primer gemido, vuelvo a estar muy metido en el asunto.

Succiono su clítoris y jugueteo con mi lengua a la par que le meto un par de dedos.

—Unai... —gimotea ella entre temblores que anuncian un final inminente y apoteósico.

—Hum —murmuro.

—¿Estás usando mis piernas para taparte las orejas?

Levanto la cabeza y la miro alucinado mientras me relamo la humedad de los labios.

—Pero a ti, ¿qué cojones te pasa?

—Unai... —se tapa la boca con la mano, pero sus ojos me dicen que se está riendo.

—Joder, no puedo concentrarme, ¿vale?

Baja las piernas de mis hombros y se arrodilla frente a mí. Su cara queda a la altura de la mía y nos miramos. Obviamente seguimos desnudos y sudados. Si mi padre elige este momento para abrir el telón de mi iglú, se va a pensar que estamos en mitad de algún ritual la hostia de extraño y trascendental.

—No te agobies, podemos dejarlo para otra noche —concede con generosidad y varias risitas.

Si se le ocurre darme un tíquet con un «Vale por un polvo» para otro día, me como la colchoneta.

Lorena coge su camiseta y se la pone sin respetar el tiempo que suelo necesitar para despedirme de sus maravillosas tetas.

—¿A ti no te resulta incómodo que tu hermano esté haciendo justamente lo mismo que tú a dos putos metros de distancia? —Señalo en dirección al iglú de mi hermana.

—Rubén es virgen. Dudo que esté haciendo justamente lo mismo.

Abro la boca y la vuelvo a cerrar porque no tengo nada decente que decir. Ella sigue a lo suyo, privándome de la visión de su cuerpo desnudo con cada prenda que se pone.

—No me mires así, Unai, hace algún tiempo mis padres le dieron la charla y, por los comentarios que les oí hace poco sobre «lo intacta que sigue la caja de condones que le compraron», deduje que Rubén todavía no se ha estrenado.

—En realidad te estoy mirando decepcionado. Odio ser testigo de la indiferencia con la que te vistes cuando ni siquiera hemos terminado. No tienes perdón. —Hago un mohín que pretende ser adorable y apelar a su eterna misericordia.

Lorena avanza por la colchoneta y me besa en los labios, un beso corto y conciso. Mi polla pega un saltito en señal de protesta, sabe que esos besos son de despedida y todavía no está preparada para tal cosa.

—Aún nos quedan días —promete en plan provocador.

Rodeo sus mejillas con mis manos y le planto un morreo a la antigua usanza, largo, profundo y con mucha lengua, como cuando enrollarse con una tía solo suponía comerle la boca.

—Quédate, por favor, si tu hermano es virgen y mi hermana está en plan leona, seguro que ya se ha corrido en los pantalones, así que se quedarán calladitos y tú y yo podemos seguir dónde lo hemos dejado.

Lorena acepta, vuelve a tumbarse en mi colchoneta y se abraza a mi cuerpo con pereza.

A los pocos minutos se queda dormida.

Y a mí, la verdad es que me importa una mierda que el polvo haya quedado a medias, mientras la tenga a mi lado.

11

Te echo de menos

Unai · Benicàssim, 22 agosto de 2010

La familia de grillos que convive con las cigarras en nuestra parcela está enfrascada en una discusión tan acalorada que no me deja seguir durmiendo.

—Cricrí, cricrí...

Aunque puede que las salchichas medio crudas que hemos comido a mediodía y que aún siguen dando tumbos en mi estómago también tengan parte de culpa.

Intento darme la vuelta en mi cama unipersonal de setenta y me peleo con las sábanas para destaparme un poco, pero tengo a Leire encima del pecho desnudo babeándome el cuello y a Ane abrazada a mi cintura. Leire siempre necesita estar piel con piel, Ane, sin embargo, se suele conformar con la cercanía, con saber que estás ahí.

Y yo necesito un ventilador con urgencia.

Maniobro con lentitud y consigo sacar las piernas a la fresca, pero el calor sigue atosigándome. Vuelvo a moverme con cuidado y las niñas se aferran a mí con más fuerza. Están sudando y emanan muchísimo calor. Son como dos reactores nucleares.

—Cricrí, cricrí, cricrí... —continúan los grillos.

—¿Sara? —susurro, para que me ayude a mover a nuestras hijas sin despertarlas.

Insisto un par de veces más, pero debe de estar sumida en un maravilloso sueño profundo a pierna suelta ocupando toda la superficie que tiene disponible.

Levanto la cabeza en su busca, pero no la veo. La cama de matrimonio está vacía.

Cuando llegamos al camping, Sara me dijo que le preocupaba la seguridad de las niñas, que le daba pavor que se cayeran de una cama desconocida —que prácticamente roza el suelo—. Así que decidió por decreto compartir la cama de matrimonio con ellas y relegarme a mí a la de setenta. Vamos, que hizo el mismo reparto que tenemos en nuestro amado Donostia aplicando el colecho que tanto me gusta. No protesté, primero, porque el exilio ya lo considero casa y, segundo, porque sabía que si lo hacía acabaríamos enfrascados en una discusión, Sara me acusaría de ignorar el supuesto peligro que entrañaba la cama y de estar obrando por puro egoísmo, y eso era lo último que quería que pasara el primer día de las vacaciones.

Sea como sea, a Leire y Ane les encanta tenerme dormido en la cama de al lado, mucho más cerca que en Donostia, así que casi todas las noches se bajan de la cama de matrimonio sin sufrir ningún tipo de daño —¡tachán!— y me arrinconan en la mía. Al final, acabamos amontonados los tres en un espacio de setenta por uno ochenta, del que cuelgan mis piernas, mis brazos y esta noche, hasta mi culo.

—Cricrí, cricrí... —comenta uno de los grillos, dándome la razón.

Miro el reloj y solo es la una menos cuarto de la noche. Espero unos minutos con la esperanza de que Sara vuelva pronto del baño, porque si tengo que aguantar cinco horas más así, al amanecer me encontrarán disecado. Y desde luego que la excursión que tenemos planeada al Desert temprano, la van a tener que hacer para esparcir mis cenizas.

Consigo estirar el cuello y asomo la nariz por una de las ventanas de la caravana buscando un poco de aire. Para mi eterna desgracia, fuera hace tanto calor como dentro, Benicàssim no perdona ni un solo agosto, y, además, la voz susurrante de Sara me llega desde algún punto indeterminado. Me pregunto si se habrá despertado acalorada y al salir de la caravana se habrá encontrado con alguna de las chicas y están de charleta.

Consigo quitarme a Leire de encima y muevo a Ane hasta que se abraza en sueños a su hermana, me arrastro a los pies de la cama como si fuera la prota de *The Ring* y salgo de la caravana.

La parcela está casi a oscuras, solo la alumbra la tenue luz de una farola que tenemos cerca. Iván está tirado en una hamaca colocada en un punto estratégico, y tiene medio cuerpo dentro del avance y medio fuera, un claro ejemplo de campista experimentado que sabe cómo sobrevivir a una noche como esta. Óscar ronca como una Black&Decker en el interior de su caravana. La de Maider y Rubén está abierta y por cómo se mueven las cortinillas de plástico, deduzco que tienen el ventilador a todo trapo.

A Sara no la veo por ningún lado.

Me dispongo a rodear nuestra caravana cuando escucho dos cosas.

—Cricrí, cricrí... —un grillo que insiste.

—Me he dado cuenta de que te echo mucho de menos —le responde Sara por lo bajo—. Lo sé, lo sé...

Me asomo con disimulo y la veo agazapada detrás de nuestra caravana, apoyada en uno de los árboles que delimitan Parcelona. Está de espaldas a mí, aferrándose al móvil que sujeta contra su oreja.

—Volvemos dentro de una semana y pico, se me está haciendo larguísimo. —Una breve pausa—. Sí, yo también lo creo, tenemos que hablar en cuanto esté en Donostia.

Cambia las piernas de postura y se pone de costado. Suelta un suspiro casi eterno y alza la mirada al cielo estrellado.

—Estoy muy agobiada —admite sin poder retener el llanto.

Ni quiero ni debo escuchar más. Doy media vuelta y me meto en la cama.

Poco después, Sara sube a la caravana y se nos queda mirando. Juraría que los ojos se le llenan de lágrimas otra vez. No sé si es porque está pensando en cuánto nos va a echar de menos si acaba rompiendo nuestro matrimonio o si está recordando la primera noche que pasamos con las niñas en casa. La miro fijamente, desafiante, retándola a que nos abandone, a que se atreva a dejar atrás esto tan bonito que tenemos.

Se acerca con lentitud a la cama y se sienta en el poco espacio que queda libre a mi lado. Confirmo que sus ojos están sumidos en la más profunda tristeza. Sus dedos se acercan temblorosos a mi cara y me retiran un poco el pelo de la frente.

—Pensaba que estabas…

—¿Dormido?

—Sí.

—Me ha despertado tu voz —miento con toda la maldad que siento, porque la verdad es que han sido los grillos.

Mi mujer se queda callada. Sabe que la he oído y que poco puede decir para que las cosas sigan como están: calmadas.

1996
Cuando calienta el sol

Lorena · Benicàssim, 25 de agosto de 1996

El pique que nos traemos con los chicos de la urbanización Alborán se remonta a tiempos inmemorables y se sustenta sobre nada en concreto.

En el camping dicen que todo empezó hace muchos años con una visita a nuestro bar, que aprovecharon para vandalizar la puerta de uno de los servicios escribiendo «El Voramar apesta», aunque nadie fue testigo de los hechos. Según los de la urbanización, en cambio, todo empezó con varios lanzamientos indiscriminados de sandías contra su fachada. Hecho del que fui testigo, pero dudo que fuera el inicio de la contienda. Sea como sea, las bromas —putadas— se suceden todos los veranos en los dos bandos, aunque eso no impide que cada agosto montemos un partidillo amistoso de futbito en el campo de tierra del hotel Orange.

Este año, me he encargado yo de organizarlo todo, así que he dejado a Miguel en Recepción, me he puesto unas mallas y una camiseta de tirantes, he cogido el silbato de Noelia, el balón Mikasa de mi hermano, mis apuntes de las reglas del juego y una caja con todo lo que necesito, y antes de las seis de la tarde he salido hacia el campo de fútbol.

Los chicos han ido apareciendo poco después, algunos recién salidos de la siesta y otros provenientes de la playa.

Unai, que pertenece al grupo que viene de la siesta, lleva un pantalón corto deportivo y una camiseta de Eskorbuto, marcando tendencia, como acostumbra. Damiano, tan engominado como siempre, se ha puesto un bañador de natación superapretado de color rosa flamenco y una camiseta de tirantes blanca. Le queda tan holgada y tan baja que se le ven las tetillas y los cuatro pelos que tiene en el pecho. Rubén ha aparecido con la equipación del Real Madrid al completo, conjunto que no saca del armario más que en fechas muy señaladas, pero que hoy ha tenido a bien ponerse para tocarle las narices a Azurmendi, que es de la Real Sociedad. Supongo. No estoy muy puesta en piques futboleros, la verdad. Iván, por su parte, lleva la misma ropa de deporte con la que suele salir a correr. Y el quinto en discordia, mi primo Tito, lleva la toalla anudada en la cintura, porque, según le oigo contar, estaba en la playa dándose un bañito cuando se ha acordado de que me había prometido no dejarme sola.

En resumen, parecen los modelos de un desfile vanguardista de esos que nadie entiende, en lugar de un equipo de futbito dispuesto a ganar algo.

Menos mal que en Navidad me tomé la molestia de empezar a convencer a mi padre para que hiciéramos una equipación del Voramar, porque en cuanto he visto aparecer a los chicos del Alborán, todos conjuntaditos con sus camisetas y pantalones blancos, se me ha caído la cara de vergüenza. Mi padre se negó durante meses, pero al final, cuando le prometí que lo reutilizaríamos de un año para otro, accedió.

Abro la caja que he traído, calculo las tallas a ojo, me acerco a mis chicos y les tiro a cada uno dos prendas a la cara.

—No quiero protestas.

—*Questi vestiti sono troppo grandi!* —se queja Damiano.

Unai se está estirando con la ropa todavía cubriéndole la cara, Rubén dice que no va a mancillar la equipación del Madrid por ponerse «esa horterada verde», e Iván y Tito están chillándome porque uno opina que el pantalón es demasiado corto y que se le van a salir las pelotas como a Butragueño en los ochenta, y el otro está seguro de que en la época medieval usaban calzones más cortos para dormir en invierno.

Pego cuatro pitidos para ponerlos firmes.

—He dicho que no quiero protestas —repito—. Quitaos la ropa. Ya.

Unai no dice nada, pero me mira fijamente, me dedica una sonrisita casi imperceptible de medio lado que provoca que mis mejillas ardan. Desde la noche en que se nos quedó un polvo a medio cocer, lo tengo lanzándome miraditas sugerentes e indirectas muy directas, y es que, por desgracia y por falta de tiempo, no he podido volver a pasarme por su iglú y hemos tenido que conformarnos con algunos minutos a solas en su coche. La cuestión es que Susana, la madre de Unai y Maider, le contó a mamá que había pillado a Rubén saliendo del iglú de Maider a primera hora de la mañana. Y aunque se lo tomó bien y le dio de desayunar al prófugo de la familia Segarra, mi madre ha puesto a mi tío Jacinto sobre aviso para que patrulle esa calle con más ahínco por la noche. Una cosa es que lo pille Susana y otra bien diferente que lo pille su marido. Al menos, si no queremos un funeral en la familia.

—¡Venga, que no tenemos toda la tarde! —los apremio.

Rubén se da la vuelta para cambiarse, pero los otros cuatro se me despelotan delante de las narices. A Tito le he visto el culo y lo que no es el culo más veces de las que me gustaría en los veinte años que llevo compartiendo apellido con él, pero a los demás... Decido sobre la marcha vaciar la caja que he traído, ponérmela en la cabeza y pedirles que me peguen un grito cuando estén decentes.

Se burlan de mí, faltaría más. Damiano no deja de repetir que no se ha depilado por completo para que lo ignore —o eso me parece entender—, Unai me advierte de que me estoy perdiendo la mejor colección de pollas de la costa del Azahar, e Iván me ofrece echar un vistazo a «su cosita» por los viejos tiempos...

Me río porque son unos idiotas, pero no me ven.

Media hora después, puedo confirmar que el partido es un auténtico despropósito.

Los habitantes del Voramar y del Alborán, incluidos mi padre y mi tío Jacinto, han aparecido puntuales a la cita, pero se han traído consigo un radiocasete, diez cubos llenos de sangría, dos barbacoas —que han colocado entre los palos de una de las porterías, porque era el único hueco a la sombra—, unos cinco kilos de longaniza y veinte barras de pan.

Lo que iba a ser un partido amistoso ha acabado convirtiéndose en una merendola popular con un montón de adultos borrachos, «Solo se vive una vez», de Azúcar Moreno, sonando de fondo y varios niños chutando a la única portería que ha quedado libre.

Estoy sentada en el suelo comiéndome un pedazo de longaniza entre pan y pan cuando se me acerca mi padre.

—¿Ves, hija? Te dije que hacer una equipación iba a ser en balde —dice entre risitas patrocinadas por la sangría.

—Podrías haber sido más específico...

—¿A qué te pensabas que veníamos?

—¿A jugar al fútbol?

—Ay, Lorena, te falta tanto por conocer del negocio... Menos mal que nos queda toda la vida por delante para que sigas aprendiendo.

Sus palabras me suenan a condena porque es justo lo que son.

Intento no rayarme con el tema, pero cuanto más se acerca septiembre, más crece el bajón que siento.

Mi padre se encoge de hombros, me guiña un ojo y se acerca al cubo de la sangría.

Me meto en la boca el último pedazo de comida, me pongo en pie, me sacudo el polvo del trasero y me dispongo a marcharme de vuelta al camping, que es donde debo estar. Veo que Unai está ejerciendo de portero con un bocata en la mano e Iván chuta el Mikasa y lo pone en órbita. Decido dejar que sigan a lo suyo y salgo del recinto.

A mitad de la Gran Avinguda, me intercepta Unai.
—Te has marchado sin mí.
—He dejado a Miguel en Recepción...
—Genial. ¿Qué te parece si cogemos unas bicis del camping y nos bajamos a refrescarnos a la playa?
—No es que hayáis sudado mucho, ¿no?
—Solo era una excusa. Es mi última noche aquí. Me gustaría ver el atardecer contigo, tomar algo...

Sus dedos se acercan a mi mejilla y me retiran un mechón. Su voz es íntima y dulce. Cercana. Como un soplo de confianza que me rodea y me abraza. Deja caer un beso en mi boca.
—Nunca había prestado atención a tantos atardeceres y amaneceres como desde que estoy contigo.
—Así que estás conmigo.
—Es un decir. Llevo todo el verano contigo.
—¿Y no se te ha hecho corto?
—Mucho.

Es posible que esté siendo un poco arisca con él, pero es que entre la condena de mi padre y que odio las despedidas, sobre todo cuando no tengo del todo claro cómo enfocarlas, cuando no estoy segura de querer que haya promesas entre nosotros...
—Tendremos que ver cómo robarle unos días al otoño. —Me coge la mano y tira de mí para pegarme a su cuerpo otra vez—. Lore, los atardeceres y los amaneceres no son relevantes, lo único importante es que la luna nos pille siempre desnudos.
—Pues estos últimos días no es que nos haya pillado con mucha piel a la vista...
—Maldito sea tu hermano —afirma entre risas.

Cuando llegamos al camping, me paso por Recepción y me aseguro de que Miguel lo tiene todo bajo control. Cojo dos bicis de alquiler prestadas y me encuentro con Unai en la puerta inferior. Bajamos a la playa y pedaleamos en sentido Castelló por el paseo marítimo. Cuando llevamos media hora aproximadamente, a la altura del Ortega Playa en el Grau, empiezo a notar que algo va mal.

—¡Joder, se me ha salido la cadena!

Freno la bici y avanzo unos cuantos metros de puntillas hasta que consigo detenerme sin romperme los dientes. Unai se baja de su bici, la apoya en el pretil de la playa y se me acerca.

—¿Sabes cómo volver a meter una cadena? —pregunto.

—Claro, bájate.

Me ofrece su mano y me apeo con cuidado. Unai me rodea la cintura con una mano, mientras con la otra sujeta la bici. Me atrae hacia él e intenta besarme.

—Azurmendi...

—Estamos a tomar por el culo, Lore, no nos ve nadie.

Sé que tiene razón, pero me siento tan rayada por culpa de la despedida que se avecina que no soy capaz de comportarme con normalidad. Estoy nerviosa porque no sé cómo afrontaremos lo que hay entre nosotros en los próximos meses.

Finalmente lo beso largo y profundo, y mientras lo estoy haciendo en la playa empieza a sonar «Cuando calienta el sol», de Hermanos Rigual. Es una canción más vieja que el sarampión, pero preciosa. Interrumpimos nuestro beso para investigar a qué se debe la música y nos percatamos de que están celebrando una boda bajo el sol del atardecer, a pocos metros de nosotros. Las olas del Mediterráneo rompen contra el espigón con la misma fuerza que el corazón me golpea la garganta por la emoción que me produce la estampa que tengo delante.

—Algún día tendré una boda así, al atardecer y en esta playa.

—No es La Concha.

—¿Pretendes que me case contigo en Donostia?

—Llegado el momento, lo haría en cualquier lugar que tú

quisieras. Incluso en los baños de K'Sim donde me sobaste por primera vez. ¿Quieres que te lo vaya pidiendo desde ya?

Me echo a reír, él tiene la vista clavada en el atardecer que está alumbrando el enlace y sonríe levemente.

—Qué idiota eres... —digo, por decir algo.

—Pues este idiota va a sacarte a bailar.

—Ni pensarlo.

—Venga, Lore, no hay final romántico sin que los protas hagan el ridículo en la vía pública para demostrar su amor.

—¡Nos van a robar las bicis!

—Son del camping, ya las repondrán.

—Muy gracioso.

—¿Qué prefieres, perder una bici o perder este momento conmigo, amor? —Parafrasea la canción y me sonríe.

Antes de que pueda contestar, tira de mí y acabamos subidos al pretil y pegados. Nos movemos de un lado a otro como si estuviéramos esquivando perdigones.

—Ay, Unai, bailas fatal —le digo muerta de risa.

—Aprenderé para nuestra futura boda.

—No sé si tendrás arreglo...

—Pero sí que tendré tiempo. —Me saca la lengua—. Solo sé mover las caderas en una dirección. Es lo que hay. Ya me entiendes.

Me río con más fuerza y giro por debajo de su brazo. Unai vuelve a pegarse a mí con una sonrisa en la boca.

—En lugar de seguir haciendo el ridículo, si quieres, podríamos enrollarnos, que eso sí que se nos da de puta madre.

—¿Aquí y ahora?

—Tus labios son la base de mi pirámide alimentaria, son lo único que necesito a todas horas y en cualquier lugar. Aunque hay veces en que me conformo solo con que me mires...

—Tú y yo somos amigos y follamos —farfullo.

—¿Y de qué manera, Lore? —Detiene nuestro desastre de baile y me mira a los ojos—. He follado bastante por diversión o por necesidad, pero nunca lo había hecho empujado por ese sentimiento que me invade cuando estoy contigo. Esa sensación tan especial que corre por mis venas cuando sé que tu cuerpo está debajo del mío.

El corazón me aporrea las costillas con fuerza. Algo me dice que este momento se va a convertir en algo veinte veces peor que la despedida que está por venir dentro de pocas horas.

—Quiero estar contigo, Lorena, necesito mucho más. Y antes de que empieces a darme largas, como haces siempre, te voy a ir adelantando que no puedo esperar hasta el próximo verano.

—¿Por qué quieres estar conmigo?

—No hagas preguntas absurdas, joder. El corazón no atiende a razones o a porqués. El corazón ama y punto. Hasta cuando no debe hacerlo. Y el mío ha decidido ser tuyo.

—Me gusta estar contigo y me gusta lo que tenemos, pero…

Suspiro y vuelvo a mirar a los novios que siguen abrazados moviéndose al ritmo de la balada que está sonando. Ojalá fuera tan valiente y diera yo también ese paso. Ojalá.

—No quiero jugar contigo, Unai.

—Jugar es justamente lo que más quiero que hagamos.

—Me refiero a jugar con tus sentimientos.

—Deberías preocuparte más por los tuyos que por los míos, Lore, porque siento decirte que no son coherentes con lo que sale por tu boca. El amor es mucho más que hacerlo, también puedes vivirlo, compartirlo…

—¿Cómo puedes ser tan intenso y soltar frases para carpeta, y a su vez, robarme la nariz cada dos por tres como si tuviéramos cinco años?

—¿Quieres que te robe la nariz? ¿Eso te ayudaría a tomar la decisión correcta?

—Ni siquiera sé si la he recuperado desde la última vez…

—Cierto. Yo tengo tu nariz y tú tienes mi corazón, no parece un intercambio muy justo, pero de momento voy a tener que conformarme con eso, ¿no?

—Unai...
—Estoy acostumbrado ya, Lore. Este amor que siento por ti me está costando sangre, sudor y...
—¿Lágrimas? —pregunto con tristeza.
—Dejémoslo en fluidos.
Valiéndose de sus dedos levanta mi barbilla para que lo mire a los ojos otra vez.
—Fuera de bromas. Has blindado tu corazón porque te hicieron daño, Lorena, lo entiendo. Y no soportas la idea de que te quieran porque tú eres la primera que no se quiere a sí misma lo suficiente. Ni siquiera eres capaz de tomar ciertas decisiones que son bien simples. Pero ¿sabes qué? Soy vasco, cabezota por sistema, y no voy a parar hasta que consiga que tus defensas vuelen por los putos aires, porque sé que, debajo de todo ese miedo y esas inseguridades que todavía tienes, hay una tía bajita que en realidad me quiere y me desea mucho más allá de cuatro polvos.
—Unai, querer te quiero, pero no como...
—¿Como a él?
Oigo un sonido y no sé si es su corazón o el mío partiéndose en dos por culpa de la pregunta que acaba de hacerme. Dios, le estoy haciendo daño, muchísimo daño. Justamente lo que me temía que podía acabar sucediendo.
—Esto no tiene nada que ver con Iván.
—Sí que tiene que ver con él. —Hace una pausa y sonríe con tristeza—. Iván era algo seguro para ti y yo soy una incógnita. Soy algo que no esperabas y los sentimientos que han nacido entre nosotros te abruman. Tienes miedo a que yo también te haga elegir.
—A partir de mañana nos separarán casi seiscientos kilómetros, Unai, si seguimos adelante, alguien acabará teniendo que elegir.
—Una distancia que, si tú me lo pidieras, recorrería encantado. Rompería la puta barrera del sonido con mi Opel Kadett por llegar hasta ti.

—Perderías los retrovisores por el camino.

—Están sobrevalorados. Siempre puedo sacar la cabeza por la ventanilla.

No me quiero reír, pero lo hago. Con él es imposible hacer otra cosa.

—Hablo muy en serio, Azurmendi. Necesito estar segura antes de dar algún paso. No quiero que ninguno de los dos tenga que elegir. Ya me he visto en esa tesitura y no salió bien.

—Jamás te haría elegir, Lore, encontraríamos la manera de hacerlo.

—No hay manera posible. Tú aún tienes que terminar la carrera.

—Cosa que, conociéndome, puede alargarse un poco —añade con pesar.

—Lo hemos hablado mil veces este verano, puede que te lleve más tiempo que a los demás, pero lo acabarás consiguiendo. Creo en ti. Y, en cuanto a mí, ni quiero ni puedo volver a pasar por lo mismo.

—¿No crees que te estás precipitando?

—Precipitarme sería decirte que sí.

—Piénsatelo al menos.

—No hay nada que pensar. Estamos bien como estamos y el verano que viene ya veremos cómo están las cosas.

—No te estoy pidiendo que te vayas empadronando en Astigarraga, Lore, solo…

—Asti… ¿qué?

—Solo te estoy pidiendo que valores la posibilidad de que lo nuestro sea algo exclusivo, algo que implique dejar de escondernos, contárselo a Iván y presentarte a mis padres. Ya iremos solventando todo lo demás.

—Conozco a tus padres desde hace años.

—No de esa manera, Lore. No como mi novia.

—¡¿¿Novia??!

—Si tanto miedo te da esa palabra, podemos buscar sinónimos. A Noelia le mola «churri», pero no sé…

—En cualquier caso, implicaría seriedad, compromiso, romanticismo...

—Y sexo. ¿O es que piensas que una vez que te conviertas en mi novia, voy a dejar de susurrarte cosas muy cerdas al oído mientras follamos?

—Unai.

—Hazme caso. Nada va a cambiar.

—Unai.

—Repítelo: novia. Suena la hostia de bien.

La palabra suena tan bonita saliendo de su boca que estoy más que tentada de aceptar, pero la realidad es que, aunque me gusta, sé que siento algo por él y no quiero perderlo, ahora mismo no puedo atarme a nadie. Desde que mi relación con Iván terminó, me he quedado estancada y sigo sin saber quién soy y qué quiero hacer con mi vida, más allá de los hombres que entran y salen de ella.

—No estoy lista todavía —admito.

—Me gusta mucho ese «todavía».

Se acerca a mi boca y me da un beso en los labios, no le permito que me dé un segundo.

—Tengo miedo, Unai.

—Yo también. Ni siquiera tengo un plan B. Mi única opción es insistir con el plan A y conseguir que acabes queriendo salir conmigo. Y, pese a todo, aunque las cosas se tuerzan y nunca lleguemos a nada, quiero que tengas claro que siempre me encontrarás aquí. Que siempre podrás contar conmigo.

—Tú también podrás contar conmigo.

Lo abrazo y hundo mi cara en su ancho pecho.

—Guau, que abrazo más largo —me dice unos minutos después.

—Es que el invierno también lo va a ser.

—Será todo lo largo que tú quieras, porque por mi parte...

Sus manos rodean mis mejillas y me acaricia con dulzura.

—Quererte no requiere ningún esfuerzo, Lore, en cambio,

apartarme de ti mañana los va a requerir todos. Así que a nada que me pidas que vuelva…

Cuando llego a casa para cenar, me encuentro un plato lleno de sobras del bar y una nota de mis padres anunciando que han salido por ahí con los padres de Unai y varios amigos más. Hay una posdata de mi madre que me informa de que mi hermano tiene una «cita» y que haga el favor de echarle un ojo. Dejo el papel en la mesa, pongo la cena a calentar y busco a Rubén por la casa.

—Así que esta noche tienes plan —le digo apoyándome en la puerta del baño para mirarlo a través del espejo. Tiene un bote de gomina en una mano y mi crema depilatoria en la otra. Estoy por no decirle nada y ver qué hace, pero le tengo demasiado cariño a Maider para chafarle esta noche—. Yo que tú dejaba la crema que tienes en la mano izquierda, a no ser que estés planeando aumentarte las entradas para la ocasión.

Rubén observa mi reflejo.

—No tengo entradas.

«Ay, pero visto nuestro padre, las tendrás». Me ahorro el comentario, me acerco a él y cojo la gomina.

—Déjame, te voy a peinar.

—No es necesario.

—Tienes una crema depilatoria en la mano, hermanito.

Suelta el bote como si quemara y cae al lavabo.

Empujo a Rubén hasta sentarlo en el retrete. Abro la gomina y me pringo un poco las yemas de los dedos. Empiezo a peinarlo como si fuera a hacer la comunión dentro de un rato.

—Así que es oficial, Maider es tu novia… ¿no?

Contesta con un gruñido que me importa más bien poco porque todavía sigo bastante alucinada con el efecto que esa palabra tiene en mí por culpa de Unai.

—¿Dónde vais a ir?

—Al Bohío a ver *Twister* y nos vas a llevar tú.

—Vale. ¿Estás nervioso?

—No.

—Sí que lo estás, tontorrón.

—No, no lo estoy, pero si sigues insistiendo acabaré de mala hostia.

—Rubén —digo. Apoyo mis manos en sus mejillas y lo obligo a mirarme a los ojos.

—Tienes las zarpas pringadas —protesta él e intenta aniquilarme con esos ojitos verdes que tiene.

Resoplo y aparto las manos de su cara.

—No pasa nada por admitir de vez en cuando que alguna situación nos supera.

—Deberías aplicarte el cuento.

—Soy bastante más abierta que tú. No tengo ningún problema en admitir nada.

—¿Ah, no? Perfecto, entonces ¿podrías contestarme con sinceridad a una pregunta un poco... complicada?

Me siento en el bidet a su lado y lo miro. Aunque mis padres hace ya un tiempo que le dieron «la charla», sé lo que me va a preguntar. Y qué queréis que os diga, pero me hace ilusión que mi hermano confíe en mí para estos temas. Soy la persona idónea porque no le voy a dar consejos vacíos, solo la realidad pura y dura, y si tiene dudas técnicas, puedo ofrecerle alguna que otra recomendación: que no lo haga hasta que esté seguro, que se lo tome con calma... Voy a serle de gran ayuda. Le demostraré que la sinceridad entre hermanos es muy valiosa.

—No hay preguntas complicadas, Rubén, solo respuestas incómodas según y para quien. Pero yo soy tu hermana, una persona de confianza para ti, así que dispara sin miedo, ¿qué quieres saber?

—Esta tarde me ha surgido una duda. Unai Azurmendi... ¿es mi cuñado porque voy a salir con su hermana?

—Bueno... —Parpadeo confundida por la dirección que ha tomado.

—¿O es mi cuñado porque se está tirando a mi hermana? Se me cae la gomina de las manos.

—¿Perdooona? —Me pongo en pie de un salto, cierro la puerta del baño y lo amenazo apuntándole con un bote de colonia de nuestro padre—. ¿Qué tipo de pregunta es esa?

—Una facilita, según tú: «No hay preguntas complicadas, solo respuestas incómodas» —me parafrasea el muy idiota poniendo voz de pito.

Me siento al borde de la bañera. Maldito niño, siempre tan observador.

—No es tu cuñado. ¿Contento?

—No demasiado.

—¿Qué más te da?

—No me importa el parentesco que pueda tener con Unai, lo que me jode es que mi hermana me mienta, cuando os he visto más de una vez juntos.

—No has vis-to na-da. —Le disparo un chorro de colonia por cada sílaba que pronuncio, él se aleja un poco, pero el baño es pequeño.

—Esta tarde, sin ir más lejos, el morreo que os habéis dado a la altura de El Rincón rozaba lo obsceno.

—Ni siquiera sabes lo que significa esa palabra. —Vuelvo a dispararle colonia a discreción.

—Y también estoy al corriente de la cantidad de veces que Iván ha estado a punto de pillaros. Por no hablar de las nochecitas que has pasado en su iglú.

—Y tú, ¿cómo sabes todo eso, joder?

—Te recuerdo que Maider duerme en el de al lado.

Mi hermano se acerca a la puerta, pero antes de abrirla, se detiene.

—Unai me cae mejor que Iván, por si te sirve de algo mi opinión.

—¿Y eso?

Rubén se mira las manos y, a continuación, me mira a mí. Rara es la vez que se toma unos instantes para sopesar una respuesta.

—Azurmendi me vacila a muerte, pero, en el fondo, nunca se ríe de mí. Es un buen tío.

—Sí que lo es —admito con una sonrisita—. ¿Iván se ríe de ti?

Mi hermano vuelve a quedarse callado. Sea lo que sea lo que está pasando por su mente, está claro que está intentando suavizarlo.

—No merece la pena que malgastemos el tiempo hablando de tu exnovio porque ya no está en tu vida, ¿no?

Él se encoge de hombros, yo no contesto.

—Joder, Lorena, ¡huelo que apesto a colonia!

12

Un marrón

Lorena · Benicàssim, 22 agosto de 2010

—Le echamos cuatro cucharadas de Maizena...
—¿Maizena? —pregunto descolocada.
—Claro, para espesarlo.
—Dios mío, mamá, ¿qué más secretos me has ocultado? —pregunto en plan dramático.

Es casi la una de la madrugada y ambas estamos solas en la cocina del bar preparando veinte litros de chocolate. Las fiestas del camping terminarán mañana —si nos ponemos tiquismiquis, hoy— y, a primera hora, hemos organizado la entrega de premios de los juegos para los más peques con una chocolatada. Y aunque pensaba que preparar tal cantidad de chocolate sería fácil y me he puesto a ello tan pronto como he vuelto de tomar algo con Noelia por ahí, ha resultado que no. En cuanto he visto que los grumos se estaban reagrupando, que ya eran mayoría y que iban a poder conmigo, he despertado a mi madre para que me rescatara.

—Oh, vamos, no seas lerda, Lorena. No te he ocultado nada. Todo el mundo sabe que con un poco de harina de maíz el chocolate gana cuerpo.

—Me has mandado a enfrentarme con la vida sin contármelo todo —digo de cachondeo y finjo un mohín.

Mi madre me arrea un caderazo y yo se lo devuelvo. Ambas nos echamos a reír y seguimos metidas de lleno en una batalla entre nuestros hermosos culámenes, hasta que el cucharón que sostenía en la mano sale volando y golpea varios pucheros.

Me agacho a por él.

—No te había oído bromear en todo lo que llevamos de verano —dice con seriedad.

Al levantarme con el cucharón en la mano está mirándome como solo una madre sabe hacerlo, como un maldito polígrafo.

—Hay mucho trabajo, no estoy para bromitas.

—Siempre tan responsable... —murmura con retintín—. ¿Y qué tal Francisco? Hace mucho que no me hablas de él.

—Supongo que bien.

—Supones —repite con el morro fruncido, con la misma cara de decepción que debió de poner la noche en que Mocedades quedó segundo en Eurovisión—. ¿Otro más que no ha cubierto tus expectativas? Ay, hija... —Ni siquiera espera mi respuesta y niega levemente con la cabeza.

Sé que se avecina la típica charla de «Tu padre y yo estamos muy contentos con todo lo que haces en el Voramar, pero tienes que disfrutar más de la vida, tal y cual».

—¿Qué pasa, mamá? —pregunto, porque me gusta el riesgo.

—Ambas sabemos que en esta cocina no soy la única que tiene secretos. Y, sinceramente, creo que la Maizena es una pequeñez al lado de todo lo que tú te guardas.

Esto sí que me pilla por sorpresa. Dejo el cucharón sobre la encimera de aluminio y me quedo a la espera de que diga algo más. Ella sigue removiendo el chocolate con constancia. Le encanta sentenciar, dejar la conversación a medias y obligarte a recapacitar. Me pregunto si todas las madres son como la mía.

—Mamá...

Aparta la mirada del puchero y me taladra con esos ojos claros tan Vicent que hemos heredado la segunda generación de los Segarras. No voy a mentir, intimida. Una madre decepcionada duele.

—Tu padre y yo estamos muy contentos con el trabajo que haces aquí, pero nos da miedo que dentro de un tiempo te des cuenta de que has echado tu vida por la borda por quedarte en este camping... —comenta, tal como había predicho.

—Papá cuenta conmigo.

—Papá se apañaría sin ti, igual que lo ha hecho sin Rubén. —Hace una pausa para meter el dedo en el chocolate y probarlo—. Hum, delicioso. —Se relame—. Hija, sé que no necesitas un hombre para que tu vida esté completa, pero me preocupa que estés descartando a todos los que se te acercan porque «no tienes tiempo» o porque ninguno se parece a él.

Esto es nuevo. A estrenar.

Mi madre nunca había sido tan específica en sus opiniones.

Para eso tengo a Tito, a Noelia y, en parte y a ratos, a Rubén. Pero a ella, no.

—Y si puede saberse, ¿quién es «él»? —Parezco José Luis Perales.

—El único chico al que no puedes tener tanto como a ti te gustaría.

—Ni falta que hace —murmuro por lo bajo.

—¿No te das cuenta de que tu vida lleva en suspenso desde que él...?

—No está en suspenso —la interrumpo antes de que las verdades que está soltando me hagan llorar abrazada al puchero—, estoy haciendo cosas.

—¿Ah, sí? ¿Cosas de qué tipo? ¿Invisibles?

Suspiro y me dispongo a contarle la doble vida que llevo desde hace algunos meses en València.

—Estoy... —Dudo un instante, pero me armo de valor— estudiando algo.

—No sabía que hubiera cursos para aprender a vestir santos —suelta ella, tan pichi.

—¡¡¡Mamá!!!

—No te enfades, a este paso, con la vida amorosa que llevas, el único soltero que te va a quedar disponible va a ser el Señor.

Le tiro un trapo de cocina y ella sigue riéndose. Luego tiene las narices de preguntarse a quién ha salido Rubén tan tocapelotas. Déjame adivinarlo.

—Me encanta que hagas chistes religiosos, mamá, cuando no has pisado una iglesia en treinta años.

—A medida que me voy haciendo mayor, empiezo a sentir el peso de mis pecados.

Me guiña un ojo y sigue riéndose.

—Una feligresa ejemplar, subiéndote al carro en el último momento.

—Oye, que aún soy joven —protesta y me apunta con la cuchara de madera que gotea chocolate por todos los lados—. Ahora en serio, Lorena, ¿no crees que es hora de que hagas algo con tu vida? Moverte del Voramar, abrir la puerta a la posibilidad de tener algo duradero con alguien... Poner un poquito más de tu parte, ya sabes.

—Las relaciones que veo a mi alrededor solo me dan ganas de salir corriendo en dirección contraria.

—Ya, hablando de eso... —Carraspea y se pone seria de verdad—. ¿Cómo está Unai? Ayer hablé con Susana y está muy preocupada.

Mi madre y la de Unai, Susana, siempre han tenido una relación muy cercana. Pasaban muchas tardes de verano sentadas en la terraza del bar tomando un café y charlando. Según he sabido más tarde, dentro de su orden del día entraban temas como: especular sobre el amor de Maider y Rubén y buscarles coartadas, y espiar qué hacíamos Unai y yo. A mi hermano y su novia los tenían bastante controlados, con Unai y conmigo, en cambio, tenían algunas sospechas y muchas conjeturas. La mayoría acertadas, he de decir.

—No sabría decirte, mamá. Yo también estoy preocupada por él.

No me había parado a pensar en Susana. Imagino que, aunque Unai no le habrá dado detalles para no disgustarla, tonta no es y se estará dando cuenta de que el matrimonio de su hijo se está tambaleando.

—Haz todo lo que esté en tu mano para que lo arregle.

—Espera, que pronuncio algún hechizo en un latín que no hablo y agito la varita.

—No me ironices, María Lorena.

—Mamá, meterse en un matrimonio no es una buena idea. Solo soy su amiga. Puedo escucharlo, puedo ayudarle en lo que me pida, puedo aconsejarle hasta cierto punto, pero no debo implicarme más de lo debido.

—A mí lo que me da miedo es que te conviertas en un motivo más que rompa ese matrimonio.

—¡¡¡Maaamááá!!! ¡¡¡Joder!!! Hoy estás sembrada, ¿eh? ¿Qué demonios te hace pensar que voy a hacer algo así? No soy una destrozahogares. Nunca lo he sido.

—Hija, no creo que vayas a hacer nada a conciencia, sé cómo eres y sé que llevas muchos años guardándote cosas, pero Unai está muy vulnerable y tú para él eres... —Se queda callada con la vista fija en la puerta.

La seriedad que embargaba su talante se derrite como los grumos del chocolate y sonríe.

Y solo hay un chico que la hace sonreír así.

Me pongo de puntillas y me asomo por encima del puchero.

Unai está en la entrada de la cocina, observándolo todo con atención. Son pocas las veces que ha estado en las zonas privadas del camping: en una ocasión estuvo en la terraza de la parte trasera, y en otra, en mi dormitorio, pero ahora mismo no quiero recordar aquella noche.

Por suerte, no parece haber escuchado nuestra conversación.

—¿Cómo tú por aquí? —pregunto con un poquito de incomodidad, incapaz de superar que mi querida madre piense que estoy a un tris de cargarme el matrimonio de este tío.

—Iba de camino al baño, pero el aroma del chocolate me ha traído hasta aquí. —Olisquea a su alrededor y cierra los ojos.

—Estamos preparando la chocolatada de mañana. Ven aquí, anda. —Mi madre lo apremia para que se acerque, coge una cuchara del cajón que tiene a su lado, la mete en el puchero y la saca cargada.

Unai se posiciona a su lado como el chico obediente que nunca ha sido, abre la boca y cierra los ojos. Paladea el chocolate unos instantes y suelta varios ruiditos de puro placer. Intento mantener la compostura a raya, pero no es fácil cuando sabes que acaba de sonar exactamente igual que cuando se corre.

—¿Qué te parece? —pregunta mi madre.

—Solo por esto podría casarme contigo, Pilar.

Mi madre se echa a reír y le mete en la boca otra cucharada más cargada que la anterior. Unai vuelve a saborear el chocolate a carrillo lleno y cuando se lo traga le dedica una sonrisita con los dientes marrones.

—Más —reclama.

Abre la boca otra vez y se arrodilla como un galán a la espera de que su amada acepte la propuesta. Mi madre vuelve a reírse y cumple, al menos, con la parte del chocolate. Está claro que lo sigue adorando.

—*Odramás* —pide el donostiarra con la boca todavía a rebosar.

—Ni pensarlo, Azurmendi, que es para los críos.

Unai se pone en pie y traga.

—Dudo que en este camping haya alguien más infantil que yo, Pilar —argumenta e intenta hacer una incursión con su dedo en el puchero. Mi madre le pega varios manotazos y él retrocede entre risas.

—Ya no tienes edad para seguir siendo un gamberro. Además, esas dos preciosidades que tienes necesitan un buen ejemplo.

—Has empezado tú.

Me hace mucha gracia verlos tomándose el pelo, pero también me entristece. El vínculo que Unai mantiene con mi familia es muy sólido, en parte, gracias a Rubén, pero por desgracia, también es una de las pocas cosas que han sobrevivido a lo que un día fuimos. Son las marcas que nuestro idilio dejó a nuestro alrededor, el maldito recordatorio de que sucedió y se acabó.

En cuanto a la relación que mi madre mantiene con sus hijas, va mucho más allá de tejerles jersecitos de vez en cuando o mandarles dos Bichiluz de regalo como hizo la Navidad pasada. Un par de veces al mes suele subir a Donostia para visitar a mi hermano, a veces sola y a veces con mi padre, y siempre las va a ver, sin excepción. Por lo tanto, para las niñas, ella es la *amatxi*, una especie de abuela postiza que les consiente aún más que las que ostentan el título oficial.

Y para mamá, por mucho que no lo diga en voz alta... son las nietas que nunca ha tenido.

—Me vuelvo a la cama —comenta mi madre. Se quita el delantal y se alisa el camisón con las manos—. Te diría que vigiles el puchero, Lorena, pero mejor vigilas a este niño grande, y al chocolate le das un par de vueltas de vez en cuando. Lo apartas del fuego y lo dejas tapado. Mañana ya le pegaremos un calentón. Os dejo a solas, que seguro que tenéis mucho de qué hablar.

Deja el delantal en la encimera y se encamina a nuestra casa.

—¿Te han quedado claras las indicaciones? Porque yo no controlo este tema una mierda.

—Más o menos.

—¿El calentón era para el chocolate o para mí? —pregunta de cachondeo.

Odio cuando hace estas bromas.

Sé que es parte de su esencia mofarse de estas cosas, pero no es consciente del esfuerzo que me supone echarme a reír como lo estoy haciendo y no soltar algún comentario completamente fuera de lugar. Porque, claro, mientras el cachondeo venga de él, todo está bien. Ahora, el día que se me escape algo a mí, todo se vendrá abajo.

—¿Mañana os vais al Desert de les Palmes?

—Se supone —responde sin sus habituales florituras. Es bien sabido por todos que, cuando varios adultos sin supervisión se aventuran monte arriba, las anécdotas pueden ser muchas. Así que me extraña que no empiece a contarme emocionado las locuras que están planeando.

—Si no te apetece hablar podemos limitarnos a mirar el chocolate mientras hace plo-plo en el puchero. Es muy relajante.

Se apoya en la encimera a mi lado y clava la vista en el suelo.

—Me encantaría pasarme la noche mirando el chocolate, pero...

Lo miro y de pronto, me doy cuenta de la ropa que lleva: un pantalón corto negro de algodón, una camiseta de tirantes del mismo color y las chancletas. ¿Ha venido en pijama?

—¿Qué ocurre?

—Demasiadas cosas y, a su vez, menos de las que me gustaría —admite de manera críptica—. Necesito que me pares, Lorena, que no me dejes hacer algo de lo que podría arrepentirme.

Contengo la respiración y una pequeña chispa de esperanza prende en mi pecho. Le doy cuatro manotazos imaginarios. He fantaseado miles de veces con esta conversación, con el momento en el que Unai me volvía a declarar su amor eterno y yo le confesaba que es correspondido, que siempre lo será, pero no va a suceder. No va a decir nada que cambie mi vida de golpe y porrazo. Además, el mero hecho de planteármelo me convierte en una persona despreciable y yo no le deseo ningún mal ni a él ni a su familia. Se lo he dicho muy en serio a mi madre, jamás haré nada que rompa su relación con Sara.

—Vale, yo te paro —prometo a ciegas, como siempre que se trata de él.

—He pillado a Sara hablando por teléfono.

Estoy a punto de preguntarle con quién, cuando levanta la cara y me mira. Sus ojos están llenos de dolor y de rabia, así que decido esperar a que vaya soltando la información a su ritmo.

—Con quien no debería, por supuesto —añade con resentimiento—. Sé que te debe de parecer una tontería, pero ahora mismo estoy a punto de mandar a mi mujer a la mierda y necesito que me frenes. No puedo volver a perder los papeles con ella. Porque, si lo hago, ya no podremos seguir adelante.

—Vale —repito—. Yo te freno, tranquilo. Aquí estoy.

Apoyo las manos en sus hombros y bloqueo sus intenciones de manera simbólica, aunque es muy posible que esté frenando las mías también.

—Es que no puedo creer que lo haya hecho.

—¿Yo tampoco?

—Me dijo que no volvería a pasar y mira por dónde, me despierto por culpa de la docena de grillos que viven de gorra en nuestra parcela y oigo a mi querida esposa escondida detrás de la caravana, toda acaramelada diciendo: «Me he dado cuenta de que te echo mucho de menos».

Doy gracias a que mis manos están apoyadas en sus hombros y que eso me impide caerme de culo.

—Se suponía que esta mierda la habíamos dejado atrás, pero está claro que no. Y yo no sé si puedo seguir luchando contra esto, Lorena. ¡Ni siquiera sé si merece la puta pena ya!

—Unai, cálmate, por favor. No entiendo nada.

Sin embargo, mis sospechas se están materializando de una manera bastante agorera.

—No hay mucho que entender, Lorena.

—Me dijiste que pensabas que Sara no te quería, que esas cosas se sobreentienden...

—Sí, se sobreentienden cuando tu mujer te confiesa que siente algo por otra persona. Te quedas bastante fuera de la ecuación, ¿sabes?

Lo que me quedo es sin palabras y desde luego que prefería la parte de esta conversación en la que no me estaba enterando de nada.

¿Sara se ha enamorado de otra persona?

Me vais a perdonar, pero era lo último que imaginaba que estuviera pasando.

—Que haya sentido algo por otra persona no significa que haya dejado de sentirlo por ti, Unai...

—No se puede querer a dos personas, Lore. El corazón no es una multipropiedad. Ya deberías saberlo.

Uf. Bonita pulla.

—Eh, para el carro. Entiendo que estés en la mierda, pero no lo pagues conmigo.

—Perdona, tienes razón.

Me aparta y empieza a caminar por la cocina arriba y abajo. Está a punto de explotar y tal vez sea justamente lo que necesita, soltar todo lo que tiene guardado dentro, aunque al final sean mis sentimientos los que acaben heridos con la metralla.

De pronto apoya la cabeza en uno de los armarios y lo oigo suspirar con fuerza.

Pasan los minutos y lo único que llena el ambiente es el plo-plo del chocolate y el ruido constante de los electrodomésticos encendidos.

—¿No vas a decirme nada? ¿Vas a quedarte ahí callada? Venga, no te cortes, ¿qué parte es la que más morbo te da? Pregunta sin miedo, a estas alturas ya he oído de todo.

—Unai, por favor, cálmate.

—¿También me vas a pedir que sea razonable? —increpa cabreado.

Salgo al bar un segundo y veo que Tito ya ha cerrado y está teniendo un momento muy romántico con una escoba, mientras Ricchi e Poveri y su «Sarà perché ti amo» llenan el local. Observo cómo se restriega contra el palo a la par que me canta con tono sexy:

—*Basta una sola canzone per far confusione fuori e dentro di te...*

Estoy por decirle lo bien que le está pillando el truquillo al acento italiano, pero mi estado de ánimo oscila entre la desesperación y la tristeza. No sé cómo coño afrontar lo que me ha contado Unai ni cómo voy a poder ayudarlo.

Cojo lo que necesito de la barra y cuando entro de vuelta en la cocina Unai está sentado en la encimera, con un cazo en la mano y las comisuras de la boca pringadas de chocolate. El corazón se me encoge en el pecho. Parece un niño perdido que todavía no tiene las herramientas suficientes para enfrentarse a la vida y se dedica a comer chocolate como única solución.

Me acerco a él, le quito el cazo y lleno las dos tazas que he traído del bar. Lo cojo de la mano y lo arrastro hasta la mesa del rincón. Se deja caer en una silla, estira los brazos sobre la mesa y hunde la cabeza entre ellos. Quiero acariciarle el pelo y decirle que todo se solucionará, pero empiezo a creer que las cosas son demasiado complicadas para prometerle algo que no sé si se va a cumplir. Porque solo depende de Sara.

—Cuéntamelo todo, comienza por el principio —le pido.

Le cuesta unos minutos, pero finalmente levanta la cabeza y empieza a hablar:

—Todo sucedió un inofensivo y soleado tres de marzo. Llegué de trabajar a eso de las once de la noche, después de una jornada maratoniana al frente de un proyecto que no me sentía capaz de terminar, y me encontré con la maleta de mi mujer instalada en la puerta a modo de barricada. Quisiera decirte que me pilló por sorpresa, pero no fue del todo así.

Coge su taza y le pega un sorbito.

—Sara llevaba algunos meses muy distante y rara. Cuando le preguntaba qué le pasaba, me decía que se sentía sola en un matrimonio con dos niñas pequeñas que le venía demasiado grande y que necesitaba que yo estuviera más presente. Lo achaqué al desgaste que acumulábamos desde que nacieron las niñas, porque ser padres es la hostia de bonito, pero te agota y a veces te empuja al límite; también culpé al distanciamiento que eso nos estaba provocando. Además, era lógico que Sara se sintiera así, yo llevaba varios meses metiendo horas como un cabrón, ya lo sabes tú también. Así que le aseguré que pronto acabaría el proyecto y mis ausencias serían historia. Estaba saturado, cansado, y no le di más importancia —admite con pesar—. Es la típica tragedia que se está formando delante de tus narices, pero tú estás tan ciego que no eres capaz de reaccionar a tiempo.

Asiento. Es muy de humanos no querer ver lo que a todas luces es una catástrofe en ciernes. Bien lo sé yo también.

—Volviendo a la noche de la maleta en la puerta, cuando entré, me dijo que se marchaba. Hubo gritos, llantos y algún que otro insulto. No podía entender cómo habíamos llegado hasta ese extremo. Ella volvió a decirme que se sentía sola, pero añadió que, encima, había encontrado a alguien capaz de llenar ese vacío en su corazón. Alguien de quien, según me confesó, empezaba a enamorarse y que, por lo tanto, ya no estaba segura de lo que sentía por mí. A continuación..., no me siento especialmente orgulloso de lo que vino después.

—¿Reaccionaste mal?

—Peor que mal. —Resopla y se revuelve el pelo—. Pasé por casi todas las fases del duelo en una sola noche. Comencé con la fase de negación; mientras ella se justificaba, yo no paraba de repetirme: «Esto no me puede estar pasando a mí, todos los porros que me fumé en mi juventud han vuelto para vengarse». En cuanto terminó sus explicaciones, me metí de cabeza en la más absoluta ira, le grité como un puto energúmeno y le dije de todo.

Unai es incapaz de mirarme, una clara señal de que se avergüenza de lo que me está contando. No es para menos. Llegar a perder los estribos no es algo de lo que sentirse orgulloso.

—Sara me gritó tanto como yo a ella, no te creas que se achantó, pero acabó echándose a llorar y me pidió que por favor me calmara, aunque solo fuera por las niñas que estaban durmiendo a pocos metros de nosotros. Pero yo no podía parar, Lorena. No podía. —Se retira una lágrima de la mejilla y suspira—. Por muy consciente que fuera de que me iba a arrepentir de todo lo que le decía, estaba acojonado y muy jodido, así que seguí soltando mierda como un cabrón. Entre otras perlas le dije que, si tanto dudaba del amor que compartíamos, podía largarse y no volver nunca más, que no me resultaría demasiado complicado encontrar a una tía dispuesta a consolarme y darme todo lo que ella siempre me negaba.

—Unai... —digo en tono de amonestación—. Entiendo que ese tipo de situaciones se puedan desmadrar, pero gritar de esa manera a tu mujer, estando tus hijas en la habitación de al lado...

—Lo sé, no me digas nada, por favor —ruega, y agacha la cabeza humillado—. Jamás me lo voy a perdonar.

—Está bien, continúa...

—Al final, Leire y Ane acabaron despertándose y aparecieron en la sala asustadas. Sara las abrazó y les dijo: «El *aita* y la *ama* se han enfadado. Los mayores, a veces, aunque no esté bien, nos gritamos, pero no es por vuestra culpa. A vosotras os queremos mucho los dos». Me justificó delante de nuestras hijas, Lorena, cuando era lo último que me merecía, joder.

—Lo importante no eras tú en ese momento, Unai, eran ellas...

—Lo sé, pero aquello me golpeó como un maldito tren de mercancías. Ser consciente de cómo me había comportado y de lo que había provocado en mi familia me destrozó más que la buena nueva que me había soltado mi mujer minutos antes.

—Porque las quieres.

—Más que a nada en este puto mundo.

Un nudo me cierra la garganta, comprendo lo mal que debió de sentirse al entender que, en su afán por gestionar la culpa y todos los sentimientos negativos que se habían agolpado en su interior, había arrastrado a sus hijas. Enfadarse y gritar es un derecho constitucional, pero también es importante saber cuándo y dónde parar, así como proteger a tus hijas de la toxicidad de una discusión.

—No fui capaz de acercarme a ellas, me dio miedo que me vieran como un monstruo y me rechazaran... Así que cogí las llaves, salí de casa y me metí en el primer bar que encontré abierto.

—Fuiste dando un paso tras otro hacia...

—Hacia el puto desastre —asegura con los ojos llenos de lágrimas—. Cuando me tomé el quinto tequila, me metí de lleno en la fase de negociación: le mandé un mensaje a Sara preguntando por las niñas y disculpándome por mi comportamiento. Le dije que las quería. Que no podía vivir sin ellas. Que teníamos que hablar. Le pedí perdón por enésima vez e incluso llegué a ofrecerle una relación abierta.

Dios mío, la desesperación...

—Estabas al límite, no sabías qué hacer ni cómo gestionar todo aquello y seguiste metiendo la pata..., es lo que probablemente haríamos todos, Unai.

—No sé si es lo que harían los demás, pero es lo que yo hice y no me siento orgulloso. —Se sorbe los mocos y continúa—: Sara me contestó que había hablado con sus padres, que le habían insistido para que se marchara a Bilbao unos días y que en aquel momento acababan de llegar. Me rogó que las dejara en paz unos días. La depresión me engulló vivo cuando fui consciente de que se había llevado a mis hijas. Que las había alejado de mí, joder.

Cruzamos una mirada, nuestras mejillas están empapadas.

Quiero decirle que la reacción de Sara de llevarse a las niñas no me parece la más adecuada tampoco, usar a los hijos como arma es muy reprochable, pero prefiero no echar más leña al fuego.

—Así que llamé a mis amigos para que me sacaran de aquel bar y me llevaran a cualquier lugar menos a nuestra casa vacía. La fase de aceptación tardó unos cuantos días en llegar, los mismos que Sara necesitó para volver de casa de sus padres. Tres días y cuatro horas.

—Joder...

—Tres días y cuatro horas, Lorena, en los que mis hijas estuvieron lejos de mí en el puto Bilbao. Tres días y cuatro horas durante los que pensé que mi vida tal como la conocía se había ido a la mierda. —Hace una pausa y me mira—. Durante todo ese tiempo lloré, lloré mucho, no me avergüenza admitirlo. Por Sara, por verla tan perdida. Por mí, por el dolor que sentía en el pecho y que amenazaba con partirme en dos, porque tal vez, de haberla escuchado más y mejor, habría podido evitar todo lo que estábamos viviendo. Por Leire y Ane, por la ruptura que íbamos a provocar en sus vidas si las cosas no volvían a su cauce normal.

—Pero lo hicieron...

—Sí, lo acabaron haciendo. Pero si algo saqué en claro de aquellos días es que a veces hace falta sangrar para recordar que seguimos vivos y que hay cosas por las que merece la pena luchar.

—Claro que merece la pena, Unai. Sois una familia.

—Sí, pase lo que pase, siempre seremos una familia. Al final, Sara acabó volviendo a rastras y arrepentida, empujada por nuestras hijas, que cada día le recordaban que me echaban de menos. Mi mundo se llenó de nuevo, Lorena, mi vida volvió a cobrar sentido con ellas.

—Porque, pese a todo, eres un buen padre.

—Te juro que me esfuerzo cada día en serlo.

—Lo sé.

Acaricio su mano con suavidad y él me dedica una breve sonrisa.

—Las niñas me abrazaron y me dijeron que me habían echado de menos. Sara también. Las metimos en la cama y nos sentamos en el salón. Sara estaba destrozada, ojerosa y más delgada, parecía mentira que solo hubieran pasado tres días y cuatro horas. —Niega levemente con la cabeza—. Durante la mayor parte de la charla habló ella, porque yo no sabía qué decirle, me aterrorizaba volver a meter la pata como la noche en que se marchó, así que me mantuve callado escuchándola, que es lo que debería haber hecho desde el principio, cuando me dijo que se sentía sola. Volvimos a llorar, nos pedimos perdón, ella me juró que sus sentimientos la habían confundido, que todavía no había hecho nada irreparable y que se había precipitado; yo le prometí que las cosas cambiarían de verdad, que ya no volvería a sentirse sola. Y volvimos a intentarlo por nuestras hijas.

—Hicisteis lo correcto. Ane y Leire merecen tener a sus padres juntos.

—Eso es lo que me repito cada vez que dudo de la decisión que tomamos.

—¿Qué pasó después?

—Durante abril, mayo y junio nos esforzamos en cambiar las cosas, en pasar muchísimo tiempo juntos, y parecía que la cosa rodaba. Pero julio llegó con cielos inusitadamente nublados y con un desgaste emocional que empezó a pasarnos factura otra vez. El trabajo, las viejas costumbres, los reproches y las indirectas empezaron a acumularse a nuestro alrededor; la esperanza renovada que sentíamos al principio se iba a la mierda. —Se queda en silencio unos instantes—. Y es que lo que de verdad importa de todo lo que pasó es que la confianza sobre la que se asentaba nuestro matrimonio se tambaleó de una manera descomunal, y aunque al principio parecía que podríamos luchar, la puta realidad es que no hemos vuelto a ser los mismos desde entonces. Ella está resentida y yo salto a la mínima que me da un poco de pie. Y cada vez que pasa algo entre nosotros, se nos va de las manos con facilidad.

—Es normal, no confiáis el uno en el otro. Sara no cree que vayas a cambiar y tú tienes miedo de que te sea infiel. Lo que no entiendo, Unai, es por qué no me lo has contado hasta ahora. Sabes que hubiera intentado ayudarte, aunque estuviera lejos...

—¿Cómo le explicas a tu mejor amiga que te han vuelto a destrozar el corazón?

—Como lo estás haciendo ahora mismo, sentándote a hablar con ella.

—No me atreví, Lore, prefería seguir hablando contigo de nuestras tonterías, prefería refugiarme en ti... antes que admitir que había vuelto a fracasar, que no había sido capaz de conservar el amor de mi mujer y que lo había perdido igual que perdí el tuyo.

—Unai...

—Además, ¿cómo iba a justificar mi comportamiento con Sara delante de ti? Me sentía como un cabrón de mierda. Me avergüenza.

—Unai, tu mujer te dijo que sentía algo por otra persona y te portaste como se comportaría muchísima gente en tu situación. Pero hay una diferencia, tú eres un buen tío. Te arrepientes. Reconoces tu culpa y estás intentando enmendar la parte que te toca.

—La gente dice que los tíos no cambiamos, pero lo hacemos. A veces cuando ya es demasiado tarde.

Me sonríe con tristeza y yo niego levemente.

—No es demasiado tarde, Unai, solo es otro bache más en el camino. No es fácil afrontar la situación que habéis vivido y es lógico que algunos de los pasos que deis vayan hacia atrás. Además, puede que Sara esté teniendo un bajón y, aunque te joda, tienes que hablar con ella, intentar entenderla y no perder los papeles a la primera de cambio...

—Llegas tarde, amiga. Cuando la he pillado hablando por teléfono, he vuelto a sentir el mismo puto arranque de ira en el estómago, y antes de volver a liarla he preferido marcharme y he acabado aquí.

De ahí el pijama que lleva puesto...

—Al menos has aprendido una parte de la lección. —Le doy varios golpecitos en la mano.

—Sabía que contigo estaría a salvo de convertirme en alguien que no soy. Tú eres mi puerto seguro, Lore.

Vivo en una taquicardia perpetua con este hombre. Entre sus secretos y sus frases lapidarias que no van a ningún lado...

—¿Y qué le estaba diciendo?

Me hace un resumen rápido de lo que ha escuchado y aunque me encantaría decirle que es posible que esté equivocado, no puedo.

La situación está bastante clara. Sara sigue teniendo algo pendiente.

—Me he dejado las pelotas intentando que este verano fuera maravilloso y mira dónde hemos acabado. ¿Qué coño hago a partir de ahora?

—Lo primero que debes hacer es hablar con Sara y que te diga qué está pasando. Tal vez, al haberse alejado de Donostia, le han surgido más dudas... Tienes que escucharla.

Unai me mira unos instantes y cierra los ojos abatido. Volver al punto de salida nunca es fácil, pero, si quiere seguir luchando por ella, es lo que tiene que hacer.

—¿Por qué es tan difícil quererme? O, mejor dicho, ¿por qué es tan fácil dejar de quererme?

—Unai...

—Tú lo sabes mejor que nadie, Lore.

1997

Te voy a meter mano hasta en las ideas

Lorena · Benicàssim, 12 de agosto de 1997

Estoy sentada en el bar con Tito repasando varios pedidos del bar, cuando alguien pega unos golpecitos en el cristal.

Es Unai, que, por lo visto, le ha parecido que aparcar su destartalado coche delante de Recepción e interrumpir por completo el tráfico que intenta entrar en el camping es una buena idea. Un par de autocaravanas están paradas con el culo fuera del recinto y ocupando un buen trecho de la Gran Avinguda. Él sigue mirándome fijamente con una sonrisa. Me encantaría decir que, después de este invierno, ese gesto no produce nada en mí, que me da igual volver a verlo, pero estaría mintiendo. Desde que sus padres llegaron hace una semana con Maider, he estado contando los días que faltaban para que él terminara las clases particulares de cara a preparar las recuperaciones de septiembre y se viniera también.

Y aquí lo tengo.

Unai sigue mirándome ajeno a las bocinas que retumban a su espalda, articula un «Hola» con sus labios y empaña con su aliento el cristal. Empieza a dibujar un par de montículos y cuando parece que un corazón está tomando forma, contengo la respiración y me agarro a la mesa. Entonces remata su obra y no puedo evitar echarme a reír.

Señoras y señores, así es como un tierno corazón acaba convirtiéndose en una polla enorme.

Y qué queréis que os diga, pero me siento especialmente feliz y cómoda con este gesto porque es muy nuestro.

—Joder con el vasco, qué optimista. Un poco más y necesita todas las ventanas del camping para que le quepa el dibujo de su miembro —comenta Tito descojonándose—. ¿Hay algo que quieras contarme, querida *primi*?

—Espera, que se la voy a devolver.

Mi primo me observa con atención mientras aspiro todo el aire que me rodea y empaño una zona del cristal cerca de la obra de arte de Unai. Alargo mi dedo índice y simulando que yo también voy a dibujar un corazón, en el último momento, lo dejo sin cerrar. Vamos, que he trazado la estela de dos montículos muy cerca del miembro viril que ha hecho él. Tan cerca que casi se rozan. Siento un cosquilleo que me recorre todo el cuerpo. Le guiño un ojo y retomo la conversación con mi primo como si nada.

—Pues eso, que las actividades podríamos dejarlas para finales de mes y así podemos hacer otro pedido...

—¿En serio acabas de dibujar tu coño en el cristal del bar y sigues hablando como si tal cosa sobre juegos infantiles? —dice mi primo sin poder ocultar la gracia que le hace el asunto.

Miro de reojo la ventana y veo que Unai se ha convertido en un científico loco. Está dibujando flechas entre su enorme pene y mi monte de Venus, como si estuviera planificando una jugada maestra que requiere muchísimas explicaciones, cuando el asunto es bien simple.

—¿Qué me estoy perdiendo, Lorena?

Centro la mirada en Tito y dudo por un instante muy corto si contarle la verdad o no. Noelia, Miguel y él son mis personas de confianza, pero no quiero que se entrometan en mi relación con Unai, no, al menos, todavía.

—Acabas de echarle un polvo en el cristal a tu compi del

Pictionary. Ni se te ocurra intentar venderme la moto de que no pasa nada.

—Oh, vamos, no le des más importancia de la que tiene. Estamos de cachondeo.

—Te recuerdo que hace dos veranos os pillé comiéndoos la boca en los lavaderos y el año pasado corrieron muchos rumores. —Me sostiene la mirada y no sé qué es lo que capta, pero abre los ojos de par en par—. ¿Te lo has follado? No. Espera. Voy a reformularlo: Te lo has follado.

—Ole ahí, tú sí que sabes tratar los temas con tacto —protesto con las mejillas coloradas por muchísimos motivos.

Miro a Unai de reojo: ha dejado de dibujar y me está esperando.

—Perdona, tienes razón, he sido muy grosero. ¿Ha mojado su *fartó* en tu horchata?

—Madre mía. No vamos a hablar de esto.

—Eso es que sí.

—Eso es que no.

—Sabes que me lo puedes contar.

—Venga ya, Tito, ¿por qué crees que me he zumbado a Unai Azurmendi? ¿Acaso me pega hacer algo así?

—En lo más mínimo. Motivo más que suficiente para que lo hayas hecho. ¿Has oído hablar alguna vez sobre los polos opuestos?

—Por esa regla tuya, podría estar tirándome a Damiano, ¿no? No es mi tipo y, además, todo el mundo se lo ha trincado.

—Lo dudo.

—¿Por qué? ¿No me ves a la altura? Por Dios, Damiano se conforma con cualquiera.

Tito me dedica una sonrisita la mar de insolente.

—Claro que se conforma con cualquiera, por eso está conmigo.

Abro la boca alucinada.

A ver, sé que mi primo y Damiano se han liado varias veces, pero de ahí a que estén juntos... Joder, me alegro mucho.

Unai pega varios golpecitos en el cristal y me apremia para que salga.

—¿Y Verónica?

Tito se reclina en su silla y estudia con atención la maraña de trazos que empiezan a desaparecer del cristal.

—Verónica es historia. Ahora anda detrás de Miguel otra vez —afirma con pesar—. Y tú estás jugando con fuego, *primi*. Ese morenazo de ahí está loco por ti.

«Y yo por él», estoy a un tris de admitir.

—He estado en Donostia cinco veces este invierno.

—¿Cuándo?

—En octubre, cuando él empezó la uni y bajó el trabajo en el camping hice varios viajes clandestinos al norte, Unai se vino en diciembre y nos hemos visto en Teruel unas cuantas veces entre febrero y junio.

—Bonita ciudad a mitad de camino. Pero… ¿vais en serio?

—Si fuera por él, sí. Y si fuera por mí… supongo que este verano lo sabremos.

—¿Y qué pasa con Iván? Porque por mucho que me joda, sigue en tu radar, ¿no?

Unai vuelve a aporrear el cristal con insistencia.

—Ahora vuelvo —le digo a Tito poniéndome en pie.

Atravieso el bar, salgo a la terraza y me encamino hacia el lateral donde Unai me está esperando.

—No llevo ni quince minutos en este camping y hasta el ruido de mis chancletas al andar me recuerda a ti, Lore.

—¿Me estás llamando bocachancla o algo así?

—No. Solo te estoy diciendo que te he echado tantísimo de menos que hasta el ruido que hacen mis chancletas al rebotar en mis talones me ha recordado con mucha nostalgia el sonido que hacen mis pelotas al golpear tu culo.

Debería cabrearme o algo así, pero me estoy meando de la risa. Este tío es la hostia en tantos sentidos…

—Me parece precioso eso que acabas de decir, por no hablar de lo original que ha sido que me hayas saludado pintando una polla.

—Conociéndote, no me pegaba mucho traerte bombones.

—¿Lo dices por mi peso?

Como bien me ha recalcado varias veces Iván, este invierno he engordado y, como viene siendo tradición, me estoy rayando cosa mala con el tema.

—Lore, ¿de verdad sigues pensando que eso me importa?

—No lo sé, Unai.

Resopla y me lanza una miradita de reproche.

—Joder, Lore, deja de hacer caso de lo que te dice la báscula y házmelo a mí —protesta—. Lo único que me importa ahora mismo es llenar este verano con momentos a tu lado. Y creo que, para empezar, el mejor primer recuerdo que podrías regalarme es un muerdo.

—¿No prefieres un «Hola, ¿qué tal?»?

—No me jodas, a estas alturas no vamos a dedicarnos a las formalidades. Vamos a ir al grano, Lore, te voy a meter mano hasta en las ideas.

Me sonríe de nuevo mientras sus dedos se aferran a los míos. Siento un vuelco en el estómago. Y es que no puedo. NO PUEDO.

Este chico tiene todas las cualidades necesarias para volverme loca, de hecho, lo está consiguiendo como ningún otro, a pico y pala, despacio pero sin pausa. Mis miedos, en cambio, siguen reagrupándose, cogiendo fuerza y empujándome hacia atrás.

Unai vive lejos de aquí, y pasarnos el año en la carretera arriba y abajo no es una opción viable, cuando él tiene que estudiar y yo tengo que hacerme cargo del Voramar.

Ahora es divertido, por la locura que acarrea la novedad, pero dejará de serlo.

Además, Unai todavía tiene puestos los andamios de construcción en su vida y en su carrera. Informática nunca ha sido el futuro de sus sueños y aunque se está esforzando mucho en sacarla, no le va bien y los niveles de frustración y de decepción que siente son enormes. Sus padres lo ayudan en todo lo que pueden, pero cada día le recuerdan que sus problemas de aprendizaje siempre estarán ahí y que es una lacra con la que debe cargar. Lleva meses valorando la posibilidad de cambiar de especialidad e incluso ha dejado caer que tal vez debería irse al extranjero para aprender inglés, porque los idiomas no son lo suyo, y tomarse un tiempo.

En pocos meses podría volver a pasar lo que más temo: que quiera marcharse, que yo tenga que elegir y que acabe convirtiéndome en el mojón de piedra que anuncia un kilómetro triste y desamparado en Benicàssim. Él siempre sabrá volver a mí, pero yo nunca avanzaré, nunca me moveré de donde estoy porque lo estaré esperando mientras cumplo con mi cometido en este camping.

Y eso ya lo viví con Iván.

Pese a todo, en cuanto me besa pierdo la noción del tiempo, el orden de mis pensamientos y algún apellido.

—Lo que siento por ti empezó siendo fuego, pero se ha convertido en agua. No se consume, no para de crecer —murmura pegado a mi boca—. ¿Qué más necesitas que haga para que te des cuenta de que esto que tenemos es bastante más que cuatro polvos increíbles?

Sé que tiene razón. Que por mucho que lo niegue, nuestra relación no para de avanzar y cuanto más lo hace, más miedo tengo a que llegue el momento de tomar decisiones.

—Tal vez ya me haya dado cuenta, aunque no quiera cambiar las cosas.

—Porque no soy Iván. Con él sí quisiste cambiar las cosas... Pero no me rendiré hasta que quieras cambiarlas conmigo también.

—Esto sigue sin tener nada que ver con él.

Vuelve a besarme, pero sé que la conversación surgirá en otro momento. Siempre sucede.

—Pues sí que hace calor, hoy. —Oigo una voz y a continuación una tosecilla a mi espalda.

Unai alza la mirada y noto cómo sus músculos se tensan un poco.

—Buenas tardes, Tomás —dice con tono de señor ilustre que para nada acaba de hablar sobre el chof-chof que hacen sus pelotas al rebotar en mi culo.

Se aleja unos cuantos pasos marcha atrás y casi tropieza con sus propios pies.

—Papá —digo, y me doy la vuelta.

Mi padre nos está observando con una ceja tan disparada que podría ser un puente diseñado por Calatrava. No me extraña, estábamos abrazados y escondidos entre los hibiscos que rodean el bar. Cualquiera en su sano juicio deduciría que este encuentro no es casual ni inocente.

—No sé qué ha pasado ni quiero saberlo, hija, pero estos cristales tienen que quedar limpios esta misma tarde. Limpios y relucientes. ¿Me entiendes? Y, por favor, recuérdale a Azurmendi que, aunque me saque un palmo, voy a retorcerle las orejas sin muchos miramientos si se sigue comportando como un auténtico vándalo.

Sin darnos opción a que digamos algo, emprende la marcha hacia Recepción.

—¡Que ya tenéis una edad, para andar dibujando pitos en los cristales! —se queja mi padre a medida que va alejándose.

—¿Ha dicho «pitos»?

—Efectivamente.

—¿Tú también usas esa palabra? ¿Es cosa de familia?

—Claro, cuando me refiero a tu miembro siempre uso esa palabra o el diminutivo correspondiente.

13
¿Te recuerdo a alguien?

Lorena · Benicàssim, 22 de agosto de 2010

Unai se mira las uñas y las analiza por enésima vez con ojo crítico.
—¿Y esto decís que es rosa?
—Sí —respondemos Maider y yo a coro.
—Pues lo veo marrón o verde, no lo tengo claro.
—A ver, Unai... —Meto la brochita en el bote y me llevo la mano al puente de la nariz.
Anoche estuvimos hasta las cuatro de la madrugada hablando en la cocina del bar y una vez se marchó tuve que preparar otro puchero pequeño con más chocolate para cubrir el que nos habíamos zampado. Esta mañana, al levantarse mi madre y venir a desayunar, me ha pillado exactamente igual que cuando se marchó: peleándome con los grumos, con la única diferencia de que mis ojeras abarcaban media cara y estaba exhausta a nivel físico y mental.
Así que creo que hoy no es el mejor día para exigirme paciencia.
—¿Para qué demonios me has hecho venir si vas a poner en duda cada cinco minutos el color de pintauñas que he elegido?
—Quiero que estés segura de que combina bien con el vestido, Lorena, que te veo muy dispersa.
Lo miro a los ojos e intento mantener a raya mis reacciones.

Por un lado, quiero agarrarlo del cuello y disfrutar viendo cómo se ahoga mientras aprieto, ya que si estoy dispersa y un pelín irascible es porque me he pasado la noche en vela aguantando sus penas y no he tenido la tarde libre para echarme una siesta como ha hecho él. Y, por otro lado, me está resultando bastante complicado mantener la compostura cuando mi mejor amigo va maquillado y, en lugar de parecer un payaso, está guapísimo. Sus ojos azules resaltan con la sombra y el lápiz de ojos negros que les ha aplicado su mujer. Y su ya de por sí carnosa boca llama la atención veinte veces más de lo normal al estar pintada de rojo.

Insisto en que hoy no es el mejor día para poner a prueba mi entereza porque estoy a punto de venirme abajo. O arriba.

—Vas a ser la fallera mejor combinada de la historia, Unai, estate tranquilo, por favor —le prometo entre suspiros.

Una vez más, me he visto involucrada en una de las muchas apuestas absurdas que han llevado a cabo los chicos. Esta vez, se trata de la competición de largos que hicieron en la piscina, de la que descalificaron a Unai por salirse del agua cuando Ane se cayó de morros.

Según me ha contado, se ha pasado varios días buscando una absolución y ha intentado renegociar los términos del castigo, pero Iván ha sido implacable y, después de celebrar una reunión exprés con los otros dos implicados, esta mañana en el desayuno, le han comunicado que esta noche debe debutar vestido de fallera, aprovechando la cena del sobaquillo que hemos organizado para despedir las fiestas.

A Iván le ha faltado tiempo para coger el coche, bajar a València, a casa de sus padres, y traerse el vestido de la época en que su madre fue fallera. Rubén, por su parte, se ha acercado con Óscar a La Salera después de comer y se han agenciado varias pelucas, una caja de ensaimadas y una cantidad desorbitada de maquillaje, porque las habitantes femeninas de Parcelona, muy sabiamente, les han prohibido tocar sus productos cosméticos.

Mientras tanto, Unai se ha echado una placentera siestita de varias horas y cuando se ha despertado ha venido a Recepción a pedirme que estuviera presente «mientras lo disfrazaban», porque soy la única persona en la que confía para no acabar pareciendo «una pilingui». Se ha traído a las niñas para ablandarme y, seguramente, para evitar tener que hablar sobre la conversación que ha admitido por lo bajo que ha tenido con Sara. Así que vivo sumida en la incertidumbre, sin un solo detalle. Aunque he de decir que, la manera en que mi amigo está insistiendo en cuánto confía en mi criterio combinando colores, me da que no es más que una indirecta para su esposa.

—Que un daltónico te confíe su vestimenta y sus uñas es como que te confíe su vida, Lore. Deberías tomártelo más en serio.

—Solo es un pintauñas, Unai.

Intento quitarle importancia por todos los medios porque no quiero empeorar las cosas y que Sara se sienta mal. Pero está claro que cuando Unai está dolido no conoce límites.

Mientras le doy una segunda capa de color rosa, miro de reojo a la susodicha, que está sentada a nuestro lado hilvanando un descosido del bajo del traje de fallera. Aparenta mantenerse ocupada, pero por cómo aprieta la tela entre sus dedos diría que tampoco parece demasiado contenta.

—La vida, Lorena —insiste mi amigo—. Te estoy confiando la vida.

—No me seas exagerado, ¡coñe!

Al soltar la palabrota recuerdo que hay menores en la zona.

Menos mal que las hijas de Unai, tan pronto como han visto los colorinchis del maquillaje, se han apropiado de los pintalabios y en este momento están superentretenidas dejándole la cara como una puerta a mi hermano, y no me habrán oído.

Si tengo que ser sincera, el único motivo que me empuja ahora mismo a sobrevivir con el cansancio y el malestar que arrastro es que llegue el momento en que Rubén se dé la vuelta y yo lo vea maquillado.

—Quedarás monísimo, no te preocupes —le promete Maider a su hermano con una sonrisita.

La hermana de mi amigo está sentada frente a nosotros envolviendo con papel film unas ensaimadas que, una vez que las incorporemos a la peluca que Gemma nos ha dejado preparada con un moño, harán las veces de rodetes. Gemma y los tres habitantes restantes de Parcelona están de tragos en el bar; en cuanto acabemos, se supone que nosotros también subiremos con «la reina de la noche».

—Estaré, en todo caso, monísima, no monísimo —corrige Unai a Maider.

—Agita un poco las manos para que el esmalte se seque antes —le pido.

Él obedece y se pega unos cuantos minutos sacudiendo esas zarpas tan grandotas que tiene de un modo tan exagerado como adorable.

—Chicas, voy a vestirme ya, que, si no, cuando subamos al bar se habrán acabado toda la cerveza.

Unai se levanta y coge el vestido que Sara le tiende. Ella ni siquiera lo mira, parece avergonzada, hecha polvo o desesperada, pero él se la queda mirando fijamente. No sé lo que está pensando mi amigo, pero, conociéndolo, y aunque todavía esté muy mosqueado con ella por el tema de la llamada, estoy segura de que ya está planeando nuevas formas de acercarse y limar asperezas. Unai es así, no se rinde con facilidad. Lo he vivido en mis propias carnes. Y si algo me quedó claro anoche es que la quiere o, al menos, ama la relación que han construido juntos y va a seguir luchando por ella.

Por fin Unai reacciona, se acerca a Sara y le planta un beso en los labios. Largo, húmedo y ruidoso.

Me obligo a no apartar la mirada.

No es una cuestión de morbo ni una consecuencia del poco criterio que me otorga el agotamiento, es un castigo autoinfligido, un recordatorio de cuál sigue siendo mi lugar, aunque las cosas estén muy mal entre ellos.

Sara le devuelve el beso con manita derecha en la mejilla y todo, pero algo me dice que le han sobrado varios segundos. Si es que no han sido todos. Como a mí.

Me percato de que los ojos azules de Maider están observándome, cualquier atisbo de sonrisa ha desaparecido de su semblante y parece muy preocupada. Se gira hacia su hermano y Sara, y suspira con suavidad. Creo que por mucho que intenten aparentar que no hay ningún problema entre ellos, la gente que los rodea empieza a ser consciente de que sí. Encima, algo me dice que eso no es lo único que Maider acaba de deducir.

Unai se dirige a la caravana pero se para un momento junto a Rubén y las niñas.

—Qué ojazos, Rubén Segarra, el maquillaje te sienta de la hostia.

Mi hermano se pone en pie frente a Unai y me dedica una mirada de disculpa preventiva por encima de su hombro. Y cuando hace eso...

—¿Qué pasa, que te recuerdo a alguien, so cabronazo?

Unai tarda varios segundos en reaccionar.

Se gira hacia mí con los ojos muy abiertos y las cejas disparadas hacia arriba, supongo que intentando medir el daño que me ha podido causar mi propio hermano. Nos entendemos con una sola mirada. Estoy bien. El comentario es muy inapropiado para Unai, para Sara o para mí, pero yo estoy curada de espanto, estoy más que acostumbrada a las salidas de tono de Rubén y puede estar tranquilo, ya lo pillaré en algún momento por banda.

Unai mira a su mujer. Sara pasa del tema, así que mi amigo pone los ojos en blanco, le da un par de leches en el hombro a mi hermano y se mete en la caravana para vestirse.

Maider arrastra a Rubén a la suya. La oigo cerrar las ventanas y hasta la trampilla del techo. La bronca que le va a caer será monumental. Espero que no me lo deje sordo porque yo también quiero pegarle cuatro gritos después de cenar.

—¿Qué opinas? —me pregunta Sara de buenas a primeras.

Me envaro en mi asiento y la miro durante muchos segundos. No estoy acostumbrada a que se dirija a mí.

—Imagino que Unai ya te lo habrá contado. —Hace una pausa y se centra en pinchar varias agujas en el alfiletero con estampado de ositos que nos ha prestado mi madre—. Porque siempre te lo cuenta todo, ¿no?

Una mujer en plena crisis, que supuestamente está intentando salvar lo poco que queda de su matrimonio, no habla con la resignación con que lo acaba de hacer ella. Siento un escalofrío trepando por mi columna.

—Si te refieres a vuestros problemas...

—Claro que me refiero a eso. —Suelta una carcajada seca y cortante—. Ahora mismo no estoy de humor para poner a caldo a tu hermano por la mierda de comentario que ha hecho.

Me vuelvo a quedar callada estudiando su talante. De verdad que no sé cómo reaccionar porque no entiendo a Sara, no comprendo qué quiere de mí en este momento. Ojalá algún habitante de Parcelona decidiera interrumpir esta conversación. Incluso las niñas, que están más formales que nunca jugando en el suelo, a nuestro lado, podrían hacer alguna de las suyas. Pero no. Está claro que esta conversación va a tener lugar me apetezca o no y se convertirá en mi oportunidad para saber si la charla matrimonial sobre la llamada ha dado sus frutos o no.

—En cuanto a lo de mi hermano... —Empiezo a decir, pero Sara me interrumpe.

—No te molestes.

—Vale.

—¿Qué opinas? —repite su primera pregunta.

—Mira, Sara, no lo sé. Unai me ha contado que tenéis problemas, vamos, que hay otro tío...

—Otro tío —repite y asiente lentamente.

—Pero ni puedo ni debo opinar. Lo único que veo es que ninguno de los dos estáis bien.

—No, no lo estamos.

Sara apoya las manos en la mesa y mira hacia otro lado. Cuando una mujer hace este gesto es porque no quiere que nadie vea sus lágrimas. Bien lo sé yo.

—Sara...

Alargo la mano por la mesa y la toco. Ella se gira despacio hacia mí. En lugar de encontrarme a la chica resignada de hace unos minutos, incluso a una tía que está a puntísimo de arrancarme un par de dedos porque he osado tocarla, me encuentro con una mujer de ojos tristes que está sufriendo lo indecible. Da la vuelta a su mano y nuestras palmas se rozan.

Joder.

¿Tan destrozada está que el contacto conmigo la reconforta? ¿Tan necesitada se siente? ¿Tan sola, quizá?

—Se supone que lo estáis intentando y eso es lo único que importa.

No sé qué demonios hago animándola, pero una es buena amiga hasta en los momentos más inesperados. Debería estar orgullosa, pero por algún motivo, me siento bastante tonta también. Esta tía ha hecho daño a mi amigo, eso está claro, pero también hay algo que despierta en mí cierta empatía hacia ella.

—Intentando —repite Sara para sí misma.

—¿No es así?

Fija la vista en sus hijas y suspira mientras una lágrima cae por su mejilla.

—Lo he intentado con todas mis fuerzas, pero...

—¿Pero?

Maldito sea el que inventó esa palabra y maldigo también al que se le ocurrió que usarla para dejar una frase a medias molaba mucho.

—¿Qué viene detrás de ese «pero», Sara?

Se limpia las lágrimas de la cara con manos temblorosas y suspira. Yo también lo hago.

—Habla con él, Lorena —me pide con la voz rota.

—¿Yo? —pregunto confundida—. Es tu marido.

Recalco lo evidente porque estoy totalmente desubicada.
—Pídele que te lo cuente todo.
—¿Por qué supones que no lo ha hecho? Estoy al corriente de la llamada de anoche...
Me sonríe. Me acaba de sonreír con la cara bañada en lágrimas.
—Pídele que te lo cuente todo, Lorena —repite—. Habla con él, por favor, a ti te escuchará, siempre lo hace —explica.
—Permíteme que te discuta eso...
Estoy a punto de decirle que a mí solo me escucha cuando le viene bien, pero no me deja continuar.
—Yo lo he intentado, pero he llegado a un punto en el que debo decidir cuál es el camino correcto. Está la dirección por la que debería seguir, pero también está la que, en realidad, deseo seguir con todas mis fuerzas. —Se limpia un par de lágrimas—. Sé que tenéis una promesa de apoyaros siempre, así que cumple con ella, por favor.
¿Me está insinuando como quien no quiere la cosa que la caída de su matrimonio es un hecho?
Me llevo la mano al pecho para evitar que se me salga el corazón y le meta una hostia en toda su cara bonita.
Unai está bajando de la caravana en ese mismo instante y los cientos de preguntas que se agolpan en mi lengua no encuentran la salida que tanto desean.
El vestido le llega a media pantorrilla, se ha puesto sus famosas zapatillas todoterreno de Gore-Tex, lleva la banda con los colores de la Comunitat Valenciana incrustada en el sobaco y el delantal de medio lado.
Quisiera reírme porque la pinta de fallera trasnochada que lleva no tiene desperdicio, pero la risa es una emoción demasiado lejana para mí en este momento.
¿Qué mierda está pasando entre ellos?
¿Qué es lo que Unai no me está contando?
Y lo que es más importante: ¿por qué me está ocultando algo?

1997

No me faltes nunca

Lorena · Benicàssim, 23 de agosto de 1997

La noria gira y gira al ritmo de la música machacona que suena a nuestro alrededor, y las luces de colores iluminan a Unai, que camina a mi lado abrazado al tostador que he ganado en el tiro de pichón. Me he ofrecido a llevarlo a su coche y dejarlo allí, pero me ha dicho que quiere fardar un poco, que no todos los días una chica te regala algo así. Y menos mal, digo yo.

—Venga, subamos —propone señalando la noria con su barbilla.

—Ni de broma.

—¿Te dan miedo las alturas?

—Un poco.

—Las norias son seguras, Lore, y esta apenas coge altura. Es infantil. Cuando estemos arriba, casi podrás tocar el suelo con los pies.

—¿Te gusta que las tías te vomiten encima? Porque es lo que va a pasar si me subo ahí.

—Ya lo hiciste una vez.

—No te poté encima.

—Porque encontré una papelera a tiempo. Pero bueno, está bien, déjame que busque otra cosa.

—¿En serio?

A mí las atracciones de feria no es que me apasionen, me

suelo marear y las alturas me ponen nerviosa; además, esta noche, la última que Unai estará en Benicàssim, tenemos el apartamento de mis tíos para nosotros solos, así que podríamos ahorrarnos todo este paripé innecesario y dedicarnos a algo realmente útil: acurrucarnos en el sofá y darnos suficientes mimitos para que nos duren hasta que volvamos a vernos.

Dicen que la vida pasa deprisa cuando la estás disfrutando y eso es algo aplicable a los meses estivales también: este verano del noventa y siete será recordado como el más corto de la historia.

Una noche fuimos a ver *Titanic* al Bohío con Noe, Tito y Miguel, las únicas personas que están al corriente de nuestra no-relación. Unai, creyéndose Nostradamus, se dedicó a decirles a todos los que esperaban en la cola que el barco se iba a hundir. Durante la película, estuvo abucheando a DiCaprio por convertir la historia en algo romántico y protestando porque, según él, faltaban tiburones asesinos y mucha sangre. Incluso estuvo aplaudiendo y jaleando al iceberg los pocos segundos en que apareció en pantalla. Pero cuando Rose saltó del bote para volver con Jack lo pillé con los ojos llenos de lágrimas, parapetado detrás de su cubo de palomitas. Me lo negó, por supuesto, se justificó diciendo que en realidad lo que estaba pasando era que le había salpicado el agua del Atlántico en toda la cara, pero la realidad es que es un tío sensible. No ha habido ni un solo día en que no me haya hablado de cómo se siente en cuanto a sus pequeños fracasos estudiantiles o de cuánto le gusta mi cuerpo, una parte importante de su campaña para que me acepte a mí misma tal como soy.

Otro día, Unai habló con mi madre de tapadillo y le pidió que me cubriera en Recepción. Ella aceptó encantada y nos fuimos todos juntos a Aquarama, un parque acuático que dejé de visitar porque odio subirme a las atracciones en bikini y que todo Benicàssim acabe viendo cómo pierdo la dignidad al salírseme una teta o al rozarme el michelín con un tobogán. Lo pasamos en grande, sobre todo en los ratitos en que nos dedicamos a escondernos de Iván para enrollarnos, como los dos inmaduros de los cojones que somos.

Hace un par de noches, Tito me pidió ayuda porque uno de los camareros se había puesto enfermo. Unai no consintió que alargara mi jornada laboral, así que me alquiló las dos pelis de *Cazafantasmas*, me compró una bolsa de gominolas y me envolvió con una manta. Él se atrincheró tras la barra y ayudó a Tito. Quisimos pagarle, pero no lo aceptó porque dice sentirse parte de la familia.

También fuimos a los karts, a cenar a un sitio muy chulo a pie de playa y hemos hecho un montón de planes más que Unai ha ido improvisando para mí. Como esta noche, que me ha traído a la feria que hay junto a la playa del Torreón en cuanto he cerrado Recepción.

De nuestra relación no hemos hablado demasiado, simplemente la dejamos fluir; puede que sea un error tremendo, pero a estas alturas él se está dejando llevar sin pedirme más y yo también, sin ofrecérselo.

—No nos vamos a ir sin montarnos en algo. Si la noria te da miedo, pues habrá que buscar otra cosa.

Me coge de la mano y me arrastra por la feria sorteando la multitud. No quiero darle más importancia de la que tiene, está claro que no quiere que nos perdamos y que me ha agarrado de la mano por eso, pero estar en contacto con su piel y, en cierta manera, que sea de una forma tan pública...

Llamadme infantil, pero significa mucho para mí.

Sobre todo, significa que tengo que contárselo a Iván cuanto antes, que por muy insegura que todavía me sienta, no puedo callármelo más, porque al final el conocido de un amigo del primo de su vecino nos verá, se lo dirá y se cabreará con nosotros.

Unai insistió mucho al principio del verano en que debíamos ser claros con Iván, pero, ante mis constantes negativas, lo ha acabado dejando pasar. Pese a todo, sé que se siente fatal por ocultarle algo así al que fuera uno de sus mejores amigos, y digo «fuera» porque este verano se han ido distanciando. Imagino que Unai prefiere no estar cerca de Iván a mentirle a la cara a diario. Y en cuanto a Iván, ha empezado a pasar más tiempo con un grupo de tíos de Castelló y se suele bajar con ellos a la Ruta del Bakalao, así que, aunque no lo sepa, nos está dando una tregua.

Pasamos por la zona de las tómbolas, que ya ofrecen turrón, y de los autos de choque con Camela a todo trapo, y nos encaminamos hacia una zona algo más apartada, donde mayormente hay puestos de comida que ya estarán punto de cerrar.

—Mira, podemos montarnos ahí. —Unai me señala una de las atracciones, ilusionado.

—¿En el gusano del amor?

—Tiene toldo. Y lo cierran de vez en cuando. —Agita las cejas en plan granuja.

—No me voy a montar contigo en una barraca para enamorados.

Unai finge que recibe un disparo en el pecho y se tira al suelo en plan teatral. El tostador vuela unos metros y aterriza a mis pies.

—¡¿¿Qué haces??! —grito, alarmada por el espectáculo que está dando.

Le doy paraditas para que se levante, pero él sigue aparentando que se desangra y, por algún motivo que desconozco, mete y saca la lengua como si fuera una vaca.

—Me has matado con tu comentario.

—Sigues hablando. Menuda muerte de pacotilla.

—En sentido figurado.

—¿Vas a hacer el favor de levantarte y de morirte en otro momento?

Se tumba boca abajo, coloca sus manos debajo de la barbilla y me hace ojitos.

—¿Vas a montarte conmigo en el gusano del amor?

—Unai, no seas tan crío, por favor... ¡Oooh, miraaa! ¡¡Hay un tren chuchú!!

Doy saltitos emocionada. De pequeña era la única atracción que me gustaba; solía montarme en ella con Rubén una y otra vez, más o menos hasta que él me amenazaba con saltar del tren en marcha. Ay, de haber sabido lo capullo que se volvería pocos años después, yo misma lo hubiera empujado. Qué desperdicio de oportunidad.

Obligo a Unai a que deje de morirse tirando de él para que se levante.

Cinco minutos después tengo un algodón de azúcar en la mano y estoy dando vueltas en un tren de colorines cuya cabeza tractora es un payaso con una nariz enorme. Nunca había sido tan feliz. Unai va sentado a mi lado, con el tostador entre los pies; no parece tan emocionado como yo, pero al menos no protesta como solía hacer mi hermano.

La tercera vez que salimos del túnel, la bruja nos saluda como a viejos conocidos. Y es que Unai, cuando le he dicho que es la única atracción en la que me subiría miles de veces, ha comprado una ristra de veinte tíquets. Y aquí estamos, dando más vueltas que la Tierra sobre su propio eje mientras nos envuelve la música infantil de La Onda Vaselina.

Cuando el tren se detiene para un intercambio de pasajeros, aprovecho para tirar a la basura el palito del algodón de azúcar que he devorado. En cuanto me vuelvo a sentar junto a Unai, lo veo contando los tíquets que nos quedan.

—Tres viajes más y seremos libres. Vete pensando qué te apetece hacer después.

Me acerco a él y me aferro a su brazo. Es una noche calurosa y muy pegajosa, pero no puedo evitar hacerlo. Unai no deja de ser una acumulación gigantesca de sorpresas. Sé que fui yo quien al principio no se permitió conocerlo más allá del sexo, pero ha resultado ser un chico muy divertido, ocurrente, atento y cariñoso. No es el típico tío de quien sabes que acabarás enamorándote, sino el típico de quien, cuando te quieres dar cuenta, ya lo estás.

Sin embargo, sigo sin ver con claridad un futuro que no implique demasiados sacrificios por parte de los dos, y eso me sigue asustando. Sé que mañana nos tocará despedirnos y que, una vez más, encontraremos la manera de hacer que esto funcione, al menos, hasta que llegue el momento en que no nos quede otra que tomar decisiones más rotundas para las que no estoy preparada.

El tren vuelve a ponerse en marcha y la bruja nos saluda de nuevo mientras Whigfield toma el relevo a La Onda Vaselina y canta «Think of You» por los altavoces.

Apoyo la cabeza en el hombro de Unai, estoy tan feliz y me siento tan llena que no puedo dejar de sonreír.

Cuando entramos en el túnel, Unai aprovecha la oscuridad para besarme.

Me besa como hacía mucho tiempo que nadie lo hacía.

Me besa como nunca lo había hecho él mismo.

Me besa con una necesidad y una intensidad que me encogen el corazón.

Es un beso sin afán pecaminoso. Hay cariño, hay deseo, pero no es físico, es un deseo de conexión, de algo más, de ese algo más que no para de crecer entre nosotros.

Nuestras bocas continúan unidas durante varias vueltas más, hasta que la bruja nos arrea un escobazo y nos dice que no pensaba que el conjuro que nos ha echado en la primera vuelta tuviera un efecto tan rápido. Unai le tira los tíquets que nos quedan y me vuelve a besar lo que duran tres viajes más.

Cuando nos bajamos del tren nos despedimos de la bruja, del chico que vende los billetes y de varios pasajeros más, y vamos hacia el coche con intención de acercarnos al apartamento de mis tíos.

A mitad de camino al aparcamiento, Unai se para, deja el tostador en el suelo y me ofrece una mano con elegancia.

—Creo que deberíamos cumplir con la tradición de bailar juntos en nuestra última noche.

La música machacona de las barracas no es que sea mi ambiente favorito, y menos aún la canción de Reel 2 Real que está sonando, pero cojo su mano igualmente.

—Y es bien sabido por el pueblo que «I Like to Move It» es famosa por ser la canción predilecta de los amantes —me pitorreo.

En cuanto nos pegamos el uno al otro, Unai empieza a silbar una melodía cerca de mi oído que nada tiene que ver con la música machacona.

—¿Eso es un tango? ¿Gardel?

—Sí, de mi época como concertista de violín. —Se echa a reír—. La verdad es que no pasé de «Twinkle Twinkle Little Star». Y en mis manos sonaba más bien como una melodía oscura que solo tocarían en el funeral de Marilyn Manson mientras echan tierra encima de su cadáver, que como la canción de cuna bonita que debería ser...

Me río, aunque debo admitir que me encantaría verlo tocar el violín, porque seguro que es memorable. No hay nada que haga Unai que no me parezca fascinante.

Seguimos bailando en mitad de las barracas, rodeados de gente, de las sirenas de los autos de choque, del olor a aceite reutilizado y de las luces brillantes que no paran de moverse, y la verdad es que no sé cómo lo está haciendo, pero después del verano tan alucinante que hemos compartido, esta noche se está revelando mágica.

—Unai.

—¿Humm? —murmura a mi oído.

—¿Sabes que la canción que está sonando siempre me recordará esta noche?

I like to move it, move it
I like to move it, move it
I like to move it, move it

—¿Humm? —repite con su nariz perdida en mi cabello.

—No me gusta. Es horrible. Es una mierda de recuerdo. Quiero uno que sea, al menos, tan bonito como el del año pasado cuando bailamos sobre aquel pretil.

Detiene nuestra danza y me mira a los ojos.

—¿Quieres una canción mejor para recordar esta noche?

—Quiero recordarnos así, en un baile improvisado bajo las estrellas, pero no con Reel 2 Real de fondo.

—Está bien, esperemos a la siguiente.

Se cruza de brazos y atisbo una sonrisilla en su boca. Lo interrogo con la mirada.

—La próxima canción que suene en ese chiringuito de ahí será la nuestra. —Señala una de las casetas que tenemos más cerca, la que vende pollos asados con patatas a setecientas pelas—. Será la melodía que nos recordará esta noche y tendremos que cumplir lo que diga.

—Unai, ese chiringuito vende pollos...

—Pero están muertos, no como la Gallina Caponata. Estamos a salvo.

—¿Y si la del tractor amarillo se convierte en nuestra canción?

—Nos compramos uno.

—¿Y si es «Barbie Girl» otra vez? Porque en lo que va de noche, la he oído tres veces ya.

—Nos vestiremos de eso en la fiesta de disfraces del camping del año que viene. Los dos. Con taconazos, mucho pintalabios y unas tetas falsas enormes.

—Hecho.

—Aunque tus tetas enormes no serán de mentira.

—Idiota. —Le arreo un manotazo, pero me río—. ¿Y si es «I Will Always Love You»? —insisto.

—Dudo que vayan a ponerla aquí, a no ser que la pidamos. —Hace una pausa y me observa con los ojos muy abiertos—. ¿Quieres que lo hagamos?

Ignoro su pregunta y sigo a lo mío con el pulso a doscientos.

—¿Y si sucediera por casualidad? ¿Y si el que pincha la música se confunde de CD, coge el de la boda de su prima la de Cuenca y acaba sonando Whitney Houston?

—Pues tendré que hacerte un hueco para siempre en mi corazón. —Se lleva mi mano al pecho y la coloca justo sobre su pectoral.

Siento un cosquilleo corriéndome por todo el cuerpo mientras espero a que se ría de la cursilada que acaba de soltar, pero no lo hace. Sigue con mi mano pegada a su pecho mirándome fijamente. Las palabras se arremolinan en mi interior y luchan por escapar a través de mi boca. Me contengo, a duras penas me aguanto.

—Aunque es posible que ya tengas una parcela bastante permanente aquí dentro —añade—. Y no te voy a cobrar un duro por ella.

Me quedo bloqueada. Tengo que hablar seriamente con mi corazón y mis partes íntimas acerca de tomarse ciertas libertades y sucumbir a estos arrebatos que podrían matarme.

Por fin me armo de valor, consigo reaccionar y llevo nuestras manos hasta mi pecho. Unai eleva las cejas.

—Lore, por Dios, que estamos en público —finge estar escandalizado por mi gesto, coge el tostador del suelo, se lo coloca delante de la cara y me mira asomando por encima de él.

—Unai, tú también tienes un hueco en mi corazón.

Por no decir que empiezo a sospechar que el órgano entero es suyo.

Unai deja el tostador en el suelo y cuando estoy más que segura de que me va a besar, «I Like to Move It» se está precipitando hacia el final —gracias— y dejamos la conversación a medias.

Ambos miramos el chiringuito con nerviosismo y nos cogemos de la mano otra vez.

Las apretamos.

—Ya empiezo a arrepentirme, Lore.

—¿De lo que acabamos de decirnos? —tanteo, un poco preocupada.

—No. De haber dejado en manos de un chiringuito de mala muerte nuestra canción.

—La idea ha sido tuya.

—¿Y quién ha dicho que sea buena?

—Venga, no puedes rajarte ahora.

—Tienes razón.

Se acerca a mí, se agacha un poco, rodea mis mejillas y me besa con dulzura.

De pronto se hace el silencio en el chiringuito que nos concierne y nos separamos. Pasan los segundos y sigue sin sonar nada. Me impaciento y contengo la respiración. Unai está a punto de colarse y pinchar algo él mismo. Que Dios nos pille confesados si sucede tal cosa y algún grupo de punk de esos chungos se convierte en la banda sonora de mis recuerdos.

Un solo acorde y una voz de mujer nos dan la respuesta:

No es que me emocione otro amanecer
es que es el primero en que me vienes a ver
es que yo ya no quiero verlo sola otra vez
es que sola no tiene gracia ni placer
Un, dos, tres y...

—Venga, ¡no me jodas, hombre! —protesta Unai, indignado.

Me pongo a dar saltitos porque «Al amanecer», de Los Fresones Rebeldes, me encanta, me apasiona, me parece perfecta para nosotros.

—¿El punkarra que llevas dentro está decepcionado?

—Ha colgado la chupa de cuero y se está tejiendo una rebequita de ganchillo de color coral mientras La Onda Vaselina le canta de fondo otra vez sobre lo triste que es el primer adiós.

—Me pone unos morritos demasiado apetecibles.

—Unai, ese punkarra en realidad ni siquiera sabe qué color es el coral...

—Pero reconoce que ya no es su adorado negro, que ha sido derrotado por el pop.

—Oh, pobrecito. ¿Quieres que le dé mimitos?

—¿Y ablandarlo del todo?

—Venga, no me seas dramas, ¡«Al amanecer» es una canción genial para nosotros!

Meneo el trasero y canturreo la letra. Él me observa divertido, pero intenta disimular.

—Es una horterada. Un sacrilegio. Ni es punk ni es rock ni es nada. Es algo… chachi.

Me acerco y le rodeo la cintura con mis brazos.

—Es la canción que el destino ha querido que sea la nuestra, no te pongas tan gruñón.

—¿Y qué tiene de especial? Absolutamente nada.

—La letra: «No me faltes nunca». Es lo más bonito que le puedes pedir a otra persona.

—Es muy ñoño.

—A ver, erudito de la música, de haber podido elegir una canción que te recordara a mí, ¿cuál hubiera sido?

—«Me gusta ser una zorra», de Vulpes.

Le arreo con todas mis fuerzas y él se descojona. Al final acaba rodeando mis mejillas con sus enormes manos. Me pego a su cuerpo. Es un movimiento automático y demasiado natural.

—Mira que eres violenta. Y bonita. Tan preciosa por dentro y por fuera que todavía no se ha escrito una canción que hable de cómo me siento cuando estoy contigo, Lore. Aunque no te lo diga tan a menudo como debería, porque nuestra relación es como es porque tú lo sigues queriendo así… Me encanta poder ser yo mismo contigo, soltar mis chorradas de siempre y que te rías como si cada vez fuera la primera. Me encanta discutir contigo por la música y pese a todo, robarte algún CD de OBK o de Mecano solo para poder recordarte cuando vuelvo a casa. Me encanta contarte esas cosas que no le cuento a nadie más sobre mi dislexia, mi daltonismo, mis problemas con los estudios y mi miedo irracional a los pollos, y que me escuches como si te pareciera que soy el tío más interesante del mundo, y no el payaso que en realidad soy. Me encanta quedarme dormido cada noche en mi iglú pegado a tu espalda, con la cara hundida en tu pelo mientras tú te aferras a mis manos y juegas con mis dedos. Me encanta decirte que no quiero que te vayas por las mañanas y ponerte como excusa que mi colchoneta te echa de menos y se desinfla por la pena. Me encanta vivir estos momentos contigo porque sé que es lo que recordaré cuando estemos lejos y las ganas de verte estén a punto de vencerme. Y sobre todo me encanta llenarme las manos y la boca con tu cuerpo. —Hace una pausa—. Algo me dice que algún día serás la chica que me elegirá la ropa y en la que podré confiar ciegamente, porque sé que tú nunca me dejarás salir de casa vestido como Krusty el Payaso.

—Solo tenías que decirme una canción que te recordara a mí..., no hacía falta todo este despliegue de...

—¿De qué?

—De intensidad.

—Pero es que es imposible pensar en ti sin que sienta todo eso. Eres lo mejor que me ha pasado en la vida.

—Si mostraras al mundo el Unai que me dejas ver a mí, no te sentirías tan infravalorado como te sientes a veces por tus profesores y tus amigos. ¿Por qué te da tanto miedo mostrarte tal como eres con los demás y te escudas siempre en las bromas? No lo entiendo. No hay nada de qué avergonzarse en ti, al revés.

—Porque estoy defectuoso, Lorena. Porque soy un tío con problemas de aprendizaje que ha sufrido ya demasiado.

—Pero te has esforzado tanto como has sufrido, y mira adónde estás llegando...Tienes un corazón enorme, Unai, una habilidad innata para hacerme reír hasta los días más jodidos, eres un buen amigo, el mejor, atento, cariñoso, considerado... Y perdona que te lo diga, pero no entiendo por qué me has elegido justamente a mí para abrirte así...

—Porque siempre me has mostrado tu lado más vulnerable y contigo me siento a salvo. Somos fuertes en nuestra debilidad cuando estamos juntos. —Hace una pausa y se revuelve el pelo, sus ojos azules se anclan en mi boca—. Lorena, esta canción de Los Fresones Rebeldes es una mierda como una catedral, pero en este mundo en el que todo está hecho para durar poco y romperse, tú y yo estamos construyendo algo que desafiará las normas establecidas, algo que estará ahí para siempre, algo que...

—Nunca nos faltará.

—Jamás —promete.

14

¿Qué os parece si cerramos los armarios?

Unai · Benicàssim, 22 de agosto de 2010

—¿Has besado alguna vez a alguien del mismo sexo? —me pregunta Iván.
Una carcajada grupal recorre la mesa. Más por los recuerdos que nos trae que porque la pregunta sea graciosa. Sara me mira con los ojos muy abiertos, tiene el intercomunicador de las niñas pegado a la oreja, como hace cinco minutos, hace diez y hace quince, pero pese a todo, el morbo y la curiosidad mandan en esta vida.
—Azurmendi, no te hagas de rogar o tendré que contarlo yo —se mofa un poco más Iván.
Resulta que ya nos hemos trincado varios cubatas y una cosa nos ha llevado a la otra, así que hemos acabado jugando a «verdad o reto» como cuando éramos adolescentes y no teníamos una idea decente ni en los días pares.
Las fiestas del camping terminan con esta cena de sobaquillo, en la que cada uno aporta algo, y el concierto que habrá después. El Voramar ha puesto el mobiliario, la música y las bebidas, y los campistas hemos aportado la comida y el ambiente. La calle central del camping está ocupada por varias mesas que llegan más allá de lo que me alcanza la vista, está alumbrada por una hilera de lamparitas de colores que van de un árbol a otro y suenan los grandes éxitos de OBK en bucle.

Todos nos hacemos una idea de quién se ha hecho cargo de la música.

Me recoloco bien el bajo de la falda de fallera, que menuda nochecita me está dando con el cancán de los cojones —creo que la pobre Gemma me ha visto los gayumbos un par de veces ya—, dejo mi cubata en la mesa y me dispongo a narrar por enésima vez en todos los años que llevamos viniendo a este camping aquel beso que le di al mismísimo Iván en los noventa.

—Corría el año noventa y seis...

—Venga, Azurmendi, no te enrolles y ve al grano, ¿le has comido la boca a otro tío? —me pica Rubén.

—¡Qué dices, Segarra! ¡Azurmendi no es marica! —grita Óscar escandalizado—. ¡Mi hermano estaba de broma!

Media mesa dirige la mirada hacia él, hasta los que están a la altura de Recepción.

—Puedes sentirte atraído por otro hombre y no ser necesariamente gay —explica Iván.

—Y eso, entonces, ¿en qué te convierte? ¿En un indeciso? —replica Óscar.

—En bisexual, por ejemplo —aporto.

—A mí los gays me dan respeto sean del tipo que sean, Azurmendi. ¿Y si uno se enamora de mí? Menos mal que se les ve venir de lejos.

—¿Ah, sí? —pregunta Tito, que está sentado a mi lado, ocultando una sonrisilla.

—Pues claro. Como a los vascos, que los distingues por los andares.

—Óscar, por favor... —Gemma no sabe dónde meterse—. Deja de decir sandeces.

—No es ninguna tontería, Gem, es un hecho.

Ojalá pudiera decir que Óscar lleva una cogorza importante, pero no es así, es una ostra fuera de su hábitat que suelta estas perlas de manera natural.

—¿Y has detectado alguno en las inmediaciones? —insiste Tito.

—¿Vascos? Muchos. Hasta Rubén empieza a parecerlo.

El aludido muestra su precioso dedo corazón, una extensión de su cuerpo que vemos muy a menudo. De hecho, esta noche ya se lo hemos visto unas ocho veces. Está madurando a pasos agigantados. Sin embargo, de toda la sarta de chorradas que ha soltado Óscar, la que se refiere a Rubén es la única que es verdad. Por mucho que le joda, ha pillado acento.

—No, coño, no me refiero a los vascos, me refiero a que si has detectado algún homosexual —explica Tito.

A veces Óscar es más lento que una patada de astronauta en el espacio.

—Ah, de esos ninguno. ¡Estamos a salvo, chavales! —se regodea y golpea la mesa de plástico con la mano varias veces, lo que provoca que los vasos de chupito vacíos vuelquen.

—A salvo, dice... —remarco entre risas, incapaz de creer que esta conversación esté sucediendo.

Óscar se levanta de la mesa y nos mira a todos con cara de sospecha. Este tío no es normal. A veces se comporta como el mismísimo Torrente. Aunque, pensándolo bien, tampoco es de extrañar, conociendo a su señor padre. Pobre Gemma, menos mal que aún está a tiempo de anular el bodorrio, seguro que le devuelven la señal.

—¿Tenemos algún bujarrón camuflado en el grupo? No me jodáis, ¿eh?

Estoy por reírme, pero el asunto no tiene ni puta gracia y debería partirle la cara solo por seguir usando la palabra «bujarrón». Así nos va como sociedad.

—Yo soy gay —admite Tito.

Busco a Lorena entre la multitud que ocupa la mesa y la veo en la de al lado, confraternizando con unos campistas navarros pero con la antena claramente puesta en nuestra conversación. Le dedico una pequeña sonrisa.

Durante muchos años, Tito tuvo serios problemas para ser aceptado por algunos miembros de la familia. Lorena fue su gran apoyo y su hombro para llorar, de manera que seguro que se siente orgullosa al ver que su primo parece cómodo hablando de su orientación, aunque sea en mitad de una puta caza de brujas como la que acaba de organizar Óscar.

—¿Tú? Venga ya, Tito, tú no eres gay. —Óscar hace aspavientos y se vuelve a sentar más tranquilo—. Tu corte de pelo y tu ropa son normales.

—Óscar... —murmura Gemma—. ¿Quieres callarte ya?

—Te aseguro que sí soy gay —reafirma Tito con una calma que yo no tendría.

El pequeño de los Fabra duda unos instantes en los que estudia a Tito con una ceja alzada. Me pregunto si habrá sido tan gilipollas como para desarrollar una especie de *checklist* para confirmar la orientación de la gente, que incluye otros detalles además de los andares, el peinado y la ropa.

—Vale, tío, a lo mejor eres gay, pero solo un poco. Te lo hubiera notado.

—¿Se puede ser solo un poco gay? —pregunta Tito, descolocado.

Una oleada de respuestas me llega por todos los lados. En su mayoría son peticiones para que Óscar se calle de una puñetera vez, pero no lo hace, solo faltaría.

—¿Únicamente te fijas en los tíos o vas más allá? —Sigue con su *checklist*.

—Bueno, estuve saliendo con Fran, que es de Almería, con...

—¡No jodas! Entonces eres muy gay. ¿Por qué no me lo habíais dicho? —nos reprocha a todos los demás.

Sara resopla. Sonic apunta y le tira un chusco de pan a la cara. Maider tiene la cabeza inclinada y lo observa como si fuera todo un misterio de la involución humana. Rubén golpea la mesa con un cuchillo de plástico. Iván lleva ya un buen rato con la mano pegada a la frente y no sé si volveremos a verle la jeta en lo que resta de noche.

No hay una maldad prefabricada en las palabras de Óscar, pero el nivel de hostiabilidad es tremendo.

—No te lo habíamos dicho porque no puedes andar sacando a la gente del armario porque te apetezca —arguyo con cierto resquemor—. Nadie tiene que justificar su orientación sexual ni delante de ti ni delante de nadie. Es algo muy íntimo y personal.

Rubén me mira de reojo y el reojo de mi cuñado, más que discreto, suele ser aniquilador. Hoy tampoco se queda corto. También Lorena me está observando con atención.

—Ya, claro, pero de haberlo sabido no hubiera dicho que los gays me dan miedo delante de Tito.

—Qué respetuoso eres, Óscar. Qué comportamiento tan ejemplar —se mofa el primo de Lorena y le lanza varios besitos.

—Es que ese comentario sobraba, lo supieras o no, Fabra —le digo—. No es tu puto problema.

—No estoy de acuerdo.

Me estoy calentando. Y no de una manera guay. Siento la mano de Sara en mi rodilla. Aprieta casi tanto como el nudo que se me está formando en la boca del estómago por culpa de este puto tema. Entrelazo nuestros dedos.

—Pues deberías moderar tus expectativas, porque no es tan fácil asumir y aceptar lo que eres, lo que quieres y lo que sientes, y, encima, hacer partícipes a los que te rodean —argumento.

—Todos tenemos derecho a saber esas cosas —sigue protestando Óscar—. Imagínate que te pasas la vida creyendo que tu mejor amigo es hetero y resulta que no. O que mi mujer se siente atraída por la tuya, ¿no crees que mereceríamos saberlo?

—Imaginarte a tu mujer con otra es la típica fantasía del hetero del montón y no viene a cuento ahora mismo.

Siento un montón de personas observando y midiendo mis reacciones. Imagino que sus conclusiones oscilan entre pensar que soy un abanderado del colectivo, un homosexual que no se ha atrevido a salir del armario o alguien a quien el tema le toca directamente —aunque no sepan ni cómo ni cuánto ni por qué—.

Rubén, que me conoce más de lo que me gustaría, se incorpora en su asiento e interviene.

—Óscar, para empezar, lo que tienes que hacer es ahorrarte palabritas despectivas como «marica» y «bujarrón» —le riñe—. Y, para continuar, que a ti no te importe que todo el camping sepa que te gustan las tías no implica que a los demás les guste airear su vida privada. Te lo he dicho más de una vez: en tu caso, tener la boquita cerrada siempre es un plus.

—No le pidas milagros, bastante tiene con respirar y no mearse encima —comenta Iván.

—No puedo respetar a la gente si no sé que son gays, Segarra —sigue Óscar sin bajarse del burro.

—Hala, pues ahora ya lo sabes, y puedes estar tranquilo, no me atraes ni una pizquita —zanja Tito y le guiña un ojo.

Creo que a Óscar ahora mismo le encantaría salir corriendo, pero no lo hace porque varios pares de ojos están fijos en él y en mí. De hecho, siento la mirada de Lorena taladrándome la mejilla derecha.

—¿Qué os parece si cerramos los armarios? —comenta Gemma con hastío.

—Casi que mejor —admite Óscar con pesar— porque estoy metiendo la pata a lo grande y de verdad que no pretendía ofender a nadie...

Los habitantes de Parcelona cambian de tema, jamás los había visto ponerse de acuerdo tan rápido. Ni siquiera a la hora de la siesta.

Poco después, las chicas están sumidas en una partida al cuadrado, un juego de cartas que lleva veinte años petándolo en el Voramar, y nosotros seguimos recriminándole a Óscar todo lo que dice.

En cuanto oímos que el grupo empieza a tocar, nos levantamos de la mesa, subimos a la zona de la piscina y nos dispersamos. Es la típica orquesta que versiona clásicos y lleva tocando en el camping desde antes de que naciera el cantante, que es un chavalín de veinte años con un vozarrón que nos tiene flipados.

Bailo un tema movidito con Pilar, la madre de Lorena, que en cuanto me ha visto se ha acercado a ponerme bien las puntillas del corpiño de fallera y ha aprovechado la coyuntura para sacarme a bailar; otro con la tía de Lorena; otro más con Maider, que insiste en que sea el de los pajaritos, porque ella es muy así, y finalmente pillo por banda a mi querida esposa, que no se despega ni de la pared ni del intercomunicador, y la obligo a bailar conmigo lo que está sonando, una baladita de Miguel Gallardo que nos viene al pelo: «Nada más amargo que saber que te perdí».

—¿Qué tal lo estás pasando? —le pregunto.

—Bien. Excepto durante la charla que nos ha dado Óscar. Menudo mosqueo te has pillado, ¿no?

—No es un tema que me resulte fácil.

—Ya.

Sus manos están unidas en mi nuca y noto el intercomunicador clavándose en mi hombro. No parece disgustada, pero tampoco entusiasmada hasta la locura. Normal, «Hoy tengo ganas de ti» desprende un optimismo que, dependiendo del día, te puede incitar a quemar todo lo que te rodea.

A pesar de los pesares, el cambio de Sara está siendo notable.

Cuando llegamos al camping estaba algo mustia y distante.

Conforme avanzaron los primeros días y pudimos pasar algo de tiempo a solas, habría jurado que estábamos recuperándonos el uno al otro y que las cosas empezaban a funcionar. Sara parecía feliz y entregada a nuestra causa.

Pero en los últimos dos o tres días, y especialmente hoy, he sentido que se ha distanciado de nuevo, que la estoy perdiendo otra vez y no sé cómo atraerla de vuelta.

Esta mañana, cuando hemos hablado de la llamadita que escuché anoche, me ha confesado que, a medida que está acercándose el momento de volver a casa, cada vez le da más miedo lo que pueda pasar, la rutina que podría comernos vivos, y que está entrando en una especie de bucle nocivo en el que no sabe muy bien qué hacer.

Yo añadiría que también está acojonada por lo que pueda sentir cuando se reencuentre con cierta persona a la que sé a ciencia cierta que todavía echa de menos, porque ella misma se lo dijo.

Vamos, que lo de olvidar no se le está dando del todo bien.

Tal vez hemos forzado demasiado las cosas entre nosotros.

O a lo mejor esperábamos unos resultados tan maravillosos de estas vacaciones que cualquier cosa que se quede por debajo de nuestras expectativas nos decepciona.

Sea como sea, me ha prometido que solo es un bajón puntual en el camino, pero ni siquiera sé ya si puedo seguir creyéndola o cómo me siento al respecto. Solo estoy seguro de que venir a este camping no ha sido la mejor idea, porque los kilómetros de distancia apenas están marcando una diferencia, y cada vez me cuesta más insistir para que estemos a solas, para que cambiemos las cosas o para que bailemos esta puta canción, que, he de añadir, es un horror.

—A veces, corre demasiado aire entre tú y yo. —Es un reproche, pero lo digo tan bajo, tan susurrante, que acaba sonando a otra cosa.

—Hoy no es que sea demasiado fácil acercarse a ti con ese pedazo de cancán que llevas. Por no hablar de que últimamente tenemos demasiado público alrededor.

—¿Y pocas ganas?

—¿Preguntas o afirmas?

—Pregunto.

—Ganas casi siempre hay, Unai, solo es cuestión de esperar a que llegue el momento idóneo.

—Sigo pensando que provocarlo es mejor que esperarlo.

—¿Y que me sienta mujer solo contigo o solo por ti? —pregunta parafraseando la canción y haciendo hincapié en la palabra «mujer».

—Exacto.

Mi dedo se desliza con lentitud por la piel semidesnuda de su espalda poniéndola a prueba.

Siento cómo se estremece y se me acerca un poco más buscando calor, cariño, comprensión o lo que sea. La atracción física sigue ahí, prende al contacto, y es el único clavo ardiendo al que todavía me puedo agarrar.

«Si hay chispa, acabará habiendo un incendio», me digo.

El problema es que ese fuego nos pille juntos, no separados.

Y que aún me queden fuerzas para seguir intentándolo.

—Llevas un vestido, no es que me pongas demasiado —me dice al oído, entre risitas.

Estoy por responder a su comentario con una impertinencia de las gordas sobre cuánto debería gustarle la ropa que llevo, pero hago de tripas corazón una vez más. Porque fuerzas tal vez no me quedan, pero de paciencia todavía voy sobrado.

—Qué curioso, porque tú también llevas un vestido y me estás poniendo mucho, rubia.

Apoya su mano derecha en mi pecho, justo encima de la banda con los colores de la Comunitat Valenciana, y me acaricia. Es un gesto mecánico, ensayado, forzado.

O soy yo, que las patas que le busco al gato son ya doscientas.

—Estando las niñas en la caravana, no podemos... —se anticipa, coqueta.

Me suena más a excusa que a otra cosa, como casi todo lo que me dice últimamente, pero no puedo evitar aprovechar esa pequeña brecha para ser... Bueno, para ser yo.

—¿Jugar al Twister?

—Por ejemplo —admite con una sonrisilla.

—Siempre podemos enrollarnos en los baños o montar un iglú en la parcela y escondernos ahí con el intercomunicador —propongo para que luego no me pueda echar en cara que no le busco alternativas.

De pronto, una serie de imágenes invaden mi mente y me quedo pillado.

La pequeña lamparita a pilas en el rincón.

Mis sábanas de He-man.

Las piernas de Lorena.

Todas las palabras que nos susurramos.

Y no importan los años que hayan pasado ni todos los que estén por venir, siempre tendré aquella noche guardada en el corazón.

—¿Unai? —Sara me mira a los ojos. Resulta que durante mi viaje trascendental al pasado he dejado de bailar. Vuelvo a moverme.

—Sí, perdona, estaba...

No sé por dónde salir, ni siquiera sé qué habrá sido de mis sábanas He-man, así que me limito a mirarla y a rezar para que la canción se acabe cuanto antes y podamos ir al bar, a la caravana o a buscar mi iglú. Pero la canción se me está haciendo más larga que la recta de La Almunia de Doña Godina.

—Estaba pensando en dónde podría estar guardado mi iglú... En cualquier caso, si te mola el plan, lo busco. Solo me llevaría unos tres minutos montarlo.

Sara se echa a reír con algo que quiero creer que son ganas, pero tal vez me esté equivocando.

—¿No te parece un poco cutre proponerme echar un polvo en tu iglú adolescente?

—Antes eras divertida y me seguías el juego...

—Antes era feliz.

—Sara, no volvamos a empezar...

Deja de bailar y me sostiene la mirada.

—¿Crees que todavía estamos en posición de volver a empezar?

—Dímelo tú, porque te recuerdo que si estamos como estamos es solo por ti.

Retomo el baile como buenamente puedo. El puto cancán le pega en la espinilla varias veces, pero no me disculpo.

—¿Solo por mí? ¿En serio, Unai?

—¿Qué es lo que he hecho ahora? —pregunto con aburrimiento.

—Olvidar que sé con quién dormías en ese iglú.

Sara es ingeniera informática y se ha especializado en análisis de datos.

Estaba claro que, si alguien tenía que atar cabos, tenía que ser ella...

1998

¿Qué está pasando?

Unai · Benicàssim, 9 de agosto de 1998

Las duchas comunes de este camping consisten en una hilera de cubículos cerrados con un alicatado floreado estilo años cincuenta, puertas de un color que sospecho que va a ser rosa y rejilla de gres en el suelo. Cuentan con una pequeña balda para dejar las cosas —y si siempre has querido pillar alguna venérea, sirven para sentarte también—, hay varios ganchos en la puerta donde colgar tus cosas y una alcachofa que dispara agua en todas las direcciones, incluido el techo, no vaya a ser que se quede seco.

Todos tenemos preferencias a la hora de escoger un cubículo. Mi padre siempre se atrinchera en el primero, porque, según dice, el agua llega más caliente. Damiano es más de meterse en el último, porque, claro, se ducha acompañado e intenta asegurar entradas y salidas rápidas y discretas. Yo, en cambio, me suelo decantar por el tercero empezando por la izquierda, porque la pintada que hay en la puerta me parece una fantasía:

Tengo una polla que no me la merezco

Tal es mi adoración por esa obra que no es la primera vez que me acusan de haber sido el artista que está detrás, pero siempre me justifico alegando que, si fuera mía, habría algún tachón o alguna errata. Uno es disléxico hasta para cometer vandalismo. Lorena lleva años amenazando con cubrirla, pero siempre la acabo convenciendo de que no merece la pena, puesto que no pasarían ni tres días sin que alguien escribiera algo igual o peor. Mejor no provocar.

Abro el grifo y compruebo que ya no queda agua caliente.

Es lo que tiene ducharte después de las ocho, la caldera ya no da para más después de haberse llevado la mugre de todos los campistas. Me quito la ropa y la dejo por ahí colgada. El chorro de agua fría me golpea la piel desnuda de la espalda, pero con el calor que hace en Benicàssim este año hasta lo agradezco. Me mojo el pelo y me lo enjabono con el champú de mi hermana, que apesta a una mezcla de frutas silvestres, pastelitos de canela y pachuli. En lugar de oler a recién duchado, voy a apestar a recién horneado.

—¿Unai?

Meto media cabeza debajo del chorro de agua para quitarme el jabón, cierro el grifo y aguzo el oído.

—¿Unai? —repite una voz entre susurros y unos nudillos pegan varios golpecitos en la puerta.

—¿Lore?

Siento que se me acelera el pulso.

Este invierno no hemos podido vernos tanto como el pasado. Lorena subió a Euskadi un par de veces a finales de año, pero después de las navidades yo tuve que ponerme las pilas con la puta universidad y ella estuvo muy liada con las obras que han llevado a cabo en el camping: asfaltar las calles, renovar la cocina del bar, cambiar los setos...

Jamás pensé que los mismos setos que nos dieron sombra e intimidad aquella maravillosa noche en la que Lorena me arrancó los pantalones, se acabarían interponiendo entre nosotros, pero así ha sido.

Nuestra relación sigue estable aunque sumida en algún tipo de limbo y no acabamos de dar el paso para formalizarla; obviamente, vernos tan poco no ha ayudado en lo más mínimo. Algo me dice que las dudas que Lorena lleva arrastrando varios años han echado raíces en los últimos meses.

—¿Lore? —repito un poco más alto, con el ruido de las demás duchas no hay manera de oír nada.

—Oh, joder, menos mal que eres tú. No estaba segura de que fueran tus pies.

—¿Has estado mirando por debajo de la puerta?

Me llevo las manos a las pelotas para tapármelas. Sí, muy absurdo por mi parte, sobre todo teniendo en cuenta que hay una puerta que se interpone entre nosotros, pero no importa, la reacción es involuntaria.

—Claro, tu hermana me ha dicho que habías venido aquí, pero están todas las duchas ocupadas... —responde bajito—. Necesitaba encontrarte.

—No sabía que tuvieras un fetiche con los pies —me pitorreo un poco—. Si quieres, te dejo que me chupes el pulgar esta noche.

—Déjate de gilipolleces y sal. Te necesito.

Aparto las manos de mis partes íntimas para coger el gel de baño.

—¿A quién necesitas exactamente? ¿A mí o a mis pies? —digo entre risas mientras me restriego todo el cuerpo y me lleno espuma.

—Eres un puñetero idiota —farfulla pegada a la puerta—. ¿Te falta mucho?

—¿Quieres que abra y lo compruebas tú misma?

Un carraspeo retumba entre el sonido del agua que corre en las duchas. Me río. No sé si ha sido ella o algún señor al que estamos interrumpiendo en sus hediondos menesteres, pero me lo estoy pasando de puta madre.

—¿Te falta mucho o no? —insiste, nerviosa.

Estoy muy tentado de abrir la puerta, arrastrarla dentro, comérselo todo bajo el chorro de agua fría y aprovechar para recordarle que la caldera es una mierda del mismo tamaño que el cazo que usa mi *ama* para cocer huevos. De hecho, mientras planeo las posibles posturas para alcanzar mis objetivos, se me está poniendo como una piedra, pero no lo voy a hacer. Lorena se toma muy en serio su trabajo y, si nos pillaran practicando sexo en esta ducha, el señor Segarra se vería obligado a añadirlo específicamente en las normas del camping y sería bastante bochornoso para todos.

—Cuéntame cuál es el problema mientras termino —le pido a la par que abro el grifo y me enjuago el cuerpo.

—No. Prefiero que salgas. Y es urgente, Unai, así que haz el favor…

Me acerco a la puerta, descorro el pestillo, la abro y salgo de mi cubículo.

—¿Qué sucede? —pregunto preocupado—. ¿Y por qué llevas una fregona en la mano?

—¡Porque no puedo estar en los baños de hombres sin un motivo!

—Lorena, eres… ¿la hostia? Hum. No sé. Creo que me estoy quedando corto.

—¡¡¿Quieres hacer el puto favor de taparte?!!

Se cubre los ojos con una mano —un clásico atemporal de Lorena— y con la otra, me empuja y cierra la puerta a toda prisa, pero como no ve lo que está haciendo, no se percata de que me está dejando fuera. Me descojono con tantas ganas, que no le queda otra que mirarme.

—¡Mierda!

Vuelve a abrir la puerta y posando sus manos en mis pectorales mojados, me empuja al interior de malas maneras y vuelve a cerrar.

No sé qué pretende, pero estamos metidos en la ducha juntos, y por mucho que haya dicho que no vamos a enrollarnos aquí, ha sido ella quien me ha empujado. Esto empieza a prometer muchas cosas y yo soy un tío que se amolda a sus deseos sin problemas.

—Ni que fuera la primera vez que ves una polla —digo, todavía muerto de risa.

—¡¡¡Unai, que no estoy para bromas!!!

Como era de esperar, me pega. Su mano hace un ruido la hostia de sugerente al golpear mi piel mojada.

—Dame más fuerte —le pido a la par que cierro los ojos y le pongo el culo en pompa.

Sobra decir que no cae en la trampa, no me vuelve a zurrar. Así que cuando la miro, está con los brazos cruzados sobre las tetas y una cara de mosqueo de mucho cuidado.

Quiero besarla, joder. Quiero hacerle tantas cosas...

—Cuéntame qué pasa, anda.

—Haz el favor de taparte.

—Que me pidas eso me duele.

Hago un mohín y vuelvo a colocar mis manos en la entrepierna. La miro a los ojos a la espera de que me cuente qué le pasa, pero no dice nada.

—Dios, ¿por qué tienes unos ojos tan bonitos? —susurra—. Me distraes de una manera...

Me acerco a ella y deposito varios besitos por la piel de su cuello.

—Deberías saber que tus hijos también podrían tener estos ojos. Piénsalo.

—También podrían salir con los míos y, por lo tanto, con los mismos que Rubén... —me chincha.

—No importa, los querremos igual, incluso aunque tengan los ojos del idiota de tu hermano, y seguiremos insistiendo hasta que alguno los tenga tan supuestamente azules como yo.

—¿Y si acabamos con veinte hijos?

—Apechugaremos. Donde comen dos, comen veintidós. Además, cuando llegue el reparto de nuestra herencia ya no estaremos, y ese será el momento más tenso...

—Creo que serías el único tío con el que me metería en semejante lío. Porque tú... sé que tú nunca me fallarías.

Sus palabras suenan preciosas, pero en cierto modo es como si tuvieran varias interpretaciones que no me acaban de gustar.

—Venga, Lore, ¿a qué venía tanta urgencia?

—¿Podemos salir de este cubículo, por favor?

Me meto debajo del chorro de agua para quitarme la espuma que aún tengo por el cuerpo. Estiro el brazo para alcanzar la toalla y me la anudo en la cintura, coloco la ropa sucia sobre mi hombro, meto mis cosas en el neceser y lo recojo. En cuanto Lorena sale, la sigo. Me acerco al lavabo y lo dejo todo ahí. Ella se queda plantada en mitad de los servicios con la vista clavada en mi pecho, juraría que está cartografiando el camino que recorren las gotas de agua por mi piel. Doy un par de pasos y me acerco. Ella, ni corta ni perezosa, lleva sus manos a mi pelo y me lo peina con sus dedos. Cierro los ojos unos instantes, pero en ese momento vuelvo a recordar el motivo por el que he salido deprisa y corriendo de la ducha.

—¿Vas a contarme qué está pasando de una puñetera vez?

Me coge de la mano y salimos de los servicios.

—Ha venido un campista a quejarse.

—¿Por mí?

—No. Esta vez, no —se cachondea.

Apoya la espalda en la pared que camufla la puerta de los baños y me dedica una mirada que no soy capaz de interpretar. Creo que está avergonzada, pero también detecto un deje de decepción.

—Lore, si no me dices qué pasa, no puedo ayudarte.

—Mis padres están pasando el fin de semana en la casa que tenemos en Valdemorillo, Jacinto está arreglando una avería importante en el área de caravanas y yo..., se supone que yo estoy al mando.

—¿Y cuál es el problema? Tú controlas este camping mejor que todos ellos juntos.

Sus ojos se clavan en los míos y la decepción que he captado hace unos instantes se ha convertido en inseguridad. Y, joder, ella no es así; ella nunca tiene miedo de enfrentarse a nada relacionado con su trabajo. Deduzco que debe de ocurrir algo realmente grave.

—Según me ha dicho el campista, hay una mujer en las parcelas de abajo que lleva días sufriendo abusos verbales por parte de su marido, y sus vecinos tienen miedo de que el asunto acabe descontrolándose. Necesito que me acompañes para que pueda asegurarme de que está bien. No puedo ir sola, su marido es muy…

No necesito más explicaciones.

—Yo voy adonde tú quieras.

—Gracias.

—Vamos a hacer una cosa, Lore, sube a Recepción, llama a la pasma y ponlos en antecedentes por si acaso. Mientras tanto, me visto, busco a Iván y bajamos contigo.

—No hace falta que le digas nada a Iván.

Desde que empezó la universidad en Madrid, Iván solía venir en agosto, pero este año, según me dijo Lorena, se presentó para el finde largo del uno de mayo y aquí se ha quedado, pegadito a ella como un cachorrito desamparado. No entiendo muy bien qué está pasando y tampoco he tenido la oportunidad de hablar a solas con él, pero esta nueva relación que se traen entre manos va mucho más allá del buen rollito entre exnovios. Además, también debo tener una charla muy seria con Lorena, ya que no puedo permitir que pase ni un solo día sin que le contemos a Iván que no es que follemos cada vez que consigo quitarlo de en medio, es que tenemos una relación que dura ya cuatro veranos y dos inviernos.

—¿Por qué no quieres que lo avise?

Aunque Lorena e Iván se distanciaron bastante después de que su relación se acabara, sé que han seguido siendo amigos y viéndose en el camping, y algo me dice que este verano, con todo el tiempo que lleva él en Benicàssim, están volviendo a estrechar lazos. Paso de ponerme nervioso, celoso o paranoico, prefiero confiar a ciegas en lo que sé que Lorena siente por mí, y no por él.

—No quiero que le digas nada porque se trata de sus padres —responde.

No me sorprende en lo más mínimo.

Por desgracia, en este camping todos sabemos el tipo de relación que tienen los padres de Iván. Su padre es, simple y llanamente, un hijo de puta. Y su madre, una mujer maltratada que siempre que alguien ha intentado ayudarla, le ha quitado importancia diciendo que su marido nunca le ha tocado un pelo, que tan solo tiene mal carácter. Nadie lo pone en duda, pero tratar a tu mujer como si fuera un pedazo de mierda es suficiente argumento para considerarte un maltratador.

La hermana de Iván hace muchos años que se largó y no quiere saber nada del tema, Iván suele decir que «no es para tanto» o que «siempre ha sido así», como si el hecho de que las cosas no empeoren fuera algo tranquilizador. Óscar, en cambio, no es la primera vez que tiene un enfrentamiento con su padre y sale escaldado. De manera que la situación no es nueva para nadie que los conozca.

—Vale, tranquila, yo me encargo.

Hace años que Iván debería haber intervenido, pero sé que hasta que su padre no le cruce la cara a su madre y lo vea bien clarito, no moverá un dedo. Porque él es así, solo presta atención a las cosas cuando le explotan delante de las narices.

Me acerco a Lorena y, aunque sé que lo que estoy a punto de hacer no le hará gracia porque sigue prefiriendo evitar las muestras cariñosas en público entre nosotros, rodeo su cara con mis manos y deposito un beso en sus labios. Contra todo pronóstico, apoya las manos en mis hombros y lo alarga un poco más. Un pequeño gemido retumba en su garganta. No hay lengua implicada en el asunto, pero me conformo.

—Voy a subir a Recepción a llamar a la poli.

Duda, pero finalmente me da un pico de despedida en los labios.

En cuanto se marcha, entro en el baño, apoyo las manos en el lavabo y me quedo mirando mi reflejo en el espejo. La muy cabrona me ha peinado con la raya a un lado como si estuviera a punto de hacer la comunión. Me despeino. En esas estoy cuando se abre la puerta de uno de los cubículos y veo a Iván saliendo de él.

Camina hasta situarse a mi lado y empieza a lavarse las manos.

Me pregunto qué parte de la conversación habrá oído, pero no hay que ser muy listo para deducir que probablemente llevaba encerrado en el cagadero un buen rato. Hago un rápido repaso mental de todo lo que hemos dicho y estoy casi seguro de que solo habrá interpretado que soy bastante idiota.

Una vez que ha terminado de lavarse las manos, tira del toallero de malas maneras y se pone a secárselas.

—¿Qué está pasando entre Lorena y tú? —suelta de golpe mirándome a través del espejo.

—No es lo que parece.

Acabo de soltar la frase más delatora de la historia y, aunque me entra la risa, la contengo.

—Estabas en el baño a solas con ella, ¿qué crees que me debería parecer?

—Bueno, visto así, puede parecer lo que no es, pero solo ha venido a pedirme ayuda en un asunto del camping.

No quiero sacar el tema de sus padres porque sé que se va a cabrear aún más. Iván arroja a la papelera la toalla de papel hecha una bola y me encara.

—¿Y te parece normal que haya recurrido a ti?

—Supongo que le pillaba más a mano que tú. Son cosas que pasan, no te rayes, la chavala confía en mí, deberías alegrarte. —Hago un gesto con la mano para restarle importancia—. Además, estabas ocupado cagando, ¿no?

Da un par de pasos y se acerca a mí.

—No me toques los cojones, Azurmendi.

—Dios me libre, amigo, no vaya a ser que te guste...

Me dedica una sonrisilla y empiezo a notar que la tensión se dispersa a nuestro alrededor como un pedo mal disimulado.

—Solo te lo voy a preguntar una vez más y espero que me cuentes la verdad.

—Y si no lo hago, ¿qué? —Saco pecho y levanto el mentón, que no se piense que mis ganas de rebajar el tono me convierten en un debilucho incapaz de plantarle cara, porque no es así. Es mi amigo y sé que le acabo de mentir sobre algo que podría joder nuestra amistad para siempre, pero el motivo principal para que siga haciéndolo son justamente estas reacciones de orangután asilvestrado que tiene a veces. Me jode mucho que se ponga territorial con Lorena, y más sabiendo que empezó a comportarse así cuando la dejó, como si tuviera que seguir marcando un terreno que nunca fue ni suyo ni de nadie, y que haya vuelto a hacerlo ahora, cuando se ha dado cuenta de que la ha perdido.

—Y, si no, nada, joder, no te estoy amenazando, pero me jodería mucho que nuestra amistad se fuera a la mierda por una tía.

—No es cualquier tía, es Lorena —puntualizo.

—¿Y crees que ella vale más que nuestra amistad?

Vuelvo a quedarme en silencio. Este rollito de ser colegas por encima de cualquier cosa no va conmigo. No sé qué cojones le pasa este verano con Lorena, pero más le valdría olvidarse de ella y dejarla vivir en paz, porque esta situación no es sana. Además, no sé a qué amistad está apelando, cuando sí, somos amigos, pero ya no tenemos una relación tan cercana como antes.

—Venga, tío, no vamos a ponernos filosóficos ahora mismo sobre la amistad y el amor. ¿Qué quieres saber?, dispara y punto.

—¿Te la estás follando?

—No —miento otra vez sin titubear, mirándolo a los ojos, y hasta me asusto de lo convincente que sueno.

Iván me analiza durante unos segundos.

—Bien —admite, por fin—. Porque necesito que hagas algo por mí.

—¿Algo como qué?

—Quiero recuperarla.

15

Págame una borrachera

Unai · Benicàssim, 27 de agosto de 2010

Óscar lleva un rato pidiendo las rondas en números romanos. ¿Por qué? Porque todos tenemos alguna gracieta que repetimos cuando estamos borrachos, y al pequeño Fabra le gusta sentirse un emperador romano. A Rubén le encanta mover contenedores y dejarlos en sitios inesperados. Dice que así mantiene a los municipales en vilo. Iván suele intentar cosas raras, como secarse las manos con la máquina de los condones en el baño. Y a mí me da por reivindicar una Oreja de Van Gogh con Amaia Montero de vuelta. Mi esperanza es cruzarme con algún miembro de la banda por mi ciudad y que escuche lo que quiere el pueblo. Después me lanzo a cantarle a la madrugada del 20 de enero: «¡Yo quiero quererte o moriiiir!», un tema que siempre me hace pensar en Lorena y se me baja el pedo *ipso facto*.

La cuestión es que, como Óscar ha levantado sus dos deditos haciendo el símbolo internacional de la victoria o el cinco romano, en lugar de cinco cubatas nos traen dos, y nos vemos obligados a compartir o a hacer cola de nuevo.

Y en esas estoy ahora mismo, armándome de paciencia mientras espero a que el camarero sirva a la pareja que tengo delante para poder pedir lo que falta.

En cuanto salga del bar, pienso cantarle las cuarenta al amigo Rubén. Primero, porque Óscar es su colega y de vez en cuando podría hacer el favor de controlarlo un poco, que todos sabemos lo rápido que degeneran las cosas a su alrededor; segundo, porque ha sido él quien nos ha sacado a empujones de la parcela para que viniéramos a cenar todos juntos a Benicàssim pueblo, que viene a ser el suyo y el más bonito. Pero el muy huevazos, en cuanto ha posado su precioso culo en una silla de la terraza del bar en el que estamos, no ha vuelto a moverlo.

Esta última semana en el camping ha sido complicada de cojones —del mismo tamaño que los tiene mi cuñado—. Sobra decir que después de la cena del sobaquillo no he necesitado buscar y montar mi iglú. Porque el nivel de acercamiento que se ha producido con Sara ha rozado el negativo. De hecho, he tenido que consultar un mapa por si ya no estábamos en el mismo país.

Las cosas no mejoran, sino que están yéndose a la mierda.

Y ella lo sigue negando, dice que todo está bien, que solo está agobiada, pero yo sé que no es solo eso, entre otras cosas, porque la he vuelto a pillar hablando por teléfono a escondidas con sus amigas de toda la vida, con sus padres, con la teletienda y hasta con el puto Papa.

Algo me dice que está preparándose para lo que sabe que está por venir: algo un poquito más complicado que nuestra vuelta a casa.

Lorena se me acerca bailando, moviendo el culo y las caderas de una manera tan rotunda y sensual al ritmo de «Luna bonita», de Marcela Morelo, que podría invocar a todos los demonios del infierno y ponerlos de rodillas. Incluso podría someterme a mí, si no fuera porque estoy en la más absoluta miseria y paso de añadir otro lío de faldas a mi vida.

—Acabo de hablar con mi madre —me cuenta entre risas—. Dice que mi padre lleva dos horas jugando al veo, veo.

—Mis hijas nunca se cansan y tus padres necesitan nietos, Lore.

—Y yo, vacaciones —contesta frunciendo el morro—. ¿Lo tienes todo?

Niego, ella se ríe y mira a Óscar, que está a mi lado tan

feliz y contento, hablando con su futura esposa en algo que se quiere parecer al latín.

Lorena le hace señas al camarero, porque, por lo visto, lo conoce. Le echa un par de sonrisitas de esas que te dejan sin muchas opciones y en cuanto consigue las bebidas que nos faltaban salimos los cuatro a la terraza con los demás.

Repartimos los vasos y no me da tiempo ni de sentarme junto a Sara, cuando Rubén se levanta como si una piraña le hubiera mordido en las pelotas.

—Ya que estamos todos... —dice y carraspea.

Se arrodilla delante de mi hermana y le ofrece un calamar a la romana, que ha debido de agenciarse en el puesto de comida ambulante que tenemos detrás.

—*Zurekin ezkondu nahi dut*, Maider.

Toda la gente que llena la terraza nos mira a la espera de entender qué puñetas acaba de decir Rubén.

Mi hermana se ha quedado petrificada, así que decido tomar la palabra:

—No, ni pensarlo —zanjo e intento levantar a mi no-futuro-cuñado del suelo, pero resulta imposible—. ¿Le estás pidiendo a mi hermana que se case contigo con una raba?

Y ahora sí hay un coro de «ooohhhs» a nuestro alrededor que dura varios minutos.

—¿Pero a ti qué cojones te pasa? ¡¡Sinvergüenza!! —sigo quejándome, aunque la gente pasa del tema, están esperando la respuesta de Maider.

—Ay, Rubén. Sí y mil veces sí —contesta mi hermana con ojitos soñadores.

—No, coño, que no te vas a casar con él. Joder, Maider, que se lo curre un poco más, ¿no? —protesto—. A ver, Lorena, haz el favor de decirle algo a tu hermanito.

La susodicha tiene los ojos llenos de lágrimas y las manos en la boca. A priori, diría que no va a hacer una mierda por parar este espectáculo. Estoy solo en mi cruzada contra el santo sacramento del puto matrimonio.

—Casémonos ahora mismo —dice Maider, muy dada ella a no hacerme ni caso en los momentos clave—. ¡¡¡Señor agenteeeee!!!

Mi hermana echa a correr como una loca en dirección a un policía nacional que está custodiando la zona con varios compañeros más. Cualquiera diría que no sabe lo que hace porque está borracha como una cuba, y lo está, pero solo de amorcito. Rubén sigue arrodillado mirando la escena con ojos de idiota enamorado mientras se come un par de rabas del cucurucho que tiene en la mesa. Este no pierde el apetito ni aunque se le manifieste el apocalipsis delante de las narices.

No puedo creer lo que está pasando. No estoy lo suficientemente borracho para aceptar esto de buena gana. El matrimonio es un error, es la primera causa de divorcio, alguien tiene que decírselo. Y ya que estamos, ese mismo «alguien» que me haga el favor de parar esta pantomima.

Rubén es piloto comercial, no deja al azar ni los calzoncillos que se pone por las mañanas, no puede hincar la rodilla en mitad del maldito Benicàssim un día cualquiera de finales de agosto.

Al menos debería haberme dicho algo antes. Se supone que tenemos confianza y que estas cosas se comentan. Se supone que no le pides al amor de tu vida que se case contigo con un pedazo de calamar frito que chorrea aceite reutilizado.

—¡¡¡Cásenos, por favor, señor agente!!! —le ruega mi hermana a uno de los policías con las manitas en posición de rezo desesperado.

Ojalá la detuvieran, pero el poli se está descojonando de la risa mientras le explica que, por desgracia, los casamientos no entran dentro de su cometido. Ella resopla disgustada, le da las gracias, porque educada es un rato, y busca una alternativa a su alrededor. Descarta al churrero y al señor de los globos de Pikachu, y mira con ojos esperanzados hacia la iglesia. Si se pone a aporrear la puerta me piro al camping a jugar al veo, veo con Tomás y aquí se quedan.

Rubén se acerca a mi hermana y la aparta de los policías,

coge su mano, le pone la raba barra anillo de compromiso en el dedo anular, le pega un mordisquito y la besa en la boca como si estuviéramos en el final feliz de una película de Disney, con inclinación de noventa grados y todo. Y ojalá estuviéramos en el final de una peli, porque ahora vendrían los créditos y se acabaría el circo sin más preámbulos. Pero no. Después de esta noche vendrá la boda.

La gente los jalea, los abraza, y Óscar amenaza con ordenarse sacerdote y ponerse el vestido de fallera de su madre como sotana.

Me voy a dar al alcohol y a arrastrar a Rubén conmigo. ¿Por qué? Porque me va a pagar cada uno de los chupitos que me voy a meter entre pecho y espalda.

En cuanto lo tengo cerca, se lo digo.

—Rubén, págame una borrachera.

—No seas tan dramático.

—Chupitos, ya.

Me rodea los hombros con su brazo y sonríe.

—Yo te pago lo que quieras, cuñadito, pero ¿no me piensas dar la enhorabuena?

—Estoy por darte muchas cosas, pero ninguna se acerca a eso. Mi hermana se merece mucho más que un calamar. Se merece el puto diamante más grande que exista, aunque tengas que cargarte al rey de algún país extranjero para conseguirlo.

—Venga, tío, sabías que tarde o temprano se lo iba a pedir.

—Pero no con una raba grasienta.

Cada vez que lo repito, una rabia muy chunga me trepa por el esófago.

—Ya no aguantaba más, así que he tenido que improvisar.

Resoplo con fuerza y le sacudo hasta el tupé.

—¿Y crees que mi hermana merece una puta improvisación?

Le pongo las manos en las orejas y lo obligo a mirar a Maider, que está feliz y contenta abrazando a Lorena, completamente ajena a nuestra conversación. Lleva el calamar sin el albardado hecho un ocho enganchado en el dedo.

—Mírala, Rubén.

—Lo hago cada día, a todas horas.

—Pues hazlo ahora mismo también, joder. Es preciosa, lista, cariñosa, dulce, fuerte como ninguna, valiente… y, por encima de todo, después de lo que pasasteis, te siguió queriendo y nunca se rindió.

—Una vez más, ¿hablamos de tu hermana o de la mía?

Dejo caer las manos y me lo quedo mirando. Aunque el barullo y las conversaciones no cesan a nuestro alrededor, el silencio que impera entre mi cuñado y yo me revienta los tímpanos.

«Te siguió queriendo y nunca se rindió», repito para mis adentros.

—No me mires así, Azurmendi. En algún momento tenía que sacar el tema, ¿no te parece?

—No había ninguna necesidad.

—Oh, sí que la había. Desde aquella noche, he estado calladito y te he dado todo el verano de margen, pero ya va siendo hora de que tengamos una charla tú y yo, ¿no?

Estoy por hacerme el loco, pero sé perfectamente que se refiere a la noche en la que las cosas con Sara se fueron por la borda y, en mi maldita desesperación, llamé a mis colegas, pero también a él. Acabamos con una mierda considerable en el Atabal, un garito de mala muerte de Donostia, y se convirtió en el amigo más inesperado que he tenido y en el hombro en el que lloré.

—No creo que ahora mismo sea el mejor momento para sacar el tema.

—Puede que tengas razón, pero nunca se me ha dado bien elegir los momentos adecuados. —Sonríe levemente—. La cuestión es que quiero que cada vez que pongas en entredicho mi comportamiento con tu hermana, aunque sea en broma, te pares a pensar por un segundo cómo es tu comportamiento con la mía. Porque, querido cuñadito, aquella noche te apoyé y te di la razón en todo, pero la realidad es que, desde que llegamos al Voramar, te he estado observando y cada vez tengo más claro que te di la razón demasiado rápido.

—Lo que pasó está muy clarito, Segarra —rebato, mosqueado.

Rubén asiente, pero algo me dice que la conversación no se va a acabar aquí.

—Sara hizo lo que hizo, no tiene más vuelta de hoja y no pienso quitarle ni un solo gramo de culpa. Pero hay algunos matices que deberíamos haber tenido en cuenta, ¿no te parece?

Resoplo asqueado.

—¿Por qué cojones estás dando tantos rodeos? Suelta lo que tengas que decir de una puta vez.

—Fuiste tú quien me pidió ayuda, habértelo pensado mejor si lo único que querías eran buenas palabras y abrazos, en lugar de verdades. Siento tener que ser yo quien te diga esto, pero estás haciendo las cosas fatal. No solo le estás haciendo daño a tu mujer.

Ojalá su mirada me diera alguna pista, pero solo me está mirando a mí. Con una ceja levantada, he de añadir.

—Ya hablaremos cuando estés preparado para hacerlo de verdad. Cuando te des cuenta de todo lo que está pasando.

Me suelta un par de palmadas en el hombro y se larga en dirección a nuestras hermanas tan pancho, como si no acabara de sentenciar mi vida y mi matrimonio. Cuando llega, abraza a Maider y ella se lanza a comerle la boca.

Una maraña de emociones se me atasca en la garganta.

¿Cómo han sido capaces de enfrentarse a tantos obstáculos y, pese a todo, seguir besándose como el primer día?

Lorena, que continúa a su lado, da un paso atrás para dejarles espacio, pero se queda mirándolos tan absorta como yo.

No sé si es nostalgia o envidia, pero ninguno de los dos apartamos la vista.

Es como si estuviéramos viendo a través de ellos todo lo que pudimos ser.

Todo lo que perdimos aquella noche.

1998

Nos recordaré juntos durante más tiempo del que lo estuvimos

Lorena · Benicàssim, 21 de agosto de 1998

Son más de las dos de la mañana y no veo el momento de meterme en la cama. Camino a oscuras por mi habitación mientras me quito los pantalones cortos y la camisa. Hace un calor insoportable, unos treinta grados todavía, me sobra hasta la piel.

Tiro de la goma que llevo en el pelo para soltarme la melena y me desabrocho el sujetador. Estiro la mano para coger la camiseta de tirantes que uso para dormir, pero me topo con un obstáculo.

—¿Unai?

Está sentado a los pies de mi cama, la luz de la luna entra por la ventana e ilumina su rostro tenuemente. Está serio, con la vista clavada en sus manos.

—¿Cómo has entrado? —pregunto mientras me pongo la camiseta.

—¿No crees que eso es lo de menos?

—¿No estabas en Castelló con Tito?

—Es obvio que no. Llevo un par de horas esperándote.

Nos miramos y pese a estar a oscuras, puedo percibir la preocupación en sus ojos. Aunque ya sé la respuesta, pregunto:

—¿Qué ocurre?

—Que no me lo estás poniendo nada fácil, Lorena.

Me subo a la cama y gateo acercándome a él. Me rehúye apartándose un poco.

—Cuando llegué a primeros de agosto, pintaba que este iba a ser nuestro verano, el definitivo, pero conforme han ido avanzando los días, cada vez entiendo menos lo que está pasando entre nosotros. —Coge mi mano y me acaricia la palma con el pulgar—. Llevaba dos días sin tocarte. Dos.

Un escalofrío me recorre el cuerpo de pies a cabeza. He estado retrasando este momento, evitándolo, pero aquí estamos y sé con una claridad sobrecogedora cómo vamos a salir de esta habitación, cada uno por su lado y con un pedazo del corazón del otro en el bolsillo.

Este verano no está yendo como ninguno de los tres esperábamos. Iván se ha acercado a mí y yo he acabado alejando a Unai. ¿Por qué? Porque mi exnovio está en una situación muy complicada y haberlo visto llorando y suplicándome...

—Cada vez que me he pasado por Recepción estabas demasiado liada. Cada vez que te he visto por el camping, Iván estaba a tu lado, la mayoría de las veces con su mano en alguna parte de tu cuerpo. Cada vez que hemos ido a algún sitio con nuestros amigos te he perdido o no has querido que te encontrara. Y a mí ya me duele todo...

Unai se mueve y tira de mí. Estamos de rodillas sobre el colchón, a pocos centímetros, uno frente al otro.

No me dice nada, pero su mano recorre con suavidad mi muslo izquierdo arriba y abajo.

—Te echo de menos más que cuando estoy en casa.

Lo miro a los ojos y veo un amor tan profundo como la angustia que siente en este momento.

—No podemos seguir ocultándoselo a Iván, Lorena. No quiero solo tus noches, también necesito tus días.

—Unai...

—No. No digas nada. Solo escúchame. Soy el que más te ha respetado y el que más ha estado a tu lado.

Las lágrimas llenan mis ojos y un nudo me cierra la garganta.

Me siento como esa cuerda de la que tiran dos personas. Lo hacen en sentidos opuestos, cada vez con más fuerza, y yo me tenso intentando satisfacer a ambos, pero al final, me acabaré rompiendo.

Unai coge mi mano y entrelaza nuestros dedos, se la lleva a la boca y deposita varios besos en el dorso.

—No me importa que estemos juntos en Donostia o en Benicàssim, o separados, con media península interponiéndose entre nosotros, porque te quiero, Lorena.

Sus manos rodean mis mejillas y se pega a mi cuerpo. Siento su calor, su olor, su tacto... tan suyos, pero a la vez, tan míos. Acerca nuestros labios y añade con apenas un hilo de voz:

—Te quiero desde aquella noche en que te derrumbaste entre mis brazos y solo dejaré de hacerlo el día que se me pare el puto corazón.

Nuestros labios chocan y nos besamos con violencia. Somos una maraña de manos, las suyas en mi pelo y las mías en su mandíbula.

Sé que no deberíamos hacer esto, que es egoísta y que, al terminar, todo será aún más desgarrador, pero ni puedo ni quiero evitarlo...

Me dejo caer de espaldas y él gatea por encima de mí. Acaricia mi cuerpo con sus dedos, como tratando de memorizar cada rincón, hasta que vuelve a apoderarse de mi boca.

Le quito la camiseta con torpeza, a tirones, y él me la arranca a mí. Baja sus manos, agarra mis braguitas a la altura de mis caderas y tira de ellas. El sonido que emite la tela al rasgarse entre sus dedos me sorprende y me excita.

En cuanto lo siento dentro de mí, una lágrima templada y solitaria corre por mi mejilla. Sé que esto es un error, pero quiero continuar, necesito hacerlo, aunque sepa que puede doler. Sobre todo, porque sé que me va a doler y no merezco otra cosa.

Unai se mueve con lentitud, con la cara hundida en mi cuello, pronto empieza a hacerlo con más rapidez y más profundidad. Busco su boca, pero no me lo permite. Me he acostado con él miles de veces en los últimos años y jamás lo había visto así, tan desatado, tan descarnado, tan callado, tan ausente... Hemos hecho el amor para despedirnos muchas veces, pero nunca de esta manera. Supongo que así es como follan dos personas que saben que están a punto de decirse adiós para siempre.

Decido tomar las riendas haciéndolo rodar por la cama.

Cuando estoy encima de él, Unai se incorpora y me abraza. Es como si de pronto se hubiera dado cuenta de que estábamos demasiado lejos. Vuelve a estar dentro de mí, pero en esta postura, la fricción entre nuestros cuerpos se ha multiplicado.

—Te quiero —dice entre jadeos—. Siempre lo haré. No lo olvides.

Nos corremos juntos a los pocos segundos y es mucho más demoledor de lo que esperaba.

Unai me besa, pero ya es demasiado tarde, sus caricias ya no me saben igual y tengo la cara llena de lágrimas. Me mira a los ojos.

—No llores, Lore.

—¿Cómo no voy a hacerlo? —pregunto con la voz rota—. Tu manera de decirme que me quieres, cómo acabas de besarme...

Retira una lágrima de mi mejilla y me besa con suavidad, como intentando demostrarme que sus besos siguen siendo los mismos, pero no lo son, siento el sabor salado de mis lágrimas en su lengua.

—Elígeme a mí, hagamos que lo nuestro sea real fuera de esta cama, joder. No vuelvas a elegirlo a él, no vuelvas a dejar que te haga daño, no conviertas esta noche en una despedida...

—Unai...

—¿Quién eras cuando estabas con él y quién eres cuando estás conmigo?

—Lorena.

—No. Con él eras la Lorena que él necesitaba y conmigo eres la Lorena que tú quieres ser.

Maldita sea, odio que tenga razón.

Pero llegados a este punto, solo tengo tres opciones: la primera, hablarle a Iván de la relación que mantengo con Unai, y arriesgarme a que se cruce, se aleje de mí y las cosas empeoren. La segunda, contarle a Unai lo que está pasando, pero una vez más, sé que Iván se sentiría traicionado y se cerraría en banda. O la tercera, dejar a Unai y convertirme en la persona que Iván necesita ahora mismo a su lado.

—Me prometiste que nunca me harías esto, que nunca me harías elegir.

Coge mis manos entre las suyas y suspira con fuerza.

—También te prometí que no me enamoraría de ti e hice justo lo contrario. Es más, me atrevería a decir que cuando te hice esa promesa ya nos estaba mintiendo a los dos. —Se encoge de hombros—. Solo te estoy pidiendo una cosa, y es que seas sincera contigo misma por una vez.

—Unai, tienes un corazón tan enorme que alguien debe cuidar de él. Pero ese alguien no soy yo. No puedo elegirte. No puedo elegir a ninguno de los dos.

—No elegirme a mí implica elegirlo a él.

—Sé que no se lo merece, pero...

—Me has querido hasta que él te ha vuelto a querer.

—No es eso, Unai. Iván no...

—Porque nunca has llegado a quererme, ¿no?

Me rompe el corazón haber llegado a este extremo, cuando siempre ha estado en mi mano pararlo antes de que hubiéramos acabado haciéndonos tanto daño, pero... me gusta pasar el tiempo con él y estoy segura de que estoy enamorada, incluso sé que de alguna manera lo quiero..., aunque, por lo visto, no lo suficiente. Porque cada vez que estoy con Iván, cada vez que se me acerca, vuelvo a ver la vida con la que soñaba y sigo sintiendo algo por él, algo pequeño e insignificante que se resiste a morir del todo, pese a que no estoy segura de lo que es. Y la mejor prueba de ello es que solo ha tenido que decirme una vez que me necesita para que yo me haya replanteado mi vida entera. No es que no haya pasado página, es que he cerrado el libro pero he dejado el dedo metido entre sus páginas para no olvidar dónde nos quedamos y cuánta historia nos faltaba por compartir.

Aunque lo nuestro nunca vuelva a ser lo que era, no puedo seguir con Unai mientras las dudas persistan. Mientras siga estando dispuesta a dejarlo todo por ayudar a Iván.

—Siento algo por ti, Unai, algo muy fuerte, pero no lo suficiente, porque siempre hay algo que me hace dudar.

—Soluciona eso que tanto te hace dudar y vuelve conmigo...

—No es tan sencillo.

Los ojos azules de Unai se empañan con las lágrimas que se está negando a derramar por nosotros.

—Te lo dije una vez, Lorena, y siento tener que repetírtelo, no soy un tío al que le guste insistir, si esto es lo que deseas... Tal vez no esta misma noche, pero lo aceptaré.

Dudo por dentro y tiemblo por fuera, pero intento mostrarme decidida porque no quiero que se vaya con la incertidumbre y hacerle sufrir más.

—Es lo que quiero.

Me sostiene la mirada unos instantes en los que ambos nos estamos rompiendo por dentro. Finalmente, suspira abatido.

—Entonces, supongo que aquí es donde se termina todo.

Asiento incapaz de pronunciar ni una sola palabra más y tiro de la sábana para taparme.

Unai se pone en pie y empieza a vestirse con parsimonia. Bóxers, camiseta, pantalón corto, zapatillas..., y vuelve a sentarse a mi lado. Está intentando que las cosas sean fáciles, que no haya un drama entre nosotros, pero también soy consciente de que está destrozado, ambos lo estamos, y que superarlo no será una cuestión de unos pocos días para ninguno de los dos.

—¿Sabes qué es lo más jodido? —Hace una pausa para mirarme—. Que tengo que rendirme cuando es lo último que quiero hacer.

Aprieta su boca contra la mía de una forma desgarradora y deposita un beso corto, bonito y dulce en mi frente.

—Si de algo estoy seguro es de que nos recordaré juntos durante más tiempo del que lo estuvimos.

Sale de mi habitación sin decir nada más.

Mi madre suele decir que cada estrella que alumbra en el firmamento es una historia de amor fallida, es la esperanza que un día tuvieron dos personas de que su amor podría con todo, pero la vida acabó interponiéndose y solo quedó la chispa de un recuerdo.

Por desgracia, el cielo nocturno está lleno fracasos amorosos, y Unai y yo no somos más que otra estrella que algún día acabará apagándose.

El sol me pilla despierta, acurrucada en una esquina de mi cama, llorando y preguntándome si no habré cometido un error tremendo. Porque cuando alguien se va de tu vida lo hace en todos los sentidos, y no sé si podré superarlo.

Por primera vez en todos los años que llevo trabajando en el Voramar no voy a poder cumplir con mis obligaciones.

Porque no quiero verlo marcharse.

Porque lo he perdido.

16

Fuego

Lorena · Benicàssim, 27 de agosto de 2010

—¿Piensas bailar con todos menos conmigo? —me pregunta Unai.
—Creo que aún no lo he hecho con ese señor de ahí.
—¿Con el churrero?
—Sí.
—Pues solo faltamos él y yo. —Hace un mohín—. A ver a cuál de los dos eliges primero.

La canción que está sonando, «Fuego», de Bomba Estéreo, tiene un ritmo muy restregón. Demasiado para bailarla con él, así que me centro en lanzarle evasivas.

—¿Has aprendido a bailar desde la última vez que lo hicimos? Porque no estoy dispuesta a perder más dedos del pie.

Las facciones de Unai reaccionan rápido: se sonroja un poco y una sonrisita se dibuja en su boca.

—*Nop* —admite sin rodeos—. Ni siquiera el día de mi boda fui capaz de hacer algo decente.
—Hablando de bodas...
—¿De la mía o de la que vamos a tener dentro de poco?
—En los próximos meses, sospecho que vamos a tener que hablar mucho sobre la boda de nuestros hermanos, así que, si te parece, hablemos de la tuya.
—Si me concedes este baile.

Acabo aceptando un poco a regañadientes. Apoyo mis manos en sus hombros, él se aferra a mi cintura, nos pegamos como dos lapas y empezamos a balancearnos al ritmo que marca la música. No necesito muchos segundos para darme cuenta de que ha aprendido a moverse. De alguna manera, ha dado con la fórmula para mezclar el ritmo con ciertos giros de cadera. Y sabe Dios que, si hay un tío hábil a la hora de utilizar las caderas, es Unai.

—¿Cómo van las cosas? —pregunto a modo de distracción para mí misma—. No he querido darte demasiado la turra esta última semana...

—Ojalá pudiera decirte que las cosas están bien o mal. Sería mucho más sencillo que decirte la verdad: no lo sé. No tengo ni puñetera idea de cómo está mi matrimonio. Ni siquiera sé si dentro de una semana seguirá en vigor.

Veo de refilón que Sara está bailando con Rubén. No deja de sorprenderme que esta noche haya aceptado de buena gana que las niñas se quedaran en el camping con mis padres. Me pregunto si Rubén habrá intercedido.

—Desde la llamadita, Sara se ha cerrado en banda y ya no sé si hacer un último esfuerzo o rendirme y asumir que la he perdido.

Por desgracia, creo que yo sí lo sé, las pistas son claras, pero no puedo decírselo, es ella quien debe dar el paso y es él quien debe asumirlo.

—Tú nunca te rindes, Unai.

Me mira a los ojos y sonríe con tristeza.

—Sí que lo hago. Me rendí contigo. —Hace una pausa y suspira—. ¿Por qué es tan difícil quererme? El otro día pasaste de esa pregunta y me gustaría un poco de sinceridad por tu parte.

—La ignoré porque la respuesta es irrelevante.

—No estoy de acuerdo. Para mí importa, porque cuando estaba contigo pensaba que me querías, estaba segurísimo, pero luego resultó que no. ¿Y si me ha vuelto a pasar lo mismo con Sara? ¿Y si llevo años pensando que me quiere y nunca ha sido así?

Madre mía, el proceso interior que está llevando tiene que ser una maldita agonía. No es solo que su relación se esté cayendo a pedazos, es que la seguridad que tiene en sí mismo va por el mismo camino.

—Por una vez, me encantaría oírte decir que me quisiste, que no estaba tan ciego. Me gustaría pensar que alguien fue capaz de quererme pese a todos mis defectos.

—Yo te quise a mi manera, Unai. Es imposible no hacerlo. Me cambiaste la vida —admito—. Iván me veía con el agua al cuello y me decía que no me ahogara. Tú me enseñaste a nadar. Me alentabas a hablar de temas que me dolían y me escuchabas. No me juzgabas. Intentabas ponerte en mi piel. Me apoyabas. Hiciste que me quisiera y conseguiste que por primera vez me sintiera bien conmigo misma.

«Por eso me enamoré de ti y por eso he seguido estándolo durante tantísimos años. Porque quererte es lo natural, lo inevitable y lo único correcto en mi caso. Pero amar demasiado ha resultado ser mi peor condena», continúo diciendo para mis adentros.

—Te preocupabas por mí y te gustaba verme feliz...

—Joder, claro que me gustaba verte feliz, Lorena. ¿En qué puta cabeza entraría lo contrario?

—Y Sara también te quiere. Buscar respuestas en el pasado para encontrarle sentido al futuro no es una buena idea.

—Lorena, no estoy intentando agarrarme al pasado, entre otras cosas porque tú formas parte de mi presente y de mi futuro. Pero de un tiempo para acá no dejo de pensar en que solo nos faltó una puta milésima y las cosas hubieran sido muy diferentes. No podía estar tan equivocado.

—Unai, por favor...

Doy un paso atrás pero él se aferra a mis caderas y no me permite alejarme.

—Nunca hemos vuelto a hablar del tema.

—Porque no era necesario.
—¿Y qué si yo quiero hacerlo ahora mismo?
—¿Qué demonios quieres saber?
—¿Tú me has olvidado?
—Imposible, Unai, hablamos a diario. Más de una vez al día, de hecho.
—No me refiero a eso, Lore.
Unai reanuda el baile. Giramos y volvemos a pegarnos. Todos se están restregando y bailando como nosotros. Entonces ¿por qué lo nuestro me parece tan malo? Porque hay algo más que siempre ha estado ahí. Tal vez él ha sido capaz de ignorarlo durante muchos años, pero algo me dice que hoy está más atento que nunca.

—A veces pienso que, en realidad, siempre has estado enamorada de mí, que no la cagué tanto interpretando las señales, que tomaste una decisión de la que te arrepientes y que es algo muy típico en ti ocultármelo todo este tiempo.

—¿Por qué piensas eso? —pregunto atemorizada.

—Por la manera en que rompimos, porque nunca te volví a ver con Iván, por cómo has seguido estando a mi lado y por lo poco que te gusta admitir ciertas cosas. De hecho, cuando recuperamos el contacto, me daba miedo hablarte de Sara porque tenía la sensación de que te incomodaba, de que te dolía.

—Menuda gilipollez. Y bastante arrogante por tu parte, por cierto.

Es la primera vez en años que me saca este tema y me habla con tanta crudeza. Tenía una respuesta ensayada por si se daba la ocasión, una réplica muy coherente y hasta graciosilla, pero ahora mismo no la recuerdo porque ha pasado demasiado tiempo desde la última vez que temí verme en esta tesitura.

—Tú... ¿sigues pensando en...? —pregunto con miedo.

—Hubo un tiempo en que estuve loco por ti y eso no se olvida nunca.

—Ya, bueno, yo qué sé...

—Los años pasan y las circunstancias han cambiado mucho, pero nunca olvidaré lo que tuvimos.
—En realidad no tuvimos nada serio, así que no te agobies.
—Claro. Nada serio. Es indignante que después de tanto tiempo sigas creyendo eso.
—¿Qué más da lo que yo crea a estas alturas?
—Lorena, tú y yo, estuvimos juntos. Muy juntos. Como una puta pareja. Y aunque por aquel entonces no fuiste capaz de reconocerlo, darle la importancia que merecía y ponerle un nombre, no puedes seguir negándolo toda la vida. Lo viví contigo, estuve presente en cada uno de los pasos que dimos. Aquello que tuvimos lo fue todo, y lo perdimos.

Me pongo tensa y él se da cuenta de que, por primera vez, no se lo estoy negando. No soy capaz de mentirle a la cara en este instante.

—Creo que hace años deberíamos habernos sentado a hablar de este tema —admite con el ceño fruncido.
—Nada hubiera cambiado.
—Ya no estoy tan seguro.

1998-2000
Interludio

Lorena · Septiembre de 1998

Lorena Segarra
Has vuelto a Madrid? Todo bien?

Iván Fabra
No. Me he venido unos días al norte.
Estoy con Azurmendi haciendo una ruta
de montaña por Navarra, te manda recuerdos

Es la primera y única señal que tengo de que Unai sigue ahí. Me dijo que necesitaría más de una noche para aceptar nuestra separación y lo está cumpliendo con creces.

Octubre de 1998

Unai Azurmendi
Estás bien?

Lorena Segarra
Te lo ha contado?

Unai Azurmendi
Lo he supuesto al saber que está solo en Madrid

Lorena Segarra
Estoy bien

Unai Azurmendi
Necesitas que baje unos días?

Quiero decirle que sí, pero esas palabras solo nos harán más mal que bien. Ahora que Iván ha desaparecido de mi vida otra vez, no sería justo volver a pedirle a Unai que entre. Tengo que asumir el error que he vuelto a cometer dejándome llevar por Iván, por la nostalgia y por la pena.

✦✧✦ ☾ ✦✧✦

De: Lorena Segarra (lorena.segarra@campingvoramar.com)
Fecha: 21 de octubre de 1998 22:29
Para: Unai Azurmendi
Asunto: (ninguno)

Gracias

Archivo adjunto:

De: Unai Azurmendi (ehkepasatio@email.com)
Fecha: 21 de octubre de 1998 23:32
Para: Lorena Segarra
Asunto: Re: (ninguno)

Zorionak. Espero que hayas pasado un buen cumpleaños.

Julio de 1999

Lorena Segarra
Estoy en la feria y están sonando Los Fresones Rebeldes

Unai Azurmendi:
Me encanta saber que me he convertido en el tío al que solo mandas mensajes cuando estás borracha

No, solo te has convertido en el tío al que evito para no volver a hacerle daño.

Lorena Segarra
Sigues dolido

Unai Azurmendi
Quieres que sea sincero?

Lorena Segarra
Sí

Unai Azurmendi
Todavía recuerdo la última noche como si fuera ayer…

Enero de 2000

Unai Azurmendi:
Anoche me volvieron a preguntar cómo me abrí la ceja

Lorena Segarra
Y qué les dijiste?

Unai Azurmendi:
Que me mordió un Pitufo

Lorena Segarra

Qué haces despierto tan temprano?

Unai Azurmendi:
Aún no me he acostado. Tengo un examen dentro de… dos horas

Lorena Segarra
Qué tal te ha ido el examen?

Unai Azurmendi:
Mal

Lorena Segarra
El próximo te saldrá mejor, no desistas

Unai Azurmendi:
Siempre que estoy a punto de tirar los libros y rendirme, pienso en ti, en todas las veces que me apoyaste y me animaste a seguir, y eso me da fuerzas, porque no te quiero decepcionar…

Lorena Segarra
Te apetece hablar?

Pasan varios minutos y no me contesta, así que deduzco que no le apetece. Justo cuando dejo en móvil en la mesilla se ilumina la pantalla con su nombre. Me pongo histérica al darme cuenta de que me está llamando por primera vez en casi dos años.

Junio de 2000

Unai Azurmendi:
Mañana tengo mi último examen

Lorena Segarra
Lo vas a petar, estoy segura

Después de aquella primera llamada que tuvimos en enero, empezamos a hablar más a menudo. Primero de tonterías, pero poco a poco se fueron convirtiendo en temas más profundos, más del estilo de las conversaciones que teníamos cuando lo éramos todo, aunque jamás rocemos el romanticismo.

No quiero hacerme ilusiones, pero siento que lo estoy recuperando.

17
¿Estás parafraseando a Rocío Jurado?

Lorena · Benicàssim, 28 de agosto de 2010

—No es posible llevar la caravana a otra parcela en este momento.

La buena señora de Valladolid me dedica una mirada de exasperación y procede a explicarme de nuevo lo terrible que es que su vecino de al lado aproveche la hora de la siesta para mangarle las pinzas del tendedero.

Ni Dios me ha dado tanta paciencia, ni mi padre me paga lo suficiente para aguantar estos circos casi a diario. Pero aquí estoy, sonriendo con todos los dientes que tengo. He comido a las dos y son casi la nueve de la noche, estoy que me muero de hambre y aún me pesa la resaca de anoche. En el estómago y en el corazón. La ilustre vallisoletana puede estar muy agradecida de que no la estrangule con el cable rizado del teléfono.

—Y, para colmo, cada vez que me las roba, me deja la ropa tirada en el suelo de cualquier manera —sigue a lo suyo con los crímenes de guerra de su vecinito, encendida.

Empieza a describirme al detalle lo bonitas que son sus braguitas de encaje con sujeción extra para la barriga y todo lo que ha sufrido al verlas tiradas y sucias. Según me cuenta, el suelo arcilloso de Benicàssim puede ser muy fértil para algunos cultivos, pero fatal para las prendas delicadas. Tomo nota.

Suelta tantas palabras por minuto, y salta tan rápido de un

tema a otro, que llega un momento en que estoy tan perdida que no sé cómo ha acabado hablándome de la indiscutible relación que hay entre el encañonado de los vestidos de comunión y los pepinos holandeses.

Tengo que ponerle cara al vecino de esta señora con urgencia.

Ella continúa con su monólogo improvisado y, según deduzco, hemos vuelto a las pinzas y a las prendas íntimas tamaño carpa de circo. En cuanto se lanza a comentar lo «cómodo y fresquito que lleva el chichi», me quiero morir y empiezo a buscar maneras discretas de conseguirlo, pero una risita me distrae antes de que pueda graparme un dedo para ver si me desangro. Levanto un poco el culo de la silla y veo asomar a Unai por encima del hombro de la vallisoletana. Agita la mano para saludarme.

La señora no se entera de que tenemos visita y sigue con su verborrea.

Menos mal que tengo testigos.

Vuelvo a mirarla, levanto la mano e intento interrumpir su conferencia.

—Señora.

Ella sigue a vueltas con las bragas.

—¡Señora! —Sacudo la mano y consigo que me mire—. Si quiere le repongo las pinzas, pero me es imposible cambiarle el sitio.

Tampoco lo haría si pudiera. Acabáramos. ¡Por unas putas pinzas!

—Si el camping no toma medidas, tendré que hacerlo yo misma —amenaza creyéndose Margarita Seisdedos a la par que me apunta con las gafas de sol cerradas.

—Señora, de verdad, olvídelo y disfrute de sus vacaciones. Unas pinzas son sustituibles, un verano con su familia, no.

Me atraviesa con una mirada desdeñosa y cruza los brazos debajo de las tetas, de modo que estas rebosan un poco por el borde del bikini de flores que lleva.

—Niña, esas pinzas que estás infravalorando con tanta ligereza me las regaló mi suegra.

—Con la suegra hemos topado —murmura Unai.

—Lo siento mucho de verdad, comprendo que deben de ser un recuerdo bonito, pero entienda que no podemos hacer nada al respecto.

—No, si mi suegra, que Dios la tenga en su eterna gloria, me caía fatal. No veas lo bruja que era conmigo.

—¿Acaso hay suegras que no practiquen la brujería? —comenta mi amigo con retintín.

La mujer no le hace ni caso, se remonta a la época en la que su marido solo le «hacía tilín» pero hacían «cositas» juntos, «ya me entiendes», y su suegra la llamaba «fresca» por todo el pueblo. Yo ya no entiendo nada. No sé si ha venido a quejarse, a que le escriba sus memorias o a ahorrarse el terapeuta, servicio que voy a necesitar con urgencia si no se calla en los próximos minutos.

Unai parece tan descolocado como yo, se ha situado detrás de mí, apoyado contra la pared, y la está observando con los ojos tan abiertos como la boca.

Vuelvo a sacudir la mano para recuperar la atención de la señora.

—Entonces, si no apreciaba tanto a su suegra, no veo mayor problema. Le repongo un paquete de pinzas y zanjamos el asunto.

—Agradezco el ofrecimiento, pero jamás serán iguales. Las mías tienen unas almohadillas para no marcar la ropa. Porque como te decía...

Nos empieza a relatar la vida y milagros de sus pinzas, que parecen tener más historia que Egipto.

Las carcajadas que suelta Unai consiguen que la buena señora pare su relato de golpe y le dedique una mirada asesina. Él no deja de reírse y ella se sulfura, le dice algo como «Aquí está el poli risitas» con voz de Doña Rogelia, eleva la barbilla con gesto altanero y se marcha bamboleando el trasero mientras echa pestes sobre lo mal educada que está nuestra generación y la enorme mierda que es este camping. Fijo que, entre tanta disertación sin sentido, nos ha lanzado alguna maldición que acabaremos padeciendo algún día.

—Por fin —afirmo aliviada y me giro hacia Unai.

—Lore, eres mi heroína —se mofa, todavía descojonado de la risa—. Esa señora estaba, como poco, poseída por el espíritu de alguna tertuliana de Telecinco.

Suspiro y me abanico con un panfleto de Aquarama. Trabajar de cara al público me va a dejar secuelas.

—Cuando me pasan estas cosas, te juro que siempre pienso que es insuperable, que no pueden pedirme nada más extraño o ridículo, pero cuando menos me lo espero, ¡bam!, aparece alguien dispuesto a demostrarme lo equivocada que estaba.

Unai apoya la cadera en mi escritorio y me sonríe.

—¿Qué es lo más raro que te han pedido?

—Una malla para cocer garbanzos en pleno agosto; una baraja de cartas de tarot; que arregláramos el agua que sale de los grifos porque, al parecer, es culpa nuestra que sepa mal; indicaciones para llegar a la capilla del camping...

—Deberías escribir un libro...

—O tres. Porque también recuerdo a una chica que organizó una despedida de soltera y decoró varias parcelas con pollas hinchables mientras unos mariachis daban vueltas por el camping. Mi padre aún tiene pesadillas con «Si Adelita se fuera con otro». La familia que vino quejándose porque su vecino era, y cito textualmente, un *miracoños*. Después resultó que era verdad, que el tío era un cerdo que se dedicaba a eso, a mirar coños por todo el camping..., y tuvimos que echarlo por las malas. El tío que sacó una escopeta y quería acabar con todas las cigarras a tiros. Y así, cientos, ¡miles!

—¿Pero qué panda de tarados alojáis aquí?

—Claro, tarados. Te recuerdo que tus anécdotas se colocarían en el top diez.

Se echa a reír mientras asiente.

—El caso es que justo venía a pedirte que le hagamos un homenaje a una de mis mejores hazañas.

—Miedo me das, pero venga, cuéntame, ¿qué quieres? Dudo que sea peor que tener que escuchar a una señora de mediana edad hablar sobre la época en la que hacía «cositas» con su marido.

Unai se acomoda en la silla que está a mi lado y la hace rodar hasta acabar pegado a mí.

—Quiero que me dejes usar la megafonía.

Juro por todos los veranos que hemos compartido que la jeta de este tío es como el cemento armado.

—No.

—Venga, Lore, tú te haces la loca, le digo a Iván que te robe las llaves, como en los viejos tiempos, yo me cuelo...

—¿Y vuelves a leerle a todo el camping un relato erótico? Tú con las lecciones que te da la vida te limpias el culo, ¿verdad?

—No exactamente, intento aprender y mejorar. Por eso esta vez te pido permiso como el hombre maduro que soy.

—No, *carinyet*, esta vez lo que estás intentando es liarme para que sea tu cómplice y la respuesta es: NO. No vas a tocar mi megafonía.

Bajo la persiana de Recepción y vuelvo a sentarme en mi silla.

—No es tuya, es del camping y, como persona que paga por estar aquí, tengo derecho a usar todas las instalaciones y servicios, incluidas la capilla que no tenéis y la megafonía.

—Te juro que voy a construir una capilla solo para esconderme allí de gentuza como tú.

Unai pasa de mi comentario y me arrea un codazo amistoso.

—Entonces ¿qué? ¿Cuento contigo?

No quiero que piense que me niego a ayudarlo porque el detallito es para su mujer y yo ya no sé cómo seguir sosteniendo esa situación, así que me devano los sesos tratando de dar con una idea que no implique usar la megafonía del camping y al mismo tiempo colaborar un poco.

—¿Y si le organizamos una fiesta sorpresa en el bar?

—No, tiene que ser algo grande, algo que le recuerde cuando empezamos a salir. Déjame dedicarle una canción, por favor, déjame que intente apelar a aquellos primeros meses, cuando Eli Legarda obraba su magia en Euskadi Gaztea.

—Euskadi... ¿qué?

Me gusta el sonido del euskera, pero no hay manera de entender nada.

—Euskadi Gaztea, la emisora joven que escuchábamos cuando nos conocimos en los noventa. Solíamos dedicarnos canciones por las mañanas y así fue como conseguí que saliera conmigo.

—Sigo sin poder creerme que te la ganaras con música.

—Le pedí ayuda a mi abuela. Me recomendó que le dedicara «La de la mochila azul», de Pedrito Fernández, y acabó cayendo.

Por desgracia, no es la primera vez que me habla sobre esas canciones y lo peor es que me sigue doliendo como si lo fuera.

—Por favor, ayúdame.

Me ruega con sus palabras, con su mirada y con sus manos, que se han aferrado a las mías.

—Necesito hacerlo. Déjame que haga este último intento.

La pena y la súplica que veo en su mirada me rompen el corazón en mil pedazos, sobre todo porque sé que voy a ser yo quien lo remate y lo empuje a la desdicha. Es lo que me toca una vez más. No es que quiera hacerlo, pero, como amiga suya que soy, no puedo permitir que esta situación se alargue más tiempo.

—Unai, no. No vamos a seguir haciendo esto.

Sus manos dejan de estar en contacto con mi piel y ya echo de menos al amigo que es muy posible que pierda en los próximos minutos.

—Quiero que me cuentes qué está pasando con Sara y esta vez quiero la verdad.

Abre los ojos ligeramente y se aleja un poco de mí.

—Nunca te he contado nada que no fuera la verdad.

—Pero has omitido algún detalle.

Me mira con una mezcla de miedo y recelo.

—Puede —admite por lo bajo.

—¿Con quién pillaste a Sara hablando por teléfono?

No contesta. Se limita a mirarse las manos.

—La noche que te disfrazaste de fallera tuve una conversación corta pero muy esclarecedora con Sara. Me dijo que debía hablar contigo. Yo le contesté que ya lo había hecho, que estaba al corriente de vuestros problemas, pero ella insistió y me dejó caer que tal vez no me lo habías contado todo. ¿Y sabes qué es lo que más me sorprendió? Que estuviera tan desesperada para recurrir a mí.

Hago una pausa dándole la oportunidad para que hable, pero Unai se mantiene callado, ni siquiera es capaz de mirarme a la cara.

—Después vino la charla de Óscar durante la cena del sobaquillo y cuando vi cómo reaccionabas, cómo intervenía Rubén, la cara que ponía Sara..., lo supe. De pronto entendí lo que ella había intentado decirme: vuestros problemas iban mucho más allá de lo que tú me estabas dejando ver. Ella sabía que me estabas ocultando una parte.

Vuelvo a darle la oportunidad de que diga algo, pero sigue mostrándose ajeno a la conversación, como si el tema no fuera con él.

—¿Te habló de ella o te pilló por sorpresa? —intento facilitarle las cosas, pero no sé ni por dónde abordar el tema.

Por fin me mira y suelta un suspiro que dura un par de minutos.

—Sí, claro, me habló muchas veces de ella —admite con pesar.

Mi corazón se detiene. Mis sospechas eran certeras, pero, por algún motivo, conservaba la esperanza de estar equivocada.

—Era Amaia, la chica nueva que habían fichado en su empresa. Y mientras yo desatendía mis obligaciones como marido y como padre, su relación se fue estrechando. Me contaba cómo hacían piña en el curro, lo a gusto que estaba cuando le tocaba compartir alguna tarea con ella, lo bien que se complementaban, los planes que hacían para salir juntas por ahí después del trabajo, las conversaciones sobre mil temas... Y a mí me gustaba verla contenta, porque, egoístamente, mientras pasaba tiempo con su amiga no me reprochaba mis ausencias.

—Lo viste como una solución a vuestros problemas.

—Sí, lo vi como un parche, lo que nunca llegué a imaginar es que esa mujer, además de rellenar mis vacíos, se estaba ganando su corazón.

—¿Sara nunca...? —No me atrevo a formular la pregunta completa, porque no sé muy bien cómo plantearlo. Ni siquiera sé si debo.

—Se lo pregunté, si era bollera o si aquello solo había sido un hecho aislado.

—Joder, Unai...

—Ya..., bueno, me gusta recordarlo como uno de mis momentos más gloriosos. Lástima que no metiera la lengua en un enchufe para celebrarlo —admite con ironía—. Menos mal que a Sara le entró la risa.

—Menos mal —reafirmo.

—Ya ves. Me contó que solo se había sentido atraída por Amaia. —Hace una pausa e intenta borrar con sus dedos una mancha imaginaria de la mesa—. Y que estaba confundida y muy asustada.

—¿Por qué no me dijiste la verdad desde el principio?

—Porque mi mujer se ha enamorado de otra mujer y, para empezar, siento que no me corresponde contarlo.

—¿Y qué más da de quién se haya enamorado? Es una tía, pues vale.

—No es solo eso, Lorena, aquel tres de marzo también sentí que mi masculinidad se había ido a la mierda y no he sabido cómo gestionarlo desde entonces.

—Es normal, Unai, tiene que ser chocante, pero cuando llegaste aquí...

—Lo último que necesitaba cuando llegué era que tú también me dijeras que todo ha sido por mi culpa, por no haber estado más atento, por no haber cumplido cuando debí hacerlo. Y que ahora mi única obligación es «arreglar» a mi mujer follándomela hasta que se le pasen las tonterías y recuerde lo que es estar con un hombre.

He ahí una buena dosis de masculinidad tóxica y un claro ejemplo de cómo no se debe abordar una situación así.

—¿Eso es lo que te dijeron tus amigos?

—A excepción de Rubén, fue lo que me aconsejaron todos y cada uno de ellos, juntos y por separado. —Da un golpe en la mesa con rabia—. Y podría haberlo hecho, ¿sabes? Claro que sí, podría habérmela follado hasta que hubiera perdido el puto sentido, pero ¿quién me iba a arreglar el corazón después a mí? ¿Quién?

—Eso no es aconsejar, eso es humillar... A ti y a Sara. A los dos.

—Por eso mismo decidí callarme lo que realmente pasaba, porque no necesito que nadie juzgue a Sara ni consejos que empeoren la situación. Sé que, en realidad, poco importa que se haya enamorado de una mujer, de otro hombre o de un puto árbol. Pero no es fácil de asumir, joder, todavía hay momentos en los que siento que he fallado como hombre...

—Lo entiendo, pero no lo comparto. Esto no tiene nada que ver con que seas más o menos hombre, Unai.

—En el fondo lo sé, pero cuando vine, solo quería centrarme en recuperarla y en poner la vida de mis hijas a salvo.

—Respecto a eso... Mira... —dudo de mis propias palabras—. Por una vez, voy a ser egoísta y tal vez un poco cruel contigo, porque te voy a decir algo que vas a odiar tener que oír después de todo lo que estás viviendo...

Unai me mira a los ojos con temor, pero me hace un gesto para que continúe. Jamás lo había visto tan abatido.

—Me he pasado todo el verano intentando apoyarte, pero la realidad es la que es y por mucho que te niegues a verlo, tu matrimonio ya solo existe sobre el papel, Unai. —Me callo unos instantes para coger aire y sigo con la tortura que le estoy infligiendo—. Sara te quiere, jamás pondría eso en duda, pero ya no de la misma manera que tú la quieres a ella.

Parece confuso, pero no pregunta nada.

Por mucho que sienta que el estómago se me va a salir por la boca, debo continuar.

—Creo que vuestro problema no es que ella haya podido sentir algo por otra mujer, por otro hombre o, como bien has dicho, por un árbol. Ella… sabe que ya no está enamorada de ti.

Todo su cuerpo se envara y sus manos se cierran en dos puños. Para él, escuchar estas cosas debe de ser tan duro como para mí decirlas.

—¿Qué pasa, tienes una puta bola de cristal? —pregunta por lo bajo, con un tono que no deja lugar a dudas, voy a pagarlo caro—. Porque a mí me ha dicho muy claramente que me quiere.

—Querer y estar enamorada son dos cosas muy diferentes. Es evidente para cualquiera que no quiera estar ciego.

Se reclina en la silla y veo cosas en su semblante que no son nada habituales en él: ira, rencor, odio.

—A ver, ¿qué es tan evidente?¡¿¿Eh??! —increpa colérico—. Se supone que eres mi amiga, joder, y aquí estás opinando sobre algo de lo que no tienes ni puta idea y metiendo el morro en los problemas de un matrimonio que no es el tuyo.

Su puñal sale disparado y se me clava entre las costillas.

Por supuesto que no es mi matrimonio, maldita sea, no hace falta que me lo recuerde.

—Unai, entiendo que te duela oír esto, pero Sara no… y tú no…

—¿Cómo lo sabes? ¿Eh? ¿Cómo puedes estar tan segura de lo que ella siente o no siente por mí?

Me levanto y lo encaro. De perdidos al río o a la catástrofe más absoluta, lo que pille más cerca.

—Lo sé porque ella misma me lo insinuó la noche en que te disfrazaste de fallera. Al principio no la entendí... pero cuando me preguntaste... —Pierdo todas las fuerzas en esa frase.

—¿Qué te pregunte?

—Si llegué a quererte...

Asiente con lentitud, obviamente recuerda la conversación.

—Te mentí.

Se hace un silencio. Es como si de pronto estuviéramos en diciembre y el Voramar se hubiera vaciado de golpe. Unai está muy quieto, con la mirada enturbiada clavada en mí.

—Estuve enamorada de ti, Unai, y lo he estado durante mucho tiempo. Al principio, te amé con mi cuerpo sin saber que también lo estaba haciendo con mi corazón. Después, estabas en lo correcto, cometí el mayor error de mi vida al dejarte y he tenido que conformarme con seguir amándote en silencio. En las buenas y en las malas. Pero siempre. Te he querido de tantas formas que a veces me parece hasta absurdo que se pueda querer a alguien así.

Él también se pone de pie y se me acerca.

—Que tú, ¿qué? —pregunta a medio camino entre el cabreo y la confusión.

—Pues eso...

Me quedo mirándolo, pero no tengo la más remota idea de lo que está sintiendo en este instante.

—¿Estás parafraseando a Rocío Jurado? Porque esto no tiene puto sentido, Lorena. Te lo pregunté directamente y tú...

—No fui capaz.

—¿Y por qué me estoy enterando ahora?

—Porque siempre me he tragado mis sentimientos con tal de seguir siendo tu amiga, de continuar a tu lado y de ser lo que necesitabas a cada momento. Pero ya no puedo seguir haciéndolo.

Unai sigue mirándome. No sé qué está pensando porque su cara no refleja nada. Está petrificado, eso seguro, pero ignoro qué va a suceder a continuación, si va a perder los papeles y me va a gritar o si me va a decir que él también sigue sintiendo algo por mí.

Prefiero la primera opción porque es lo único que nos merecemos.

Vuelvo a tirarme en mi silla, de pronto me siento agotada, y lo observo. Sigue inmóvil y sin articular palabra; de verdad que no sé si esto es bueno, malo, regulero o terrible.

Finalmente, opto retomar mi charla.

—Sé a la perfección lo que es estar enamorada de ti, Unai. Y por eso estoy segura de que Sara ya no lo está. Te quiere porque siempre serás el padre de sus hijas y tenéis una historia detrás, no te ha mentido en eso y ha estado dispuesta a luchar, pero siento decir que eso es todo lo que queda por su parte. Una intención. Un deseo. Llámalo cariño, llámalo inercia, llámalo como quieras. —Hago una pausa para llenar mis pulmones—. Soy muy consciente de que sigues intentando arreglar tu matrimonio, que lo estás haciendo casi a la desesperada, y odio tener que decirte que no está funcionando porque ella ya ha pasado página. Tú mismo me dijiste ayer que no sabías si tu matrimonio seguirá vigente en unos días… Y tenías razón, Sara ya no es aquella chica que trajiste al camping por primera vez, no te mira igual, no adora cada una de tus ventoleras, no te sonríe cuando no la ves hacerlo porque le resulta inevitable, no orbita a tu alrededor como si fueras el centro de su existencia…

Su ceño se frunce y su ceja izquierda se dispara acusativa hacia arriba.

—No puedo creer que seas tan inoportuna y tan cruel conmigo. Que dejes de ser mi amiga justo hoy que tanto te necesito.

—No, Unai, te estás equivocando, estoy siendo más fiel que nunca a nuestra amistad.

—Tú no tienes ni puta idea de lo que es la amistad. Eso es lo único que me está quedando claro.

—Eres tú quien no lo entiende porque te estás negando a ver la realidad.

—Lo mismo que tú, porque por mucho que intentes joder lo que queda de mi matrimonio, tú y yo nunca estaremos juntos.

—¿Crees que es eso lo que pretendo? ¿Joder del todo lo poco que queda de tu matrimonio? ¿Que hoy de pronto me he levantado y he pensado: «Oh, mira cómo brilla el sol, qué novedad por estos lares, qué día tan especial y tan perfecto para decirle a Unai lo que llevo ocultándole tantos años, voy a ver si lo remato»? No seas tan gilipollas, hombre.

—Deja el sarcasmo para los mayores, que te vas a hacer daño, Lorena —dice con rabia.

—Deja de ser tan gilipollas y no tendré que recurrir al sarcasmo.

—No soy ningún gilipollas, solo trato de entender qué cojones pretendes con todo esto, ¿qué me estás pidiendo exactamente con esta declaración tan romántica? ¿Que dé el paso definitivo para dejar a mi mujer porque me puedo liar contigo? ¿Que ponga fin de esa manera a mis problemas? Porque te recuerdo que tengo dos hijas y que, si esto acaba en un maldito desastre, son ellas las que más van a sufrir.

Me duele y me cabrea oírle decir esas cosas.

No me importa que jamás vaya a haber algo romántico entre nosotros, lo tengo asumido desde hace mucho tiempo, de hecho, estaba segura de que Unai se haría viejo junto a Sara, pero odio saber que nuestra amistad va a morir con esta conversación. Me enerva. Tengo ganas de zarandearlo para que abra los ojos de una vez y se dé cuenta de que lo quiero tanto que estoy dispuesta a lo que sea con tal de verlo feliz, hasta a soltarle las verdades más dolorosas a la cara y dejar mi corazón en carne viva.

—No te estoy pidiendo nada, Unai.

Se lleva las manos a la cara y se la cubre. Por un momento creo que está llorando, sin embargo, cuando las retira veo que sus mejillas están encendidas pero secas.

—Hostia puta, Lorena, yo te quise con todo mi corazón —admite a media voz—. Dudo que exista en la tierra un tío que haya amado como yo te amé a ti... Sin reservas. Sin dudas. Incluso, en muchos momentos, sin esperar nada a cambio. —Hace una pausa y apoya las manos en los reposabrazos de mi silla, lo tengo cerca, cara a cara, pero no es un momento bonito, es el momento más triste y desolador que hemos compartido—. Y estaba dispuesto a esperar por ti, a demostrarte que lo que teníamos era la hostia, a darte todo cuanto tenía, a entregarte cada puto segundo de mi vida... Te rogué que me eligieras, que me dieras una oportunidad, pero no. Claro que no.

Se aparta con brusquedad de mí y me señala con el dedo.

—Aquella noche decidiste mentirme y, no contenta con eso, has seguido engañándome durante no sé cuántos años más... Y hoy, en el momento en que más te necesito, en lugar de seguir mintiéndome durante cinco putos minutos más, decides que ha llegado la hora de soltarme esta mierda.

—No te mentí, Unai, simplemente tomé la decisión equivocada en caliente. —Suspiro, pero mi cuerpo no responde, mi corazón no ralentiza la marcha y mis manos no dejan de temblar—. Metí la pata hasta el fondo y bastante he pagado ya las consecuencias para que vengas tú a echármelo en cara. Y una cosa te voy a decir, puedes ningunearme, dejar de hablarme o lo que te apetezca hacer a partir de ahora, pero jamás te voy a permitir que menosprecies mis sentimientos. Porque, por mucho que ahora nos joda a los dos, son reales. Y, para mi eterna desgracia, siempre lo han sido. Te quiero. Asúmelo.

Unai se queda mirándome unos instantes y sé de sobra que ahora mismo me odia con todas sus fuerzas. Aborrece cada palabra que está saliendo de mi boca.

—Tus sentimientos me importan una mierda, porque no son más que otra putada que no me merezco. Es tarde, Lorena, es la hostia de tarde para decirme que me querías.

—Que te quiero —insisto.

—No cambies el tiempo verbal, por favor, no me lo pongas aún más difícil. ¿No te das cuenta de que estás destrozando los cimientos sobre los que se asienta mi vida actual? Elegiste a otro y yo me reconstruí a partir de tu pérdida. Así que no puedes venir ahora, decirme que todo fue una mentira y pretender que las cosas sigan igual. Me estás desahuciando de una casa que ya estaba en la puta ruina. Miénteme, dime que no me quieres, no lo jodas todo.

—¿Vas a hacer el favor de escucharme? Lo que yo sienta es irrelevante, Unai, lo importante es que es evidente que Sara ya no siente lo mismo por ti y tienes que prepararte para lo que está por venir. Y yo estaré a tu lado, como siempre, como tu amiga.

—¿Crees que a partir de hoy te voy a seguir viendo como una amiga?

—Siempre lo has hecho. Lo que acabo de contarte no tiene por qué cambiar la relación que hay entre nosotros.

—No, Lorena. SIEMPRE NO. Ese es el problema. No eres Noelia.

—Pero soy Lorena y …

—Fuiste mi Lorena. Y eso lo cambia todo ahora mismo.

Las lágrimas empiezan a caer por mis mejillas.

«Fuiste mi Lorena» será la frase que más recuerde durante el resto de mis días. El maldito título de mis memorias.

—No pretendía hacerte más daño, Unai, yo solo quería que entendieras…

—Llevamos siendo amigos mil años, por no decir que llevo aquí ya dos semanas, has tenido doscientas oportunidades de hablar conmigo. ¿Por qué ahora? ¿Por qué, joder? ¡Es que no consigo entenderlo!

—¡Porque no puedo seguir permitiendo esta situación! Te estás haciendo daño y yo no puedo seguir viendo cómo te engañas y te dejas los cuernos intentando salvar algo que ya está roto.

—¿Cuernos? Muy graciosa —espeta con una rabia renovada.

—Es un decir. —Pongo los ojos en blanco—. Resumiendo, SUFRO viéndote así.

—Sufres porque ya no puedes soportar que esté con otra —dice con inquina.

—Y dale. No te voy a negar que al principio no sufriera, pero hace mucho que me rendí y asumí cuál es mi papel en tu vida: no faltarte nunca.

—Joder..., claro que estabas a mi lado, pero porque estabas esperando tu oportunidad y por fin ha llegado, ¿no? ¿Lo celebramos en el bar o nos acercamos a K'Sim?

—Te estás portando como un imbécil. Cuando te des cuenta, ya será demasiado tarde.

Me pongo en pie y salgo de la caseta de Recepción. Me dispongo a cruzar la carretera en dirección a mi casa pero Unai me lo impide.

—Si me lo hubieras contado cuando tocaba, ahora mismo no estaría pensando que eres una puñetera desgraciada.

Me giro y doy un paso hacia él. Puede acusarme de mil cosas, pero JAMÁS de haber sido una amiga cuestionable.

—¿Cuándo tocaba exactamente? ¿Cuando apareciste en el camping sin avisar, después de que no nos hubiéramos visto en dos años, para llevarme contigo a València? ¿O cuando pasó lo que pasó y me apartaste diciendo que había sido un error porque habías coincidido con la mujer de tu vida en una fiesta universitaria? A la maravillosa chica que estudiaba Informática como tú, «el cero que completaba tu uno».

—Lo de València fue... Si estamos en esta situación no es por mí, no intentes darle la vuelta.

—¿Crees que no lo sé? ¿Crees que no recuerdo lo que pasó?

—A saber, ni siquiera puedo fiarme ya de tus recuerdos.

2000
València

Lorena · València, 8 de julio de 2000

—No pensaba que te montarías en mi coche con tanta facilidad —dice Unai con seriedad.

Todavía soy incapaz de asimilar que después de casi dos años sin vernos se haya presentado en el camping sin previo aviso. Hace dos horas, cuando estaba dando entrada a una autocaravana con matrícula holandesa, Unai ha aparecido en Recepción con el boletín de notas universitario debajo del brazo y una sonrisa llenándole la boca.

Dios, llevaba tanto tiempo sin ver esa sonrisa que hasta me duele.

Y ahora estoy en su coche de camino a València.

—Sigo sin estar segura de que esto sea una buena idea.

—València, tú y yo. No hay otro lugar donde debiéramos estar este fin de semana. —Hace una pausa y fija la vista en la señalización de la carretera. Yo no puedo apartar mis ojos de su perfil, sus mullidos labios, esa barba de tres días cubriéndole la mandíbula, sus manos aferrándose al volante, sus fuertes piernas… Todo ha cambiado en este tiempo, pero, a su vez, siento que sigue siendo igual.

—Coge la tercera salida, dirección Castelló de la Plana —digo, al ver que da una segunda vuelta en la rotonda.

—Ya va siendo hora de que lo llaméis Castelló de la Recta.

Me echo a reír con ganas y es que eso es justo lo que tenemos delante, una recta que no se desvía de su trayectoria ni un solo milímetro, con el Mediterráneo a la izquierda y el Desert de les Palmes a la derecha. Unai me mira de reojo.

—Esa risa tuya..., joder —murmura y niega levemente—. Esa risa es el motivo principal por el que hoy estoy aquí. Era lo que más necesitaba oír.

—Seguro que, habiendo acabado la carrera, habrás escuchado muchas risas a tu alrededor. Tus padres estarán superorgullosos.

—Lo están, pero nadie me apoyó como tú cada una de las veces que estuve a punto de rendirme. ¿Recuerdas cuántas tardes y cuántas noches pasamos al teléfono? —Deja caer su mano en mi rodilla y aprieta con suavidad.

—Sí, claro que lo recuerdo.

—Fue bonito, Lorena —admite con cariño—. Lo digo así porque, como te dije, he necesitado un tiempo para aceptar que lo nuestro se había acabado y para despedirme de todo lo que fuimos. Y hoy, cuando me han dado las notas, me he dado cuenta de que no podía seguir sin verte, que no podía seguir fallando a nuestra promesa por más tiempo, que al menos deberíamos intentar ser amigos. Por Los Fresones Rebeldes.

—Estoy de acuerdo. Ambos necesitábamos distanciarnos.

—Y fotos. No tenemos ni una puta foto del tiempo que estuvimos juntos.

—No estuvimos juntos, Unai...

—Claro, tú sigue pensando eso.

Se incorpora a la autopista y recorremos varios kilómetros en silencio, acompañados solo por la mierda de música que esperaba que a estas alturas ya hubiera dejado de lado.

—¿Cómo está Maider? —pregunto con miedo.

Unai se envara en su asiento. 1998 no solo supuso el final de nuestra relación, fuera cual fuese, ese año también trajo otros conflictos que aún hoy siguen encarnizados.

—¿Quién quiere saberlo, tú o el cabrón de tu hermano?

—Unai...

—Por mucho que sea tu hermano, no voy a ser indulgente con Rubén. Y sobre mi hermana no te molestes en preguntar.

—¿Por qué?

—Porque merece que alguien la respete y ese alguien soy yo. Además, si te lo contara, acabaríamos enfadándonos, y bastante tengo con contener las ganas de matar a tu hermano.

—No crees que a lo mejor podríamos...

Me mira durante un par de segundos y resopla.

—A ver, Lorena, lo digo muy en serio, ni vamos a hacer nada ni vamos a hablar del tema. No es nuestra historia y si lo hiciéramos solo nos llevaría a un terreno en el que no nos quiero ver juntos. —Hace una pausa y golpea el intermitente con más impulso del necesario—. Tenemos la oportunidad de recuperar muchas cosas este fin de semana, centrémonos solo en eso, por favor.

—Pero ¿sabes qué les ha pasado?

—Sí —admite, cortante.

Me sorprende que esté al corriente, más que nada porque mi familia y yo solo tenemos algún que otro retazo de lo que debió de suceder aquel día en que los Azurmendi abandonaron el camping, hasta la fecha, para no volver. Está claro que Maider supo recurrir a los suyos, muy al contrario que Rubén, que optó por aislarse en Madrid y apartarnos a todos.

—Solo dime que Maider está bien y dejaré el tema.

Unai duda unos instantes, finalmente, vuelve a mirarme y asiente.

—Lo está superando, así que estará bien..., siempre que Rubén siga lejos.

Siento que se me encoge el estómago de la pena que me da que hayan acabado así. Con lo bonitos que eran juntos...

Sin embargo, sé que Unai solo tiene la versión de su hermana y, como es lógico, la defenderá a capa y espada, pero, por lo destrozado que sigue estando mi hermano, algo me dice que lo que ha pasado entre ellos, sea lo que fuere, ha tenido que ser muy duro para los dos. Quiero discutir con Unai y decirle que tal vez nosotros podríamos hacer algo para ayudarlos; de hecho, de haber estado juntos estoy segura de que lo hubiéramos intentado, pero también quiero ser egoísta y afrontar primero mis problemas.

—Creo que, aunque me siga pareciendo una caca, echaba de menos tu música.

—Y yo la tuya. —Vuelve a mirarme de soslayo y posa su mano en mi rodilla por segunda vez.

Una hora después, metemos el coche en el aparcamiento subterráneo de un hotel en el centro de València, descargamos nuestro equipaje, Unai hace el *check-in* y subimos a la décima planta.

—¿Te imaginas que se cumpla el mito peliculero de que solo haya una cama y nos veamos obligados a dormir pegaditos? —dice a la par que abre la puerta con la llave y la empuja con la cadera.

Arrastramos nuestro equipaje dentro de la estancia y nos quedamos observándola. Es la típica habitación de hotel enorme, con varias zonas, y está decorada en plan moderno, en tonos negros y grises. Debe de haberle costado un ojo de la cara, porque vaya lujos...

—Pues nada, ¿qué lado quieres? —dice con sorna.

—Ninguno en especial —farfullo con la vista clavada en la única cama, de dos metros de ancho, que preside la habitación con orgullo.

—¿O prefieres dormir debajo de mí? —se mofa el vasco, y me pega varios codazos.

—Debería haberme traído una colchoneta en previsión de que organizaras algo así... —digo entre risitas nerviosas.

—Te juro que, cuando me dijeron que no había más habitaciones libres, me aseguraron que tendríamos una doble con dos camas.

No sé si creer lo que está diciendo, pero no voy a protestar.

—Unai, que nos conocemos. —Le guiño un ojo en plan pícaro.

Todavía no sé cómo están las cosas entre nosotros a otros niveles, pero una única cama es una ventaja que pienso aprovechar. Y, si vamos a jugar, esta vez va a ser para ganar.

—¿Quieres que baje y pida que nos la cambien? —pregunta con seriedad—. A mí no me molesta, pero no sé si a ti...

—No seas tonto, no hace falta. Hemos dormido miles de veces juntos.

Durante los siguientes minutos Unai se dedica a inspeccionar cada milímetro de la habitación, yo prefiero quedarme quieta porque estoy que no sé muy bien cómo reaccionar desde que lo he visto aparecer en el Voramar. Siento una ilusión tremenda, pero también una culebra anidando en mi estómago.

—¡¡Hostia puta!! —Lo oigo decir a lo lejos.

Entro corriendo al baño y me lo encuentro plantado en mitad de la estancia, que parece, como poco, el vestíbulo de Buckingham Palace. Todo está recubierto de mármol blanco, las brillantes griferías son de color plata, y las alfombrillas, mullidas y negras. Es precioso, creo que me voy a sentir como la difunta Lady Di cada vez que haga pipí.

—¿Qué pasa? —pregunto a Unai sin entender a qué viene tanto escándalo.

—Mira bien.

Inspecciono todo de nuevo, pero sigo sin comprender qué le ha llamado la atención.

—Por lo visto, no tenían suficiente con ponernos una cama de matrimonio, así que también disponemos de una maravillosa ducha transparente perfecta para dar buenos espectáculos.

Le arreo un manotazo y él se echa a reír.

—No pienso estar aquí mientras te duchas, tranquilo.

—Lore, no te hagas la remilgada, no sería la primera vez que te cuelas en mi ducha.

Mis mejillas arden porque razón no le falta. Su cuerpo desnudo es una de las cosas que con más nostalgia he recordado durante todo el tiempo que hemos estado separados. Un cuerpo que, con el paso de los años, ha moldeado a Unai hasta convertirlo en lo que es hoy: el típico tío que te giras para mirarlo cuando te lo cruzas por la calle.

—Ya, pero tú y yo hace mucho que no...
—¿Que no...?
—Eso.
—«Eso» —repite con sus cejas bailando arriba y abajo.
—Deja de repetir todo lo que digo.
—Solo le doy todo el énfasis que tú no le pones.

Lo miro y me pierdo unos instantes en el azul de sus ojos, tan vivo como siempre, tan provocador como hace dos años, cuando me miraba de una manera tan apabullante que mi corazón se estremecía.

Mierda.

Esto era muy fácil cuando me engañaba a mí misma negándome todo lo que sentía por él, cuando pensaba que no me importaba que después del último beso no viniera ninguno más.

Ahora, en cambio... He vivido lo que supone perderlo.

—¿Me vas a contar qué es «eso» que hace tanto que no hacemos, antes de que saque mis propias conclusiones? —insiste, y me dedica una miradita inocente con parpadeo incluido.

Sin contestarle, salgo del baño en tromba, casi me tropiezo con un puf y voy de morros al suelo. Lo oigo reírse a mi espalda y cerrar la puerta.

Como no sé muy bien qué hacer, me pongo a vaciar mi bolsa de viaje. Con las prisas por salir solo he metido el neceser con lo básico, un pantalón corto de algodón rosa que está lleno de pelotillas —bien por ti, Lorena—, la camiseta de Cicatriz que antaño era de Unai, ropa interior bastante normalita de repuesto —ni tan mal— y un vestido de verano que hace tres años que no me pongo porque es demasiado corto. Así que termino superrápido de colocar todo en el armario y me quedo otra vez ahí plantada sin nada que hacer. Justo cuando me siento en la cama y me dispongo a encender la enorme televisión que cuelga de la pared, Unai sale del servicio.

—Ya veo que te has decantado por tu lado de siempre.

Al principio no entiendo qué quiere decir, hasta que de pronto mi mente recrea una imagen de cuando pasábamos las noches de agosto en su iglú. Siempre acababa durmiendo a su izquierda, en el lado más cercano a la cremallera, para poder escaparme por la mañana sin tener que despertarlo. Inconscientemente he vuelto a colocarme en el mismo sitio, solo que esta noche lo último que quiero es marcharme.

Unai deja su bolsa sobre el colchón y se sienta. La cama es tan enorme que parece que estemos en dos países diferentes, cada uno a un lado de la frontera, separados por una política territorial que yo misma impuse y por una cobardía que se ha empeñado en gobernar los últimos años de nuestra relación. Un miedo que creo que este fin de semana tendremos la oportunidad de disipar.

Lo observo con atención mientras saca sus cosas de la bolsa: una camiseta negra con el logo de Obligaciones —supongo que será algún grupo de punk de esos que le gustan tanto—, un vaquero del mismo color, bóxers azules y el cepillo de dientes. Quiero gatear por el colchón y acercarme a él, quiero hablar con él, que me cuente mil cosas de su vida, que me diga algo a lo que poder agarrarme y luchar. Pero no lo hago.

—¿Vas a ponerte este vestidito para salir conmigo esta noche? —Sus manos acarician la suave tela de la prenda que cuelga de una percha y me guiña un ojo.

Cenamos en el centro de la ciudad y más tarde nos acercamos al barrio del Carmen y vamos cerrando garitos como hacíamos en los viejos tiempos. Bailamos, bebemos, hablamos mucho, tonteamos, brindamos por su carrera, nos acercamos, nos tocamos y nos reímos por todo, y, aunque solo llevo algunas horas con él, siento que nunca llegamos a separarnos, que seguimos siendo los mismos.

Regresamos al hotel a eso de las cuatro de la madrugada. El señor de Recepción ni siquiera levanta la cabeza del ordenador, según Unai, porque le hemos interrumpido una apasionante partida al Buscaminas.

En cuanto entramos en nuestra habitación, caemos muertos sobre el colchón.

Unos minutos después me levanto e intento quitarme el vestido, pero soy incapaz de bajarme la cremallera.

—Unai.

—Hum —responde con la cara hundida en la almohada. No me extraña que esté medio muerto, se ha metido una buena kilometrada de Donostia a Benicàssim, además del viaje a València.

—¿Puedes ayudarme?

Me mira unos instantes con los ojos entornados por el sueño. Se arrastra por la cama y se acerca a mi espalda. Me desengancha el pelo de la cremallera y la baja con lentitud. Aprovecho la tesitura y, con un movimiento discreto de brazos, permito que el vestido se deslice por mi cuerpo. Unai no dice nada, pero en cuanto la tela cae a mis pies, lo oigo suspirar. Sus dedos acarician mi espalda completamente desnuda. Es un gesto sutil, casi imperceptible y, sin embargo, incendiario a más no poder.

Me doy la vuelta con decisión.

Unai tiene la vista clavada en el suelo y las manos suspendidas en el aire como si no se hubiera dado cuenta de que mi piel ya no está a su alcance, no al menos la de mi espalda.

Levanta la mirada y veo una lucha encarnizada en sus ojos.

Me pilla desprevenida porque este no es el Unai que conozco. Este Unai que tengo delante tiene miedo y no sé de qué exactamente. Es posible que le dé cierto respeto que volvamos a caer en el mismo juego de siempre y acabar herido una segunda vez. No lo sé. Tampoco encuentro las palabras perfectas para decirle que no debe temer nada, que esta vez tengo claro lo que quiero y que solo es a él.

Doy un paso y reduzco la distancia entre nosotros.

Mi mano acuna su mejilla y me acerco a su boca. Tan pronto como rozo sus labios, siento que necesito mucho más, me abro camino hasta su lengua y se la acaricio con la mía. Un gruñido anida en el pecho de Unai y responde a mi beso con codicia.

Yo tenía las riendas de este beso, pero en pocos segundos todo está fuera de control.

Su lengua, sus manos, mi pulso... Caemos sobre el colchón. La unión entre nuestras bocas se torna violenta a la par que la ropa vuela por la habitación sin orden ni concierto. Nos besamos lento y sucio, rápido y dulce. Nos tocamos. Nos calentamos.

Unai alarga la mano hacia la mesilla y la palpa buscando su cartera. Poco después oigo que rasga el envoltorio de un condón. Pese a que estoy perdida en todas las emociones que estamos compartiendo, me es inevitable pensar cuánto han cambiado las cosas.

Unai ha follado con otras. Igual que he hecho yo.

No encuentro otro motivo para que esté tomando estas precauciones conmigo.

Y pese a ser la causante de los años que hemos perdido, soy idiota y me duele que haya habido otras chicas.

Cuando siento la punta de su miembro presionando en mi entrada, vuelvo a conectar con la situación en la que estoy y me prometo que, además de disfrutarla, no voy a permitir que se termine nunca. No habrá otras después de esta noche.

Pero en el momento exacto en el que estoy segura de que va a empujar y penetrarme, no lo hace.

Pasan los segundos y no sucede nada. Ni se mueve ni me habla.

—¿Unai? —Busco su boca e intento besarlo de nuevo, pero él hunde la cara en mi cuello negándomelo.

Pocos segundos después noto cómo su miembro, atrapado entre nuestros cuerpos, se va viniendo abajo contra mi abdomen.

Quiero moverme, encender la luz y entender qué demonios está pasando, pero estoy debajo de su peso y apenas puedo hacer nada.

—Unai, ¿estás bien? Me estás asustando.

Se deja caer hacia un lado y acaba tumbado boca arriba a mi lado. Aprovecho que soy libre para encender la luz. Unai se tapa los ojos con el antebrazo.

—Por favor, háblame.

—Dame un minuto —pide a media voz.

Me cubro con la manta que tenemos a los pies de la cama y le concedo el minuto que me ha pedido.

Y otros treinta y cinco más.

Me devano los sesos repasando cada segundo del día que hemos pasado juntos, cada gesto, cada palabra..., pero no doy con nada que haya podido propiciar esta situación tan desagradable. Quiero creer que se trata de algún tipo de gatillazo motivado por los nervios y las ganas que nos teníamos, pero algo me dice que el órgano implicado no está entre sus piernas, sino en su pecho.

—Lo siento, Lore —dice por fin, y se incorpora para mirarme.

—No pasa nada.

—Sí, sí que pasa.

Un sudor frío recorre mi espalda desnuda, y sufro un escalofrío repentino y arrollador. Suelto la manta y vuelvo a envolverme con ella completamente.

—¿Recuerdas que hace tiempo le hablé a Noelia de una chica a la que conocí en la universidad?

—No —miento porque soy una masoquista muy idiota y no quiero que escatime en explicaciones.

—Se llama Sara.

Es la primera vez que oigo ese nombre y por algún motivo sé que no será la última.

—Es de Bilbao, pero estudia en la misma facultad que yo, en Donostia. La conocí en clase de Sistemas. Tiempo después, coincidimos en una fiesta en el piso de un compañero y acabamos pasando la noche juntos, en plan colegas y eso.

Lo que no me está diciendo, ni falta que hace, es que ella le gustó. Y, si aún lo conozco tanto como creo, le gustó mucho.

—Es una tía bastante seca. De hecho, después de la noche que pasamos juntos, le dediqué una canción en la radio en plan broma y ella me respondió a la mañana siguiente dedicándome «Que te den», de Amparanoia. —Sonríe con la mirada perdida en una vida que no conozco, una vida de la que no formo parte—. Seguimos dedicándonos canciones por las mañanas durante bastante tiempo.

No dice mucho más, pero a su vez está diciendo tanto...

—El curso siguiente me tocó repetir algunas asignaturas y coincidí con ella en más clases.

Me aferro a la manta con fuerza porque sé que ahora es cuando viene la parte que nos afecta directamente esta noche.

—Nos fuimos conociendo más y una cosa llevó a la otra...

Vuelve a callarse la parte que sin duda me va a doler: que acabó enamorándose.

—No debería haberte bajado la cremallera —sentencia con voz trémula el momento y nuestra relación futura.

Me cuesta la vida, pero me armo de valor para hacerle una de las preguntas que más temo.

—¿Estás saliendo con ella?

—No —afirma con rapidez—. No soy tan cabrón, Lore. Pero...

—¿La quieres?

—Creo que eso es mucho decir. La cuestión es que no me estaba sintiendo cómodo haciendo «eso» contigo. —Hace una pausa y sus ojos se llenan de tristeza—. Hemos recuperado nuestra amistad y sé que esta noche hemos tonteado bastante, pero sería una pena que volvamos a confundir las cosas. Te quise, Lore, con todo mi corazón, pero no pudo ser. He necesitado un tiempo para asumir que no me quedaba otra que aceptar que tú no sentías lo mismo por mí... Me he lamido las heridas a conciencia para poder avanzar.

Bum. Mi corazón se parte en dos.

—Y no quiero volver a perderte —añade casi en un susurro—, pero a ella tampoco.

Una certeza corre por mis venas: es demasiado tarde, por mucho que él aún no pueda admitirlo, se ha enamorado.

Me pican los ojos por las ganas de llorar que estoy conteniendo y también la piel, sobre todo en los puntos que han estado en contacto con su cuerpo.

No puedo creer que me esté pasando esto, aunque lo tengo bien merecido.

—Lo siento —me disculpo sin saber muy bien qué decir.

—No, Lore, no te disculpes. —Se mueve por la cama hasta quedar frente a mí y rodea mi cara con sus manos—. He sido yo quien ha empezado y te ha permitido continuar, he sido yo quien se ha entregado a ti como siempre porque hay cosas que nunca se olvidan. No debería haberlo hecho. No, cuando Sara...

Ya sabía yo que ese nombre iba a sonar más de una vez esta noche. Maldita sea.

—¿Cuando Sara...?

Unai suspira y aparta sus manos de mis mejillas.

—Cuando Sara es la chica con la que me gustaría tener un futuro.

«Y yo solo soy su pasado».

—Suelo decirle que me gusta pensar que, al final, acabará convirtiéndose en el cero que completa mi uno —admite y sonríe—. Ella se queja de mis tonterías y de mis chistes malos de informático, afirma que tengo bastante poca gracia, pero lo hace riéndose a carcajadas.

«Acabará amando cada una de tus tonterías como hice yo».

—En fin, supongo que eso es lo que hay... —concluye y se queda a la espera de que aporte algo a la conversación.

Ni siquiera sé por dónde empezar, bastante tengo con sostener mi corazón roto dentro del pecho.

—Unai, tú… ¿me has perdonado?

—No —responde categórico—. Acabé entendiendo que no había nada que tuviera que perdonarte. Para mí nuestra relación fue muy especial y, aunque lo negabas, llegué a creer que para ti también lo era. Cuando finalmente me dejaste bien claro que no, me dolió y cuanto más pensaba en ello, más me cabreaba contigo, pero la realidad es que no podía obligarte a nada, no podía forzarte a que me quisieras. Fui muy injusto contigo al pedirte que me eligieras a mí y no a Iván.

—¿Y si metí la pata? —dejo caer.

—Lore, no me intentes suavizar las cosas. —Se echa a reír con ganas y me pega varios golpecitos en la nariz—. Fui tu mejor amante y eso no lo vas a superar nunca —se cachondea entre más risas—, pero no me querías como algo más y ya está, no pasa nada, asunto superado y la amistad entre nosotros a salvo. Todavía en construcción, claro, pero con unos cimientos renovados que nadie será capaz de tirar abajo otra vez.

Unos cimientos de papel que ya se están mojando con mis lágrimas.

—Pero has venido a buscarme a Benicàssim —comento intentando paliar la culpa y la vergüenza que siento en este momento, tratando de guiar la conversación hacia un punto cómodo en el que poder admitir lo que todavía siento por él.

—Porque sin tu apoyo jamás hubiera terminado la carrera y quería que lo celebráramos juntos. Ya te lo he dicho.

—Ya. ¿Y esta habitación?

—También te lo he dicho cuando hemos llegado, me dijeron que habría dos camas.

Compartimos un cruce de miradas tan intenso que casi es capaz de romper el denso silencio que se ha instalado entre nosotros. Una ausencia de conversación que para nada pega con el Unai y la Lorena que recuerdo que fuimos.

—Lore, ¿qué pasa?

—Nada.

Acerca su mano a mi cara y me roba la nariz.

—Hay algo que no me estás diciendo. Y hasta que no lo hagas, no te la pienso devolver.

Estoy a punto de soltarle todo lo que pasó con Iván y todo lo que aún siento por él, que es mucho más de lo que sentía hace dos años, pero decido que si hemos llegado hasta aquí es por culpa mía y no me encuentro con fuerzas para volver a ponernos al borde del precipicio. Unai no se lo merece, además, es demasiado buen tío, intentaría darme todo lo que le pidiera y no sería justo.

Pude quererlo y pudo ser mío, pero no supe verlo a tiempo.

Y ahora ya no estoy en la tesitura de pedirle que me elija, cuando yo no lo elegí a él.

No puedo entrometerme en la vida que comparte con Sara, en ese futuro que busca tener con ella. Merecen ser felices. Y aunque no la conozco, sé que jamás podré competir con ella.

—Qué va, lo único que pasa es que aún estoy un poco pedo...

Querer de verdad a alguien a veces implica estar dispuesta a dejarlo marchar.

Como él hizo conmigo.

18
Una bronca tras otra

Lorena · Benicàssim, 28 de agosto de 2010

—Pasamos toda la noche juntos en València, pero no fuiste capaz de ser sincero hasta que las cosas se descontrolaron. Me dijiste que estabas enamorado de Sara. No me quedó otra que fingir que todo estaba bien.

—Claro, tuviste que fingir porque sentiste que no eras lo suficientemente buena para luchar por mí, ¿no?

No respondo.

—Pues lo eras, joder, todavía lo eras. —Se queda callado unos instantes y noto cómo la rabia bulle en su interior peleando por salir—. Yo te había dado por perdida, Lorena, pero ¿sabes lo que me costó olvidarte? Maldita sea, a veces sigo pensando que nunca llegué a conseguirlo del todo. No es que te quisiera en mi vida, es que te quería para el resto de mi vida. Porque si ha habido algo que he querido con todas mis fuerzas durante muchísimos años, has sido tú. Deseaba ser tu amigo, tu compañero, tu novio, tu marido y, si me apuras, hasta el padre de tus hijos.

Intento acercarme a él para que se calme, el espectáculo que estamos dando en mitad del camping no es sano para nadie.

—¡¡Incluso hubiera adoptado un puto pollo como mascota por ti!! —grita fuera de sí—. ¡¡Pero me obligaste a conformarme con una simple amistad en dos ocasiones porque eres una puta cobarde!! ¡Hubiera preferido que me mataras con la verdad a mantenerme vivo durante diez años con una mentira!

—Sé que la cagué dos veces, pero estás descargando toda tu mala hostia contra mí y te aseguro que soy la causante de una parte muy pequeña del dolor que sientes.

—Encima, no tengas el puto valor de decirme qué parte de mi corazón jodiste. Estuve en la puerta de este camping tres veces, Lorena, tres putas veces. —Señala con sus manos la barrera de Recepción que tenemos a pocos metros—. La primera, una semana después de que eligieras a Iván. El mismo tío del que nos estuvimos escondiendo verano tras verano, porque nunca llegaste a pasar página de verdad. La segunda, un año después, porque aún seguía reconcomiéndome nuestra despedida y necesitaba verte. Y la tercera, dos semanas después de que nos fuéramos a València juntos. ¿Sabes por qué?

Muevo la cabeza a izquierda y derecha.

—Porque dudé. Dudé mucho. No de mis sentimientos, no te confundas, sino de los tuyos. Algo me decía que me estabas ocultando cosas, pero... no quise insistir. No quise ser un desesperado. Respeté tus mentiras. Tuve que fingir como sueles hacer tú.

Se lleva las manos al pelo y me mira a los ojos.

—Te rendiste sin darme ni una sola oportunidad, joder. Y ahora, en mi peor momento, cuando más necesito a mi amiga a mi lado, me sueltas que Sara ya no me quiere y que tú sí, ¿qué tipo de persona eres, Lorena? ¿En qué te has convertido?

—Unai...

Vuelvo a dar un paso hacia él, pero se aleja.

—No dejo de pensar en todas las veces que te conté cosas realmente íntimas de mi vida y de mi matrimonio. Todas y cada una de las veces que te abrí mi corazón de par en par y te pedí consejo porque estaba perdido. Y tú me los diste, por supuesto, y yo, como buen idiota que soy, te hice caso, maldita sea, porque creía que eras la única persona en la que podía confiar al cien por cien, porque estaba seguro de que eras mi amiga y que nunca harías algo así. Pero me has estado empujando a la puta ruina, Lorena, a la más absoluta desgracia.

—Eso no es verdad, yo no...

—¿Cuántas veces me has manipulado para que obrara en tu propio beneficio? ¡¡¿Cuántas?!!

—Ninguna, Unai, siempre he sido imparcial con Sara, he respetado vuestra relación y he intentado ayudarte de verdad.

Se echa a reír.

—Manda huevos. ¿Sabes cuántas veces te he tenido que sacar la cara delante de Sara? ¿Cuántas veces he tenido que repetirle que lo que había entre nosotros solo era una amistad, que no había sentimientos de por medio?

—Nunca me habías dicho nada...

—Pues así ha sido durante los diez años que llevo con ella. Una bronca tras otras por ti. Me he pasado todo el puto tiempo defendiendo la relación que tenía contigo. Ahora mismo puede que no seas consciente de lo que has hecho, pero has estado mellando mi matrimonio hasta que has conseguido romperlo. Tú eres la causante de todo.

Cuando quiero darme cuenta, mi mano está surcando el aire e impactando contra su mejilla derecha.

—¡¡Vete a tomar por el culo, Azurmendi!!

Unai se queda bloqueado, se lleva una mano a la cara y me mira sorprendido. Justo cuando estoy a punto de disculparme, me suelta con maldad:

—Dudo que así vayas a conseguir que el amor acabe triunfando entre tú y yo otra vez.

Se da la vuelta y se marcha hacia el bar.

19

¿Qué te ha pasado en la cara?

Unai · Benicàssim, 28 de agosto de 2010

Cuando llego a nuestra parcela, voy directo a la rueda donde escondo el paquete de tabaco, lo cojo y lo lanzo contra el suelo incapaz de controlar la rabia que siento. El mechero va dando botes por la malla verde y acaba refugiándose bajo el fregadero.
Joder. Joder. Joder.
Mil veces joder.
Me agacho para recogerlo todo y cuando levanto la cabeza veo que Sara está mirándome desde el altillo que da acceso a la caravana.
—Me prometiste que habías dejado de fumar —dice con retintín.
—Y tú me juraste que me serías fiel, nos ha jodido. Las cosas no siempre salen como a uno le gustaría.
Un halo de dolor inunda su mirada, pero me la suda. Ahora mismo me da todo igual. Siento que mi mundo se está viniendo abajo y aunque no estoy muy seguro del motivo, quiero que todos se hundan conmigo.
¿Por qué me jode tanto que Lorena ya no vaya a estar en mi futuro? ¿Por qué me revienta que se lo haya cargado todo? ¿Por qué me duele tanto, si se supone que estoy destrozado porque mi matrimonio se acaba? A lo mejor las certezas que tenía en mi vida ya no son tales.

—El tabaco te matará.

—No antes que los disgustos que me estáis dando.

Se acerca a mí con parsimonia, me quita el paquete de Chester y se lo guarda en el bolsillo de la sudadera.

—¿Qué te ha pasado en la cara?

Sara alarga la mano, pero antes de que pueda rozármela doy un paso atrás. No es que esquive su contacto, es que ahora mismo no quiero que nadie me toque. Quiero fumarme un cigarro a gusto, comer algo, meterme en la cama y abrazar a mis hijas, el único puto bálsamo de paz que me queda en la vida. Ellas son lo único real, lo único a lo que puedo aferrarme si no quiero perder la puta cabeza.

—¿Es la marca de una mano? —insiste Sara, preocupada.

—He discutido con Lorena —admito a regañadientes—. ¿Y las niñas?

—Estaban agotadas, les he dado algo de cenar y ahora les estaba leyendo un cuento en la cama. Están medio groguis ya.

Corro una de las sillas y me siento a la mesa.

No sé cómo afrontar lo que acabo de vivir con Lorena. No sé cómo cojones voy a seguir adelante sin ella. Porque si algo me ha dejado claro con su última caricia es que nuestra amistad se ha acabado.

Una sensación de vértigo me aprieta el estómago.

Recuerdo la época en que Lorena desapareció de mi vida por culpa del puto Iván y me da pavor tener que enfrentarme a esa situación otra vez. No voy a saber continuar sin ella, sin echarla de menos a cada maldito paso que tenga que dar.

—¿Te apetece una cerveza? —pregunta Sara, con la puerta del frigorífico abierta.

Asiento.

—¿Y los demás?

—Tu hermana y tu cuñado han salido a cenar con Tito y su novio, y el resto se han bajado a la playa.

Sara deja un par de cervezas en la mesa y se sienta a mi lado.

—¿Qué te ha pasado con Lorena? —pregunta, diría que con temor.

—¿Te importa en realidad?

—Claro que sí, no me gusta verte disgustado.

—Entonces, quiero..., no, necesito que me contestes a una pregunta: ¿me quieres?

—Sí.

No duda. Bien.

—¿Pero sigues enamorada de mí?

Mi mujer abre los ojos sorprendida. Tal vez debería haber calentado la conversación antes de soltarle la segunda pregunta.

—No veo necesario que te lo pienses tanto, no es el puto teorema de Pitágoras, Sara, solo estamos hablando de amor romántico. Es bastante fácil.

—¿Qué tienen que ver mis sentimientos con el problema que has tenido con Lorena?

—Dice que ya no estás enamorada de mí.

Sara aprieta con fuerza el botellín de cerveza que sujeta entre las manos. Me hubiera gustado oírla negándolo con rotundidad, incluso me hubiera encantado que insultara a mi amiga por soltar semejante burrada, pero algo me dice que no lo va a hacer.

—¿Por qué cree tal cosa?

—Porque tú se lo diste a entender y porque dice saber lo que es padecer un enamoramiento irremediable y enfermizo por mí, y, por lo visto, tú ya no tienes los síntomas y ella sí. Pero no importa, Sara, se ha pasado tres pueblos, ha traspasado todas las líneas posibles.

—¿Pero? —pregunta con cautela.

—No hay peros.

—Sí que los hay.

Odio que me conozca tan bien.

—Tengo un cabreo de tres pares con ella, pero a su vez siento que la he perdido, que nuestra amistad nunca volverá a ser la misma, y me entristece. Me aterroriza.

Mi querida esposa ni se inmuta, es como si estuviera oyendo una historia que le han repetido demasiadas veces.

—Es que lo vuestro nunca ha sido una amistad, Unai, habéis tenido una relación. Una relación romántica frustrada. Es normal que te sientas así.

—¡¿¿Pero qué coño estás diciendo??!

—Te lo he dicho más de una vez, tú y Lorena siempre habéis estado separados, pero juntos. Es difícil de explicar.

—No me toques los cojones, Sara, que no estoy para aguantar más mierdas.

—¿Ves? Cuando se trata de ella, tus reacciones son viscerales, para bien o para mal. ¿Te sigue atrayendo?

—Eso no tiene ni la más mínima importancia porque estoy casado contigo.

—Entonces respóndeme.

—No.

—¿Que no me vas a responder o que no te atrae?

—Que no sé adónde demonios pretendes llegar con esta conversación. He discutido con Lorena porque ella opina que estoy perdiendo el tiempo esforzándome por arreglar nuestro matrimonio y de ahí, no me digas cómo, hemos pasado a evaluar mi relación con ella, cuando no tiene absolutamente nada que ver ni contigo ni conmigo.

—Con eso que acabas de decir, me estás dejando muy claro que nunca escuchas lo que te digo.

Pues nada, resulta que hoy todas las mujeres que me rodean piensan que no sé lo que hago, lo que siento ni lo que digo.

—Unai, cuando hablamos de organizar unas vacaciones en familia, algo que fuera divertido para las niñas y relajante para nosotros, no nos planteamos ningún lugar en concreto, pero mira dónde hemos acabado. Dónde nos has traído.

—La última vez que elegiste tú, nos metiste en una casa rural en mitad de la nada y como te daba pereza hacer planes, las niñas y yo acabamos haciéndonos amigos de la cabra del pueblo. Así que esta vez decidí volver a este horrible lugar donde tus hijas tienen libertad absoluta de movimiento, están con su familia y han hecho mil amistades. Además, te pregunté si te parecía bien y me dijiste que sí.

—¿Acaso tenía otra opción? No digo que este sea un mal sitio para las niñas, pero este camping es TU lugar seguro, donde pasaste los mejores años de tu juventud, donde TÚ te sientes a gusto y querido porque estás cerca de ELLA y de su familia.

—A la próxima gilipollez que sueltes me largo, joder.

—Hazme el favor de abrir los ojos por una vez en tu vida: ¿dónde vas por las mañanas después de desayunar y por las noches antes o después de cenar? Pasas más tiempo en Recepción que en esta parcela.

—No la veo en todo el año, es lógico que quiera estar con ella.

Sara se pone en pie y apoya las manos en el respaldo de su silla de plástico.

—Sé cuáles son sus platos favoritos y sus canciones más especiales. Sé que cuando no duerme bien, te llama a primera hora y tú te marchas de casa para desayunar fuera mientras habláis por teléfono. Sé que odia las pelis románticas y que adora las de acción. En tu cumpleaños te manda un libro y es lo único que lees en todo el año, con el único objetivo de comentarlo después con ella. —Hace una pausa para respirar y me mira fijamente—. No hacía ni dos horas que la prueba de embarazo había dado positivo y Lorena ya me estaba dando la enhorabuena por SMS. Y te recuerdo que vuestros números siguen siendo consecutivos porque os comprasteis el Dúo de Amena hace mil años juntos. Cuando nos dijeron que eran mellizas la llamaste desde la maldita puerta del ginecólogo para contárselo. Yo lloraba en el coche sin saber muy bien cómo sentirme con la noticia y tú estabas de risas con ella. Aún recuerdo tus palabras: «Lore, te tengo que dejar, que Sara está montando un drama de los suyos». Por no hablar de que meses después, cuando estaba embarazada ya de siete meses, me quedé atrapada en la bañera sin poder salir y tú no me cogías el teléfono porque estabas liadísimo buscando un puñetero regalo para ella. Acabamos discutiendo, por supuesto, ¿y recuerdas qué hiciste? Lo mismo que haces siempre que tenemos movida o tienes un día especialmente malo, cogiste el paquete de tabaco y te bajaste a la playa para contárselo. Tardaste dos horas en volver. Y así un etcétera muy largo, Unai.

Se seca una lágrima de la mejilla y con voz temblorosa añade:

—He tenido un padre atento y cariñoso para mis hijas, pero solo medio marido. Porque la otra mitad siempre ha sido de Lorena.

Aunque me joda, hay muchas cosas que no puedo negar, pero se olvida de las razones que muchas veces me han empujado a actuar así:

—Es que tú nunca me has dado esa confianza, Sara. Haga lo haga, sé que Lorena siempre estará a mi lado, porque no es como tú, no me echa en cara cada uno de mis errores a todas horas ni me guarda rencor. Sabe perdonar. Sabe escuchar. Excepto ahora, por supuesto, que le ha dado por ser una gilipollas conmigo.

—¿Y por qué ha estado ahí siempre? ¡¿¿Por qué??!

—Porque es mi amiga, ¡¡y porque nos prometimos que nunca nos faltaríamos el uno al otro!!

—Es que encima tenéis vuestra propia canción. Tema que, por cierto, pones tan a menudo que hasta tus hijas se lo saben de memoria.

—¿Y qué hay de malo en eso, Sara? ¿Qué puto problema tienes con eso? No es más que una canción. Bastante mediocre, por cierto.

—Es que no quieres verlo, Unai, ¡¡no quieres!! ¡¡Sois como Camilla Parker y el puto príncipe de Gales!!

Tiro el botellín de cerveza a tomar por el culo, se rompe en mil pedazos y los cristales se esparcen por la parcela. Me pongo en pie.

—¡¡Eres tú quien está proyectando la culpa, joder!! Ves

una relación sana entre tu marido y una amiga que conserva desde prácticamente la infancia y ya te piensas que estamos siendo tan desleales como lo has sido tú. Y no todos somos como tú, Sara, yo nunca te he sido infiel.

—No seas tan obtuso, hay muchos tipos de infidelidades. El asunto no siempre se reduce a meter la polla en otro agujero. Piénsalo por un momento, ¿qué es lo que te jode de Amaia, en realidad? Que haya encontrado confianza, consuelo, cariño, compañía... en ella. Y eso es exactamente lo que tú has hecho durante todos estos años con Lorena. Con la enorme diferencia de que ella siempre ha estado enamorada de ti, no ha sido una casualidad. ¡¡Y ya no me lo puedes negar porque te lo ha admitido, joder!! —Pega un golpe en el respaldo de la silla con rabia y respira hondo—. Me elegiste a mí porque ella no te eligió a ti. Te has conformado. Y ha sido así durante mucho tiempo. ¡¡Años!!

—¿Me estás diciendo que soy el causante de todo lo que TÚ HICISTE? ¿Que yo te empujé a enamorarte de otra persona?

—No, Unai, soy la única responsable de mis actos, no necesito cargarte con mis culpas. Lo que te estoy diciendo es que mucho ver los errores que cometen los demás y juzgarlos con dureza, pero poco mirarte el culo a ti mismo.

—Yo no aparecí una noche en casa y te dije que creía estar enamorado de otra persona.

—Ni yo dejé una discusión a medias por llamar a mi mejor amiga «porque necesitaba hablar con alguien que me entendiera».

—Es que tú no sabes lo que es tener a alguien que SOLO es una amiga.

—¡Y dale! Lorena no es solo tu amiga, es la pieza de la esquina del puzzle que es tu vida. Sin ella no sabrías ni por dónde empezar.

—¿Es eso lo que significa Amaia para ti? ¿Por eso la echas tanto de menos?

—Esto ya no va de Amaia. Esto va de que entiendas la situación de una puta vez, Unai. Cuando te conocí todavía estabas pillado por Lorena y tenías el corazón destrozado. Por eso te di largas y por todos los medios intenté no enamorarme de ti, porque es bien sabido que un tío con el corazón roto nunca es una buena opción. Dejaste de hablar de ella y poco a poco parecía que la habías olvidado. Empezamos a salir y de verdad que creí que te estabas enamorando de mí y que las cosas nos irían bien. Pero de la noche a la mañana ella reapareció, no sé muy bien ni cómo...

Se refiere a València. A aquel fin de semana en el que, aunque yo no lo supiera, Lorena me volvió a mentir.

—Empezó a ganar protagonismo en tu vida otra vez, pero ya era demasiado tarde para mí. Ya estaba loca por ti.

Me mira a los ojos, los suyos están llenos de lágrimas.

—Nos fuimos a vivir juntos, Unai, éramos felices, pero ella siempre estaba ahí. SIEMPRE. Era como un ente que embrujaba nuestra relación día sí y día también. Me quedé embarazada y, cuando decidimos casarnos y te negaste a invitar a tu supuesta mejor amiga, me di cuenta de que, en realidad, ella es la herida que nunca cicatrizará en tu corazón y, a su vez, la única cura disponible. No tuviste los santos cojones de invitarla porque nuestra boda para ti escenificaba el final de Lorena. —Retira una lágrima de su mejilla.

No sé qué decir porque la versión de los hechos que está contando encaja a medias con la realidad que yo he vivido. No la invité porque no me pareció lo correcto, pero tampoco me paré a analizar las cosas demasiado.

—La noche que nos encontramos en aquella fiesta de la uni te pregunté si había algo de lo que te arrepentirías toda la vida, ¿recuerdas lo que me dijiste?

—No —contesto de malas maneras.

—Me dijiste que solo había una cosa que te pesaría para siempre: haberle prometido a «cierta persona» que siempre seríais amigos cuando en realidad te dolía demasiado no ser algo más.

—¿Eso dije?
—Sí, Unai.
—¿Y a qué viene eso ahora?
—Que era de Lorena de quien hablabas.
—No lo recuerdo.
—Sí, sí que lo recuerdas, lo que pasa es que nunca serás capaz de admitir que yo no he sido más que tu segunda opción, que era a ella a quien de verdad querías y nunca conseguiste.
—Sara, esa acusación está completamente fuera de lugar ahora mismo, por no decir que es grave de cojones. He hecho muchas cosas mal, pero no he hecho absolutamente nada para que pongas en duda mis sentimientos hacia ti de esta manera.
—Tú me has querido, pero nunca más que a ella. Lo que sientes por ella lo tienes guardado en un cajón y solo es cuestión de tiempo que lo saques. Solo es cuestión de que ella te dé pie a que lo hagas y nuestro matrimonio dejará de tener sentido para ti.
—Ya lo ha hecho, ya me ha dado pie, ¿y ves que haya cambiado algo?
—Todavía es demasiado pronto.
—Me parece muy bonito todo lo que estás soltando por esa boquita, pero se te olvida un detalle: fui yo quien te pidió que nos casáramos justo después de saber que íbamos a ser padres, fui yo quien dio ese paso, ¿por qué aceptaste?
—Porque, pese a todo, estaba muy segura de lo que sentía por ti y creía que podía salir bien.
—Claro y por eso te has pasado los últimos tres años y pico intentando convertirme en alguien que no soy. Cometo errores, joder, soy humano, pero tú pareces olvidarlo y me has exigido cada vez más. Debo tener sentimientos solo cuando a ti te interesa. Tengo que dártelo todo, pero también tengo que tragármelo todo, incluidas mis propias necesidades físicas y afectivas. Has pretendido que fuera el marido perfecto, atento, leal y cariñoso a todas horas; el padre del año, cosa por la que

me esfuerzo sin dudarlo y, pese a todo, también he acabado fallando muchas veces; un trabajador incansable y competente, y, en mis ratos libres, quieres que esté ahí para ti, que te dedique tiempo, que sea un amante romántico, comprensivo y, a su vez, feroz. Pues te voy a dar una noticia, Sara, no soy un puto robot. No soy un pedazo de carne que puedas moldear a tu antojo. Ni siquiera soy la mujer que tanto llena el vacío que dejo en ti.

Sara aprieta los puños y me observa iracunda. Se me encoge el estómago al verla así. Estamos llevando las cosas demasiado al límite y, si no están rotas ya, pronto lo estarán.

—Me vuelvo a la cama —dice.

20

El buzón

Lorena · Benicàssim, 29 de agosto de 2010

—Lorena, ¿qué cojones estás haciendo?
¿Es esa voz la de mi hermano? Ese tono tan despectivo y borde es muy suyo...
Me doy la vuelta creyéndome Bisbal y me cuesta la vida parar después del primer giro. Es como si hubiera entrado en un bucle temporal y me fuera a escupir en otro siglo. Rubén me agarra por los hombros y me detiene. Pues nada, me quedo en 2010 disfrutando mi desdicha un poco más. Junto a mi hermano. ¡Yupiii!
—*Estaba endrando en caza.* —Pongo los ojos en blanco y temo que no voy a ser capaz de traerlos de vuelta.
—Eso es el buzón —informa con su característico tonito de sabelotodo.
—*Ya desssía yooo que la serradura era muy pequeña.*
—¿Has bebido?
¡Mierda! ¡Me ha pillado!
Meto tripa y finjo ser una bibliotecaria seria y muy formal. Hasta me subo por el puente de la nariz unas gafas imaginarias. No tengo nada en contra de las bibliotecarias ni pretendo burlarme de ellas, pero, coño, siempre las he considerado una autoridad, siempre me han dado más miedo que la mismísima policía.

—Lorena, mírame, ¿estás borracha? —pregunta mi hermano entre risas.

—¿¿*Borraxa, yooo*?? *Qué va, yooo no bebo. Estao con Tito y Nuelia tomando algo de tranquis y he fenido en un coche de esos que se pagan. Pero no de los que hay en las barracas. De los otros. Ya sabes. Los de la lusesita verde.*

Imito el ruido de las sirenas de los autos de choque mientras niego con el dedo para que pille el concepto. Se me caen las llaves al suelo, se me parte un tacón, se me abre el bolso y se dispersan por el suelo varios tampones, una mandarina y una grapadora. Trastabillo y me echo a reír por no llorar.

—Joooder —dice Rubén—. En fin. Veamos... Agárrate a mí. Te voy a arrastrar hasta tu cama.

Mi hermano me rodea con su brazo, yo me apoyo en su pecho y lo achucho un poco. Cosa que no le suele hacer mucha gracia.

—*Drubén, edes mi hedmano. El mejod.*

—Y el único que tienes según nuestros padres, pero oye, gracias por recordármelo en estos momentos en los que me estoy cuestionando muy duramente nuestro parentesco.

Se revuelve como una culebra para librarse de mi abrazo de osita mimosona y yo le pongo morritos.

—*Nunca dejademos de ser hedmanos por muxo que te ezfuerces.*

—No hurgues en la decepción. Venga, monta, que acabamos antes si te llevo.

En cuanto me da la espalda y me hace gestos para que me suba a caballito, apoyo las manos en sus hombros y pego un salto, pero calculo mal y me voy al suelo de culo. Acabo despatarrada en la hierba.

Mi hermano se descojona más de lo que se preocupa. Maldito.

—*Drubén, no te drías. No veo bien a obscuras.*

—¿A qué viene tanto escándalo? —La voz de Maider me llega desde algún sitio remoto—. Pero, Rubén, ¿qué hace Lorena tirada en el suelo?

—Según dice, ha perdido la visión nocturna y se ha hostiado.
—¿Visión nocturna?
—A ver, Mai, ¿es que no te das cuenta de que se ha bebido medio Mediterráneo?

Ella inclina la cabeza a un lado y me observa mientras yo intento encontrarme las piernas, contar a ver si sigo teniendo dos y recordar cómo funcionan. Aprovecho que estoy en el suelo para volver a meter mis cosas en el bolso. No hay mal que por bien no venga.

—Ay, pobre, pero si está hecha un asco.

La novia de Rubén, que es un ser lleno de amor y buenas intenciones, no como mi hermano, que es un ser despreciable la mayor parte del tiempo, se agacha y me ayuda a ponerme en pie. Hasta me peina con la raya en el lado contrario al habitual. La adoro.

—Ayúdame, Rubén, que pesa.

Vuelvo a meter tripa, pero parece que no ayuda en nada, ya que nos vamos de medio lado. Maider es demasiado pequeñita y yo demasiado hermosa. Nos tambaleamos peligrosamente.

Mi hermano por fin se apiada de nosotras y se acerca, me coge en brazos y le pide a su novia que recupere las llaves y que abra la puerta, no el buzón, puntualiza el muy cabronazo.

Poco después, estoy teniendo un momento romántico muy íntimo con el señor Roca mientras Rubén me sujeta el pelo y me pone toallas húmedas en la nuca. Estoy algo más despejada y completamente humillada. Mi hermano no ha hecho ningún comentario más acerca de mi estado lamentable y, en cuanto han empezado las arcadas y ha deducido que me disponía a pintar el baño, le ha pedido a Maider que nos dejara solos.

Y así llevamos un buen rato. En un silencio cómodo que solo se ve interrumpido de vez en cuando por el estrépito de mis vómitos y las descargas de cisterna que se los lleva. Está claro que estas cosas es mejor pasarlas en familia.

«En familia», repito para mis adentros y siento que otra

oleada me revuelve el estómago. El único problema es que ya no son las ganas de vomitar, es todo lo que siento por Unai, que se ha visto acrecentado en cuanto he recordado aquella noche allá por la mitad de los noventa en la puerta de K'Sim.

Ojalá hubiera sabido frenar todo lo que estaba por venir.

Ojalá no hubiera abierto la boca para contarle lo que todavía siento por él.

Un rato después, que podrían ser varias horas tranquilamente, no lo sé, por fin me siento mejor. Me aparto de la taza, apoyo la espalda en los fríos azulejos y cierro los ojos. La cabeza todavía me da algunas vueltas, pero nada que ver con el bamboleo brasileño que tenía hace un rato.

Rubén tira de la bomba por decimocuarta vez y se sienta frente a mí en el suelo.

—¿Qué ha pasado? —me pregunta con un tono suave.

—Nada.

—Lorena, tú no haces estas cosas.

—¿Qué es lo que no hago? ¿Salir con mis amigos? Porque no es verdad, salimos bastante a menudo. Soy una juerguista. Una desfasada.

Mi hermano asiente poco convencido.

—Me han sentado mal las gambas de la cena —añado como excusa.

—Lo que tú digas.

Estira las piernas y las cruza a la altura de los tobillos. Sigue observándome y lo conozco lo suficiente para saber que no lo va a dejar pasar, que en algún momento acabará sacándome la verdad. Es la desventaja que tiene que tu hermano sea un cerebrito de esos que hacen los crucigramas a boli, y no a lápiz. Sabe llevarte a un callejón sin salida en el que acabas confesándolo todo sin querer.

—Creo que le he pedido permiso a la señorita Sánchez para

ir al baño —le cuento entre risas—. Estábamos en el bar de la plaza, me hacía pis como si no hubiera un mañana, la he visto y me he acercado para pedirle permiso. Como cuando íbamos al cole. Soy idiota.

Mi hermano se ríe y me da varias palmaditas en el muslo.

—He de admitir que borracha eres bastante espontánea y graciosa.

—No sé por qué dices eso. Soy una tía supernatural que siempre deja que las cosas fluyan a lo loco.

—Tú no has hecho algo «a lo loco» desde parvulario. Y seguro que ni siquiera entonces fue cosa tuya.

—Eso no es verdad —protesto. Porque, aunque no pienso contárselo, he hecho muchas cosas espontáneas y bastante locas con Unai. O por culpa de Unai. O por culpa de lo que siento por Unai. En resumen, que la locura y Unai siempre han ido juntas y yo me dejaba arrastrar por él encantada.

—Hermanita, eres la chica de los Excel a meses vista. La del seguro de vida y el plan de pensiones a los dieciocho. La que se ha visto veinte vídeos de pruebas de impacto del Euro NCAP antes de comprarse un coche. La que…

—Vale. A veces soy un poco…

—¿Planificadora? ¿Controladora? ¿Acojonada de la vida? ¿Cobarde?

—Mimimimimi.

—Eres de las que no se salen del guion nunca. Por eso me extraña mucho que esta noche hayas acabado así.

Me mira fijamente y sé que el muy cabronazo se huele por dónde van los tiros en realidad. Siempre sabe más de lo que nos conviene a todos.

—Es que hoy he hecho algo muy loco, Rubén. Algo que te helaría la sangre.

¿Pero qué coño me pasa? ¿Por qué le estoy dando pistas?

—¿Y has intentado ahogar esa venada loca que te ha entrado con alcohol?

—Más o menos.

—Mira, Lorena, podemos hacerlo de dos maneras: o me lo cuentas todo por voluntad propia o te obligo a hacerlo. Tú eliges.

—No puedes obligarme, so idiota. ¿Qué me vas a hacer, cosquillas? Porque te juro que, como lo hagas, pienso tirar tan fuerte que te van a tener que pelar entero para sacarte los calzoncillos de la raja del culo. Además, ¿a ti qué más te da lo que me haya pasado? Tú y yo no hablamos de estas cosas; de hecho, fuiste tú quien sentó el precedente cuando pasó lo que pasó con Maider.

—Así que se trata de un tío.

«Mierda. ¡Joder! Ya sabía yo...».

—Mierda. ¡Joder! Ya sabía yo... —digo en voz alta.

—Venga, que no me voy a asustar, seguro que he hecho cosas veinte mil veces peores por una tía. Cuéntamelo.

Me remonto varios años atrás y lo pongo en antecedentes. Le hablo del verano en el que lo dejé con Iván, le cuento que durante los siguientes veranos me lie con «un amigo», le resumo cómo acabó el asunto: volví con Iván y, cuando quise arrepentirme, él ya había conocido a otra...

—Hoy le he dicho que su chica ya no está enamorada de él. Además, he admitido que yo, en cambio, sí que lo estoy y le he dado una hostia.

—¿Y cómo se lo ha tomado Unai? —pregunta tan pancho.

—He dicho «un amigo», no Unai. No te flipes.

—Como quieras. Y tu amigo Unai, ¿cómo se lo ha tomado?

—Eres muy tonto, ¿eh? Nadie ha dicho que sea él.

—Has mencionado la facultad de Informática y Donostia varias veces. Además, antes de que lo dijeras yo ya sabía que se trataba de mi cuñado. ¿Has olvidado aquella conversación que tuvimos en este mismo baño el día del partido de futbito contra los del Alborán?

Hay que joderse. Pues sí que tiene buena memoria.

—Y luego está el tema de Sara —añade con un tono de voz inquietante—. Sé muy bien cómo están las cosas entre ellos.

—¿Por qué siempre tienes que saberlo todo?
—Porque no pregunto.
—A mí bien que me has insistido.
—Tú eres de la familia, me gusta hacerte sufrir.
—Creo que hace mucho que no te digo cuánto te quiero, Rubén, y, sinceramente, sospecho que va a pasar mucho tiempo más.

Se echa a reír. Poco después, viene a sentarse a mi lado. Su brazo me rodea los hombros y por primera vez en mucho tiempo me siento arropada por mi hermano pequeño. La sensación me pilla desprevenida, no era consciente de necesitarlo tanto. Tampoco lo era de que Rubén supiera hacer estas cosas.

—Lorena, Unai y Sara tienen que caer solos. Sé que has intentado abrirle los ojos porque lo sigues queriendo, porque tú eres así y odias verlo pasarlo mal, pero no puedes hacer nada más. Ya se lo has dicho, ahora déjalo estar. Porque, ¿sabes lo que puede pasar? Que te acabe culpando.

—Ya lo ha hecho… —admito compungida.

Rubén arruga el entrecejo y niega levemente con la cabeza.

—Recapacitará, pero antes tendrá que enfrentarse a un montón de cosas que no serán agradables. Dale tiempo para que solucione su vida y, cuando esté preparado, demuéstrale que sigues ahí, que eres su amiga por encima de todo, porque te va a necesitar.

—¿Cuándo has madurado tanto?

—Cuando sentí que podía perder a Maider para siempre.

—¿De verdad crees que la hubieras perdido? Yo lo dudo mucho, vosotros dos sois como un bumerán, siempre volvéis.

—Hubo un tiempo en el que creí justo lo contrario.

—¿Por qué nunca quisiste hablar de ello conmigo?

—Porque me sentía culpable, Lorena.

—Igual que Unai.

—Así es.

El amanecer nos sorprende todavía sentados hablando en el baño.

Creo que jamás en toda mi vida había charlado tanto tiempo y sobre tantos temas con mi hermano. Casi me atrevería a decir que hasta me cae bien y que, en definitiva, lo hemos hecho bien con él. ¡Qué digo! Lo hemos hecho MUY bien. Es un tío de puta madre.

—Gracias por cuidar de mí. De vez en cuando no viene mal permitir que te mimen.

—No te acostumbres, hermanita. Pese a todo, te debía unas cuantas —admite con una sonrisilla muy de la vieja escuela—. Lo que no imaginaba es que te las devolvería todas en una noche.

—¡Eh! No seas exagerado. Tú no has tenido que verme en pelotas.

Me llevo los dedos a la boca y finjo que vomito.

—Cierto —admite avergonzado—. Supongo que nunca me he disculpado por todo lo que hice en aquella época en la que me desfasé un poquito, así que te lo digo ahora: lo siento.

—No es necesario que te disculpes, sé perfectamente por lo que estabas pasando después de haber perdido a Maider.

—Porque es justo lo que estás viviendo tú desde hace… ¿cuántos años?

—Quién te ha visto y quién te ve, Rubén, tanta comprensión me abruma…

Cuando por fin abandonamos el baño, vemos a Maider dormida en el sofá tapada con un mantel con motivos navideños, detalle que sin duda es obra de mi padre. Rubén se la lleva en brazos a Parcelona para no despertarla. Me quedo mirándolo mientras recorre la calle principal del camping con el amanecer despuntando al fondo.

Enciendo la cafetera y, mientras el café va saliendo, me meto en la ducha deseosa de volver a ocupar mi puesto en Recepción y hacerme cargo de cosas tan mundanas como los dramas de las señoras de mediana edad con sus pinzas.

Porque los temas realmente complicados llegarán más tarde.

21

¿A qué viene todo este odio?

Lorena · Benicàssim, 29 de agosto de 2010

Llevo todo el santo día con la nariz pegada a la ventana trasera de Recepción espiando la piscina.

No he visto a Unai ni a ningún otro habitante de Parcelona en toda la mañana, así que supongo que han seguido el plan habitual de bajarse a la playa temprano, subir para comer, una siestita rápida pegados al ventilador y de un momento a otro harán acto de presencia para darse el último baño del día en la piscina.

Noelia se ha pasado por Recepción para ver cómo van mi resaca y mi desdicha. La primera, va sobre lo previsto, me caigo de sueño y tengo el centrifugado del estómago en marcha. Por lo tanto, no he sido capaz de comer apenas nada. En cuanto a lo segundo, va mejor de lo esperado. Creo que me he quitado un peso enorme de encima al contarle a Unai la verdad, y confío ciegamente en que tantos años de amistad acabarán dando sus frutos y podremos superarlo.

Entiendo que esté dolido, cabreado y que piense que he elegido el peor momento para contárselo, pero también sé que en el fondo sabrá reconocer que jamás quise hacer nada aposta para joderle. Noelia está de acuerdo conmigo, aunque también ha añadido que, para ella, la mala hostia que Unai descargó ayer tiene más que ver con lo que aún siente por mí, que con la decepción que se haya podido llevar conmigo.

Con sinceridad, dudo que él albergue todavía algún sentimiento que se parezca al amor, entre otras cosas, porque en València parecía tenerlo muy claro, deseaba un futuro con Sara, y en todos los años que han pasado desde entonces nunca he visto nada que me indicara un cambio de opinión, pero a Noelia a veces no la sacas de las ensoñaciones novelescas ni a golpes.

Tito también ha aparecido varias veces por aquí. Las dos primeras yo estaba liada dando entrada a un par de carros con tiendas y no he podido hablar con él. En la tercera y actual visita, en cambio, me ha pillado mirando las musarañas y aquí lo tengo, repantigado en una silla a mi lado, haciéndose un collar con clips de colores.

—Tito, ¿vas a hacerme el favor del volver al bar? Toda esa gente que hay dentro son clientes que tienen la absurda esperanza de que los atiendas.

—He dejado a Óscar encargándose de la cafetera y de momento ya ves que el asunto va bastante bien, no sale humo por ningún lado. —Se queda callado unos instantes con la vista clavada en el ventanuco que hay a mi espalda—. Joder, por fin, ahí vienen.

Corro mi silla y le pego un empujón para poder mirar hacia la piscina.

La comitiva de Parcelona llega presidida por Sonic, que lleva a Leire en brazos, y por Sara, que va hablando con Ane. Las siguen Maider y Rubén, bien pegaditos y dándose besitos. Unai e Iván cierran el cortejo arrastrando sus toallas y sus caretos de dormidos. Juraría que Iván todavía tiene marcas de la almohada en la mejilla y eso que estoy a una distancia considerable.

En cuanto colocan sus toallas, dejo de mirar y muevo mi silla de vuelta al mostrador de Recepción. Tengo el pulso acelerado y el estómago revuelto.

—¿Vas a hablar con Unai?

—Esa es la idea.

—¿Has pensado qué le vas a decir?

Niego con la cabeza. Sería en balde planear algo cuando no sé con qué me voy a encontrar. Además, está rodeado de gente, ni siquiera sé si tendré oportunidad de sacarle el tema.

—Joder, Lorena. No puedes ir en bragas a semejante contienda.

—Tito, por favor, vuelve al bar y déjame apañar mi vida como buenamente pueda.

—No puedo marcharme —dice, y vuelve a espiar por la ventana.

—Sí, sí que puedes. Es bien fácil: te pones de pie y mueves las piernas en esa dirección... —Señalo el bar con insistencia.

—¿Me lo parece a mí o Iván está más mazado que el verano pasado? —pregunta ignorando mis explicaciones.

—Lleva aquí no sé cuántos días y ¿te acabas de fijar ahora? No importa. Lárgate de una vez... —le ruego y hago un mohín.

—Ya te he dicho que no puedo, le he prometido a Noelia que cubriría este flanco.

—Lo vuestro es alucinante. —Me cruzo de brazos mosqueada.

—No te enfades, llevamos más de diez años esperando a que esto pasara. No nos quites la ilusión.

Si no fuera porque es mi pareja oficial cuando estamos borrachos y nos topamos con un karaoke, lo mandaría a tomar por saco.

—Me encanta que os lo paséis tan bien a mi costa, pero ¿sois conscientes de que esto es serio, que todo podría acabar en una puta masacre?

No le dejo contestar, salgo de Recepción y me encamino a la piscina con paso firme. Prefiero hacerlo así, de golpe, que pararme un segundo más a pensar en lo que pueda suceder.

Lo primero que veo es que Unai me está mirando fijamente, así que el factor sorpresa no va a servirme de mucho. Está sentado al borde de la piscina, con Leire montada en su pierna.

La levanta arriba y abajo y la niña se muere de la risa. Me resulta increíble cuánto se parece a su padre. Ambas son idénticas a Unai, pero Leire tiene un algo del que Ane carece.

Al acercarme a él siento varias miradas clavadas en mi persona: Maider y Rubén, que están chapoteando con Ane; Noelia, que está atrincherada bajo su sombrilla, y mi primo Tito, que tiene la nariz incrustada en el cristal de la ventana lateral de Recepción.

—¿Podemos hablar?

Unai alza la mirada hacia mí y la frialdad que veo en sus ojos me desarma.

Adiós, entereza.

—Por favor —insisto antes de que le dé tiempo a negarse.

Me hace un gesto con la mano que interpreto como una invitación para que me siente en el bordillo. Lo hago a una distancia prudencial pero estratégica para que podamos hablar con discreción. Me quito las chancletas y meto los pies en el agua. Ane no tarda en acercarse a mí valiéndose de sus manitas para nadar.

—*Kaixo,* tía *Lodena* —dice a la par que agita la mano y me salpica.

Cada vez que me llaman «tía», el corazón me hace cosas raras en el pecho.

—¡Qué flotador más chulo!

La niña me sonríe encantada y da una vuelta sobre sí misma para que pueda verlo mejor. Es una especie de donut con el glaseado de colorines y tiene ¿orejas y colita? No entiendo nada, pero es monísimo.

—Fue un *opari* de la tía *Maided.*

Me hace una gracia tremenda la manera en la que las niñas mezclan el euskera y el castellano en sus lenguas de trapo. A veces, cuando pasan mucho tiempo con mi hermano, incluso añaden alguna cosa en valenciano —*no puc més*, por ejemplo— y juro por lo más sagrado que nunca había visto nada tan adorable.

—¿Qué es un *opari*? —pregunto a Unai.
—Un regalo.
—Oh, qué guay, ¿te lo regaló por tu cumple?

Ane menea la cabeza arriba y abajo, y se distrae jugando con el pelo de su hermana, que sigue aferrándose a la pierna de su padre que él sube y baja incansable. Aprovecho que están distraídas para atacar el tema que tenemos entre manos.

—Unai, en cuanto a lo de ayer...
—Ni lo intentes, Lorena.
—Siento haberte pegado un bofetón, la violencia nunca soluciona nada y...

Me callo en cuanto sus ojos se clavan en los míos.

Me siento desnuda. Más que todas las veces que me he quitado la ropa delante de él.

—Vamos a fingir que todo está bien entre nosotros porque no quiero crear otro conflicto más en mi matrimonio, bastante tuve anoche ya, pero tú y yo no tenemos nada más que hablar.

—Unai, por favor —le ruego en un susurro.
—No es el momento.

Sara está a una distancia considerable de nosotros, junto al seto, tumbada con Sonic e Iván, tomando el sol. Dudo que oigan nada de lo que hablemos.

—¿Y cuándo será el momento?
—No lo sé. —Me mira de nuevo, pero esta vez observo una tristeza bastante mal disimulada en su semblante y unas ojeras que han doblado su tamaño de un día para otro—. Ni siquiera sé si llegará el momento en que quiera volver a hablar contigo.

Mis ojos se llenan de lágrimas y mi garganta se cierra.

—Unai, solo escúchame un segundo, por favor. Necesito que sepas que mi amistad siempre ha sido sincera y que todo lo que hice fue por tu bien.

—A mí no me has hecho ningún bien, Lorena.
—Sí, sí que te lo he hecho. Puede que ahora mismo no lo veas, pero algún día lo harás, estoy convencida de ello.

—Eso espero, pero ahora mismo permíteme que lo siga dudando, porque lo único que has conseguido es que anoche tuviera una bronca de tres pares de cojones con Sara.

—Lo sien...

—No quiero tus disculpas.

Pasamos unos minutos callados vigilando a las niñas, que juegan en el agua. Sara, Sonic e Iván continúan tumbados y me arriesgaría a decir que están dormidos. Maider y Rubén, en cambio, se encuentran en el borde contrario, él sabe de sobra lo que pasa, pero algo me dice que ella no.

—No sé cómo enfrentarme a todo esto —anuncia Unai de pronto—. No sé si gritarte hasta perder la voz, abrazarte por lo tonta que has sido al no decirme nada antes o, directamente, no volver a dirigirte la palabra en lo que me resta de vida... No tengo ni puta idea de cómo disipar toda la rabia que siento dentro.

—Piensa por un momento en lo que han supuesto todos estos años para mí, Unai. Imagina lo que ha sido estar a tu lado, pero no del todo.

—Ni siquiera puedo mirarte sin querer estrangularte, Lorena, como para hacer un ejercicio de empatía que implique a tu persona.

—Pues inténtalo, por favor, mírame, pero hazlo de verdad, y trata de ponerte en mi piel. Me conoces. Sabes cómo soy, cómo pienso, cómo siento... Recuerda todas las veces que he estado a tu lado, recuerda cada palabra que te he dicho.

Por fin lo hace, se gira hacia mí, clava sus ojos azules en los míos y suspira profundamente.

Y aunque espero encontrar la misma ira o tristeza que hace unos minutos, me sorprende que no sea así. Solo veo miedo, pena, soledad e incluso lástima.

—Aunque ahora mismo me lo esté cuestionando todo, no he olvidado ni un solo instante que he compartido contigo —admite con la voz rota—. De hecho, recordarlo con la intensidad con que lo hago a veces no puede ser sano.

—No te entiendo.

—Yo tampoco.

Vuelve a suspirar y junta las manos en su regazo.

—Sara me advirtió muchas veces de que tú no estabas en mi vida por puro altruismo, la última anoche, sin ir más lejos, y yo siempre le he dicho que no desconfiara tanto de ti porque eras mi mejor amiga…

—Necesito que me creas, jamás hice nada aposta para hacerte daño.

—Quiero creerte, quiero confiar en que no había malas intenciones por tu parte, pero ya no soy capaz de ver nuestra relación con los mismos ojos, Lorena. Leire interrumpe la conversación para pedirle a su padre que vuelva a poner en marcha el sapito. Por lo visto, cree que la pierna de su padre es una atracción de feria. Él accede y la piscina no tarda en llenarse con sus risitas.

—Son preciosas, Unai —le digo.

—Lo son.

—Se parecen tanto a ti…

—Claro que se parecen, son mis copias de seguridad, que para algo soy informático.

Le doy un codazo juguetón y él fuerza una sonrisa que carece de toda emoción real.

—Me encantan esos ojazos que tienen. Son tan azules, tan profundos…, tan tuyos.

Unai detiene su pierna de golpe. Leire protesta y menea el culo pidiendo más, pero él se ha quedado mirándome con el ceño fruncido. Al principio no entiendo qué es lo que he dicho que le ha podido molestar, pero de pronto mi mente pega un salto al pasado. A una tarde en las duchas. Una de las últimas que estuvimos juntos.

«Tus hijos también podrían tener mis ojos, piénsalo», me dijo.

Y el alma se me cae a los pies.

El pulso se me desboca y mi cuerpo se queda helado.

Unai coge a Leire de las manitas, se la pasa a Maider y sale del recinto de la piscina.

Cuando reacciono, él ya está cerca del bar. Corro descalza por el asfalto, pero no lo alcanzo.

—Espera, Unai.

Tiro de su brazo y, cuando se da la vuelta, me asusta la cara de cabreo que lleva. Es incluso peor que la de ayer.

—¿A partir de ahora vas a interpretar todo lo que yo te diga como te salga de los cojones?

—No te hagas la víctima, Lorena. Te lo he dicho antes, hoy no es el mejor día para que sigamos con nuestra agradable conversación de ayer.

—No he querido insinuar nada al decir que tus hijas se parecen a ti. Es un hecho.

—Pero tenías que sacar a colación sus ojos. Tenías que recordarme aquella conversación que tuvimos porque ayer no me hiciste sufrir bastante.

—¿A qué viene todo este odio hacia mí?

Unai se queda callado. Rubén está apoyado en la valla de la piscina vigilándonos, lo oigo iniciando una cuenta atrás: tres, dos, uno...

—¿A qué viene todo este odio? —repite Unai enfurecido—. ¿Quieres que te lo diga?

—Sí.

—¿En serio, Lorena?

—Muy en serio. No sé por qué te has puesto así otra vez conmigo.

—Sí que lo sabes, pero una vez más, vamos a saltarnos el tema, ¿verdad?, como hemos venido haciendo hasta ayer. —No respondo y él resopla asqueado—. ¿O quieres que hablemos de sueños rotos? ¿De servir solo para llenar vacíos? ¿De jugar a querer a alguien hasta que te quiera el otro? ¿De dejar de serlo todo de un día para otro? ¿De ilusiones perdidas? ¿De la puta «amistad»? ¿De abrazarse a pesar de las heridas? ¿De no saber olvidar? ¿De recordar cada día que te perdí? ¿De mellar un matrimonio que pudo ser el tuyo?

—Estás siendo muy cruel conmigo.

—Estoy siendo sincero por primera vez, como tú lo hiciste ayer, pero claro, todas preferís al Unai que se lo calla todo.
—Esto no es justo.
—Hay MUCHAS injusticias entre tú y yo, Lorena.
—Si tanto daño te estaba haciendo, habérmelo dicho. ¿No has sido feliz en tu matrimonio ni un solo minuto?, porque tienes todo lo que buscabas. Yo he pagado con creces todas y cada una de las decisiones que tomé.
—Hasta ayer tenía todo lo que buscaba, pero hoy estoy muerto de miedo por tu culpa.
—No deberías sentir miedo, de verdad que las cosas no tienen por qué cambiar entre nosotros.
—Lo van a hacer, Lorena, ¡lo tienen que hacer! He de sacarte de mi vida, entiéndelo.
—Hemos sido amigos durante años y ya te quería.
—Pero yo creía que no. A partir de ahora, no podré hablar contigo con naturalidad, tendré que pensar si cada una de las cosas que te digo podrían hacerte daño. De hecho, ya me odio al pensar en todo el daño que te he podido hacer.
Se da la vuelta y se aleja de mí.
—Azurmendi, ¡no me des la espalda! —le grito cabreada.
Unai se para y me mira fijamente.
—Piensa que te estoy dando el culo y no la espalda, y disfrútalo, Lorena, porque a partir de ahora es lo único que vas a tener de mí.

22

¡Booomba!

Unai · Benicàssim, 29 de agosto de 2010

Aquí estamos otra vez.
Mis supuestos amigos y yo compartiendo mesa en la última cena.
Y si acaba como la de Jesucristo, con mi propia crucifixión, me sentiré extrañamente aliviado, la verdad.
Mientras corto el pan, me pregunto quién me traicionará esta noche, porque hay demasiados candidatos: Sara no me dirige la palabra, Lorena me evita, Rubén me lanza miraditas de amenaza cada cinco minutos. Iván, muy dado a evitar conflictos, como se huele que hay algún tipo de tangana que le podría salpicar, ha estado escondido en la parcela de sus padres con Sonic. Y Gemma y Óscar, bueno, hacen lo que pueden, intentan sostener una normalidad que se nos cae a pedazos.
Así que mis últimas horas en este camping están siendo una auténtica maravilla.
No veo el momento de meter todo el mobiliario en la caravana, cerrarla y volver a mi amado y solitario Donostia.
Esa tía que se hace llamar Maider, y que de vez en cuando aparenta ser mi preciosa hermana pequeña, aparece con Lorena. La trae agarrada del brazo, casi a rastras.
Supongo que ya tengo la respuesta sobre quién me va a traicionar esta noche.

La que fuera mi amiga saluda a todos y a nadie en concreto, y observa la mesa. Elige con cuidado un sitio en la otra punta, lejos de Sara y de mí, junto a Sonic. Decisión que me toca los cojones. Mucha valentía para algunas cosas y cero para otras.

Maider observa a su cuñada con los ojos muy abiertos. Lógico. En una situación normal, Lorena se hubiera sentado a mi lado y nos hubiéramos puesto a hablar, pero como la situación es todo menos normal, pues ha tenido que calcular sus opciones.

Nadie en su sano juicio la hubiera invitado esta noche, porque es más que evidente que ni ella quería venir ni yo quería tenerla aquí, pero la otra hija de mis padres es así, un ser que emana tanta luz que a veces nos deja ciegos a todos. Incluida a sí misma.

—¿Se puede saber qué está ocurriendo? —pregunta Maider con una risita—. Esto parece un funeral.

«Todavía no lo es, pero todo apunta a que lo será».

—¿Y a ti qué cojones te pasa? —la increpo de malas maneras por haber traído a mi amiga, aunque ella no lo sabe.

Rubén se tensa más si cabe e intercala una mirada entre su hermana y yo. Si no me corto, va a saltarme al cuello de un momento a otro; si no lo ha hecho ya, es porque no me ha podido pillar a solas y no quiere darle un disgusto a su novia.

—A mí no me pasa nada, Unai, pero a ti no hay quien te aguante hoy —comenta Maider por lo bajini.

Me siento mal por ella. Me resulta inevitable. Aunque se haya convertido en la traidora sin pretenderlo, es mi hermana y la quiero. Nadie tiene la culpa de lo que está pasando o la tenemos todos, pero soy yo quien está permitiendo que paguen los demás.

—Tío, tu hermana tiene razón —opina Óscar—. Parece que te ha mirado un disléxico.

—Un tuerto, Óscar, un tuerto —aclara Sonic, entre risas.

—Si estás rayado por tus traumitas, ve al traumatólogo —añade el ilustre Fabra.

Nadie se molesta en corregirlo por segunda vez.

Gemma se acerca con una bandeja de pollo troceado que hemos encargado en la tasca El Pollo, y todos nos lanzamos a coger un pedazo. Me hago con tres muslos y los desmenuzo para las niñas y para Luna. Sara les pone los platos a las tres y se vuelve a sentar a mi lado. Cerca, pero no tanto como para llegar a tocarnos.

Empezamos a cenar acompañados por el ruido de los cubiertos, las televisiones, las conversaciones de nuestros vecinos y las tonterías habituales de Óscar, que, por una santa vez, agradezco.

—¿No os parece increíble que los pollos vivieran a la vez que los dinosaurios?

—Pero ¿qué coño estás diciendo ahora? —pregunta Rubén descojonado de la risa.

—A ver, he leído que son sus descendientes, por lo tanto, un pollo se tuvo que follar a un dinosaurio en algún momento.

—El polvo que echaron tus padres tuvo que ser sin ganas, porque mira que les has salido justito. Los pollos son los parientes vivos más cercanos de los dinosaurios —explica el piloto—. No sus putos ligues del sábado pasado.

—Madre mía, dejaos de pollos, ¿podéis alejar ese plato de rabas de mí? —pide Maider, apurada.

La miro y no tiene buen color. Se lleva la mano a la boca para contener una fuerte arcada. Estoy por reírme, porque que las rabas le den asco de un día para otro es, cuando menos, irónico. Pero es lo que tiene el matrimonio, que lo mismo te emociona que te hace vomitar.

Rubén se levanta y no es que aparte el plato, es que lo saca de la parcela y lo deja sobre una de las cajas de luz que hay en el pasillo central. Se acerca a mi hermana y la mira a los ojos con cariño.

—¿Mejor?

—¿Quieres que avise a mamá o algo...? —propone Lorena, sin saber muy bien qué hacer.

Me da que lo último que necesitamos es una enfermera.

—¿Chicos...? ¿Todo bien? —cuestiona Gemma con una sonrisita, un gesto que ha venido repitiendo durante todas las vacaciones.

Maider sigue con la boca tapada y luchando por contener la comida en su estómago, así que todos nos centramos en Rubén. El pobre chaval no es capaz de reaccionar, su cara oscila entre la preocupación por su novia y la felicidad por lo que todos sabemos que ocultan.

—Bueno... —balbucea el piloto.

—Estoy embarazada de doce semanas —suelta mi hermana sin muchos miramientos y se vuelve a cubrir la boca.

—Me habían llegado rumores —digo y le guiño un ojo.

—¿Cómo que rumores? —pregunta con la boca todavía medio tapada.

—Le escribí a nuestra *amatxo* porque cuando llegasteis estabas más rara que ni sé y me mandó una respuesta bastante elocuente. Me dijo que fuera paciente contigo, que los cambios hormonales... blablablá. Como si no supiera de qué va la peli.

—¿Pero no se suponía que iba a ser un secreto hasta pasar la semana doce? —le increpa Rubén a Maider.

—Ya, pero es que es mi madre, Rubén...

—Claro y la mía es la mía. Nos ha jodido. Y no le he dicho nada.

—¿Cuándo sales de cuentas? —Se interesa Lorena.

—En marzo.

—¿Tú también lo sabías? —pregunta Rubén a su hermana.

—A lo mejor se me escapó cuando la llamé para confirmar nuestra reserva —admite Maider.

—Un poco más y soy el último en enterarme —protesta Rubén—. ¿Quién más lo sabe?

—Tu madre... —admite Maider.

—¿Y por qué no me ha dicho nada?

—Tu tía, Tito, la señora que limpia los baños de arriba... —sigue enumerando mi hermana.

—¿En serio, Maider?

—¿Qué más da, Rubén? —le digo riéndome—. Lo único que importa es que todo vaya bien.

Me pongo de pie y aunque sé que las muestras de cariño le dan urticaria, lo abrazo. En los primeros segundos es como si estuviera aferrándome a un saco de trigo, fornido, áspero e inerte, pero al poco noto cómo se ablanda y él también me abraza. Hasta me da varias palmaditas en la espalda.

—Qué fuerte, ¿eh? —dice sonriendo.

Al final, la fiesta de los abrazos se amplía a casi todo el grupo. Les damos la enhorabuena y nos achuchamos los unos a los otros, excepto Lorena y yo. De hecho, en cuanto la tengo delante, la evito, cojo mi cerveza y propongo un brindis.

—¡Por vuestros últimos días como pareja funcional!

Chocamos nuestras latas, vasos y tazas entre risas.

—¿Y cómo lo llevas tú, Segarra? —se interesa Iván, cuando volvemos a sentarnos a la mesa.

—En general, bien, pero juro por Dios que, si tengo que seguir follando cinco veces al día hasta que dé a luz, se me va a caer el rabo a pedazos.

—¡Usa la lengua, falocentrista! —dice Sonic entre risas.

—Si se conformara solo con eso...

—Me gusta sentirte, Rubén.

—Eh, eh, eh. Parad. ¡Parad! —pide, ruega e insiste Gemma, un pelín abochornada—, que menudo veranito nos habéis dado.

—Como si vosotros hubierais sido muy discretos —me quejo.

—Hu-ha —aporta Óscar.

Pongo la mano sobre el vientre de mi hermana y siento que los ojos se me empañan. No es solo porque vaya a ser tío, es que las emociones de los últimos días están empezando a superarme. Sobre todo cuando me doy cuenta de que no me voy a librar de Lorena por mucho que quiera. Vamos a compartir un sobrino o una sobrina. Y eso, queramos o no, convertirá nuestra ruptura en algo imposible.

—¿Estás llorando, Azurmendi? —Rubén me da una hostia en el hombro.

—Seh. No me escondo. Joder, voy a ser tío. Es oficial.

—Puedes sentirte orgullosa, Maider, conmigo no lloró, y eso que venían dos en camino y tenía muchísimos motivos para hacerlo —espeta Sara, incapaz de dejarme disfrutar de un puto momento de paz.

—Sí que se emocionó —salta Lorena al otro lado de la mesa, supongo que para defenderme—. Lloró cuando me lo contó por teléfono. Lo noté en su voz. Estaba muy contento por todo lo que estabais viviendo y…

—No hace falta que justifiques mis actos, como si yo te hubiera importado alguna vez algo —digo dirigiéndome a Lorena.

Se hace el silencio a nuestro alrededor, solo interrumpido por un resoplido largo y profundo de Rubén.

—Puedes estar agradecido por que me importaras lo suficiente para no abandonarte mientras te desangrabas.

—Genial, Lorena, hablemos de esa noche —digo con una sonrisita cruel a la par que señalo la cicatriz de mi ceja izquierda.

Ella se remueve incómoda en su asiento.

—Nunca me has contado cómo te hiciste esa cicatriz —comenta mi hermana. Por la cara que pone, debe de recordar el momento en el que aparecí en nuestra parcela, allá por el noventa y cinco, con tres puntos y una tirita enorme cubriéndome la ceja.

—Nadie lo sabe —dice Sara con desdén—. Le parece divertido seguir guardando el secreto.

Tendrá valor. Me muerdo la lengua hasta que casi me la parto. Si hay una experta en guardar secretos, es ella.

—Hombre, imagino que a ti te lo habrá contado, ¿no?

Mientras lanza la pregunta, Maider me mira con esperanza, pero se equivoca. Solo lo saben Lorena y su madre, la enfermera que me cosió.

—No, yo no tengo ni la más remota idea —admite Sara, y suelta varias carcajadas bastante terroríficas—. Cuando nos conocimos me contó que se la había hecho escalando el Guggenheim y a lo largo de los años ha ido cambiando la versión. Si mal no recuerdo, hace unas semanas me dijo que lo golpeó la chatarra del Challenger cuando explotó.

—Venga, Unai, no puede ser tan grave para llevar ocultándolo... ¿quince años? —pregunta Iván.

Si él supiera...

De buenas a primeras todos se revuelven en mi contra y empiezan a presionarme para que diga la verdad. Como todavía estoy muy cabreado y dolido con Lorena, me es imposible contenerme. Quiero hacerle tanto daño como ella me ha hecho a mí. Y ya de paso, si jodo un poco a Sara también, me daré por satisfecho.

—Fue Lorena —suelto de golpe y porrazo haciéndolos callar a todos.

El grupo al completo se gira hacia ella, incluido yo. La pobre se aferra a un pedazo de pollo como si pretendiera pasar desapercibida escondiéndose detrás de él.

—Yo... —balbucea y me mira en busca de auxilio.

Quisiera sentirme culpable por lo que acabo de hacer y echarle una mano para salir del apuro, pero estoy demasiado ocupado disfrutando cruelmente de la cara que ponen mi esposa, mi mejor amigo y Lorena. A la mierda con todo ya. Estoy harto.

—Yo... —repite Lorena, agobiada—. Me asusté, eso es, me llevé un susto de muerte cuando pasó. Sangraba mucho.

«Lógico, amiga. Venga, dales más, que lo están deseando».

—Estábamos en los columpios... fumando. Bueno, él fumaba y yo... Total, que me caí hacia atrás y mi columpio le golpeó en la cara —explica Lorena, muy técnica y convincente.

Todos se ríen hasta que Rubén, el puto sabelotodo de los cojones, abre la boquita.

—¿Y qué hacías agachado? Porque para que te diera en la cara, tenías que estarlo, o en su defecto, muy cerca, de otro modo, habrías tenido margen de reacción y te habrías apartado.

Reina el silencio y me preparo para la que se nos viene encima.

Lorena y yo acabamos contestando a la vez.

—Se le había caído el cigarro —dice ella.

—Resbalé —suelto yo.

Vuelve a hacerse un silencio sepulcral alrededor de la mesa. Siento los ojos de mi mejor amigo clavados en mi pecho como si fueran las navajas de Mecano.

—Sabéis que esta historia suena muy rara, ¿verdad? —dice Maider con toda su inocencia. Se echa a reír, pero nadie la acompaña.

Rubén la mira con devoción y una chispa de algo más durante unos segundos y, a continuación, se centra otra vez en mí. Tarda unos segundos en procesar lo que quiere decir, pero sé de sobra que va a acertar...

—¿Te abriste la puta ceja bajando al pilón de mi hermana?

—¡Rubén, no seas cochino! —lo riñe Maider.

—¡Booomba! —grita Óscar creyéndose King África.

—¡Óscar!

—¿De verdad que todo esto os sorprende? —pregunta Sara.

—¡Un movimiento sensual!

—Contesta, Unai, dinos que no fue eso lo que pasó. —Iván suena menos cabreado de lo que en realidad está.

—¡Un movimiento muy sexy!

—Tú ya no salías con Lorena —digo y confirmo muchas cosas, o eso me dan a entender los resoplidos que me rodean—. Además, empezó ella. Me arrancó los pantalones.

—Hay que ser puñetero —dice Lorena con la vista clavada en mí.

—¡*Puñetedo*! —repite Ane con alegría desde el suelo.

—Suavecito para abajo, para abajo, para abajo...

—Por no decir hijo de puta —aporta Iván. Esta vez sí suena tan cabreado como está.

—¡*Puñetedo*! —vuelve a decir Ane apuntando a Iván con su dedito índice y se echa a reír.

Estoy a punto de regañarlos a todos por su lenguaje y pedirle a Óscar que deje de cantar temas pasados de moda de King África, pero creo que primero debo hacer algo más importante. Recorro la mesa con un barrido rápido para ver cómo se van formando los bandos y sé que la mayoría se está agrupando con Lorena. Hasta Sara.

—Aquella noche, Iván, aunque no lo recuerdes, volvimos de K'Sim y me pediste que cuidara de ella. Porque así eres, dejaste a tu novia pero te encantaba controlar todo lo que hacía. Lo que no sabías es que Lorena y yo ya éramos un poco más que amigos. Nos acercamos a los columpios, nos pusimos a hablar y una cosa nos llevó a la otra...

—Y le quitaste las penas comiéndole el coño —termina Óscar por mí—. ¡Épico, chaval!

—Épica va a ser la hostia que te voy a meter como vuelvas a mencionar esa parte de la anatomía de mi hermana.

—¡Rubén! —se quejan mi hermana y la suya a coro.

—¡*Puñetedo*! —contribuye Ane.

—¡Queréis dejar de decir palabrotas delante de las niñas! —los riñe Sara.

—¿Rubén? Pero a vosotras dos, ¿qué os pasa? —protesta el piloto—. Alguien tiene que defender tu honor, Lorena.

—Me abrí de piernas voluntariamente, imbécil, no hay nada que defender —le espeta. A continuación se lleva las manos a la cara, avergonzada.

—Si queréis podemos llamarlo «68 y te debo una» —comenta Óscar descojonado de la risa.

—¿Y se lo sigues debiendo? ¿Eh, Lorena? —apostilla Gemma, que se suponía que era la formal y cauta, y llevaba un buen rato calladita.

—Esto mejora por momentos —aporta Iván con incredulidad a la par que se reclina en su silla.

—A ver, chicos..., un poco de calma —dice Sonic acariciando la mano a su marido—. Son cosas que pasaron cuando erais jóvenes, tampoco es para montar un drama ahora. ¡Deberíamos reírnos! Porque, vamos, la historia graciosa es...

—Oh, sí, no veas cómo me descojono —ironiza Rubén.

—No tanto como yo —responde Iván.

—Lo siento, ¿vale? Pero vosotros habéis insistido. Si llevaba tantos años callado era por algo —me justifico.

—¿Y te parece bonito humillar a tu amiga delante de todos porque te has sentido acorralado? —salta Sara, con una rabia que me cuesta reconocer.

Cierro los ojos unos instantes y trato de llenar los pulmones de aire y el cuerpo de paciencia.

—¿Qué pasa, que te jode saber que le comí el coño a pocos metros de aquí?

—Ni mucho menos. Lo que me jode es que lances a tu amiga a los leones de esta forma tan rastrera y que encima sigas porque estás cabreado.

—Lo que me faltaba oír, Sara. —Aplaudo sonoramente—. ¿Ahora defiendes a Lorena, cuando llevas años echándole toda la mierda encima? Que si te llama demasiado, que si le cuentas todo, que si le haces más caso que a mí, que si me siento sola, que si tal y que si cual.

—Nunca la he culpado a ella. No tergiverses las cosas.

—¿Ah, no? Te recuerdo que ayer mismo me dijiste que para ti somos como Camilla Parker y el puto príncipe. Y perdona que te lo diga, pero Camilla siempre ha sido la mala de la película.

—Claro que me he sentido incómoda muchas veces, pero ¡eras tú quien estaba casado conmigo!

—¿Ahora hablamos en pasado sobre nuestro matrimonio? Esto es genial, Sara.

—Chicos, así no —dice Rubén en balde, nada va a conseguir parar la discusión que se está desatando.

—¿Todavía piensas que nuestro matrimonio sigue teniendo sentido, después de todo lo que está pasando? —pregunta mi mujer.

—Tú me dirás, eres tú quien se enamoró de otra persona.

Un murmullo generalizado me rodea.

—Que es exactamente lo mismo que has hecho tú desde que empezamos a salir, querer a dos personas a la vez.

—A lo mejor es que contigo no tenía suficiente.

No me reconozco en esta mierda de persona en la que me estoy convirtiendo, pero estoy jodido de verdad, fuera de mí, asqueado y muy al límite de mis capacidades humanas.

—Chicos, parad YA —nos advierte Rubén de nuevo.

—¡¿¿Ahora me vas a humillar a mí??! —me grita Sara.

—Nunca tengo suficiente con una de las dos, ¿no? Además, llevas meses humillándote tú solita: me fuiste infiel, hiciste las maletas, te largaste y, encima, te llevaste a mis hijas tres putos días. Yo solo soy una víctima.

—¿Quieres convertirte en una víctima de verdad?

—Me largo —oigo que dice Rubén.

Me pongo en pie con ímpetu y mi silla vuelca. Veo de refilón que mi cuñado sale de la parcela. Ojalá se llevara a todos los demás con él, porque esto se va a poner feo de cojones, pero están todos petrificados.

—Dudo que haya algo que me haga sentir peor de lo que ya me siento, Sara.

Ella también se pone en pie y me apunta con el dedo índice.

—Pues me besó, Unai. Amaia me besó.

—¿Quién es Amaia? —oigo preguntar a Óscar, pero nadie le contesta.

—¿Y pasó algo más? —inquiero, pese a que sus palabras me han roto en mil pedazos.

Respiro hondo, muy hondo, tanto que siento que el aire me llena hasta el páncreas, a la espera de que Sara me destroce un poco más.

Si hace un año me hubieran preguntado qué opinaba de las

infidelidades, habría contestado que no importa cuándo, cómo o cuántas veces sucedan, que son intolerables en todas sus variantes. Pero hoy considero que a veces es mejor hacer oídos sordos para no conocer su alcance real y que vivir en la ignorancia a lo mejor no es tan malo como parece a primera vista. Sé que es una postura la hostia de cobarde, pero también sé que es la única protección que les puedo dar a mis hijas ahora mismo, la única opción que me queda para que sigan teniendo un padre y una madre bajo el mismo techo, porque sé que, a partir de este mismo momento, me será posible seguir tragando más.

—No quieras saberlo —responde por fin Sara.

—¡¿¿¿Pero qué coño me estás contando???!

—Sucedió y no supe pararlo. Ni siquiera sé si pensé en hacerlo, porque en el fondo lo estaba deseando, Unai. Me gustó que alguien se sintiera atraída así por mí. Que alguien me prestara atención. Y algo muy feo en mi interior me empujaba a dejarme llevar…

—Joder, pues genial, ¿no?

—¡No ironices como haces siempre!

—¿Y qué puñetas quieres que haga, eh? Soy tu marido y tú, mi mujer, ante la ley y ante cualquiera que quiera comerte la boca. Y lo que no es la boca, ya puestos.

—A mí no me vengas con frasecitas posesivas. Yo no soy de nadie.

—Claro que no eres mi puta propiedad, pero estás casada conmigo y hay una cosa implícita en el matrimonio que se llama respeto, y tú te lo has pasado por el coño. Literal.

—Si te lo estoy contando es justamente porque te respeto.

—¿Delante de todos? No, Sara, no. Respeto significa ser fiel a lo que prometimos el día que nos casamos, contármelo a toro pasado en medio de este maldito escarnio público no es más que un blanqueo de la culpabilidad. Un «mirad qué malo es Unai y hasta dónde me ha llevado». Es una manera muy fea de intentar justificar algo.

—No estoy intentando blanquear nada, sucedió, no puedo negarlo, y me siento culpable de habértelo ocultado, pero no del hecho en sí.

—Pues ya es un poco tarde para ese tipo de arrepentimiento, ¿no crees?

—Me hiciste prometer que lo intentaríamos y es lo que he hecho. Quisiste venir a este camping y es lo que he hecho. Pero ya no puedo hacer nada más.

—Sí, sí que puedes hacer algo y es dejar de mentirme. Aunque, bueno, eso es exactamente lo mismo que ha estado haciendo tu querida amiga Lorena.

—¡Vale ya! —grita la aludida—. ¿No os dais cuenta de que lo único que estáis consiguiendo es empeorar las cosas?

Nos quedamos callados y la miramos.

—Podéis discutir todo lo que os dé la gana, pero, por favor, no lo hagáis delante de las niñas —nos pide.

Cuando me giro en busca de mis hijas, no están.

23

¿Las niñas?

Unai · Benicàssim, 29 agosto de 2010

Dicen que los momentos traumáticos detienen el tiempo o, al menos, lo ralentizan.

No sé si estoy de acuerdo.

Mi cabeza va a toda pastilla al pensar en los sitios donde mis hijas han podido refugiarse, mis pies se mueven con rapidez de un lugar a otro y mis ojos rastrean sin descanso. El miedo y los minutos sin saber de ellas se colapsan, se mezclan y se amontonan en mi corazón.

Iván nos informa de que él y Sonic van a mirar en la zona de Recepción, el bar y la terraza con las mesas de ping-pong. Maider se va a los columpios y dice que bajará por el tercer pasillo hasta la puerta que da a la playa. Gemma y Óscar se dirigen a la primera calle y murmuran por lo bajo que echarán un vistazo en la piscina —me agradezco a mí mismo que tuvieran que vallarla y ponerle horario—. Lorena saca el móvil y llama a la policía. Le dicen que mandarán una patrulla porque se trata de menores. Acto seguido, anuncia que va a subir a Recepción a esperarlos y que aprovechará para ver si están en la Gran Avinguda. Imaginar a mis hijas cruzando esa avenida con todo el tráfico que tiene es lo único que consigue ralentizar mi corazón, pararlo en seco.

Sara y yo las buscamos en nuestra parcela, debajo y dentro

de las cuatro caravanas y en cualquier hueco donde hayan podido meterse dos niñas pequeñas asustadas. Miro en las parcelas contiguas, por si se han acercado a jugar con algún niño, en los baños y en los fregaderos comunes. Recorro el pasillo central arriba y abajo varias veces, pero no doy con ellas.

Poco después, oigo a Lorena anunciando por megafonía que mis hijas han desaparecido y que, si alguien las ha visto, por favor, informe cuanto antes.

Los minutos siguen acumulándose, pero ellas no aparecen por ningún lado. Vuelvo rendido y destrozado a la parcela con Sara, que ha estado revisando las caravanas por segunda vez. Me abraza y se echa a llorar.

La policía hace acto de presencia. Lorena, Rubén y Tomás acompañan a los agentes.

—Azurmendi —me saluda Damiano.

Ni siquiera le contesto, directamente lo abrazo más que agradecido porque hayan venido.

Hace unos seis años que Damiano cambió su residencia habitual en Italia por Benicàssim. Me gustaría decir que fue por amor, que a veces consigue triunfar, pero, por desgracia, abandonó su país a causa de ciertos problemillas que no vienen a cuento. Acabó aprendiendo español e ingresó en la policía. Sobra decir que también retomó su relación con Tito y que, desde entonces, viven juntos.

—Tenemos la descripción que nos ha facilitado Lorena y hemos puesto en alerta a todas las unidades de la zona. Habéis revisado todo el camping, ¿no? —dice Damiano.

Sara le hace un pequeño resumen de cómo nos hemos dividido y las zonas del camping que hemos escudriñado ya. Damiano y su compañero insisten en que son muy pequeñas y que lo más probable es que estén escondidas en algún lugar cercano. Nos piden que pensemos en sus sitios favoritos, y a mí lo único que se me viene a la mente es Rubén. Después de Sara y de mí, él es su lugar favorito en el mundo. Pero por desgracia, lo tengo a mi lado y ni rastro de las niñas.

Lorena se me acerca y apoya su mano en mi brazo.

—Aparecerán, estoy segura. Estate tranquilo.

—¿Cómo quieres que esté tranquilo? Mis hijas tienen tres años y medio, Lorena. Tú no sabes lo que es porque no eres madre, pero están indefensas, podrían estar heridas en cualquier esquina —le digo por lo bajo, para que Sara no me oiga—. Todo esto es...

—No es culpa tuya, Unai —me dice con calma—. Todos hemos permitido que la discusión se fuera de madre.

—Claro que no es culpa mía, eres tú quien ha provocado toda esta situación con tu confesión. Si hubieras estado callada durante...

—Azurmendi, más calmado, ¿eh? —interviene Rubén—. Todos estamos preocupados por Ane y Leire, pero no vamos a empezar a repartir culpas para sentirnos un poquito menos responsables.

—¿Ha pasado algo para que las niñas se marcharan? —pregunta Damiano con el ceño fruncido.

Lorena toma la palabra y le explica a grandes rasgos el «pequeño conflicto» que hemos vivido.

Sara me da la mano y se pega a mi costado. Está histérica, temblando. Me aferro a su cuerpo y deposito un beso en su sien. Nos hemos enfrentado a mucha mierda en los últimos meses, pero nada remotamente parecido a lo que estamos viviendo ahora mismo. Si no encontramos a nuestras hijas o les ha pasado algo...

De pronto, oímos un llanto a lo lejos e impulsados por un resorte, Sara y yo salimos corriendo de la parcela.

Una señora de edad avanzada y un chico joven traen a mis hijas de la mano.

Ni siquiera les preguntamos dónde las han encontrado, nos abalanzamos sobre ellas para comprobar que están de una pieza y les damos un largo, larguísimo abrazo hasta que protestan.

La policía avisa por radio que las niñas ya han aparecido, se despiden y se retiran.

Al cabo de un rato las sentamos en la mesa y volvemos a verificar que están bien. No tienen ni un solo rasguño a la vista, pero están temerosas.

—*Txikitxus*, ¿dónde estabais? —les pregunto con cautela porque no quiero asustarlas más.

—Iba con el *osaba* a la *pisina* —dice Leire—. Pero me *perdío*.

Rubén se acerca y coge sus manitas.

—¿Ibas conmigo a la piscina?

Leire asiente y le pone morritos.

—Me has dejado *bakarrik*.

—Me has dejado sola —traduzco.

—Joder. —Rubén se lleva las manos a la cabeza—. ¿Han salido detrás de mí cuando me he largado de la parcela y no me he dado cuenta?

Leire asiente y vuelve a hacer un mohín. Maider se acerca a Rubén y lo abraza por la cintura.

—Rubén, no ha pasado nada. Estábamos todos muy alterados, es normal que no te hayas dado cuenta de que iban detrás de ti.

—¿Que no ha pasado nada? Me cago en mis putos muertos, Maider. Necesitaban que alguien las apartara de toda la metralla que estaban soltando sus padres como dos energúmenos, han recurrido a mí ¡y yo he pasado de ellas!

Es la primera vez que veo a Rubén montando un drama y la verdad es que me llena el pecho de un sentimiento de orgullo. Adora a mis hijas y sé que lo que ha pasado hoy no nos va a pasar una factura enorme solo a Sara y a mí.

Cuando los ánimos se han calmado, todos los habitantes de Parcelona nos recogemos en nuestras caravanas, y Sara y yo nos acostamos con las niñas en la cama de matrimonio.

—Jamás había sentido tanto miedo, Unai —dice mientras le acaricia el pelo a Leire, que está medio dormida.

—Ni yo.

—¿Tan poco apreciamos el amor? ¿Tan poco nos respetamos? ¿Tan poco nos importa todo lo que hemos compartido?

—Sara hace una pausa y coge mis manos—. Sé que hemos intentado arreglar las cosas por las niñas, ellas eran, en realidad, la única razón de peso que nos quedaba, pero ¿a qué precio? ¿La infelicidad de por vida? ¿Destrozarnos? ¿Destrozarlas?

Asiento con un nudo en la garganta.

—Vine creyendo que podríamos arreglarlo —admite—. Al menos, así fue los primeros días.

—¿Pero?

—Aquí mis miedos se multiplicaron. Verte con Lorena, lo feliz que eres con ella, echar de menos a Amaia... Echar de menos quien soy con ella...

—¿Y por qué has aguantado todo el verano sin decírmelo, si lo tenías tan claro?

—Porque tenía miedo.

—¿Miedo a qué?

—A muchas cosas, pero, sobre todo, temía que acabáramos en un divorcio violento y que me quitaras a las niñas.

Se me para el corazón.

—Sara, jamás te haría eso. Alejarlas de ti solo sería una manera muy egoísta de castigarte y de hacerles pagar a ellas por algo que solo nos concierne a ti y a mí.

—Es lo que yo te hice.

—Por eso mismo no te lo haría yo. Porque sé lo que es que te hagan la mayor putada que se le puede hacer a un padre y, por mucho que un supuesto divorcio nos pudiera empujar a una situación desagradable, jamás las apartaría de ti.

Sara se limpia las lágrimas con el dorso de la mano.

—¿Qué vamos a hacer a partir de ahora?

—Luchar por la familia que merecemos. Sara, yo te quiero.

—Yo también te quiero.

—Pero no podemos seguir fingiendo que lo nuestro no está acabado porque lo está.

—*Papo* —dice Leire medio dormida.

Al final, cinco años y pico de noviazgo, casi cuatro de matrimonio y dos hijas en común dejan de tener valor para mí. Lo único que importa es encontrar una salida digna para que Ane y Leire sean de verdad felices.

El amor hacia ellas debería acabar pesando más que el daño que nos hemos hecho.

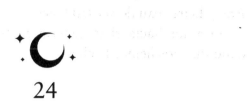

24

¿Qué entiendes por calma?

Unai · Benicàssim, 30 agosto de 2010

Las niñas están dormidas abrazadas a Sara, que está sudando la gota gorda. Tratando de aliviarle un poco el calor, retiro la sábana que mi mujer tiene enrollada entre las piernas, salgo de la caravana de puntillas y me encamino a los servicios.

Esta noche va a ser complicado conseguir dormir. Entre otras cosas, porque todavía tengo el estómago encogido por los cuarenta y cinco minutos que ha durado la desaparición de Ane y Leire. Y por todo lo que ha pasado antes y después de eso. Es un hecho que mi vida está cambiando.

Cuando vuelvo del baño me encuentro a Iván sentado a la mesa, a oscuras.

—¿Insomnio? —pregunto con cautela.

—No sabría decirte. ¿Están bien Ane y Leire?

—Sí, duermen tranquilas.

—Me alegro, tío. Menudo susto.

—Ya te digo, joder.

Acto seguido, sin cruzar ni una sola palabra más, se levanta de su silla y me da una hostia que me tira al suelo.

—Te lo pregunté, Azurmendi. Y tú me negaste a la puta cara que hubiera algo entre vosotros.

Ya sabía yo que iba a pagar el insomnio de mi amigo.

—Ella me rogó que no te lo contara.

—¿Y pusiste sus deseos por encima de nuestra amistad?

—Tú preferiste largarte a la universidad a seguir con ella, no creo que estés en posición de darme lecciones sobre prioridades en cuanto a Lorena se refiere.

—Atarse a ella era atarse a este puto camping, ya hablamos de eso en su momento.

Estoy por decirle que mucho protesta, pero que aquí está, en este puto camping. Pero al final, opto por la vía diplomática que promete menos puñetazos:

—Mira, no digo que lo que hicimos a tus espaldas estuviera bien, porque no lo estuvo, tal vez podría justificar la primera vez, pero...

—¿La primera vez? —pregunta a la par que se masajea los nudillos—. ¿Hubo más después del columpio?

—Calma, Iván..., es obvio que pasó más veces. Tuvimos una relación.

Apenas termino la frase y ya estoy besando el suelo otra vez.

—¿Tú qué entiendes por calma, tío?

—¿Y tú qué entiendes por «la exnovia de mi mejor amigo»?

—¿Qué pasa, que no lo has superado todavía? —Le digo entre dientes, jugándome otra hostia; total, ya me tiene despatarrado, soy diana fácil y, por el motivo que sea, quiero que me pegue, necesito que saldemos las cuentas cuanto antes, quitarme de encima esta mierda que llevo tantos años cargando y seguir adelante con el resto de las mierdas que tengo pendientes.

—No digas gilipolleces. Hace tiempo que lo superé. Estoy casado.

Me gustaría señalar que el matrimonio no es un argumento de peso para anunciar que has pasado página, soy el mejor ejemplo, pero mejor me callo.

—Entonces ¿qué cojones te importa a quién se ha podido follar Lorena durante todo este tiempo? ¿O es que te vas a pasear por Benicàssim con un bate de béisbol tocando puerta por puerta mientras suena «Gangsta's Paradise» a todo trapo por los altavoces de tu coche?

Iván se ríe, pero niega.

—No, jamás haría eso.

—Pues bien que a mí me has partido la cara.

—Eras mi amigo.

—Por no hablar de la cantidad de años que te pasaste meándole en los tobillos para marcarla.

—Yo no hice eso.

—Venga, te doy una segunda oportunidad para que reformules tu respuesta.

—Vale, puede que alguna vez...

—Ejem.

—Varias veces. Puede que varias veces me comportara como un exnovio un poco posesivo.

—Ejem.

Mi amigo se lleva las manos a la cabeza y resopla.

—¿Muchas veces? —pregunta.

—Muchísimas. De hecho, estoy seguro de que un alto porcentaje del rechazo de Lorena a contártelo era tu puto comportamiento de mierda. Si no hubieras sido un completo imbécil, las cosas habrían salido de otra manera.

Iván se pasea por la parcela. Al cabo de un rato me ofrece una mano y me levanto.

—Lo siento, tío. No debería haberte pegado. Pero es que ha sido como volver a tener a veinte años.

—Que más quisieras que pegar como entonces.

—Y no solo eso —admite a la par que se masajea la poco poblada coronilla—. ¿Damos un paseo?

Nos alejamos de la parcela y paseamos durante un rato por el camping. Los ánimos parece que se han calmado, así que le pedimos unas birras a Tito, que está fregando el bar, y acabamos haciendo una parada en los columpios. Maldito sea el destino que guía nuestros pasos hacia la mismísima escena del crimen.

Iván se sienta en un lado del «sube y baja» y yo me acomodo en el otro. A primera vista, el balancín me parece de lo más inofensivo si volvemos a calentarnos. Además, calculo que pesaremos más o menos lo mismo, así que dudo que seamos capaces de catapultar al otro si la conversación se tuerce de nuevo.

—¿Por qué no seguiste adelante con ella? —pregunta Iván.

—No fui yo quien tomó esa decisión.

—¿Fue Lorena?

—Obviamente. A mí, a esas alturas, me importaba una mierda que hubiera sido tu chica o tener que venirme a vivir a Benicàssim, estaba enamorado hasta las trancas.

—Creo que hay una cosa por la que vas a odiarme.

—¿Solo una? Bah, con los días que llevo, seguro que me parecerá una tontería.

—Supongo que en parte soy el culpable de que Lorena no siguiera contigo.

—Bueno, eso ya lo sabía. Te eligió.

—No me eligió... Le pedí ayuda, ella creyó que seguía habiendo algo entre nosotros y puede que yo me diera cuenta y no hiciera nada para sacarla del error.

Me impulso con las piernas, pego un bote brusco y el balancín le da en las pelotas. Iván grita dolorido, poco para mi gusto.

—¡¿¿Qué coño significa que puede que no hicieras nada para sacarla del error??!

—Tuve problemas con el juego —afirma con las manos ancladas a sus partes y los ojos llorosos.

—¿Con qué juego?

—Con las apuestas, Azurmendi.

Apoyo los pies en el suelo y mantengo el balancín flotando.

—¿Eres ludópata o algo así?

—Odio esa palabra, pero sí. Me tuve que volver de Madrid porque me echaron del piso de estudiantes que tenía alquilado. Llevaba seis meses sin pagar.

—La hostia.

—Debía pasta a mis compañeros de piso, a un par de tíos de clase, a un prestamista...

—La rehostia.

—Así que fui a València a llorarle a mi padre para que me sacara del apuro.

—Menos mal que papá Fabra está forradito, ¿eh?

—Sí, menos mal, la única pega es que ya era la tercera vez que le iba con la misma cantinela y me echó de casa. No me quedó otra que coger un autobús y venirme al camping. Como la cuota estaba pagada, estuve viviendo en la caravana algunos meses.

—¿Y Lorena?

—Cuando me vio aparecer, le conté que estaba agobiado con la universidad y que necesitaba unos meses de desconexión. Al principio, me dejó a mi rollo, pero ya sabes cómo es, la preocupación la venció y acabó vigilándome de cerca. Incluso Pilar, que nunca me ha tenido demasiada simpatía, se encargaba de darme de comer todos los días. —Sonríe con tristeza—. Como era de esperar, acabé acumulando deudas en Benicàssim también, y, cuando me vi con la soga al cuello otra vez, no me quedó otra que contarle la verdad y pedirle pasta. Era la única salida.

—¿Lorena se hizo cargo de tus deudas?

—Sí —admite avergonzado—. Y no quieras saber cuánto fue entre lo de Madrid y lo de Benicàssim.

—Joder, Iván.

—Y no solo eso. También me buscó ayuda y durante unos meses se aseguró de que asistía a terapia cada puto día.

—Y tú permitiste que pensara que había algo más entre vosotros.

—En realidad, yo también creía que algo estaba resurgiendo entre nosotros. No sé si era por todo el tiempo que pasábamos juntos o por el momento de mierda que yo estaba viviendo, pero lo que en un principio parecía un tonteo sin importancia poco después se había convertido en algo más. Al menos, por mi parte. Pero entonces llegó agosto.

—Y aparecí en el camping.

—Y ella se distanció de mí.

—Y aquella tarde que nos pillaste en las duchas, me dijiste que querías volver con ella y me pediste que te ayudara.

—Sí, aunque en realidad te estaba poniendo a prueba. Me habían contado que Lorena y tú os habíais liado en algún momento y que probablemente ese era el motivo de que se estuviera alejando de mí.

—No me jodas. ¿Fue Verónica?

Verónica acabó casándose con Miguel y se mudaron a Madrid. Pero al siguiente verano, cuando volvieron al camping, se lio con el señor del *fardapollas*, el mismo hombre que durante años me estuvo reclamando el final de la historia del Bichiluz. Rompió su matrimonio con el primo de Lorena y no volvimos a saber de ella.

—Sí, sin embargo, al principio pensé que me estaba tomando el pelo. Ya sabes cuánto le gustaba malmeter. ¿Lorena y tú? No me cuadraba en lo más mínimo. Ella era mucho para ti.

—Gracias por la parte que me toca —suelto por lo bajo.

—Pero la verdad estaba delante de mis narices, no había más que observaros para notar la tensión sexual que corría entre vosotros. Por eso te lo pregunté. Confiaba en que me dirías la verdad, que no había nada entre vosotros y que todo eran imaginaciones mías por culpa de Verónica, y que me ayudarías. No podía perderla, Azurmendi, Lorena era mi única salida en muchos sentidos...

—Ya, bueno... Mucha tensión sexual, pero en cuanto vio que tenía una oportunidad contigo, me dejó tirado.

—En realidad, aunque todavía hubiera algo de atracción entre nosotros, lo que inclinó la balanza fueron mis problemas, estoy seguro, porque cuando te marchaste del camping aquel agosto, Lorena estaba destrozada y apenas aguantamos juntos unas pocas semanas más. Ella se agarró a mí porque probablemente le pareció que era su deber y yo me agarré a ella porque la necesitaba. Pero ni ella estaba enamorada de mí ni yo de ella. Cuando llegó septiembre le pedí que se viniera a Madrid conmigo, más por costumbre que por otra cosa, pero volvió a elegir este puto camping y yo no insistí.

—Podrías haberme contado los problemas que tenías y, sobre todo, podrías haber sido más claro con ella.

—Lo siento, tío, no estoy especialmente orgulloso de esa época de mi vida, no solo me aproveché de Lorena, hice muchísimas cosas fatal. De haber sabido que lo vuestro había sido tan importante, tal vez hubiera obrado de otra manera, no lo sé... Estaba cegado por mis mierdas.

Me quedo en silencio procesando todo lo que mi amigo acaba de contarme.

—Ella merecía algo mejor que tú y que yo, porque, de una manera o de otra, ambos acabamos obligándola a elegir, cuando lo que ella necesitaba era que alguien la empujara a cumplir todos esos sueños que todavía sigue aplazando. Hemos intentado gobernar su corazón, pero ella solo quería gobernar su vida.

—Lorena está donde siempre quiso estar... —comenta descolocado.

—No, Lorena siempre está donde siente que la necesitan. Nunca lucha por lo que realmente quiere porque es una cobarde.

Y con esa frase empiezo a entender el tamaño de la cagada que fue enfadarme con ella cuando me confesó que seguía enamorada de mí...

—Puede que tengas razón.

25
Despedidas

Lorena · Benicàssim, 30 agosto de 2010

—Hola, Lorena.
Levanto la cara de los papeles que tengo delante y me encuentro con Sara. La saludo con un movimiento sutil de cabeza porque acaba de pillarme tan desprevenida que soy incapaz de abrir la boca. Puede que mi vida siempre haya sido de lo más corriente y aburrida, pero estoy segura de que este momento está a punto de convertirse en un capítulo de *El diario de Patricia*. Sara no puede haber venido por ningún otro motivo que no sea acorralarme y decirme cuatro cosas. Me preparo mentalmente para la que me va a caer encima.
—Vengo a pagar —anuncia.
Vale, también cabía la posibilidad de que hubiera venido a liquidar la cuenta, lógico porque hoy se van, pero en el estado de nervios en el que me encuentro, no podía esperar algo tan mundano.
—Déjame que prepare la factura.
Me centro en la pantalla del ordenador, pierdo el puntero del ratón por el escritorio y lo muevo como una loca tratando de encontrarlo. Por fin lo localizo y voy haciendo clic hasta que doy con la ficha de cliente: Unai Azurmendi Zubillaga.
Siento un batiburrillo de emociones al recordar el día en que, sentados en esta misma caseta, yo sobre sus piernas, y él

abrazado a mí y con su cara hundida en mi cuello, abrimos esta ficha aparte de la de sus padres. Vuelvo a sentir el mismo cosquilleo en la piel cuando rememoro sus palabras sobre la cantidad de veranos que había pasado a mi lado y los que aún le quedaban.

Me fuerzo a apartar esos pensamientos mientras recorro con el cursor todas y cada una de las veces que ha estado en nuestro camping. Cada uno de los años, sin embargo, me devuelve un recuerdo más bonito y doloroso que el anterior. Cuando por fin llego a 2010, reviso los datos de su estancia y aplico el descuento correspondiente por antigüedad. Tan pronto como la impresora escupe la factura, la sello y se la entrego a Sara.

—¿En metálico o con tarjeta?
—Tarjeta.

Coloco el datáfono encima del mostrador con manos temblorosas y espero mientras ella rebusca en su bolso.

—Ah, antes de que se me olvide... quiero decirte una cosa.

No me veo capaz de levantar la vista del datáfono porque ahora sí viene lo chungo. Además, he pasado de un ligero tembleque a un baile descontrolado de extremidades.

—La trampilla del techo de la caravana no cierra bien.
—Pediré que la revisen —balbuceo.
—¿Pensabas que había venido a soltarte algo como: «Sal de mi matrimonio, pedazo de zorra»?

La miro. Su semblante está relajado, demasiado para una mujer que probablemente está a punto de matarme valiéndose de un datáfono como arma.

—No sería de extrañar.
—Pues estás bastante equivocada. Aunque no te voy a negar que me haya pasado todo el desayuno sin poder mirarle a la cara a mi marido. Saber cómo se abrió la ceja es... —Hace una pausa para dedicarme una miradita—. Sea como sea, la Sara de hace algunos años lo hubiera hecho, te estaría llamando de todo ahora mismo.

—Entiendo. ¿Y la Sara de hoy?

—La Sara de hoy está pasando por uno de los peores días de su vida, pero no ha venido a vengarse, odia las peleas de gatas.

Joder, su elegancia y entereza me desarman. Aunque, para ser justa con ella, siempre ha sido distante conmigo pero nunca me ha tratado mal. No sé qué hubiéramos hecho las demás de haber estado en su situación.

—Sé que directa o indirectamente te he hecho daño —admito.

—Me ha llevado unos cuantos años entenderlo, pero no me casé contigo, Lorena. Me casé con él. Tú no me debías nada. Mi matrimonio no era tu problema, fue él quien te puso por delante en muchos momentos.

—Ya, pero...

Sara suspira con suavidad y por fin saca la cartera. Es enorme. Espero que no la acabe usando para atizarme.

—Imagino que te sientes responsable de una gran parte de lo que ha pasado y, con sinceridad, creo que lo justo es que lidies con esa culpa tal como vamos a hacer los demás, pero no vengo buscando tus disculpas. Por mucho que en el pasado haya habido momentos en los que te hubiera roto esa cara tan bonita que tienes, si soy realista, nunca fuiste la causa principal de nuestros problemas, solo otra traba más entre las muchas que Unai y yo nos hemos ido poniendo en el camino.

Me entrega una VISA de Kutxa de color azul. Cargo el importe en el datáfono y la paso por la ranura. Sara se inclina hacia mí para introducir su código de seguridad. Ambas nos quedamos mirando la pantalla mientras conecta con el banco.

—Si me permites un consejo, date un poco de tiempo para asimilar lo que ha pasado, pero creo que no deberías alejarte demasiado de él.

La cara de susto que pongo debe de ser todo un poema. ¿Quiere que me mantenga cerca de su marido? ¿Hola?

—¿Por qué me estás pidiendo eso?

—Porque lo segundo que voy a hacer nada más llegar a Donostia, justo después de hacer pis, va a ser firmar el divorcio.

Me quedo atónita ante la frialdad con la que me anuncia que, en unas pocas horas, después de mear, nada más y nada menos, pondrá en marcha el proceso para finiquitar su matrimonio. Siento pena por Unai. Imagino que espera ese mismo desenlace, pero eso no le evitará el mal rato que va a suponer.

—No me mires así, Lorena, después de parir a dos niñas, mi vejiga tiende a descontrolarse bastante. En cuanto a lo demás, no es una decisión que haya tomado esta mañana desayunando y recordando cómo se abrió la ceja mi marido, ayer hablé de ello con Unai. No esperaba que las cosas se fueran a complicar tanto, pero sospechaba que estas vacaciones podrían ser las últimas de mi familia.

—Unai nunca ha tenido una oportunidad real —comento con tristeza.

—Sí la ha tenido —afirma Sara rotunda—. Por mucho que te parezca que no, me casé enamorada, lo quiero y sé que siempre lo querré. —Guarda silencio unos instantes para mirarme, sus ojos están cargados de lágrimas—. Unai me ha dado los mejores años de mi vida y juntos hemos tenido a Leire y Ane, pero la realidad, por muy dura que sea, es que nunca fue mío de verdad.

Quiero decirle que la entiendo, que yo también lo perdí, pero creo que ahora mismo no es lo que más le debe de apetecer oír.

—Hemos peleado para salvar lo nuestro porque nos queremos y vinimos a este camping llenos de esperanza, pero ni debo permitir que sigamos viviendo una mentira ni quiero que mis hijas crezcan creyendo que el amor es esto: dos personas que ya no pueden estar juntas pero se obligan a hacerlo por razones equivocadas. Dos personas que se gritan y se faltan al respeto. No quiero que sean testigos de cómo acabo convirtiéndome en una mujer amargada que solo cruza reproches con su marido y que busca desesperadamente que alguien llene su vacío.

El datáfono interrumpe sus declaraciones para escupir el justificante de pago. Lo arranco de golpe y se lo entrego.

—Sé que debería haber dado este paso antes de haber hecho otras cosas, pero tuve miedo.

Asiento porque no tengo nada provechoso que añadir.

Entiendo que en muchas ocasiones se sintió abandonada por su marido y que ha debido de sufrir por el descubrimiento de su orientación sexual, pero no puedo justificar su infidelidad. Unai tampoco está libre de culpa, ni siquiera yo, pero él no era consciente de su deslealtad y ella sí. Sara lo hizo a sabiendas de que sus hijas y su marido la estaban esperando en casa.

—Espero que Ane y Leire algún día entiendan que a veces hay que tomar decisiones drásticas para conservar el amor que todavía queda y no estropearlo del todo. —Suspira con fuerza intentando contener unas lágrimas que ya corren por su mejilla derecha—. Prefiero que nos tengan a los dos por separado y bien, que juntos y mal.

Tal vez este no sea el momento indicado ni yo la persona idónea para formular la pregunta, pero no puedo callármela.

—¿Vas a apartarlo de las niñas otra vez?

Sara me mira fijamente y se muerde el labio inferior con saña.

—¿De verdad piensas que después de lo que pasó podría hacerlo? —inquiere con la voz rota—. Los cuarenta y cinco minutos que estuvieron desaparecidas han sido los peores de nuestra vida. Sin Unai me hubiera vuelto loca. Además, ellas necesitan a su padre tanto como a mí, me lo dejaron bien claro la única vez que las alejé de él. Estoy segura de que encontraremos la manera de que esto funcione.

—No sé qué decirte, Sara...

—Con un «espero que no te estés equivocando» podríamos darle un buen cierre a esta conversación, ¿no crees? —Ríe con suavidad y cruza los dedos.

—Espero que no te estés equivocando... y que seas feliz. Lo digo de todo corazón.
—Gracias. Yo también espero que las cosas te vayan bien. Y, si me lo permites, me gustaría pedirte que cuides de él.
—Ah, no. Que se cuide él solito. Nos ha jodido.

Me dedica una breve sonrisilla que estoy segura de que se le ha escapado sin querer.

—Sigues cabreada con él —afirma entre risitas que suenan como cuando desinflas un globo apretando la boquilla con los dedos—. Perdona, no quería reírme, pero esta misma mañana Maider me ha dicho que, conociéndote, le vas a cortar las pelotas en cualquier momento, y algo me dice que es justo lo que estás planeando.

—Para hacer eso tendría que acercarme a él, y no lo voy a volver a hacer.

Sara suelta otra carcajada y me mira con algo muy parecido a la comprensión.

—Razón no te falta, le abriste tu corazón y él se portó como un auténtico cabronazo. Aunque se merece cualquier cosa que te apetezca hacerle, en su defensa te diré que nunca fue consciente de tus sentimientos reales. No hay más ciego que el que no quiere ver. —Se encoge de hombros y sonríe—. No hagas nada irreversible, Lorena, date un tiempo, lo acabarás echando de menos tanto como él a ti. Lo vuestro siempre ha sido especial.

De verdad que quiero decir algo más, me apetece hasta abrazarla, pero tengo la garganta cerrada y los músculos agarrotados. Ojalá Sara no se equivoque y podamos rehacer nuestra amistad algún día, porque ahora mismo es lo último que me apetece hacer.

—Todo lo que vendrá a partir de ahora va a ser muy duro, Lorena. Pero no olvides que lo eres todo para él. De hecho, por mucho que me joda admitirlo, a mí nunca me ha mirado como te mira a ti. Tú eres la única persona en la que confía de verdad. Y tú lo has seguido queriendo durante muchos años...

Coge distancia, si es lo que necesitas, pero no te alejes demasiado de él.

Aprieta mi mano con suavidad y se dirige al bar sin despedirse.

Supongo que aquí termina la historia de la familia Azurmendi-Ibarluzea, en este camping.

Me dejo caer en mi silla y me abrazo al datáfono.

Un rato después, cuando estoy atendiendo una llamada del extranjero, Unai para el coche justo delante de Recepción. Sigo hablando con el posible cliente mientras veo cómo se baja y se dirige al bar. En el último momento, gira sobre sí mismo y se acerca hasta mi querida caseta. Creo que ambos estábamos convencidos de que, habiendo venido Sara a pagar, no había motivos para que se presentara él también. Pero, por lo visto, se ha producido un cambio de planes y nadie nos ha avisado.

Me saluda con la mano y apoya los codos en el mostrador a la espera de que la llamada termine. Tiene el labio hinchado y un moratón en la mandíbula que no puedo dejar de mirar.

—*Yes, that service is included* —aseguro al cliente.

Sujeto el teléfono con el hombro y anoto las fechas en las que ocupará una parcela de setenta metros con una autocaravana. Veo de refilón que, al otro lado de la calle, Sara y las niñas están despidiéndose de mis padres y Tito en la terraza del bar. Las lágrimas amenazan con hacer acto de presencia, pero me digo a mí misma que puedo aguantar, que esta despedida no va a ser peor que todas las anteriores, por mucho que me haya prometido que aquí se acaba todo.

Cuando por fin cuelgo, miro a Unai a la espera de que diga algo.

—Nos vamos ya.

Deja las llaves de la caravana de sus padres sobre el mármol y las mira fijamente. Si está esperando una despedida grandilocuente por mi parte, con abrazos y besos, está muy equivocado.

—Ha pasado Sara a pagar, ¿no?

Lo sabe de sobra, pero lo pregunta de todas formas para arrancarme alguna palabra.

—Sí.

Se queda mirándome. Le preocupa cómo ha ido esa conversación, si ha sido tensa, si ha habido gritos..., pero sé que no me lo va a preguntar, ni yo se lo voy a contar.

—Genial. Me gustaría haberlo hecho yo mismo, pero estaba ocupado acabando de cargar el coche —se justifica, como si hiciera falta, cuando en realidad tratar con Sara ha resultado mucho más fácil para mí de lo que hubiera sido hacerlo con él.

—Me ha comentado que la trampilla del techo no cierra bien. Esta tarde la remolcaremos al área de caravanas y los chicos de mantenimiento le echarán un vistazo antes de guardarla.

—Gracias. Ya me dirás qué te debo por la reparación.

—No te preocupes. Espero que tengáis un buen viaje.

Cierra las manos en dos puños y resopla con fuerza. Varios papeles se mueven por el mostrador.

—¿Y ya está? ¿Eso es todo? ¿Ni un solo «Llámame cuando lleguéis»?

No le respondo y empiezo a ordenar los papeles.

—¿Ni un «Hablamos esta semana»?

—No, Unai. Te deseo lo mejor, pero una vez que salgas de este camping, prefiero no volver a saber de ti.

Se echa a reír y me observa alucinado.

—¡No puedes poner fin a nuestra amistad!

—¿Me lo vas a impedir?

—Pues claro. Una amistad es recíproca, ambas partes deben estar de acuerdo en caso de ruptura. No puedes tomar esta decisión tan a la ligera.

Me hace ojitos y aunque sé que no lo hace queriendo, que su mirada actúa así contra mí de manera natural, lo está aprovechando.

—Pues mira cómo lo hago.

Bajo la persiana de Recepción de golpe. Pocos segundos

después, me doy cuenta de que lo tengo a mi lado, apoyado en la puerta lateral. Parezco nueva.

—Lorena, joder. —Estira la mano e intenta acariciarme la cara; yo me aparto—. Sé que me he sobrado contigo estos últimos días, pero...

—En realidad, no es que te sobraras, es que te pasaste nuestra puñetera amistad por el forro de los cojones.

—Me abrí la ceja por comerte el coño y permanecí callado durante quince años, si eso no es dedicación y respeto hacia nuestra amistad, tú me dirás.

Lo dice de cachondeo, pero es demasiado pronto.

—No vamos a hacer esto, Unai. No vamos a reírnos de todo lo que ha pasado. Al menos, todavía no.

—Lo siento. Bromear me hace sentir fuerte cuando no lo soy.

—Te conozco de sobra. Sé que haces estas mierdas.

—Pues espero que también sepas cuánto siento haber soltado lo del columpio delante de todos, haberte culpado de todo lo que estaba pasando en mi matrimonio..., haber sido un auténtico hijo de puta contigo cuando me dijiste lo que sientes por mí y....

—Yo te perdono, Unai, no te preocupes, igual que espero que tú me disculpes por no haberte contado la verdad antes.

Echa la cabeza hacia atrás y suelta una carcajada que no tiene nada de graciosa.

—Me estás perdonando porque nuestra relación, sea cual sea, ya no te importa.

—Y tú me estás pidiendo perdón porque te has acostumbrado a tenerme ahí, pero no porque creas que has hecho algo malo de verdad.

—Sí que sé que he hecho muchas cosas mal contigo y con Sara, incluso con Iván. No soy idiota.

Hace una pausa para que le confirme lo que ambos ya sabemos: que no es un idiota, pero que lo ha bordado comportándose como si lo fuera.

—Por cierto, hablando de Iván, además de partirme la cara, me contó varias cosas.

—¿Por eso tienes el labio hinchado?

—Sí, supongo que las hostias no caducan... De hecho, yo casi le reventé las pelotas con el balancín del parque.

—No quiero saberlo.

Niego efusivamente con la cabeza.

—En cuanto a lo que me contó de vosotros, creo que me debes una explicación.

—¿Qué quieres que te diga que no sepas ya?

—Tu versión, por supuesto.

Cruzo los brazos y miro hacia otro lado. No quiero tener que hablar de esto. No quiero revivir la época en la que cometí la mayor cagada de toda mi vida.

—¿Lorena? —insiste—, por favor.

—Está bien —refunfuño—, la cagué.

—¿Algún detallito más?

—Iván debía pasta y estaba metido en varias movidas. Apareció aquí aquel mayo, me pidió ayuda y acepté echarle una mano, entre otras cosas, porque creía que seguía sintiendo algo por él —admito, y observo el dolor que mis palabras provocan en Unai—. Tal vez, ya no fuera amor, pero era algo lo suficientemente fuerte para hacerme dudar de lo que sentía por ti.

Hago una pausa intentando ordenar mis ideas.

—El caso es que pagué todas sus deudas, que eran muchas; le puse como condición que buscara ayuda psicológica. Lo hizo, así que acudí a terapia con él, me aseguré de que mejoraba y... acabé dejándome llevar por la situación. Pensé que Iván estaba cambiando, que las cosas podían funcionar entre nosotros y que quizá existía un futuro. Tú me gustabas mucho, te quería, pero eras todo pasión, diversión e improvisación, mientras que Iván era lo mismo de siempre, algo previsible y cómodo. Además, volvía a estar aquí y me necesitaba, y a mí me gustó sentirme así. Cada día me decía lo importante que era para él, cuánto me había echado de menos..., todo lo que siempre quise oír viniendo de él.

—Pero te equivocaste.

—Obvio. —Suspiro—. En cuanto sus problemas estuvieron bajo control, volvió a marcharse a Madrid para terminar el doctorado y me pidió que me fuera con él. No pude hacerlo y a él le dio bastante igual.

—Ahí te diste cuenta...

—... de que había elegido lo más fácil, no lo que quería de verdad. Porque la puñetera realidad era que no había pasado ni un solo día en que no te hubiera echado de menos. El arrepentimiento me estaba comiendo viva.

—Lore...

—Esa es mi historia, Unai. Siempre he permitido que las necesidades y los deseos de otras personas se posicionaran por encima de los míos, por cobardía o por miedo, no lo sé. Primero, mi familia; después, Iván... He escuchado mucho a mi corazón y más bien poco a mi cerebro. Pero se acabó.

—No, Lorena, esto no se puede acabar...

—Me he pasado más de diez años mintiéndote, Unai, uno detrás de otro, sin descanso. Por ti, por mí y por la esperanza que dicen que nunca se debe perder. Te he visto acabar la carrera, encontrar un trabajo, echarte novia, casarte, ser padre, ser feliz... He sido testigo de cada uno de los pasos que has dado, porque así lo quise, pero ya no puedo seguir a tu lado. No soy una buena amiga para ti, porque nunca he sido del todo sincera contigo, y tampoco he sido justa conmigo misma. Y eso es lo que más me preocupa. Por una vez, tengo que ser coherente y quererme más, y eso implica salir de tu vida aunque me duela y reconstruir la mía desde cero. Merezco ser feliz.

—Por favor, Lorena, no me... —Sus manos se aferran a mis mejillas.

—Ni se te ocurra citar nuestra canción. —Lo apuñalo con mi dedo índice en el hombro y me aparto.

—No iba a hacerlo.

—Sí, sí que ibas a hacerlo.
—Vale, puede que sí.
—Pero ¿a ti qué te pasa? Esa canción no es como la tarjeta para salir de la cárcel del Monopoly. No puedes usarla como último recurso. ¡No es para eso! Además, ¡esa promesa está rota! —grito, y los ojos se me llenan de lágrimas.

Unai se acerca a mí y me abraza. Su cuerpo se pega al mío y aprieta. Pasamos varios minutos disfrutando de nuestro último abrazo y odiándolo, porque ambos sabemos que no habrá más una vez nos hayamos separado.

Ojalá pudiera quererlo un poco menos, porque esto sería mucho más fácil.

—Esa promesa no está rota, Lorena —me dice al oído con la voz rota—, porque por mucho que tú no quieras saber nada de mí en una temporada, y yo tenga que centrarme en todos los cambios que están por venir en mi vida, voy a seguir estando a tu lado. Voy a luchar por nosotros.
—Estarás solo en tu lucha.
—Pero ganaré.
—Ojalá.

Unai deposita un beso muy largo y muy dulce en mi frente y nos miramos a los ojos. Llevo mi mano a su cara y acuno su mejilla húmeda.

—Espero que tengas un buen viaje.
—Gracias. —Me mira con los ojos llorosos—. ¿Te aviso cuando lleguemos?
—Preferiría que no.
—Está bien. —Se acerca a la puerta de Recepción y se gira hacia mí—. Hace diez años cogimos el camino más largo, Lore, pero algo me dice que acabaremos llegando juntos a nuestro destino, sea cual sea. Decir adiós siempre es más fácil que olvidar. Y que ahora mismo me dé más miedo perderte a ti que a Sara significa muchas cosas. Tenlo muy claro.

26
Portaletas

Unai · Donostia, 5 de marzo de 2011

Avanzo por la calle empedrada hasta llegar a Portaletas, la antigua Puerta del Mar que conecta la parte vieja de Donostia con el muelle, uno de los dos accesos que tenía mi ciudad en la época en que estaba fortificada. Me refugio de la lluvia bajo su vértice y apoyo el hombro en uno de los pilares. A la derecha tengo el Guardetxe, escondido entre los árboles que cubren el monte de Urgull, y enfrente, los barcos danzando con la marejada.

Saco el paquete de Chester de mi bolsillo y, protegiendo la llama del mechero del maravilloso temporal que está azotando Euskadi, me enciendo un cigarro. Aspiro con fuerza y cierro los ojos mientras dejo que el humo vuelva a salir de mi cuerpo y, ya de paso, me agarro a la esperanza de que se lleve consigo una parte —aunque sea pequeña— de la ansiedad que tengo alojada en mi pecho sin pagar renta.

Abro los ojos y admiro mi ciudad.

Me gusta mirar Donostia cuando la pillo despistada, cuando no sabe que la estoy observando y se muestra tal como es. Con ese halo de dama parisina refinada. Ese ajetreo en la parte vieja, que solo cesa cuando cierran los bares. La quietud del muelle al atardecer y las gaviotas gritando de fondo. El olor a salitre que se mezcla con el de los pintxos de tortilla. Su gente, desde el pijo de Aiete hasta el macarrilla alternativo de Egia. Su idioma, rudo y dulce, dependiendo del día y de la persona. Y, sobre todo, sus playas, que la hacen tan famosa como bonita.

He tenido la suerte de crecer con el Cantábrico rugiendo a mi lado. Con La Zurriola, Ondarreta y La Concha a un solo paso, pero he acabado llegando a la conclusión de que la playa de mi vida no es ninguna de esas. Lo que vuelve un lugar especial e inolvidable no es la cantidad de veces que lo pisas, sino con quién lo haces y las huellas que se quedan ahí grabadas. Y aunque el orgullo donostiarra no me permita admitirlo, el Mediterráneo —con todas sus playas— se ha llevado una gran parte de mi corazón y dudo que jamás vaya a recuperarlo.

Muchas veces, sobre todo cuando no me siento cómodo ni en mi propio cuerpo, solo deseo volver a estar allí. Al calor de su sol y a la luz de su luna. Porque todo el mundo sabe, en especial Óscar, que València tiene su propia luna.

Soy consciente del romanticismo ñoño en el que todos caemos cuando se trata de recordar el pasado, como si cualquier tiempo lejano fuera mejor por defecto. Pero es que me resulta inevitable no pensar cómo habrían sido las cosas si las decisiones hubieran sido otras y si hoy, en lugar de estar mirando el muelle de Donostia, estuviera frente al Grau de Castelló.

Doy otra calada al cigarro e intento dejar de pensar en esa costa que no me pertenece.

—¿En serio? —pregunta una voz a mi espalda.

En cuanto me doy la vuelta, veo que Sara está acercándose a mí con un paso tan acelerado que el abrigo largo de color marrón —aunque todos sabemos que probablemente sea azul— que lleva se abre como la cola que su vestido de novia nunca tuvo. Tan pronto llega a mi lado, me quita el cigarro de entre los dedos, lo tira al suelo y lo pisotea. Después me mira satisfecha. Estoy por reventarle la jugada, sacar otro cigarro y encendérmelo delante de sus narices, pero no está el precio del tabaco para andar haciendo el gilipollas.

—Joder, Unai, pensaba que lo habías dejado —me riñe—. Por enésima vez.

—Sara, acabo de divorciarme.
—No me digas.
—*Sip*, vuelvo a ser un hombre soltero.
—Siento joderte la ilusión, pero jamás volverás a ser un hombre soltero. Los únicos estados civiles disponibles para ti eran separado, divorciado o viudo. Haber elegido el tercero.

Suelto una carcajada y ella me dedica una breve sonrisa.

La rodeo con mi brazo y la pego a mí. Sara apoya su mejilla en mi hombro y suspira. Me resulta reconfortante tocarla de esta manera y sentirla cerca; de hecho, es bastante curioso, pero creo que desde que nos hemos divorciado el contacto físico entre nosotros ha aumentado. Probablemente porque la incomodidad con la que vivíamos ha desaparecido.

Observamos el muelle en silencio, pegados el uno al otro.

—Hacía mucho tiempo que no veníamos al puerto —dice.
—Muelle —le corrijo, con un tono repipi muy del estilo de mi cuñado.

Sara resopla y sacude la mano en el aire como queriendo decir que esa discusión ya está caducada.

—¿Por qué dejamos de venir, Unai?
—En algún momento nos debió de parecer que dejar de hacer las cosas que nos gustaban era una buena idea.
—Pues es una pena, porque me encantaban aquellas tardes en que veníamos a pasear mientras comíamos *karrakelas*.
—El marisco de los obreros, como solía decir mi abuelo. —Sonrío con cierta nostalgia—. Pero a ti, en realidad, lo que te gustaba era pincharme con el alfiler que te daban para sacarlos de sus conchas.

Sara se echa a reír y asiente con efusión. Con el paso del tiempo se convirtió en una tradición, todos los sábados veníamos al muelle, yo le compraba un cucurucho lleno de *karrakelas* y ella me hacía acupuntura gratis.

—Leire ha preguntado por ti —comenta—, por eso he venido a buscarte.
—Solo hace diez minutos que me he marchado.

—Lo sé, pero... —Se aferra a mi cintura y me abraza con fuerza.

Poco después de que volviéramos del camping, no hicieron falta muchas conversaciones para separar definitivamente nuestros caminos en el plano romántico. Tardamos varias semanas en decidir cómo hacerlo, porque por mucho que ambos estuviéramos de acuerdo en que era lo mejor, ninguno de los dos estaba dispuesto a darle el golpe de gracia a nuestro matrimonio y provocar un cambio tan drástico en la vida de nuestras hijas.

Fue ella quien se marchó.

Tampoco demasiado lejos, a tan solo unos cuantos portales calle abajo. Pero su maleta cruzó la puerta un jueves cualquiera de octubre, y eso es lo que, a fin de cuentas, marca el final, ¿no?

Unos días antes de la mudanza la ayudé a recoger sus cosas y nos repartimos las de las niñas, y, cuando llegó la mañana de autos, transporté sus cajas y, de paso, fui ensayando mi nuevo puesto como amigo. Un cargo al que debería estar más que acostumbrado vista mi trayectoria. En el momento en que todo estuvo colocado en su sitio y su llave de nuestro piso en mi mano, nos abrazamos. Me gustaría decir que hubo lágrimas, un beso robado o un amago de polvo rápido por la pena que nos embargaba, pero no hubo nada de todo eso. Ambos nos sentíamos en paz y muy seguros del paso que estábamos dando. Felices de poder abrazarnos con nuestros votos ya rotos y nuestra confianza herida, pero todavía fuerte.

Cenamos los cuatro juntos en un McDonald's y esa fue la primera noche que las niñas durmieron lejos de mí con mi consentimiento.

Yo me quedé con un piso vacío al que le sobran muchos metros y le falta mucha vida. Es curioso que cuatro paredes puedan acabar significando tanto, sobre todo cuando llevas años odiando el color de la pintura que las recubre, sin saber siquiera si es verde o naranja. A veces me encuentro a mí mismo mirando la pared vacía del salón y me sorprende que tantos detalles hayan quedado grabados en el yeso, que, con el paso del tiempo y sin que nos diéramos apenas cuenta, se haya convertido en algo más que ladrillos y cemento. Ahí sigue la marca del sillón en el que Sara se sentaba a leer, a darles el pecho a nuestras hijas o a quitarse las botas cuando volvía del trabajo; la estampación perfecta de las manos de Leire pringadas de algún mejunje justo encima del rodapié; la sutil huella de mi bota, consecuencia de aquella noche en la que follamos como putos animales en cuanto entramos por la puerta...

Y mil señales más de un pasado que parece más lejano de lo que en realidad es.

Me pregunto si algún día habrá marcas nuevas en mi vida y en mis paredes.

Pero mientras llegan, me estoy habituando a vivir solo. A la tristeza de abrir un cajón todavía lleno de algunas de sus cosas. Al dolor que me provoca el silencio constante. Al olor que deja la soledad y la cena para uno. Y a todos los recuerdos que ya no nacerán entre esas paredes.

Lo único bueno es que he vuelto a mi cama. Siempre que volver a un lecho vacío y frío se pueda considerar algo bueno.

—Solo pretendía fumar tranquilo y volver para el postre, siento que Leire se haya preocupado —le digo a Sara.

—Ya sabes que está un poco... sensible.

La parte técnica del divorcio ha sido relativamente fácil: una firma aquí y otra allá, todo a medias, desde las sartenes hasta los recuerdos, y se acabó. Sin disputas. Sin rencores. Sin arrepentimientos. Y es que ninguno de los dos tenía ganas de pelear por nada material o económico. Así que pagamos las costas del abogado y del procurador a medias también y un poco en balde, porque lo que es trabajo, no les dimos mucho, y nos fuimos cada uno a su casa.

A partir de ese día nos regimos por un convenio regulador, como si fuéramos una gran empresa que fabrica tumbonas en cadena y no una familia partida en dos. Tenemos cada uno un papel pegado en el frigo que dicta con mano firme cómo tiene que funcionar la custodia compartida: cuándo y dónde debemos estar a cada momento y cuántas horas tenemos que echar a la semana para ser unos buenos progenitores. Creo que no ha habido ni un solo día en el que hayamos cumplido lo estipulado, porque nosotros no somos unos padres de mínimos, siempre intentamos mantener una normalidad en las vidas de Ane y Leire, aunque eso conlleve saltarse el convenio y vernos más de lo que es aconsejable cuando intentas partir de cero.

Pese a que el papel lo soporta todo y nosotros dos nos hemos adaptado bastante bien, nuestras hijas no lo han hecho.

—¿Qué tal lo están pasando? —pregunto con cierto miedo.

—Bueno, parece que el día va mejor de lo esperado, ¿no crees?

—¿En qué momento hemos pasado a tildar como «bueno» un día porque solo ha habido dos rabietas?

—Así es la vida tras el divorcio.

—Pues no me gusta, le doy un dos, que me devuelvan el dinero.

—¿Y que te repongan a tu esposa? —me chincha.

—Ah, no, no. Esa que se quede con sus padres.

Sara se echa a reír y yo con ella. Qué remedio. Además, se supone que hoy estamos de celebración. O al menos lo intentamos.

Las niñas acaban de cumplir cuatro años y, en lugar de organizar algo novedoso que refleje nuestro nuevo estatus como padres modernos separados que se llevan guay, hemos optado por hacerlo como en los años anteriores: celebrando una comida en la sociedad Gaztelubide con toda la familia. Estoy más que arrepentido de no haberlas soltado en un parque de bolas con Rubén y así haberme ahorrado tener que ver el jeto a ciertos miembros de mi exfamilia política, pero ya es demasiado tarde. Están aquí.

Mis padres aceptaron la situación con bastante deportividad, al menos de cara a la galería, porque sé de buena tinta que Rubén fue allanando el terreno y les adelantó la noticia unos pocos días antes para evitar lipotimias e infartos. Por lo tanto, no hubo caras de póquer cuando les conté la buena nueva y les expliqué todo lo que había sucedido, incluida la incursión lésbica de mi esposa. Aunque mi hermana ya lo sabía de sobra, lloró como una condenada y profirió insultos al juez que nos gafó el matrimonio, porque, según ella, recitó un artículo de la ley mal o se atascó con un término en latín. No lo sé. Es complicado entender a una tía que se sorbe los mocos cada tres segundos. Pero es que mi hermanita es muy de montar dramas a lo grande y, ahora que está a punto de parir un vástago de Rubén, la situación no ha mejorado una mierda. Es como una hormona con patas. Como Alicia en el País de las Maravillas inundando con sus lágrimas el cuartucho en el que está encerrada. Como una canción de Maná.

Os juro que hasta siento lástima por Rubén.

Pero solo un poco. Los lunes de cinco a seis. El resto de tiempo, opino que tiene justo lo que siempre ha querido.

Los padres de Sara y su hermana fueron otro cantar.

Digamos que estaban más preocupados por la opinión que tendrían Dios y el Papa, que por los sentimientos de su hija o sus nietas. Ya contaba con que los míos se los pasarían por el ojete, así que cero sorpresas. Espero que con cuatro rezos a la virgen de Begoña se sientan menos pecadores y dejen de santiguarse cuando creen que no los vemos, porque ese ritmo de vida los va a matar antes de tiempo.

Obviamente, las niñas son las que peor paradas han salido en todo esto y las únicas que me preocupan de verdad.

Leire tiene una especie de trauma por separación y cada vez que Sara o yo nos ausentamos sin decirle adónde vamos, aunque solo sea para ir al baño, lo exterioriza a lo bestia. Se pone muy nerviosa y llora desconsolada. Ha vuelto a mojar la cama por las noches y está más callada de lo normal, cosa que debería alegrarme, pero no. Confío en que todo volverá a la normalidad o, al menos, eso es lo que opinan mi hermana —muy optimista cuando se trata de los berrinches ajenos— y su profesora.

Ane, en cambio, lo está gestionando de una manera muy

distinta. De hecho, es la única que consigue que su hermana se serene cuando entra en bucle. Pero si de verdad se parece a Sara tanto como aparenta, el proceso lo está llevando por dentro, así que más nos vale estar atentos, porque será de las que saquen el tema a los dieciocho después de perforarse media cara, casarse con un árbol y justo antes de anunciar que abandona los estudios para montar una plantación de aguacates en Torrelodones.

—Y Amaia, ¿cómo lo lleva? —pregunto a Sara.

Me dedica una sonrisita bastante timidilla.

—Parece que bien, cuando lleguemos a casa sabré más. Ya te contaré.

Sara y Amaia todavía no viven juntas, pero después de Navidad, empezaron a salir formalmente.

¿Me siento cómodo al respecto? A ratos.

Soy de la opinión de que nuestras hijas ya se están enfrentando a suficientes cambios como para meterles otro más. Pero también creo que cuanto antes normalicemos que su madre tiene una compañera, será mejor. Porque sí, Amaia de momento no es más que una amiga a ojos de mis hijas y así debe de ser hasta que las cosas se vayan asentando. Lo que opinen el resto de los familiares y los amigos me la sopla. De hecho, tengo un trato con Sara: cada vez que alguien me sugiere «que haga entrar en razón a mi mujer», «que montemos un trío» o «que le arregle la tontería a base de pollazos», dibujo un palito en un papel que llevo en la cartera —ironías de la vida, es el tíquet de compra de los últimos condones que adquirí hace meses y que caducarán en mi mesilla—. Cuando podemos, Sara me cuenta las veces que la han llamado «bollera» o le han preguntado «¿Quién es el chico en vuestra relación?», comparamos marcadores, y nos metemos un chupito de tequila en el cuerpo por cada una de las gilipolleces que nos han soltado.

—Tu padre no le ha mirado a la cara a Amaia en toda la comida, pero he visto que tu madre la ha estado interrogando entre el primer y el segundo plato. Se ve que las alubias le dejan el corazón blandito.

—Y durante los entrantes también. Ay, Unai, no sé... Solo espero no haberme precipitado presentándosela. Ojalá la acaben aceptando.

—Sara, tus padres no la aceptarán, en todo caso acabarán tragando. Pero da igual. Amaia es la mujer con la que quieres estar, necesitabas dar este paso y nuestras hijas la adoran. Punto.

—Es que siempre lleva Kinder Bueno en el bolso.

—Una tía lista, no esperaba menos de ti. —Le guiño un ojo.

—En el fondo a ti también te cae bien.

—Claro. Me ha quitado un gran peso de encima.

Sara se aparta de mí y me pega un puñetazo juguetón en el pectoral izquierdo.

—Eres muy idiota..., pero te agradezco todo lo que estás haciendo por nosotras.

—Te fallé en el matrimonio, no te fallaré en el divorcio, Sara. Siempre te querré, de una manera o de otra, y lucharemos todas las batallas que estén por venir juntos.

—Yo también te quiero, Unai..., y me gusta que las promesas que han venido con el divorcio sean más realistas y certeras que las que hicimos en el Ayuntamiento de Bilbao.

Acuno su cara entre mis manos y la miro a los ojos.

—Sara, el día que nos casamos yo iba con todo, no hubo promesas vacías. Sé que durante los últimos meses te lo he repetido muchas veces, pero nunca fuiste el segundo plato, no pensaba en Lorena cuando estaba contigo y, si te hice daño, no fue de una manera consciente.

—Te creo. De hecho, en el camping, me di cuenta de que yo sí pensaba en Amaia más de lo que debería. Por eso supe que lo nuestro...

—No me extraña que pensaras en ella, está como un tren.

Sara se echa a reír y me pega.

—Eres único cargándote los momentos intensos.

—Estabas a punto de decirme que pensabas en ella mientras yo te lamía los pezones, solo nos he evitado un momento... ¿incómodo?

Me está pegando otra vez. Ahora soy yo el que se ríe a carcajadas.

—Con lo bonita que te estaba quedando la charla... «No te fallaré en el divorcio, blablablá» y vas y lo chafas.

—Es que yo en realidad estoy en esto por el morbo. Me muero por saber muchas cosas.

—¿Por ejemplo? —Sara eleva las cejas sorprendida.

Carraspeo y me apoyo de nuevo en la columna de piedra.

—¿El sexo es mejor con una tía o con un tío? Y no me refiero a mí en concreto.

—¿A qué viene esa pregunta?

—He visto cosas.

—Has visto porno.

—Sí, tenía una curiosidad meramente logística y resulta que dos tías follando como locas es lo más excitante que he visto en la vida.

Sara se queda callada un instante pensando.

—No sé si diría que es mejor, pero desde luego que hay más empatía y más conocimiento del terreno.

—¿Estás siendo prudente para no herir mis sentimientos?

—Puede. —Me saca la lengua y se ríe.

—Venga, no te cortes. ¿Tenéis una polla con arnés? ¿Así es como me has sustituido? ¿Le has puesto nombre? —Muevo las cejas arriba y abajo con picardía.

Sara vuelve a pegarme, pero se está descojonando. Tengo el brazo machacado.

A lo mejor no es la conversación más habitual para normalizar la situación, pero tampoco soy un tío que sepa hacerlo de otra manera y a ella le ayuda a soltar presión. Necesito entender lo que siente y soy curioso por naturaleza. Supongo que así es como uno acaba con traumitas y, como dice Óscar, yendo al traumatólogo.

—Tú y yo no vamos a hablar de pollas, Unai. Jamás.

—Podemos hablar de tetas. Soy experto.

Esquivo la hostia que me estoy ganando a pulso, le quito la goma que le sujeta la coleta y le revuelvo el pelo. Ella protesta e intenta pellizcarme en los costados. Al final, acabo atrapándola entre mis brazos y nos miramos a los ojos.

Ojalá todavía sintiera ese algo que dicen que mueve el mundo, el mar y hasta el mercado de valores, pero lo único que late en mi pecho es cariño, un afecto tremendo hacia ella, respeto y la necesidad acuciante de tenerla para siempre en mi vida tal como estamos ahora mismo.

—¿Eres feliz? —pregunta en un susurro, todavía entre mis brazos.

—No lo sé. De lo único que estoy seguro al cien por cien es de que estoy muy asustado.

—Ambos lo estamos.

—Pero yo... A veces no sé cómo voy a hacer esto sin que estés a mi lado. Cómo ser padre cuando estoy solo...

—Unai, yo siempre estaré a tu lado y ellas besan el suelo que pisas. Eres un padre genial, atento, cariñoso y muy... especial. Te sentaste a hacer tus necesidades en un orinal rosa en mitad del salón durante semanas para que las niñas aprendieran de tu ejemplo.

—Fingía, no soy tan cerdo.

—Te dieron las tantas de la madrugada haciendo el álbum para el cole y te aseguro que el resto de las madres aún se ríen recordando los pies de foto que escribiste.

—Soy daltónico y me dejaste solo con un montón de rotuladores de colores. No tuvo ninguna gracia.

—Te disfrazaste de princesa con ellas.

—Porque el vestido me quedaba mejor que a ti y tenía experiencia con el cancán.

Sara suelta una carcajada preciosa.

—O, si no, recuerda el día que yo estaba con una migraña tremenda. Les dijiste que todos nacemos con una cantidad de palabras que se va gastando a medida que se usan y conseguiste que estuvieran calladas una tarde entera.

—Me han nominado a mejor padre del año por eso.

—¿Qué es lo que te asusta, si las tienes en el bote?

—Temo que con nuestras decisiones les estemos jodiendo la vida y acaben odiándonos. Que no sea capaz de ser el padre que necesitan y que por eso me acabes alejando de ellas otra vez. No poder estar a su lado, no verlas crecer... Me asusta todo.

—Pase lo que pase, jamás te alejaría de ellas de nuevo, aprendí esa lección por las malas. Eres su padre, el mejor, y que estés asustado solo demuestra cuánto te importa hacerlo bien. Nada de lo que ha pasado es solo culpa tuya.

—Nadie es culpable de enamorarse, Sara, pero sí de dejar un vacío que has necesitado llenar con otra persona.

—Unai, se nos acabó el amor. ¿Qué más da ya si fuiste tú primero o fui yo? Lo único que nos queda de esa relación son Ane y Leire, y tenemos que centrarnos en eso.

Deposito un beso en su frente y Sara me aprieta el brazo.

—Vamos a ser felices —anuncia con una seguridad que hacía mucho que no veía en ella.

—Puede que sí, pero no de la manera que yo esperaba serlo. —Sonrío con cierto pesar—. Tengo que aprender a ser yo mismo en esta nueva versión de mi vida.

Y esas palabras hacen que mi corazón pegue un brinco.

—Unai, odio que sigas haciendo esto...

—¿El qué?

—Que continúes evitando el tema.

Sé a la perfección a qué se refiere, pero una vez más me hago el loco.

—La echas de menos y es lo más normal del mundo —añade.

Resoplo, me aparto de ella y me centro en mirarme las manos. Ojalá supiera leerlas y vaticinar el futuro, con mi dislexia podría resultar la hostia de divertido.

—No sé qué siento en realidad, Sara. Es como si me hubieran anestesiado y solo pudiera centrarme en las niñas y todo lo demás se hubiera quedado suspendido en el tiempo.

—El problema es que estás pasando por un montón de cambios y no tienes a tu mejor amiga para poder contárselo. Y eso te está matando lentamente.

—La he perdido. Me lo ha dejado bastante claro no contestando a mis llamadas y respondiendo solo a uno de cada diez mensajes que le mando —admito con un nudo en la garganta.
—¿Le has dicho cuánto la echas de menos?
—Cientos de veces, pero apenas me habla. Así que no tengo la más remota idea de cómo le van las cosas, si está bien, si me echa de menos, si todavía me quiere... Y eso me asusta, joder. Porque desde hace quince años ella ha sido una constante en mi vida, pero en los últimos tiempos parece que los kilómetros que separan Benicàssim de Donostia se han multiplicado y que las comunicaciones han vuelto a ser tan precarias como en los noventa.
—Siento oír eso...
—¡Y me cabrea tres cojones! —grito.
—Entiendo...
—Sé que está al corriente de nuestro divorcio y también he oído que está estudiando una carrera.
—Vaya, es una gran noticia...
—¿Sabes cómo me he enterado? ¡¡¡Me lo dijo el puto Rubén!!! Y no te creas que fue un «Eh, Unai, he hablado con mi hermana, le he contado lo tuyo y ella me ha dicho que está en la uni». No. Fue por pura casualidad. Lo soltó entre veinte cosas más.
—Ya, bueno, imagino que Lorena estará liada y Rubén ya sabes cómo es...
—Y una mierda liada. ¡¿¿En qué momento hemos decidido que Rubén sea nuestro interlocutor??! Porque no estoy de acuerdo, joder, debería responderme, como mínimo, a la mitad de los mensajes que le mando. Aunque solo sea por educación.

Me cruzo de brazos y gruño.
—La invité —dice Sara de pronto.
—¿Perdona?

Suspira y me mira con un atisbo de cautela en sus ojos.
—No te enfades, pero hace unos días la llamé. Hablamos

un rato y la invité a venir al cumpleaños. Alguien tenía que dar el paso...

—Hostia puta, Sara. —Me llevo las manos a la cabeza y le dedico una mirada asesina, aunque en realidad me siento como un erizo que se hace bola delante de los faros de un tráiler, aun sabiendo que es absurdo protegerse de la hostia que se le viene encima.

—Unai, esa boca... —Me hace un gesto con las manos para que rebaje el tono, es madre 24/7, pero ¿qué cojones me voy a calmar? Ha hablado por teléfono con Lorena, con mi Lorena o con mi ex Lorena. Algo que yo no he hecho en meses. Quiero información. Necesito que me lo cuente todo. Tengo envidia. Y algo presionándome el esternón. Quiero fumar.

—¿Qué te dijo? —solicito con urgencia, angustiado.

—Bueno, en realidad no es la primera vez que hablamos. Tuve una charla con ella cuando fui a pagar el camping.

—¿Y me lo cuentas ahora?

—Bueno, no es que tú y yo saliéramos del Voramar muy habladores.

—Han pasado meses, Sara.

—Lo había olvidado...

—Haz el favor de contarme qué te dijo por teléfono antes de que se te olvide también.

—Que se lo pensaría. Fue bastante escueta, la verdad. Hay que ver lo que se parece a su hermano cuando quiere...

—No me jodas, no se parecen en nada.

—Unai, son idénticos, físicamente y en muchos comportamientos, lo que pasa es que tú eres incapaz de mirarlos de la misma manera.

—Lo que tú digas. Si volvemos al tema principal, por favor... ¿Qué más te comentó?

—Escuchó todo lo que le dije, fue cordial en la medida justa y necesaria, y me dijo eso, que se lo pensaría. Poco más. Supongo que al final...

—Ha acabado siendo un «no, gracias».

27

Siempre tarde

Lorena · En algún lugar lejos de Benicàssim, 5 de marzo de 2011

Desde que me he convertido en una feliz estudiante universitaria a tiempo completo —de la carrera de Física y no de un mísero curso para aprender a vestir santos, como sugirió mi madre—, tengo la sensación de que llego tarde a todas partes.

Bueno, en realidad, más que un presentimiento, es un hecho consumado.

Voy trotando con mi mochila de un lugar a otro, pero ni con esas llego a tiempo.

Yo era una persona puntual y ordenada, una amante muy fiel del control. Pero en el momento en que salí de mi zona de confort, también conocida como el camping Voramar, del amparo de mi familia y de una vida planificada al milímetro en un espacio bastante reducido, me siento como si viviera sumida en el más absoluto caos y descontrol. Una anarquía que al Unai de dieciséis años le hubiera encantado.

Hoy no es una excepción.

He aparcado el coche y por quedarme esperando a ver si paraba de llover... llego tarde. Muy muy tarde.

Y mira que corro como si huyera de un asesino en serie que me persigue con una motosierra diésel que, por mucho que se esfuerce, no arranca. Pero es que la situación en general no la tengo a favor: mis botas patinan en el suelo mojado cada pocos pasos, tengo las manos ocupadas y el paraguas sujeto con el hombro, el dobladillo del pantalón no hace más que apelotonarse debajo de mis suelas y, para colmo, no veo por dónde voy.

Avanzo por las calles desorientada porque las indicaciones que me ha dado mi hermano son una vergüenza y también porque mi orientación es tan buena que podría perderme en el portal de mi casa.

Sin embargo, sigo corriendo y ni me paro a preguntar.

En cuanto veo un edificio que podría ser la casa consistorial, intento seguir las indicaciones de mi hermano y lo rodeo.

Veo a lo lejos un balcón de piedra y aprieto el paso.

La lluvia me golpea la cara por mucho que lleve paraguas. Y es que, claro, no estoy acostumbrada a trajinar con él.

Me vuelvo a detener en mitad del *xirimiri*. Y en esta ocasión no es porque no sepa dónde está mi destino, sino porque lo tengo delante.

Está apoyado en una columna y parece feliz.

Recuerdo la primera vez que nos vimos sin tener el Voramar como excusa en esta misma ciudad. Su sonrisa, el beso que vino a continuación, el abrazo, las palabras bonitas, las promesas que no hizo falta pronunciar…, el pulso se me acelera.

Da mucho miedo exponerse para que tal vez te vuelvan a destrozar, pero esa es la gracia de vivir. Esa es la gracia de tomar decisiones, que, quieras o no, te la juegas.

La pregunta no es si crees en la vida después del amor, la pregunta es si aún crees en el amor después del amor. Y a mí me ha costado dar con la respuesta, pero sí, sigo creyendo en el amor.

Finalmente, me ve y se acerca.

Parece feliz, un poquito más que hace algunos segundos. También alucinado. Lo observo con atención. Esos ojos un día me miraron y sintieron algo. Yo me vi reflejada en esa mirada y me sentí importante. Hubo un tiempo en que esas manos solo se perdían en mi cuerpo. Esos labios me besaban. Esa boca sonreía por y para mí, y parece que hoy lo volverá a hacer.

—Lorena..., ¿qué haces aquí? ¿Y por qué vas disfrazada? —pregunta, jocoso.

—¿*Urtebetetze* no es carnaval?

Oigo una risita de Sara de fondo.

—No, es «cumpleaños» —responde Unai.

—Mierda.

Sonríe otra vez.

—¿De qué se supone que vas?

—De unicornio, obviamente.

—No te pongas borde, soy daltónico.

Cierro el paraguas y dejo las bolsas que llevo en el suelo.

—Hola, Lorena —me saluda Sara—. Me alegra que hayas venido. —Duda unos instantes—. Os dejo solos para que... Bueno, eso, que me vuelvo a la sociedad.

Sara se aleja y se gira varias veces para mirarnos en plan cotilla. A la tercera, me guiña un ojo y me muestra los pulgares.

El día que vi su nombre bailando en la pantalla de mi móvil supe que mi vida iba a cambiar, porque la exmujer de tu exnovio no te llama todos los días. Contesté, intercambiamos varios saludos de cortesía, cortos y concisos, y Sara fue al grano: «Unai ya no es el mismo sin ti, te echa de menos y sé que tú a él también».

No me pidió que viniera, ni siquiera me rogó que me hiciera cargo de la situación, pero dejó caer la fecha de hoy, la palabra «*urtebetetze*» y una invitación velada a la que yo me agarré con uñas y dientes. Si iba a tomar una decisión, el límite sería hoy. Así que esta mañana he cogido el coche y he subido hasta Donostia del tirón.

—Bueno —digo.

—Bueno.

—Te veo bien.

—Yo a ti también. Incluso disfrazada.

Silencio y sonrisas.

—Lore..., no hagamos esto más incómodo de lo que ya es.

—¿Para ti también está siendo raro de narices?

—Mucho. Sobre todo porque vas disfrazada.

—Deja de repetirlo, por favor —le pido con las mejillas coloradas.

—Piensa que hace un rato estaba comiendo alubias con mis queridos exsuegros y ahora mismo te tengo delante. Disfrazada. Con un cuerno de colorines en la frente. Estoy un pelín desubicado.

—¿Vas a dejarlo ya?

—Es que me hace mucha gracia que hayas confundido «carnavales» con «cumpleaños».

Más sonrisitas y miraditas furtivas.

—¿Cómo estás? —pregunta.

—Disfrazada.

Volvemos a reírnos como dos idiotas.

—Lo estamos haciendo fatal —me dice—. Me he imaginado este momento miles de veces, pero nunca así.

—No contabas con el parámetro carnaval.

—No. —Se ríe—. Contaba con un abrazo, con lágrimas de emoción..., hasta con un beso.

—Un beso —repito sonriendo.

—Cada cual se imagina el momento perfecto que le apetece, Lore.

—Y en ese momento perfecto, ¿había algo más?

—Mil preguntas: ¿cómo estás? ¿Has crecido? ¿Por qué cojones no contestabas a la mayoría de mis mensajes? ¿Por qué tengo que aguantar a tu hermano? ¿Por qué hemos tardado tanto en vernos? ¿A qué precio está la gasolina en Castelló? ¿Has traído pijama?

Sus manos se aferran a mi cintura y nos miramos a los ojos.

—Y la más importante: ¿crees que sigo enamorado de ti?

—¿Perdooona?

Mi vida a veces es tan surrealista como un anuncio de compresas. Sobre todo cuando tengo a Unai a mi lado.

—Contéstame.

—¡¿¿Yo??! ¡¡Yo qué sé, Unai!! —Hago varios aspavientos y mi cuerno de peluche le da en la mejilla.

—Eres la que mejor me conoce.

—Pues ya es hora de que te vayas conociendo un poquito a ti mismo, que ya tienes una edad.

—Te he echado un huevo de menos. ¿Eso vale?

—Puede. Yo también echo de menos el Voramar, pero no por eso voy a volver, de momento.

—También he pensado bastante en ti.

—Eso me gusta más.

—Y cuando digo «bastante» me refiero a todas las horas del día. Vamos, que no entiendo mi vida sin ti. Y he hecho «cosas» recordándote. Cosas que no hacía desde los veinte.

—Esa es aún mejor. Supongo.

—Ahora mismo tengo palpitaciones. Me sudan las manos. No puedo dejar de mirarte. Necesito acercarme más… ¿Crees que sigo enamorado de ti?

Sin pensarlo demasiado, me quito la capucha del disfraz para no sacarle un ojo con el cuerno, rodeo sus mejillas con mis manos y le planto un beso en los morros. Es un acto absolutamente carnal y carente de romanticismo, pese a eso, mi pulso se desboca. Me aparto a los pocos segundos.

—¿Lo ves más claro?

Unai se lleva las manos a los labios y se los acaricia. Tiene el ceño fruncido y los ojos muy abiertos.

—Lore… —Sigue tocándose el labio inferior con los dedos, como si no reconociera su propia boca.

Da un paso hacia mí y me empotra contra una columna de piedra con brusquedad. Su boca vuelve a impactar con la mía. Lo que hace unos segundos era un acto de demostración en solitario por mi parte, ya no lo es. Ambos estamos entregados a lo que está sucediendo entre nosotros ahora mismo, sea lo que fuere. No es un beso de los que van acelerándose por el arrebato y la tensión del momento, es un beso de los que se ralentizan, se saborean y se disfrutan.

De los que se alargan.

De los que crecen y se complican, y yo ya no puedo controlar ni guardar todo lo que siempre he sentido por él. Su olor, joder, su olor me rodea y sigue siendo el mismo que aquella primera tarde en los lavaderos. Y su tacto y su sabor, tan reconocibles y únicos. Y esa manera tan suya de acoplar sus labios a los míos y empujar su cuerpo contra el mío. Y el modo en que su lengua roza la mía, con suavidad pero con decisión.

Y la cantidad de mariposas que están revolviendo mi estómago.

Si en este beso no encuentra la respuesta a todas sus dudas, no sé qué más puede necesitar. Los sentimientos están ahí, siempre lo han estado, latiendo con la misma rotundidad.

Pese a todo, reúno toda la fuerza de voluntad que me queda y me aparto.

Él continúa pegado a mí y soy incapaz de deducir qué está pensando o qué está sintiendo en estos instantes. Yo sigo definitivamente nerviosa. Y si esto no sale bien, si no conseguimos reencontrarnos, los pedazos de mi corazón serán tan pequeños que dudo que pueda volver a unirlos ni con Loctite.

—Me has besado —dice con una sonrisa, y menea el culo como aquella primera vez.

—Y tú a mí. ¿Ya tienes una respuesta?

Asiente despacio con la cabeza.

—Estoy enamorado de ti, eso queda más que confirmado. Y lo más importante, algo que no me he permitido decirte en muchos años porque no era del todo consciente de ello: te quiero.

Vuelve a depositar otro beso en mi boca y sonríe. A mí se me llena la cara de lágrimas.

—Estos meses que hemos pasado sin apenas hablar me han servido para muchas cosas. La primera, como ya sabrás, para divorciarme; la segunda, para aprender a hacerles trenzas a mis hijas y tender de manera que no tenga que planchar; y la tercera, para pensar mucho en nuestra relación. —Hace una pausa y suspira—. Sara tenía razón, Lore, siempre la tuvo. Me casé con ella enamorado, pero nunca te olvidé... Y me conformé con que fueras mi mejor amiga con tal de seguir teniéndote a mi lado.

—Yo también sigo enamorada de ti, Unai, lo estoy desde el mismo instante en que me dijiste que los gorros de piscina me quedaban bien, y creo que te quise desde aquella noche en el iglú en la que me confesaste que eras disléxico, aunque no fui consciente de ello hasta que te perdí y luego ya fue demasiado tarde... y he seguido queriéndote de muchas maneras diferentes, incluso durante estos meses en los que he necesitado estar lejos de ti para encaminar mi vida.

Unai me dedica una sonrisa preciosa, de esas que prometen muchas cosas.

—Supongo que, antes de volver a meterte la lengua hasta las amígdalas, te debo una disculpa y una justificación que abarquen los últimos quince años. Nunca quise hacerte daño y te lo hice con saña —admite—. Debería haber tenido más cuidado...

—Unai, no tienes que disculparte, fui yo quien...

—No, Lorena, tú esperabas algo más de mí y yo estaba ahí, pegado siempre a ti, fardando de lo bonita y sólida que era nuestra amistad, de lo bien que nos llevábamos y la confianza que nos teníamos, aunque durante un tiempo hubiéramos sido algo más. Pero no me daba cuenta de que no hacía otra cosa que echarte migajas mientras tú sufrías. No era consciente de lo que en realidad necesitabas de mí.

—Tampoco hubieras podido dármelo.

—No, pero habría evitado hacerte daño. Dudé, pero te acabé creyendo cuando me dijiste que ya no sentías nada por mí y seguí adelante con mi vida, pero debería haber hecho caso de mis sospechas. Porque en el fondo, muy muy en el fondo, sabía que no me habías dicho toda la verdad, que ese algo que había entre nosotros no podía ser cosa de mi imaginación.

—Jamás te habría contado la verdad mientras estuvieras con Sara.

—Siempre he creído que nunca le diste la importancia que merecía a lo nuestro, pero estaba equivocado, era a ti misma a quien infravalorabas. Nunca creíste que pudieras significar tanto para mí y, por eso, dejaste que te venciera el miedo, te agarraste a Iván porque te necesitaba y lo avalaban muchos años a tu lado.

—Lo sé, créeme que lo sé... ¿Y ahora qué, Unai?

—Hicimos lo más difícil: enamorarnos. Ahora solo nos falta buscar la manera de hacer lo más fácil: estar juntos, sea donde sea.

Volvemos a besarnos, largo, dulce y lento, pero nuestra pasión se ve interrumpida a los pocos minutos.

—Ah, no, no. No vas a volver a tener nada con mi hermana.

—No me jodas, Rubén.

—No. Por ahí sí que no paso. Hay veinte millones de tías en el país, escoge a otra.

—¡También había veinte millones cuando tú elegiste a mi hermana!

—¿Te estás vengando? ¿Es eso, puto Azurmendi?

—¿Pero qué mierda de conclusión es esa?

—Yo qué sé. Pero olvídate de mi hermana.

—¿Por qué?

—Porque no quiero ser tu puto cuñado.

—Ya lo eres, so gilipollas.

Epílogo

Lorena · Donostia, 9 de octubre de 2011

Unai dice que le gusta que haya marcas nuevas en las paredes de su casa.

No entiendo a qué se refiere, ni siquiera estoy segura de que no sea una indirecta por lo bestia que fue mi hermano a la hora de meter mis cosas en su piso y las muchas marcas que dejó en su recorrido.

Pero algo me dice que sus palabras son más trascendentales de lo que parecen a primera vista. De hecho, lo he pillado varias veces admirando un rayote en el pasillo como si fuera una obra de arte.

Sea como sea, resido oficialmente en Gros, un maravilloso barrio de Donostia pegadito a la playa de La Zurriola. Arenal que sospecho que no voy a pisar tan a menudo como lo haría en Benicàssim. Más que nada, porque aún tengo que aclimatarme y ver si por estos lares deja de llover en algún momento del año. Todas mis esperanzas están puestas en julio del año que viene.

Es una mudanza provisional, todavía no sé si será circunstancial o definitiva. Unai dice que podemos llamarlo «erasmus» y comportarnos como si lo fuera. De hecho, razón no le falta: a efectos prácticos, es como si viviera en un piso para estudiantes por el que pago —con el dinero que gano trabajando como camarera por las tardes—, con la única diferencia de que mi casero es un gran chef —hace unas albóndigas que te cagas—, tiene dieciocho tostadores en la cocina y comparto lecho con él.

Una cama que Unai cambió poco antes de que yo llegara.

Supongo que fue su manera de exorcizar el amor que murió en esta casa y hacerle sitio al que todavía estamos intentando recuperar.

Yo le dije que con un colchón y sábanas nuevas me parecía suficiente, que no soy tan tiquismiquis, pero él, tan bocazas como siempre, me confesó con voz grave que prefería tener un cabecero nuevo donde poder ir haciendo muescas cada vez que «hagamos cositas» sin liarse con las anteriores. Le pegué. Él me dijo que las marcas mejor en el cabecero que en su cara y yo le volví a pegar.

Así fue como terminó el primer día de la mudanza, con más marcas de las que esperaba, en las paredes, en mi cuerpo, en el suyo, en el cabecero nuevo y en nuestras respectivas vidas en general.

Por lo demás, nuestra relación avanza despacio en todos los aspectos que no impliquen la cama nueva. Durante los siete meses que han pasado desde que me presenté disfrazada en el cumpleaños de las niñas, Unai y yo nos hemos visto tanto como nos lo han permitido la custodia compartida y mis estudios. De abril a mayo, hicimos muchísimos kilómetros, hablamos mucho y hemos avanzado poco a poco, hasta que en junio oficializamos nuestro noviazgo. En julio, disfruté de mis primeras vacaciones en muchos años con Noelia, Tito y Damiano. Alquilamos una autocaravana y recorrimos Italia durante quince días. En agosto, volví al Voramar para que Miguel pudiera librar unos días y Unai bajó con las niñas. En septiembre, viajé a Donostia ocho veces hasta completar la mudanza.

Y desde hace unos días, todos mis esfuerzos están volcados en terminar mis estudios en la Universidad del País Vasco —que para algo lo he dejado todo atrás— y compartir con

Unai su mayor prioridad: que Ane y Leire estén bien. Desde la separación, las niñas están pasando por diferentes fases, y no siempre a la vez. Las tenemos en casa una semana sí y otra no. Y las que nos toca tenerlas, Unai les dedica todo su tiempo. Es un padre atento que no deja de esforzarse por superar un reto tras otro; yo voy un poco a remolque, intentando entender cómo he pasado de creer a pies juntillas que jamás tendría hijos, a tener dos que, encima, en mi humilde opinión, ya están en una edad muchísimo más complicada que la adolescencia. Sin ir más lejos, hace unos días tuvimos un drama en el coche porque Ane miró por la ventanilla de Leire.

Lo único que tengo claro es que las adoro.

Un amor que comparto con Sara y que, en cierta manera, nos ha convertido en aliadas.

Resulta que Sara es otra persona. O tal vez sea que la perspectiva ha cambiado para ambas: ella ya no me considera un obstáculo, por lo tanto, me trata con más naturalidad, y yo ya no la veo como un ente al que evitar a toda costa, así que hablo con ella sin mantener conversaciones paralelas. De vez en cuando me pide ayuda con las niñas y, aunque la primera vez estuve a punto de negarme y ponerle cuatro excusas baratas, Unai me animó y acabó siendo una tarde de parque muy productiva. Pudimos charlar de muchas cosas y sentamos las bases de una relación nueva entre nosotras, basada en la confianza y la complicidad. Porque, si algo tenemos en común es Unai, y nadie mejor que ella para entenderme cuando lo quiero asesinar. Además, el coche que se acaba de comprar Sara tiene un maletero enorme y todas sabemos que una amiga con capacidad para transportar cadáveres es una bendición.

Amaia ha resultado ser un soplo de aire fresco para el trinomio que teníamos organizado. Encima, es la única persona que conozco que consigue sacarle los colores a Unai; ya solo por eso, me cae bien. Es abierta, graciosa y muy activa, tanto que, en las pocas horas que tiene libres entre el trabajo, Sara y las niñas, se dedica al remo junto a Nagore, una amiga de Maider.

Para sorpresa de nadie, el Voramar chuta perfectamente sin mí.

Mi padre sigue enseñándole a Miguel muchos detalles administrativos que no controla y, junto a Tito, han formado un equipo que funciona a las mil maravillas. Creo que yo necesitaba un cambio, pero, visto el resultado, Miguel lo necesitaba aún más. Cargar con el legado familiar —aunque él no sea un miembro de la línea de sucesión Vicent— le ha insuflado nuevas energías.

Mis padres se tomaron muy bien mi decisión de abandonar el camping para centrarme en estudiar y, poco después, la de marcharme de Benicàssim, mucho mejor de lo que yo esperaba. De hecho, en cuanto les conté que planeaba pedir un traslado de expediente de la universidad de València a la del País Vasco, mi madre comenzó a traer cajas del bar para que empezara a embalar mis cosas. Yo seguía hablando de mis planes y ella iba y venía con más cajas. Incluso me sacó un par de manteles que mi abuela bordó hace años «para el ajuar». Mi padre fue más cauto, como siempre. Me recordó que se trataba de Azurmendi, todo un vándalo que había hecho historia en la costa del Azahar, y me preguntó si estaba segura de querer hacerme «eso». Yo le dije que sí, que estaba segura, que el amor es ciego, y él añadió que ya lo sospechaba —lo de la ceguera— desde aquella tarde en la que nos pilló dibujando pitos en los cristales del bar.

Rubén fue otra historia. Al principio podríamos decir que mi relación renovada con Unai no le hizo demasiada gracia. Según me confesó Maider, estaba preocupado por mí, por que las cosas no me salieran bien y tuviera que volverme al Voramar, pero como el chaval gestiona sus emociones de aquella manera, en lugar de hablarlo con sinceridad, volcó todos sus miedos en una campaña contra Unai. Se le pasó rápido, entre otros motivos porque bastante tiene con ser padre de una niña preciosa y no morir deshidratado de tanto que babea cada vez que la tiene en brazos.

En cuanto a Maider, bueno, ella siempre es la parte fácil. El mismo día en que me bajé del avión en Hondarribia, me llevó a un *euskaltegi* para que me matriculara y empezara a aprender euskera. Le pedí un poco de margen, incluso Unai le dijo que apenas me quedaba tiempo libre con la universidad, el trabajo y el sexo guarrete, pero ella no se conforma, tiene miedo, dice, de que no me sienta como en casa y me marche. Menos mal que la mayor parte del día está ocupada con su nueva maternidad.

Iván apareció en el camping cuando yo estaba preparando la mudanza y la noticia más reseñable es que se ha enmoquetado el ático. Vamos, que se ha puesto un peluquín que parece un felpudo. Pensé que había ido a ayudar a su madre —recién divorciada— a recoger la parcela para el invierno, pero no fue solo eso. Dio varios rodeos delante de Recepción y al final, a la quinta, se acercó para hablar conmigo. Podría decir que fue la conversación más fácil que habíamos tenido en años, porque ya no quedaba absolutamente nada entre nosotros, pero no sería verdad. Fue la más complicada de toda nuestra historia, una mezcla de disculpas, reproches y despedida. Iván me pidió perdón por la parte que le tocaba, pero también me dijo que jamás me perdonará que le ocultase la relación que tuve con Unai.

La verdad es que me importa un pito tan grande como el que dibujó Unai en su día.

A veces, en la vida, hay que hacer limpieza y quitar de en medio todo lo que no vamos a usar o no nos sienta bien, incluidas las amistades. Como suele decir Tito: el cambio de armario hay que hacerlo, como poco, una vez al año.

Supongo que la próxima vez que vea a Iván será en la boda de Gemma y Óscar, así que espero que entonces se le hayan pasado las tonterías y podamos ser cordiales.

Unai se tira en el sofá a mi lado y me roba la nariz.

—¿Ya se han marchado? —pregunto a la par que me la vuelvo a poner en su sitio.

—Sí. Aunque tu padre ya había arrancado el coche y tu madre y la mía seguían hablando por la ventanilla.

—Se han pasado todo el finde juntas, ¿qué puñetas les quedaba por comentar?

—No quieras saberlo...

—¿Están tramando algo?

—La boda de nuestros hermanos.

El feliz enlace entre Rubén y Maider se ha visto aplazado por el nacimiento de Garazi. Están tan liados que no han tenido tiempo ni de mirar el calendario, así que nuestras madres han amenazado con organizar algo en el camping.

Unai se acerca a mí y, sin mediar palabra, empieza a desabotonarme la camisa que llevo.

—Azurmendi...

—Hum —murmura pegado a la piel de mi cuello, mientras sus manos se afanan en llenarse con mis pechos.

—Que sea tu novia no implica que puedas quitarme la ropa en cualquier momento.

—Que seas mi novia y estés vestida me decepciona, me entristece y... —deja caer varios besos en mi canalillo— me pone mucho.

—Eres un pervertido.

—Contigo siempre lo he sido, no sé de qué te sorprendes. Por cierto, ¿te he dicho cuánto me gusta la palabra «novia»?

—Varias veces al día desde junio.

—No te enfades, es que me encanta decir que tengo novia porque es bastante mejor que decir que estoy divorciado, que rima con «fracasado».

—Casado también rimaba con «fracasado».

—Eso solo sucede la primera vez. La segunda rima con «la hostia de afortunado». Ya lo verás.

Nota de la autora

Una vez más, he intentado ser todo lo fiel posible a los noventa, pero Pamela Anderson y Tommy Lee se conocieron en 1994 varios meses más tarde de lo que se muestra en esta historia. Me tomé una pequeña licencia porque no hay pareja más noventera que ellos.

En cuanto a las palabras «marica», «bujarrón» o «bollera» que ha utilizado cierto personaje con afán peyorativo, espero que te haya chirriado leerlas tanto como a mí escribirlas. Tengo la esperanza de que, aunque todavía nos quede mucho recorrido como sociedad, hayamos dejado de normalizar un vocabulario tan despectivo.

En línea con los avances como sociedad, siento decir que, aunque el camping Voramar de Benicàssim no existe, el *miracoños*, por desgracia, sí.

Además de todo eso, me gustaría añadir como colofón que esta autora no tiene nada en contra de Leire Martínez, de La Oreja de Van Gogh, tan solo una nostalgia insuperable hacia los noventa, y Amaia Montero siempre será uno de sus mayores exponentes.

Agradecimientos

Como nunca pensé que volvería a publicar con Penguin, los agradecimientos de mi novela anterior se me fueron de las manos. Así que esta vez voy a intentar ser corta y concisa.

A mis chicas de la Agencia Antonia Kerrigan, en especial a:

Claudia Calva, gracias por acompañarme en este proyecto y aguantar mis audio-podcast. Estoy deseando que nos embarquemos en nuevas aventuras. ¡D., calienta que sales! 😊

Sofía Di Capita, no superabas a Rubén, pero al final, Unai se ha ganado tu corazón, ¡admítelo públicamente! Además de lo que hay en la primera página, creo que no hay mucho más que te pueda decir, pero repito: gracias infinitas. Sobre todo, por los *stickers*. ¡Vamos, Marisol!

Esta novela ha contado con el inestimable trabajo de cuatro editores:

Aranzazu Sumalla, *milesker* por la oportunidad que me diste y, sobre todo, por haber seguido estando ahí, viviendo el drama minuto a minuto conmigo. Ojalá volvamos a coincidir, como poco, en tu Donostia y con un par de *zuritos*.

María Terrén, inventora del *chop-chop* —si no llega a ser por tus amenazas, esta novela podría haber tenido ochocientas páginas—, gracias por adoptar este proyecto, hacerlo tuyo y darle tanto cariñito.

Toni Hill, que, para sorpresa de nadie —solo la mía—, es capaz de distinguir el negro del rosa sin problemas. Gracias de corazón por haberte hecho cargo de Unai en la terrible fase final y haber aceptado con mucha deportividad que no hubiera muertos en la trama. Ha sido un gustazo poder trabajar contigo y conocerte en persona.

Marta Araquistain, ¡bienvenida a la *fiestuki* de los editores! Me encantó conocerte en Barcelona, ojalá podamos trabajar juntas en futuros proyectos.

Y a todo el equipo de Penguin en general: diseño, marketing, comunicación, corrección (No sé quiénes sois, pero os debo un café por corregir mis dos tochitos)... ¡Gracias!

A la señora Lucía: Pues ya hemos terminado otra novela. La sexta. ¿Recuerdas aquel primer capítulo en un pub de Londres que no iba a ninguna parte? Al final, sí que ha llegado lejos, oye... tan lejos como tú y yo juntas. Aunque tu GPS nos indique al revés. *Love you, worstie.*

A Lorena: Unai y Lore (me dirás que el homenaje no ha sido la hostia) se han comido la boca bastantes más veces que Maider y Rubén, espero que estés contenta, *bestie*.

A Marta y Laura, gracias por vivir cada pequeño paso conmigo. Me ayudáis a mantener los pies pegados a la tierra.

Paula Ramos y Alessandra Neymar: Mis queridas cenutrias, todos los pollazos que hay en esta novela os los dedico con todo mi amor. Gracias por estar en los momentos cojonudos, pero también en los malos que te cagas.

Silvia Barbeito, el azote de la RAE, gracias por defender las perífrasis durativas. Supongo que para ti esto es un piropo. Yo qué sé.

Laura Ferreiro, mi sobrecargo de Vueling favorita. Gracias por las pistas sobre las habilidades de Rubén como piloto. El salseo que nos da la aviación no tiene precio, amiga, y lo que se viene, muajajaja.

Pura Tárrega, la chica de Recepción, gracias por contarme cómo era tu trabajo en los noventa. Seguro que tú a Unai lo hubieras metido en vereda a la primera. Y a los campistas del Tauro, gracias por no llamar al psiquiátrico cuando os estudio de reojo y me rio sola escribiendo en mi parcela.

Manu y Sandra, gracias por el apoyo constante. Y, por cierto, Sandra me sigue cayendo mejor 😋

Ana y Álvaro, por esa noche en Madrid que demuestra que da igual el tiempo que pase, que seguimos sabiendo cómo petarlo. Ojalá pronto volvamos a liarla (-nos).

A mis betas. *Las más mejores.* Punto. Bea (la esposa de Rubén), Rocío, Bego, Zuri (la esposa del otro Rubén), Sara, Marina, Jen, Nerea (nonate), Irene (#TheFuckingBestDesignerTeam) y Susanna... Gracias, os *hamo*.

A mis filtros: Juan Vorágine, Fran de Almería y Mickey, *milesker*.

A Alina Not, un gracias gigantesco por todas y cada una de las novelas que nos has regalado y otro aún más grande por la frase para la faja del libro. Saber que disfrutaste leyendo esta novela ayudó a que el impostor estuviera calladito unos días.

A todas las bookstagramers (si hago una lista, ocupo seiscientas páginas más y fijo que me dejo a alguien) y a mis compañeras de teclas que hacen que este sea un camino menos solitario, gracias.

A toda mi familia, *koadrila*, amistades..., daos todos por nombrados, ya sabéis que no me gusta que esto parezca una esquela, gracias por la paciencia cuando desaparezco para ponerme al teclado 🖤

A Mikel y Luna, os quiero, equipo. *A lot.*

Y a ti, lectora, GRACIAS por haberles dado tanto cariño a Rubén y Maider, si no fuera por ti, hoy Unai y Lorena no serían una realidad. ¡Nos vemos en la próxima! *Muak!*

Hazte un *remember* noventero escuchando las canciones favoritas de Unai y Lorena (Unai ha intentado suprimir «Eternal Flame», pero ha cedido por insistencia de la autora).